HANNAH DOYLE

*

Mein Jahr zum Glück

Aus dem Englischen von Lena Kraus

Rowohlt Taschenbuch Verlag

Die Originalausgabe erschien 2017
unter dem Titel «The Year of Saying Yes»
bei Headline/Headline Publishing Group, London.

Deutsche Erstausgabe
Veröffentlicht im Rowohlt Taschenbuch Verlag,
Reinbek bei Hamburg, Januar 2019

Redaktion Caro Kania
Umschlagabbildung Nina Fedorova; Reinke Fox/Shutterstock
Umschlaggestaltung FAVORITBUERO, München
Satz aus der Seria bei
Pinkuin Satz und Datentechnik, Berlin
Druck und Bindung
CPI books GmbH, Leck, Germany
ISBN 978 3 499 27353 7

KAPITEL EINS

★

JANUAR

Höchste Zeit, mit deinem alten Look Schluss zu machen

Wenn ich die nächsten paar Stunden meines Lebens vermassele, muss ich mich endgültig geschlagen geben. Das heißt Männer ein für alle Mal vergessen und Katzenmama werden, soll die Allergie doch machen, was sie will. Ich stehe also kein bisschen unter Druck. Ich verziehe das Gesicht, als ich mein Spiegelbild betrachte und mir versehentlich die Mascarabürste ins Auge steche.

Mist.

Ich krame in meiner Kommode nach einem Wattestäbchen und wische damit wild an dem verschmierten Fleck herum. Schwarze Augenringe sind nicht gerade das Richtige für heute Abend. Ich hatte da eher an einen Look à la Victoria's-Secret-Model gedacht. Nicht, dass ich vorhabe, in Unterwäsche und mit Flügeln aufzukreuzen. Man erscheint nicht halbnackt zu einer ruhigen Familienfeier. Außerdem habe ich an Weihnachten 127 Würstchen in Blätterteig gegessen und fühle mich mehr nach #carbbaby als nach #beastmode.

Ignorieren wir die Tatsache, dass sowohl Kniebeugen

als auch Ausfallschritte nötig waren, um meine Jeans dazu zu bewegen, über meine Oberschenkel zu rutschen. Es ist schließlich Silvester, und man muss nur durch die ermutigenden Mantras auf Instagram scrollen, um zu wissen, dass sich heute alle einfach toll fühlen.

Neuer Anfang, neue Ideen, neue Energie!

Ein neues Jahr beginnt, und die Möglichkeiten sind unendlich.

Yeah! Ich bin bereit für diesen Abend. Mein Traummann kommt auch, und das hier wird das Jahr, in dem er mir endlich hilflos zu Füßen liegen wird, zu Tränen gerührt davon, wie großartig ich bin, und fest entschlossen, für immer mein Sklave zu sein. Ich kann leider schon einige erfolglose Versuche, ihn für mich zu gewinnen, verbuchen. Bis jetzt war der gefühlskalte Klotz völlig blind für meinen Charme.

Versuch 1: Heute vor drei Jahren. Er hat mir zugezwinkert, bevor er eingeschlafen ist.

Versuch 2: Heute vor zwei Jahren. Er hat ein paar Worte gelallt, die ich für ein Kompliment zu meinen Brüsten hielt, bevor er eingeschlafen ist.

Versuch 3: Letztes Jahr. Er hat tatsächlich meinen Hintern begrapscht, bevor er eingeschlafen ist.

Es könnte sein, dass ich das Objekt meiner Begierde nicht besonders vorteilhaft darstelle. Das möchte ich gerne klarstellen. Er heißt Gorgeous George. Und das ist er auch. Gorgeous, meine ich. Er sieht wahnsinnig gut aus. Abgesehen davon, dass er bei der alljährlichen Silvesterparty meiner Eltern zu viel Whisky trinkt, ist er der perfekte Mann. Er ist nicht nur erfolgreicher Manager in einer Werbeagentur, er gibt einem auch das Gefühl, etwas ganz

Besonderes zu sein. Wenn wir uns unterhalten, leuchten seine Augen, und es ist, als wäre ich der einzige Mensch auf der Welt. Er ist außerdem unglaublich heiß, erwachsen genug, um ein Haus im Osten von London zu besitzen, nichts macht ihm mehr Spaß als ein gutes Scrabble-Match, und – das ist der springende Punkt – er ist Single.

Der einzige Nachteil ist, dass wir irgendwie ein bisschen verwandt sind. Er ist der Bruder meines Schwagers. Gibt es für diesen Verwandtschaftsgrad eine bessere Bezeichnung? Ist es illegal, mit dem Bruder seines Schwagers zu schlafen? Eigentlich möchte ich das gar nicht wissen, jedenfalls nicht, bis heute Nacht vorbei ist und er völlig hoffnungslos meinem Charme erlegen ist, ob wir nun verwandt sind oder nicht.

Wie die nervigste Schwester der Welt, aka Olivia, es geschafft hat, Sam, den nicht minder gutaussehenden Bruder von Gorgeous George, einzusacken, werde ich wohl nie erfahren. Klar, sie ist attraktiv und intelligent und mit dem glänzendsten, goldenen Haar gesegnet, das ich je gesehen habe, aber sie ist auch echt fies. Sie hat mein Lieblingspony von My Little Pony gekidnappt, als wir noch klein waren, und es immer noch nicht zurückgegeben. Und dann war da auch noch der Tag, an dem mein Herz wegen ihr in klitzekleine Splitter zersprungen ist. Nicht, dass ich heute noch jemals daran denke. Es ist eben einfach so, dass niemand Mädchen mag, die in allem immer die Besten sind.

«Hast du das nicht letztes Jahr auch angehabt?»

Na toll, da ist sie also und mustert kritisch mein Outfit. Sie weiß ganz genau, dass ich letztes Jahr etwas anderes anhatte, die blöde Kuh.

«Nein, Liv, das ist neu», seufze ich.

«Hm», macht sie und stellt sich neben mich, um ihr Spiegelbild zu bewundern. Ich sage zwar gerne, dass sie aussieht wie Khloe Kardashian vor ihrem Makeover, aber eigentlich stimmt das nicht. Olivia sieht umwerfend aus. Sie trägt einen federleichten, grauen Cashmere-Pullover, den sie in einen silbern glitzernden Plisseerock gesteckt hat, der bis kurz unter ihre Knie reicht. Dank ihres alljährlichen Winter-Sonnenurlaubs – *Ich kann einfach nicht ohne ihn leben!* – sind ihre Beine gebräunt, und die schwarzen, spitzen High Heels passen zu dem schwarzen Band, das sie um ihre unglaublich schlanke Taille geschlungen hat.

Sie dreht sich einmal im Kreis, sodass ihr Rock nur so fliegt, dann verschwinden sie und ihr selbstverständlich perfekter Pferdeschwanz aus meinem Zimmer. «Ich helfe Mum mit den Häppchen», ruft sie noch. «Versuch, dich heute Abend nicht komplett lächerlich zu machen.»

Diese manipulative Ziege. Sie weiß verdammt noch mal ganz genau, dass ich hoffe, dass es heute mit George klappt. Ja, ich habe letztes Jahr Weißwein über mein Top geschüttet und aus Versehen an einem ziemlich traurigen und einsamen Wet-T-Shirt-Contest teilgenommen. Aber deshalb muss sie mich jetzt noch lange nicht so passiv-aggressiv daran erinnern.

«Einfach drüberstehen», empfehle ich meinem Spiegelbild und zupfe das weiße Spitzenoberteil zurecht, das ich mir für heute Abend zugelegt habe. Ich hoffe, dass der respektable, aber dennoch verheißungsvolle Ausschnitt genau das Richtige für eine Familienfeier ist, zu der man hauptsächlich geht, um sich einen Kerl zu angeln.

«Ganz locker», füge ich noch hinzu. Meine beiden verbleibenden Little Ponys, die noch immer einen Ehrenplatz in meinem Kinderzimmer haben, wiehern ermutigend.

⋆★⋆

Man könnte also sagen, dass Silvester schon eine ganze Zeit lang nach demselben Muster abläuft. Es ist nicht so, dass ich keine anderen Einladungen bekommen würde. Meine beste Freundin feiert gerade auf einem Rave ab und hat gefragt, ob ich mitkomme. Und ein paar Mädels von der Arbeit bleiben in London und schauen sich das Feuerwerk an. Ich liebe Feuerwerk! Aber Silvester zu Hause ist zur Tradition geworden, und seit George vor drei Jahren auf der Gästeliste auftauchte, nachdem er meine Mutter auf der Hochzeit von Sam und Olivia gehörig um den Finger gewickelt hat, gehe ich besonders gerne hin. Außerdem steht es im Kalender meines Handys, und einen jährlichen Event löschen zu müssen, ist wirklich das Allerschlimmste, oder?

Wie auch immer, heute wird es ganz anders als an allen anderen Silvesterabenden, die ich in den letzten Jahren zu Hause verbracht habe. Normalerweise läuft alles wie ein Uhrwerk. Es ist jetzt 19:02 Uhr, also wird Mum noch in den nächsten achtzehn Minuten verzweifelt Häppchen vorbereiten, gefolgt von einem «Sprung» nach oben, um sich «fertig zu machen». Dad fährt währenddessen Grandpa abholen. Gorgeous George und Sam haben sich für 19:30 Uhr angekündigt, und wenn sie zur Tür hereinkommen, wird ihren Mänteln ein leichter Biergeruch anhaften, weil sie den Nachmittag im Pub verbracht haben. Mum wird genau rechtzeitig erscheinen, um die Häppchen zu kredenzen – ich wette, es gibt Würstchen im Schlafrock. Das Abendessen beginnt um Punkt 20 Uhr, und Dad wird wie immer am Vortag zu Waitrose geschickt worden sein, um ein riesiges Stück Fleisch zu holen. Wahrscheinlich Rind. Grandpa wird mich etwas ungeheuer Peinliches zu meinem Liebesleben fragen, und ich werde vor mich hin stammeln und Loblieder darauf singen, wie toll mein Job ist. Was weiter entfernt von der Wahrheit ist, als ich es mir wünschen würde. Nachtisch um 21 Uhr. Käseplatte in der Küche ab ungefähr 22 Uhr. Die Eltern werden darüber kichern, dass Grandpa eingenickt ist, und kurz darauf selbst einschlafen, was mir die Chance gibt, George mit einer Mischung aus verführerischen Blicken und dem Angebot, ihm noch ein Stück Cornish Yarg von der Käseplatte zu holen, auf mich aufmerksam zu machen. Um 22:30 Uhr sind wir alle sturzbetrunken. Meine Eltern werden um 23:40 Uhr von ihrem eigenen Schnarchen aufwachen, wir werden zusammen *Auld Lang Syne* singen, dann werden die Jungs auch einschlafen, und ich werde mich kurz nach Mitternacht niedergeschlagen ins Bett schleichen.

Aber nicht dieses Jahr, Freunde! Ich habe in meinem Notizbuch die Momente aufgeschrieben, in denen alles schiefgegangen ist, und daraus eine Liste gemacht. Sie heißt: Dinge, die du an Silvester nicht tun wirst, du Hornochse. Ich habe die gefährlichste Zeitspanne mit einem Textmarker markiert, in etwa zwischen 21 Uhr und 22:30 Uhr, da trinke ich normalerweise zu viel Sekt. Ich habe die Vermutung, dass genau das mein größter Fehler war – genauso wie die Tatsache, dass ich versucht habe, einen Käse, der nach Füßen riecht, als Köder für meinen Traummann zu verwenden.

⋆★⋆

Mit so viel Schwung, wie meine neuen hohen Schuhe zulassen, schreite ich nach unten.

«Hübsch siehst du aus, Liebling», sagt Dad und schwenkt eine Garnele in meine Richtung.

«Danke, Dad.» Ich lächele und drehe mich um, um meiner Schwester zuzugrinsen, aber sie ist sehr gut darin, jedes Lob zu ignorieren, das nicht an sie gerichtet ist.

«Richard, jetzt konzentrier dich doch mal! Die Vol-au-Vents füllen sich nicht von selbst.» Wie vorausgesagt, ist Mum langsam etwas gestresst.

«Izzy, würdest du bitte noch ein Tablett Würstchen im Schlafrock machen?» Sie wedelt mit irgendetwas in Richtung Ofen. «Die nächste Ladung müsste jeden Moment fertig sein.»

Ich gehe in die Hocke – eine beachtliche Leistung, wenn man bedenkt, wie hoch meine Absätze sind – und spähe in den Ofen.

«Heute Abend kommen sieben Leute, und du hast jetzt schon ungefähr siebentausend Würstchen gemacht», informiere ich sie.

«Mach dich nicht lächerlich. Es ist Silvester! Also, ich muss jetzt wirklich auf einen Sprung nach oben gehen und mich fertig machen.»

⋆★⋆

Hast du dein Handy da, oder hast du es gegen zehn Knicklichter eingetauscht? Ich brauche Hilfe. Es läuft alles andere als nach Plan.

Düster drücke ich auf Senden, lasse das Handy auf meinen Schoß fallen und schaufele Rinderbraten in mich hinein. Olivia langweilt uns alle damit zu Tode, wie sie sich während einer Yogastunde bei Sonnenaufgang in Sri Lanka selbst gefunden hat.

«Ich habe eine völlig neue Sicht auf das Leben bekommen. Ich bin so dankbar dafür, dass ich euch habe.» Sie lächelt milde in die Runde. «Und Sam, natürlich. Baby, ich weiß wirklich nicht, was ich ohne dich machen würde. Das nächste Jahr wird einfach toll für uns.»

Ich verdrehe die Augen und schenke mir noch einen Schluck Wein ein. Ohne Witz, eine Woche Yogakurs, und sie denkt, sie ist Gwyneth Paltrow. Ganz aus Versehen hat sie vergessen zu erwähnen, dass sie sich auf der Reise etwas eingefangen und deshalb die Hälfte der Zeit auf dem Klo verbracht hat.

«Es ging nicht nur darum, dieses letzte, hartnäckige Pfund loszuwerden», fährt sie fort. «Das habe ich natürlich auch, aber …»

«Weil du die Sch…»

«Wie gesagt», fällt sie mir ins Wort und starrt mich böse an. «Es ging darum zu lernen, die einfachen Dinge wertzuschätzen. Ich bin so dankbar dafür.»

«Klingt mir sehr nach Hokuspokus», meldet sich Grandpa, mein Superheld. «Izzy, hast du schon einen Liebsten?»

Verdammt.

«Du kennst mich doch, Grandpa.» Ich zwinge mich zu einem breiten Lächeln. «Auf der Arbeit ist es gerade total verrückt, es gibt so viel zu tun, da ist das einfach nicht meine erste Priorität.»

«Diese Zeitschrift, die klaut dir noch die besten Jahre deines Lebens, wenn du nicht aufpasst», antwortet er. «Wie alt bist du jetzt, vierundzwanzig?»

«Ähm … fünfundzwanzig.» Ich verziehe das Gesicht.

«In dem Alter waren deine Grandma und ich längst verheiratet und fleißig dabei, Babys in die Welt zu setzen. War ziemlich munter, deine Grandma.» Er kichert leise vor sich hin.

MEINE OHREN!

Niemand möchte «Babys in die Welt setzen», «deine Grandma» und «ziemlich munter» im selben Satz hören. Glücklicherweise macht sich mein Handy bemerkbar und lenkt mich von Grandpas Sexualtrieb ab. So schnell ich kann, verschwinde ich ins Badezimmer.

Total nüchtern. Haha. Was gibt's? Liegt GG dir schon zu Füßen?

Jamie ist meine allerbeste Freundin und der großartigste Mensch, den ich je getroffen habe. Man darf sich von ihrem Namen nicht verwirren lassen, sie ist wirklich ein Mädchen. Keine andere ist cool genug, um einen Jungennamen so souverän zu rocken wie sie.

PS: Hab grade einen Fotografen kennengelernt, der Nacktfotos von mir machen will!

Sie ist irgendwie auch ein Risikofaktor.

SAG NEIN. GG liegt mir nicht zu Füßen. Wir haben fast gar nicht miteinander geredet. Ich hab zu viel getrunken, und Grandpa fragt mich über mein Liebesleben aus. Der ewige Kreislauf.

Ich setze sechs traurige Emojis hinter meine Antwort und dann noch einen lächelnden Kackhaufen.

Und was machst du jetzt gerade?

Sitze im Gäste-WC und schreibe dir.

Hör sofort damit auf! Du willst doch nicht, dass er denkt, du hast eine Blasenentzündung. Geh wieder zurück und sei super!

Ich versuch's.

Viel Glück. Halt mich auf dem Laufenden.

★ ★ ★

Dad schnarcht. Grandpa schnarcht. Mum macht ein süßes Gurgelgeräusch, das das zierliche Äquivalent von Schnarchen ist.

«Neue Drinks», erklärt Sam und schaut von einem schnarchenden Verwandten zum nächsten.

«Ja!», jubelt George.

«Nein, nein, schon gut», sage ich. Ich bin definitiv ein bisschen angetrunken. Aber George hat seine Hand an meine Taille gelegt und führt mich zurück ins Esszimmer.

«Zur Bar», befiehlt er. Ich weiß nicht, ob das Kribbeln in meinen Fingern vom Körperkontakt zu George kommt oder ob der Sekt mich nach und nach lähmt.

Olivia hebt den Deckel von der globusförmigen Minibar, in der Mum und Dad den Alkohol aufbewahren. Sie greift nach dem Whisky. Würg. Sie füllt unsere Gläser, und ich schaue auf mein Handy. 22 Uhr. Mitten in der Gefahrenzone.

Ich muss mit GG allein sein, und zwar schnell.

Denk nach, Isobel, denk nach!

«Und, George?» Ich drehe mich zu ihm um. «Hast du schon das Video von dem Babyschwein gesehen, das sich so gerne wälzt? Es ist unglaublich süß, soll ich's dir zeigen?»

Hm ... YouTube-Videos eines sich wälzenden Schweinchens sind vielleicht nicht der beste Einstieg in ein langes, glückliches Eheleben. Ich schwenke trotzdem energisch mein Handy vor seiner Nase hin und her.

«Vielleicht später?», schlägt er vor. «Ich habe nämlich Neuigkeiten für euch alle, und da unsere Gläser gerade voll sind, scheint es mir ein guter Zeitpunkt zu sein.»

Er hebt seinen Whisky hoch und strahlt uns an.

Oh mein Gott, das ist der Moment. Jetzt wird er erklären, dass er sich in mich verliebt hat! Ich wusste, dass sich diese Hand an meiner Taille anders angefühlt hat als der Pograbscher letztes Jahr. Bedeutungsvoller. Heißer als heiß.

Ich fummele an meinem Glas herum, unsicher, ob ich ihm in die Augen sehen kann, wenn er endlich seine wahren Gefühle gesteht.

«Ich habe eine Freundin», grinst George.

«Oh George, ich hatte ja keine Ahnung!» Ich lege eine Hand an mein Herz und …

Moment.

«Sorry, was?», stammele ich.

«Sie heißt Temple. Wir haben uns letzten Monat auf einem Flug nach Barcelona kennengelernt. Ich war geschäftlich unterwegs, sie wollte sich die Stadt ansehen, und es stellte sich heraus, dass wir im selben Hotel wohnen!» Er strahlt.

«Wow, es war also Schicksal?», meldet sich Olivia zu Wort. Gut, dass ich meinen Whisky schon hinuntergestürzt habe, sonst wäre ihr Cashmere-Pullover jetzt damit getränkt.

«Könnte man so sagen», antwortet George. «Ich meine, es ist noch früh, aber ich bin ziemlich begeistert. Sie ist so unbeschwert und spontan. Hat wahrscheinlich damit zu tun, dass sie Australierin ist.»

In meinem Kopf schreie ich: Ich bin auch sorglos und spontan! Na ja, ich könnte es jedenfalls sein. Und wer zur Hölle heißt bitte TEMPLE?

«Mann, das sind ja tolle Neuigkeiten.» Sam klopft seinem Bruder auf die Schulter. «Ich will sie unbedingt kennenlernen.»

«Ich auch», fügt Olivia hinzu. «Sie ist bestimmt wunderschön. Sind die Aussies doch immer, oder, Izzy?»

Aber ich starre ins Leere, am Boden zerstört.

«Iz?» Olivia lässt nicht locker.

«Was? Oh, absolut. Aussies … unglaublich», sage ich, stelle mit leicht zitternder Hand mein Glas auf den Tisch und puste mir eine blonde Strähne aus dem Gesicht.

«Alles okay?», fragt Sam. Die Besorgnis ist ihm in sein schönes, freundliches Gesicht geschrieben.

«Ich fühle mich ein wenig …» Ich bewege mich langsam rückwärts aus dem Raum. «Glaube, ich bin ziemlich fertig.»

Ich muss unbedingt aufhören, «ziemlich fertig» zu sagen. Nicht cool. Australische Mädchen sagen das bestimmt nie.

«Ich geh lieber ins Bett», füge ich hinzu.

«Aber es ist doch noch gar nicht zwölf!» George runzelt die Stirn.

«Sorry, dass ich so eine Spaßbremse bin», murmele ich. «Nacht.»

⋆★⋆

Wenn ich die nächsten 365 Tage hier unter der Decke verbringen könnte, wäre das super. Dass meine Träume für das neue Jahr in die Brüche gehen, bevor es überhaupt angefangen hat, ist sogar für mich ein Rekord. Ich ziehe die Decke bis zur Nase hoch und greife nach meinem Handy. Zeit, mich mit meinem Schicksal abzufinden.

Ich tippe gerade «Kann man hypoallergene Katzen kaufen» bei Google ein, als eine Nachricht aufblinkt.

FUNKSTILLE gestern Abend. Bitte sag, dass es daran lag, dass du die ganze Nacht mit GG gevögelt hast.

Na toll. Meiner besten Freundin von gestern zu erzählen, wird die Misere nur noch realer machen, aber irgendwann muss ich dieses Pflaster wohl herunterreißen. Kurz und schmerzlos.

Ist nicht so gut gelaufen. Ich habe angeboten, ihm dieses süße Schweinchenvideo zu zeigen, um das Eis zu brechen …

Lange Pause.

Interessante Wahl. Hat es funktioniert?, fragt Jamie dann endlich.

Er hat die Gelegenheit beim Schopf gepackt und verkündet, dass er eine neue Freundin hat. Australierin. Temple.

TEMPLE? WTF? Geht es dir gut?

Nicht wirklich. Ich habe gesagt, ich bin so fertig, und dass ich eine Spaßbremse bin, und dann bin ich vor Mitternacht schlafen gegangen. Ich hab sogar das Feuerwerk im Fernsehen verpasst und alles.

Ich spüre, wie mir eine einsame Träne die Wange herunterläuft. Ich liebe doch Feuerwerk.

Und jetzt googelst du nach Katzen für alte Jungfern?

Ja.

Ach du Scheiße. Komm zurück nach London, und zwar auf der Stelle. Jamie kümmert sich um dich.

Das Einhorn-Emoji am Ende ihrer Nachricht bewirkt tatsächlich, dass ich mich ein bisschen besser fühle.

⋆★⋆

Nach einem deprimierenden Frühstück, bei dem der Rest meiner Familie sich tatsächlich auf das neue Jahr zu freuen schien und Little Miss Perfect keine Gelegenheit ausließ, George zu seiner neuen Freundin auszufragen, bin ich geflohen. Ich war sehr dankbar, dass ich die Zugtickets schon vor den Feiertagen gebucht hatte. Ich hatte nicht einmal die Kraft, meine Kontaktlinsen einzusetzen, George weiß jetzt also auch, wie ich mit meiner uralten Billigbrille aussehe.

Immerhin hat Grandpa mir einen Zehner zugesteckt, bevor ich gegangen bin, und jetzt bin ich am Bahnhof in Nottingham und stapele Himbeermuffins und Schokobrownies auf der Theke von Costa Coffee auf.

«Diät fängt morgen an», murmele ich in Richtung der Kassiererin.

Es ist bitterkalt und der graueste Tag seit langem, was perfekt zu meiner Stimmung passt. Ich wickele mich in den Cashmere-Schal, den ich vielleicht, vielleicht auch nicht von Olivia geklaut habe, und mache mich auf den Weg zum Gleis. Wenigstens steht mein Zug schon da, und ich kann mir eine uneinnehmbare Muffinfestung bauen, bevor die Reise losgeht.

Oder auch nicht. Natürlich sitzt eine wütende Frau auf meinem reservierten Sitzplatz und weigert sich, ihn aufzugeben. Ich wäre gerne so selbstbewusst, in solchen Situationen für mich einzustehen, doch Izzy will keine Szene machen, also suche ich mir im nächsten Waggon einen freien Platz. Ich schmeiße meine Tasche auf die Gepäckablage und sacke im Sitz zusammen, während meine Heimatstadt an mir vorüberzieht. Ich sollte mich darauf freuen, am Anfang eines neuen Jahres nach London zurückzukehren, aber ich kann heute einfach nichts Positives sehen.

Vielleicht helfen ja ein paar gute Vorsätze?

Ich öffne das abgenutzte Notizbuch, das ich schon seit Jahren mit mir herumschleppe, und kneife die Augen zusammen, sodass ich den letzten Eintrag nicht lesen muss, der gestern Abend so spektakulär in die Hose gegangen ist. Ich bin mir sicher, dass ich dank dieser Angewohnheit viel zu früh Falten um die Augen bekomme.

Schnell schlage ich eine neue Seite auf und kritzele drauflos.

⋆★⋆

Dinge, zu denen ich im Januar nein sagen werde

1. Muffins/Brownies/sonstiger Scheiß. Du wirst nur Quinoa und Spinat essen. Anmerkung: Herausfinden, was Alfalfasprossen sind.
2. Alkohol. Er bringt dich dazu, über sich wälzende Schweinchen reden. Außerdem hast du dir an Weih-

nachten eine uncoole Baileys-Angewohnheit zugelegt. Das muss aufhören.

3. Deine Vermieterin. Du zahlst jetzt schon viel zu viel für die kleinste Schuhschachtel von Brixton.
4. Männer. Hör vor allem auf, an George zu denken. Denk dran: Du bist jetzt Katzenmama.
5. Dein innerer Schweinehund. Geh ins Fitnessstudio.
6. Tallulah. Hör auf, ihr Kaffee zu holen, und besteh darauf, stattdessen brandheiße Artikel zu schreiben.

Ich füge noch ein paar Verzierungen hinzu und lehne mich zurück, um mein Werk zu bewundern. Es ist eine To-don't-Liste! Vielleicht wird das neue Jahr ja doch nicht so schlecht.

⋆★⋆

Am nächsten Tag schleppe ich mich durch die Straßen von London Bridge, bleibe vor dem hohen Bürogebäude stehen, in dem ich arbeite, und nehme den Aufzug in den achten Stock. Ich bin eine der Ersten – weil besonders #keen –, also setze ich mich an den Schreibtisch und vertilge die letzten Krümel des ~~zweiten~~ dritten Muffins von gestern, während mein Computer hochfährt. In weniger als einer Stunde findet ein Brainstorming für die erste Ausgabe des neuen Jahres statt, und trotz all meiner guten Absichten habe ich mich nicht darauf vorbereitet, nachdem ich gestern zu Hause angekommen bin. Aber das ist nicht meine Schuld. Es liegt nur an Jamie, die darauf bestanden hat, mit Notfalldonuts bewaffnet zu mir zu kommen.

Ich greife nach einem Kuli und kratze mich am Kopf.

Denk nach, Isobel! Was möchten die Leute nächste Woche in der *Pulse* lesen? Wir sind ein wöchentlich erscheinendes Hochglanzmagazin, und unsere Hauptzielgruppe sind Karrierefrauen zwischen zwanzig und dreißig. Sie haben ein erfüllendes Sozialleben und Dates mit heißen Typen und sind einfach nur super. Genau wie ich!

«Anfang Januar sind alle noch ganz ausgelaugt von Weihnachten, dort sollte ich also ansetzen», erkläre ich dem leeren Büro.

Ich ziehe den Notizblock aus meiner abgewetzten Bürotasche und lese die Liste von gestern. Hm … Das Muffinverbot tritt offensichtlich erst morgen in Kraft. Gerade habe ich mir schuldbewusst die letzten Krümel in den Mund geschoben, als mein Arbeitshandy klingelt und ich mein Notizbuch fallen lasse, um abzuheben.

Die Chefredakteurin. Ach du Scheiße.

«Guten Morgen, Tallulah», sage ich in meiner besten Telefonstimme.

Angesichts dieses Namens werfe ich es niemandem vor, wenn er jetzt denkt, dass Tallulah den ganzen Tag in einem gehäkelten Kleid durch Kornfelder hüpft. Aber die Wahrheit sieht ganz anders aus. Tallulah ist nämlich eine knallharte Chefin, die Blumen zum Verwelken bringt und mich wie ihre persönliche Assistentin behandelt, obwohl ich hier bei *Pulse* eigentlich Artikel schreiben soll.

«Ja, Isobel. Mein Taxi ist mindestens dreimal falsch abgebogen, und jetzt stehen wir im Stau. Ich komme zu spät, warte also noch zehn Minuten, bevor du meinen Kaffee holst. Und es ist Januar, also skinny.»

Nach drei Jahren beim Magazin habe ich mich damit

abgefunden, dass auf ein *Bitte* oder *Danke* von ihr zu warten so wäre, wie zu erwarten, dass Kanye aufhört, in der dritten Person von sich selbst zu sprechen. Wenn meine direkte Vorgesetzte, die Kulturredakteurin Emma, nicht wäre, wäre ich schon längst unter Tallulahs unerbittlichem Blick implodiert.

«Frohes Neues!», jubelt Emma und kommt ins Büro gehüpft. «War das die Teufelin?», fügt sie mit einer Grimasse hinzu.

«Ja. Sie verlangt Kaffee, aber ich muss mich wirklich auf das Meeting vorbereiten», jammere ich.

«Mach dir keine Sorgen. Ich hole Kaffee, während du dich sortierst. Latte?»

«Du bist ein Engel», seufze ich dankbar. «Oh, sie besteht auf skinny, weil Januar ist.»

Okay, Brainstorming! Ich hebe mein Notizbuch auf und schaue die zufällig aufgeschlagene Seite an. Sie ist vom letzten Jahr.

Neues Jahr, neues Ich!

Na, das war ja wohl ein Scheißsilvester, oder? Abgesehen davon, dass GG deinen Hintern begrapscht hat, natürlich. Du hast fünf Pfund zugelegt, die vollständig aus Weihnachtspasteten bestehen, und du bist immer noch Single. Hier ist deine neue To-do-Liste:

1. Gesund essen. Keine Würstchen im Schlafrock mehr.
2. Hör auf zu trinken. Es macht dich wabbelig an den Rändern.
3. Hör auf, George anzuschmachten. Finde bis zum nächsten Silvester einen Freund.

4. Fit werden! Vielleicht Fitnessstudio?
5. Such dir eine neue Wohnung, am besten eine, in der du in der Dusche aufrecht stehen kannst.
6. Verlange auf der Arbeit spannendere Aufgaben, als immer nur die Fernsehtipps zusammenzustellen.

Ich werfe einen Blick auf das Datum, das ich am rechten oberen Rand vermerkt habe. Erster Januar letzten Jahres. Dann starre ich wieder die Liste an. Sie ist fast identisch mit der, die ich gestern geschrieben habe. Ich blättere zwischen den beiden Einträgen vor und zurück, und mir wird einiges klar. Trotz aller guten Absichten zu Jahresbeginn hat sich für mich seit langer, langer Zeit nichts geändert. Weder mein Beziehungsstatus noch meine miese Wohnung, noch mein bescheidener Job, noch mein Gewicht ... nichts. Wow.

* ★ *

«Wenn ich eine schauspielerische Einlage gewollt hätte, hätte ich einen meiner Exmänner eingeladen», sagt Tallulah und verdreht die Augen. Lucy, die normalerweise den Beautyteil schreibt, schluchzt in ihren Layoutentwurf. «An Silvester abserviert zu werden ist noch lange kein Grund, schlecht vorbereitet zu einem Meeting zu erscheinen.»

«Sorry, Tallulah», wimmert Lucy. «Es ist nur ... Ich dachte, er macht mir einen Heiratsantrag. Er hatte einen Tisch im neuen Restaurant von Heston Blumenthal gebucht. Denk doch nur an die Warteliste! Und dann, nachdem ich meine Vorspeise gegessen hatte, die wie Obst ausgesehen, aber wie Fleisch geschmeckt hat, hat er kurz gewartet, und ich dachte, jetzt kommt's, aber dann hat er gesagt, dass es vorbei ist, und jetzt fange ich das neue Jahr als alte Jungfer anstatt frisch verloooooobt.»

Unsere hochgeschätzte Chefredakteurin, der jegliche Gefühlsregung schon als Kind operativ entfernt wurde, starrt Lucy und ihren Gefühlsausbruch angeekelt an. Alle anderen rutschen unbehaglich auf ihren Stühlen herum. Ich möchte meine Freundin in den Arm nehmen oder ihr zumindest ein Taschentuch anbieten, aber ich weiß, dass eine falsche Bewegung dazu führen könnte, dass Tallulah mich mit ihren sargförmigen Klauen enthauptet.

«Liebes, das ist ja furchtbar.» Gott sei Dank hat Emma mehr Eier in der Hose als ich. «Zum neuen Jahr herrscht immer so viel Druck! Ich weiß, ich habe leicht reden, aber es klingt, als wärst du diesem Hornochsen gerade noch mit heiler Haut entkommen!»

«Ja, sieh es als Neuanfang», sagt Fran, die Redaktionsassistentin.

«Ich glaube, wir haben alle einen Neuanfang nötig», melde ich mich zu Wort. Ich bin offensichtlich doch ein bisschen mutig heute. «Mir ist gerade klargeworden, dass ich dieselben langweiligen Vorsätze gefasst habe wie im letzten Jahr. Du weißt schon, hör auf, Scheiße zu essen, hör auf, dich in unerreichbare Männer zu verlieben, bla, bla, bla.»

Stille. Ich *wusste* es, ich hätte den Mund halten sollen! Aber dann bemerke ich, dass Tallulah ganz nachdenklich aussieht. Jedenfalls soweit sie nach all den Injektionen, die ihre Stirn schon abbekommen hat, noch nachdenklich aussehen kann.

«Januar scheint der Monat der gescheiterten Vorsätze zu sein», überlegt sie und schaut dabei die Decke an.

Emma und ich stupsen uns unter dem Tisch an, weil wir genau wissen, was jetzt kommt. Tallulah liebt es, viel zu viel von ihrem Privatleben zu erzählen. Alles, aber auch wirklich alles, kann einen solchen Anfall auslösen. Ihre Augen werden plötzlich glasig, und sie legt los mit irgendetwas, das bei uns mit ziemlicher Sicherheit Brechreiz hervorrufen wird.

«Im letzten Jahr habe ich mir geschworen, mich von meinem türkischen Liebhaber zu trennen», setzt sie an. «Er sieht toll aus, und gut bestückt ist er auch, aber er wird einfach zu teuer. Wie viele Luxus-Shoppingtrips nach Mailand kann ein Mann schon brauchen? Ich habe natürlich versucht, ihn fallen zu lassen, aber genauso wie du versucht hast, keinen Scheiß mehr zu essen, Isobel, hat auch mein Beschluss nicht lange gehalten, und er hat sich irgendwie einen Weg zurück in mein Leben gebahnt.»

Sie hat sich heute tatsächlich schon zwei Mal an meinen Namen erinnert.

Tallulah lehnt sich zurück und studiert ihre knochigen Arme. Ich ziehe den Bauch ein und hoffe, dass ihr nicht auffällt, dass ich meine Fressattacken-Notfalljeans anhabe, die einzige, die nach Weihnachten zuverlässig passt.

«Manchmal ist es einfach schwer, Ideen in die Tat umzusetzen, oder?», antworte ich vorsichtig, während die anderen das Gesicht verziehen. «An Weihnachten geht es immer darum, zu diesen tollen Sachen ja zu sagen, Wein und Kekse und ... ähm ... türkische Liebhaber. Und dann kommt der Januar, und der ganze Spaß der Feiertage ist vorbei, und man fängt an, immer mehr von sich zu verlangen. Als ich meine Liste mit allem, was ich im letzten Jahr erreichen wollte, durchgelesen habe, wurde mir klar, dass wir uns den trostlosesten Monat aussuchen, um nein zu allen möglichen Sachen zu sagen.»

Tallulah schaut mich an. Dann schaut sie den leeren Layout-Entwurf an. «Ideen in die Tat umsetzen», wiederholt sie. «Nein sagen. Interessanter Gedanke. Das neue Jahr bringt einen Neuanfang, also warum bestehen wir alle darauf, uns Dinge zu versagen? Was wäre, wenn wir aufhören, nein zu sagen, und stattdessen ja sagen?»

Sie trommelt mit den Fingernägeln auf der Tischplatte herum.

«Du», blafft sie mich an. «Kannst du schreiben?» Sie wartet meine Antwort gar nicht erst ab. «Emma, kann sie schreiben?»

«Izzy schreibt großartig», antwortet Emma. «Das sage ich dir schon seit Jahren», fügt sie leise hinzu.

«Das werden wir ja sehen», sagt Tallulah finster. «Ich stelle mir ein ganzjähriges Feature vor. *Isobels Ja(hr)*. Deine langweilige Liste von Dingen, die du nicht tun möchtest, gehört der Vergangenheit an. Stattdessen sagst du ja zu spannenden neuen Herausforderungen. Ein Artikel pro Monat, in dem du deine Fortschritte festhältst.»

«Super Idee», stimmt Emma zu. Tallulahs hochgezogene Augenbraue sagt uns, wie unnötig es war, das Offensichtliche auszusprechen. «Die Leserinnen können Vorschläge machen. Oder sich sogar Mutproben ausdenken. Du weißt schon, Dinge, zu denen du normalerweise nein sagen würdest.»

Ich starre sie an wie ein verängstigtes Lamm.

«Mutproben? Ich, ähm, also, ich bin ziemlich gut organisiert und plane gern im Voraus. Vielleicht würde es reichen, einen 10 km-Lauf zu machen und mich gesund zu ernähren?», biete ich an.

«Langweilig. Nein. Scheiße», verkündet Tallulah. «Isobel, du wirst zu aufregenderen Dingen ja sagen, als in irgendwelchen staubigen Turnschuhen im nächsten Park rumzurennen. Emma, ja, die Leserinnen sollen sich melden, und dann wählen wir die Mutproben aus. Nein steht nicht zur Debatte, Isobel. Ich will den ersten *Ja(hr)*-Artikel in unserer Januar-Ausgabe haben. Darin erklärst du die Regeln für das Feature und erzählst, wie deine erste Mutprobe lief. Du fängst also besser an, dich auf unserer Website mit den Leserinnen zu vernetzen und herauszufinden, was deine erste Mutprobe sein soll. Gib ihnen einen kleinen Hinweis auf das Feature, sag ihnen, wie beschissen dein Leben gerade ist und dass sich etwas ändern muss.» Sie späht mich durch ihre Designerbrille an. «Nicht allzu schwierig, oder?»

Oje, das klingt furchteinflößend. Ich nehme meinen Kuli und zeichne einen kleinen Stern an meine neueste To-don't-Liste. Und dann erinnere ich mich an all die gescheiterten Vorsätze meines Lebens. All die Gelegenheiten, zu denen ich nein gesagt habe, obwohl ich hätte ja sagen können. Ich hätte mit Jamie auf der Yacht eines Millionärs übers Mittelmeer segeln können. Ich hätte ein Date mit dem süßen Typen aus dem Café haben können, aber ich war zu sehr damit beschäftigt, Karriere zu machen. Haha, Witz. Verdammt, ich hätte sogar stolze Besitzerin eines umwerfenden blauen Jumpsuits sein können, in dem ich laut Jamie ziemlich scharf aussah. Ich bin aus dem Geschäft geflohen, weil ich mir sicher war, nicht cool genug dafür zu sein.

Seit wann habe ich eigentlich eine solche Angst, mutig zu sein und etwas aufs Spiel zu setzen?

Schon immer, flüstert eine leise Stimme in meinem Kopf.

«OKAY?», donnert Tallulah.

«Äh …», mache ich.

Ihre Augenbrauen klettern schon wieder an ihrer Stirn hinauf.

Ach, egal, was habe ich schon zu verlieren?

«Sorry. Ja, auf jeden Fall. Ja!»

* ★ *

«Soll ich dir mal was sagen?», frage ich und schaue mich verschwörerisch in der Bar um.

«Dass du mich liebhast?», fragt Jamie.

«Wie hast du das nur erraten?» Ich zeige mit dem Finger auf meine beste Freundin und lande damit versehentlich auf ihrer winzigen Stupsnase.

«Weil Vier-Wein-Izzy mir immer sagt, dass sie mich liebhat.»

«Oh», antworte ich enttäuscht. «Bin ich wirklich so vorhersehbar?» Zumindest versuche ich, ‹vorhersehbar› zu sagen. Heraus kommt ‹vorherschebahr›.

«Vorherschebar!», wiederhole ich prustend.

«Du bist ein kleines bisschen vorhersehbar, aber das ist in Ordnung so. Du magst eben Pläne, an die du dich halten kannst. Wie heute Abend. Das heißt bei dir Merlot-Mittwoch und ist als wiederkehrender Event in deinem Kalender gespeichert.»

«Aber das ist doch, weil ich so gerne Zeit mit dir verbringe. Außerdem mag ich Wein und ...» Weil mir kein weiterer Grund einfällt, pikse ich sie wieder in ihre Stupsnase.

«Und deswegen mag ich dich auch so gerne.» Sie tätschelt mir mit der perfekt manikürten Hand den Kopf.

Jamie ist eines der wenigen Dinge, die in meinem Leben genau richtig sind. Einfach nur mit ihr befreundet zu sein, gibt mir das Gefühl, dass die Welt ein besserer Ort ist. Wir haben uns in unserem ersten Jahr an der Uni in einer Vorlesung kennengelernt. Sie hat meine Sammlung bunter Filzstifte bewundert, und ich habe sie beneidet, weil sie es schaffte, in Budapestern und einem Filzhut nicht völlig daneben auszusehen. Die nächsten drei Jahre verbrachten wir damit, uns darüber zu streiten, ob wir zu Hause bleiben und Serien schauen (mein Vorschlag) oder ausgehen und das Rugbyteam der Uni stalken sollen (ihr Vorschlag).

«Ist ja auch egal, ich hab großartige Neuigkeiten», schreie ich. «Von jetzt an werde ich mindestens ein Mal im Monat ganz und gar nicht vorherschebahr sein.» Ich merke, dass ich sie neugierig gemacht habe, also füge ich ein «Fünf-Wein-Izzy?» hinzu, bevor ich zur Bar schwanke und eine weitere Flasche bestelle.

«Los, erzähl!» Jamie dreht die Flasche mit absolut unanständiger Eile auf. Geduld war noch nie ihre Stärke.

Ich erzähle ihr von meinem neuen Feature und sehe zu, wie sich ein strahlendes Lächeln über ihr Gesicht ausbreitet.

«IST NICHT WAHR! Izzy, das ist so gut für dich», schreit sie nun ihrerseits. Niemand sonst schreit hier drin, die Musik ist eher leise, aber so ist das nun mal, wenn man mitten in der Woche zu viel trinkt.

«Ich dachte du hast gesagt, du magst mich, weil ich vorhersehbar bin?»

«Äh … ja, schon.» Jamie beißt sich auf die Unterlippe, während sie darüber nachdenkt, wie sie diese Aussage entkräften könnte. «Aber ein bisschen Spontaneität wäre schon gut für dich. Ich meine, wann hast du zuletzt ja zu einem Date mit einem echten Mann gesagt?»

«Wie meinst du das denn, ein echter Mann? Ist ja nicht so, dass ich eine Plastikpuppe habe, die mich zu Dates ausführt. Ich habe gar keinen Platz für eine Puppe. Und du weißt doch, dass ich seit Jahren kein Date hatte», schreie ich zurück.

Jetzt weiß also auch die ganze Bar, dass ich seit ewigen Zeiten nicht mit einem Mann ausgegangen bin.

Jamie greift aufgeregt nach meiner Hand. «Ich hoffe, jemand verlangt, dass du dich bei Tinder anmeldest! Du bist die einzige Mittzwanzigerin, die ich kenne, die nicht bei Tinder ist. Weißt du, was? Dieses Feature hilft dir wahrscheinlich sogar, Gorgeous George zu vergessen. Den müssen wir übrigens unbedingt umbenennen.»

«Ganz dummer George?», biete ich an.

«Grotesker George.»

«Geschwollener George?»

«Gonorrhö-George. Das passt.» Jamie lacht.

⋆★⋆

«Wo zur Hölle steckst du?», rufe ich und durchwühle meine Socken-/Alle-mögliche-Scheiße-Schublade mit wachsender Ungeduld. Wenn ich diese Socke nicht gleich finde, komme ich zu spät. Und ich hasse es, zu spät zu kommen. Außerdem erfrieren die Zehen an meinem nackten linken Fuß wahrscheinlich gerade und fallen bald ab, dank der miserablen Heizung in meiner Wohnung.

Endlich sehe ich etwas. Bingo. Ich zerre die babyblaue Socke mit den pinken Cupcakes heraus, setze mich auf den Boden und ziehe sie an. An manchen Tagen denke ich, dass es mir gelungen ist, ein Outfit mit einem Hauch von Stil zusammenzustellen. An anderen, so wie heute, bin ich nicht so erfolgreich. Im Flur (tatsächlich gibt es Idioten, die finden, dass dieser zusätzliche Quadratmeter als weiterer Raum zählt – oh, Moment, ich bin selbst einer davon) werfe ich einen müden Blick auf mein Spiegelbild.

Ich sehe genauso schlecht aus, wie ich erwartet hatte. Ich trage verwaschene Jeans und einen grauen Pulli, der mal cremefarben war. Ich hatte auf mühelos cool gehofft, aber ich sehe aus, als hätte ich mir einfach keine Mühe gegeben. Ich knie mich hin, um meine Schuhe zu binden, und sehe mein Gesicht im Spiegel. Heilige Mutter MAC! Mein ~~natur~~blondes Haar steht nach dem vierten Tag mit Trockenshampoo in alle Richtungen ab. Meine Haut ist trocken und käsig, nachdem ich mich gestern nicht abgeschminkt habe. Statt Augen habe ich Löcher, und außerdem habe ich heute Morgen eine abtrünnige Kontaktlinse auf der Rückseite meines Augapfels gefunden. Ich bin die menschliche Manifestation eines Katers.

Ich torkele aus der Wohnung und zwicke mir dabei in

die Wangen, um ein bisschen Farbe in mein Gesicht zu zaubern.

Mein Nachbar öffnet gerade seine Tür und starrt mich böse an. Na toll, mal wieder ein unangenehmer Moment im Flur. Ich versuche es mit einem fröhlichen Hallo und werde ignoriert. Dann drehen wir uns beide gleichzeitig zur Treppe um. Aaah, wir können nicht im Tandem da runtergehen! Zu versuchen, mich mit dem sexiest Nachbar alive zu unterhalten, ist schlimmer als die Hölle. Er ist nämlich auch der unhöflichste Nachbar alive, weil er nie etwas sagt. Ich eiere ein bisschen im Flur herum, damit er vorbeigehen kann. Ein unwiderstehlich männlicher Duft bleibt hinter ihm zurück.

Wir sind jetzt seit drei Jahren Nachbarn in dieser beengenden umgebauten Villa, und trotzdem sind Nathan und ich noch nicht weitergekommen, als dass ich höflich bin und er ein asoziales Arschloch. Laut Beth von Unten (diesen wahrscheinlich etwas unglücklichen Namen habe ich der netten Nachbarin aus der Wohnung unter mir gegeben) ist er Musikjournalist. Wir haben denselben Beruf, verdammt noch mal! Aber Nathans kühle Art lässt mich darauf schließen, dass ich zu idiotisch bin, um seine Aufmerksamkeit verdient zu haben. Ich warte, bis ich seine Schlüssel in der Haustür höre, und gehe dann selbst hinunter. Ich bete zu Michael Fassbender, dass der Tag heute nett zu mir ist.

★★★

Ich bin mir nicht ganz sicher, was mit Tallulahs Gesicht los ist, aber ich glaube, die Grimasse in Kombination mit dem zuckenden Auge bedeutet, dass sie tatsächlich mit mir zufrieden ist. Es ist schwer zu sagen, weil ich noch nie in einer derartigen Situation war.

«Ja, okay, lad es hoch. Hoffen wir, dass die erste Challenge schnell reinkommt.» Sie wischt mich mit einer Handbewegung aus ihrem Büro.

«Was hat sie gesagt?», flüstert Emma, als ich mit dem Mission-Statement für die Website an meinen Platz zurückkehre.

«‹Ja, okay, lad es hoch›», äffe ich Tallulah nach, wobei ich versuche, auch ihre Grimasse zu imitieren.

«Woooow.» Emma pfeift durch die Zähne. «Dieses Gesicht hat sie gemacht? Das ist wirklich ein hohes Lob. Ich bin stolz auf dich, Izzy.»

Ich weiß nicht genau, ob ich auch stolz auf mich bin. All die Gründe aufzuschreiben, warum es höchste Zeit wird, ja zu sagen, hat mir gezeigt, wie unfassbar langweilig mein Leben ist. Vor allem die Stelle, an der ich beschreibe, wie ich ein Last-Minute-Ticket für das Glastonbury Festival abgelehnt habe, weil an demselben Wochenende der neue Kühlschrank geliefert wurde. Und die, wo ich zugebe, dass ich seit drei Jahren kein richtiges Date hatte. Es ist nicht so, dass ich keine Angebote hatte. Ich schätze, ich habe einfach Ansprüche an einen Mann. Gutaussehend, witzig, anständiger Job, liebt Kalender genauso sehr wie ich. Das Übliche eigentlich.

Nachdem ich alles aufgeschrieben habe, tue ich mir selbst ein bisschen leid. Na ja, wenigstens habe ich ein Feature für das ganze Jahr, auf das ich mich konzentrieren kann. Selbst wenn es zu sonst nichts gut war, unserer gesamten Leserschaft zu erzählen, dass ich langweilig bin – diese Grimasse von Tallulah wird mir für immer bleiben. Derartiges Lob ist unbezahlbar.

> Ich werde mich jeden Monat einer neuen Challenge stellen, zu der ich ja sagen muss. Nein steht nicht zur Debatte. SCHLUCK! Wenn dir also eine Challenge für mich einfällt, schick mir eine E-Mail oder ein Tweet mit dem Hashtag #DareIzzy. Und vergiss nicht, dir immer die letzte Ausgabe des Monats zu holen, um zu sehen, wie ich mich anstelle. Ich habe so eine Ahnung, dass ich jede Unterstützung brauchen werde!

Ich gebe meinem Text den letzten Schliff, dann stelle ich ihn auf die Website. Ich teile noch einen Link zum Twitter-Profil von *Pulse* und bemerke, dass ich seit mehreren Minuten nicht geatmet habe.

Jetzt gibt es kein Zurück mehr.

★★★

Als ich aus der Mittagspause zurückkomme, liegt eine Packung schweinchenförmiger Weingummis auf meinem Schreibtisch. Darauf klebt ein Zettel.

> *Wir wollen dir helfen, dich vom Merlot-Mittwoch zu erholen.*
> *Emma x*

Als ich mir einen der zuckrigen Lebensretter in den Mund schiebe, freue ich mich, weil Emma so lieb ist und weil:

mmmhhhmmm, Zucker. Gleichzeitig bin ich traurig, dass ich offenbar so vorhersehbar bin, dass sogar meine Chefin genau weiß, was jede Woche in meinem Kalender steht. Ich denke an das gestrige Gespräch mit Jamie zurück. Sie hatte recht.

Ich aktualisiere mein E-Mail-Postfach und warte auf den unvermeidlichen Mittagsspam.

Hey Izzy, heute vor zwei Jahren warst du der Meinung, dass es eine gute Idee wäre, laufen zu gehen. Warum nicht auch heute?

«Ach, halt doch die Klappe, Lauf-App.» Ich klicke die Nachricht weg und seufze. Ich esse Süßigkeiten zu Mittag und habe mich noch kein bisschen bewegt. Der Plan für Januar geht gehörig in die Hose. Aber MOMENT MAL. Ich habe jetzt schließlich einen völlig neuen Plan. Und obwohl es sich ganz schön beängstigend anhört, ein ganzes Jahr außerhalb meiner Komfortzone zu verbringen, kann ich nicht bestreiten, dass ich mich auch ein klitzekleines bisschen darauf freue. Ich darf echte Features für die Zeitschrift schreiben! Und das fühlt sich sehr nach einem Schritt in die richtige Richtung an.

Ich trommele mit den Fingern auf den Tisch, während ich auf weitere E-Mails warte.

Dann trommle ich noch ein bisschen weiter, bis …

Viel mehr E-Mails als sonst landen in meinem Postfach, und die Lautstärke des Computers ist maximal aufgedreht. Mein Mac wirft wild mit Signaltönen um sich, und jeder Kopf im Büro dreht sich zu mir um, während ich verzweifelt die Tastenkombination zum Stummschalten suche. Izzy hasst es, im Mittelpunkt zu stehen.

Ein wenig außer Atem starre ich auf den Bildschirm und bemerke, dass jede der neuen Mails den Betreff DARE IZZY hat. Ach du Scheiße! Ich klicke auf die erste Mail.

Hallöchen Izzy,
ich habe gerade deinen Artikel gelesen, und mich interessiert vor allem die Stelle, an der du sagst, dass du Single bist. Ich glaube, ich habe die perfekte Mutprobe für dich! Ich bin auch Single, und ich habe etwas, zu dem du ganz sicher gerne ja, ja, JA sagen wirst.
Es ist mein riesengroßer …

AH, MEINE AUGEN!

«Iz, ich glaube nicht, dass das auf der Arbeit angemessen ist.» Lucy wirft lachend einen Blick auf meinen Laptop.

«Oh mein Gott, ich weiß, es geht einfach nicht weg», kreische ich und klicke blindlings auf dem Bildschirm herum.

«Was ist denn hier los?» Emma kommt aus der Mittagspause. Sie reißt die Augen auf, als sie das Foto des erigierten Penis sieht.

«Izzy schaut sich ein Penisbild an», ruft Lucy, die aus dem Lachen gar nicht mehr herauskommt.

«Mach das weg», jammere ich und wende meinen Augen-zusammenkneif-Trick an, während Lucy sich um meinen Computer kümmert.

«Alles gut. Du kannst die Augen wieder aufmachen», sagt sie.

«Ach du Scheiße», japse ich. «Ich habe mir keine Penisbilder angeschaut, das schwöre ich. Irgendein komplett Verrückter hat das als meine erste Challenge vorgeschlagen. Er meinte, ich könnte doch ja zu seinem Ihr-wisst-schon-was sagen.»

Lucy und Emma krümmen sich vor Lachen. Ich schürze die Lippen und verschränke die Arme vor der Brust.

«Darum soll es in dem Feature nicht gehen», sage ich spitz. «Es heißt ja nicht Isobels *Ja(hr) zur sexuellen Belästigung*, oder? Ich soll mich aufregenden Challenges stellen, die vielleicht mein Leben bereichern. Und nicht Bilder vom Notgeilen Nick anschauen.»

Lucy klopft mir auf die Schulter und klaut sich ein Gummischwein.

«Liebes.» Sie legt den Kopf schief. «Es ist schon länger her, dass du einen gesehen hast, oder? Muss ein ziemlicher Schock gewesen sein.»

Diese Demütigung!

«Es ist nicht … Ich *habe* … Ach, hör doch auf, Lucy.» Ich war schon immer sehr schlagfertig.

Emma atmet ein paarmal tief ein und aus, um sich zu beruhigen, Lucy fächelt sich mit den Händen Luft zu.

«Seid ihr jetzt fertig?»

«Sorry.» Emma ist wenigstens anständig genug, so auszusehen, als ob sie sich schämte.

«Wir haben dich ja nicht ausgelacht, Izzy», grinst Lucy. «Aber du musst doch zugeben, witzig ist es schon.»

«Nein, muss ich nicht! Das ist die erste Challenge, die mir geschickt wurde. Was ist, wenn die anderen auch alle Einladungen von abstoßenden Typen sind? Darüber lässt

Tallulah mich bestimmt kein Feature schreiben. Ich kann nicht glauben, dass jetzt schon alles versaut ist.»

Zu spät wird mir meine ungünstige Wortwahl klar.

Emma beißt sich auf die Lippe. Lucy prustet wieder los.

«Offensichtlich arbeite ich hier mit Kindern zusammen», grummele ich und stapfe Richtung Kantine.

⋆★⋆

Einen riesigen Pappbecher mit dampfendem Kaffee in der Hand zu haben sorgt irgendwie dafür, dass ich das Leben viel positiver sehe. Ich nehme einen Schluck und schaue durch die Glasfront des Cafés in der obersten Etage unseres Bürogebäudes. Die funkelnde Skyline von London erstreckt sich vor mir, und jedes der glänzenden Gebäude beherbergt Hunderte von Arbeitsbienen. Darunter glitzert die Themse im fahlen Winterlicht, und ich schaue zu, wie rote Doppeldeckerbusse sich ihren Weg durch die Straßen bahnen.

Die Vogelperspektive hilft, alles zurechtzurücken. Ich meine, ich bin hier! Mittendrin! Ich arbeite für eine echt gute Zeitschrift. Und selbst wenn es einige Bereiche meines Lebens gibt, die ich auf Vordermann bringen sollte, kann ich doch stolz darauf sein, wie weit ich gekommen bin. Stimmt's? Stimmt.

Also, auf geht's, den Tatsachen ins Gesicht sehen. Wenn alle meine ungeöffneten Mails sexuell explizite Inhalte von irgendwelchen Perversen enthalten, gönne ich mir zum Ausgleich einen Muffin.

⋆★⋆

Schon viel fröhlicher kehre ich ins Büro zurück und fliege an Lucy vorbei. Sie sitzt wieder an ihrem Schreibtisch und nimmt ein Paket entgegen. Obwohl sie gerade verlassen worden ist, würde ich trotzdem alles dafür geben, Lucy zu sein und jeden Tag kistenweise Beautyprodukte geschickt zu bekommen.

Emma sieht aus, als hätte sie ein schlechtes Gewissen.

«Hey, Izzy. Lucy und ich hatten ein schlechtes Gewissen, deshalb haben wir die IT gebeten, sich deine E-Mail-Einstellungen anzuschauen. Sie haben deinen Spamfilter aufgerüstet, du solltest jetzt also keine Bilder mehr von Perversen bekommen.»

Ich stelle meinen Milchkaffee mit einem befriedigenden Plopp auf den Schreibtisch.

«Danke, Emma, und tut mir leid, wahrscheinlich habe ich überreagiert.»

«Nein, überhaupt nicht, ich verstehe das sehr gut. Du willst, dass dein Feature funktioniert, und das hast du auch verdient. Ich glaube, du wirst positiv überrascht sein, wenn du dir den Rest anschaust.» Sie lächelt.

Misstrauisch klicke ich auf eine der Mails.

«Hier sind so tolle Ideen dabei», jubele ich ein paar Minuten später. «Verbringe einen Tag mit einem Promi. Schwimme mit Delfinen. Lerne Brotbacken. Oooh, das hier gefällt mir: Nimm an einem Aufräumkurs teil!»

Emma verdreht die Augen.

«Und genau das ist der Grund, warum du nicht selbst aussuchen darfst», sagt sie. «Ich habe die IT gebeten, alle Dare-Izzy-Mails an mich weiterzuleiten, und weißt du, was?»

«Was?» Ich rutsche nervös auf meinem Stuhl herum.

«Ich habe gerade deine erste Challenge ausgesucht. Ich schicke sie dir.»

Liebe Izzy,
ich versuche auch immer, im Januar mit irgendwelchen Sachen aufzuhören, und schon ein paar Tage später scheitere ich. Es wird sicher inspirierend sein, von all den aufregenden Dingen zu lesen, die du während deines Ja(hr)s erleben wirst. Außerdem habe ich das Gefühl, dass du versuchen willst, dein altes Leben hinter dir zu lassen. Vielleicht würde ein neuer Look helfen?
Ich wünsche dir auf jeden Fall alles Gute für die Mutproben, die auf dich zukommen. Ich freue mich schon auf deine Artikel!
Ally aus Gloucester x

«Ich habe das Gefühl, du willst dein altes Leben hinter dir lassen», wiederhole ich.

«Japp.» Emma nickt. «Sie hat den Nagel auf den Kopf getroffen.»

«Komplettes Makeover?» Ich zupfe am Ärmel meines Pullovers herum. Emma klatscht begeistert in die Hände. «Kannst du mir eine Sache versprechen? Bitte lass mich nicht wie eine Realityshow-Statistin aussehen.»

Emma ignoriert das und greift nach ihrem Handy.

«Henri, Schätzchen?», gurrt sie. «Ich muss dich um einen Gefallen bitten. Einen GROSSEN Gefallen.»

⋆★⋆

«Oh, non non non non non», sagt Henri, als er meine splissigen Haarspitzen sieht.

«Ich …» Aber er ist noch nicht fertig.

«Oh, non non non.» Er schüttelt den Kopf. «Und was ist das hier, Mademoiselle Mulligan?» Er berührt kurz meinen pudrigen Haaransatz, bevor er angeekelt die Fingerspitzen aneinanderreibt.

«Trockenshampoo?», sage ich vorsichtig.

«Welche Schande. Und wie lange bist du schon so … unnatürlich blond?»

«Ich habe angefangen zu färben, als ich fünfzehn war.»

«Du hast angefangen zu färben? Selbst?» Henri hat schockiert die Augen aufgerissen. Normalerweise wäre mir das Ganze entsetzlich peinlich, aber Henri sieht genauso aus wie Poirot (alias David Suchet), also liebe ich ihn natürlich und würde alles tun, was er sagt.

«Ja, selbst», sage ich und zucke entschuldigend die Achseln.

Henri ringt die Hände und schaut sich verzweifelt in seinem Salon um. Ich folge seinem Blick. Henri's ist kein normaler Friseursalon. Wir sind in Knightsbridge, und ich sitze auf etwas, das man eigentlich nur als goldenen Thron auf Rädern bezeichnen kann. Der Boden und Teile der Wände bestehen aus unendlichen schimmernden Marmorflächen, und riesige Glasvasen mit pink- und cremefarbenen Pfingstrosen trennen die einzelnen Waschbecken voneinander ab. Henri, der in T-Shirt und Weste einfach toll aussieht, ist ein winziges Kerlchen in den Vierzigern, aber wenn er seinen Untergebenen Befehle zuschreit, ist klar, wer hier der Boss ist. Plötzlich steht ein Mini-Henri neben ihm und hält ein Glas grünen Saft hoch.

«Kann ich vielleicht einfach einen Kaffee haben? Ich bin verkatert», entschuldige ich mich.

«NON. Der grüne Saft beinhaltet Avocado, unerlässlich für gesundes Haar», blafft Henri. «Kaffee nicht. Trink.»

Verdammt. Ich nehme einen Schluck und versuche, nicht das Gesicht zu verziehen.

«Emma meint, du brauchst ein komplettes Makeover, Haare zuerst», sagt Henri.

«Na ja, irgendwie schon. Ich meine, die Spitzen müssen definitiv geschnitten werden, vielleicht kannst du ja zwei Zentimeter wegnehmen?»

«Zwei Zentimeter? Für das hier ...» Er nimmt mein ausgefranstes Haar in die Hand und lässt es wieder fallen. «... völlig nutzlos.»

«Vielleicht drei?», frage ich und puste mir den Pony aus dem Gesicht.

Henri tippt verzweifelt mit seiner Schere auf seiner Handfläche herum. «Mademoiselle Mulligan, ich habe eine Vision für Sie. Sie haben von Natur aus rotes Haar, oui?»

Oh nein.

«Ja, aber ich hasse meine natürliche Haarfarbe.»

«Nico, nimm Mademoiselle Mulligan mit nach oben in unsere Colour Suite.» Dann wendet er sich wieder mir zu. «Du wirst schweigen und zusehen, wie sich die Magie entfaltet.»

Wenn es unten aussieht, als wäre Marie Antoinette für die Innenausstattung verantwortlich gewesen, so ist die Colour Suite ein Ausdruck von futuristischem Minimalismus. Alles ist weiß, sogar das übertrieben stylishe Magazin, das man mir zum Lesen gegeben hat, als Jacques vor vierundsechzig Stunden angefangen hat, Farbe auf mein Haar aufzutragen. Es hat sich herausgestellt, dass übertrieben stylishe Magazine auch übertrieben langweilig sind, also habe ich die letzten zwölf Minuten damit verbracht, meinen Daumennagel zu inspizieren.

Gott sei Dank kommt jetzt Jacques, der «Meisterkolorist», zurück.

«Auf einer Skala von eins bis zehn, wie orange ist es?», frage ich panisch, als er zur Probe eine Strähne auspackt.

Offensichtlich ist er nicht wegen seiner kommunikativen Fähigkeiten angestellt worden. Seine Antwort ist ein gallisches Schulterzucken, und ich starre mit wachsendem Entsetzen auf die nasse orangefarbene Masse auf meinem Kopf.

Ich lehne mich zum Auswaschen zurück und schließe die Augen. Das letzte Mal, dass ich meine natürliche Haarfarbe gesehen habe, war während meiner schrecklichen Teenagerjahre. Ich konnte den ständigen Hänseleien nur entkommen, indem ich mich mit Alanis Morissette in mein Zimmer verkroch. Ich war «Karottenkopf». Ich hatte «oranges Schamhaar». Ich war Nicola Roberts, während die anderen gemeinen Mädchen frei entscheiden konnten, welches Mitglied von Girls Aloud sie sein wollten. Erst als ich mich mit Selbstbräuner, Go-Blonder-Spray und Smirnoff Ice anfreundete, wurde ich langsam akzeptiert.

«Bitte zwing mich nicht, *Ironic* in meine Haarbürste zu singen», bettele ich, nachdem Jacques mich wieder nach unten gebracht hat.

«Ich verstehe das nicht», sagt Henri und setzt mich auf einen Stuhl ins Fenster seines Salons, wo ich a) aussehe wie eine Schaufensterdekoration und b) es keine Spiegel gibt. «So langes Haar steht dir nicht, das macht dein Gesicht flach wie einen Pfannkuchen, oui?»

Mit einem beigefarbenen Frühstück verglichen zu werden fühlt sich an wie ein neuer Tiefpunkt, also lasse ich mich in meinen Stuhl sinken und hoffe, dass die perfekt frisierten Menschen von Knightsbridge mich einfach übersehen. Ich könnte schwören, dass ich gerade Victoria Baker-Haber aus der Serie *Made in Chelsea* gesehen habe. Ich wette, sie wurde noch nie von jemandem, der aussieht wie Poirot, gezwungen, orangefarbenes Haar zu haben. Ihr Haar sieht aus wie die Mähne eines Vollblutpferdes.

Henri schnippelt und sprüht, bis er verkündet, dass ich fertig bin.

«Sollen wir deinen neuen Look enthüllen?»

«Nein?»

«Sei doch nicht so ein *enfant terrible*. Nico, den Spiegel.» Henri schnippt mit den Fingern.

Nico bricht unter dem Gewicht des riesigen, goldgerahmten Spiegels fast zusammen, während er sich zu uns herüberquält. Henri dreht theatralisch meinen Stuhl herum, sodass ich mein Spiegelbild sehe.

«Warum kneifst du die Augen zusammen?», verlangt er zu wissen.

«Oh, sorry», bringe ich hervor und zwinge mich, die Augen zu öffnen.

Mein blasses Katergesicht wird von zugegebenermaßen äußerst gesund glänzendem Haar eingerahmt. Wenn es so etwas gibt wie goldenes Kupfer, dann ist das meine neue Haarfarbe. Ein Pony verdeckt eine Seite meiner Stirn, und federleichte Locken ringeln sich bis kurz über meine Schultern.

«Ein Triumph», erklärt Henri. «Das Pony lockert das Ganze auf und betont deine phantastischen Wangenknochen. Die verschiedenen Lagen bringen Volumen ins Spiel. Und die Farbe! Oh, die Farbe. Ein wahres Meisterwerk, Jacques!» Er veranstaltet einen kleinen Applaus in Richtung Treppe, wo Jacques nervös auf sein Urteil gewartet hat. «Dieser Bronzeton! So nah an deiner natürlichen Haarfarbe, aber mit ein klein wenig mehr Oh, là, là, es bringt deine grünen Augen zur Geltung.» Er applaudiert noch ein bisschen mehr.

Ich beuge mich vor und schaue genauer hin. Meine neue Mähne sieht definitiv gut aus, die Farben erinnern an ein Herbstblatt, und ich muss zugeben, dass mir meine Haare kürzer ganz gut gefallen. Aber bin das *ich*? Bin ich selbstbewusst genug, um als wilder Rotschopf durchzugehen? Denn, seien wir mal ehrlich, in meiner Jugend bin ich daran kläglich gescheitert.

«Deine neue Frisur wird dich komplett verwandeln», fügt Henri hinzu. «Noch ein paar Kleinigkeiten, dann sind wir fertig.»

Noch mehr? Bitte nicht. Aber schon bald sitze ich auf der Rückbank eines Taxis, und zwar schneller, als ich Emma Stone sagen kann.

⋆★⋆

«Ist nicht wahr! Wer ist diese freche Göre, und was hat sie mit Isobel gemacht?»

Lucy zeigt ungläubig mit dem Finger auf mich.

«Ha, ha», murmele ich. Das Ganze ist mir eher peinlich.

«Mega», sagt sie und dreht mich im Kreis, um mich von allen Seiten zu begutachten.

«Wirklich? Es gefällt dir?», frage ich und schiebe eine meiner neuen Haarsträhnen hinters Ohr. Sie fühlt sich an wie Seide. Heute Morgen hat mein Haar sich noch wie ein Klettverschluss angefühlt.

«Ob es mir gefällt? Du siehst total krass aus! Freust du dich gar nicht? Du weißt schon, dass es schwerer ist, einen Termin bei Henri zu bekommen, als einen Tisch im Noma zu reservieren, oder?»

«Jetzt weiß ich es», nicke ich. «Ich glaube, mir gefällt es auch. Ich meine, den Schnitt mag ich natürlich, nur das Rot ist so nah an meiner Naturhaarfarbe, das ist vielleicht ein bisschen … gewagt.»

«Aber du solltest ja auch etwas wagen. Und jetzt komm zu Mami, Phase zwei beginnt sofort.» Lucy winkt mir, ihr zu folgen.

«Wo sind wir hier überhaupt?», frage ich. Wir laufen einen Flur in einem Hotel entlang.

«An einem meiner Lieblingsorte für Shootings. Das Licht im Penthouse ist ideal.»

«Shootings?»

«Komm schon. Wir können doch kein Makeover mit dir machen, ohne auch Bilder in deinem Feature zu bringen. Oder?»

Wir betreten einen riesigen Raum voller cremefarbener

Möbel, Kakteen und strategisch platzierter Messingornamente. Der Teppich ist so weich, dass es sich anfühlt, als ob ich auf einem Trampolin laufe.

«Jetzt setz dich und lass Elektra ein bisschen zaubern.» Lucy schubst mich in ein Badezimmer, das größer ist als meine gesamte Wohnung. Ich hocke mich auf einen Klappstuhl und versuche, nicht das ganze Make-up zu stehlen. Elektra hat einen ganzen KOFFER voll Zeug mitgebracht. Paletten mit jeder Lidschattenfarbe, die man sich nur vorstellen kann, tubenweise Highlighter und eine Tasche voller Lippenstifte. Ich stelle mir gerne vor, dass ich in irgendeinem Paralleluniversum Kosmetikerin gewesen wäre. Für jemanden, der sich eigentlich nicht viel schminkt, bin ich geradezu besessen davon, mir neue Produkte zuzulegen. Lass mich unbeaufsichtigt in eine Drogerie gehen, und ich komme sicher mit neun Eyelinern wieder raus, von denen keiner zu meinen Augen passt. Noch dazu habe ich keine Ahnung, wie ich dieses Zeug tatsächlich auf mein Gesicht bekomme. Meistens mache ich mir gar nicht erst die Mühe. Außer, es ist Mittwoch, oder … Nein, das ist wahrscheinlich der einzige Anlass.

«Erzähl mir von deinem Feuchtigkeitsritual», sagt Elektra.

Ein Ritual? Verdammt.

«Da bin ich ziemlich religiös», lüge ich überzeugend.

Sie betrachtet meine ausgetrocknete Haut und runzelt die Stirn. «Du bist keine sonderlich überzeugende Lügnerin.»

Oh.

«Und die Reinigung?»

«Absolut. Ich verwende seit Jahren dasselbe Produkt, du weißt schon, dieses Zeug für Teenager, das Pickel austrocknet.»

«Ach du lieber Gott», seufzt sie. «Du hast keine Pickel, und du bist auch kein Teenager, Izzy. Deine Haut ist sehr rein, und wenn du dir die Zeit nehmen würdest, dich darum zu kümmern, würde sie richtig strahlen. Du musst ein bisschen Geld für gutes Gesichtswasser, Toner und Feuchtigkeitscreme ausgeben. Investiere in deine Haut! Verwende die Produkte zweimal täglich, auch wenn du kein Make-up aufgelegt hattest. Versprochen?»

Weil sie mit einer Pinzette wenige Millimeter vor meinen Augen herumfuchtelt, verspreche ich es.

«Was hältst du hiervon?» Lucy kommt mit einem zartrosa Abendkleid auf einem Bügel zurück.

«Stark», verkündet Elektra.

«Ha, ha, toller Witz», lache ich.

Lucy wedelt ärgerlich mit dem Kleid herum.

«Das ist doch nicht dein Ernst?», frage ich. «Das ist rosa! Falls du es noch nicht bemerkt hast, ich habe jetzt blasse Haut und rote Haare.»

Lucy kommt näher und hält mir das Kleid unter die Nase. «Es wird toll an dir aussehen.»

«Nein. Auf keinen Fall. Rosa und Rot passen nicht zusammen.» Ich drehe störrisch den Kopf zur Seite.

Lucy hängt das Kleid an den Haken an der Tür und dreht sich dann mit dem Gesichtsausdruck einer Massenmörderin zu mir um.

«Hilf mir noch mal auf die Sprünge, Isobel, heißt das Feature Ja(hr) oder Nein? Ist es jetzt schon so weit? Du rennst weg und versteckst dich, wenn du Angst hast, wie immer?»

Autsch. Ich schiebe meine Unterlippe vor wie ein unartiger Welpe.

«Nein, aber …»

«Vertrau einfach Tante Lucy. Elektra, schrei, wenn sie einen Fluchtversuch macht.» Lucy dreht sich auf dem Absatz um und verschwindet.

⋆★⋆

«Diese Spannung! Diese Aufregung!» Lucy kichert.

Alles, was sich in meinem sehr begrenzten Blickfeld befindet, sind ihre rot lackierten Zehennägel, die auf dem luxuriösen Teppich herumwackeln.

«Luce … Darf ich es sehen?»

«Aber natürlich. Ta-daaaaaaaaaaaa!» Sie nimmt ihre Hände von meinen Augen, und ich blinzele dem Spiegelbild vor mir entgegen.

Es dauert ziemlich lange, bis mir klarwird, dass ich das bin. Ich sehe … gut aus? Trotz meiner Blasse-Mädchen-Angst bringt das gedeckte Pink meine Haut zum Leuchten. Und auch wenn ich nie, nie etwas Trägerloses trage, gelingt es diesem zauberhaften Kleid irgendwie, mein C-Körbchen unter Kontrolle zu halten, und das an meiner Taille geraffte Material lässt mich aussehen, als wäre ich so dünn wie Olivia. Außerdem wirken meine eins sechzig groß und schlank. Ich trete einen Schritt vor, um mein Make-up zu begutachten. Elektra hat einen tiefblauen Eyeliner verwendet, eine Farbe, die mir nicht im Traum eingefallen wäre, aber sie hat damit unglaubliche Smoky Eyes kreiert. Ein Tupfen Highlighter auf meinen Wangenknochen und ein taufrischer Lippenstift in Nude machen mein neues Ich komplett.

«Und? Was sagst du?» Emma starrt mich an als würde sie mich zum ersten Mal sehen.

«Ich … ich bin sprachlos.»

Alle jubeln und klatschen, während ich mich ungläubig vor dem Spiegel drehe und mich von allen Seiten betrachte. Ich suche einen Winkel, aus dem ich nicht gut aussehe.

Aber ich finde ihn nicht.

«Ich habe noch nie so ausgesehen», flüstere ich und schaue überrascht Lucy an.

Sie tupft sich mit einem Papiertaschentuch die Augen.

«Ich bin so stolz auf mich», heult sie. «Tut mir leid wegen der Sintflut! Die Trennung von Arschgesicht hat mich total emotional gemacht. Dieser widerliche Bastard. Aber ich werde ganz sicher nicht in der Ecke sitzen und mir selber leidtun, das kann er vergessen. Ich werde da rausgehen und phantastisch sein. Und wo wir gerade von phantastisch reden, HALLO!»

Sie wedelt mit der Hand in meine Richtung.

«Du siehst unglaublich aus, Izzy», schnieft sie. Ein Grinsen breitet sich auf ihrem Gesicht aus. «Ich muss einfach stolz auf mich sein. Und auf Elektra. Und auf Henri. Und auf Emma. Und natürlich auf unseren Star, auf dich!»

Sie tätschelt meine Schulter wie ein stolzer Vater.

«Das ist dein neues Ich! Neues Jahr, neuer Look, neues Leben.»

Und wisst ihr, was? Ich fange an, ihr zu glauben.

KAPITEL ZWEI

★

FEBRUAR

Tritt im Fernsehen auf ... live!

Vermutlich ist die Behauptung, ich sei ein Naturtalent vor der Kamera, nicht gerechtfertigt, aber die magische Kombination aus Gin und meinem brandneuen Look sorgt definitiv dafür, dass ich mich während des Fotoshoots sexy fühle. Als der Fotograf verkündet, dass wir fertig sind, komme ich mir vor wie Cinderella um Mitternacht.

Todtraurig bitte ich Lucy, mir aus dem Kleid zu helfen.

«Warum zur Hölle denn das?», antwortet sie, während sie sich noch mehr Make-up ins Gesicht tupft. Als typische Beautyjournalistin ist sie nie weiter als eine Armeslänge von einem Spiegel entfernt.

«Weil du mir gesagt hast, wie viel das Kleid kostet. Ich müsste aufhören zu essen und in einem Pappkarton wohnen, bevor ich mir das leisten könnte.»

«Aber Herzchen, es gehört doch schon dir!»

«Wie bitte?»

«Die PR-Beraterin der Designerin ist eine Freundin von mir», strahlt sie. Schockiert starre ich die Stoffbahnen an, die sich um meine Taille schlingen. Ich habe noch nie etwas so Schönes besessen. Ich meine, ich werde zwar nie einen Anlass haben, es tatsächlich zu tragen, aber trotzdem! Vielleicht könnte ich es einrahmen?

«Wow, Lucy, wäre es okay, wenn ich es für den Heimweg anlasse?»

«Wir gehen nicht nach Hause. Wir gehen aus!», ruft sie.

Wie aufs Stichwort lässt Emma einen Champagnerkorken knallen. Der Schaum ist überall, und sie beugt sich vor und hält die Flasche über ihren Mund, um ihn aufzufangen. Wie stilvoll.

«Wir?» Ich schaue von einer Kollegin zur anderen.

«Du, ich, Lucy. Wir. Gehen. Aus.» Fehlt nur noch, dass Emma das Ganze buchstabiert. Wenn ich nicht das schönste Kleid der Welt tragen würde, wäre ich jetzt sauer, weil sie mit mir redet wie mit einem kleinen Kind.

«Aber …»

«Oh, tut mir leid, hast du schon etwas vor?», fragt Lucy. Sie weiß ganz genau, dass die Antwort nein ist.

«Na ja, nicht wirklich. Ich werfe donnerstags nur immer einen Blick auf meine Finanzen.» Diese Exceltabelle füllt sich nicht von selbst aus, und meistens bestelle ich mir dazu Thaifood beim Take-away. Ich komme von der Arbeit, ziehe meinen Schlafanzug an und gehe meine Ausgaben durch, während ich auf das Essen warte. Rindfleisch Massaman, so was von JA!

«Es ist schlimmer, als wir dachten.» Emma reißt mich aus meinen Rindfleischgedanken.

«Was meinst du damit?» Ich runzele die Stirn.

«Izzy, SCHAU DICH MAL AN.» Sie nimmt mich bei den Schultern und dreht mich wieder zum Spiegel um. Ich gebe mir alle Mühe, nicht zu sagen, dass ihre champagnerverklebten Pfoten sich gefährlich nahe an meinem Kleid befinden.

«Du kannst doch nicht nach Hause gehen und deine verdammten Kassenzettel sortieren, wenn du wie Christina Hendricks' heiße kleine Schwester aussiehst», fügt sie hinzu. «*Pulse* ist heute Abend zu den Style Awards eingeladen. As in: die größte Fashionparty des Jahres. Die Promis kommen in Scharen, der Champagner ist gratis und … ich habe schon mit dem Vorglühen angefangen. Es gibt also gute Gründe, aus denen du aufhören solltest, eine Stubenhockerin zu sein. Du bist jetzt jemand, der ausgeht und Spaß hat.»

Ich schätze, es wäre wirklich Verschwendung, wenn der Typ vom Lieferservice und meine Exceltabelle die Einzigen wären, die mein Makeover zu sehen bekommen. Aber wenn ich vergesse, die zwei Pfund einzutragen, die ich heute Morgen für den zusätzlichen Kaffee Latte ausgegeben habe, gehen meine Finanzen den Bach runter. Was. Für. Ein. Dilemma.

Lucy steckt schon halb in einem umwerfenden schwarzen Kleid mit tiefem Rückenausschnitt. Ich drehe mich zu Emma um, die drauf und dran zu sein scheint, mir mit der Champagnerflasche eins über den Kopf zu geben.

«ISOBEL MULLIGAN, DU GEHST MIT UNS AUS! OKAY?»

Zu erleben, wie Emma schreit, ist, wie ein Pandababy weinen zu sehen … Es sollte einfach nie passieren.

«Okay», nicke ich.

★ ★ ★

Wenn Emma erwähnt hätte, dass die Party im Victoria and Albert Museum stattfindet, hätte sie nicht so lange gebraucht, um mich zu überreden. Ich liebe das V&A. Ich denke schon die ganze Zeit darüber nach, wie ich mich von der Party absetzen und mir die neueste Ausstellung ansehen kann, aber dann bietet mir eine Brünette, die aussieht wie eine Statue, ein Glas Champagner an.

«Sie nimmt noch eins», befiehlt Lucy und greift sich selbst zwei weitere Gläser, von denen sie eines unanständig hastig hinunterstürzt.

«Was denn?», fragt sie gereizt. «Ich habe vielleicht keinen Freund mehr und keine Hochzeit in Aussicht, aber ich habe Champagner und einen ganzen Saal voll heißer Typen.»

Ich begutachte die Szene. Lucy hat recht, es wimmelt nur so von attraktiven Junggesellen. Es gibt einfach nichts Besseres als einen Mann in einem teuren Anzug, aber ich habe schließlich am ersten Januar den Männern abgeschworen, also brauche ich sie mir gar nicht allzu genau anzusehen.

«Warum gehst du nicht zu diesem süßen Typen da und fragst ihn, wie ihm die Party gefällt?» Emma nickt in Richtung eines wirklich gutaussehenden Mannes.

«Keine Männer, das habe ich mir für dieses Jahr vorgenommen.» Ich berichte kurz von meinem Silvesterdebakel.

«Das ist echt blöd», sagt Lucy. «Aber wolltest du diese Liste von Dingen, die du nicht tun sollst, nicht vergessen? Ich dachte, du hast bei unserem Meeting gesagt, dass die Liste langweilig ist und dass du sowieso jedes Jahr dieselbe schreibst.»

«Ja, das habe ich gesagt. Eine Liste mit lauter Sachen, die ich nicht darf, passt irgendwie so gar nicht zu dem neuen Feature. Aber ich … ich mag Listen wirklich gerne.»

«Weil du dann das Gefühl hast, die Kontrolle über dein Leben zu haben», sagt Emma. «Wenn du etwas gemacht hast, kannst du es einfach abhaken. Supereasy. Aber darum geht es der neuen Izzy nicht. Ich finde, du solltest die Liste verbrennen.»

Sie steckt sich ein Häppchen in den Mund.

«Auf jeden Fall», nickt Lucy und nimmt sich ebenfalls ein Kanapee. Dann überredet sie den Kellner, ihr das ganze Tablett dazulassen.

«Luce, ich glaube, er wollte damit noch weiter», erkläre ich ihr, als sie Reihe um Reihe von Wachteleiertarteletts in sich hineinschaufelt. «Außerdem, wie schaffst du es, nicht so fett zu werden wie Henry der Achte?»

«Wer?» Sie runzelt die Stirn.

«Emma hat recht», fährt Lucy fort. «Verbrenn die Liste. Go with the flow. Du hast doch schon so gut angefangen. Du hast deine Exceltabelle versetzt, um mit uns auszugehen! Das ist wirklich gut, Izzy, weil … du weißt schon. Ganz normal bist du nicht.»

Sie lächelt mich mitleidig an.

«Äh, danke? Also, ich weiß ja, dass ihr beide recht habt, und ich werde wirklich versuchen, meine Liste zu ignorieren. Aber lasst mir ein bisschen Zeit, bevor ihr von mir erwartet, dass ich zu irgendwelchen wildfremden Männern gehe und mit ihnen rede, okay? Dazu bin ich noch nicht bereit. Ich muss erst mal hiermit fertigwerden.» Ich zeige auf mein Haar und das Kleid. Ich habe mich noch nicht an die Frisur gewöhnt und erschrecke jedes Mal, wenn mir eine rote Strähne ins Gesicht fällt.

«Schritt für Schritt», stimmt Emma zu.

«Schritt für Schritt», sagt auch Lucy, die ihr leeres Vorspeisentablett weggestellt und stattdessen einem fremden Mann die Hand in den Schritt gelegt hat. «Bis später», ruft sie, während sie ihn an der Krawatte hinter sich herzieht.

«Vor zwei Tagen hat sie noch Krokodilstränen über ihr gescheitertes Liebesleben vergossen», sage ich beeindruckt.

«Weißt du es noch nicht?», fragt Emma. «Sie hat herausgefunden, dass ihr Ex sie die ganze Zeit betrogen hat. Er hat mit ihr Schluss gemacht, weil die andere schwanger ist.»

«Was für ein Arschloch!» Ich reiße die Augen auf. «Wie ätzend. Arme Lucy! Jetzt bin ich froh, dass sie sich nimmt, was sie will.»

«Ja … So was schaffst du leider nicht, Iz.» Emma klopft mir tröstend auf die Schulter.

⋆★⋆

Der Nachteil von Champagner ist, dass ich davon ständig aufs Klo muss. Der Vorteil davon wiederum ist, dass ich öfter mein Spiegelbild bewundern kann. Sonst vermeide ich alles, in dem ich mich spiegeln könnte. Bevor ich das Haus verlasse, checke ich lediglich, ob ich etwas zwischen den Zähnen habe. Heute ist das anders. Ich tupfe mir ein bisschen von Elektras Lippenstift auf die Lippen, bausche meine Haare auf und schreite mit großen, hoffentlich modelmäßigen Schritten aus dem protzigen Waschraum. Ich bin bei einer Fashion-Party im V&A, und ich trage ein Abendkleid, und das alles, obwohl am nächsten Tag Schule ist!

Um das zu feiern, singe ich vor mich hin. Britney, natürlich.

You better work, bitch.

Lucy ist schon seit einer ganzen Weile verschwunden. Wir vermuten, dass sie sich mit dem Krawattenkerl auf dem Rücksitz einer Limousine vergnügt. Ich entdecke Emma, die ganz alleine die Bar unterhält, und stolziere zu ihr hinüber.

Now get to work, bitch!

«Wie bitte?»

Irgendwer unterbricht diesen besonderen Moment, also drücke ich auf Pause, damit Britney kurz still ist und ich herausfinden kann, wer der Störenfried ist.

Ungefähr sechs Zentimeter von mir entfernt steht Liam Hemsworth. Wow, im echten Leben ist er noch hübscher. Ich meine hübsch auf so eine raue Art. Diese Augen! Dieser Körper! Diese gerunzelte Stirn! Moment, warum runzelt er die Stirn?

«Liam Hemsworth», sage ich zu Liam Hemsworth.

Wirklich inspirierend, Isobel.

«Ja», antwortet er. «Ich hab mich gefragt, was du da gerade gesagt hast.»

Bitte nicht. Oh, non non non non non, um es mit Henris Worten auszudrücken. Bitte, bitte sag mir, dass ich nicht gerade *Work Bitch* von Britney Spears gesungen habe, während Liam Hemsworth zuhörte.

«Ich glaube, du hast mich Bitch genannt?» Er sieht eher belustigt aus. Gott sei Dank.

Ich murmele gerade eine Entschuldigung, während mein Gesicht die Farbe von Roter Bete annimmt, als sich ein Fotograf zu uns gesellt und mich aus meiner misslichen Lage befreit.

«Kann ich ein Foto machen?», fragt er.

Ich trete pflichtbewusst zur Seite, damit er freie Sicht hat. Bevor ich die Gelegenheit ergreife, mich aus dem Staub zu machen, werfe ich noch einen Blick auf Hemsworths Hintern. Nicht schlecht.

«Und jetzt eins zusammen.» Der Fotograf winkt mich wieder zurück.

«Aber … Ich bin gar nicht berühmt.»

«Sie arbeiten für *Pulse*, oder? Kommen Sie her.»

⋆★⋆

Lucy taucht gerade rechtzeitig wieder auf, um das Ende meiner peinlichen Geschichte mit anzuhören. Was Klatsch und Tratsch angeht, hat sie einen sechsten Sinn.

«Noch mal von vorne. Du hast Liam Hemsworth mit irgendeinem aggressiven Britney-Song beschallt und dann ein Foto mit ihm gemacht?», will sie wissen.

Ich werde sie jetzt nicht fragen, warum ihr ganzes Gesicht mit Lippenstift verschmiert ist.

«Japp.» Ich nicke.

«Du bist mein Vorbild für heute Abend.»

Niemand hat mich je zuvor als Vorbild bezeichnet. Ich habe nichts dagegen.

«Sieht aus, als wärst du auch erfolgreich gewesen», sagt Emma und zeigt auf Lucys Haar, das sich aus der ursprünglich perfekten Hochsteckfrisur befreit hat.

«Ich bin eine Lady, also werde ich nicht ins Detail gehen», antwortet Lucy. «Aber lasst es mich mal so ausdrücken: Er war noch besser bestückt als der Notgeile Nick.»

«Erinnere mich nicht daran», jammere ich und schlage die Hände vor die Augen. «Es war ein langer Tag. Und es ist ein Uhr morgens, und wir müssen morgen zur Arbeit.» Ich schaue auf mein Handy und fasse Emma bei den Schultern. «Ich muss hier raus!»

«Ich bleibe noch kurz», sagt sie. «Aber du hast das heute wirklich gut gemacht, Izzy. Und du siehst unglaublich aus.»

Als ich aufstehe, schwanke ich champagnerbedingt ein wenig, fühle mich aber trotzdem sehr glamourös. Abgesehen davon, dass ich einen Hollywood-Schauspieler beschimpft habe, muss ich zugeben, dass ich heute Abend tatsächlich Spaß hatte. Sogar mehr als an einem Abend mit Thai-Food und Kassenzetteln.

«Danke, Leute, ich habe seit Jahren nicht so viel Spaß gehabt. Und ich habe definitiv noch nie so gut ausgesehen. Ihr seid die Besten.»

Ich werfe ihnen Luftküsse zu, nehme einen letzten Schluck Champagner und genieße, wie er in meiner Kehle prickelt. Dann mache ich mich auf den Weg zum Ausgang. Lagenweise pinker Stoff umschmeichelt meine Beine.

«Izzy?»

Ich bleibe wie angewurzelt stehen. Hat Liam Hemsworth bemerkt, dass ich seine Traumfrau bin, und ist gekommen, um mich im Sturm zu erobern?

«Izzy, bist du das?» Ich drehe mich um und stehe Gorgeous George gegenüber.

«Gorgeous … Schöner Abend, oder?»

Puh, gerade noch mal gutgegangen, Izzy.

«Ich weiß, dass du mich Gorgeous George nennst.» Er grinst. «Deine Schwester hat's mir gesagt.»

Dieses Miststück. Ich werde schlimme Dinge mit ihrer neuen Marc-Jacobs-Handtasche anstellen, wenn ich sie das nächste Mal sehe.

«Oh, ha, ha, ja, vielleicht hab ich dich ein-, zweimal so genannt», sage ich und schaue meine Clutch an. Vielleicht weiß die ja, was ich jetzt machen soll. George trägt einen Anzug, und das macht mich ganz schwindelig.

«Du siehst umwerfend aus.» Er küsst mich auf die Wange und tritt dann wieder einen Schritt zurück, um mich zu mustern. «Ich hätte dich fast nicht erkannt. Die Frisur ist super. Und das Kleid … wow.» Er pfeift durch die Zähne.

GG findet, ich sehe umwerfend aus. Ich wiederhole: GG findet, ich sehe umwerfend aus! Ich wünschte, Jamie wäre hier, damit sie diesem Wunder beiwohnen und das Ganze für die Nachwelt festhalten könnte. Aber Moment mal. GG hat eine neue Freundin. *Temple*. (Pfff.)

«Ich hatte nicht erwartet, dich hier zu treffen», sage ich.

«Ich bin jedes Jahr mit dem Team hier. Ist eine gute Gelegenheit, sich bei den Verlagsleuten einzuschleimen.»

Ich hasse das Wort einschleimen. Es klingt nicht einmal gut, wenn GG es sagt.

«Mir war nicht klar, dass du auch kommst», fügt er hinzu.

«Ich bin zum ersten Mal hier», gebe ich zu. «Ich hatte heute ein Shooting, und die Mädels haben mich überredet, das Kleid und das Make-up auszuführen.»

«Das freut mich. Du siehst toll aus.»

Ich wünschte, mein Herz würde aufhören, wie wild zu klopfen.

«Es ist erstaunlich, was ein teures Kleid und ein bisschen Make-up ausrichten können.» Ich lächele.

«Ich fand dich in diesem Spitzentop an Silvester genauso schön. Obwohl ich das vom letzten Jahr noch besser fand, weil es durchsichtig war, nachdem du den Wein verschüttet hattest.» Seine Augen funkeln frech, und ich muss mich konzentrieren, damit meine Knie nicht unter mir nachgeben.

«Du weißt noch, was ich an Silvester anhatte?»

«Wie könnte ich das vergessen?»

Wenn ich jetzt nach der Fernbedienung greifen und auf Pause drücken könnte, würde ich glücklich sterben. George hat mir mehr Aufmerksamkeit geschenkt als je zuvor, und noch dazu ist er heimlich ein Softie!

«Gehst du nach Hause?» Er runzelt die Stirn.

«Japp», antworte ich. Georges Enthüllungen haben mich offensichtlich nicht gesprächiger gemacht. Außerdem kann ich sowieso nur sein gestärktes, weißes Hemd anstarren und die schwarze Fliege, den Kragen, der genau unter seinem Adamsapfel aufhört. Ein Hauch von Bartstoppeln, dieser kräftige Kiefer, diese braunen Augen, wie Pfützen aus teurer Schokolade, und, oh mein Gott, seine Haare, frisch frisiert und dunkelbraun …

Izzy! Hör sofort damit auf.

«Darf ich dich nach Hause bringen?»

Offenbar ist der Nicht-Silvester-George ein echter Gentleman. Das kann nur daran liegen, dass er heute keinen Whisky getrunken hat. Seine Hand liegt plötzlich wieder an meinem unteren Rücken, und er führt mich hinaus aus dem V&A, in die kalte, dunkle Nacht zu der Reihe von Autos, die am Straßenrand warten, um die Gäste nach Hause zu chauffieren. In meinen goldenen High Heels stöckele ich zahm neben ihm her und erhasche immer wieder einen Blick auf ihn, wenn er gerade nicht zu mir schaut. Er ist heute Nacht ganz anders, professioneller und autoritärer. Wenn das hier der Arbeitsgeorge ist, dann mag ich ihn noch mehr als den Silvestergeorge.

Verdammt, Isobel. Hör auf, diesen Idioten anzuhimmeln. Er hat eine Freundin, weißt du noch?, erinnert mich der Engel/Teufel auf meiner Schulter.

Natürlich weiß ich das. Und ich bin mir nicht sicher, ob Temple es so toll finden würde, dass George mich nach Hause bringt. Auch wenn es selbstverständlich ein völlig unschuldiges Angebot war.

«Danke», sage ich, bleibe stehen und umarme mich selbst, weil es so kalt ist. «Aber ich wohne in Brixton, und ich glaube, du wohnst mehr im Norden?»

Wem mache ich hier etwas vor? Ich weiß, dass er im Norden wohnt. Ich kenne seine genaue Adresse. Vielleicht habe ich sie sogar bei Google Earth eingegeben und mir vorgestellt, wie unsere wunderhübschen Zwillinge (ein Mädchen und ein Junge) dort vor dem Haus spielen.

«Ist wirklich kein Problem», sagt er und schaut mich wieder mit diesen umwerfenden Augen an. Er ist mir so nah, dass ich seinen Atem auf der Haut spüre. Jetzt weiß ich, wie sich Superman in der Nähe von Kryptonit fühlt. Muss. Nein. Sagen.

Moment mal. Nein steht nicht zur Debatte. Tallulahs Worte hallen in meinem Gedächtnis wider. Ich sollte ja zu George sagen. Also, rein beruflich gesehen. Und wenn er dann zufällig mit rauf in meine Wohnung kommt und nackt in mein Bett fällt, dann werde ich eben das Opfer bringen müssen. Es wäre ja nur die eine Nacht. Das wäre doch okay, oder?

Aber dieser blöde kleine Engel ist wieder auf meiner Schulter aufgetaucht und schüttelt den Kopf.

Ich seufze. Natürlich wäre das nicht okay. George hat eine Freundin, und ich habe Prinzipien. Auch wenn eine Nacht mit diesem Kerl schon seit Jahren meine Gedanken beherrscht.

«Wollen wir?», fragt er und streicht mir eine meiner neuen kupferfarbenen Strähnen aus dem Gesicht. Es kribbelt überall.

Sag einfach nein. Sag einfach nein. Aber heilige Scheiße, was, wenn ich ja sage? Ich streite intensiv mit mir selbst, als sein Handy klingelt. Er greift in seine Jackentasche.

«Temple», seufzt er. «Da gehe ich besser ran.»

Aha. Na gut. Er dreht mir den Rücken zu, während ich in der Kälte zittere, was mich ein bisschen zur Vernunft zu bringen scheint.

Ich springe alleine in ein Taxi und fahre nach Hause.

⋆★⋆

Mum rührt seit ganzen zwei Minuten ihren Tee um. Wenn sie so weitermacht, wird die zierliche Porzellantasse diesen Brunch nicht überleben, und ich werde das süße Café nie wieder betreten dürfen.

Dad und ich werfen uns nervöse Blicke zu. Wir wissen beide, was jetzt kommt. Irgendetwas habe ich falsch gemacht, und Mum wird mir jeden Moment sagen, was.

«Wir machen uns Sorgen um dich, Schatz.»

Endlich legt sie den Löffel hin. Sie hatte genug Zeit, um eine uneinnehmbare Gedankenfestung aus Argumenten aufzubauen.

«Das müsst ihr aber nicht. Mir geht es gut», antworte ich und beiße in meinen Toast.

«Dein Dad und ich ...», fängt sie an. Ich schaue Dad an, der hinter ihrem Rücken wie wild den Kopf schüttelt, um zu zeigen, dass er nichts damit zu tun hat. Armer, alter Dad. Er hat es nicht leicht.

«Dein Dad und ich machen uns Sorgen, dass du nicht wirklich ... Fortschritte machst. Es war ja alles sehr aufregend, als du nach London gezogen bist, nicht wahr? Ein neuer Job, eine neue Stadt. Aber seitdem scheint sich nichts mehr verändert zu haben. Du bist jetzt seit drei Jahren dort und wohnst noch in derselben Wohnung, hast denselben Job, von deinem Liebesleben ganz zu schweigen. Hast du einen Freund? Hast du in letzter Zeit mal an deine Eierstöcke gedacht?»

Dad verschluckt sich an seinem Frühstück. Ich unterdrücke den Wunsch, nach draußen auf die Straße zwischen die Autos zu laufen. «Mum, bitte», zische ich. «Sprich doch nicht in der Öffentlichkeit von meinen ... du weißt schon.

Das ist echt peinlich. Und sieh doch, was du Dad angetan hast.»

Wir schauen beide Dad an, der aus einem umgedrehten Würstchen und zwei Pilzen ein trauriges Gesicht auf seinem Teller gelegt hat.

«Oh, Richard, sei doch nicht so kindisch», sagt Mum eiskalt. «Es ist doch so, Schatz, du bist fünfundzwanzig. Du musst anfangen, dir über deine Zukunft Gedanken zu machen. Hochzeit, Kinder und das alles. Es ist ja schön und gut, dass du eine Karrierefrau sein willst, aber für mich sieht es so aus, als hättest du das versucht, und es hat nicht wirklich funktioniert. Denk doch mal darüber nach, wieder zurück nach Hause zu ziehen. Im Buchladen in Nottinghamshire suchen sie jemanden, weißt du, und ein paar von den Mädels bei meinem Nähkränzchen haben unverheiratete Söhne in deinem Alter. Wir könnten dich verkuppeln.»

Sie strahlt über das ganze Gesicht. Ich frage mich, ob es angebracht wäre, sie mit meiner Gabel zu erstechen. Allerdings, und ich gebe das nicht gerne zu, hat Mum ein paar ernstzunehmende Argumente, zum Beispiel mein beschissenes Liebesleben. Die einzige ernsthafte Beziehung, die ich je hatte, hat so brutal geendet, dass ich immer noch nicht daran denken kann, ohne ihm eine glühende Eisenstange ins Auge stechen zu wollen (und Olivia auch, wenn ich ehrlich bin). Genau genommen kann ich überhaupt nicht darüber nachdenken. Und seitdem ziehe ich meine Kreise um George, als wäre er Harry Styles und ich ein hoffnungsloser One-Direction-Fan, und glaube immer noch daran, dass er sich irgendwann in mich verliebt. Aber ich koche zu sehr vor Wut, um irgendetwas davon zuzugeben, und dass sie die alten Frauen von ihrem Nähkränzchen «Mädels» nennt, bringt das Fass zum Überlaufen.

«Auf der Arbeit läuft es ziemlich gut, falls das dich interessiert, Mum. Die Chefin hat mir letzte Woche ein riesiges Feature gegeben. Riesig. Ein Artikel von mir wird am Ende jedes einzelnen Monats dieses Jahres veröffentlicht, mit meinem Namen drunter und allem.»

Ich greife nach meiner neuen schwarzen Handtasche und ziehe die letzte Ausgabe von *Pulse* heraus. Ohne zu zögern, schlage ich die Doppelseite mit meinem ersten Feature auf. (Womöglich habe ich mir die Seitenzahl gemerkt, sobald die Ausgabe auf meinem Schreibtisch gelandet war.)

«Siehst du?» Ich lege die Zeitschrift auf den Tisch.

Mum greift nach ihrer Brille und fängt an, laut vorzulesen.

«*Isobels Ja(hr), von Isobel Mulligan. Festgefahren in langweiliger Routine und das Leben auf Sparflamme – unsere Kolumnistin Izzy sagt ‹Leck mich› zum Januar. Jeden Monat wird sie sich nun einer neuen Herausforderung stellen. Begleitet sie bei ihrem Versuch, wieder ein wenig Spaß in ihr Leben zu bringen.*»

Mum schaut über den Rand ihrer Brille, und ich rutsche nervös auf meinem Stuhl hin und her.

«*Alkohol, Männer, Süßigkeiten. Gewissenhaft notierte ich mir alles, wovon ich im neuen Jahr die Finger lassen wollte. Hör mit diesem auf, lass jenes sein. Sag nein. Die guten alten Vorsätze, die uns das Gefühl geben, dass wir ganz neu anfangen. Bloß war für mich absolut kein Neuanfang in Sicht. Nicht einmal Unkraut, das auf magische Weise auf dem Fensterbrett der gartenlosen Wohnung im siebten Stock zu wachsen beginnt. Ich steckte kom-*

plett in meiner Routine fest und wiederholte sogar exakt dieselben Vorsätze, an denen ich schon im Vorjahr gescheitert war. Und im Jahr davor. Ich starrte meine To-don't-Liste an und fragte mich, wieso es mein Leben besser machen sollte, achtundzwanzig Tage lang keine Muffins zu essen. Und dann wurde mir einiges klar. Das Einzige, womit ich wirklich aufhören musste, war, so verdammt langweilig zu sein.»

«ISOBEL!»

«Du hast das gerade gesagt, nicht ich», antworte ich selbstzufrieden.

Sie räuspert sich. Ich sehe, dass die zwei Seiten im Pulse, auf denen es nur um mich geht, sie beeindruckt haben.

«Auf den Fotos siehst du toll aus», meldet sich Dad zu Wort.

«Danke, Dad. Meine erste Challenge war ein komplettes Makeover.» Ich drehe eine Haarsträhne zwischen Daumen und Zeigefinger.

«Ich muss schon sagen, ich bin sehr erleichtert, dass du endlich zu deiner Naturfarbe zurückgefunden hast», fügt Mum hinzu. «Ich weiß, ich bin parteiisch, aber dieses rötliche Goldbraun steht dir.»

EIN KOMPLIMENT? Von meiner überkritischen Mutter? Viel besser kann das Wochenende ja gar nicht anfangen.

Es ist jetzt drei Wochen her, dass Emma und Lucy meinen neuen Look kreiert haben, und ich muss zugeben, dass ich ihn wirklich toll finde. Eines der Mädchen aus der Modeabteilung hat mich, kurz nachdem meine Haare geschnitten wurden, neu eingekleidet. Offenbar ist es heutzutage unglaublich wichtig, einen Fellball an der Handtasche zu haben, also bekam ich so einen und dazu drei neue Kleider, zwei Hosen – *wirst du um Himmels willen endlich aufhören, diese gottverdammten Jeans zu tragen?!* –, einen Seidenrock und ein Paar stylishe, flache Schuhe. Dann hat Jamie, die sich schon lange über meine langweilige Garderobe aufregt, mich gezwungen, mir eine Kreditkarte zuzulegen, um mich dann ein ganzes Wochenende lang durch Westfield zu schleppen. Mein Schlafzimmer war ja vor dem Makeover schon ziemlich klein. Jetzt sieht es aus wie Primark nach dem verkaufsoffenen Sonntag. Ich musste also ein paar Regale von Ikea bestellen, weil Izzy Unordnung ganz und gar nicht mag.

Ich strecke meine Arme aus und bewundere die goldenen Ringe, die ich heute trage. Manche davon stecken nicht unten, sondern weiter oben an den Fingern. Genau, so eine bin ich jetzt. Ich bin sogar am Wochenende geschminkt unterwegs.

«Sehr beeindruckend, Liebes», sagt Dad. «Das klingt aufregend. Was ist die nächste Mutprobe?»

«Weiß ich noch nicht. Die zuständige Redakteurin für das Feature, Emma, sucht sie für mich aus. Ich erfahre es am Montag. Meinen Look zu verändern war wirklich toll, ich hoffe, die nächste Challenge macht genauso viel Spaß.»

«Kann wirklich jeder eine E-Mail schreiben?», fragt Mum.

«Ja, warum?»

«Vielleicht findet Emma die Idee mit den Söhnen von meinen Näh-Mädels ja gar nicht so schlecht. Marys Sohn Gregory hat sie nach unserem letzten Treffen abgeholt, und er sieht ziemlich gut aus. Er hat den Bauernhof der

Familie übernommen, und jetzt läuft es ziemlich gut. Seine Truthähne werden sogar bei Waitrose verkauft, ob du es glaubst oder nicht. Und damit nicht genug: Er hat noch richtig volles Haar.»

Mum trinkt triumphierend einen Schluck von ihrem Tee.

Ich bestelle mir eine zweite Tasse Kaffee. Offensichtlich ist Ablenkung die einzige Möglichkeit, diesen Morgen zu überstehen.

«Mum», seufze ich. «Ich bin fünfundzwanzig, nicht fünfundfünfzig. Gregory ist bestimmt super, aber ich bin noch nicht verzweifelt genug, um von meiner Mutter mit einem Truthahnbauern verkuppelt zu werden, dessen größte Leistung darin besteht, dass er noch Haare hat.»

«Du hast Waitrose vergessen», grummelt Mum. «Und ich versuche nur, dir zu helfen. Das ist für mich natürlich eine neue Situation, weil wir bei Olivia ja überhaupt nichts machen mussten. Bei ihr war alles so einfach. Die Bank hat sie sich schon geschnappt, bevor sie überhaupt ihren Abschluss hatte, und dann hat sie Sam getroffen, direkt als sie nach London gezogen ist. Ich kann immer noch nicht glauben, dass sie die persönliche Assistentin von so einem hohen Tier ist, du vielleicht, Richard? Ziemlich glamourös. Sie ist nur zwei Jahre älter als du, Schatz, aber verheiratet und erfolgreich. Wo wir gerade unter uns sind: Ich glaube, sie versucht, schwanger zu werden. Total vernünftig. Ich habe in der *Daily Mail* gelesen, dass es kaum noch Zweck hat, es überhaupt zu versuchen, wenn man erstmal dreißig ist.»

Bitte erschießt mich, jetzt. Die perfekte Prinzessin ist

nicht einmal hier und bekommt trotzdem mehr Aufmerksamkeit als ich. Seit ich denken kann, drängt sich meine perfekte Schwester in mein Leben und sorgt dafür, dass ich mich minderwertig fühle.

«Schön für Olivia», schreie ich. «Tut mir leid, dass ich so eine Enttäuschung für dich bin, Mum. Hast du jemals daran gedacht, dass ich vielleicht auch enttäuscht bin? Ich hoffe nur, dass Olivia so schnell wie möglich ein paar perfekte Babys produziert, dann kannst du dich auf die konzentrieren und einfach vergessen, dass es mich überhaupt gibt.»

Wow. Ich starre meinen Caffè Latte an, den eine verschreckte Kellnerin gerade vor mich gestellt hat. Bin ich verrückt geworden? Wo kam das denn her?

Ich puste mir meinen Pony aus dem Gesicht und sehe, dass Mum mich ebenso überrascht anschaut. Ich gebe ihr nie Widerworte. Normalerweise sitze ich einfach nur da und nicke und warte darauf, dass ihre Geschichten darüber, wie scheiße ich doch bin, endlich vorbei sind. Eigentlich muss sie mir das gar nicht erst sagen. Ich weiß ja, dass ich das schwarze Schaf bin und Olivia diejenige, mit der sie vor ihren «Mädels» angibt. Was hat sich also verändert? Vielleicht hat ihr letzter Kommentar das Fass zum Überlaufen gebracht. Immerhin höre ich mir diesen Mist schon mein ganzes Leben lang an.

Beleidigt schlürfe ich meinen Kaffee.

«Du bist doch keine Enttäuschung für mich, Isobel.» Mum tätschelt mir die Hand. «Ich will nur das Beste für dich.»

«Das weiß ich», seufze ich. «Tut mir leid. Ich hätte mich

nicht so ärgern sollen. Ich kann es bloß überhaupt nicht gebrauchen, dass du mir sagst, wo mein Leben schiefläuft. Das weiß ich selbst schon sehr genau.»

Dad räuspert sich.

«Du solltest stolz auf dich sein», sagt er leise.

Mum und ich drehen uns zu ihm um. Dad sagt nie etwas, wenn Mum Krisengespräche führt.

«Stolz?»

Er nickt. «Dieser Artikel. Deine Karriere. Du lebst deinen Traum. Und dein toller neuer Look. Ich bin stolz auf dich, und deine Mutter auch.»

Ich wische mir eine Träne vom Gesicht. Gott sei Dank gibt es Dad.

«Absolut», stimmt Mum ihm zu, reicht mir ein Taschentuch und tupft sich dann selbst damit die Augen.

«Also, wer ist denn das hier?» Sie zeigt auf das Bild von mir mit Liam Hemsworth bei der Party im V&A. Tallulah hat darauf bestanden, es zu verwenden.

«Sehr attraktiv», sagt Mum, nachdem ich es ihr erklärt habe. «Sag mal, züchtet Liam Hemsworth eigentlich auch Truthähne für Waitrose?»

⋆★⋆

Nachdem sie eine ganze Wagenladung verpackter Möbelteile hoch in mein Zimmer getragen hat, ist Jamies Schmollmund noch schmolliger als sonst.

«Warum ist diese Scheiße eigentlich so verdammt scheißschwer?», schreit sie, als sie die letzte Kiste die Treppe hochbugsiert. «Meine Arme tun weh.»

«Pssst, die Nachbarn», mache ich und bücke mich, um die Kiste in meinen Flur zu schieben.

«Alles in Ordnung?»

Ich höre Nathans Stimme, kann ihn aber nicht sehen. Was daran liegt, dass ich auf allen vieren auf dem Boden herumkrabbele. Mein Hintern zeigt in seine Richtung.

Ich richte mich auf und versuche, meine Würde mit einem lässigen «Klar, was geht?» wiederherzustellen.

Er schaut mich neugierig an, ungefähr so, wie Tamara Ecclestone eine Penny-Münze betrachten würde. *Aber was ist das denn*? Er hat offensichtlich nicht vor, meine Frage zu beantworten, also schalte ich automatisch auf Labermodus.

«Ich hab nur ein paar Sachen von Ikea bestellt, weil Jamie und ich shoppen waren und ich dann nicht genug Platz für die ganzen Kleider hatte, aber ich weiß noch gar nicht, wo ich die Möbel überhaupt hinstellen soll, weil meine Wohnung so klein ist. Deine wahrscheinlich auch?» Ich stelle mich auf die Zehenspitzen und versuche, über seine breiten Schultern hinweg einen Blick in seine Wohnung zu erhaschen.

«Gleiche Größe. Selbe Vermieterin. Diese blöde Kuh.»

Hier würde ich gerne anmerken, dass mein Mund nicht vor Verwunderung sperrangelweit offen stand, aber das wäre eine Lüge. Nathan hat soeben drei Sätze gesagt. Sie waren zwar nicht besonders lang, aber es waren drei Sätze. Jamie wedelt wild mit den Händen herum, bis ich bemerke, dass ich aussehe wie ein Fisch auf dem Trockenen. Nathan beäugt mich offensichtlich belustigt, bevor er seinen Rucksack über die Schulter wirft, Jamie zunickt und die Treppe hinunterläuft.

«Was für ein unglaublich gutaussehendes Arschloch», verkündet Jamie. «Er hätte ja mal anbieten können, uns zu helfen.»

«So viel hat er noch nie mit mir gesprochen», antworte ich und starre die Stelle an, wo Nathan eben noch stand.

«Arsch.» Sie tritt gegen die Kiste, sodass diese endgültig über die Türschwelle rutscht. Die Wohnung ist vielleicht klein, aber ich habe mein Zuhause so schön wie möglich gemacht. Nach dem Flur kommt der Koch- und Essbereich, wo ich einen neuen Teppich über dem arg ergrauten Teppichboden der Wohnung ausgerollt habe. Eine schöne Cashmere-Decke – Olivia ist vielleicht eine dumme Ziege, aber sie macht tolle Weihnachtsgeschenke – bedeckt das durchgesessene Sofa, und ich habe die Regale mit süßen kleinen Topfpflanzen und meinen Lieblingsbüchern gefüllt. Ein Stapel *Vogue*-Magazine versteckt den Feuchtigkeitsfleck in der Ecke beim Fernseher, und in der Küche wachsen bei dem spärlichen Licht, das durch das Dachfenster fällt, ein paar Kräuter und eine Chilipflanze. «Was ist das denn hier alles?», fragt Jamie und kratzt sich am Kopf, während sie die Möbelkartons begutachtet.

«Eine Kommode und ein Schrank», antworte ich.

«Okay. Um das richtig zu machen, brauchen wir zwei Sachen.»

«Ich habe einen Hammer und einen Schraubenzieher im Schränkchen unter dem Waschbecken», sage ich.

«Dumme, dumme Izzy.» Sie tätschelt mir mitleidig die Schulter. «Möbel aufbauen, Lektion eins. Man braucht Wein und was zum Knabbern. Bin in zehn Minuten wieder da.»

⋆★⋆

«Was zur Hölle?» Mit einem dumpfen Geräusch lässt Jamie ihre Tasche auf den Boden fallen.

«Was ist?»

«Was ist? Ich war zwanzig Minuten weg, und du hast schon einen Schrank aufgebaut.»

«Ich schätze, ich kann einfach gut Anleitungen befolgen», antworte ich und beäuge misstrauisch den riesigen Schrank, der mein gesamtes Wohnzimmer einnimmt. «Jetzt müssen wir ihn nur noch irgendwie ins Schlafzimmer bugsieren.»

«Beeindruckend.» Sie macht eine Flasche Rotwein auf. «Soll ich mit der Kommode anfangen?»

«Ist schon fertig.» Ich zucke die Achseln und nicke in Richtung Schlafzimmer.

«Verrückt», ruft sie mit aufgerissenen Augen. «Du bist seit sechs Jahren mit mir befreundet, und ich hatte keinen blassen Schimmer, dass du heimlich eine Meisterkonstrukt … Konstruktiererin? Konstrukteurin? Sagt man das so? Ist ja auch egal, jemand, der Sachen baut, meine ich.»

«Vielleicht hat mir das Hämmern ja beim Aggressionsabbau geholfen. Mum und Dad waren heute Morgen zum jährlichen Krisengipfel da.»

Jamie verdreht die Augen. «Was ist es denn diesmal? Hast du die Dankesbriefe für deine Weihnachtsgeschenke vergessen?»

«Jamie, als ob! Dankesbriefe sind echt wichtig.»

«Du bist fünfundzwanzig, Baby. Ein Daumen-hoch-Emoji tut es auch.»

«Nein, es war viel schlimmer. Mum hat mich darüber

aufgeklärt, dass in meinem Leben alles schiefläuft. Sie findet, ich sollte wieder nach Hause ziehen und einen Truthahnbauern heiraten.»

«Igitt, Truthähne sind echt die uncoolsten Bauernhoftiere. Diese komischen Hälse!» Jamie schüttelt den Kopf und gießt uns Wein ein.

Ich warte geduldig ab, bis sie bemerkt, dass sie nicht verstanden hat, worum es geht.

«Hey, Mrs. Mulligan kann uns mal!» Sie schlägt mit der flachen Hand auf mein Sideboard, das auch als Esstisch herhalten muss. «Ich lasse dich auf keinen Fall von mir weggehen, vor allem nicht, um für den Rest deines Lebens einen Overall zu tragen und dir Scheiße von den Gummistiefeln zu kratzen.»

«Wenn du es so ausdrückst, hört es sich wirklich nicht sonderlich verlockend an. Und keine Sorge, ich raste bestimmt nicht aus, weil meine Mutter sich Sorgen um meine Gebärmutter macht, aber sie hat schon recht, was ein paar Dinge angeht. Ich bin Single und so …»

«Izzy, wie alt bin ich?»

«Sechsundzwanzig.»

«Korrekt. Und wann hatte ich zuletzt einen Freund?»

«Ähm, zählt der Typ im Aufzug zur Spitze des Shard?»

«Nein, tut er nicht.»

«Vielleicht so … vor drei Jahren?», frage ich.

«Korrekt. Ich bin schon genauso lange Single wie du. Aber während du komplett zugemacht hast, war ich da draußen und hatte Spaß. Beschwere ich mich vielleicht, weil ich keinen Freund habe oder mir Sorgen mache, nicht mehr genug Eizellen zu produzieren?»

«Nein, aber du findest auch ständig Männer, mit denen du ausgehen kannst.»

«Und genau das kannst du auch. Du musst nur ein bisschen selbstbewusster werden und deine Einstellung ändern. Ich weiß, dass du dich auf die Arbeit konzentrieren wolltest, als du nach London gezogen bist, aber, lieber Gott, das ist jetzt drei Jahre her. Vor allem musst du aufhören, jeden mit Gonorrhö-George zu vergleichen. Ich verstehe ja, dass du enttäuscht warst, als er mit … Ich kann diesen Namen nicht sagen. Mit ihr zusammengekommen ist. Aber er hat dir wirklich einen Gefallen getan. Du musst endlich über ihn hinwegkommen, weil er nicht mehr zu haben ist.»

«Ich weiß», seufze ich und nehme einen Schluck Wein. Dann stecke ich mir ein Stück Schokolade in den Mund. «Ich wünschte nur, er würde nicht so verdammt gut aussehen. Und verträumt. Und unglaublich sexy im Anzug.»

«Wenn ich dabei gewesen wäre, als er angeboten hat, dich nach Hause zu bringen, hätte ich ihm die Eier abgeschnitten und Čevapčići daraus gemacht.»

Ich muss so laut lachen, dass ich aus Versehen ein bisschen Schokolade ausspucke. Dafür, dass meine beste Freundin den Körper einer durchtrainierten Yogalehrerin und das Gesicht eines Engels hat, kann sie ganz schöne Gewaltphantasien entwickeln.

«Er war nur ein Gentleman, wirklich, Jamie. Ich habe ein schlechtes Gewissen, weil ich abgehauen bin. Was, wenn er mich jetzt ungehobelt findet?»

«Erst einmal: Niemand sagt heutzutage mehr ungehobelt. Zweitens: Ich sehe das ganz anders. Er ist ein notgeiles Schwein, das von deiner Schönheit geblendet war und dich schamlos ausnutzen wollte. Warte nur, bis er mir über den Weg läuft.» Jamie strafft die Schultern und fletscht die Zähne.

⋆★⋆

Emma hat eine Hupe gekauft. Ich glaube, das hat sie einzig und allein zu dem Zweck getan, dass mir alles noch viel peinlicher ist.

«Ich hupe jetzt immer, wenn eine neue Mutprobe verkündet wird.» Sie grinst begeistert. «Wo wir gerade dabei sind …»

Sie hebt die Hupe hoch und lässt einen unglaublich lauten, nervigen Ton hören. Sofort versammelt sich das gesamte Büro um meinen Tisch.

«Soll ich vorlesen?», fragt sie.

Ich nicke. Im Gegensatz zu mir liebt Emma das Rampenlicht. Sie räuspert sich wie eine Streberin, die ein Theaterstück vorlesen soll.

Liebe Izzy,
ich LIEBE dein Makeover vom Januar! Ist es nicht toll, wie ein neuer Look dafür sorgen kann, dass man sich besser fühlt?
Ich hoffe, ich klinge jetzt nicht wie ein Hippie, aber es ist auch wichtig, dass du an deinem Innern arbeitest. Wenn du nicht nur verändern kannst, wie du aussiehst, sondern auch, wie du dich fühlst, wirst du perfekt auf all die aufregenden Dinge vorbereitet sein, die dieses Jahr auf dich zukommen.

Ich schlage also eine Mutprobe für dich vor, die dich aus deiner Komfortzone locken wird, um dein Selbstbewusstsein zu stärken. Du hast wirklich Talent dazu, deine Gedanken aufzuschreiben und zu veröffentlichen, aber wie ist das, wenn du vor anderen Menschen auftreten musst? Zum Beispiel bei einer Talkshow im Fernsehen. Was meinst du?
Alice aus Bristol

Emma schweigt und schaut mich mit unverhohlener Schadenfreude an.

Ich vergrabe das Gesicht in den Händen und versuche, die zahlreichen Menschen in meinem Büro zu ignorieren, die diese Idee ganz fabelhaft finden.

Schlimmste Idee des Jahrhunderts.

«Ich kann doch kaum vor Menschen sprechen, und schon gar nicht vor einer Kamera», flüstere ich, als alle wieder an ihren Schreibtischen sitzen.

«Natürlich kannst du das», gibt Emma zurück. «Du kannst es sogar sehr gut!»

«Wie soll ich das denn überhaupt anstellen? Ich latsche wahrscheinlich einfach zum ITV-Studio und sage Lorraine, dass sie sich verpissen soll, weil ich gerne mal ihre Show hosten würde?»

Emma kritzelt auf ihren Notizblock: ‹Lorraine – Slot?›

«Nein», zische ich. «Das war Sarkasmus, kein Vorschlag.»

«Na ja, mit Sarkasmus schreibt sich aber kein Artikel, oder? Die Zeit läuft für die nächste Ausgabe, du machst dir also besser ein paar Gedanken, junge Dame.»

«Wir sind gleich alt, und das weißt du genau», erwidere

ich. Aber dann wende ich mich wieder meinem Computer zu und versuche, das Knäuel aus purer Angst zu ignorieren, das sich in meinem Magen bildet. Widerwillig schreibe ich ein paar Ideen auf. Weil Emma recht hat. Das *Ja(hr)* schreibt sich nicht von selbst, und das Feature ist gerade eine der wenigen positiven Seiten meines Lebens. Das und der violette Nagellack, den ich am Wochenende professionell auf meine Nägel aufgetragen habe. Seit Elektras Beauty-TÜV bin ich zur Make-up-Expertin mutiert.

★★★

An: Agnes@ITV
Von: Izzy@pulse
Betreff: Wirklich peinliche Frage

Hallo Liebes,
vielen Dank noch mal, dass du mir deinen Sendeplan für den Frühling geschickt hast. Ich sage dir Bescheid, was wir im Fernsehteil behandeln, sobald ich das Okay von meiner Redakteurin habe.
Also, hier kommt eine wirklich seltsame Frage, und du kannst definitiv nein sagen. Eigentlich hoffe ich sogar, dass du nein sagst. Ich schreibe ein Feature für Pulse, es erscheint immer in der letzten Ausgabe des Monats. Es geht dabei um gute Vorsätze. Statt der üblichen Versuche, mit irgendetwas aufzuhören, werde ich jeden Monat ja zu einer neuen Herausforderung sagen. Für Februar hat irgendein Dummkopf vorgeschlagen, dass ich ins Fernsehen soll. Das sei gut für mein Selbstbewusstsein. Ist relativ weit hergeholt,

ich weiß, aber wenn du irgendeine Idee hast, wie ich es auf die Leinwand schaffen könnte, sag Bescheid.
Danke schön,
Izzy x

An: Izzy@pulse
Von: Agnes@ITV
Betreff: Re: Wirklich peinliche Frage

Ich habe deinen ersten Artikel gelesen und OH MEIN GOTT, ich liebe deinen neuen Look! Rot steht dir. Und Liam Hemsworth! Heiß. Wie sieht sein Arsch im echten Leben aus?
Gute Neuigkeiten: Deine Mail kam genau zum richtigen Zeitpunkt. Ich habe gerade mit den Jungs von *Heute Morgen* gesprochen, und sie planen für Freitag etwas zu gebrochenen Vorsätzen. Sie suchen dafür Leute mit einer eigenen Meinung, und als ich dein Feature erwähnt habe, meinten sie, das könnte passen. Du würdest gegenüber von Phil und Holly mit einem anderen Gast auf dem Sofa sitzen. Was meinst du?
Agnes x

PS: Wir müssen bald mal was trinken gehen, du hast mich letztes Mal versetzt, irgendwas mit Thai-Curry, weißt du noch?

An: Izzy@pulse
Von: Agnes@ITV
Betreff: Re: Re: Wirklich peinliche Frage

Ich habe gesagt, dass du nein sagen sollst, Agnes! Das hier ist kein Nein, es ist ein furchteinflößendes Ja.
Was ist, wenn ich vergesse, wie man redet? Was, wenn ich im Fernsehen zugebe, dass ich Phil sexy finde?

PS: Bester Hintern aller Zeiten.

An: Izzy@pulse
Von: Agnes@ITV
Betreff: Sei kein Feigling

Super, ich schicke einen Wagen. x

⋆★⋆

«Ich kann nur annehmen, dass du so auf deinem Schreibtisch liegst, weil du wirklich hart gearbeitet hast, Isobel.»

Das süße Stimmchen unserer Chefredakteurin reißt mich aus meinem Verdrängungsmodus. Ich nicke wie blöd. Tallulah hat die Hände in die Hüften gestemmt und schaut sich im Büro um. Ihr Rock betont, dass sie Size Zero trägt, dazu hat sie eine Seidenbluse und ein paar Statement-Ohrringe kombiniert, die aussehen wie Dolche. Sie hat es wirklich nicht nötig, auch noch Waffen als Ohrringe zu tragen, sie kann mit ihrer scharfen Zunge schon genug anrichten.

«Ich kümmere mich um meine zweite Challenge», antworte ich und richte mich auf. Ich tue so, als ob ich etwas aufschreiben würde. Das Wort «dhjshfoienfdsfkmnskfjuas» taucht in meinem leeren Dokument auf.

«Die da wäre?» Tallulah macht keine Anstalten weiterzugehen.

«An meinem Selbstbewusstsein arbeiten», antworte ich. Am besten nicht zu genau werden. Vielleicht finde ich noch einen Weg, mich zu drücken.

«Geht das auch genauer, Isobel?» Tallulah macht ungeduldig einen Schritt auf mich zu.

Ich schaffe es gerade so, ein Seufzen zu unterdrücken. Warum lässt du diese Challenge nicht an mir vorbeigehen, Schicksal?

«Eine Leserin hat vorgeschlagen, dass ich im Fernsehen auftrete.»

«Ja, schön. Und wie kommst du voran?»

Na vielen Dank, Alice aus Bristol.

«Eine Bekannte bei ITV hat mir angeboten, bei *Heute Morgen* über gute Vorsätze zu sprechen.» Ich verziehe das Gesicht.

Bitte finde es scheiße, bitte finde es scheiße.

Emma dreht sich auf ihrem Stuhl herum. Die Aufregung steht ihr ins Gesicht geschrieben.

«Das ist ja toll!», ruft sie.

«Allerdings», fügt Tallulah hinzu. Sie wartet, bis wir uns von dem Schock darüber, dass sie so begeistert ist, erholt haben, bevor sie hinzufügt: «*Heute Morgen*? Stellt euch nur die Werbewirkung vor. Das könnte sehr gut für das Magazin sein, Isobel. Ich komme gerade aus einem Meeting, und unsere Verkaufszahlen sind zum ersten Mal seit Monaten nicht angestiegen. Verdammte Katastrophe. Wir könnten wirklich ein wenig Schwung gebrauchen. Du musst deinen Artikel und das Magazin möglichst oft erwähnen.»

Ich schüttele den Kopf, ich schwitze, ich öffne den Mund und schließe ihn dann wieder. Als wäre es nicht schon schlimm genug, dass ich im Fernsehen auftreten muss, nun hängt auch noch die Zukunft des Magazins davon ab. «Aber was, wenn ich es vermassele?», bringe ich endlich heraus.

Tallulah starrt mich an, als hätte sie Kohlenhydrate auf ihrem Teller entdeckt.

«Kommt nicht in Frage», blafft sie.

«Oh, weißt du, was? Wir könnten ein T-Shirt mit #Dare Izzy drucken lassen, das kurbelt das Ganze vielleicht auf Twitter an», schlägt Emma vor.

Ich sage nichts, bis unsere Chefredakteurin zustimmend nickt und aus dem Büro stolziert. Ganz, ganz langsam drehe ich mich zu meiner ehemaligen Freundin um.

«Was hast du da gerade gemacht?», zische ich.

Emma beißt sich auf die Unterlippe.

«Die Wörter waren schon draußen, bevor ich darüber nachdenken konnte. Du weißt doch, dass ich mich immer einschmeicheln muss, wenn sie kommt.»

«ABER JETZT MUSS ICH MIT EINEM BESCHEUERTEN BEDRUCKTEN T-SHIRT INS FERNSEHEN!» Ich balle die Fäuste und fuchtele damit herum wie ein kleines Kind. Dieser Tag kann gar nicht schlimmer werden.

⋆★⋆

Das letzte Mal, als ich versucht habe, vor anderen Menschen zu sprechen, war bei der Hochzeit meiner Schwester. Jamie und ich waren schon total betrunken, als es Zeit für die Reden wurde, und ich hatte den ganzen Tag bis auf zwei Häppchen nichts gegessen. Als George und seine heißen Kumpels uns herausforderten, meine Rede durch Nellys *Hot in Herre* zu ersetzen, stimmten wir fröhlich zu. Ich kam gerade bis zur vierten Zeile, da scheuchte mich meine Schwester von der Bühne und stempelte mich ein für alle Mal als völlig nutzlos ab. Nachdem ich dann den nächsten Tag mit dem Kopf über der Kloschüssel verbracht hatte, schwor ich mir, nie, nie mehr öffentlich aufzutreten.

Und jetzt sitze ich hier und habe wieder eine Herausforderung angenommen, und wieder steuere ich schnurstracks auf eine Katastrophe zu. Ich habe letzte Nacht ungefähr null Minuten geschlafen und fühle mich, als würden mir die Augen gleich aus dem Kopf fallen. Die ganze Nacht haben mich Schreckensbilder davon, wie mein Auftritt ausgehen könnte, gequält. Seit sechs Uhr früh trage ich verzweifelt immer mehr Concealer auf.

«Du musst es nur irgendwie durch diesen Tag schaffen», versuche ich, mich zu beruhigen, als ich mir auf dem Weg ins Büro noch einen Kaffee hole.

Jamie hat mich in einem Facebook-Post markiert: OH MEIN GOTT, die fabelhafte Isobel Mulligan kommt im Fernsehen! *Heute Morgen* ab 11 Uhr!

Damit besteht also auch die Möglichkeit, dass entfernte Verwandte, Exfreunde und Schulkameraden sich meinen Moment im Rampenlicht ansehen.

«Einen D-doppelten, b-bitte», sage ich zur Bedienung, die gerade Kaffeebohnen nachfüllt. Meine Hände zittern, als ich in meiner Tasche nach dem Geldbeutel krame.

Atmen, beschwöre ich mich. Nur keine Panik. Trink einfach deinen Kaffee und tu so, als wäre das ein normaler Tag.

⋆★⋆

«Da bist du ja! Ich packe gerade dein T-Shirt aus.» Emma strahlt über das ganze Gesicht.

«Zu schade, dass ich es nicht tragen kann», gebe ich zurück. «Ich bin allergisch.»

«Gegen was, Baumwolle?»

«Genau», lüge ich.

«Dann ist es ja gut, dass es aus Polyester besteht», antwortet sie und nimmt den grauen Stoff aus der Kiste auf ihrem Schreibtisch.

«Warum ist es denn so groß?», frage ich, als immer mehr Material zum Vorschein kommt.

Emma steht auf und hält das T-Shirt vor sich hin. Nur, dass es gar kein T-Shirt ist. Es ist ein Onesie. Ein Jumpsuit. Ein Strampler, wenn es nach meiner Mum geht.

«Was zum Teufel?» Ich zeige mit der Hand, in der ich den Becher halte, auf den Anzug. Kleine Kaffeetröpfchen fliegen durch die Luft.

«Das muss ein Missverständnis sein.» Emma runzelt die Stirn. «Ich schwöre, ich habe ein T-Shirt bestellt, Izzy. Du weißt doch, dass ich dir das nicht antun würde.»

«Aber du würdest mich mit einem #DareIzzy-T-Shirt ins Fernsehen schicken? Ich dachte, wir sind Freunde», sage ich niedergeschlagen.

«Sind wir doch auch», versucht sie, mich zu trösten. Dabei starrt sie immer noch entgeistert den Onesie an.

«Na ja, dieses Ding kann ich offensichtlich nicht in einer Live-Show tragen», grummele ich, obwohl ich eigentlich erleichtert bin, dass aus der T-Shirt-Nummer nichts wird. Bis Tallulah genau im falschen Moment vorbeiläuft und das grauenvolle Ensemble sieht.

«Ein Onesie? Gut mitgedacht, Emma», sagt sie. «Lass die Modeabteilung ein paar Accessoires zusammenstellen, die ihn ein bisschen edler machen.»

Panisch schaue ich mich im Zimmer um.

«Das meint sie doch nicht ernst?»

⋆★⋆

Emma und Lucy bugsieren mich unter enormem Kraftaufwand ins Auto. Nachdem Tallulah entschieden hatte, dass ich tatsächlich in einem bedruckten Onesie ins Fernsehen soll, hatte ich einen kleinen Nervenzusammenbruch und habe mich im begehbaren Kleiderschrank in der Modeabteilung eingesperrt. Nur das Versprechen, dass ich mir alles, was ich will, aus diesem Schrank aussuchen kann, hat mich letztendlich wieder herausgelockt. Da hängt eine Saint-Laurent-Jacke, die perfekt zu meiner neuen Hose passt.

Hier bin ich also, Haare und Make-up werden noch mal überprüft, während Agnes Befehle in ihr Headset schreit.

«Marvin, Rochelle, das ist Isobel, sie ist für die Sendung über gute Vorsätze hier», sagt Agnes.

«Marvin und Rochelle Humes», sage ich zu Marvin und Rochelle Humes. Ich muss wirklich damit aufhören, Promis zu sagen, wer sie sind.

«Sorry.» Ich verziehe das Gesicht. «Ich habe Phil und Holly erwartet.»

Die Moderatoren sind überraschend nett, und ich entspanne mich ein wenig. Ich habe mein Handy in der Handtasche gelassen, damit ich nicht noch mehr Angst bekomme, wenn ich sehe, wie viele Leute den Facebook-Post kommentieren.

«Okay, es wird Zeit.» Agnes scheucht mich zusammen mit einem anderen Gast ins Studio.

«Das sieht ja genauso aus wie im Fernsehen», rufe ich und bewundere die bequemen Sofas und die Themse im Hintergrund. Dann bemerke ich das Meer aus Kameras, Bildschirmen und Klemmbrettern vor mir. Mir wird schlecht.

«Keine Panik», lächelt Marvin, als der Countdown nach dem Werbespot beginnt.

«Natürlich nicht.» Der Mann, der mit mir interviewt wird, streicht seinen perfekt frisierten Pony glatt. «Ich war schon total oft im Fernsehen. Dich habe ich hier noch nie gesehen. Ich bin Mark, ich bin Journalist. Freelancer. Du hast bestimmt schon mal was von mir gelesen. Ich schreibe für alle angesehenen Zeitungen.»

«Äh, ja, klar», piepse ich. «Ich bin zum ersten Mal im Fernsehen. Ich bin Izzy, von Pulse.»

«Und du dachtest, ein Onesie ist das richtige Outfit für dein Debüt, Izzy?» Er wirft ein kritisches Auge auf mein Outfit.

Wie ich mich schäme.

«Der gehört zu der Kolumne, die ich schreibe.» Ich fummele an den viel zu langen Ärmeln herum.

«Wie hast du dich vorbereitet? Ich habe ein paar Tage Medientraining gemacht, bevor ich meinen ersten Auftritt hatte.»

«Gar nicht?»

Er schafft ein flüchtiges Lächeln, bevor der Countdown zu Ende ist.

«Eine neue Umfrage hat ergeben, dass fünfundneunzig Prozent aller guten Vorsätze bereits im Februar gebrochen werden. Das sind ziemlich viele verschwendete gute Absichten! Fragen wir doch unsere Gäste, was sie davon halten. Mark Allsop, du schreibst für die Zeitung, was meinst du dazu?», fragt Rochelle, die in ihrem hübschen Print-Kleid einfach umwerfend aussieht.

«Guten Morgen zusammen», beginnt mein frischgebackener Erzfeind mühelos. «Also, mich überrascht es nicht, dass so viele Leute sich nicht an ihre Vorsätze halten. Wisst ihr auch, warum? Weil Vorsätze etwas für Idioten sind. Wenn mir jemand sagt, dass er im neuen Jahr sein Leben verbessern möchte, verdrehe ich schon die Augen. Man plant geradezu, es nicht zu schaffen. Niemand will der Langweiler sein, der zu Anfang des Jahres von Low-Carb und Diäten schwafelt. Warum tut man sich das an?»

Mark gestikuliert wild mit beiden Händen, um seinen Argumenten Gewicht zu verleihen. Ich rutsche neben ihm auf dem Sofa hin und her. Ich kann den Blick nicht von dem Bildschirm lösen, auf dem mein Gesicht zu sehen ist. Oder, um genau zu sein: mein Gesicht, mein Onesie und mein persönliches Hashtag. Wie ist das bloß schon wieder passiert? Ich besitze nicht einmal einen eigenen Onesie. Zugegeben, ich habe einmal darüber nachgedacht, aber dann hat Jamie gesagt, wenn ich einen Onesie kaufe, kann ich genauso gut gleich aufgeben und mich mit meinem Leben als alte Jungfer abfinden. Ich habe mich mit einem Paar von diesen megaflauschigen Socken getröstet. Die mit den Antirutschnoppen und den einzelnen Zehen. Sie sind so gemütlich!

«Dieses ganze ‹Neues Jahr, neues Ich›-Ding ist bedauernswert naiv. Eure Statistiken beweisen das. Niemand kann sich an gute Vorsätze halten. Sobald wir nach den Feiertagen wieder zur Arbeit gehen, sind sie uns schon völlig schnurz.» Mark macht endlich eine Pause, um Atem zu holen.

«Bedauernswert naiv», wiederholt Marvin. «Das sieht unser zweiter Gast, Izzy Mulligan von *Pulse*, sicher anders …»

Marvin lächelt mich ermutigend an.

Ich muss etwas sagen. Ich bin im Fernsehen. Ich trage einen Onesie.

Ich erstarre.

Fang jetzt bloß nicht an, unpassende Rap-Texte zu singen.

I need you to get up on the dance floor …

Nein! Hör auf damit! Ich schaue wieder zu Marvin, der mittlerweile leicht beunruhigt wirkt.

Es ist mucksmäuschenstill.

Ich kann hören, wie hinter der Bühne jemand etwas in Rochelles Headset schreit. Ich merke, wie Mark mit gespieltem Mitgefühl in meine Richtung schaut. Und dann, völlig überraschend, höre ich meine eigene Stimme.

«Das sehe ich allerdings anders. Es spricht rein gar

nichts dagegen, den Beginn eines neuen Jahres als Gelegenheit zu nehmen, um gewisse Dinge zu ändern. Ich weiß, wie leicht es ist, gute Vorsätze wieder aufzugeben. Ich habe das nämlich auch getan. Habe mir vorgenommen, nicht immer alle Donuts aufzuessen oder aufzuhören, irgendwelche Kerle anzuschmachten …»

Das habe ich doch wohl nicht gerade in einer Live-Show gesagt?!

«Aber dieses Jahr ist mir etwas aufgefallen. Sich zum Besseren zu verändern muss nicht immer bedeuten, nein zu sagen. Ich wette, wenn sich die Leute in dieser Umfrage vorgenommen hätten, irgendetwas mehr zu tun statt weniger, dann hätten viel weniger von ihnen aufgegeben. Das mache ich jedenfalls, und darüber schreibe ich auch bei *Pulse*. Ich nehme jeden Monat eine neue Herausforderung an.»

«Deswegen auch das Outfit.» Rochelle strahlt mich an.

«Äh, ja, genau.» Ich lächele. «So was ziehe ich normalerweise nicht zur Arbeit an, versprochen.»

Rochelle lacht. Marvin lacht.

ICH HABE ZWEI PROMIS IN EINER LIVE-SHOW ZUM LACHEN GEBRACHT.

«Was? Du sagst also ja zu unschmeichelhaften Outfits? Das klingt nach einer wirklich tollen Kolumne.» Marks Grinsen ist eiskalt.

Niemand, und zwar wirklich niemand wird ungestraft mein erstes echtes Feature für *Pulse* schlechtmachen. Es ist mein großer Durchbruch, und dafür habe ich drei Jahre lang gearbeitet! Ich streiche energisch meinen Pony zur Seite und lächele Mark zuckersüß an.

«Danke, dass du die Zuschauer darauf hinweist.» Ich zeige auf das neonpinke Hashtag auf meinen Brüsten. «So erreicht man mich am besten.»

Irgendwie habe ich es geschafft, die Kamera zu entdecken, die auf mich gerichtet ist. Ich schaue direkt hinein.

«Falls euch da draußen eine gute Herausforderung für mich einfällt, schreibt mir doch bitte auf Twitter. Es geht darum, Neues auszuprobieren, ja zum Leben zu sagen, mein Selbstbewusstsein zu stärken und, na ja, einfach das Beste aus allem zu machen. Die guten Vorsätze fürs neue *Jahr* in Vorsätze für ein neues *Leben* zu verwandeln. Damit können sich bestimmt einige von euch identifizieren. Zumindest die, die kein schwarzes Loch an der Stelle haben, wo eigentlich ihr Herz sitzen sollte.»

Ich werfe einen Blick zu Mark hinüber, bevor ich wieder in die Kamera lächele.

«Ich will nur sagen …» Mark beugt sich vor, um wieder ins Bild zu kommen.

«Tut mir leid, das war's. Ich weiß ja nicht, wie es euch geht, aber ich habe wirklich ein gutes Gefühl nach diesem Gespräch! Danke an … ähm, euch beide.» Rochelle lächelt mich an. «Ihr könnt alles über Izzys neues Feature auf unserer Website nachlesen.»

⋆★⋆

Ich liege in einer Ecke im Green Room und drücke mein Gesicht an die kühle Wand. Mein Handy blinkt unaufhörlich, während eine Nachricht nach der anderen eintrudelt.

Schatz, ich bin so stolz auf dich! Ich bin mir zwar nicht sicher, ob dieses Outfit dir helfen wird, einen Mann zu finden, aber du warst wirklich sehr eloquent, vor allem als du mit diesem garstigen Kerl neben dir geredet hast. Ich gehe jetzt zu meinem Nähkränzchen, ich kann es gar nicht erwarten, allen davon zu erzählen!

Mum rundet ihre SMS mit einem Emoji ab, das die Zähne fletscht. Sie versteht einfach den Unterschied zwischen diesem und dem lachenden Emoji nicht. Außerdem ist es das erste Mal, dass ich beim Nähkränzchen das Objekt ihrer Prahlereien bin.

Schon ungefähr eine Million #DareIzzy-Tweets! Ich bin so stolz auf dich, schreibt Emma.

Die neue Izzy schafft es sogar, im Onesie gut auszusehen. Du Heldin, textet Jamie.

Ja, gut. Eine SMS von Tallulah, oh mein Gott.

Beth von Unten hat mich in einem Foto von ihrem Fernseher auf Facebook markiert, und es hat jetzt schon dreiundneunzig Likes. Ich frage mich, warum diese ganzen Leute mitten an einem Freitag fernsehen können, aber: Juhuuuuuu! Mein Gehirn brummt nur so, und meine Beine fühlen sich an wie Pudding, als ich eine Nachricht nach der anderen lese.

Ist das alles wirklich gerade passiert?

«Da bist du ja.» Agnes kniet sich hin, sodass wir fast auf Augenhöhe sind. «Ich muss schon sagen, anfangs hast du mich ganz schön in Panik versetzt. Ich glaube nicht, dass es in einer Sendung schon mal so lange still war! Aber dann kam plötzlich deine innere Susanna Reid zum Spielen raus. Ich meine, es war perfekt! Du hast es diesem Idioten Mark so was von gezeigt, und dabei warst du fröhlich und unterhaltsam. Ich bin echt beeindruckt.»

Ich schaue sie mit weit aufgerissenen Augen an.

«Piep.»

«Immer noch geschockt, was?», antwortet Agnes. «Ich weiß, das war meilenweit von deiner Komfortzone entfernt, aber du hast es gut gemacht, Izzy. Vor ein paar Monaten hätte ich mir dich nie im Fernsehen vorstellen können. Was auch immer sich gerade für dich ändert, es ist definitiv eine Veränderung zum Guten.»

KAPITEL DREI

★

MÄRZ

Mach mal Pause

Meine neue Lieblingsbeschäftigung ist, durchs Peak District zu fahren und so laut ich kann Taylor Swift zu singen. Die schmale Straße wird immer steiler, und ich versuche zu ignorieren, dass eine winzige Steinmauer das Einzige ist, was mich und das Auto meiner Schwester vom Abgrund trennt.

Meilenweit sehe ich nichts als grüne Hügel und flauschige Schafe. Es ist so friedlich hier. So ruhig.

Aber Moment! Ein Zeichen menschlichen Lebens! Ein Jeep rast auf der anderen Straßenseite auf mich zu.

Der Fahrer winkt mir zu. Die Leute sind einfach so nett hier im Norden!

Ich strahle und winke zurück. Und dann bemerke ich, dass ich diejenige bin, die rast, und dass wir uns auf einer Straße befinden, auf der kaum genug Platz für meinen Mini ist, geschweige denn für den Mini UND den riesigen Wagen, der auf mich zukommt.

Ich trete auf die Bremse und schließe die Augen. Eine offene Chipstüte fliegt vom Beifahrersitz in den Fußraum, aber Chipskrümel sind jetzt wirklich mein kleinstes Problem.

«Was um Himmels willen machen Sie denn da?» Ein verärgert aussehender Herr ist aus seinem Defender gestiegen und klopft empört an mein Fenster. So viel zum Thema Freundlichkeit im Norden.

«Wir sind hier nicht in der Stadt. Sie hätten uns beide umbringen können!»

«Ich habe mich ans Tempolimit gehalten», protestiere ich.

«Manchmal muss man aber auch sein Gehirn benutzen.» Er ist wirklich sauer. «Und ich glaube nicht, dass es vernünftig ist, beim Fahren zu singen und zu tanzen.»

«Es tut mir leid.» Ich verziehe das Gesicht. «Ich kenne die Straßen hier nicht, und, na ja, ich habe Taylor Swift gehört, und Sie wissen doch, da kann man nicht stillhalten ...»

Sein Gesichtsausdruck sagt mir, dass er das ganz und gar nicht weiß.

«Unfassbar! Auf diesen Landstraßen müssen Sie hellwach sein. Ich fahre jetzt an den Straßenrand und lasse Sie vorbei.»

Ernüchtert fahre ich ganz vorsichtig wieder los. Nur dass die Mauer, die mir eben noch klitzeklein vorgekommen ist, plötzlich ganz schön groß aussieht. Prompt fahre ich eine riesige Schramme vorne ins Auto, als ich versuche, an dem Jeep vorbeizumanövrieren.

Scheiße! Ich spüre schon jetzt, wie Olivias Wut mir die Haut versengt. Ich habe ihr Auto mit Chips versaut UND den Lack ruiniert, und das, obwohl ich ihr versprochen habe, es wie mein Erstgeborenes zu behandeln.

«Wage es ja nicht, in Priscilla zu essen. Ich möchte keine

Krümel auf den Sitzen. Ich habe sie gerade erst reinigen lassen.»

Priscilla. Wie beknackt ist das denn.

⋆★⋆

«Bei dieser Challenge geht es darum, mal alles loszulassen», sagte Emma heute Morgen im Büro, nachdem sie ihre bescheuerte Hupe betätigt hatte. «Du wirst dich komplett abschotten, Izzy. Ich habe eine Karte ausgedruckt und markiert, wie du zu deinem neuen Versteck kommst, du brauchst also nicht mal ein Navi. Die Mail habe ich ausgedruckt, sodass du dich nicht einloggen musst, um sie zu lesen.»

Sie reichte mir ein Blatt Papier.

Hey Izzy,
ich folge #DareIzzy, seit ich dich heute Morgen mit deinem Onesie im Fernsehen gesehen habe (ich habe riesigen Respekt vor deinem Mut!). Mir ist aufgefallen, dass du unglaublich viele Reaktionen auf Twitter bekommst und dass du sie alle beantwortest, was natürlich toll ist, aber sicher sehr viel Zeit in Anspruch nimmt!
Meine Freunde und ich checken auch ständig unsere Handys, und deshalb denke ich darüber nach, mal eine Social-Media-Pause zu machen. Wäre es nicht schön, ein paar Tage lang einfach abzuschalten? Meine Mutprobe lautet also: Fahr alleine weg, schalte dein WLAN aus und verbringe ein bisschen Zeit nur mit dir selbst. Wer weiß, vielleicht hilft es dir sogar herauszufinden, warum du dich

überhaupt erst in deiner Routine festgefahren hast. Oder du kannst dich auf diese Weise einfach super erholen.
Ich freue mich darauf zu lesen, wie es läuft. Wenn es dir guttut, traue ich mich vielleicht auch!
Kat, Cumbria x

«Ich hab dir das hier gekauft. Ich dachte, es wäre gut, ganz neu anzufangen», fügt Emma hinzu und reicht mir das schönste Notizbuch, das ich je gesehen habe. Sie weiß einfach genau, was mir gefällt! Ich liebe Schreibzeug, und ich vergesse darüber fast, dass ich ein paar Tage ohne Handy klarkommen muss! *Fast.* Emma drückt mich an sich und schiebt mich dann aus dem Büro, bevor ich weiter darüber nachdenken kann.

Deshalb bin ich jetzt also hier, in einem Auto voller Knabberzeug, und ein bisschen stolz darauf, dass ich ohne Navi aus London herausgefunden habe. Ich bin zwar einmal fast verkehrt herum in einen Kreisverkehr gefahren, aber hey, es ist auch schon eine Weile her, dass ich überhaupt am Steuer saß. Es hat sich nicht gelohnt, mein Auto zu behalten, als ich nach London gezogen bin.

Na ja, wer braucht schon Handys? Wenn ich in den nächsten Tagen mit irgendwem kommunizieren will, kann ich doch genauso gut einen Brief schreiben. Ich könnte ihn sogar per Brieftaube verschicken. Ich werde außerdem keine Ahnung haben, wie oft Millie Mackintosh ein Fitnessstudio-Selfie postet, und das ist auch in Ordnung.

«Biege am Gatter links ab und fahre den Feldweg entlang, bis du zum Fern Cottage kommst», lese ich laut vor. Feldweg? Olivia wird mich zweimal umbringen.

Der Mini und ich rumpeln über den unebenen Weg und parken vor einem hübschen Steinhaus. Efeu rankt sich um die Veranda und über das Dach, sodass es aussieht, als hätte das Haus eine warme Wintermütze angezogen.

«Nett», sage ich und schalte Taylor aus, die ich jetzt sowieso nur noch bei akzeptabler Lautstärke gehört habe. «Ich kann mir einen schlimmeren Ort vorstellen, um mal eine Weile auszuspannen.»

Ich gehe zur Haustür, drücke die Klinke herunter und freue mich, dass die Tür offen ist. Nachdem ich dem Tod nur knapp entronnen bin und auf so tragische Weise meine Chips verloren habe, brauche ich dringend eine Tasse Tee.

Drinnen sieht es aus wie in einer Vintage-Boutique. Auf den Sofas liegen Patchwork-Decken, die Wände sind hellblau gestrichen und, oh, wie wunderbar, das Feuer wurde schon für mich angezündet!

Ich schleudere die Schuhe von den Füßen und laufe durch das Haus wie ein aufgeregter Welpe. Dann mache ich mich auf die Suche nach der Küche.

«Ein AGA!», kreische ich, als ich den gusseisernen Herd entdecke.

Das ist mein absolutes Traumhaus. Ich finde ein cremefarbenes Radio, das aussieht, als wäre es aus den Sechzigern, aber Gott sei Dank tatsächlich digital ist. Wäre es übertrieben, einen kitschigen Sender zu hören, während ich Tee mache? Ich bin mitten im Nirgendwo, es wird also niemand je erfahren.

Ich tanze zu Kylies *Spinning around*, während der Tee zieht. Ich frage mich, wie es wohl wäre, so einen Hintern wie Kylie zu haben. Ich schaue in den Spiegel und wackele mit meinem Hintern von links nach rechts. Eigentlich gar nicht schlecht! Und in der neuen Jeans sieht er sogar besonders knackig aus. Es ist wirklich zu schade, dass ich jetzt kein Kim-Kardashian-Hintern-Selfie machen kann. Die Schafe auf der Wiese gegenüber werden wohl die einzigen Lebewesen bleiben, die meine Kehrseite bewundern dürfen.

Ein Husten durchbricht die Stille. Und es kommt nicht von mir.

«Kann ich helfen?», fragt ein Mann ohne T-Shirt.

Ein unglaublich gutaussehender Mann ohne T-Shirt.

Ich höre auf, mit dem Hintern zu wackeln, und stemme die Hände in die Seiten.

«Wer sind Sie?», frage ich und zwinge meine Augen, irgendwo anders hinzusehen als auf das tief sitzende Handtuch, das um seine Hüften gewickelt ist. Er sieht vielleicht gut aus, aber ich bin trotzdem entrüstet. Das hier ist mein Ferienhaus!

«Ich glaube, diese Frage müssen Sie eher selbst beantworten», sagt er, nimmt die Tasse Tee, die ich gerade gemacht habe, und trinkt einen Schluck.

«Könnte ein bisschen weniger Milch vertragen», sagt er dann. Seine Augen funkeln belustigt.

Wie unhöflich!

«Mein Name ist Izzy Mulligan, und ich habe dieses Cottage für das Wochenende gemietet. Was machen Sie denn hier ohne Klamotten?»

«Ah, Izzy!» Er lächelt. «Ich dachte, du kommst frühestens in einer Stunde.»

Dann wird mir einiges klar. Emma hat mir eine Begleitung für das Wochenende gemietet.

Panik steigt in mir hoch. Von einem Callboy war in der Beschreibung der Mutprobe keine Rede. Keine Ablenkungen, hat Kat aus Cumbria geschrieben! Deswegen hat Emma mir also das neue Notizbuch gekauft? Damit ich meine sexuellen Erfahrungen mit diesem zugegebenermaßen äußerst attraktiven Gigolo aufschreiben kann? Ich weiß ja, dass ich seit Jahren kein Date hatte, aber das hier geht wohl doch ein wenig zu weit.

Ich richte mich zu voller Größe auf, was unglücklicherweise meine Augen auf die Höhe seiner nackten Schultern bringt, und schüttele den Kopf.

«Okay, ich sehe schon. Vielen Dank, dass Sie gekommen sind, aber ich werde Ihre Dienste dieses Wochenende nicht benötigen.»

«Sie werden meine Dienste nicht benötigen?», wiederholt er.

«Genau. Nichts gegen Sie persönlich, natürlich. Sie sind wirklich heiß, und ich weiß eine gute Brustmuskulatur sehr zu schätzen. Aber ich fühle mich einfach nicht zu dieser Situation … oder zu Ihnen hingezogen.» Ich lächele entschuldigend.

Er lehnt sich an die Küchentür, strubbelt sich durch das blonde Haar und fragt: «Zu *welcher* Situation?»

Oh Mann, ich werde es wirklich aussprechen müssen. Was, wenn er trotzdem eine Bezahlung erwartet? Ich habe *Pretty Woman* gesehen, und ich weiß, dass vierundzwanzig Stunden Du-weißt-schon-was nicht gerade billig sind.

Ich hole tief Luft und spucke es aus.

«Ich möchte Sie nicht für Sex bezahlen. Ich bin einfach nicht für so was zu haben. Außerdem geht es bei diesem Wochenende für mich darum abzuschalten. Verstehen Sie?»

Er beißt sich auf die Unterlippe. Wird er etwa weinen?

Nein, er versucht tatsächlich, ein Lachen zu unterdrücken. «Ich glaube, du bist auf der falschen Fährte. Ich bin Alex, ich wohne hier. Mir gehört der Campingplatz. Ich schätze, du hast die Infos nicht gelesen, die wir dir zugeschickt haben. Dein Zelt ist ganz in der Nähe, dahinten, Richtung See.»

Oh nein, bitte nicht. Ich starre auf meine Füße und frage mich, wie lange ich brauchen würde, um einen Tunnel aus der Küche zu graben.

«Das muss dir nicht peinlich sein», versucht er, mich zu trösten. «Ich meine, es ist das erste Mal, dass mich jemand für eine Nutte hält. Aber das macht ja nichts. Ich sag dir was, ich gehe jetzt erstmal nach oben und ziehe mich an, während du in aller Ruhe deinen Tee trinkst. Und dann bringe ich dich zu deinem Zelt.»

Ich bleibe wie angewurzelt stehen, bis er mit seinem durchtrainierten Oberkörper aus der Küche verschwunden ist. Dann drehe ich mich um, lege den Kopf auf die Arbeitsplatte und stöhne, so leise es geht. Was habe ich mir nur dabei gedacht? Emma würde mir doch keinen Callboy buchen!

⋆★⋆

«Okay, wo ist dein Rucksack?»

«Äh ... mein Koffer ist vorne im Auto», sage ich. Ich werde Alex nie wieder ins Gesicht schauen können.

«Okay, ich hol nur schnell die Schubkarre, dann bringen wir dich hin», sagt er.

Schubkarre? Er ist so beleidigt, dass er mich umbringen und in den See werfen will, oder? Das schlimmste Wochenende aller Zeiten.

Aber nein, doch nicht, er braucht die Schubkarre, weil es so matschig ist. Er hebt meinen Koffer mühelos hinein und schiebt los, ich schwanke in meinen zu großen Gummistiefeln von Primark hinterher. Hat Alex eben wirklich ZELT und CAMPINGPLATZ gesagt? Es ist März! Warum um alles in der Welt soll ich im März in einem Zelt schlafen? Ich plane meine Rache an Emma, während wir durch den Matsch stapfen.

«Da wären wir, hier schläfst du dieses Wochenende», grinst er.

Rechts von mir liegt ein wunderschöner See, auf dem eisblauen Wasser glitzern die letzten Sonnenstrahlen des Tages. Zu meiner Linken steht das größte, komfortabelste Safarizelt, das ich je gesehen habe. Ein Baldachin erstreckt sich darüber, und Dutzende von Kerzen in kleinen Laternen blinken und leuchten ihr Willkommen. Auf der Veranda steht ein Tisch nebst zwei Stühlen, von denen aus man den See bewundern kann. Ich laufe, so schnell ich kann, zum Eingang, um zu sehen, was mich drinnen noch erwartet.

Ein Holzofen knistert in der Mitte des Wohnzimmers. DIESES ZELT HAT EIN WOHNZIMMER! Gläser mit Kerzen darin funkeln im ersterbenden Tageslicht, und ein bequem aussehendes Sofa winkt mich zu sich. Ich lasse mich darauffallen. Ich muss meine Rachepläne für Emma wohl noch mal überdenken.

«Das ist ja unglaublich», jubele ich.

«Schön», sagt Alex leise. «Ich möchte, dass du einen phantastischen Aufenthalt hast. Wenn du also irgendetwas brauchst, frag mich nur. Der Kühlschrank ist voll, und das Badezimmer und das Schlafzimmer sind hier entlang.»

Er deutet mit der Hand in eine Richtung und bewegt sich dann rückwärts auf den Ausgang zu. Mir ist der unglückliche Start unserer Bekanntschaft schmerzlich bewusst. Und wenn ich unglücklich sage, dann meine ich, dass ich sein Haus ungebeten betreten, seine Teebeutel benutzt, sein Radio auf Guff FM gestellt und ihn als Callboy bezeichnet habe. Die alte Izzy würde die Nacht wahrscheinlich damit verbringen, sich Vorwürfe zu machen, aber die neue Izzy ist mit dieser Aussicht ganz und gar nicht einverstanden.

«Warte», rufe ich. «Was vorhin passiert ist, tut mir wirklich leid. Möchtest du vielleicht was trinken? Ich habe Wein mitgebracht.» Ich zeige auf meinen vollgestopften Koffer.

«Ich habe mich schon gefragt, warum der so schwer ist. Ich dachte, er ist bestimmt voller Kletterzeug, schließlich befinden wir uns im Peak District.»

«Oh ja, das auch.» Ich nicke.

Das ist eine Lüge. Im Koffer befinden sich zu sechzig Prozent Weinflaschen und zu vierzig Prozent Kleider, unter anderem meine wunderschöne, neue Saint-Laurent-Jacke. Ich würde, ohne zu murren, jeden Tag in einem Onesie im Fernsehen auftreten, wenn ich so dafür belohnt werde.

«Danke für das Angebot.» Alex reibt sich den sandfarbenen Bart und sieht dabei sehr süß aus. «Aber, ähm, jemand namens Emma hat mir eine E-Mail geschrieben. Sie hat erwähnt, dass der Sinn deines Aufenthaltes ist, ohne Ablenkungen nachzudenken. Der Empfang ist hier sowieso richtig schlecht, aber ich habe zur Sicherheit das WLAN-Passwort versteckt. Also … Ich würde echt gerne ein Glas mit dir trinken, aber wenn ich ehrlich bin, klang sie ziemlich furchteinflößend, und ich möchte wirklich nicht dein Feature versauen.»

Ich beiße mir auf die Unterlippe und versuche, mir einzureden, dass mein erster Flirtversuch seit Jahren nicht gerade abgelehnt worden ist. Ist er aber.

«Klar, natürlich.» Ich versuche zu lächeln. «Emma kann sehr … direkt sein.»

«Sie hat die ganze E-Mail in Großbuchstaben geschrieben.» Er runzelt die Stirn.

«Ja, das passt. Na ja, ich schätze, du hast sowieso Besseres zu tun, als hier rumzustehen … Bars, in die du gehen willst, Freunde, die du treffen möchtest … Lass dich von mir nicht aufhalten.» Ich tue so, als sei ich mit meiner Tasche beschäftigt. Plötzlich fühle ich mich einsam.

«Nichts annähernd so Aufregendes. Ich mache meinen Master in Archäologie und muss eine Hausarbeit fertig schreiben.» Ich halte den Atem an.

Sexy *und* klug? Oh Mann.

Alex beobachtet mich und lächelt. «Ich bin im Cottage, falls du etwas brauchst.»

⋆★⋆

Die einzigen Geräusche, die die Stille meiner neuen Behausung durchbrechen, sind das Brutzeln der Würstchen in der Pfanne und das Gluckern der Weinflasche, wenn ich mir nachschenke.

Normalerweise verbringe ich den Freitagabend mit Jamie. Außer sie geht aus, dann verbringe ich den Freitagabend damit, Jamie GIFs von Channing Tatum mit nacktem Oberkörper zu schicken. Ich nehme mein Handy in die Hand und schaue es an. Ohne Internet ist es nur noch eine leere Hülle. Ich kann mich nicht erinnern, wann ich zuletzt eine SMS geschrieben habe, außer an meine Mum oder an Tallulah. Aber selbst wenn ich eine Nachricht senden wollte, würde das garantiert an dem schlechten Empfang hier oben scheitern.

Egal, auch SMS sind verboten. Genauso wie Instagram, Onlineshops und Twitter. Das ist völlig in Ordnung. Seit meinem Fernsehauftritt ist mein Twitter-Feed geradezu explodiert, was mich riesig freut, aber es geht ja auch sehr gut ohne.

Nervös stecke ich das Handy zurück in die Reißverschlusstasche meines Koffers und atme tief ein.

Zeit, die Verbindung mit mir selbst zu pflegen.

Ich verdrehe die Augen. Als Nächstes fange ich noch an, zu stricken und Hummus zu kochen.

⋆★⋆

Ich wende die Würstchen in der Pfanne und schaue auf die Uhr. Es ist schon ganze sechs Minuten her, dass Alex gegangen ist. Wie um alles in der Welt soll ich es schaffen, mich drei Abende lang nicht zu langweilen? Und noch viel wichtiger: Wie soll ich es schaffen runterzukommen, wenn ich an nichts anderes denken kann als daran, wie viele Likes dieses Zelt bekommen würde? Na ja, und daran, was Alex wohl gerade macht. Ich stelle mir vor, dass er sich über irgendwelche Wälzer mit Abbildungen von Knochen beugt. Er hat einen Bleistift hinterm Ohr und hackt auf eine Schreibmaschine ein. Er ist definitiv der Typ für eine Schreibmaschine.

«Reiß dich zusammen, Mädchen!» Ich schüttele den Kopf und lasse die Würstchen auf einen Blechteller kullern. Dann wickele ich mich in eine Decke und setze mich nach draußen.

Es hat überhaupt keinen Sinn, über Männer nachzudenken. Ich bin gerade eben nach dem ersten Flirtversuch dieses Jahrzehnts abgewiesen worden. Meine Erfahrung mit George zählt nicht, das ist ein Tiefpunkt, den ich gerne aus meinem Gedächtnis verbannen würde.

Ich spieße ein Würstchen auf und kaue. Ich bin keins von diesen Mädchen, die mühelos von Romanze zu Romanze schweben. Wie Jamie, die jeden Kerl haben kann, den sie will. Ihr tintenschwarzes Haar, ihre Katzenaugen und ihr Modelkörper sind dabei sicher hilfreich, aber sie ist noch dazu total selbstbewusst. Ich glaube, das ist es, was sie wirklich attraktiv macht.

Wenn wir zusammen unterwegs sind, starren uns die Jungs an. Sie können nichts dagegen tun. Manchmal kommen sie zu mir, wenn Jamie aufs Klo geht, und fragen, ob sie einen Freund hat. Sie hat nie einen, weil ihr das zu anstrengend ist. In einer Bar angesprochen zu werden ist für meine beste Freundin einfach nur langweilig. Sie mag originelle Typen. Sie hatte mal was mit einem jungen Politiker, der sie zum Käsefondue in ein hippes Restaurant ausgeführt hat, das eingerichtet war wie eine Après-Ski-Hütte in Tirol. Und sie hat einen Sommer auf einer Super-Yacht auf dem Mittelmeer verbracht, nachdem ein griechischer Reedereimagnat sich Hals über Kopf in sie verliebt hat. Ich bin ein wenig traurig, wenn ich an ihren Anruf damals zurückdenke, als sie mir angeboten hat, für ein paar Wochen mitzukommen. Warum um alles in der Welt habe ich nein gesagt? Ach ja, ich hatte Mum schon versprochen, ihr bei dem Lunch zu helfen, den sie einmal im Jahr für ihre Freundinnen organisiert, damit sie bei zu viel Prosecco übereinander lästern können. Ich habe das ganze Wochenende damit zugebracht, Sandwiches zu machen. Wirklich ein Jammer.

Ich trinke einen Schluck Wein und schaue hinaus in die tiefschwarze Nacht. Die Geschichte meiner Dates ist nicht annähernd so interessant. Es hat für mich eigentlich immer nur einen Mann gegeben. Jedenfalls vor George.

«Charlie», flüstere ich in die Stille.

Es tut weh, seinen Namen auszusprechen. Ich habe in den letzten Jahren, so gut ich konnte, versucht, alle Erinnerungen an Charlie zu löschen. Warum denke ich dann jetzt plötzlich an ihn? Ich schaue nach, wie viel Prozent mein Wein hat. Nicht, dass ich aus Versehen puren Alkohol in mich hineinschütte. Nein.

Ich lehne mich wieder zurück und lege die Füße hoch, die Decke um mich gewickelt wie einen Kokon. Dann erlaube ich mir zum ersten Mal seit langem, an die schönen Zeiten zurückzudenken.

★

Charlie war meine erste große Liebe. Wir fingen an, uns zu unterhalten, als wir im ersten Jahr an der Uni von unseren Büchern aufschauten und bemerkten, dass wir die letzten beiden Menschen in der Bibliothek waren.

«Wir sollten im Pub sein, so wie alle anderen.» Charlie lächelte, seine eisgrünen Augen funkelten. «Hast du Lust, was trinken zu gehen?»

Es gab viel, was ich an Charlie mochte. Seinen Sinn für Humor und dass er stolz auf seine roten Haare war. Am meisten mochte ich aber, dass wir so viel gemeinsam hatten. Zu Hause zu bleiben machte ihm nicht weniger Spaß, als auszugehen, und genau wie ich hatte er einen Plan.

«Irgendwann möchte ich dich heiraten, Isobel Mulligan», sagte er eines Abends, als wir zusammen lernten.

Ich kann mich nicht daran erinnern, wie ich reagiert habe, wahrscheinlich habe ich nur irgendwelche peinlichen Geräusche gemacht, statt richtig zu antworten. Woran ich mich allerdings sehr gut erinnere, ist, wie ich mich gefühlt habe. Ich trug ein Trägerkleid und saß im Schneidersitz auf seinem Bett. Er beugte sich vor und hielt meine Hand, während mein Herz verrücktspielte. Ich war so glücklich und zufrieden, so verliebt in diesen wunderbaren Jungen, der immer weiter von den Kindern redete, die wir haben würden, dem Haus, das wir zusammen kaufen, und der Liebe, die wir teilen würden.

Salzige Tränen laufen ungehindert meine Wangen herab, und das letzte Würstchen auf meinem Teller ist kalt geworden, während ich mit meinen Erinnerungen beschäftigt war. Ich stehe auf und schleppe mich nach drinnen. Die Vergangenheit lastet schwer auf meinen Schultern. Das Feuer ist fast ausgegangen, also lege ich ein Stück Holz nach und schaue zu, wie die orangefarbenen Flammen wieder zum Leben erwachen.

Dann strecke ich mich auf dem Sofa aus und seufze.

Ich war in Charlies Studentenwohnheim, als es passierte. Wir waren mittlerweile im dritten Jahr und immer noch total verliebt. Alle unsere Freunde schienen von einer Affäre zur anderen zu springen, aber wir nicht. Wir waren stark, und wir hatten einen Plan. Außerdem wurde es langsam ernst. An diesem Wochenende wollten wir einen Verlobungsring aussuchen. Charlie sagte, er wolle mich lieber nicht überraschen, falls er einen auswählte, der mir nicht gefiel. Total Izzy-mäßig wollte ich also eine Liste mit Juwelieren schreiben, zu denen wir vor dem romantischsten Wochenende unseres Lebens fahren würden. Auf Charlies Schreibtisch lag ein Block, ich schlug ihn auf und suchte nach einer leeren Seite für meine Liste. Ein Foto fiel heraus und landete auf dem Boden. Ich bückte mich danach, gerade als Charlie ins Zimmer kam.

«NICHT», schrie er.

Aber es war zu spät. Ich hatte das Foto schon aufgehoben. Darauf war eine andere Frau.

Olivia.

Ich weiß noch, wie ich Charlie anstarrte, während ich versuchte, die Situation zu erfassen. Warum hatte der

Junge, den ich liebte, ein Foto von meiner Schwester auf dem Schreibtisch? Es gab unzählige Erklärungen, da war ich mir sicher. Vielleicht half er ihr, eine Karte für ihren Freund zu basteln. Charlie konnte schon immer gut Sachen designen. Das würde es sein.

Ich setzte mich auf und wartete geduldig darauf, dass er mich beruhigte.

Stattdessen verbarg er das Gesicht in den Händen und ließ sich aufs Bett fallen.

«Es tut mir so leid, Isobel.» Jetzt weinte er sogar.

Ich fragte ihn ganz ruhig, was er meinte. Ich war immer noch fest davon überzeugt, dass nichts Schlimmes passiert war. Und dann erklärte er mir, dass er sich in meine Schwester verliebt hatte. Verliebt! Er hatte ihr Profilbild ausgedruckt und trug es mit sich herum. Er fieberte auf jede Familienfeier hin, weil er dann Zeit mit Olivia verbringen konnte, sagte er.

«Es ist nicht so, dass ich dich nicht auch liebe, Izzy. Es ist nur … Du bist nicht Olivia. Sie spielt in einer anderen Liga.» Er zuckte die Achseln. «Ich weiß nicht, was ich machen soll.»

Er schluchzte noch ein bisschen mehr.

Ich zerknüllte das Bild von Olivia, stopfte es in meine Jeanstasche und setzte mich neben ihn aufs Bett. Es war dasselbe Bett, auf dem wir uns über Häuser und Babys unterhalten hatten. Im Nachhinein ist ziemlich offensichtlich, dass unser gemeinsames Leben todsterbenslangweilig geworden wäre. Trotzdem versengt mir der Schmerz, den ich damals fühlte, immer noch das Herz.

«Ist doch okay», versuchte ich, ihn zu trösten. «Olivia ist

mit Sam verlobt. Du siehst doch sicher ein, dass das hier falsch ist? Und du hast ja mich. Du liebst mich doch noch, oder?»

Er nickte und schnäuzte sich.

«Na siehst du. Dann tun wir jetzt einfach so, als wäre das alles nicht passiert.»

⋆★⋆

Drei Wochen später hielt Jamie mir eine Standpauke. Sie brüllte Dinge wie «Wo bleibt dein Selbstbewusstsein?» und «Schieß dieses Arschloch ab!», während sie alles, was mit Charlie zu tun hatte, von meinem Handy löschte. Ich weinte, googelte «Voodoo-Puppen für Schwestern» und erzählte Jamie immer wieder von den Plänen, die Charlie und ich hatten.

«Scheiß auf die Pläne ... Du kannst doch nicht mit einem Mann zusammen sein, der deine Schwester mehr liebt als dich. Hörst du?» Sie packte mich an den Schultern und schüttelte mich unsanft.

«Das ist doch lächerlich», fügte sie hinzu. «Wie oft hat er deine Schwester überhaupt getroffen? Ein paarmal an Weihnachten und Geburtstagen, oder? Er hat sich wahrscheinlich nur in ihr verdammtes hübsches Gesicht verknallt. Außer ...»

Ich kniff die Augen zusammen und flehte sie innerlich an, nicht weiterzusprechen. Ich wusste nur zu gut, was sie sagen wollte. Ich hatte natürlich selbst schon darüber nachgedacht, aber es laut aussprechen? Das würde mein Herz sehr wahrscheinlich nicht überstehen.

«Liebes, meinst du, dass Olivia und Charlie sich heimlich getroffen haben?», fragte Jamie leise. Als ich keine Worte für eine Antwort finden konnte, schlang sie die Arme um mich, und ich ließ meinen Tränen freien Lauf.

«Ich weiß es nicht!», heulte ich endlich zwischen lauten Schluchzern. «Ich kann nicht …»

«Ist doch okay», versuchte Jamie, mich zu trösten. «Es wird alles wieder gut. Aber, Izzy, du musst das wirklich beenden, jetzt gleich.»

Es funktionierte. Ich machte mit Charlie Schluss und verbrachte die nächsten Monate damit, um mein schönes altes Leben zu trauern. Charlie war weg, und mein Verhältnis zu Olivia würde nie wieder dasselbe sein. Ich hatte mich noch nie so einsam gefühlt.

★★★

Ich stapfe ins Badezimmer. Ich bin so traurig, dass ich mich nicht einmal für die freistehende Badewanne begeistern kann oder dafür, dass kleine, teuer aussehende Kosmetikfläschchen neben dem Waschbecken stehen. Ich lasse mir ein Bad ein, nehme meine Kontaktlinsen heraus und steige schmollend in die Wanne. Ich sinke so tief hinein, dass auch mein Gesicht unter Wasser ist. Aus meinem Mund steigen kleine Bläschen aus Wut und Trauer auf.

Was wäre passiert, wenn ich Jamies Rat ignoriert hätte und mit Charlie zusammengeblieben wäre?

Vielleicht wärst du schon verheiratet.

Du würdest nicht in einer erbärmlichen Wohnung wohnen.

Deine Mutter würde dir keine Vorträge über deine Eierstöcke halten.

Aber du wärst auch immer nur die zweite Wahl nach Olivia.

Ich seufze unter Wasser. Mit den Jahren habe ich mein Baderitual für Wutanfälle und andere Krisen perfektioniert. Immer wenn es mir schlecht geht, lasse ich mir ein Bad ein und suhle mich ein bisschen in Selbstmitleid.

Aber dieses Mal fühle ich mich nicht wirklich besser. Ich tauche wieder auf, wische mir das Wasser aus dem Gesicht und schaue in den holzgerahmten Spiegel neben der Wanne.

«Was machst du denn da?», frage ich.

Wir schauen uns eine Weile lang an, ich und mein Spiegelbild, während ich über meine Situation nachdenke. Ich schwelge in Erinnerungen an eine gescheiterte Beziehung. Ich frage mich, was hätte sein können, und zwar mit einem Kerl, der einfach nicht der Richtige für mich war. Das ist doch so was von unproduktiv.

«Ja, du könntest schon verheiratet sein, und ja, du könntest vielleicht auch ein Zuhause und eine Familie haben. Aber du wärst mit einem Mann verheiratet, der dich nicht genug liebt und der nicht wollte, dass du für deinen Job nach London ziehst. Außerdem wurdest du so davor bewahrt, frühzeitig zu altern.» Ich werde immer enthusiastischer, während ich Argumente aufzähle. «Davon abgesehen, HALLO? Mit Charlie zusammen zu sein war, wie eine Beziehung mit einem Roboter zu führen. Wo war die Leidenschaft? Wo war die Spontaneität? Charlies Vorstellung von einem Date war ein Abendessen vom Lieferservice, bei dem wir im Internet Kaufpreise für Häuser verglichen haben.

Noch dazu hättest du nicht diesen Job, und du würdest nicht das neue Feature schreiben. Stell dir doch mal vor, was er zu meinem Ja(hr) gesagt hätte! Er hätte das gar nicht ausgehalten. Er hätte seinen Kalender rausgeholt und darauf bestanden, jedes Datum zu blocken, an dem du auf keinen Fall eine Challenge annehmen könntest, weil er da seine Eltern oder eine Jobmesse besuchen wollte. Oh Mann, wie öde! Und wenn ich das sage, heißt das schon was. Und dann wolltest du mit diesem Idioten auch noch Kinder kriegen, als du so verdammt jung warst! Ist doch egal, was Mum sagt, du hast mehr als genug Zeit, dein eigenes Leben zu genießen, bevor du anfängst, dir über deine Nachfahren Gedanken zu machen!»

Wir starren uns immer noch an. Mein Spiegelbild weiß offensichtlich nicht, wie es mit der neuen Izzy umgehen soll. Die alte Izzy widerspricht nie, sie hängt einfach rum und tut sich selbst leid, wenn es mal nicht gut läuft.

«Damit ist jetzt Schluss», sage ich zu meinem Spiegelbild. Und dann fange ich an zu lachen. Ich lache so sehr, dass das Badewasser auf beiden Seiten überschwappt und meine Lachtränen die Wanne wieder auffüllen.

«Was bist du nur für eine Idiotin», sage ich, als ich endlich, nach Luft schnappend, wieder zu mir komme. «Die Erkenntnis des Jahrhunderts: Charlie war deine Tränen gar nicht wert! Du hast das die ganze Zeit mit dir herumgeschleppt, und warum? Es hat dir so viel Angst gemacht, dass du lieber George angehimmelt hast, statt rauszugehen und endlich ein paar echte Männer kennenzulernen.»

Ungläubig strahle ich mein Spiegelbild an. «Eine Sache noch. Diese Selbstgespräche sind mindestens genauso beknackt wie die Tatsache, dass Olivia ihr Auto Priscilla nennt. Lass das also in Zukunft bleiben.»

⋆★⋆

Die Vögel zwitschern, und die Sonne strahlt durch mein Schlafzimmerfenster. Ich strecke mich und kuschele mich dann wieder fest in die weiche Decke. Ich habe seit Jahren nicht so gut geschlafen, ich fühle mich federleicht.

Die kleine Showeinlage gestern und das sehr ernste Gespräch MIT MIR SELBST in der Badewanne haben mir anscheinend richtig gutgetan.

Ich greife nach meinem Handy, aber dann fällt mir ein, dass es im Koffer ist. Hm. Anscheinend habe ich vergessen, wie man den Tag beginnt, ohne zuerst die neuesten Tweets zu lesen. Ich würde so gerne die Reaktionen auf mein letztes Feature wissen, dass ich in Versuchung komme, den Notfallrouter zu benutzen, den ich mir gekauft habe. Aber das wäre geschummelt.

Was mache ich also?

Im Schlafanzug tapse ich in die Küche. Im Kühlschrank finde ich Orangensaft und gieße mir ein Glas ein. Dann denke ich über mein Frühstück nach. Wäre es okay, das Würstchen von gestern zu essen, obwohl es über Nacht nicht im Kühlschrank war?

«Kann ich reinkommen?», fragt eine Männerstimme.

Hilfe, es ist Alex der Archäologe, und ich kann wirklich nicht zulassen, dass er meinen Hello-Kitty-Schlafanzug sieht.

«Ich bringe Frühstück mit», fügt er hinzu.

Ach na ja, so schlimm ist der Schlafanzug auch wieder nicht.

«Ja», rufe ich.

Er kommt mit einem Korb im Arm herein und versucht, beim Anblick meiner lächerlichen Nachtbekleidung nicht zu grinsen. Notiz an mich selbst: Negligé kaufen. Und herausfinden, was ein Negligé ist.

«Morgen.» Er lächelt. «Gut geschlafen?»

«So gut wie schon lange nicht mehr, danke.»

«Das ist schön. Und wie war der erste Abend ohne Handy?»

«Es war eigentlich gar kein Problem», antworte ich.

Er zieht eine Augenbraue hoch.

«Was?», frage ich.

«Ach, nichts. Ich habe dich nur gestern mit jemandem reden hören, als ich im Arbeitszimmer war.»

Oh nein. Alex hat mein Selbstgespräch mit angehört. Wie soll ich ihm das nur erklären, ohne mich komplett verrückt anzuhören?

«Keine Sorge, ich verpetz dich nicht an deine Chefin», sagt er, sieht mich dabei aber missbilligend an.

Jetzt denkt er, ich schummle bei meinem Feature.

«Ähm, also eigentlich ... habe ich mit mir selbst gesprochen.» Ich hole tief Luft und nehme all meinen Mut zusammen. «Ich musste ... na ja, ich musste mir einfach mal die Meinung sagen. Es ist mir schrecklich peinlich, dass du das gehört hast.»

«Aha.» Er nickt. «Aber du hast auch richtig laut gelacht.»

Ich sterbe.

«Ich kann dir genauso gut die Wahrheit sagen. Ich habe richtig lange Ballast aus einer gescheiterten Beziehung mit mir herumgeschleppt, und gestern Abend ist mir klargeworden, dass ich viel zu viel Zeit mit diesem Typen verschwendet habe. Und dann fand ich das Ganze so lustig, dass ich mir vor Lachen in die Hose gemacht habe. Oh Gott, nicht wirklich natürlich. Ich meine nur, ich habe echt viel gelacht.»

HÖR SOFORT AUF ZU REDEN.

«Ach so.» Alex rutscht auf seinem Stuhl hin und her. Kein Wunder. «Manchmal kann ein gutes Selbstgespräch den Dingen wieder die richtige Perspektive geben», sagt er weise.

«Genau!» Ich stimme begeistert zu. «Freut mich, dass du nicht denkst, ich bin komplett bescheuert.»

«Ich denke nicht, dass du komplett bescheuert bist. Also, ich habe Eier von unseren Hühnern mitgebracht und Zeug vom Bäcker. Ist das okay? Du bist nicht glutenfrei unterwegs, oder?»

«Auf keinen Fall.» Ich greife in die Tüte und stopfe mir etwas Beigefarbenes in den Mund, bevor mir einfällt, dass ich nicht alleine bin. Oh Mann, eine Nacht in der Wildnis, und ich vergesse meine Manieren.

«Sorry», füge ich hinzu und wische mir Croissantkrümel vom Mund.

«Ich komme später mit mehr Lebensmitteln wieder»,

sagt Alex und ignoriert höflich meinen Croissantschnurrbart.

«Warte! Was machst du heute?»

«Ich bin gestern Abend nicht besonders weit gekommen mit meiner Hausarbeit. Ich wollte spazieren gehen, meinen Kopf freikriegen, nachdenken», antwortet er.

Ein Spaziergang! Das klingt nach etwas, was gut geeignet ist, wenn die Mission «abschalten» heißt.

«Kann ich mitkommen?», frage ich.

«Ich dachte, du sollst dieses Wochenende alleine sein?» Wieder dieser missbilligende Blick.

«Eigentlich geht es vor allem darum, mein Handy auszuschalten und eine Weile offline zu sein», antworte ich. Ich gebe zu, dass ich mir die Mail noch mal genau durchgelesen habe, nachdem Alex gestern gegangen ist, zur Sicherheit. «Und außerdem, es ist ja nicht so, dass wir die ganze Zeit reden. Du möchtest nachdenken, und das würde mir auch guttun. Aber es wäre so schade, gar nichts vom Peak District zu sehen. Außerdem sollte ich es wohl vermeiden, mit dem Auto zu fahren.»

«Will ich wissen, warum?» Alex schaut mich mit seinen blauen Augen an.

«Besser nicht. Also, was meinst du?»

«Na ja …»

«Bitte!»

Wenn mein Feature *Das Jahr, in dem ich darum bettele, mit Jungs rumhängen zu dürfen* hieße, wäre das hier der perfekte Start.

«Okay, klar. Komm in ungefähr einer Stunde hoch zum Cottage.»

«Roger.»

Alex sieht mich belustigt an. Als er weg ist, schlage ich mir die flache Hand an die Stirn. ROGER? Was habe ich mir dabei nur gedacht?

⋆★⋆

Diese Kraft, diese Stärke, diese Schönheit! Ich habe definitiv schon Schlimmeres gesehen, denke ich mit Blick auf die wunderschön geformten …

«Also, was denkst du von den Peaks?», fragt Alex.

Widerwillig löse ich meinen Blick von seinem Hintern und tue so, als hätte ich ebenfalls die Aussicht genossen.

«Beeindruckend.» Ich beiße mir auf die Unterlippe und unterdrücke ein Lachen.

«Auf jeden Fall.» Er nickt begeistert. «Weißt du, dass diese ganze Gegend mal unter dem Meeresspiegel lag? Was du hier siehst, ist eine berauschende Mischung aus Vulkangestein und Sedimentfelsen.»

Ich kann nicht von mir behaupten, schon mal die Worte «berauschend» und «Sedimentgestein» im selben Satz gehört zu haben. Ich verwende dieses Wort eher, wenn ich Jamies Gin Tonic beschreibe. Na ja. Alex' Begeisterung kennt keine Grenzen, während er mir auf unserem weiteren Weg sämtliche geologischen Besonderheiten des Peak District erklärt.

Natürlich ist es grandios hier oben. Sogar wenn ich mitten im Brockwell Park stehe, sehe ich immer noch Häuser am Horizont. Aber hier erstrecken sich die kantigen graphitfarbenen Granitblöcke auf ihrem Grasbett unendlich weit. Aber das ist noch nicht alles. Die ständige Geräuschkulisse, die man in London hört, wo auch immer man sich befindet, fehlt hier völlig. Es ist still, bis auf das sanfte Säuseln des Windes.

Plötzlich meldet sich mein Handy zu Wort. Nachricht über Nachricht landet wild piepend in meinem Posteingang.

«So kann man die Ruhe auch kaputt machen.» Alex lacht.

«Sorry», sage ich, greife in meinen Rucksack und hole das Handy heraus. Der Bildschirm leuchtet jede Sekunde mit einer neuen Benachrichtigung von Twitter auf.

«Ich habe Empfang! Endlich. Wer hätte das gedacht, wir sind doch mitten in der Pampa.» Ich halte mein Handy fest und entsperre den Bildschirm. Ich werde ganz zappelig, als ich die Zahl 162 an der Twitter-App sehe.

«Oh mein Gott, so viele neue Tweets», rufe ich und tippe die App an.

«Ähm ... Hast du vielleicht was vergessen?» Alex kratzt sich den Bart und setzt wieder seinen missbilligenden Blick auf. Er würde sich super mit meiner Mutter verstehen.

«Aber ... Es sind hundertzweiundsechzig Benachrichtigungen! Ich muss nachschauen, was die Leute schreiben. Das ist echt wichtig!» Meine Finger schließen sich fest um das Handy.

«Ist es nicht auch wichtig, deine Challenge richtig zu machen?», fragt er.

«Natürlich», grummele ich. Ich frage mich, wie ich es geschafft habe, mit einem so netten Typen unterwegs zu sein. Warum ist es ihm nicht egal? «Ich *mache* sie ja richtig, guck mich doch an!» Ich schwenke meine Arme in sämtliche Richtungen, um zu beweisen, dass ich ganz weit weg von allem bin. Aber ich weiß natürlich, dass er recht hat. Man kann schließlich nicht versprechen, keinen Kontakt zur Außenwelt zu haben, und dann beim ersten Anzeichen von Empfang sein Handy checken.

«Wie oft liest du deine Nachrichten?», fragt er.

«Oh, keine Ahnung, drei-, viermal vielleicht?»

«Am Tag? Wow, das ist viel.»

«Ähm, in der Stunde.»

Alex reißt überrascht die Augen auf. «Wie hast du denn dann für irgendetwas Zeit? Du weißt schon, zum … Leben.»

«Hey.» Ich pikse ihn mit meiner handyfreien Hand in die Rippen. «Sei nicht so frech. Es ist mein Job mitzukriegen, was in den sozialen Medien los ist.»

«Hat sich eher so angehört, als wäre dein Job zurzeit, dich von Social Media fernzuhalten.» Er zuckt die Achseln.

Verdammt. Ich werfe einen Blick auf mein Handy. Der entsperrte Bildschirm hat sich schon verdunkelt. Dann schaue ich Alex an, der seine Aufmerksamkeit wieder der atemberaubenden Landschaft zugewandt hat. Das ist meine Chance! Ich entsperre den Bildschirm erneut und tippe ungeduldig die Twitter-App an. Ich *muss* einfach sehen, was die Leute über mich schreiben! Ich habe jetzt schon zwölf Stunden lang alles verpasst.

«Nicht, wenn ich für dich verantwortlich bin, Isobel», sagt Alex. Und bevor ich realisiere, was er vorhat, hat er mir das Handy aus der Hand gerissen und es ausgeschaltet. AUS! Ich kann mich nicht daran erinnern, wann ich zuletzt mein Handy ausgeschaltet habe. Wie schaltet man es überhaupt wieder an? Ich kriege gerade so den Flugmodus hin, wenn ich fliegen muss, und selbst dann kann ich noch Fotos in meiner Foto-App bearbeiten. Panik steigt in mir auf, und ich schnappe nach Luft.

«Du wirst es überleben.» Alex legt mir beruhigend den Arm um die Schultern, und ich muss zugeben, dass mir das gefällt. «Heute konzentrieren wir uns auf das, was um uns herum geschieht.»

«Aber ... Es sind hundertzweiundsechzig Benachrichtigungen», bettele ich.

«Wie wäre es, wenn du dir hundertzweiundsechzig Gründe überlegst, aus denen es gut ist, jetzt gerade hier draußen in der Natur zu sein, statt auf deinen Handybildschirm zu starren?»

Ich schürze die Lippen und schaue zu der Felswand, die vor uns aufragt.

«Wenn's sein muss», brumme ich. «Grund eins: Der große Berg da vor uns ist ziemlich beeindruckend.»

«Ich weiß. Stell dir vor, wie es sich anfühlt, da oben zu stehen!»

«Sorry ... was?»

«Wir gehen hoch.» Alex nickt zu dem Koloss vor uns, der die Mauer in *Game of Thrones* so aussehen lässt, als könnte eine Maus mühelos darüberhüpfen.

«WIR?»

«Ja. Du hast doch gestern gesagt, dass du Kletterzeug dabeihast. Und du hast einen Rucksack auf. Da ist doch bestimmt deine Ausrüstung drin?»

Ich sage Alex wohl besser nicht, dass mein Hipsterrucksack ein paar High Heels und Puder enthält, falls wir nach dem Spaziergang noch in eine Bar gehen.

«Komm schon», grinst er. Auf seinem Gesicht bilden sich Grübchen, die Cheryl Cole eifersüchtig machen würden. «Bist du dabei?»

NEIN, schreit mein ganzer Körper. Du kannst da nicht raufklettern! Du kannst überhaupt nicht klettern.

Nein steht nicht zur Debatte.

«Ja.» Ich verziehe das Gesicht.

«Super. Gute Idee mit der Lederjacke, übrigens. Leder ist so robust, das fängt viel ab und sorgt dafür, dass es nicht deine Haut ist, die die Kratzer abbekommt.»

Ich schaue zum Himmel und flüstere den Modegöttern ein leises «Sorry» zu.

«Auf geht's, hoch da», fügt er hinzu. «Ich bin direkt hinter dir, passe auf dich auf und schaue mir deinen schönen Hintern an.»

Alex findet, ich habe einen schönen Hintern! Ein riesiges Lächeln möchte sich unbedingt einen Weg auf mein Gesicht bahnen, aber ich muss es langsam angehen lassen.

«Wie kannst du es wagen, meinen Hintern anzuschauen?», frage ich.

Er lacht und hebt gespielt entschuldigend die Hände hoch. «Du hast angefangen. Ich habe dich erwischt, wie du vor ein paar Minuten noch meinen angeschaut hast.»

Ups. Ich werde knallrot und entwickele eine ungeahnte Faszination für ein Büschel Heidekraut.

★★★

Meine Designerlederjacke ist zerrissen. Meine perfekt manikürten Nägel sind einen Kopf kürzer. Und ich kann mich nicht erinnern, wann ich zum letzten Mal so viel Spaß hatte.

Nachdem wir den Mount Everest bezwungen hatten (zugegebenermaßen an einer weniger steilen Stelle, denn Alex hat herausgefunden, dass ich keine Kletterausrüstung dabeihabe), beschlossen wir, das zu feiern. So kamen meine High Heels dann doch noch zum Einsatz. In dem supersüßen Bowling-Club, der gleichzeitig eine Art Hipster-Bar ist, kommen sie in Kombination mit meiner eselsohrigen YSL-Jacke perfekt zur Geltung.

«Ist nicht wahr. Du bist doch die von *Heute Morgen*, oder? Ich dachte, Onesies sind 2011 gestorben, aber an dir sah er einfach nur cool aus», sagt eine Frau, die abrupt neben unserem Tisch stehen geblieben ist. Sie trägt ein bauchfreies Top, Bermudashorts und eine Wollmütze. «Ernsthaft. Ich hab mir einen im Secondhandladen gekauft, nachdem ich dich im Fernsehen gesehen hatte.» Sie strahlt mich an.

«Oh, danke schön», sage ich überrascht. Ich bin noch nie in einem Bowling-Club im Peak District erkannt worden. Auch wenn der Grund dafür ist, dass ich im Fernsehen einen Einteiler getragen habe.

«Mach weiter so, Mädel», fügt sie hinzu, bevor sie nach draußen geht, wahrscheinlich, um noch mehr Gras zu rauchen.

«Du bist also sozusagen berühmt?», fragt Alex, als sie weg ist.

«Auf keinen Fall.» Ich schüttele den Kopf und erzähle ihm von meinen Eskapaden für *Pulse*. «Ich werde in letzter Zeit nur ziemlich oft erkannt. Ich kann nicht glauben, wie viele Leute tagsüber Fernsehen schauen.»

Während wir uns unterhalten, lehnt Alex sich zurück und fährt sich mit der Hand durch das strubbelige, blonde Haar, wenn es ihm ins Gesicht fällt. Ich tue, was ich kann, um seine Schönheit nicht mit offenem Mund zu bestaunen. Ich sitze hier quasi mit einem griechischen Gott.

«Also … Gestern Abend hast du eine alte Beziehung verarbeitet?», fragt er. Er dreht einen Bierdeckel zwischen den Fingern.

Ich nicke. «Ich habe so viel Zeit damit verbracht, mich zu fragen, wie mein Leben verlaufen wäre, wenn ich mit ihm zusammengeblieben wäre. Aber gestern Abend ist mir klargeworden, dass es erstens überhaupt keinen Sinn hat, so etwas zu denken, und zweitens, dass es total scheiße gewesen wäre. Ich habe mich viel zu lange mit diesem ‹Was wäre wenn› herumgeschlagen. Es gibt so viel, wofür ich dankbar bin, und ich habe verstanden, dass ich mich viel zu oft selbst runtergezogen habe, statt das, was ich erreicht habe, zu schätzen, oder mich auf die Dinge zu konzentrieren, die ich noch erreichen will.»

«Das klingt, als würde es dir richtig gut gehen.» Alex lächelt mich an, und mein Herz setzt einen Schlag aus. «Also … du hast keinen Freund?»

Unsere Blicke begegnen sich, und ich schwöre, dass ein Funke überspringt.

«Nein.» Ich rutsche nervös hin und her.

Er will wahrscheinlich nur nett sein.

«Und du?» Ich hoffe, meine Stimme klingt nicht allzu schrill.

«Single. Meine Ex und ich haben uns letztes Jahr getrennt», antwortet er.

«Gott sei Dank ...»

NEEEIN, IZZY!

«Gott sei Dank vergeht die Zeit, meine ich», füge ich nahtlos hinzu. «Sie heilt wirklich alle Wunden. Trennungen sind nie einfach, aber mit der Zeit wird es leichter.»

«Du hast Gott sei Dank gesagt, weil ich Single bin, stimmt's?», fragt er, ein freches Lächeln auf dem Gesicht.

«Sorry.» Ich verziehe das Gesicht. «Es tut mir wirklich leid, dass du diese Trennung durchmachen musstest, aber, ähm ... Noch ein Drink?»

«Ich hab ja das Auto dabei, also besser nicht», antwortet Alex.

«Oh, klar.» Enttäuscht nehme ich einen letzten Schluck Wein und fange an, meine Sachen zusammenzupacken.

«Wir könnten zu Hause noch was trinken, wenn du Zeit hast?»

Ich würde gerne sagen, dass ich mit den Schultern gezuckt und «Mal sehen» gesagt habe. Traurigerweise ist Izzy nicht so cool.

«Auf jeden Fall», rufe ich, bevor er überhaupt den Satz beendet hat.

⋆★⋆

«Ich würde dir das Haus zeigen, aber das hast du ja schon gesehen, als du mich als Nutte bezeichnet hast», grinst Alex.

«Ich hatte irgendwie gehofft, das könnten wir vergessen.» Ich wickele eine kupferfarbene Haarsträhne um meinen Zeigefinger.

Alex lacht laut, während er in die Küche geht und mit einem Tablett voller Flaschen zurückkommt.

«Ich weiß nicht, was du gerne trinkst, also hab ich mal alles mitgebracht», sagt er achselzuckend, als er es vor mich stellt.

«Wodka, Gin, Whisky, Weißwein, Rotwein. Willst du mich abfüllen? Und Moment mal, ist das da Sherry?»

«Ich war ein paar Monate in Andalusien und habe mich echt dran gewöhnt.» Alex zündet das Feuer im Kamin an, bevor er sich mir gegenüber auf den Sessel setzt.

«Afrika ist so toll», antworte ich.

Er sagt einen Moment lang nichts.

«Andalusien liegt in Spanien», grinst er dann.

«Korrekt.» Ich verziehe das Gesicht. «War nur ein Test. Nutella?»

«Wie bitte?»

«Hast du Nutella da?» Ich habe herausgefunden, dass es am besten ist, Jungs zu verwirren, wenn man etwas Dummes gesagt hat. Er wird meine fehlenden Geographiekenntnisse sofort wieder vergessen.

«Ähm, ich glaube, es ist noch welches im Kühlschrank.» Er sieht etwas irritiert aus. Ich kann es ihm nicht verdenken, nach meinem unsinnigen Kommentar.

«Ich habe ein Rezept für Nutella-Martinis gesehen, die sahen echt gut aus. Ich könnte welche machen?»

«Oh», sagt er erleichtert. «Klingt gut. Du kennst ja den Weg. Oder soll ich dir vielleicht doch lieber eine Karte zeichnen, falls dich deine Geographiekenntnisse im Stich lassen?»

Ich werfe ihm einen vernichtenden Blick zu, greife nach

der Wodkaflasche und mache mich auf den Weg in die Küche.

⋆★⋆

«Ich wusste nicht mehr, wie viel von allem, und da du ja mein Handy gekidnappt hast, konnte ich auch nicht nachschauen. Ich habe Nüsse gefunden, also habe ich sie klein gehackt und die Ränder der Gläser in Nutella und Nüsse getunkt, damit es schön aussieht, ich hoffe, das war okay?»

Alex nimmt mit seiner Adonis-Hand das Glas, das ich ihm reiche.

«Na ja … es ist jedenfalls hübscher als ein Glas Bier.» Er lacht. «Wie heißt das noch mal?»

«Es ist ein Nutella-Martini.»

Ich begutachte den Drink, den ich auf einem der Vintage-Koffer neben dem Sofa abgestellt habe. Lieber Gott, wenn ich doch nur mein Handy hätte! Das wäre ein Traum von einem Instagram-Post!

«Dein Stil ist wirklich toll», sage ich.

«Danke. Das hier ist übrigens echt gut», lobt er mich und nimmt einen weiteren Schluck vom Schokoladencocktail. CHOCTAIL! Notiz für mich selbst: aufschreiben.

«Das Haus ist schon seit Jahren in der Familie. Meine älteren Brüder und ich haben es geerbt, als unsere Großmutter gestorben ist. Meine Brüder wollten es verkaufen, einer wohnt in Manchester, der andere in London. Sie wollten keine Verantwortung dafür übernehmen, was ja auch verständlich ist. Aber ich wusste, wie viel es meiner Gran bedeutet hat, also konnte ich das einfach nicht. Deshalb habe ich einen zweiten Job im Pub angenommen, bis ich meine Brüder auszahlen konnte.»

Während er spricht, sieht Alex sich liebevoll in seinem Haus um, und ich stelle mir vor, wie er so viele Schichten im Pub annimmt, wie er nur kann, um eines Tages Momente wie diesen zu genießen. Mir gefällt, wie freundlich und authentisch er ist, und es macht mir Spaß, mit ihm zu flirten. Dieser freche Charme in Kombination damit, wie wichtig ihm das Vermächtnis seiner Großmutter ist: Ich habe wahrscheinlich den perfekten Mann gefunden.

«Das war vor ein paar Jahren», erklärt er. «Letztes Jahr habe ich dann den Campingplatz eröffnet. Ich hatte ja keine Ahnung, wie groß die Nachfrage sein würde. Ich hätte es nie geschafft, meinen Master zu finanzieren, wenn ich es nicht riskiert hätte.»

«Und was hast du davor gemacht?» Ich lege die Beine über die Armlehne des Sessels und lasse meine High Heels von den Füßen fallen. Aus irgendeinem Grund fühle ich mich hier total zu Hause, und außerdem hoffe ich, dass diese Pose mich cool und sexy aussehen lässt.

«Ich habe Kunst studiert und bin dann nach London gezogen, um als Graphikdesigner zu arbeiten. Ich bin froh, dass ich das gemacht habe, aber London war irgendwie nichts für mich. Ich mag die Freiheit hier oben, dass man so viel Platz hat. Als Gran gestorben ist, war das der Tritt in den Hintern, den ich gebraucht habe. Ich hatte schon länger das Gefühl, dass ich die Dinge einfach tue, ohne darüber nachzudenken, weil ich annahm, das würde andere Leute zufriedenstellen, weißt du?»

«Ich weiß genau, was du meinst», nicke ich.

Finde einen Freund. Finde einen besseren Job. Kauf ein Haus. Werde schwanger.

Im Gegensatz zu Alex wollte ich das alles aber nicht nur, weil ich dachte, dass es andere Leute zufriedenstellt, sondern weil ich mir eingeredet hatte, dass es auch mich glücklich machen würde. So habe ich zugelassen, dass Charlie meine Meinung von Männern versaut hat – ganz zu schweigen von der Beziehung zu meiner Schwester.

«Also habe ich gekündigt und bin hierhergezogen», fährt Alex fort. «Meine Ex und ich haben es mit einer Fernbeziehung versucht, aber ihr gefiel es hier draußen nicht besonders. Sie wäre auf keinen Fall auf diesen Berg da heute gestiegen.» Sein Lächeln lässt mich dahinschmelzen.

Vor nur ein paar Wochen hätte ich das wahrscheinlich auch nicht getan, denke ich.

«Übrigens, du hast einen Schokoladenschnurrbart», fügt er hinzu. Wieder dieses schelmische Lächeln.

Ich schaue beschämt zu Boden und ziehe mir den Ärmel meines Pullovers über die Hand, um mir damit den Mund sauber zu machen, aber Alex ist plötzlich nur noch wenige Zentimeter von meinem Gesicht entfernt. Mit einem Finger streicht er sanft über meine Oberlippe. Dort, wo er mich berührt hat, beginnt meine Haut zu kribbeln.

«So», sagt er. Aber er rührt sich nicht vom Fleck. Wir starren uns eine gefühlte Ewigkeit lang an. Die alte Izzy wäre längst aufgesprungen, um im Bad zu überprüfen, ob sie noch mehr Nutella im Gesicht hat. Aber die neue Izzy wird sich diesen Moment nicht entgehen lassen. Ich beuge mich vor, bis ich ihm so nahe bin, dass ich seine Wimpern an meiner Stirn spüre. Dann lege ich den Kopf in den Nacken, unsere Blicke treffen sich, unsere Lippen berühren sich, und ich erlebe den sinnlichsten Kuss meines Lebens.

⋆★⋆

Jamie streckt sich mühelos in die nächste Position. Ich wackele auf der Matte neben ihr vor mich hin und versuche, meinen Körper dazu zu bringen, die Taube zu machen – und zwar ohne dass ich irgendwelche Gliedmaßen verliere.

«Ich brauche mehr Details», flüstert sie. «Hattet ihr Sex?»

«Jamie! Das geht dich nichts an.» Ich hoffe, meine Königskobra verhindert, dass sie sieht, wie ich rot werde.

«Sei doch nicht so prüde. Ich habe das ganze Wochenende nichts anderes gemacht, als grünen Saft zu trinken. Ich hasse diese Entgiftungskur!»

Jamie hat beschlossen, dass sie das Wort «Entgiftungskur» verwenden möchte, statt den Leuten zu sagen, was wirklich los ist. Ihre Hausärztin macht sich Sorgen darüber, wie viel sie trinkt, und hat ihr geraten, ihrer Leber zuliebe eine Alkoholpause zu machen. Wenn ich so darüber nachdenke, haben wir wirklich meistens, wenn wir zusammen sind, irgendeinen Drink in der Hand. Keine Merlot-Mittwoche mehr!

«Währenddessen warst du mit einem blonden Jüngling unterwegs. Gib mir doch wenigstens ein Krümelchen ab.» Sie schmollt.

Ich gehe in den nach unten schauenden Hund über und spüre, wie meine Knochen knacken. An einer Stelle, von der ich nicht wusste, dass ich dort Knochen habe.

«Er ist so verdammt sexy, Jamie! Als wir uns geküsst haben, dachte ich, ich würde zu einer Pfütze auf dem Boden verschmelzen. Und er scheint auch noch richtig nett zu sein. Aber wir haben … es nicht getan.»

«Warum nicht? Haarige Beine?», fragt Jamie.

«Ich hab mir sogar die Bikinizone machen lassen, bevor ich losgefahren bin», protestiere ich. Perfektes Timing. Der Kommentar fällt genau in eine Lücke in der Hintergrundmusik.

«Vielen Dank, Isobel, dass du uns das mitteilst», blafft die Yogalehrerin. «Dürfte ich euch vielleicht daran erinnern, dass die Yogastunde nicht der richtige Ort ist, um über eure Schamhaare zu reden. Ihr stört die ganze Gruppe. Und jetzt alle: Wir atmen tief durch die Nase ein … und durch den Mund wieder aus.»

⋆ ★ ⋆

Der Versuch, Jamie zu erklären, dass Alex und ich keinen Sex hatten, weil wir beide anständige Leute sind, funktioniert nicht wirklich. Dieses Konzept versteht sie einfach nicht.

«Aber du siehst ihn vielleicht nie wieder», sagt sie mit gerunzelter Stirn, als wir zurück zu meiner Wohnung laufen.

«Ich weiß», seufze ich. «Und er hat sich von seiner Ex getrennt, weil die Fernbeziehung nicht funktioniert hat, also mache ich mir keine allzu großen Hoffnungen. Aber er kommt in ein paar Monaten nach London – er trifft sich mit dem Vertreter einer Reiseagentur wegen seinem Campingplatz. Wir haben also Nummern ausgetauscht, und er schreibt mir, wenn er das genaue Datum weiß.»

«Du magst ihn, oder?», fragt Jamie.

«Ja.» Ich nicke. «Er ist wirklich süß. Wir haben über seine Familie gesprochen und darüber, warum er aufs Land gezogen ist, und es hat mich so berührt, dass er sich mir anvertraut hat. Es hat sich total natürlich angefühlt, als würden wir uns schon ewig kennen. Aber es hat keinen Sinn, sich Hoffnungen zu machen, wenn wir so weit voneinander entfernt wohnen.» Ich zucke traurig die Achseln.

«Sei nicht traurig», sagt Jamie. «Du bist jetzt wieder im Spiel! Denk doch nur an all die Möglichkeiten, die vor dir liegen. Und jetzt erzähl: Wie schlimm war es, ein ganzes Wochenende lang kein Handy zu haben? Ich habe dich vermisst, und ich konnte deine Abenteuer nicht mal auf Instagram verfolgen.»

«Ich weiß.» Ich runzele die Stirn. «Am Anfang war es schon ziemlich schwer. Ich hatte ja keine Ahnung, wie abhängig ich von meinem Handy bin! Es war nicht nur, dass es mir gefehlt hat, ein Bild auf Instagram zu stellen und zuzusehen, wie die Likes reinkommen. Es war alles. Nachzuschauen, wo ich mich befinde oder wie man einen Nutella-Martini macht. Um ehrlich zu sein, bin ich fast schwach geworden, als ich plötzlich mitten in der Pampa wieder Empfang hatte und gesehen habe, wie viele Benachrichtigungen ich auf Twitter hatte. Ich war geradezu besessen davon herauszufinden, welche Challenges sich die Leute ausgedacht haben und wie sie auf den Bericht über die Live-Sendung reagiert haben. Aber Alex hat mir das Handy weggenommen und mich auf diesen Berg geschleppt und dann …»

Ich vergesse, was ich sagen wollte, als mir klarwird, wie wenig mich mein Handy interessiert hat, während ich mit Alex zusammen war.

«Die Tatsache, dass er so heiß war, hat deinen ganzen Arbeitsspeicher beansprucht?», schlägt Jamie vor.

«Genau.» Ich nicke. «Ich habe ein paar alte Verletzungen aus der Zeit mit Charlie geheilt. Und weißt du, was? An George und Temple habe ich auch das ganze Wochenende kein einziges Mal gedacht, weil ich sie nicht auf Facebook stalken konnte. Ohne Witz, wenn George nicht so stur wäre und sich endlich auch ein Profil anlegen würde, wäre es so viel leichter herauszufinden, wie sie aussieht.»

«Ist ja auch egal, was dieser Idiot macht. Ich freue mich, dass du endlich über ihn hinweg bist», sagt Jamie und rennt die Treppe zu meiner Wohnung hinauf. Ich springe neben ihr her. Die Yogastunde bei diesem Drachen hat mir definitiv neue Energie verliehen.

«Ach du Scheiße, schau dir das an!», ruft sie.

Ich erreiche den Treppenabsatz und sehe, dass Jamie auf einen riesigen Strauß weiße Rosen zeigt.

«Wow, sind die schön.» Ich gehe in die Hocke, um den Strauß zu bewundern.

«Die sind bestimmt von Alex», sagt sie und klatscht begeistert in die Hände.

«Meinst du?», frage ich. Eine so typisch romantische Geste passt irgendwie nicht zu ihm. Andererseits haben wir gerade ein komplettes Wochenende lang geknutscht und uns darüber unterhalten, wie wir das Beste aus unseren Leben machen können.

«Lies doch die Karte, du Held!»

Wie immer bringt mich Jamie sofort zurück auf den Boden der Tatsachen.

«*Izzy, mein Darling*», lese ich vor.

«Darling?» Jamie verzieht das Gesicht.

Ich runzele die Stirn und lese weiter.

«*Izzy, mein Darling, du gehst mir einfach nicht aus dem Kopf, das macht mich verrückt. Ich habe Neuigkeiten, die dir gefallen werden. Ruf mich an!*»

«Ich muss schon sagen, so wie du Alex beschrieben hast, hätte ich nicht gedacht, dass er so was schreibt.» Jamie stemmt eine Hand in die Seite. «Und woher weiß er, dass weiße Rosen deine Lieblingsblumen sind?»

«Die sind nicht von Alex», sage ich und starre die Karte an. «Die sind von George.»

KAPITEL VIER

★

APRIL

Frage eine völlig fremde Person nach ihrer Telefonnummer

Die alte Izzy würde ausrasten, wenn sie mich jetzt sähe. Sie würde ihre Hände zu Fäusten ballen, sich die ätzenden blonden Haare raufen und sich fragen, wie zum Teufel die neue Izzy es geschafft hat, ihr Leben in so kurzer Zeit dermaßen zu verändern.

Ich greife in meine Clutch und ziehe den pinkfarbenen Lippenstift heraus, den Lucy heute Morgen auf meinen Schreibtisch gelegt hat. Daneben klebte ein Zettel mit der leicht aggressiven Nachricht «VERTRAU MIR!».

In den letzten zwei Monaten hat Lucy es zu ihrer Mission gemacht, mir zu beweisen, dass Pink zu meiner neuen Haarfarbe passt. Sie hat mich praktisch in das wunderschöne Ballkleid hineingenötigt, das ich im Januar bei den Style Awards getragen habe, und seitdem hinterlässt sie pink- und rosafarbene Beautyartikel und Drohbriefe auf meinem Schreibtisch. Ich traue mich nicht, ihr zu sagen, dass sie mich schon längst überzeugt hat, weil sie dann vielleicht aufhören würde, mir pinke Sachen zu schenken. Jetzt tue ich immer so, als würde es mich nerven, wenn etwas Pinkes auf meinem Schreibtisch landet.

Ich öffne meinen Taschenspiegel und lege eine weitere Schicht Lippenstift auf, bevor ich mein Spiegelbild begutachte. Ich will heute Abend nicht zu extravagant, aber frisch und munter aussehen, also habe ich ein wenig Wimperntusche und Eye-Liner verwendet, einen Hauch Bronzing-Puder und meinen neuen Lippenstift. Dann bin ich in ein hautenges, dunkelblaues Kleid geschlüpft, habe meine goldenen Lieblings-High-Heels und einen locker geschnittenen Blazer angezogen, damit das Ganze nicht zu ernst wirkt.

Ich streiche meinen bernsteinfarbenen Pony zur Seite und lächele. Sogar der neuen Izzy fällt es schwer zu glauben, dass das hier wirklich passiert, wenn ich ehrlich bin. Wer hätte gedacht, dass ich mit meinem coolen neuen Style in einem vornehmen Restaurant sitzen würde, um auf mein Traumdate zu warten? Allein die Vorstellung, ein Date zu haben, war mir noch vor ein paar Monaten völlig fremd, und jetzt? Der Mann meiner Träume hat mich ohne Unterlass verfolgt, bis ich mich endlich darauf eingelassen habe, mit ihm essen zu gehen.

Okay, okay, er hat mich nicht wirklich ohne Unterlass verfolgt, aber wir haben mindestens fünf Nachrichten ausgetauscht, und seine endeten alle mit drei Küsschen. DREI!

Ich nehme einen Schluck Wasser und versuche, ruhig zu bleiben.

«Guten Abend, schöne Frau. Du siehst toll aus.» Mein Date legt die Hand auf meinen nackten Rücken, was mich erschaudern lässt.

«Hallo», antworte ich und stehe auf, damit er mich mit einem Kuss auf die Wange begrüßen kann. Nur dass Gorgeous George gleich aufs Ganze geht und mich auf den Mund küsst, sodass wir mitten im Restaurant einen seltsamen, peinlichen Kuss mit geschlossenen Mündern vollführen.

«Sie hat es eilig», verkündet George den Umsitzenden.

Ich würde ihm das heimzahlen, wenn mich die Tatsache, dass wir uns gerade geküsst haben, nicht so schockieren würde. «Warte mal. Warum küsst du mich, wenn du mit Temple zusammen bist?», frage ich.

«Darf ich mich vielleicht erst mal setzen?» Er lacht und lässt sich auf seinen Stuhl fallen, während ich darauf warte, dass das gesamte Restaurant aufhört, uns anzustarren. «Tut mir leid, dass ich so spät komme. Noch so ein komplett verrückter Tag auf der Arbeit! Sie sehen heute wieder umwerfend aus, Miss Mulligan!»

«Danke.» Ich werde rot und spiele mit meinen Haaren. Einen Moment lang denke ich nicht an Temple.

«Ich konnte es gar nicht erwarten, dich wiederzusehen, seit du von deiner Reise zurück bist. Nein, warte, eigentlich seit ich dich im V&A getroffen habe. Du sahst phantastisch aus!»

Oh Mann. Gorgeous George überhäuft mich mit Komplimenten, und wir haben uns gerade geküsst, ich weiß nicht, was ich tun soll! Zum Glück kommt der Sommelier und bewahrt mich davor, irgendetwas Dummes von mir zu geben.

«Wir nehmen eine Flasche Cristal.» George bestellt einfach für uns beide. Das gefällt mir gar nicht.

«Äh, hallo? Wir sind hier doch nicht in den Zwanzigern, ich kann mir sehr gut selbst einen Drink bestellen», erkläre ich ihm. Davon abgesehen kostet Cristal ungefähr eine Billion pro Flasche. Mit dem Geld kann man doch sicher etwas Sinnvolleres machen. Die Miete bezahlen zum Beispiel.

«Natürlich kannst du das», versucht er, mich zu trösten. «Ich wollte dich nicht verärgern, Iz. Ich dachte nur, es wäre eine gute Idee, weil wir doch heute feiern.» Er strahlt mich an, und sofort tut es mir leid, dass ich überhaupt etwas gesagt habe. Er möchte mich verwöhnen, und ich beschwere mich darüber.

«Sorry. Ja, das ist schön», antworte ich, als der Kellner mit unseren Gläsern zurückkommt. «Also ... Was feiern wir denn?»

Wir stoßen an, und George lehnt sich auf seinem Stuhl zurück. Er trägt einen tiefblauen Anzug und ein blassblaues Hemd. Die Krawatte hat er sicher auf dem Weg hierher abgenommen, und das Hemd ist fast schon zu weit aufgeknöpft. Hallo, Brustbehaarung.

«Starrst du etwa meine Brust an, Izzy?», fragt er. Seine Augen funkeln.

«Auf keinen Fall.» Ich setze mich gerade hin, weil mir plötzlich bewusst wird, dass ich in einem Restaurant wie diesem wahrscheinlich auf meine Körperhaltung achten sollte.

«Und jetzt streckst du mir noch deine Brüste ins Gesicht», fügt er hocherfreut hinzu.

Oh Gott. Ich lasse die Schultern hängen und schaue nach unten, um sicherzustellen, dass meine Brustwarzen dort sind, wo sie hingehören. Das Kleid ist gefährlich tief ausgeschnitten.

«Ich sehe schon, das wird ein toller Abend.» George grinst und starrt mich die ganze Zeit unverwandt an, obwohl er merkt, dass mir das peinlich ist. «Wir feiern, weil ich Neuigkeiten habe, die dir wahrscheinlich sehr gut gefallen. Hast du die Blumen nicht bekommen, die ich geschickt habe?»

«Habe ich.» Ich lächele. «Woher weißt du, dass weiße Rosen meine Lieblingsblumen sind?»

George nimmt einen Schluck Champagner und schüttelt den Kopf.

«Ach wirklich? Blumen sind nicht gerade meine Stärke, ich habe das meiner Sekretärin überlassen.»

Ich bin ein wenig enttäuscht. So viel zum Thema Romantik. Andererseits: Wie oft schickt mein Traummann mir schon Blumen? Ich muss wirklich anfangen, mich auf das Positive zu konzentrieren.

«Na ja, der Gedanke zählt», antworte ich. Das ist wahrscheinlich nicht der richtige Zeitpunkt, um ihm zu sagen, dass ich eine der Rosen in meinem *Vogue*-Stapel presse und dass ich die Absicht habe, sie in meine Erinnerungskiste zu legen, wenn sie trocken ist. Es ist nicht schlimm, dass er die Blumen nicht selbst geschickt hat, oder? Vielleicht ist es sogar noch glamouröser, dass seine Sekretärin daran beteiligt war.

«Ich nehme das Steak Tartar und sie den Hummersalat als Vorspeise. Danach das Chateaubriand.» George bestellt schon wieder einfach, und der Kellner verschwindet.

«George!» Ich ziehe die Augenbraue hoch.

«Was?» Er grinst mich an.

«Du hast es schon wieder getan! Meinst du nicht, dass ich vielleicht gerne selbst entscheide, was ich essen möchte?»

«Bist du fertig?» George sieht aus, als fände er das Ganze lustig, was mich nur noch mehr ärgert. Ich verschränke die Arme und nicke.

«Ich habe den Hummer bestellt, weil ich noch weiß, dass du gerne Hummer isst. Bei Sams und Olivias Hochzeit hast du den Kellner mit den Häppchen verfolgt und ihn immer wieder in die Küche geschickt, um noch mehr Hummerhäppchen zu holen. Und mit dem Chateaubriand will ich dich einfach verwöhnen. Ich kann den Kellner zurückrufen, wenn du das willst. Aber vielleicht kannst du dich ja auch dazu durchringen, mich Kavalier sein zu lassen?»

Jetzt fühle ich mich mies. Ich fasse es nicht, dass George sich daran erinnert, wie gerne ich Hummer esse. Kann es sein, dass er die ganze Zeit mehr auf mich geachtet hat, als ich dachte? Ich fummele an meinem Besteck herum, um die Emotionen in den Griff zu kriegen, die plötzlich in mir aufsteigen.

«Tut mir leid … Schon wieder.» Ich verziehe das Gesicht. «Du hast natürlich recht, ich liebe Hummer, und ich habe noch nie Chateaubriand gegessen. Verzeihst du mir?»

«Natürlich.»

«Also, was hast du für Neuigkeiten?»

«Temple und ich sind nicht mehr zusammen», antwortet er und beobachtet mich genau, um keine meiner Reaktionen zu verpassen.

Vor meinem inneren Auge sehe ich, wie ein kleiner Engel auf Georges Schulter landet und immer wieder «George ist Single» singt.

«Wie süß», sage ich zu dem Engel.

«Wie bitte?», fragt George.

«Ich meine ... Oh *nein*! Was ist passiert?»

«Ist doch egal, Isobel, der springende Punkt ist: Ich bin Single, und du bist Single.» Er funkelt mich schon wieder so an, und ich stürze vor Schreck den Rest Cristal in einem Zug hinunter.

«Also ...?», frage ich.

«Also! Du siehst umwerfend aus, Izzy, und du bist mir einfach nicht mehr aus dem Kopf gegangen. Das ist auch ein Grund dafür, dass ich mit Temple Schluss gemacht habe.»

Er löffelt rohes Fleisch in sich hinein, und ich esse in aller Ruhe meinen Hummersalat. Er schmeckt phantastisch. Leider landet etwas Dressing zwischen meinen Brüsten, als ich versuche, George verführerisch anzulächeln. Er beugt sich vor und wischt mir die Soße ab. Die Leute an den Nebentischen schnalzen missbilligend mit der Zunge.

«Also, wo waren wir? Genau, ich bin Single, du bist Single, und wir sind beide ein wenig verknallt ineinander», sagt er.

«Da musst du für dich selbst sprechen.» Ich lächele schüchtern.

«Ach, komm schon, Izzy, du läufst mir schon seit Jahren nach. Das hast du beim Feuerwerk auf Sams Hochzeit selbst gesagt, falls du dich daran erinnern kannst.»

Nein, daran erinnere ich mich nicht. Alles, was nach

meiner furchtbaren Rede passiert ist, ist irgendwie verschwommen.

«Das weißt du nicht mehr?» Er lacht. «Du hast gesagt ‹Ich liebe dich fast so sehr wie Feuerwerk, George›, und dann hast du Schluckauf bekommen.»

Oh, non non non non non non.

Die alte Izzy würde sich jetzt zusammenrollen und sterben. Aber die neue Izzy nimmt diese peinliche Anekdote nicht einfach so hin. Immerhin ist sie bei einem Date in einem sehr schicken Restaurant in Soho, und sie trägt ein mitternachtsblaues Kleid.

«Oh George», schnurre ich und beuge mich vor, sodass er noch ein kleines bisschen mehr von meinem Ausschnitt sieht. «Ich war an dem Abend unglaublich betrunken. Ich denke nicht, dass du irgendetwas, was ich da eventuell gesagt habe, für bare Münze nehmen solltest. Außerdem interessiere ich mich viel mehr dafür, was heute passiert, du etwa nicht?»

George schluckt und öffnet einen weiteren Hemdknopf. Er kommt jetzt grenzwertig nahe an Simon Cowell heran, aber ich kann darüber hinwegsehen, weil er mir einen unverhohlen lustvollen Blick zuwirft.

«Da hast du allerdings recht», antwortet er, trinkt aus und füllt unsere Gläser wieder bis zum Rand mit Champagner. «Ich sehe, dass ich ein wenig voreilig gewesen bin.» Er runzelt die Stirn. «Tut mir leid, Izzy. Aber ich weiß jedenfalls, dass du wunderschön bist und dass ich mich sehr freuen würde, wenn du in Betracht ziehen würdest, wieder mit mir auszugehen.»

Er hebt sein Glas und schaut mich hoffnungsvoll an.

Lieber Gott, bitte lass mich cool bleiben.

Ich hebe mein eigenes Glas und nicke zustimmend.

★ ★ ★

«Und dann ist er noch im Taxi mit zu mir gefahren und hat total darauf gehofft, dass ich ihn hereinbitte, was ich aber nicht getan habe, und dann hat er mir gleich am nächsten Morgen geschrieben, was er für einen tollen Abend hatte und wann wir uns wiedersehen.»

Ich halte endlich inne, um Luft zu holen, und klatsche in die Hände wie ein Seehund.

Jamie streckt ihre langen Beine aus und nimmt einen Schluck Orangensaft.

«Also ganz plötzlich steht er voll auf dich?», fragt sie.

«So ungefähr.» Ich nicke und beschließe, ihren skeptischen Tonfall zu ignorieren. «Wirklich, Jamie, es war das beste Date. Obwohl er diese eine nervige Sache gemacht hat.»

Jamie sieht mich fragend an. Wir sitzen beim Frühstück in einem kleinen Café.

«Wahrscheinlich bedeutet es gar nichts.» Ich zucke die Achseln. «Eigentlich weiß ich gar nicht, was mit mir los ist. Ich habe so lange darauf gewartet, dass zwischen George und mir etwas passiert, und jetzt, wo es endlich so weit ist, denke ich an ein winziges negatives Detail! Das ist doch bescheuert.»

«Was ist es denn?», fragt Jamie ungeduldig.

Ich seufze. «Er hat für mich bestellt, als der Kellner kam. Getränke und Essen.»

«Iiih, klassisches Machogehabe!» Jamie schüttelt angewidert den Kopf.

«Er ist kein Macho!», protestiere ich. «Er wusste schon, was mir schmeckt, und er wollte mich verwöhnen.»

«Süße, er hat dir Essen bestellt. Er hätte dir genauso gut sagen können, dass du deinen hübschen, kleinen Mädchenmund halten sollst, weil er viel besser weiß, was du willst, als du selbst. Izzy, das klingt gar nicht gut.»

Ich starre die Wand an. Einerseits hat es mich genervt, als George für uns beide bestellt hat. Aber er hat mir ja danach alles erklärt, und es war ziemlich süß, dass er sich daran erinnert hat, was ich auf der Hochzeit meiner Schwester gegessen habe. Warum macht Jamie mir das kaputt?

«Freust du dich gar nicht für mich?», frage ich sie nach einer Weile.

«Natürlich.» Sie runzelt die Stirn.

«Das solltest du mal deinem Gesicht erzählen.» Ich runzele ebenfalls die Stirn.

«Sorry», sagt sie und versucht ein mittelmäßiges Lächeln. «Also, ich finde es super, dass du Dates hast und dich amüsierst. Es ist nur so, dass ich weiß, wie lange du an Gonorrhö-George geklebt hast ... und ich mache mir Sorgen, dass du schon wieder alles auf eine Karte setzt. Ich will nicht, dass du verletzt wirst.»

«Warum sollte ich verletzt werden?»

«Weiß ich nicht», seufzt Jamie. «Irgendwie klingt das alles ein bisschen verdächtig. Wie oft hätte George schon die Gelegenheit gehabt, es bei dir zu versuchen? Es ist doch nicht so, dass er die ganze Zeit in einer festen Beziehung war. Es wirkt so, als hätte er dein Makeover gesehen, und plötzlich hat er eine andere Meinung von dir. Gute Kerle sind nun mal nicht so, oder? Ich mache mir Sorgen, dass er oberflächlich ist.»

Ich nehme einen Schluck Eiskaffee und bereue meine Entscheidung. Kaum kommen die ersten Aprilsonnenstrahlen hervor, denke ich, es ist Zeit für ein kaltes Getränk. Ich lerne aber auch nie aus meinen Fehlern.

«Ich weiß zu schätzen, dass du das sagst, und ich weiß, dass du mich beschützen willst, Jamie, aber gerade jetzt will ich, dass du dich einfach nur für mich freust. Es läuft ausnahmsweise ziemlich gut für mich! Und wenn George mich wirklich wegen meiner neuen Frisur und meinen Kleidern mag, was soll's? Das macht mir nichts aus, also sollte es dich auch nicht stören.»

«Ich freue mich, dass dein Leben jetzt so aufregend ist», sagt Jamie. «Aber ich kenne dich, Izzy. Manche Dinge ändern sich nicht. Zum Beispiel, dass du eine tolle Frau bist, die einen richtig guten Kerl in ihrem Leben braucht, nicht irgendeinen Lackaffen, der dich als Trophäe benutzt.»

«Oh Mann, kannst du nicht mal aufhören, so verdammt negativ zu sein?», grummele ich.

Der Rest des Frühstücks verläuft fast schweigend, bevor ich mich unter einer unsichtbaren Gewitterwolke nach Hause schleppe. Warum freut sich meine beste Freundin denn nicht mit mir?

Ich stapfe beleidigt vor mich hin, als mein Handy vibriert.

Hallo, meine Schöne. Ich wollte dir nur schreiben, dass ich an dich denke. Ich freue mich schon darauf, dich wiederzusehen, Kino nächste Woche?

Hallo, meine Schöne? Hallo, Schmetterlinge!

Ich denke auch an dich. Ja, Kino wäre wunderbar, wie wär's mit Dienstag?, antworte ich.

Noch ein Date mit George!

⋆★⋆

Jedes Mal, wenn ich die Twitter-Benachrichtigungen von *Pulse* neu lade, gibt es eine weitere Markierung mit #Dare Izzy. Manchmal lese ich die lustigsten Emma vor, aber immer erst, wenn ich mir sicher bin, dass Tallulah nicht irgendwo lauert. Sie würde es wahrscheinlich für eine gute Idee halten, als Daenerys Targaryen verkleidet einen Ultramarathon zu laufen (inklusive Drachen).

«Hör dir das an», sage ich zu Emma, bevor ich mich wieder meinem Bildschirm zuwende, den ich in einem verrückten Moment mit herzförmigen Post-its umrandet habe.

«*#DareIzzy. Fashion Week Paris im Clownskostüm.* Mal ernsthaft, wie soll das denn mein Leben bereichern?», frage ich.

«Die Fotografen würden es wahrscheinlich toll finden. Du wärst bestimmt auf den coolsten Zeitschriftencovern!» Emma lacht.

«Und das hier. #DareIzzy. *Lass deine Exkremente in der Fernsehshow* You Are What You Eat *analysieren.* Ekelhaft! Das mache ich ganz sicher nicht.»

«Na ja, es ist ja nicht so, als ob du das entscheiden könntest. Aber nein, das machst du wirklich nicht. Ich habe die nächste Challenge gleich hier. Bist du bereit?»

«Besser wird es ja nicht.» Ich kaue auf meinem Kugelschreiber herum, als die Hupe des Schreckens ertönt und das gesamte Büro sich um Emmas Schreibtisch versammelt. Sogar Tallulah hat sich dazu herabgelassen, aus ihrem Büro herauszuschweben und Emma zuzuhören, während sie die Challenge vorliest.

Hey Izzy,
deine neuen Challenges laufen offensichtlich sehr gut, und ich hoffe, du gewinnst an Selbstbewusstsein. Ich weiß nicht, ob ich drei Abende ohne Internet durchgestanden hätte, so ganz alleine irgendwo im Nirgendwo!
Ich habe an den ersten Artikel zurückgedacht, den du geschrieben hast, und dass du meintest, du hättest seit Jahren kein Date gehabt. Sicherlich stehen die Jungs mittlerweile bei dir Schlange, aber vielleicht könnte das Ganze trotzdem interessanter sein? Meine Challenge lautet: Frage einen Fremden nach seiner Nummer. Es muss zu nichts führen, aber wer weiß, vielleicht lernst du deinen Traummann kennen, und wenn nicht, dann stärkt es wenigstens dein Selbstbewusstsein.
Viel Glück!
Sara aus Birmingham x

«Finde ich gut», verkündet Tallulah. «Ich hab auch mal einen Fremden nach seiner Nummer gefragt. Es stellte sich heraus, dass er ein stinkreicher Formel-1-Fahrer war. Verrückt nach Sex, natürlich. Ich musste ihn fallenlassen, als ich herausfand, dass er einen Fuß-Fetisch hat.»

Damit verzieht sich unsere Chefredakteurin wieder in ihr Büro, während alle die Stelle anstarren, an der sie eben noch gestanden hat.

«Hat sie das gerade echt gesagt?», flüstert Emma.

«Ich glaube, mir wird schlecht», verkündet Lucy.

«Ist doch egal», zische ich. «Ich kann das nicht machen!»

Lucy stemmt die Hände in die Hüften, und Emma verdreht die Augen.

«Ohne Witz?» Emma seufzt. «Für mich klingt das nach der leichtesten Challenge bisher. Du wirst weder gezwungen, im Fernsehen aufzutreten, noch, deinen Look komplett zu ändern, wo ist dein Problem? Welche Ausrede hast du diesmal?»

★ ★ ★

Wir starren einander über einen Berg aus mexikanischem Essen und drei Margaritas hinweg an, weil Emma entschieden hat, dass wir für dieses Krisengespräch Tequila brauchen. Ich schiebe alle Teller in die Mitte des Tisches und mache ein Foto für die Instagram-Seite von *Pulse*.

«Danke, dass ihr mitgekommen seid. Ich wollte nicht im Büro darüber reden», fange ich an.

«Kein Problem», sagt Lucy, zieht ihren Teller wieder an sich und stopft sich einen Burrito in den Mund.

«Also, der Grund, aus dem ich diese Challenge nicht

machen kann, ist, dass da etwas läuft mit jemandem», sage ich und rühre mit dem Strohhalm in meinem Drink herum.

«Ach du Scheiße», schreit Lucy und schlägt mit der flachen Hand auf den Tisch. «Erzähl!»

«Ja, erzähl», stimmt Emma mit ein.

«Erinnert ihr euch noch, wie ich euch von meinem Silvesteralbtraum erzählt habe, als ich herausfand, dass der Mann, in den ich seit Jahren verliebt bin, mit einer anderen zusammen ist?»

«Ja, deswegen hast du bei den Style Awards nicht mit Männern geredet», antwortet Lucy.

«Genau. Na ja, ich habe George an diesem Abend bei den Style Awards noch gesehen, und er hat angeboten, mich nach Hause zu bringen. Ich habe mich dagegen entschieden, weil es sich nicht richtig angefühlt hat. Und dann hat er mich kontaktiert und nach einem Date gefragt. Ich wäre fast gestorben. Na ja, er hat sich von diesem Mädchen getrennt, und wir waren ein paarmal zusammen aus.»

«Das sind ja tolle Neuigkeiten! Ich freue mich so für dich», sagt Emma. Ihre freundlichen Worte tun mir gut, und ich wünsche mir, dass Jamie das Ganze nur halb so positiv aufgenommen hätte.

«Ich dachte, du würdest sagen, dass du im Peak District jemanden kennengelernt hast. Ich habe mir ausgemalt, wie du mit einem Schäfer in die Kiste hüpfst oder so was!» Lucy prustet vor Lachen.

Meine vollbeladene Gabel bleibt kurz vor meinem Mund in der Luft stehen.

Alex!

Es ist nicht so, dass ich ihn vergessen hätte. Im Gegenteil, wenn ich ehrlich bin. Aber ich habe versucht, die Erinnerungen an die paar wundervollen Tage, die wir zusammen verbracht haben, wegzusperren, weil George aufgetaucht ist und Alex so weit weg wohnt. Ich gebe zu, seine Küsse haben mein Gehirn in Matsch verwandelt. Aber das bringt mir ja wohl nicht viel, wenn er fünf Stunden von mir entfernt lebt, oder?

«Warte mal, du *hast* jemanden kennengelernt, oder?» Lucy beugt sich vor, sodass ihr Gesicht wenige Zentimeter von meinem entfernt ist. «Du Fuchs, Izzy, zwei auf einmal?»

«Natürlich nicht», sage ich verärgert. «Da war dieser nette Typ im Peak District, ja. Aber das konnte doch sowieso nichts werden, er wohnt da oben und ich hier in London.»

«Ich bin stolz auf dich!» Lucy grinst mich an. «Von null auf hundert, oder zumindest: von null P.s auf zwei, und das in nur einem Monat! Ich bin beeindruckt.»

«Ich habe keine zwei P.s gesehen, vielen Dank auch», sage ich leise. «Ich bin nicht so.»

«Schade.» Lucy zuckt die Achseln.

«Konzentrieren wir uns auf den eigentlichen Grund dieses Meetings», sagt Emma. «Du machst dir Sorgen, dass George sich über diese Challenge ärgert, Izzy?»

«Genau.» Ich nicke. «Es ist noch so früh, da will ich nicht jetzt schon die ganze Beziehung aufs Spiel setzen. Ich fürchte, dass er sich nicht ernst genommen fühlt, wenn ich ein Feature darüber schreibe, wie ich mit anderen Männern flirte, während die Sache mit uns weiterläuft. Auch wenn wir nicht offiziell zusammen sind.»

«Das verstehe ich», sagt Emma, «aber ich glaube wirklich nicht, dass wir da wieder rauskommen. Tallulah war da, als ich es vorgelesen habe, und sie hat das Gedächtnis eines Elefanten. Es wird ihr nicht gefallen, wenn wir anfangen, an deinem Feature herumzudoktern.»

«Ich weiß», jammere ich, lege das Gesicht in die Hände und schmiere mir aus Versehen Guacamole auf die Stirn. «Ich kann das Feature nicht versauen. Ich habe das Gefühl, dass ich endlich etwas erreiche, und ich weiß, wie wichtig das für meine Karriere ist. Aber ich bin seit Jahren in George verliebt, und ich will das mit ihm nicht vermasseln.»

Emma tupft mir tröstend die Guacamole von der Stirn.

«Klingt, als gäbe es zwei Möglichkeiten», sagt sie. «Entweder spreche ich mit Tallulah und riskiere, dass sie uns beide einen Kopf kürzer macht oder – noch schlimmer – rausschmeißt. Oder du sprichst mit George, erklärst ihm, wie die Challenge funktioniert und wie wichtig das Ganze für deine Karriere ist. Das versteht er bestimmt.»

«Auf jeden Fall», stimmt Lucy zu und schlürft den letzten Rest ihres Drinks. «Oder sag's ihm einfach nicht. Also, haben wir Zeit für noch einen?»

⋆★⋆

«Sag's ihm einfach nicht. Saaaaag's … ihm einfach nicht. Sagsihmeinfachnicht.»

Ich probiere den Satz wieder und wieder aus, während ich mir mit Priscilla einen Weg durch das Gewimmel der Londoner Straßen bahne. Wir verstehen uns seit unserem kleinen Abstecher in den Norden immer besser, und ich nenne sie jetzt sogar bei ihrem richtigen Namen. Na ja, jedenfalls fast.

«Oh, Cilly, was würdest du an meiner Stelle machen? Dem Mann, den du willst, erklären, dass du für die Arbeit mit anderen Männern flirten musst? Oder es geheim halten und hoffen, dass er nie, nie, nie eine Ausgabe von *Pulse* findet?»

Keine Antwort. Typisch. Ich glaube, sie ist immer noch beleidigt, weil ich sie gegen eine Steinmauer gefahren habe.

«Keine Sorge, altes Haus, das wird heute repariert. Du wirst aussehen wie neu, und Olivia wird keine Ahnung haben, dass es passiert ist.»

Ich parke vor der Werkstatt, die ich gefunden habe, indem ich «HILFE, Kratzer am Auto meiner Schwester, billige Lackiererei, Süd-London» gegoogelt habe, und gehe hinein. Werkstätten schüchtern mich ein, also habe ich auch noch ein paar Fachwörter gegoogelt, damit ich nicht wie eine Idiotin klinge.

«Hi, ich bin Izzy. Ich habe eben wegen dem Lack angerufen. Ich habe die Karosserie zerkratzt, vorne links, nach einem Problem mit der Aerodynamik am, äh ... Radsturz. Sie wissen schon.»

«Nein.» Der Mann im Overall schüttelt den Kopf. «Das macht keinen Sinn. Soll ich mir das Ganze mal anschauen, junge Frau?»

Kleinlaut zeige ich auf Priscilla.

«Wow, das ist aber ein ganz schöner Kratzer», sagt er und kniet sich hin, um es sich genauer anzusehen.

«Können Sie es reparieren?»

«Auf jeden Fall. Ein bisschen Farbe, und es ist so gut wie neu.»

«Super.» Ich seufze erleichtert. «Und wann kann ich sie abholen?»

«Wie wär's mit … Mittwoch in einer Woche?»

«Was? Nein! Ich muss sie meiner Sch… äh … Ich brauche sie morgen wieder. Können Sie sie nicht vielleicht dazwischenschieben?» Ich missbrauche schamlos mein bestes Lächeln.

«Oh, na gut, komm morgen früh wieder, und sie sollte schon auf dich warten.»

«Danke. Vielen, vielen Dank!», rufe ich und haste zur Tür hinaus, bevor ich noch mehr Autoteile durcheinanderbringen kann.

⋆★⋆

Zum allerersten Mal in meinem Leben freue ich mich nicht auf den Freitagabend mit Jamie. Ich fühle mich wie die schlechteste Freundin der Welt, weil ich das denke, aber ich kann nicht anders.

Ich schlüpfe in meine Boyfriend-Jeans, ziehe einen süßen Cashmere-Pullover an und flechte meinen Pony zur Seite.

Ich muss aufhören, so negativ zu sein. Dann stört es Jamie eben, dass ich was mit George habe. Ist doch okay, es gibt genug andere Sachen, über die wir reden können. Wir sind seit Jahren beste Freundinnen! Außerdem gibt es keine Merlot-Mittwoche mehr, weil Jamie nichts mehr trinkt, also haben wir uns bestimmt viel zu erzählen. Schon komisch, als ich den Termin aus meinem Kalender gelöscht habe, hatte ich nicht einmal eine Panikattacke! Noch vor ein paar Monaten wäre das völlig unmöglich gewesen. Ich war das Mädchen, das einen Abend mit Feuerwerk und allem Drum und Dran abgelehnt hat, nur weil es sich daran gewöhnt hatte, zu Hause zu feiern. Und weil das als alljährlicher Termin im Kalender stand. Na ja, und weil ich versprochen hatte, Gorgeous George zu treffen. Ich war also keine komplette Looserin, aber verdammt nah dran. Trotzdem, es ist total befreiend, Platz in meinem Kalender zu schaffen und von meiner Routine abzuweichen!

Ich nehme den Bus nach Battersea, wo Jamie im Erdgeschoss eines wunderschönen viktorianischen Hauses lebt. Sie hat die Wände weiß gestrichen und die Wohnung mit knallbunten Sachen und Regalen voller Bücher vollgestopft. Ich bin jedes Mal neidisch, wenn ich sie besuche.

«Tür ist offen», ruft sie, als ich klopfe.

«Hi», sage ich und halte ihr einen Strauß Tulpen ins Gesicht.

«Was ist das denn?» Ein Lächeln tanzt auf ihren Lippen.

«Ein Friedensangebot.» Ich zucke die Achseln. «Ich möchte mich nicht mit dir über George streiten.»

«Du Dummkopf», antwortet sie und zieht mich in eine feste Umarmung.

«Wie schön», seufze ich. «Was machen wir heute Abend?»

«Netflix und chillen?»

«Jamie! Willst du mich rumkriegen?», frage ich mit gespieltem Entsetzen.

«Haha. Halt die Klappe und bestell Pizza. Extra-Peperoni, natürlich.»

⋆★⋆

Wir liegen wie zwei gestrandete Seesterne auf dem Boden und halten uns die Bäuche.

«Warum hast du Knoblauchbrot und zwei große Pizzen bestellt, Izzy, warum?»

«Hast du die Chicken-Wings schon vergessen?»

«Würg. Kein Wunder, dass sich mein Magen anfühlt, als würde er gleich explodieren. Das, oder ich falle ins Koma, eins von beidem.»

Ich strecke die Hand aus und tätschele etwas, von dem ich hoffe, dass es Jamies Kopf ist.

«Du musst gegen den Schlaf ankämpfen», befehle ich. «Wir haben erst einen Bridget-Jones-Film gesehen, wir müssen noch zwei schaffen!»

Jamie prustet vor Lachen. «Weißt du noch, wie oft du gejammert hast, dass du die nächste Bridget Jones bist? Zum Leben als ewiger Single verdammt?»

«Ja, vielen Dank, Jamie, das weiß ich noch. Zu meiner Verteidigung, ich bin seit einem Jahrzehnt Single.»

Dann bemerke ich, dass wir gefährlich nahe ans George-Territorium geraten sind. Obwohl es sich falsch anfühlt, nicht mit Jamie darüber zu reden, beschließe ich, sie abzulenken.

«Also, was gibt's Neues bei dir? Irgendwelche Männer in Sicht?»

Jamie seufzt und rollt sich neben mir zusammen.

«Nein. Ich treffe niemanden, weil ich zurzeit nicht ausgehe.»

«Wie findest du es? Nicht zu trinken, meine ich?», frage ich.

«Ziemlich langweilig, wenn ich ehrlich bin. Und dann bin ich sauer auf mich, weil das heißt, dass ich nur betrunken Spaß haben kann.»

«Das ist eine dicke, fette Lüge.» Ich stupse sie vorsichtig in die Seite. «Was ist mit letztem Sommer, als wir Erdbeeren pflücken gegangen sind, weil wir was Fünf-Freunde-Mäßiges machen wollten, und dann den ganzen Tag Erdbeeren gefressen haben?»

Jamie lacht. «Ich konnte monatelang keine Erdbeeren mehr sehen. Aber das ist es ja gerade, Iz. Ich tue nichts in Maßen, oder? Noch nicht mal Erdbeeren essen. Ich kann nicht aufhören, daran zu denken, wie oft ich einen letzten Drink nach dem anderen hatte. Und jetzt ist es so schlimm geworden, dass meine Ärztin mir sagt, ich soll aufhören, bevor ich meine Leber kaputt mache.»

Sie schluchzt.

«Oh Jamie», sage ich und rolle mich auf sie wie ein Sumoringer. «Aber du bist wenigstens keine Alkoholikerin, richtig?»

«Nein, so dramatisch ist es nicht», kommt es schwach von irgendwo unter mir. «Die Ärztin hat ständig etwas von ‹übertreiben› gesagt und mich grimmig angeschaut. Dann hat sie mir diese Bilder von Leberschäden gezeigt, die mir echt Angst gemacht haben.» Sie schluchzt noch mehr. «Ich will doch einfach nur normal sein, weißt du?»

Ich setze mich auf und ziehe sie mit mir, bis wir beide auf der Bettdecke sitzen, die sie auf dem Boden ihres Wohnzimmers ausgebreitet hat.

«Liebes, ich sage es dir ja nicht gerne, aber normal wirst du nie sein.» Ich schüttele mit gespieltem Bedauern den Kopf. «Du bist Jamie. Du bist der allerbeste Mensch auf diesem Planeten. Du gewöhnst dich gerade an etwas Neues, das ist alles. Hör zu, es dauert gar nicht mehr lange, bis du wieder in den Kensington Roof Gardens Flamingos jagst. Nur mit klarerem Kopf. Und denk mal daran, wie viel Geld du sparst!»

Sie schnieft geräuschvoll und wischt sich an ihrem Oberteil die Nase ab.

«Außerdem müssen wir dringend über dein Outfit reden. Nur weil du keinen Alkohol mehr trinkst, heißt das noch lange nicht, dass du am Freitagabend eine Jogginghose tragen darfst.»

Jamie tätschelt mir die Hand und greift nach einem fast vollständig geschmolzenen Becher Ben and Jerry's. Scheinbar ist sie schon wieder aus dem Fresskoma aufgewacht.

«Mann, Izzy.» Zwischen zwei Löffeln Eis strahlt sie mich an. «Du sagst mir, was ich anziehen soll? Wir haben quasi die Rollen getauscht! Ich sitze in meiner Jogginghose zu Hause, und du bist da draußen und hast Spaß! Aber verirr dich nicht zu sehr, okay? Ich musste schon zu oft cocktailfarbene Kotze aus meinen Schuhen wischen, um das für dich zu wollen.»

«Jamie, du redest, als wärst du gestorben, und das gefällt mir gar nicht. Kannst du bitte mit diesem Selbstmitleidsquatsch aufhören? Ich hab dich lieb, und ich bin hier, um dir zu helfen. Wir planen einfach ein paar Sachen zusammen, die Spaß machen, ohne dass man sich betrinkt.»

«Ja, bitte», schnieft sie und reicht mir das Eis.

«Außerdem habe ich nicht immer eine Jogginghose angehabt, wenn du vorbeigekommen bist. Ich brauche jetzt Bridget. Bitte mach *Am Rande des Wahnsinns* an und iss dein Eis.»

⋆★⋆

«WAS HABEN SIE MIT PRISCILLA GEMACHT?» Ich packe den kräftigen Mechaniker am Kragen seines Overalls und versuche, ihn zu schütteln. Er bewegt sich keinen Zentimeter, was sich wie ein weiterer Schlag ins Gesicht anfühlt.

«Du wolltest doch, dass wir sie lackieren.» Er zeigt auf das Auto. «Das haben wir auch gemacht.»

«Aber ihr habt DAS GANZE AUTO lackiert, und zwar PINK! Es war nicht pink, als ich gegangen bin, es war rot.»

«Okay, beruhige dich», sagt er und schiebt mich in Richtung Priscilla. «Wir hatten nicht genau das gleiche Rot, also haben wir die Farbe genommen, die in der Farbtabelle daneben liegt, Magenta.» Er zeigt stolz auf das Auto.

«Das ist kein Magenta, das ist Neonpink, verdammt noch mal! Meine Schwester bringt mich um», jammere ich.

«Moment mal. Willst du mir damit sagen, dass dieses Auto dir gar nicht gehört?»

«Nein, nein», stammele ich. «Ich wollte … es ihr nur schenken, und sie mag kein Pink.»

«Stell dich nicht so an, Kleines, alle Mädchen mögen Pink.»

Ich würde protestieren, wenn ich nicht gerade eine Vorliebe für rosafarbenes Make-up entwickelt hätte oder wenn ich nicht völlig sprachlos wäre, weil das Auto meiner Schwester nicht mehr aussieht wie das Auto meiner Schwester.

★★★

Liebe Olivia,
du hast wahrscheinlich schon gemerkt, dass Priscilla ein kleines Makeover hatte. Überraschung! Sieh es als verfrühtes Geburtstagsgeschenk.
Du musst mir keine Karte als Dankeschön schicken, denn wenn du das hier liest, bin ich schon auf eine einsame Insel vor der Küste Kanadas ausgewandert.
Hab dich lieb.

Ich zerknülle das Blatt und seufze. Soll ich zu Olivias Haus fahren, den Brief unter den Scheibenwischer stecken und zum Flughafen rennen? Olivia holt mich garantiert ein, sie ist schneller als Usain Bolt, wenn sie schlechte Laune hat.

Ich spähe aus meinem Wohnzimmerfenster auf die Straße unter mir. Priscilla und ihr neonpinkes Makeover glitzern zu mir hinauf. Für alle anderen sieht sie jetzt wie die Make-up-Dose einer Disney-Prinzessin aus.

Ich schließe die Augen und seufze erneut. Diesmal stecke ich wirklich in der Klemme. Aber Auswandern steht nicht zur Debatte. Ich habe hier viel zu viel zu tun, und außerdem ist mir Kanada zu kalt. Also werde ich mich dem Donnerwetter stellen müssen.

Ich verlasse meine Wohnung, schließe Priscilla auf und fahre los.

⋆★⋆

Olivia und Sam leben in einem supersüßen Häuschen in Earls Court. Alle Gebäude dort sind in unaufdringlichem Blassgrau gestrichen. Ich parke die neonpinke Priscilla vor dem Haus, suche ein letztes Mal nach Chipskrümeln und steige aus. Sie passt überhaupt nicht in diese klassisch-schicke Straße, aber das kann ich jetzt nicht mehr ändern.

Ich klopfe und hole ein paarmal tief Luft.

«Izzy! Schön, dich zu sehen.» Sam winkt mich ins Haus, aber ich greife nach seiner Hand und mache ein verängstigtes Gesicht.

«Ich hab was Schlimmes gemacht», sage ich und zeige auf das Auto vor dem Haus.

«Oh Mann.» Er atmet scharf durch die Zähne ein. «Warum ist es pink?»

«Lange Geschichte.» Ich winde mich unter seinem Blick. «Olivia bringt mich um, oder?»

Sams Gesicht sagt ja, aber er ist zu höflich, um es auszusprechen.

«Ist das Izzy?» Ich höre meine Schwester kommen und verstecke mich blitzschnell hinter Priscilla. Ist mir egal, ob das kindisch ist, ich fühle mich hier sicherer. Ich gehe in die Hocke und schaue unter dem Auto hindurch. Ich sehe Sams Sneakers, und dann, oh nein, bitte nicht, sehe ich Olivias Designerschuhe aus der Haustür tänzeln.

«Was ist passiert? Wo ist Isobel?»

Sams Schuh ruckt in meine Richtung. Dieser Verräter.

«Priscilla?» Olivias Kreischen ist so schrill, dass gleich sämtliche Hunde von London auftauchen werden.

Dann lässt meine Schwester einen durchdringenden Schrei los. Es klingt, als würde sie bei einem Casting für einen Horrorfilm mitmachen. Ich weiß, dass ich ein besserer Mensch wäre, wenn ich aufstehen und mich ihrer Wut stellen würde. Aber stattdessen entferne ich mich auf allen vieren krabbelnd wie ein neugeborenes Rehkitz vom Ort des Verbrechens. Ein Nachbar schaut mir stirnrunzelnd aus seinem Fenster zu, und mir wird klar, dass ich einen neuen Tiefpunkt erreicht habe.

Plötzlich versperren mir zwei nudefarbene Chanel-Schuhe den Weg, in denen knochige Fußgelenke in 7/8-Jeans stecken. Mein Blick wandert nach oben, und ich sehe in die Seiten gestemmte Hände und eine strahlend weiße Bluse. Ich bereite mich auf Olivias wuterfülltes Gesicht vor.

Als ich endlich den Mut habe, zu ihr aufzuschauen, grinst sie zu mir hinunter.

Moment. Hat sie etwa vor Freude geschrien? Sicher nicht.

«Izzy, was zum Teufel machst du da?» Sie kniet sich hin, nimmt meine Hände und zieht mich auf die Füße.

«Ich … bewundere nur … dieses Kopfsteinpflaster. Wirklich schön.» Ich wische mir die staubigen Hände an meinem Jeanskleid ab.

«Jetzt lass doch das Kopfsteinpflaster, woher wusstest du es?» Sie dreht mich um und zeigt auf Priscilla.

Ich folge ihrem Blick. Ich traue der Situation noch nicht. Olivia ist wirklich unberechenbar, eine falsche Bewegung, und sie reißt mir vielleicht den Kopf ab.

«Ja?» Sie lässt nicht locker.

«Schwesterliche Intuition?»

«Es ist toll», sagt sie, läuft zu Priscilla hinüber und streicht über den neonpinken Lack. «Ich wollte ihr schon länger ein Makeover verpassen, aber ich konnte mich einfach nicht für eine Farbe entscheiden. Fuchsia ist perfekt. Gewagt, aber einfach so *ich*! Im Ernst, ich bin dir total dankbar!»

Sam und ich starren uns verwundert an. Er kratzt sich am Kopf. Ich sehe zu, wie meine Schwester um ihr fuchsiafarbenes Auto herumtanzt, als wäre es das Schönste, was sie je gesehen hat.

Bin ich damit wirklich gerade durchgekommen?

«Okay, na ja, danke noch mal, dass ich sie ausleihen durfte, Liv. Ich hätte meine letzte Challenge nicht ohne Priscilla machen können. Ich muss los.» Dieses Mal mache ich mich wenigstens auf zwei Beinen aus dem Staub und nicht auf allen vieren.

«Warte, du kannst noch nicht gehen!», ruft sie.

Oh nein. Jetzt passiert es. Ihr Kopf wird sich um 360 Grad drehen, und Feuer wird aus ihren Augen strömen.

«Ich backe ein glutenfreies Bananenbrot, bleib doch noch für ein Stück.»

Vielleicht wäre das mit den Feueraugen doch besser gewesen.

⋆★⋆

Hallo, meine Schöne, viel Spaß heute Abend mit den Mädels. Hast du Lust, diese Woche essen zu gehen?

Eine Nachricht von George. Ich lasse den Rouge-Pinsel fallen, mit dem ich mich gerade für später hübsch mache, und beobachte im Spiegel, wie sich ein Lächeln auf meinem Gesicht ausbreitet.

Seit unserem ersten Date ist es definitiv heißer zwischen uns geworden. Wir waren im Kino und dann was trinken, aber die Kleinigkeiten gefallen mir am besten. Wenn er mir süße Nachrichten schickt, während ich auf der Arbeit bin, zum Beispiel. Ich versuche wirklich, nichts zu überstürzen – #chilloutlove –, aber das ist schwierig, wenn man schon vor dem ersten Date verliebt war. Allerdings hat George klargestellt, dass das mit uns noch nicht exklusiv ist.

Trotzdem fühle ich mich wegen heute Abend nicht wirklich besser.

⋆★⋆

«Bist du sicher, dass wir hier richtig sind?», frage ich und schaue in die dunkle Seitenstraße. Ich habe das Gefühl, dass das hier nicht der richtige Ort ist, um in einem schwarzen, paillettenbesetzten Jumpsuit herumzulaufen. Ganz genau, ich war mutig und habe tatsächlich einen Jumpsuit angezogen. «Ich habe eben eine Ratte gesehen, und ich habe keine Lust, heute Abend ausgeraubt zu werden.»

Lucy nimmt mich bei den Schultern und schüttelt den Kopf, sodass ihre braunen Locken um ihr Gesicht tanzen wie in einer Shampoowerbung.

«Mach dich mal locker», sagt sie.

«Genau», pflichtet Emma ihr bei. Sie trägt einen knallroten Einteiler, in dem sie göttlich aussieht. «Partnerlook!», fügt sie dann hinzu und befühlt beeindruckt mein glitzerndes Outfit. «Der steht dir so viel besser als dieser graue aus dem Fernsehen.»

«Es ist definitiv noch zu früh, darüber Witze zu machen, vor allem, weil es ganz allein deine Schuld war.»

«Gehen wir jetzt rein, oder was ist los?», fragt Lucy ungeduldig.

«Äh, wo rein? Ihr habt offenbar nicht bemerkt, dass wir uns in einer unheimlichen, dunklen, dreckigen Gasse befinden.»

«Vertrau uns doch mal ein bisschen.» Lucy geht zu einem alten Kühlschrank und klopft dagegen.

Sie hat offensichtlich den Verstand verloren. Vielleicht hat sie die Trennung von ihrem Ex doch nicht so gut verarbeitet, wie wir dachten? Ich breite die Arme aus und folge ihr, damit ich sie einfangen kann, wenn ihr klarwird, dass sie versucht, in einem gammligen alten Kühlschrank eine Party zu feiern.

«Passwort?», ertönt eine Stimme aus dem Nichts.

«God save the Queen», ruft Lucy zurück.

Wir hören ein Brummen, und Lucy reißt plötzlich die Kühlschranktür auf. Wir gehen hinein, obwohl ich Angst habe, dass das hier gleich richtig gruselig wird. Wir finden uns in einem schmalen Gang wieder, in dem Neonschilder uns den Weg zur Bar zeigen.

«Was ist das denn für eine Bar?», frage ich und bleibe vor einem Regal mit goldenen Kätzchen stehen, die allesamt mit einer Pfote winken.

«Ich kann nicht fassen, dass du noch nicht vom Jolly Tickler gehört hast», sagt Emma. «Wobei, doch, eigentlich überrascht es mich nicht so sehr. Es ist die coolste geheime Bar überhaupt! Die Eröffnung war erst vor einer Woche, und alle sind total verrückt danach. Thematisch ist sie nautisch und kolonial angelegt.»

«Nautisch und kolonial», wiederhole ich verächtlich. «Oh Mann, manche Leute geben sich echt zu viel Mühe, andere zu beeindrucken.»

★★★

«DAS IST TOTAL BEEINDRUCKEND!», schreie ich zwei Minuten später, als ich mir den Kopf an dem Papagei stoße, der an einer Schnur von der Decke hängt.

Auf unserem Tisch oder, genauer gesagt, unserem Fass stehen drei Salty Dogs und drei Sea Breezes, weil sich irgendwer (ich) nicht entscheiden konnte, welchen Cocktail wir zuerst probieren sollten. Emma trägt schon jetzt einen blau-weißen Schwimmreif als Gürtel, und Lucy winkt den Fischen in dem Aquarium zu, das unseren Tisch vom nächsten trennt.

«Der Tisch neben uns ist voll mit heißen Männern», verkündet sie. Wie dumm von mir, sie hat natürlich den Jungs gewinkt, nicht den Fischen. «Ich kann sie durchs Aquarium sehen! Sollen wir uns zu ihnen setzen?»

«Nein», stöhne ich und vergesse, dass ich gerade noch gut drauf war, als mir die Mission des heutigen Abends wieder einfällt. «Es ist noch viel zu früh, ich habe noch keinen einzigen Schluck getrunken.»

«Fühlst du dich immer noch schlecht, weil du George nichts davon gesagt hast?», fragt Emma.

Ich beiße mir auf die Lippe und nicke. «Richtig schlecht. Ich meine, toll ist das nicht, oder? Das mit uns hat gerade erst angefangen, und ich ziehe los, um mit einem anderen Mann zu flirten! Ich glaube, diese ganze Ich-mach-das-doch-nur-für-die-Arbeit-Story wird nicht reichen, wenn er es herausfindet.»

«Aber vielleicht findet er es nie heraus. Wie viele Kerle lesen denn schon *Pulse*?», meint Lucy.

«Das stimmt», bestätigt Emma.

«Aber wir gehen miteinander aus. Ich erwarte von ihm, dass er sich für meine Arbeit interessiert, vor allem, weil ich ihm so oft erzählt habe, wie viel mir dieses Feature bedeutet.» Ich schmolle und nehme einen Schluck Salty Dog. «Iiiih ... Was zum Teufel ist denn da drin?»

«Gin, Grapefruit, Salz ...», erklärt uns ein Pirat, der gerade vorbeiläuft. «Hi, ich bin Captain Jack. Willkommen im Jolly Tickler. Falls ihr sonst noch etwas braucht, ruft mich einfach.»

«Danke, äh, Captain Jack», antworte ich.

Er tippt sich an seinen Piratenhut, was ihn irgendwie sexy macht, und poltert davon.

«Sogar die Bedienung hier sieht gut aus», verkündet Lucy. «Ich glaube, wir werden einen tollen Abend haben. Jedenfalls, wenn Izzy es schafft, mit dem Jammern aufzuhören. Hörst du auf Tante Lucy?»

Ich zucke die Achseln. «Wenn es sein muss.»

«Es ist ja auch nicht so, als müsstest du deinen Freund betrügen, oder?»

«Genau genommen, ist er gar nicht wirklich mein Freund», gebe ich zu. «Ich habe ihn gefragt, und er hat gesagt, wir sollten es langsam angehen und uns nicht unter Druck setzen. Wir sind noch nicht exklusiv, aber ich hoffe, das ist nur eine Frage der Zeit.»

«Okaaaay.» Lucy holt tief Luft. «Also ist es nicht so, als müsstest du den Mann betrügen, mit dem du ausgehst, oder? Das hier soll nur dein Selbstbewusstsein stärken, ganz einfach. Außerdem ist es Arbeit! Such dir einen süßen Typen, quatsch ein bisschen mit ihm, und zack, hol dir seine Nummer. So schwer ist das nicht, Iz. Und falls George es herausfindet, gibt es wirklich nichts, worauf er sauer sein kann. Hab ich recht?»

«Wahrscheinlich», sage ich widerwillig. «Oh, guckt mal, ein aufblasbares Steuerrad!»

⋆★⋆

«Wie konnte das nur passieren?», schreie ich und haue mir das aufblasbare Steuerrad auf den Kopf. «Ich bin betrunkener als ein Pirat.»

«Ja, bist du», erklärt meine neue Begleitung. «Deine Freundinnen aber auch.»

Ich kneife die Augen zusammen und sehe den Mann neben mir an. Dann schaue ich mich langsam und blinzelnd um. Ungefähr zwei Sekunden, nachdem Lucy mich ausgeschimpft hat, weil ich langweilig bin, ist sie zu den Jungs am Nebentisch marschiert, und wir sind alle in etwas umgezogen, das Captain Jack als Koje bezeichnet hat. Wir sitzen jetzt also alle in einem kleinen Boot, über uns orangefarbene Bojen, in denen sich Kerzen befinden. Gut, dass ich nicht betrunken bin, sonst wäre mir das alles ein bisschen zu verrückt. Oh, Moment mal.

«Bist du auch betrunken, Timothy?»

«Ich heiße Tybalt, und nein, ich bin nicht besonders betrunken.»

«Tybalt.» Ich pruste los. «Versuchst du, eine Rolle in *Game of Thrones* zu kriegen, oder was?»

Das findet mein neuer Freund nicht besonders lustig, deshalb dreht er mir den Rücken zu, um sich wieder mit seinen Kumpels zu unterhalten. Ehrlich gesagt, bin ich erleichtert. Jungs anzumachen, wenn man das eigentlich gar nicht will, ist ganz schön schwer. Ich schlürfe meinen Drink, auch wenn ich mir nicht sicher bin, was Emma mir da zuletzt bestellt hat, und zu viel Angst habe, sie zu fragen.

«Was machst du denn?», zischt Lucy.

«Luce, mit diesem riesigen Anker um den Hals kann ich dich echt nicht ernst nehmen», kichere ich.

«Willst du mir damit etwa sagen, dass deine Krone, auf der Ahoi steht, besser ist?», gibt sie zurück.

Ich hebe vorsichtig die Hände an meinen Kopf und spüre, dass sie recht hat. Ich habe wirklich eine Krone auf.

«Wo kommt die denn her?» Ich wiege den Kopf von rechts nach links, während Lucy ihr Handy in meine Richtung hält. «Und du machst jetzt besser kein Foto von mir.»

«Nein, kein Foto», beschwichtigt Lucy mich. «Aber ist ja auch egal, der Typ neben dir sieht eigentlich ziemlich nett aus, und du hast dich gerade über seinen Namen lustig gemacht. Davon schreibt sich dein nächstes Feature nicht leichter, oder?»

«Aber er heißt Tybalt!», rufe ich. «Außerdem bin ich betrunken. Und ich stehe gar nicht auf ihn, ich hab nur Augen für Alex.»

«Ich dachte, dein Herzblatt heißt George?», fragt Lucy und wischt Lippenstift von ihrem Strohhalm ab.

Ups.

«GEORGE», schreie ich. «Genau, sag ich doch.»

Lucy hebt eine Augenbraue und wendet sich dann wieder dem Mann neben ihr zu, der die Aufmerksamkeit sehr genießt. Kein Wunder, Lucy kann nämlich nicht nur über Schönheit schreiben. Sie ist auch selbst unheimlich schön, mit glänzendem Haar, olivfarbener Haut und dem dreckigsten Lachen der Welt.

Ich quetsche mich an Tybalt vorbei und setze mich auf Emmas Seite des Bootes.

«Gefällt es dir?», fragt sie.

«Geht so. Ist es falsch, dass es mir am liebsten wäre, wenn diese Typen sich verziehen und wir wieder einen Mädelsabend machen können?»

Emma lacht. «Genau das Gleiche habe ich auch gedacht. Aber Lucy findet es anscheinend ganz toll.»

«Lucy ist aber auch speziell», bemerke ich. «Wie läuft es bei dir und Mike?»

«Ziemlich gut.» Emma lächelt in ihren Cocktail. Sie prahlt nicht gerne mit ihrem Liebesleben, aber sie und Mike sind ein echtes Traumpaar. «Wir überlegen, ob wir zusammenziehen.»

«Em, das sind ja große Neuigkeiten!» Ich lege ihr den Arm um die Schultern, und wir schwanken ein bisschen hin und her. «Wann habt ihr das denn beschlossen?»

«Wir reden schon seit ein paar Monaten darüber», sagt sie. «Wir wohnen beide in WGs, und als ich letztens ein romantisches Abendessen für unseren Jahrestag vorbereitet hatte, kam einer meiner Mitbewohner mit seiner kompletten Band zum Üben rein. Am Ende haben wir dann in meinem Zimmer gegessen und versucht, die schiefen Akkorde zu ignorieren. Da haben wir uns, glaube ich, entschieden.»

«Wie schön!» Ich lächele stolz. «Du bist ja so erwachsen!»

«Wir sind gleich alt», erinnert sie mich.

«Aber jetzt sieh dich doch mal an! Dein Leben ist perfekt. Guter Job, toller Freund, super Jumpsuit.»

«Äh, hallo?» Sie zieht ihren Schwimmreifgürtel aus und legt ihn mir um den Hals. «Schau dich mal an! Heißer Fast-Freund, rasanter Aufstieg im Job, aufregende Abenteuer! Auch alles andere als schäbig.»

«Habe ich dir je gesagt, dass du die beste Chefin der Welt bist und dass ich dich noch mehr liebe als Feuerwerk?»

«Hast du tatsächlich. Vor ungefähr zehn Minuten.» Em grinst.

«Na ja, ist ja auch wahr. Ich geh jetzt erstmal aufs Klo.»

⋆★⋆

Erstaunlich, was man mit moderner Technik so alles machen kann. Man fühlt sich in dieser Bar wirklich wie auf einem Schiff. Der Boden schwankt definitiv! Ich halte mich am Waschbecken fest und schaue auf mein Handy.

Hey, was machst du? Hast du dir schon was für nächste Woche ausgedacht?

Eine WhatsApp von Jamie.

Noch nicht, aber ich arbeite daran! Mit Em und Lucy im Jolly Tickler, muss dieses bescheuerte Feature machen, aber mir gefällt keiner der Männer, und ich bin getrunken.
betrunken

Oh, da wäre ich so gerne dabei! Von dem Laden hab ich schon gehört. Egal, viel Spaß x

Mit diesem einzelnen Küsschen kann sie mir nichts vormachen. Ich habe es mir definitiv mit meiner besten Freundin versaut, aber wie? Ich starre mein Spiegelbild an und beuge mich vor, bis meine Nase den Spiegel berührt und der Spiegel beschlägt.

Warte, warum bist du sauer auf mich?

Nicht sauer. Hab einen schönen Abend, ruf mich morgen an.

Ich starre verwirrt mein Handy an. Sie ist definitiv sauer. Außerdem ist sie offline. Dann dämmert es mir. Ich hatte versprochen, etwas zu planen, das ohne Alkohol Spaß macht, und ich habe noch nichts von mir hören lassen. Kein Wunder, dass sie kurz angebunden ist. Ich lehne mich an die Wand und versuche, einen klaren Kopf zu bekommen, aber es hat keinen Zweck. Betrunkene Notiz: Morgen gleich um Jamie kümmern!

Während ich mir schwankend meinen Weg durch die schmalen Gänge zurück zur Bar bahne, scrolle ich schnell durch Instagram. Lucy hat einen Boomerang hochgeladen. UND ZWAR VON MIR, WIE ICH MEINE AHOI-KRONE HIN UND HER SCHWENKE. Und nüchtern sehe ich dabei nicht gerade aus.

«Ich bring sie um», teile ich dem leeren Flur lautstark mit.

«Ich fürchte, Mord wird auf diesem Schiff nicht geduldet», sagt eine belustigte Stimme hinter mir.

Ich drehe mich um – eindeutig zu schnell für meinen wirren Kopf und den magisch schwankenden Boden – und sehe, dass Captain Jack mit einem Geschirrtuch über der Schulter an der Wand lehnt.

«Keine Sorge, war metafollisch gemeint. Metabolisch. Es war eine Metapher.» Im Stillen verfluche ich mich selbst.

«Da bin ich aber erleichtert.» Er lächelt. Ein sehr hübsches Lächeln.

«Meine Freundin hat gerade ein unvorteilhaftes Video von mir auf Instagram gepostet», erkläre ich.

«Oh ja, wer kennt das nicht?», sagt er. «Mein Kumpel hat das auch mal gemacht. Ich bin kopfüber in einen See gesprungen und habe dabei meine Badeshorts verloren. In dem Video sieht man, wie ich splitterfasernackt aus dem Wasser komme.»

Sofort stelle ich mir Captain Jack splitterfasernackt vor. Ich werde rot.

Er grinst, als er sieht, dass ich nervös an meinem Handy herumfummele.

«Gefällt dir die Bar?»

«Ja, ist super.» Ich beende den Satz mit einem Hicksen. «Die Deko ist genial, aber wenn ich ehrlich sein soll, über eure Cocktails mache ich mir schon Gedanken. Die scheinen ziemlich stark zu sein.»

«Alles ganz legal, Ma'am», grinst er und tippt sich wieder an den Hut.

Moment mal. Flirtet Captain Jack etwa mit mir? Ich bin so was von aus der Übung. Ich riskiere einen Blick auf sein Gesicht und sehe, dass er mich aufmerksam ansieht.

«Du bist echt nett, und witzig», sage ich zu ihm. «Du könntest genau der Mann sein, den ich brauche, im Gegensatz zu den Idioten bei mir am Tisch.»

«Ach wirklich?», fragt er. Seine Augen funkeln.

«Sorry, ich meine nicht wirklich brauchen. Ich meine nur ... du scheinst wirklich nett zu sein. Ich wette, wenn du ein Date hast, laberst du nicht den ganzen Abend über deine Kumpels und wie besoffen ihr alle letzten Freitag wieder wart, oder?»

«Vielleicht würdest du das ja gerne selbst herausfinden?», fragt er.

Mach es einfach, Izzy.

Ich richte mich auf und straffe die Schultern.

«Captain Jack, würdest du mir bitte deine Nummer geben?»

KAPITEL FÜNF

★

MAI

Steh für einen Akt-Zeichenkurs Modell

Die Büsche und Bäume blühen immer noch, und ich strecke die Hand aus, um einen Lavendelbusch zu streicheln. Dann halte ich mir die Hand vors Gesicht und atme den wunderbaren mediterranen Duft ein. Weil man im Mai schon weiß, dass es bis zu den heißen, sonnigen Sommertagen nicht mehr lange dauert, ist das einer meiner Lieblingsmonate. Sogar der Montagmorgen fühlt sich weniger deprimierend an.

Um das zu feiern, trage ich eine blassblaue Hose, ein weißes Spitzentop und einen gelben Mantel. Schwungvoll gehe ich am Brixton Hill entlang und überhole dabei immer wieder Leute, die langsamer unterwegs sind als ich. Der Montagsblues ist heute nicht erwünscht! Erstens bin ich in den Farben einer französischen Konditorei angezogen, eine brandneue Woche beginnt, und nach vier tollen Dates mit George habe ich so langsam das Gefühl, dass das nächste ... na ja, noch besser sein könnte.

«Guten Morgen», trällere ich, knöpfe meinen Mantel auf und hänge ihn an die Garderobe im Büro.

«M-hm», murmelt Emma. Ihre Stirn ist gerunzelt, und sie starrt ihren Computerbildschirm an.

«Alles okay?», frage ich. Normalerweise hat Emma morgens viel bessere Laune als ich.

«Tallulah ist da», seufzt sie.

«Schon? Sie kommt doch normalerweise nie, bevor der halbe Montagmorgen vorbei ist», antworte ich.

«Ich weiß.» Emma verzieht das Gesicht. «Sie hat irgendwas von ‹schwindender Leserschaft› geblafft, bevor sie ihre Bürotür zugeknallt hat. Seitdem läuft sie da drin hin und her.»

Ich folge Emmas Blick, und wir sehen zu, wie Tallulah mit einem Stift in der Luft herumwedelt und hektisch die Arme schwenkt.

«Redet sie … mit sich selbst?», frage ich.

«Japp.» Emma nickt. «Ich glaube, dieser Montag wird eher unangenehm.»

So viel zu meiner guten Laune.

Tallulah dreht sich plötzlich um und bemerkt, dass wir sie beobachten. Bevor ich so tun kann, als sei ich mit etwas anderem beschäftigt, zeigt sie mit ihrem Stift auf mich. Es sieht aus, als würde sie «Duuu!» sagen. Dann kommt sie aus ihrem Büro, knallt die Tür hinter sich zu und dampft auf mich zu. Ich habe so viel Angst, dass ich mir fast in die Hose pinkele.

«Vielen Dank, Isobel, dass du es nun auch geschafft hast, uns mit deiner Anwesenheit zu beehren.» Sie blickt mürrisch auf die Stelle an ihrem knochigen Handgelenk, wo eine Uhr wäre, wenn sie eine trüge.

Mir bricht der Schweiß aus. Aber dann werfe ich einen schnellen Blick auf die Wanduhr und erkenne erleichtert, dass es erst halb neun ist.

«Ich soll eigentlich nicht vor neun anfangen, ich komme montags nur gerne früher, damit …»

Tallulahs vernichtender Blick lässt mich verstummen.

«In mein Büro, sofort», befiehlt sie. «Es geht um dein Feature.»

Ich glaube, mein Herz hat aufgehört zu schlagen. Ich starre unsere Chefredakteurin an. Sie sieht ganz und gar nicht zufrieden aus.

«In zehn Minuten», verkündet sie, bevor sie sich wieder in ihr Büro verzieht.

«Scheiße, scheiße, scheiße», zische ich. «Sie hat einen Fehler gefunden, oder? Sie schmeißt mich bestimmt raus. Ich verliere meine Wohnung und muss zu George ziehen.»

Mein Herz rast, während ich blitzschnell alle Optionen abwäge. Bei George einzuziehen wäre natürlich nicht schlecht, aber alles andere? Ich kann diesen Job nicht verlieren, meine Mutter hat gerade erst angefangen, stolz auf mich zu sein!

Emma legt beruhigend ihre Hand auf meine und wartet, bis ich nicht mehr vor mich hinrede. «Du überreagierst. Tallulah kann dich nicht rausschmeißen, weil du nichts falsch gemacht hast, okay? Dein Feature war sogar gut für die Auflage. Also mach dich nicht schon verrückt, bevor du überhaupt gehört hast, was sie sagt.»

Ich spähe über meinen Bildschirm hinweg ins Büro unserer Chefredakteurin.

«Ich gehe besser hin.»

Ich nehme einen Block und einen Stift mit, damit ich professionell aussehe, streiche mein Haar glatt und stehe auf. «Wünsch mir Glück!»

Emma lächelt und wedelt solidarisch mit einer Tüte Gummischweinchen. «Die können wir uns teilen, wenn du wieder rauskommst.»

⋆★⋆

Tallulah versucht, die Stirn zu runzeln. Das erkenne ich daran, dass ihre aufgemalten Augenbrauen die Form von Spermien angenommen haben und dass sie die Lippen schürzt. Seufzend starrt sie zuerst ihren Computerbildschirm an und dann wieder mich.

«Gerade als ich dachte, es läuft gut», sagt sie scharf und nimmt einen Schluck von dem Kaffee, den ich ihr mitgebracht habe.

«Läuft es denn n… nicht gut?», frage ich und verstecke unauffällig das Gesicht hinter meinem Notizblock.

«Nein, Isobel, tut es nicht. Die Verkaufszahlen gehen wieder zurück. Seit deinem Feature im Januar sind sie stetig angestiegen, und nach deinem Fernsehauftritt waren sie so gut wie noch nie. Aber die Zahlen von letzter Woche sind gerade reingekommen, und sie sind gesunken. Schon wieder.»

«Vielleicht ist das nur ein kleiner Ausrutscher?», biete ich an. Ich habe mir fest vorgenommen, ruhig zu bleiben.

Tallulah schiebt ihre schwarz gerahmte Brille vor bis auf die Nasenspitze und starrt mich an.

«Ein kleiner Ausrutscher», äfft sie mich mit piepsiger Stimme nach. Ich bin beleidigt und beschließe, von jetzt an tiefer zu sprechen.

«Ich fürchte, nein.» Sie verdreht die Augen. «Ich habe

dein Feature beobachtet, Isobel. Die Leute haben anfangs richtig mitgefiebert, und wie oft du in unseren Social-Media-Kanälen erwähnt wirst, ist wirklich beeindruckend. Aber auch dort sind die Klicks weniger geworden.»

Ich schlucke. Sie hat recht. Obwohl ich es nach meinem internetfreien Wochenende geschafft habe, nicht mehr alle Viertelstunde auf Twitter zu schauen, ist mir nicht entgangen, dass ich seit meinem letzten Feature immer seltener erwähnt werde.

Ich fürchte, dass meine Frage-einen-Fremden-nach-seiner-Nummer-Challenge nicht besonders gut ankommt. Ich wollte das ja eigentlich gar nicht machen. Ich dachte, ich hätte es trotzdem geschafft, dass sich der Text so anhört, als hätte mir die Challenge etwas gebracht. Als Emma meinen ersten Entwurf gelesen hat, hat sie gesagt, dass wir damit wahrscheinlich durchkommen. Offensichtlich hat sie sich geirrt. Dabei ist es doch wirklich nicht mein Fehler, dass ich mich zwischen meinem Fast-Freund und meiner teuflischen Chefin entscheiden musste! Sie hätte mir nie eine andere Challenge gegeben, selbst wenn ich auf Knien darum gebettelt hätte.

Tallulah liest laut vor.

«*Da war ich also, im Flur einer nautisch-kolonialen Bar, und fragte einen Mann namens Captain Jack nach seiner Nummer. Er war sexy, und er trug einen Piratenhut – zwei Dinge, die die alte Izzy ganz sicher davon abgehalten hätten, ihn anzusprechen. Aber ich holte tief Luft, ignorierte die Schmetterlinge, die in meinem Bauch einen wilden Tanz aufführten, und tat es einfach. Und wisst ihr, was? Es hat sich gut angefühlt. Ich bin eine starke, selbstbewusste Frau – selbstbewusst genug, um jeden Mann an-*

zusprechen, der sie interessiert. Wer weiß, wohin die Sache mit Captain Jack führen wird. Vielleicht rufe ich ihn gar nicht an, doch was ich weiß, ist, dass ich mich in diesem Moment selbstsicherer gefühlt habe als je zuvor.»

Sie verschränkt die Arme.

«Also?»

«Alsooo?», wiederhole ich.

«Ich weiß nicht, wieso ich zugelassen habe, dass das gedruckt wird», seufzt sie. «Es ist total offensichtlich, dass das nicht deine echten Gefühle sind. Wo sind die Emotionen, die unsere Leserinnen in den letzten Monaten kennen- und lieben gelernt haben? Wo ist die persönliche Entwicklung? Ich meine: *Ich bin eine starke, selbstbewusste Frau.* Komm schon!» Sie schnalzt genervt mit der Zunge. «Das ist doch das, was mit Chandler Bing passiert, als er versucht, mit dem Rauchen aufzuhören, und aus Versehen die falsche Selbsthilfekassette hört, oder? Ein verdammtes *Friends*-Zitat! Wo ist das Feuer? Was ist mit der echten Izzy passiert?»

Ertappt. Scheiße.

Es gibt nur eines, das man tun kann, wenn man auf der Arbeit Mist gebaut hat. Sich professionell verhalten und dazu stehen. Ich habe gesehen, was passiert, wenn man unter Tallulahs Blick zusammenbricht, und es ist nichts Gutes. Man denke nur an die Penis-Proof-Saga! Ein Proof ist ein Probedruck, eine Vorschau davon, wie jede Seite eines Magazins aussehen wird, wenn es gedruckt wird. Er wird den relevanten Abteilungen vorgelegt, und natürlich auch der Redaktion. Einmal ging ein Proof rund, in dem jemand den Kopf irgendeines berühmten Typen mit Hilfe von Photoshop mit einem Penis verziert hatte. Die Seite wäre fast gedruckt worden, weil Tallulah sich nicht die Mühe gemacht hat, sie richtig anzusehen. Sie hat unsere Art-Direktorin dermaßen zur Schnecke gemacht, dass sie die folgenden zwei Wochen in Thailand verbrachte, um sich selbst zu finden. Sie ist seitdem nie mehr dieselbe gewesen.

«Ja, stimmt.» Ich nicke und richte mich auf. «Die Sache ist die: Ich habe angefangen, mit jemandem auszugehen, bevor diese Challenge reinkam. Mit meinem absoluten Traummann sogar. Ich wusste, dass dir die Mutprobe gefiel, und ich wollte dich nicht mit meinem Problem belasten, aber ich wusste auch, dass ich George nicht davon erzählen konnte, ohne unsere Beziehung aufs Spiel zu setzen. Also habe ich die Challenge halbherzig gemacht. Mir ist jetzt klar, dass das ein Riesenfehler war. Es tut mir leid, Tallulah.»

Tallulah hebt beide Augenbrauen und starrt mich eine gefühlte Ewigkeit lang an. Ich frage mich, ob sie gleich «Du bist gefeuert!» schreien wird. Dann müsste ich wie in der Serie *The Apprentice* meinen Koffer aus dem Büro schleppen. Ich würde davor definitiv noch ein paar Klamotten aus dem Schrank klauen. Wie lange ich wohl ohne Job durchkommen könnte, wenn ich anfange, Kleider bei eBay zu verkaufen?

«Bist du noch da, oder bist du schon wieder in deiner eigenen Welt?», fragt Tallulah.

«Noch da, absolut.» Ich nicke vor mich hin. Rechnen ist nicht meine Stärke, außerdem bekomme ich davon Kopfschmerzen.

«Hör zu. Ich bin wirklich beeindruckt von dir, Isobel. Du hast dieses Jahr schon gute Arbeit geleistet. Die Leserinnen identifizieren sich mit dir, und das hat unseren Verkaufszahlen auf die Sprünge geholfen. Das liegt natürlich nicht nur an dir, die Verkaufszahlen werden schließlich von vielem beeinflusst, das hier ist also nicht allein deine Schuld. Ein Feature über das Haus dieses amerikanischen Sternchens zu bringen, und zwar in der Woche, in der sie sämtliche Besitztümer verkauft hat und in eine Kommune gezogen ist, war … eher unglücklich. Aber was ich sagen wollte, ist, dass dein Feature wirklich viel ausmacht. Es ist authentisch, macht Spaß und steckt voller positiver Energie – wenn du es richtig machst. Und wenn du es nicht richtig machst, merken das die Leute. Sogar die Interaktion auf Twitter ist zurückgegangen, und das war deine besondere Stärke. Wenn du in letzter Zeit nicht so erfolgreich auf Instagram gewesen wärst und wenn nicht alle unsere Social Media Outlets erfolgreicher wären, seit du sie managst, würde ich mir wirklich Gedanken um deinen Job machen.»

Sie streicht angewidert mit einem Finger über die Seite mit meinem Feature. Ich beiße mir auf die Innenseite meiner Lippe und zwinge mich, gefasst zu bleiben. Diese Frau kann Angst riechen wie eine Löwin, und ich werde es ihr nicht unnötig leicht machen.

«Du hast völlig recht», nicke ich.

«Das weiß ich», antwortet Tallulah kurz. «Du musst dich komplett auf diese Sache einlassen, Isobel. Keine gefakten Artikel mehr, weil du Angst hast, dass sie deinem Freund nicht gefallen. Das» – sie sticht auf das Magazin ein, und ich befürchte, dass ihr scharfer Fingernagel es in Fetzen reißt – «hat oberste Priorität. Und wenn du das Gefühl hast, dass du der Aufgabe nicht mehr gewachsen bist, dann finde ich jemand anderen. Verstanden?»

«Auf jeden Fall. Und danke, Tallulah. Ich werde dich kein weiteres Mal enttäuschen.» Ich stehe auf, drehe mich um und verlasse ihr Büro, bevor sie ihre Meinung ändert und mich aus dem Fenster des achten Stockwerks stößt.

⋆★⋆

Ich liege mit dem Gesicht nach unten auf dem Bett. Meine Lieblingsband läuft auf voller Lautstärke auf Spotify. Ich glaube, ich versuche, mich zu motivieren, aber es könnte auch sein, dass ich einen Nervenzusammenbruch habe, es ist schwer zu sagen. Eines ist jedoch sicher: Ich tue mir nicht selber leid. Nein. Ich habe viel zu viele von meinen fünfundzwanzig Jahren damit verbracht, über dieses oder jenes zu jammern und durch mein Leben zu stolpern, ohne eine Minute davon wirklich zu leben. Und ich habe aufgehört, die Momente zu zählen, in denen ich mich in Selbstmitleid verloren habe. So oft habe ich mich in die Wanne gelegt und in meiner schlechten Laune gebadet.

«Heute keine Badewanne!», schreie ich in mein Kissen. Meine gedämpfte Stimme hallt in meinem Schlafzimmer wider. Würde Beyoncé sich zusammenrollen und sich in ihrem Selbstmitleid suhlen? Auf keinen Fall.

Ich rolle mich auf die Seite, bemerke zu spät, dass ich schon ziemlich nah am Rand des Bettes lag, und falle auf den Boden.

«Autsch», grummele ich und reibe mir die geprellten Hüftknochen.

Alles okay?

Eine Nachricht von Beth von Unten, die wirklich alles mitbekommt, was hier oben läuft.

Ja. Bin wie eine komplette Idiotin aus dem Bett gefallen. Aber danke!

Ha, ha, ha, antwortet sie mitleidig.

Ich stolpere ins Wohnzimmer und ignoriere das Tropfen des Wasserhahns im Bad. Egal wie oft ich meiner Vermieterin deswegen geschrieben habe, sie ignoriert mich konsequent. Bis es Zeit für die Miete wird, dann schickt sie täglich Erinnerungsmails.

Ich schnappe mir meinen Laptop, mache ein neues Dokument auf, nenne es Izzys Memo und fange an zu schreiben.

Das hier ist keine Liste, denn Emma hat dir verboten, Listen zu schreiben, und damit hat sie wahrscheinlich recht. Es ist eher ein bestärkendes Memorandum. Etwas, auf das du zurückkommen kannst, wenn du einen Arschtritt brauchst. So wie jetzt gerade. Du hast das letzte Feature versaut und deinen Job in Gefahr gebracht! Das war nicht besonders klug. Es ist ein echter Segen, dass Tallulah dich nicht sofort gefeuert oder an die Löwen verfüttert hat, die sie garantiert unter ihrem Schreibtisch hält. Von nun an muss dir klar sein, wie wichtig diese Challenges sind. Sie sind nicht nur berufliche Chancen (zumindest, wenn du sie richtig machst), sie verbessern auch dein Privatleben, und zwar deutlich. Schau dich nur an, kein Selbstmitleid nach einem schlechten Tag, und so viel positive Energie! Darum geht es der neuen Izzy. Also, nimm dich zusammen, hör mit dem Quatsch auf und pack das Leben bei den Hörnern. Okay?

Ich klicke auf Drucken, nehme mir das Blatt und kritzele ein bisschen darauf herum. Wenn Jamie nur hier wäre, um dafür zu sorgen, dass es professionell aussieht. Schließlich ist es ihr Job, auf Sachen herumzukritzeln. Offiziell heißt ihr Beruf Illustratorin. Die Leute werden total verrückt, wenn sie ihre Kunst sehen, und ihre Zeichnungen waren sogar schon in einer Werbekampagne und auf Albumcovers. Ich skizziere ein Kleid um mein Strichmädchen und male ihr feuerrote Locken um den Kopf. Dann hänge ich mein Memo an den Kühlschrank und trete einen Schritt zurück, um es zu bewundern.

«Wer braucht schon Jamie?», frage ich.

Moment! Ich! Ich brauche sie, verdammt. Und ich habe mich immer noch nicht wegen der alkoholfreien Aktivitäten bei ihr gemeldet. Oh Mann, ich bin echt eine miese Freundin. Ich ziehe mein Handy aus der Tasche, fest entschlossen, sie anzurufen. Aber dann sehe ich unzählige E-Mails von der Arbeit und neue Tweets mit #DareIzzy. In Gedenken daran, wie Tallulah mich runtergeputzt hat, fange ich an, die E-Mails zu beantworten. Ich schwöre, ich rufe Jamie an, wenn ich fertig bin.

⋆★⋆

Als ich aus dem Badezimmer komme, wickele ich mich fester in meinen Bademantel und atme den Duft der teuren Grapefruit-Bodylotion tief ein. Dank eines stundenlangen Wellness-Rituals ist meine Haut nun ganz weich, und mein Teint strahlt. Ich bin so was von bereit für das Date heute Abend!

Ich föhne mein Haar kopfüber, damit es mehr Volumen bekommt, und sprühe ein bisschen Meerwasserspray darauf. Meine Haare sehen jetzt zwar wirklich so aus, als käme ich vom Strand, aber sie riechen auch ein kleines bisschen nach Fisch. Das ist nicht gerade die Duftnote, die ich mir für heute Abend vorgestellt hatte, aber das kann ich nun nicht mehr ändern. Ich schlüpfe in ein gestreiftes T-Shirt-Kleid, in der Hoffnung, dass ich darin entspannt, aber sexy aussehe. Dann gehe ich in die Küche.

Ich hatte vorgeschlagen, dass wir uns bei George treffen, aber er hat Probleme mit seinem Ofen, also koche ich stattdessen für ihn. Ich bin früh aufgestanden, sodass ich vor der Arbeit einen Erdbeer-Cheesecake machen konnte. Jetzt muss ich mit dem Hauptgericht anfangen. Ich bin gestern in der Mittagspause in den Bioladen gegangen und habe einen Wochenlohn in Steaks und Palmkohl investiert. Die Fleischstücke sind größer als mein Kopf! Aber es kann nicht schaden, meinen zukünftigen Freund mit ein bisschen Rib-Eye zu bestechen, oder? Ich schütte Oliven in das hübsche Schüsselchen, das ich bei *Anthropologie* im Sale gefunden habe, und streiche das blau-weiße Tischtuch glatt, das nur zu ganz besonderen Anlässen zum Einsatz kommt. Der Tisch ist gedeckt, die Kerzen brennen, und die Sektgläser stehen bereit. Ich schaue mich in der Küche um.

Sie ist vielleicht klein, aber ich finde trotzdem, dass sie für unsere erste Nacht einfach perfekt ist.

Es klingelt. Nervös drücke ich auf den Knopf, um George hereinzulassen. Ich höre, wie er die Treppe hinaufkommt und dann an die Tür klopft.

«Hey, Baby», grinst er und hält mir den zweiten wunderschönen Blumenstrauß ins Gesicht.

«George, das war doch nicht nötig.» Ich schnappe nach Luft, nehme den Strauß entgegen und bewundere ihn von allen Seiten.

«Diesmal habe ich die Blumen selbst gekauft», sagt er stolz.

«Und du hast daran gedacht, dass ich weiße Rosen mag. Wie lieb. Komm rein.»

Ich gehe zum Kühlschrank, während George es sich auf einem Sofa gemütlich macht.

Ich komme mit zwei Gläsern Sekt zurück und setze mich neben ihn.

«Wie geht's dem Ofen?», frage ich.

«Was? Oh, gut. Also, nein, eigentlich nicht gut. Total kaputt. Aber hoffentlich geht er bald wieder.»

«Hoffe ich auch. Ich weiß wirklich nicht, was ich ohne meinen machen würde, ich koche so gerne, wenn ich die Zeit habe. Lebst du gerade vom Lieferservice?»

Aber George antwortet nicht. Stattdessen zieht er mich näher an sich. Seine Lippen treffen meine, und der Kuss versetzt mein Gehirn in freien Fall. Er streicht an meinem Arm hinauf und dann an meinem Rücken hinunter. Oh Mann, fühlt das sich gut an! «Sollen wir das hier ins Schlafzimmer verlegen?», murmelt er.

Ich halte inne. Einerseits: JA, BITTE. Mit George ins Bett zu gehen ist quasi ein Lebenstraum. Andererseits: Ich habe Hunger, und die teuersten Steaks der Welt warten auf uns.

«Wir haben noch den ganzen Abend vor uns, George», beschwichtige ich ihn und lehne mich zurück. «Warum mache ich uns nicht erstmal etwas zu essen?»

Ich beschließe zu ignorieren, dass er das Gesicht verzieht wie ein beleidigter Zweijähriger.

⋆★⋆

Ich will mich ja nicht selbst loben, aber mein Abendessen ist echt gut! Wenn George nicht dabei wäre, würde ich wahrscheinlich versuchen, alles aufzuessen, aber so schneide ich zierliche Stückchen von meinem Steak ab und kaue genüsslich.

«Du wirst mal eine gute Ehefrau», sagt George, der den letzten Rest seines Steaks herunterschlingt.

Ich zupfe an den weißen Rosen herum, die ich in einer Vase mitten auf den Tisch gestellt habe, und warte darauf, dass mein Gehirn aufhört, «Ich will deine Frau werden!» oder «Willst du mich heiraten?» zu schreien. Was, wenn ich das aus Versehen laut sage? Ich würde mich wahrscheinlich auf dem Boden zusammenrollen und sterben. Schnell, Themawechsel!

«Wie läuft's bei der Arbeit?», frage ich.

«Gut. Viel zu tun», sagt er. «Wir haben gerade eine riesige Werbekampagne an Land gezogen, und ich war in den letzten Wochen für den Kunden verantwortlich. Sieht aus, als würde ich demnächst auch ins Ausland reisen, was natürlich super wäre.»

«Nicht schlecht», sage ich und träume davon, wie ich George übers Wochenende in irgendeiner romantischen Stadt besuche.

«Und bei dir?», fragt er.

«Okay.» Ich seufze. «Ich habe nach meiner letzten Challenge ein bisschen Ärger mit meiner Chefin bekommen, also muss ich mich jetzt ranhalten.» Ich schaue zu ihm auf und versuche herauszufinden, ob er weiß, dass ich mit einem Fremden flirten musste, aber er trinkt nur seinen Wein und lächelt mich ermutigend an.

Vielleicht sollte ich mir ein Herz fassen und es ihm sagen?

«Hast du mein letztes Feature gelesen?», frage ich.

«Auf jeden Fall», nickt er. «Ich fand es toll.»

«Wirklich?», frage ich überrascht.

Wow!

Und ich hatte Angst, dass er sauer ist. Dabei macht es ihm gar nichts aus. Und das nach dem ganzen Stress, den ich mir deswegen gemacht habe. Ich glaube, George ist wirklich einer von den Guten. Außerdem hat er wahrscheinlich gemerkt, dass ich nicht mit Herzblut dabei war, genau wie der Rest meiner Leserschaft.

«Du bist der Beste.» Ich strahle ihn an. «Egal. Die Challenge ist vorbei, und ich habe heute die nächste bekommen. Ich muss anfangen, mir darüber Gedanken zu machen.

«Ach ja? Was ist es denn diesmal?»

«Bis jetzt hat Emma immer E-Mails ausgesucht, aber diesmal ist es ein Tweet. Da stand nur: *#DareIzzy. Steh für* *einen Akt-Zeichenkurs Modell.* Normalerweise bringen sie immer alle möglichen Gründe, aus denen ihre Challenge gut für mich ist, aber das passt nun mal nicht in hundertvierzig Zeichen. Und Emma denkt, dass es mir guttun wird, du weißt schon, damit ich mich wohl in meiner Haut fühle.» Ich zucke die Achseln und schaue George an.

Seine Augenbrauen haben sich zusammengezogen, und seine Stirn ist schweißnass. Entweder bringt er mich jetzt um, oder es liegt am vielen Fleisch.

«Alles okay?», frage ich und lege meine Hand auf seine.

Aber er reißt seine Hand zurück und schüttelt den Kopf.

«Das machst du doch nicht wirklich, oder?», knurrt er.

«Was? Für einen Zeichenkurs posieren? Doch! Ich meine, es ist natürlich ein bisschen peinlich, dass ich mich ausziehen muss, aber es schadet doch nicht. Vielleicht macht es sogar Spaß.»

George lehnt sich zurück und fährt sich mit der Hand durch das braune Haar. Er sieht ziemlich aufgebracht aus. Nach ein paar Minuten des inneren Kampfes nimmt er seine Gabel und zeigt damit in meine Richtung.

«Das meinst du doch nicht ernst?»

«Warum nicht?», frage ich verwirrt.

«Ich will nicht, dass das Mädchen, mit dem ich ausgehe, in einem Raum voller fremder Menschen seine Brüste entblößt. UND ALLES ANDERE!», schreit er. Der Schweiß läuft ihm jetzt das Gesicht herunter.

«Bist du … eifersüchtig?», frage ich.

«Eifersüchtig? Nein. Nur enttäuscht, dass du es okay findest, dich auszuziehen, wenn dir ein Haufen Spanner dabei zusieht.»

«Da sind keine Spanner, George. Es ist ein Zeichenkurs. Da sind lauter nette Menschen, die einfach nur zeichnen wollen. Ich weiß wirklich nicht, wo das Problem ist.»

«Oh, wirklich nicht?», brüllt er. «Wie praktisch. Wenn du rumlaufen und dich prostituieren willst, ist das für mich in Ordnung, Izzy. Aber dann erwarte nicht, dass ich ein Teil deines Lebens bin.»

Dann steht er auf und stürmt zur Tür hinaus. Ein trauriges Stückchen Steak bleibt auf seinem Teller zurück.

⋆★⋆

Es dauert sechs weinende Emojis und eine Reihe lächelnder Kackhaufen, bis Emma die Wohnungssuche mit Mike aufgibt, um mir zur Seite zu stehen. Ich hatte als Erstes an Jamie gedacht, aber sie hat mir ja schon gesagt, wie sie zu George steht, und Emma würde mit ihren Ratschlägen vielleicht etwas sanfter umgehen. Jetzt laufen wir also auf dem Blumenmarkt in der Columbia Road herum, während ich Frustessen betreibe.

«Oh, guck mal, ein Eiswagen!»

«Du hast doch schon Churros gegessen und ein Brötchen. Es kann doch nicht sein, dass du immer noch Hunger hast?» Emma betrachtet mich mit einer Mischung aus Ekel und Bewunderung.

Ich kaufe mir trotzdem ein Eis.

«Ich glaube, das nennt man Frustessen», seufze ich, ziehe die Waffel heraus und stecke sie in den Mund.

«Es macht einfach keinen Sinn», sagt Emma.

«Ich weiß. Sonst esse ich nie so viel.»

«Wir wissen beide, dass das nicht stimmt. Aber ich rede ja gar nicht von deinen Snacks. Ich rede von George. Wie kann es sein, dass es für ihn in Ordnung ist, wenn du mit einem Fremden flirtest, aber völlig inakzeptabel, wenn du für einen Zeichenkurs posieren willst? Einen anderen Mann nach seiner Nummer zu fragen ist doch viel gefährlicher, als Aktmodell zu sein.»

Sie bückt sich und bewundert ein paar lila Freesien.

«Genau das verstehe ich ja nicht. Du hättest ihn sehen sollen, Em, er war richtig sauer. Ich dachte, die Ader an seinem Hals platzt gleich!»

Emma verzieht das Gesicht. Ich lecke mir Eis von den Fingern.

«Also, was machst du jetzt?», fragt sie.

«Ein Teil von mir will einfach alles hinschmeißen, zu George rennen und ihm sagen, dass ich es nicht tun werde, wenn es ihn unglücklich macht», sage ich. «Aber ein anderer Teil von mir ist ziemlich sauer auf ihn. Ich meine, welcher Mann bekommt einen solchen Wutanfall, wenn er ein bisschen eifersüchtig wird? Außerdem habe ich Tallulah versprochen, dass das Feature vorgeht, und ich kann es mir wirklich nicht leisten, noch eins zu versauen.»

«Sie vergibt definitiv nicht allzu oft zweite Chancen», meint Emma. «Kennst du die Geschichte von ihrem letzten Exmann?»

Wir hocken uns auf eine Bank. Ich lehne mich zurück und knabbere den letzten Rest meiner Eistüte auf. Ich liebe guten Büroklatsch!

«Ich habe gehört, dass sie eine Dinnerparty für lauter wichtige Redaktionsleute inklusive Begleitung geschmissen haben», flüstert Emma. «Offenbar hat sich Simon komplett die Kante gegeben, ist in den Champagnerbrunnen gefallen und hat einer Frau ein Stück Käse in den Ausschnitt geworfen. Tallulah war stinksauer.»

«Das kann ich mir vorstellen! Der wird am nächsten Tag ganz schön was zu hören gekriegt haben! Aber warum haben sie sich getrennt?»

«Deswegen. Tallulah hat die Scheidung eingereicht.»

«Das ist ein bisschen übertrieben, oder? Wir waren alle schon mal betrunken auf einer Party. Auf Jamies letzter Hausparty bin ich in der Badewanne eingeschlafen und dann im Garten herumgelaufen, um Igel zu suchen. Es war nicht mal Igel-Zeit.»

Ein Alarm ertönt mal wieder in meinem Kopf. Ich habe Jamie nicht angerufen, nachdem ich meine E-Mails gecheckt habe, und die Woche war so voll, dass ich *immer noch* keine Idee für eine alkoholfreie Unternehmung hatte. Ich muss dringend damit aufhören, so eine schlechte beste Freundin zu sein.

«An meinem einundzwanzigsten Geburtstag bin ich mit dem Gesicht in meiner Torte eingeschlafen», gesteht Emma. «Es war eine Penistorte. Wie du schon gesagt hast, so was ist uns allen schon passiert. Nur dass das für Tallulah kein Argument zu sein scheint.»

«Armer Simon», sinniere ich. «Aber trotzdem, die Geschichte hat es für mich entschieden. Ich muss mich auf die Arbeit konzentrieren. Dieses Feature ist eine wichtige Chance für mich, und nach dem letzten Flop steht es auf der Kippe. Ich kann nicht zulassen, dass das wegen einem Mann noch mal passiert. Die alte Izzy wird mich dafür hassen, dass ich das sage, aber George muss es ja nicht gefallen. Soll er doch machen, was er will.»

«Hört, hört», sagt Emma und klopft mir auf die Schulter wie eine stolze Mutter.

Als ich mich mit ein paar wunderschönen Blumen im Schlepptau auf den Heimweg mache, bemerke ich, dass mich die ganze Sache eher positiv gestimmt hat. Plötzlich klingelt mein Handy. Das ist bestimmt Jamie, die mir sagen will, wie enttäuscht sie von mir ist.

«Hallo?»

«Izzy, hi, hier ist Alex.»

OH MEIN GOTT, ES IST ALEX.

Ich lasse meine Blumen auf den Boden des Busses fallen, bücke mich, um sie wieder aufzuheben, und stoße mir am Sitz vor mir den Kopf.

«Aaaaah», mache ich und reibe mir die schmerzende Stirn.

«Passt es gerade nicht so gut?», fragt mein immer höflicher Freund aus dem Peak District.

«Doch, doch!» Ich verziehe das Gesicht. «Ich hab mir nur gerade im Bus den Kopf gestoßen.»

«Oh nein!» Er unterdrückt definitiv ein Lachen. «Alles in Ordnung? Soll ich gleich noch mal anrufen?»

Um den letzten Rest meiner Würde zu retten, beschließe ich, dass die Beule nicht so schlimm ist. «Nein, alles in Ordnung. Schön, dass du dich meldest!»

Schön. Ha ha. Es ist supertoll, dass du anrufst, und ich stehe auf dich, und ich hasse mich dafür, dass ich das denke, weil ich gerade so verwirrt bin wegen George.

«Ja, freut mich auch», sagt Alex. Seine sanfte Stimme

beruhigt meine Gedanken sofort. «Sorry, dass ich mich nicht früher gemeldet habe. Ich habe ein paar schlaflose Nächte verbracht und endlich diese Hausarbeit abgegeben. Ich wollte nur Bescheid sagen, dass ich ein Datum für das Meeting in London festgelegt habe. Ich wollte fragen, ob wir uns treffen sollen, aber … ähm …»

«Was?», frage ich.

«Na ja, ich habe dein Feature gelesen, und ich dachte, du willst mich vielleicht nicht sehen. Klingt, als hättest du … jemanden kennengelernt.»

In diesem Moment wird mir klar, dass ich mir so viele Sorgen um George gemacht habe, dass ich Alex total vergessen habe.

Ich drehe mich um und starre aus dem Fenster. London flitzt an mir vorbei.

«Nein, ich würde dich sehr gerne sehen», sage ich, vielleicht ein wenig zu begeistert.

«Also … ist Captain Jack nicht mehr an Bord?»

Ich höre die Missbilligung in seiner Stimme. Ein bisschen wie damals, als er dachte, dass ich bei meinem Feature schummele. Nur, dass ich diesmal wirklich geschummelt habe und es alles total kompliziert gemacht hat.

Tief ein- und ausatmen, Izzy.

«Die letzte Challenge … die wollte ich eigentlich gar nicht machen», erkläre ich. «Aber die Chefredakteurin Tallulah ist ziemlich … bestimmt, und sie fand es gut, also hat meine Chefin Emma – die, die dir diese aggressive E-Mail geschrieben hat, bevor ich bei dir war – gedacht, dass es besser ist, es einfach zu machen. Aber ich wollte eigentlich nicht, und es ist auch nichts passiert.»

Hmmm … Nun habe ich Alex zwar die Wahrheit über meine Probleme mit dem Feature erzählt, aber da wäre noch das klitzekleine Problem, dass ich George nicht erwähnt habe. Alex denkt jetzt, ich sei Single, und er kommt bald nach London, und er ist ein toller Typ, und deshalb würde ich ihn gern wiedersehen.

Mein Kopf beginnt zu schmerzen, und ich reibe mir wieder die Beule an der Stirn. Was für eine Bredouille.

«Okay, das ist ja … super», sagt Alex langsam. «Solange ich niemandem auf die Füße trete. Das würde ich lieber vermeiden.»

Warum ist er nur so anständig?

«Auf keinen Fall», antworte ich betont fröhlich. Offenbar habe ich soeben entschieden, die Sache mit George und mir einfach zu ignorieren.

«Dann würde ich gerne mit dir ausgehen. Dich in deinem natürlichen Lebensraum sehen … Ich habe noch nicht viele Mädchen getroffen, die High Heels im Rucksack haben, wenn sie zum Klettern gehen.»

Ich muss lächeln. Es ist so schön, seine Stimme zu hören.

«Ich freue mich wirklich, dich zu sehen, Alex.» Echte Schmetterlinge – und nicht die gefakten, die ich erfunden habe, als ich meinen Moment mit Captain Jack beschrieben habe – tanzen in meinem Bauch.

«Mein Meeting ist am Freitag, also dachte ich, ich bleibe übers Wochenende in der Stadt. Wer weiß, vielleicht sehe ich dich ja nicht nur ein Mal.»

Er hat aufgelegt.

Ich weiß, dass ich mich nicht so freuen sollte, aber

ich freue mich so. Außerdem lande ich garantiert in der Hölle.

★★★

Hiermit teile ich offiziell mit, dass das hier das erste Mal ist, dass ich mich in einem Pub komplett ausziehe. Leider kann ich von Jamie nicht dasselbe behaupten, aber das ist eben Jamie. Ich bin ziemlich nervös, als ich auch noch meine Unterwäsche ablege und mich in einen Morgenmantel wickele. Aus der Bar dringen Gläserklirren und Stimmengewirr zu mir in das kleine Zimmer. Ich bin splitterfasernackt unter meinem Mantel.

«Was mache ich hier eigentlich?», frage ich den dunkelroten Vorhang, der mich vor den Blicken der Straßen von Südlondon abschirmt.

Du kannst jetzt reinkommen.

Eine Nachricht von Jane, die hier wöchentliche Aktzeichenkurse leitet. Jane war wirklich nett und hat mich ermutigt, als ich mich wegen meiner neuen Challenge bei ihr gemeldet habe. Sie ist vor ein paar Minuten noch mal reingekommen und hat mir ein paar Ratschläge gegeben. Vor allem: nicht herumzappeln und versuchen, das Ganze zu genießen.

Ich scrolle ein letztes Mal durch meine Nachrichten, für den Fall, dass George sich gemeldet hat. Es herrscht komplette Funkstille seit er bei mir war, und obwohl ich sein Verhalten ziemlich lächerlich finde, wünscht sich ein Teil von mir, von ihm zu hören. Ich kann meine Gefühle nicht einfach abschalten.

Dann schüttele ich die Gedanken an George ab. Er ist gerade nicht meine Priorität.

Also, los geht's.

Ich öffne die Tür zum Kursraum, hole tief Luft und kneife die Augen zusammen, damit ich niemanden sehe. «Hallo», sage ich leise, trete ein paar Schritte vor und lasse mit dramatischer Geste meinen Mantel fallen.

«Ach du Scheiße, wer hat denn die Stripperin bestellt?», schreit irgendjemand.

«Wie bitte?»

Ich öffne die Augen und sehe, dass ich mich in einem Raum voller Achtzigjähriger befinde … nackt.

«Kommst du auch zu Ednas Geburtstag?», flötet ein süßer Alter mit einer Kappe auf dem Kopf.

«Oh mein Gott, es tut mir so leid!», stammele ich und bücke mich hastig, um den Morgenmantel aufzuheben und mich schnell wieder einzuwickeln. «Ich dachte, das hier wäre der Zeichenkurs.»

«Der ist nebenan, Liebes», sagt Edna. Ich weiß, dass sie das Geburtstagskind ist, weil sie einen Haarreif mit Fühlern trägt. «Du kannst aber gerne ein Stück Kuchen mitessen, wenn du willst.»

«Oh ja, bleib doch noch ein bisschen», ruft einer der Männer.

Aaaaahhhhh.

«Vielen Dank, aber ich muss wirklich los. Entschuldigung noch mal!» Ich mache auf dem Absatz kehrt und laufe zurück in den Flur.

Jane streckt den Kopf aus dem Zimmer, in dem ich eigentlich sein sollte, und eilt dann zu mir hinüber.

«Alles okay?»

«Hab mich gerade bei einer Seniorenparty ausgezogen», stöhne ich.

«Ah, ja, genau. Ich hätte dir sagen sollen, dass es hier oben zwei Zimmer gibt. Tut mir leid.»

«Sie haben gesagt, ich kann zum Kuchenessen bleiben», antworte ich.

«Das wundert mich nicht», sagt Jane, und wir fangen beide an zu lachen.

«Möchtest du es lieber verschieben und nächste Woche wiederkommen? Es wäre nicht das erste Mal, dass ich für ein Modell einspringen muss, und ich weiß ja, wie nervös du bist.»

Ich hole tief Luft und schüttele den Kopf. «Danke, aber es geht schon. Weniger nervös werde ich sowieso nicht.»

⋆★⋆

Ich befinde mich nun also komplett nackt in der Mitte eines Raums, in dem neun Staffeleien aufgebaut sind. Neun Augenpaare schauen immer wieder von den Leinwänden auf. Ich sitze auf der Kante einer Bank, mit der linken Hand stütze ich mich ab, meine Füße stehen auf dem Boden. Das Einzige, was ich noch am Leib trage, ist der Nagellack, mit dem ich mir gestern Abend noch die Fußnägel lackiert habe. Mein Kopf ist zur Seite gedreht, sodass ich über meinen linken Arm schaue, und meine rechte Hand liegt locker auf meinem nackten Oberschenkel. Wenn ich den Blick nach unten richte (und mir alle Mühe gebe, nichts als meine Pupillen zu bewegen), sehe ich ein Stück von meiner linken Brust.

Komischerweise macht es mir nichts aus. Nicht mal ansatzweise. Nach dem ersten Schreck, als ich den Mantel ausziehen und mich in Position bringen musste, bin ich ausgesprochen entspannt. Ich glaube, das freundliche Geräusch, dass die Pinsel auf der Leinwand machen, hat mich beruhigt, und meine Anspannung verfliegt mehr und mehr, während ich lausche und mich anders hinsetze, wenn die Gruppe mich darum bittet. Die Konzentration im Raum ist deutlich spürbar. Ich habe jetzt die Knie angezogen und lehne mich zurück.

Wirklich seltsam ist, dass ich mich nicht daran erinnern kann, wann ich mich zuletzt so wohl in meiner Haut gefühlt habe. Ich bin nicht gerade eine Exhibitionistin. Selbst wenn es nur darum geht, mich vor meinem Freund auszuziehen, befolge ich normalerweise mit militärischer Exaktheit eine Checkliste. Wachs, Sonnenstudio, Hautpflege und so weiter. Heute hatte ich keine Zeit für irgendetwas davon. Meine Beine könnten definitiv eine Rasur vertragen, und das Einzige, was an mir gebräunt ist, sind meine Unterarme, vom einzigen sonnigen Tag in London. Normalerweise würde ich aus einem solchen Albtraum schweißnass aufschrecken.

Was hat sich also geändert? Ich schaue auf die Sommersprossen auf meinem Bauch und die feinen Härchen auf meinen Oberschenkeln. Zum ersten Mal seit Jahren konzentriere ich mich nicht auf meine Fehler. Ich seufze nicht wegen meiner blassen Haut, ich murre nicht, weil meine

Füße im Vergleich zu meinen Spatzenbeinen so riesig sind. Ich posiere einfach und genieße es, dass ich mich wohlfühle. Ich muss nicht herumzappeln oder meine Haare zurechtzupfen oder neuen Lippenstift auflegen. Ich bin einfach nur ich, und das fühlt sich verdammt gut an.

«Okay, danke, Izzy, die Zeit ist um», erklärt Jane.

«Was? Oh nein, es hat gerade so viel Spaß gemacht», sage ich.

Die anderen lächeln und bedanken sich bei mir, während ich wieder in meinen Morgenmantel schlüpfe. Wer hätte gedacht, dass ich mich in einem Raum voller fremder Menschen gar nicht wieder anziehen will?

Du hast dich verändert, neue Izzy.

«Möchtest du dir ansehen, was sie gemalt haben?», fragt Jane und winkt mich zu sich auf die andere Seite der Staffeleien.

Ich beiße mir auf die Lippe und stolpere zu ihr herüber. Ich bin ein bisschen nervös. Was, wenn ich auf allen Bildern aussehe wie Shrek? Mein Selbstbewusstsein ist doch gerade erst ein wenig gewachsen.

Ich werfe einen vorsichtigen Blick auf die erste Staffelei und hoffe, dass die Künstlerin sich nicht auf meine schwabbeligen Körperpartien konzentriert hat. Ein Mädchen, das nicht älter sein kann als ich selbst, tritt zur Seite, damit ich ihre Arbeit begutachten kann. Sie hat nur schwarze Zeichenkohle verwendet und meine Silhouette mit starken, selbstbewussten Strichen nachgezogen. Mein Gesicht ist abgewandt, aber sie hat es trotzdem geschafft, meinen Blick einzufangen.

«Wirklich schön», sagt Jane. «So ruhig und zufrieden.»

Zufrieden, das ist es. Ich starre die Zeichnung an und bemerke, dass ich den Atem anhalte.

«Es ist toll», sage ich zu der Künstlerin. «Ich kann nicht glauben, dass du es geschafft hast, dass ich so gut aussehe.»

«Das war ich nicht.» Sie lächelt und wischt sich die Hände an ihrem Jeanshemd ab. «Das warst du!»

Ich gehe von Staffelei zu Staffelei, jedes der Werke überrascht mich aufs Neue. Ein Mann hat sich ganz auf mein Gesicht konzentriert und mit Aquarellfarben das rote Haar und die grünen Augen hervorgehoben, ein anderer hat nur meinen Rücken gezeichnet. Jedes Bild ist anders, aber sie alle sagen mir dasselbe. Ich habe mich jahrelang in völlig falschem Licht betrachtet. Ich habe mich auf das Negative konzentriert und mich über die Körperpartien geärgert, die ich nicht mochte. Ich habe Selbstbräuner auf meine blasse Haut gekippt, mich geweigert, in der Öffentlichkeit meine Brille zu tragen, mir die Haare gefärbt und die kleinen Fettpölsterchen an meinem Hintern verflucht. Ich war so sehr damit beschäftigt, meinen Körper nicht gut genug zu finden, dass ich völlig vergessen habe, das Positive zu beachten. Ich kann mit Alex auf Berge klettern. Ich kann in einem rosa Kleid im V&A verdammt gut aussehen!

Ich streiche mit den Fingern über die letzte Bleistiftzeichnung als würde ich mich zum ersten Mal wirklich sehen. Und mir gefällt das, was ich sehe. Wozu soll ich mich mit Olivia vergleichen oder mir wünschen, ich würde im Bikini besser aussehen? Eine Träne läuft mir die linke Wange hinunter, und ich setze mich im Schneidersitz auf den Boden, um meinen Emotionen freien Lauf zu lassen.

«Alles okay?», fragt Jane besorgt und geht neben mir in die Hocke.

«Ja», sage ich und wische mir die Tränen ab. «Diese wunderbaren Bilder haben mir geholfen, etwas zu verstehen. Ich sehe vollkommen okay aus!»

«Mehr als okay.» Sie lächelt mich an.

Ich schwebe federleicht nach Hause.

★★★

Müde nehme ich die Brille ab und massiere mir die Nasenwurzel. Ich stehe auf, meine Knie knacken. Notiz: Mehr Sport, sonst brauche ich einen Rollator, noch bevor ich dreißig bin.

Ich habe die letzte Stunde damit verbracht, meine Gedanken über den Zeichenkurs aufzuschreiben. Ich wollte nicht bis morgen warten. Ich hatte Angst, dass ich meine Gefühle vor und nach der Challenge vergessen könnte, und mir ist nur allzu sehr bewusst, dass das hier mit Abstand mein bester Artikel werden sollte. Müde, aber zufrieden klappe ich meinen Laptop zu. Ich vergrabe das Gesicht in einem Kissen, dass nach Georges Aftershave riecht. Ich seufze. Ich habe immer noch nichts von ihm gehört, er muss also ernsthaft sauer sein. Aber ich habe mich entschieden, und ich bin froh darüber. Der letzte *Ja(hr)*-Artikel beweist das nur zu gut. Wenn George nicht versteht, wie wichtig mir das ist, dann ist er vielleicht doch nicht der Richtige für mich.

WhatsApp meldet sich zu Wort. Vielleicht entschuldigt George sich doch endlich?

Hi, hast du am Samstag Zeit?

Nicht George … Alex!

KLAR!

Ich drücke auf Senden, bevor ich mir eine lässigere Antwort überlegen kann. Warum musste ich das unbedingt in Großbuchstaben schreiben?

Super! Eine Freundin von mir leitet ein Food-Festival im Regent's Park, willst du mitkommen? Wir können den ganzen Tag essen und trinken.

Das klingt doch mal nach einem perfekten Date!

Ja, bitte. Soll ich Tickets bestellen?

Brauchst du nicht, sie schreibt uns auf die Gästeliste. Freue mich wirklich, dich zu sehen, Izzy.

Ich werfe das Kissen mit George-Geruch in eine Ecke und verwandele mich in die Grinsekatze.

Ich mich auch.

⋆★⋆

«Unterhaltet ihr euch etwa ohne mich?», grummelt Lucy. Sie stößt sich an der Wand auf ihrer Seite des Büros ab und fliegt auf ihrem Schreibtischstuhl uns zu. Schockierte Praktikanten lassen reihenweise ihre Clipboards fallen.

«Auch wenn wir in derselben Abteilung arbeiten, Luce, können wir dich nicht in jede unserer Diskussionen miteinbeziehen», erklärt Emma.

Lucy schmollt. «Ihr redet also über ein langweiliges Feature?»

«Unsere Features sind nicht langweilig», sage ich beleidigt. «Wenn du es genau wissen willst, Emma hat gerade ein Interview klargemacht, mit diesem Model, die, die auf Insta immer ihre Brüste auspackt.»

«Allerdings ... haben wir gerade nicht wirklich über die Arbeit geredet, oder?», flüstert Emma.

«Sprich mit der Gruppe!», befiehlt Lucy.

«Na ja, also ... Ich habe am Wochenende ein Date, und ich weiß nicht, was ich anziehen soll», sage ich, nachdem ich sichergestellt habe, dass Tallulah nicht in der Nähe ist. Ich habe mich diese Woche wirklich vorbildlich verhalten und ihr sogar einen Apfel auf den Schreibtisch gelegt. Ich habe ihn vorher mit meinem Cardigan poliert und alles.

«Ich LIEBE Outfitplanung», verkündet Lucy. «Wo geht ihr hin?»

«Zum Food-Festival im Regent's Park.»

«Gute Wahl», antwortet Emma. «Das macht Spaß, ist interessant, und außerdem isst du für dein Leben gern. George ist also über seinen Wutanfall hinweggekommen?»

Ich beiße mir auf die Lippe. Dann drehe ich mich auf meinem Schreibtischstuhl um. Dann strecke ich die Beine aus und bewundere meine silbernen Birkenstocks.

«Isobel?», flöten Lucy und Emma wie aus einem Munde.

«Äh, na ja, ich treffe … sozusagen jemand anderen.»

«Ach du Scheiße.» Lucy schüttelt den Kopf. Sie ist so wortgewandt! «Ich bin stolz auf dich.»

«Wen?», will Emma wissen.

«Wisst ihr noch, dieser nette Typ aus dem Peak District? Er hat ein Meeting in London.» Ich zucke die Achseln.

«Du gehst ja so was von ab», verkündet Lucy.

«Weiß er von George?», fragt Emma spitzfindig.

Ich verziehe das Gesicht. Das altbekannte schlechte Gewissen versetzt meiner Vorfreude einen kleinen Knacks.

«Nein … Als ich aus dem Peak District zurückkam, hat George mir erzählt, dass er sich von Temple getrennt hat, und das hat mich so aus der Bahn geworfen, dass ich Alex ganz vergessen habe. Weil er so weit weg wohnt! Aber weil sich George wie ein kompletter Idiot verhalten hat, sehe ich ihn jetzt ein bisschen kritischer. Außerdem habe ich seitdem nichts mehr von ihm gehört, und dann hat Alex sich gemeldet und gesagt, er kommt nach London und … Keine Ahnung …» Ich seufze tief. «Ich will ihn wirklich unbedingt sehen. Wir haben uns echt gut verstanden. Mit George ist alles so unsicher, also werde ich einfach …»

«Ein bisschen zweigleisig fahren. Ja, Mann!» Lucy klatscht ermutigend in die Hände.

«Nein!», rufe ich beleidigt. «Ich werde ganz sicher nicht zweigleisig fahren! George hasst mich gerade, und Alex ist ja nur an diesem Wochenende hier.»

«Wenn du meine Meinung wissen willst, George verhält sich wie ein Arschloch. Es ist bestimmt gut für dich, etwas mit Alex zu machen, dann kannst du herausfinden, was du wirklich für ihn empfindest», sagt Emma.

«Du findest also nicht, dass ich ein furchtbar schlechter Mensch bin?»

«Ich finde dich ziemlich furchtbar.» Lucy strahlt, deshalb gehe ich davon aus, dass das ein Kompliment sein sollte.

«Äh, danke?», antworte ich.

«Also, Food-Festival im Park. Da brauchst du was subtil Versautes. Wie wär's mit kirschenförmigen Nipple-Tassles und einem durchsichtigen Top?», schlägt sie vor.

«Dazu kann ich nur nein sagen. Mary Berry ist vielleicht da, Luce. Ich kann doch nicht allen meine Nippel zeigen, wenn sie da ist! Sie ist so was wie die Königin!»

Lucy runzelt die Stirn, weil sie meine Argumentation nicht nachvollziehen kann.

«Na gut», schmollt sie. «Dann eben ein bisschen stilvoller. À la Rosie Huntington-Whitley auf einem Festival? Süße Shorts, eine bestickte Bluse und dann Sneakers oder Stiefeletten?»

«Das hört sich schon besser an», nicke ich.

«Du könntest die Haare offen lassen, vielleicht mit ein paar geflochtenen Strähnen. Ich sehe dich mit einem Hauch mitternachtsblauem Eye-Liner und einem unauffälligen Lippenstift», fügt Lucy hinzu und schleppt mich Richtung Kleiderschrank.

«Hallo, dürfen wir mal?», blafft sie die Praktikantinnen an, die erschrocken ihre Kleiderbügel fallen lassen und sich davonmachen. Lucy sieht aus wie eine kleine griechische Göttin, aber irgendwie haben trotzdem alle Angst vor ihr.

«Zieh dich aus», sagt sie und fängt an, mich mit Kleidungsstücken zu bewerfen. Emma befestigt eine riesige goldene Schleife in ihrem Haar.

Ich ziehe die Jeansshorts und die rote Bluse an, die Lucy mir gegeben hat, und warte auf ihr Urteil.

«Baby, hast du abgenommen?» Sie zupft an den Shorts herum. «Die sind dir zu groß!»

Ich schaue an mir hinunter.

«Keine Ahnung, vielleicht? Ich fühle mich auf jeden Fall ein bisschen schlanker, und ich habe mich bei diesem Aktzeichenkurs auch nicht sofort auf meine wabbligen Körperpartien konzentriert.»

«Na ja, du hast normalerweise achtunddreißig, und die hier ist zu groß», sagt Lucy. «Probier's mal hiermit.»

Sie reicht mir einen Rock in sechsunddreißig, und ich mache mich darauf gefasst, dass er auf halber Höhe an meinen Oberschenkeln hängen bleibt. Sechsunddreißig, dass ich nicht lache. Aber der Rock rutscht mühelos bis nach oben, und der Reißverschluss lässt sich auch leicht schließen.

«Machst du Diät?» Lucy schaut mich an.

«Ja, klar», lacht Emma. Sie trägt jetzt ein Maxidress und sieht aus, als käme sie geradewegs aus den Siebzigern. «Sie hat letztes Wochenende ungefähr ... sieben Snacks innerhalb von zwei Stunden gegessen.»

«Das stimmt», pflichte ich ihr bei. «Aber Lucy hat recht, ich habe abgenommen. Ich habe mich in letzter Zeit schlecht gefühlt, weil ich wirklich saumäßig viel esse, aber ich war auch viel unterwegs, ständig in Eile. Mein Sozialleben ist viel aktiver geworden, und ich hatte noch nie so viel auf der Arbeit zu tun. Daran muss es wohl liegen.»

Lucy wirft mir ein weißes Hemd zu und steckt meine Arme in die Ärmel als wäre ich ein Kleinkind.

«Guck mal», sagt sie.

Ich starre mein Spiegelbild an, während Lucy mir eine riesige Halskette umlegt. Das weiße Hemd zeigt genau den richtigen Ausschnitt, nicht zu viel und nicht zu wenig, und steckt leger im Bund des metallisch-grauen Midi-Rocks. Meine Beine sehen schlanker aus als je zuvor, und ich schlüpfe in ein Paar Adidas-Sneakers. Dabei kann ich den Blick keine Sekunde lang von meinem Spiegelbild nehmen. Wie kann es sein, dass ich nicht bemerkt habe, dass ich so viel schlanker bin? Emma hat völlig recht, mein Essverhalten habe ich nicht geändert. Außer vielleicht an dem einen Tag, als ich einen grünen Smoothie zum Frühstück bestellt habe. Wobei ich direkt danach noch Waffeln, Bacon und Ahornsirup gegessen habe.

«Das ist ja komisch! Abnehmen stand auf meiner Liste von Vorsätzen für das neue Jahr, schon seit Ewigkeiten. Ich habe immer ‹Hör auf, Muffins zu essen, nimm stattdessen Alfalfa-Sprossen› oder so was geschrieben.»

«Allerdings warst du auch vorher alles andere als übergewichtig», sagt Lucy.

«Na ja, ich wollte trotzdem ein bisschen schlanker werden. Ihr wisst schon, durchtrainierter. Ein bisschen fitter und gesünder. Ich war nicht dick, aber ich war auch nicht sonderlich gut in Form.»

«Du meinst dünn, aber fett.» Emma nickt wissend. «Das ist, wenn man essen kann, was man will, ohne zuzunehmen, aber man ist dann eben auch nicht gerade ein Abbild von Fitness und Gesundheit.»

«Ja, genau. Und jetzt schau mich nur an!» Ich kneife dahin, wo vorher immer eine Speckrolle war, aber da ist nichts mehr zum Kneifen.

«Sieht so aus, als würde es bei dir Wunder wirken, wenn du viel zu tun hast. Und wenn du deinen unglaublich langweiligen Wochenplan vergisst.» Lucy kichert. «Ich habe ein paar Freunden von deinen Donnerstagabenden mit Thai-Essen und den Finanzen erzählt. Wir haben uns totgelacht!»

⋆★⋆

Der Regent's Park liegt vor mir wie ein grünes Wunderland mitten in der Großstadt. Ich schlängele mich an den Autos vorbei, die sich auf der Straße stauen, und betrete den Park. Der Lärm von Motorengeräuschen und Hupen verstummt. Um mich herum scheinen Farben zu explodieren. Blumen blühen in jedem Beet, und die Sonne lässt das Gras leuchten. Ich bin früh dran, also spaziere ich einmal um den See mit den Booten. Die Leute drängen sich am Ufer, um ein bisschen zu planschen. Das Wasser glitzert, und ich danke den Wettergöttern, dass es heute trocken ist. Ich glaube nicht, dass ich diese Turnschuhe mit Matschflecken zurückgeben könnte, und ich will es mir wirklich nicht mit der Modeabteilung versauen.

Ich wühle in der Ledertasche nach dem Lipgloss und tupfe einen Tropfen davon auf meine Lippen. Ich weiß, dass Lucy wollte, dass ich Lippenstift nehme, aber ich fühle mich heute so sonnengeküsst und entspannt, dass ich das nicht für nötig gehalten habe. Tatsächlich habe ich etwas Mascara und Concealer verwendet, bevor ich heute Morgen aus dem Haus gegangen bin. Ich weiß schon, es ist ein Date, aber irgendwie hat es sich richtig angefühlt, so natürlich wie möglich auszusehen. Ohne Ringe unter den Augen, versteht sich.

Als ich gerade den Gloss auf meinen Lippen verteile, sehe ich ihn. Er steht am Eingang, in navyblauen Shorts mit hellbraunem Gürtel und einem weißen Hemd. «Izzy!» Er winkt mir zu, und ich überprüfe, so schnell ich kann, dass sich kein Lipgloss auf mein Kinn verirrt hat, bevor ich zu ihm hinübergehe.

«Hey!» Ich strahle ihn an.

«Schön, dich zu sehen», sagt er und zieht mich in eine Umarmung. Mein Herz klopft wie wild, und meine Hände wollen ihm am liebsten das Hemd vom Leib reißen.

Ich schaue verlegen zu Boden.

«Dich auch», antworte ich.

«Heute mal keine High Heels?», lacht er.

«Ha ha. Ich dachte, wir werden eventuell ziemlich viel laufen.» Ich wackele mit den Füßen.

«Da hast du recht, es gibt super viele Stände. Ich hoffe, du hast Hunger?»

«Ich bin halb verhungert! Ich habe extra nur einen Müsliriegel zum Frühstück gegessen.

«Sehr vernünftig», findet er und winkt mich an der Menschentraube vorbei, die am Haupteingang wartet. Wir gehen zu einem anderen Eingang, über dem ein Schild mit der Aufschrift «Gästeliste» hängt.

«Hey, Alex! Komm nur rein», sagt eine freundliche Frau mit einem Klemmbrett und einem T-Shirt mit Festival-

Logo. «Die hier braucht ihr», sagt sie und reicht uns zwei Schlüsselbänder zum Umhängen, «und mit diesen Armbändern bekommt ihr kostenlos Getränke in den Sektbars. Viel Spaß.»

«War das deine Bekannte?», frage ich und schaue stolz an meinem Schlüsselband herunter. Auf dem Schild steht doch tatsächlich VIP.

«Nein, das ist eine aus ihrem PR-Team. Aber wir treffen sie heute bestimmt noch irgendwo. Also, was machen wir zuerst? Saftbar oder Donuts?»

⋆★⋆

Mit sich selbst zu wetten, dass man einen Donut essen kann, ohne sich den Zucker von den Lippen zu lecken, ist eine Sache. Mit Alex zu wetten eine ganz andere. Er sieht selbst zum Anbeißen aus, während er in seinen Donut beißt und einen süßen Puderzuckerfleck auf der Nase abbekommt. Mir läuft Zitronenfüllung das Kinn herunter. Ich drehe mich heimlich weg und versuche, es abzutupfen.

«Du schummelst.» Alex zeigt mit einem zuckrigen Finger auf mich.

«Ich habe es nicht abgeleckt!», protestiere ich.

«Egal. Du hast dir das Gesicht abgewischt, bevor du mit dem Donut fertig warst», erklärt er triumphierend und schiebt sich zufrieden das letzte Stück frittierten Teig in den Mund.

Schmollend esse ich den Rest meines Zitronendonuts auf.

«Na gut, du hast gewonnen», sage ich widerwillig.

«Was ist mein Preis?», fragt er. Seine blauen Augen leuchten.

Ich blicke mich verzweifelt um und suche nach einer Idee, die mich nicht wie eine Nymphomanin klingen lässt. Da entdecke ich einen Kaffeestand. Genauer gesagt, einen niedlichen kleinen Wohnwagen mit einer Markise, unter der zierliche Tische und Stühle stehen. Eine Frau mit perfekter Flechtfrisur lehnt sich aus dem Fenster und deutet auf eine Tafel, auf der mit weißer Kreide die Preise stehen. Der Geruch nach frisch gemahlenem Kaffee steigt mir in die Nase

«Ich hole dir einen Kaffee, zur Feier des Tages.» Ich zeige auf den Wohnwagen.

Er lächelt zustimmend. Ich schiebe meine Hand in seine, als wir uns auf den Weg zum Kaffeewagen machen.

Weil das Festival so riesig ist und wir bisher nur Donuts probiert haben, beschließen wir, uns nicht hinzusetzen, sondern mit unseren Getränken weiterzuschlendern. Ich halte meinen Cappuccino mit beiden Händen fest, trinke vorsichtig und sonne mich in dem Gefühl, mit Alex unterwegs zu sein. Er sieht definitiv sehr gut aus. Hinter meiner Sonnenbrille beobachte ich unauffällig, wie andere Frauen ihn anschauen. Manchmal bleibt er stehen, um mir etwas zu zeigen oder um mir irgendwelche Leckereien zum Probieren zu geben, wie ein echter Gentleman.

Während wir von Stand zu Stand laufen, nehme ich immer mehr das nagende Gefühl wahr, das sich in meinem Bauch breitmacht. Ich würde ja gerne sagen, dass es einfach Lust ist, aber wenn ich ehrlich bin, handelt es sich eher um ein schlechtes Gewissen. Alex gibt sich richtig Mühe bei diesem Date, und je mehr Zeit ich mit ihm verbringe, desto mehr wird mir klar, wie herzlich und authentisch er ist. Ich hingegen verheimliche ihm die ganze Zeit über etwas. Er hat keine Ahnung von der Sache zwischen George und mir, und ich weiß genau, dass es ihm nicht gefallen würde. In meinem Kopf habe ich das Problem unter den Teppich gekehrt. Ich betrüge keinen von beiden, es ist also alles in Ordnung! George ist sauer auf mich und redet nicht mit mir, also ist dieses Date mit Alex total akzeptabel! Aber dass ich mich jetzt so schlecht fühle, bedeutet wohl, dass ich mir damit etwas vorgemacht habe. Ich schaue zu, wie meine gutaussehende Begleitung sich angeregt mit einem Käseverkäufer unterhält, und das Nagen in meinem Bauch wird noch stärker. Nur weil die alte Izzy jahrelang nicht aktiv war, bedeutet das noch lange nicht, dass sich die neue Izzy so verhalten darf! Ich hole tief Luft und schwöre mir, mit Alex zu reden, sobald der richtige Zeitpunkt kommt.

⋆★⋆

Eine Stunde später schaut Alex auf seine Armbanduhr.

«Musst du los?», frage ich enttäuscht.

Er schaut zu mir hinunter und wischt mir ein bisschen Mehl von der Sauerteigpizza aus dem Mundwinkel.

«Nein, überhaupt nicht», lächelt er. «Ich habe mich nur gefragt, ob es noch zu früh für einen Drink ist.»

«Oh, Gott sei Dank.» Ich atme auf. «Ich dachte, du wolltest gehen, dabei habe ich so viel Spaß, und es ist so toll, mit dir hier zu sein und …»

Wirst du dich wohl zurückhalten, Isobel?

«Ich möchte ganz sicher nicht gehen», beruhigt mich Alex und legt mir den Arm um die Schultern. «Also?»

«Also?», frage ich.

«Ist es nun zu früh für einen Drink? Da ist nämlich eine Sektbar, direkt vor uns.» Er zeigt auf einen Bereich der Wiese, der durch einen hübschen, kleinen Holzzaun abgetrennt ist. Altmodische Liegestühle stehen auf dem Rasen, und es gibt ein echtes Baumhaus mit Lichterketten.

Ich schaue auf mein Handy. Es ist fast eins.

«Irgendwo ist immer fünf Uhr», sage ich.

Alex lacht und schiebt mich in Richtung Sektbar. Dank der VIP-Bänder können wir die Schlange links liegen lassen und einfach hineingehen. Daran könnte ich mich gewöhnen!

⋆★⋆

Wir steigen die Stufen zum Baumhaus hinauf und betreten eine große, kreisförmige Plattform voller Tische, Stühle und Laternen. In der Mitte läuft eine Bar um den Baumstamm herum. Wir bestellen unsere kostenlosen Getränke, dann spazieren wir am Rand der Plattform entlang. Von hier oben überblickt man das ganze Festivalgelände und den Rest vom Regent's Park.

«Ich kann sogar den Zoo erkennen», rufe ich begeistert. «Alles sieht so klein aus von hier oben.»

«Das ist, weil die Dinge weiter weg sind», erklärt Alex und nimmt grinsend einen Schluck Champagner.

Zur Strafe strubbele ich ihm durch die Haare. Sie riechen nach Apfelshampoo.

«Na vielen Dank auch.» Aber ich bin nicht wirklich sauer. Das hier ist der beste Tag überhaupt. Wir lassen uns auf zwei freie Stühle fallen und beobachten die Leute, die unter uns zwischen den bunten Zelten umherwandern.

«Es ist so schön, dich wiederzusehen, Izzy», sagt Alex und nimmt meine Hand.

Oh, hallo, Herzrhythmusstörungen.

«Finde ich auch.» Ich lächele zurück. Ich würde ihm gerne sagen, dass ich ihn seit unserem Wochenende im Peak District vermisst habe, aber so etwas sagt man besser nicht, oder? Bleib cool, hat Lucy mir am Freitag auf dem Heimweg eingebläut.

«Du willst schließlich nicht verzweifelt wirken», hat sie gesagt. «Wäre ja nicht das erst Mal.»

«Hey», habe ich beleidigt geantwortet. «Ich bin nicht verzweifelt, ich trage nur mein Herz auf der Zunge, das ist alles. War schon immer so.»

«Okay», nickte sie. «Ich kann ja auch nicht ändern, dass du seit … keine Ahnung, drei Millionen Jahren nicht mehr in Aktion warst. Sag Bescheid, wenn er seinen P in deine V steckt.»

Das war das Letzte, was sie mir zugerufen hat, bevor sie aus der U-Bahn gehüpft ist. Ich stand mit knallrotem Gesicht in einem Waggon voller Pendler, die jedes Wort gehört hatten.

«Ich habe dich vermisst», sagt Alex.

«Wirklich?» Ich reiße die Augen auf. Alex hält sich offensichtlich nicht an Lucys Regeln.

«Ja. Es macht Spaß, mit dir zusammen zu sein.» Er lächelt schüchtern, und ich schmelze dahin.

«Ich habe ziemlich viel an dich gedacht», sagt er dann. «Ist doch komisch, wie vollkommen zufällig Leute in dein Leben treten … Ich meine, ich hätte an diesem Tag damals nie erwartet, eine wunderschöne rothaarige Frau in meiner Küche vorzufinden, die meine Teebeutel klaut und mich als Prostituierten bezeichnet.»

Mir ist nur allzu bewusst, dass mein Gesicht eine Mischung aus unbändiger Freude (Alex findet mich wunderschön!) und Scham widerspiegelt.

«Das tut mir wirklich leid.» Ich verziehe das Gesicht und fummele an meinem Rocksaum herum.

«Das muss dir doch nicht leidtun», lacht Alex. «Ich glaube fest daran, dass alles aus einem guten Grund passiert. Und ich hätte dieses Wochenende um keinen Preis verändern wollen.»

Wellen des Glücks würden über mich hereinbrechen, wenn da nicht dieses eine ätzende Detail wäre. Alex war ehrlich zu mir, also sollte ich wohl auch ehrlich zu ihm sein. Das bin ich ihm schuldig.

«Ich habe dich auch vermisst», sage ich. «Ich hatte nur angenommen, dass wir einander nicht wiedersehen. London ist nicht gerade um die Ecke von dir, und du hast gesagt, deine letzte Beziehung hat die Distanz nicht ausgehalten. Nicht gerade die besten Voraussetzungen für knisternde Romantik.»

«Du willst also knisternde Romantik?» Er grinst mich an.

Warum ich in diesem Moment den Ausdruck «knisternde Romantik» verwendet habe, werde ich wohl selbst nie verstehen.

«Ich mag dich sehr, Alex», sage ich. «Aber es gibt etwas, das ich dir sagen wollte.»

Ich nehme noch einen Schluck Sekt, während ich darüber nachdenke, wie ich ihm das mit George am besten beibringe. Aber er beugt sich vor, die Ellbogen auf den Oberschenkeln und den Kopf in die Hände gestützt, und schaut mich intensiv an.

«Hör zu», sagt er. «Mein Meeting gestern ist ziemlich gut gelaufen. Ich werde die Website erneuern, und die PR-Leute, mit denen ich mich getroffen habe, arbeiten an einer tollen Kampagne. Meine Website wird auf ein paar riesigen Reisewebsites verlinkt, und sie haben sogar von den großen Magazinen gesprochen.»

«Wow, das ist ja super!» Ich strahle ihn an. «Es war so schön bei dir da oben, obwohl ich mein Handy nicht benutzen durfte und du es mir abnehmen musstest. Ich hatte überhaupt nicht erwartet, dass es mir gefällt, aber es liegt wahrscheinlich daran, dass du dir so viel Mühe gibst, damit deine Gäste sich wohlfühlen.»

Auch wenn ich sehr hoffe, dass er nicht mit allen Gästen in diesen Bowling-Club mitten im Nirgendwo geht.

«Danke.» Er grinst wieder. «Es sieht so aus, als ob ich von nun an mindestens ein Mal im Monat nach London käme. Ich muss nach der Kampagne sehen und Interviews geben. Das bedeutet, dass wir uns öfter sehen könnten, wenn du das möchtest.»

Sag's ihm. Sag's ihm jetzt!

Aber mein Herz ignoriert die klugen Empfehlungen meines Kopfes konsequent. Es ist zu sehr damit beschäftigt, mich dazu zu bringen, etwas ganz anderes zu tun. Ich nehme einen Schluck Sekt und zwinge mich, meine Aufmerksamkeit von seinen Lippen wieder zu seiner Frage zu lenken. Aber in diesem Moment legt Alex seine Hand auf meinen Oberschenkel und streicht mit dem Daumen an der Innenseite entlang. Es kitzelt so sehr, dass ich den Champagner ausspucke und er ihn abbekommt.

«Oh mein Gott», rufe ich. «Entschuldigung! Ich bin unglaublich kitzelig.»

Ich springe auf und wedele mit den Händen vor seinem nassen Hemd herum.

★★★

Nach dem ersten Schreck darüber, dass er eine Sektdusche bekommen hat, ohne auf einem Formel-1-Podium zu stehen, erkennt Alex die Komik der Situation. Er kommt mit einem breiten Grinsen auf dem Gesicht aus dem Bad und küsst mich auf die Wange, bevor er sich wieder hinsetzt. Sein Duft steigt mir in die Nase, männlich und extrem attraktiv.

«Ging es raus?», frage ich und verziehe das Gesicht.

«Ist doch egal.» Er lacht. «Ich habe es einfach ausgezogen und ein bisschen trocknen lassen.»

Zu allem Überfluss stelle ich mir nun auch noch vor, wie Alex oben ohne vor den Waschbecken steht.

«Es tut mir wirklich leid. Wenn du es reinigen lässt, schick mir die Rechnung.»

«Izzy, ich schmeiß es in die Wäsche wie jeder andere normale Mensch. Aber es gibt schon etwas, das du machen könntest, um es wiedergutzumachen …»

«Was du willst», antworte ich.

«Na ja, wir haben seit der Pizza vor einer Stunde nichts mehr gegessen, und ich verhungere gleich. Vielleicht willst du ja auf Nahrungssuche gehen, während ich hier sitze und weiter trockne?»

«Gute Idee!» Ich habe mir im Vorbeigehen schon ungefähr zehntausend Stände gemerkt, zu denen ich noch will, und jetzt kann ich Alex mit meinen kulinarischen Entdeckungen beeindrucken.

«Gleich wieder da», sage ich und schnappe mir meine Handtasche.

«Oh, hatte ich das nicht erwähnt?» Er lächelt schelmisch. «Du bekommst eine Deadline. Du hast zwanzig Minuten, um mit etwas Leckerem wieder hier zu sein, Miss Mulligan. Dich selbst eingeschlossen.»

Ich grinse und renne los Richtung Treppe.

⋆★⋆

Taiwanesisch oder Italienisch? Ein Bao Bun oder Spaghetti Mare? Street Food oder was Klassisches? Ich kann mich einfach nicht entscheiden, renne wie wild zwischen den Ständen hin und her und frage mich, was Alex mehr beeindrucken würde. Ich schaue ein letztes Mal den Italiener an, der Pasta in Take-away-Behälter füllt, dann renne ich zurück zum Taiwanesen. Street Food also.

Gerade als ich das Ende der Schlage erreiche, tippt mir jemand auf die Schulter.

«Hallo, Isobel.»

Ich fahre herum. Neben mir steht George.

GEORGE! Der Mann, der sich völlig danebenbenommen hat, und trotzdem der Mann, für den ich ärgerlicherweise immer noch Gefühle habe. So was bringen nur drei Jahre einseitige Liebe fertig. Und jetzt gibt es auch noch ein weiteres Hindernis.

«Hallo, George», sage ich, so kühl ich kann. Zugegebenermaßen klopft mir das Herz bis zum Hals, und ich wünsche mir nichts sehnlicher, als dass er mir sagt, wie sehr er mich vermisst hat, aber ich darf nicht den Überblick verlieren. Erstens war er bei unserem letzten Abendessen ein eifersüchtiger Idiot. Und zweitens habe ich gerade ein Wahnsinnsdate mit Alex.

«Mit wem bist du hier?», fragt George.

AAAAAAAAAHHHH!

«Ich, äh … Ich …»

George wird wohl ungeduldig, er beugt sich vor, um mich zu küssen. Ich nehme meine ganze Entschlossenheit zusammen und drehe den Kopf weg, sodass der Kuss auf meiner Wange landet.

«Was, heute kein öffentliches Knutschen? Ich habe offenbar etwas falsch gemacht», grinst er.

«Wenn du es genau wissen willst, ja», antworte ich. «Als du mich das letzte Mal gesehen hast, hast du mich als Nutte bezeichnet.»

Das ist definitiv nicht der richtige Zeitpunkt, um George zu sagen, dass ich mit dem Mann, mit dem ich hier bin, dasselbe gemacht habe.

Mein armes Gehirn.

«Dann bist du weggerannt, bevor du den Cheesecake überhaupt probiert hast. Dabei hatte ich den extra für dich gemacht», füge ich hinzu. «Addiere noch die Tatsache, dass du dich seitdem nicht gemeldet hast, dann könntest du verstehen, warum es kein öffentliches Knutschen gibt.»

George sieht aus, als ob ihn mein Selbstbewusstsein überraschte, und mir geht es nicht anders. Die neue Izzy kann ziemlich überraschend sein, wenn sie will.

«Stimmt», sagt er. «Natürlich, du verdienst eine Entschuldigung. Ich war ein bisschen unhöflich, und das tut mir sehr leid. Du hast mein vollstes Einverständnis für dein kleines Feature.»

«Klein? Dieser Artikel ist eine Riesensache für mich. Das sollte dir mittlerweile klar sein.»

«Hab mich versprochen, sorry», versucht George, mich zu beruhigen. Seine sexy braunen Augen funkeln zu mir hinunter.

Ich stelle mich auf die Zehenspitzen, um mein Essen zu bestellen, und runzele die Stirn.

«Ich weiß die Entschuldigung zu schätzen, George», sage ich. «Aber ich brauche ganz sicher nicht dein Einverständnis, um irgendetwas zu tun. Wenn du es genau wissen willst, war ich schon längst bei dem Aktzeichenkurs, und hat mir sehr gutgetan.»

«Das freut mich für dich!» George lächelt und versucht diesmal, seine Überraschung zu verbergen. «Und es tut mir wirklich sehr leid, was bei unserem Abendessen passiert ist. Mich hat einfach die Eifersucht gepackt, aber nur, weil ich dich so gerne mag. Also, meine Leute und ich gehen jetzt erstmal ins Champagnerbaumhaus auf einen Drink, aber zuerst müssen wir beide noch unser nächstes Date abmachen. Hast du nächste Woche Zeit?»

Noch ein Date? Und: CHAMPAGNERBAUMHAUS?

Zwei Mal Scheiße!

Einmal, weil mir die Seite von George, die ich gesehen habe, als er wegen dem Zeichenkurs ausgerastet ist, gar nicht gefallen hat. Andererseits möchte ich fair zu ihm sein, und das war das erste Mal, dass er nicht höflich und lustig war. Und dann ist da noch die Tatsache, dass ich seit drei langen Jahren in ihn verliebt bin. Und noch mal Scheiße: ALEX IST IM CHAMPAGNERBAUMHAUS!

«Ich überleg's mir. Ruf mich nächste Woche an», antworte ich und denke fieberhaft über einen Plan B nach.

«Okay.» Er lächelt selbstbewusst. «Mache ich.»

Damit geht er in Richtung meines aktuellen Begleiters davon, und ich und meine Bao Buns bekommen eine Panikattacke.

⋆★⋆

Eine riesige Zuckerwatte in der einen und eine Papiertüte voller dampfender Bao Buns in der anderen Hand, beobachte ich, wie George sich langsam einen Weg in Richtung Baumhaus bahnt. Ich versuche, schneller zu sein als er, und renne zwischen den Ständen hindurch, immer hoffend, dass die Leute mir rechtzeitig Platz machen. Was auch passiert, George und Alex dürfen sich nicht begegnen!

George bleibt stehen, um mit einem Bierverkäufer zu reden, und ich ergreife meine Chance. Ich sprinte zur Champagnerbar und quetsche mich zum Anfang der Schlange durch, wo ich wie eine Idiotin mit meinem VIP-Ausweis wedele. Die Security-Typen winken mich durch, ich stürze die Treppe hinauf, stolpere und lande direkt vor Alex. Er lacht.

«Ich bin beeindruckt, dass du es schaffst, hinzufallen und dabei die Zuckerwatte hochzuhalten.» Er hilft mir auf die Füße. «Aber du hättest es mit den zwanzig Minuten nicht so genau nehmen müssen. Du hättest noch ganze dreißig Sekunden Zeit gehabt.»

«Wir müssen gehen», keuche ich.

«Warum? Es ist so friedlich hier oben.» Er runzelt die Stirn.

«Ich weiß, aber ich habe den perfekten Ort für unser Mittagessen gefunden», sage ich und versuche verzweifelt, wieder zu Atem zu kommen. Ich hoffe nur, dass er meine Lungen nicht pfeifen hört. Ich sollte unbedingt öfter ins Fitnessstudio gehen.

«Na los!» Ich schreie fast, drücke Alex die Papiertüte in die Hand, schnappe mir unsere halbvolle Sektflasche und renne die Treppe wieder hinunter.

«Warum so eilig?» Alex lacht.

«Die Bao Buns werden kalt», stammele ich. Und dann sehe ich George. Er ist fast am Anfang der Schlange angelangt und wird die Bar jede Sekunde betreten.

Ich hole tief Luft und halte mir die pinke Zuckerwattewolke vors Gesicht.

Bitte sieh mich nicht, bitte sieh mich nicht.

Ich höre Alex hinter mir reden. Und je mehr wir uns dem Holzzaun nähern, desto lauter höre ich George, der mit seinem Kumpel spricht. Er erzählt, wie besoffen er letzten Freitag war. Alex erklärt mir die Eigenschaften eines guten Street-Food-Stands. Er findet mich bestimmt unhöflich, wenn ich nicht bald antworte, aber ich laufe einfach weiter, mit der Zuckerwatte vorm Gesicht.

Endlich treten wir ins Freie. Ich schaue mich um und sehe George, der von der ganzen Sache nichts mitbekommen hat, in die Bar gehen.

«Gott sei Dank», schnaufe ich erleichtert.

«Ist alles in Ordnung?», fragt Alex. «Du hast es echt eilig gehabt, da rauszukommen.»

Oh nein, er hat was gemerkt. Ich muss es ihm bald sagen!

«Warte nur, bis du gesehen hast, wo wir essen.» Ich lächele und führe ihn vom Festivalgelände weg, in einen winzigen, abgeschiedenen Garten mit einer perfekten Bank in der Mitte. Ich habe ihn entdeckt, als ich mich beim Sommerfest von *Pulse* vor dem unvermeidlichen Frisbee-Spielen versteckt habe.

Wir setzen uns auf die Bank, packen die Bao Buns aus und fangen an zu essen, aber mein Gehirn gibt nach dem Drama dieses Nachmittags einfach keine Ruhe. Ich bin angespannt und weiß, dass ich mich bald der Wahrheit stellen muss. Doch dann schlingt Alex die Arme um mich, zieht mich an sich, und all meine Sorgen verfliegen.

KAPITEL SECHS

★

JUNI

Performe live auf dem Glastonbury Festival

Normalerweise mag ich es gar nicht, wenn mein Wecker klingelt, aber heute Morgen um sechs Uhr dreißig hätte es mir gar nicht besser passen können. Ich hatte gerade den peinlichsten Traum aller Zeiten, ein Date mit Alex, der sich immer wieder in George verwandelte. Ich strecke einen Arm unter der Decke hervor, um auf Snooze zu drücken, aber dann erinnere ich mich daran, dass ich zu einem Frühstücksmeeting muss.

Ich stolpere Richtung Badezimmer, reibe mir den Schlaf aus den Augen und mache die Dusche an. Ich gebe dem Wasser ein bisschen Zeit zum Warmwerden, bevor ich mich in die Badewanne kauere. Mittlerweile habe ich mich an diese seltsame Position gewöhnt. Meine Wohnung liegt im obersten Stock, und der Duschkopf hängt direkt unter dem Dach, es besteht also nicht die Möglichkeit, dass ein normal großer Mensch hier jemals aufrecht unter der Dusche stehen kann. Egal, ich habe mir angewöhnt, das Glas immer halb voll zu sehen, und ich bin mir sicher, dass dieses Kauern in der Dusche mir ~~Rückenprobleme~~ eine super Oberschenkelmuskulatur bringen wird. Und wenn wir schon von positivem Denken sprechen: Ich habe das Gefühl, dass heute ein guter Tag wird. Tallulah war so begeistert von meinem letzten Feature, dass sie mich gebeten hat, diese neue Food-Bloggerin zu interviewen, die gerade so in ist. Neben meinem eigenen Feature stelle ich normalerweise nur die Fernsehseiten zusammen und bin Sklavin der Redakteurin, also habe ich mich wirklich gefreut, als sie mich gefragt hat.

Ich treffe Melissa, die den Food Blog *That Glow Girl* schreibt, in ihrem brandneuen Café zum Frühstück. Ich habe mir natürlich die ganze Woche lang die Speisekarte angesehen, aber ich weiß immer noch nicht, was ich heute Morgen essen soll. Ich meine, was zum Teufel ist Chia-Pudding, und warum sieht es aus wie Froschlaich? Aber während ich mir ein Kleid anziehe und meine Haare zu einem tiefen Pferdeschwanz zusammenbinde, erkläre ich mir selbst, dass es heute nicht wesentlich darum geht, was ich zum Frühstück esse.

«Tallulah hat dir wieder eine Chance gegeben, dich zu beweisen, also los geht's!», verkünde ich lautstark in meiner leeren Wohnung, während ich Lippenbalsam und Laptop in meiner Tasche verstaue.

Die U-Bahn ist um diese Zeit noch voller als sonst. Ich quetsche mich in eine Lücke in Türnähe und hoffe, dass das offene Fenster hinter mir nicht dafür sorgt, dass meine Haare nach staubiger U-Bahn-Luft riechen, wenn ich aussteige. Ich habe gestern Abend den letzten Rest meiner Haarkur von Kiehl's aufgebraucht, also möchte ich mir die Haare so lange nicht mehr waschen, wie es unter ästhetischen Gesichtspunkten möglich ist. Ein Mann im Anzug streckt neben mir den Arm nach oben, um sich festzuhalten. Mein Kopf befindet sich genau in seiner Achselhöhle. Zum Glück hat er geduscht. Nach einem komplizierten, räumlich sehr eingeschränkten Manöver schaffe ich es, meinen Notizblock herauszuholen und mir die Fragen, die ich mir für Melissa notiert habe, noch mal anzusehen. Mit vierundzwanzig ist sie ein ganzes Jahr jünger als ich, hat aber als Ernährungsguru schon internationale Berühmtheit erlangt. Ihr zweites Kochbuch wird bald veröffentlicht, und nun hat sie auch noch dieses Café. Alles in allem werde ich sie wahrscheinlich hassen.

Am Oxford Circus steige ich aus und lade die Karte auf meinem Handy. Das Café ist in Fitzrovia. Ich war mir sicher, dass sich irgendjemand diesen Ort nur ausgedacht hat, bis Emma mir versichert hat, dass es ihn wirklich gibt. Direkt nördlich von der Oxford Street, wie sich herausstellt. Ich befolge brav die Anweisungen meines Handys, biege ein letztes Mal um eine Ecke und sehe das Café sofort. Die wunderschöne Fassade ist mintgrün gestrichen, mit pastellrosa Stühlen und Tischen auf dem Bürgersteig davor. Die Worte ‹Glow Café› stehen in einem passenden Rosaton über der Tür, und das Schaufenster ist mit verführerischem Essen dekoriert. Die offizielle Eröffnung ist erst morgen, aber heute Nachmittag findet schon eine Einweihungsfeier statt, und vor der Tür hat sich bereits eine Menschentraube gebildet, die Fotos macht oder sich die Öffnungszeiten ansieht.

Ich gehe zum Schaufenster und starre die Auslage an. Kuchen mit frischen Früchten darauf, dicke Brotscheiben und Schüsseln voller bunter Salate starren zurück, ein Regenbogen der Genüsse.

«Hi, du bist doch Izzy, oder?»

«Woher weißt du das?», frage ich und nehme schnell die Finger von der Glasscheibe. Ich hoffe sehr, dass sie keine klebrigen Abdrücke hinterlassen haben.

«Ich lese dein Feature», sagt die umwerfend schöne Rothaarige vor mir.

«Wirklich? Wow …», stammele ich. Ich bin überwältigt, dass eine Berühmtheit wie sie etwas liest, das ich schreibe.

«Klar! Rausgehen, das Beste aus seinem Leben machen, Erfahrungen sammeln … Genau mein Ding. Du sendest damit eine richtig positive Botschaft. Ich kann mich total mit deinen Challenges identifizieren. Mein Blog und dieses Café, das war harte Arbeit, und ständig bin ich auf neue Hindernisse gestoßen. Es tut gut zu wissen, dass noch jemand Hindernisse überwindet und es genauso lohnend findet. Es ist ja auch wichtig, sich Zeit für sich selbst und die Menschen, die man liebt, zu nehmen, oder? Ich meine, die Abenteuer, die wir erleben, würden rein gar nichts bedeuten, wenn da nicht die Menschen wären, die uns schon immer unterstützt haben.» Sie lächelt und winkt mich ins Café.

Ich bleibe noch kurz stehen und denke über das nach, was sie gerade gesagt hat. Vielleicht bin ich zurzeit wirklich ein bisschen zu egozentrisch! Mein schlechtes Gewissen meldet sich zu Wort, als ich an Jamie denke. Aber dann schiebe ich die negativen Gedanken fort. Ich sende eine positive Botschaft, das stimmt wahrscheinlich. Und es tut gut, das von jemandem zu hören, der sein Leben zu einem Riesenerfolg gemacht hat.

Ich folge Melissa und versuche, ihr tolles Outfit nicht allzu auffällig anzustarren. Sie hat ein blaugoldenes Kleid mit einem lila Haarband kombiniert. Ihre blasse Haut leuchtet nur so, und ihre grünen Augen strahlen. Ich glaube, ich möchte sie sein.

«Wollen wir uns setzen?», fragt sie.

«Gerne», antworte ich und gehe zu dem Tisch direkt am Fenster, damit ich so nahe wie möglich bei diesen Kuchen bleiben kann. «Vielen Dank, dass du dir heute für mich Zeit nimmst.»

«Sehr gerne», sagt sie und reicht mir eine Speisekarte. «Ich habe zwar schon einige Interviews gegeben, aber ich bin ein bisschen nervös. Ich liebe *Pulse*, ich kaufe die Zeitschrift jede Woche.»

«Das sage ich der Chefredakteurin, sie wird sich freuen. Und um ehrlich zu sein: Ich bin auch ein bisschen nervös. Das hier ist mein erstes Interview mit jemand so Bekanntem, ich will es auf keinen Fall versauen.»

«Du versaust es schon nicht», lacht Melissa. «Dann sitzen wir wohl heute im selben Boot.»

Das ermutigt mich. Ich nehme die Karte ... und bekomme wieder Panik. Ich habe sie natürlich schon im Internet genau studiert, aber da war ich fest entschlossen, Melissa zu hassen, weil sie so perfekt ist. Ich hätte frech ein Croissant bestellt und genossen, wie sie sich darüber ärgert. Aber jetzt möchte ich, dass sie mich mag, also kann ich schon mal nichts von diesen unglaublichen Kuchen im Schaufenster bestellen.

«Ich könnte dir ein paar Sachen empfehlen, wenn du willst.» Melissa hat meine Not bemerkt.

«Ich kann nicht aufhören, diese Kuchen anzustarren, aber ich schätze, die sind für Leute, die es mit der gesunden Ernährung nicht so genau nehmen?»

Melissa lacht, nimmt sich ein Messer und schneidet ein riesiges Stück von einem dreistöckigen Wunderwerk ab.

«Probier doch einfach», fordert sie mich auf.

Ich schiebe mir ein Stück in den Mund und schließe genüsslich die Augen.

«Das ist so gut», rufe ich begeistert und esse noch eine Gabel voll. Und noch eine. «Aber ich sollte wirklich keinen Kuchen zum Frühstück essen, wenn ich eine Expertin für gesunde Ernährung treffe.»

«Warum denn nicht? Die Böden sind aus gemahlenen Mandeln und Buchweizen statt Mehl und Zucker. Und die Creme ist eins meiner kleinen Geheimnisse, mit Avocado.»

«Machst du Witze?» Es könnte sein, dass mir gerade Kuchenstückchen aus dem Mund geflogen sind.

«Nein. Ich mache nur gesundes Essen, und ich möchte, dass dieses Café meine Philosophie weiterführt. Ich habe es satt, dass Essen in gut und schlecht unterteilt wird. Das ist so eine negative Einstellung! Diese ganzen Blogger, die über gesunde Ernährung schreiben, scheinen alle zu denken, sie sind etwas Besseres. Ich hasse das! Viele Leute meinen, wir sind ein bisschen eingebildet. Aber ich werde dir nie sagen, was du essen sollst und was nicht, weil das jeder für sich selbst entscheiden muss. Ich möchte, dass meine Kunden herkommen, sich bestellen, worauf sie Lust haben, und wirklich genießen, was sie essen.»

Beruhigt schiebe ich mir eine weitere Gabel voll Kuchen in den Mund.

«Ich genieße das hier definitiv», grinse ich. «Und ich weiß genau, was du mit eingebildet meinst. Ich habe oft das Gefühl, dass ich glutenfrei essen oder auf Milchprodukte verzichten sollte, wenn ich aussehen will wie ein Victoria's-Secret-Model.»

Melissa runzelt die Stirn. «Ganz genau. Die Leute haben diese verrückte Idee, dass man, um sich gesund zu ernähren, Sachen weglassen muss. Für mich geht es eher darum, Sachen hinzuzufügen. Ich mache ein wirklich gutes Bananenbrot, voller Nüsse, Ahornsirup und Samen. Es ist nicht nur unglaublich lecker, sondern es ist auch alles drin, was dich zum Strahlen bringt. Das heißt aber nicht, dass ich immer nur so gesund lebe. Letztes Wochenende habe ich meinen Spinning-Kurs sausen lassen und war mit meinen Mädels feiern. Wir haben den ganzen Abend lang Rotwein getrunken. Es gibt keine Tabus, es geht einfach darum, so viele gesunde Sachen wie möglich zu essen, wenn man die Möglichkeit dazu hat. Aber manchmal braucht man einfach einen richtig großen Burger, oder?»

Jetzt möchte ich definitiv Melissa sein.

⋆★⋆

Es dauert nicht lange, und wir schlürfen Macha-Latte und essen Heidelbeer-Pfannkuchen. Dabei reden wir über alles Mögliche, zum Beispiel über das beste Shampoo für rote Haare und unsere Lieblingsserien.

Immer mal wieder hört sie auf zu reden, richtet ihre leuchtend grünen Augen auf die Theke und bittet jemanden, uns noch mehr Leckereien zu bringen.

«Ich kann nicht fassen, dass diese Kekse hier gesund sind!» Ich spreche mit vollem Mund. Sorry, Mum.

«Es gibt so viele gesunde Sachen», sagt Melissa. «Kochst du gerne?»

«Richtig gerne. Auch wenn ich manchmal keine Lust habe und Baked Beans auf Toast esse.» Ich werde rot.

«Bohnen sind eine super Eiweißquelle! Weißt du, dass du Baked Beans ganz leicht selber machen kannst?» Sie erklärt mir das Rezept, das ich fieberhaft in meinen Notizblock schreibe.

Am Ende des Interviews bin ich definitiv satt und zu allem bereit. Mel zuzuhören ist, als hätte ich meinen ganz persönlichen Lebensguru vor mir. Ich bin voller positiver Gedanken.

«Danke für alles», sage ich. «Ich habe, was ich brauche, und noch mehr. Ich glaube, das wird ein richtig gutes Interview. Es kommt in die Ausgabe von nächster Woche. Soll ich dir dann ein Heft schicken?»

«Auf jeden Fall», antwortet sie. «Es war schön, dich zu treffen, Izzy. Viel Glück mit den nächsten Challenges, es ist so wichtig, dass diese positive Denkweise verbreitet wird.»

Damit packt sie sechs kompostierbare Schachteln voller Leckereien fürs Mittagessen in eine braune Papiertüte.

Ich halte die Tüte mit beiden Händen fest wie eine aufgeregte Dreijährige nach einem Kindergeburtstag. Ich umarme Melissa, öffne die mintgrüne Tür und trete nach draußen ins Sonnenlicht.

★★★

Zurück im Büro, durchwühlt Emma meine Tüte aus dem Glow Café wie ein Fuchs eine Mülltonne.

«Ist das hier ihre berühmte Buddha Bowl?», fragt sie und schnappt sich die Box, bevor ich antworten kann.

«Ja, ist es, und ja, du kannst sie haben», antworte ich. «Ich habe außerdem noch Pancakes gegessen und Carrot Cake, und nichts davon wird mein Verdauungssystem traurig machen. Da draußen ist eine ganz neue Welt, Em. Ich glaube, ich werde in Zukunft ein bisschen gechillter sein, was meine Ernährung angeht.»

«Hm.» Emma hebt ungläubig eine Augenbraue. «Dann räume ich jetzt mal deine unterste Schreibtischschublade aus, okay?»

«Wage das bloß nicht!» Ich stelle schützend einen Fuß vor die Schublade. Darin befindet sich meine Notration. Müsliriegel für Notfälle der Kategorie C, etwa wenn ich Tallulahs Kaffee vergesse. Eine Dose mit Schoko-Crossies für Kategorie B, wenn ich zum Beispiel eine Deadline reiße oder dieses eine Mal, als ich in einem geblümten Maxi-Kleid ins Büro gekommen bin und Tallulah mich angesehen hat, als hätte ich das Modebewusstsein einer schwangeren Kim Kardashian. Und dann gibt es noch Chicken Super Noodles für Situationen der Kategorie A. Ich habe drei Päckchen gegessen, nachdem ich fast gefeuert worden wäre, weil ich das Feature im April versaut hatte.

«Manchmal braucht man auch schmutzige Kohlenhydrate», sage ich und werfe Emma einen warnenden Blick zu. «Außerdem geht es nicht darum, Dinge wegzulassen. Sie sagt, wir müssen aufhören, so negativ übers Essen nachzudenken. Ich glaube, es wird ein richtig guter Beitrag. Sie weiß, wie in letzter Zeit über manche Food-Blogger geredet wird, und sie hat es total satt. Es gab Artikel, die Clean Eating mit Mangelernährung und Verzicht gleichgesetzt und sogar angedeutet haben, dass das Ganze Essstörungen hervorrufen kann, und Melissa ist wütend darüber. Ihr geht es darum, ganz viel Gutes zu essen, Dinge eben, die dafür sorgen, dass man toll aussieht und sich auch so fühlt. Dieses Interview könnte echt was bewirken!»

«Stimmt.» Emma nickt. «Zurzeit ein großes Thema. Komm, wir machen den Artikel fertig, und ich rede noch mal mit Tallulah, vielleicht will sie ihn weiter vorne im Heft.»

«Ich fange sofort an», sage ich. Ich habe Schmetterlinge im Bauch, wenn ich daran denke, ein erfolgreiches Interview in der nächsten Ausgabe zu haben.

Mein Handy vibriert in meiner Tasche, und ich sehe, dass «Jamie» auf dem Display steht. Ich will den Anruf gerade annehmen, als Emma zu mir sagt: «Eine Sache wäre da noch.»

Ich drehe mich um und sehe, dass sie die Hupe des Schreckens in der Hand hält.

«Aaaaaahhh», mache ich, drücke auf «Ignorieren» und kritzele «Jamie anrufen» auf einen Klebezettel. «Auch wenn ich weiß, dass das jeden Monat passiert, bin ich trotzdem nervös.»

«Wenn du das hier schaffst, bin ich wirklich beeindruckt.»

Oh nein!

Das gesamte Büro eilt herbei, und Emma fragt, ob sie vorlesen soll.

«Warte, nein, ich mache das», sage ich und überrasche damit uns beide.

Mit einem Pling landet die Mail in meinem Postfach. Nervös klicke ich sie an.

Liebe Izzy,
ich hätte fast geweint, als ich dein letztes Feature gelesen habe, und ich bin nicht nahe am Wasser gebaut. Es war unglaublich zu lesen, wie viel es dir bedeutet hat, bei diesem Zeichenkurs zu posieren. Es zeigt wieder einmal, dass all die kleinen Probleme, die wir mit unserem Körper haben, genau das sind – klein. Was andere Leute sehen, sind all die wunderschönen Dinge, die wir nicht genug zu schätzen wissen.
Dein Selbstvertrauen wächst offensichtlich enorm, und das wirst du für deine nächste Challenge auch brauchen. Meine Mutprobe für dich lautet: Tritt live beim Glastonbury Festival auf! Es wird nervenzerfetzend, aber manchmal sind es gerade diese Dinge, die es sich wirklich zu tun lohnt.
Ich weiß auch, dass du versuchst, deine ganzen Listen und Pläne zu vergessen, also wäre eine Improvisation bei einem Festival doch genau das Richtige.
Viel Glück,
Fran aus Clapham x

«Izzy auf einem Festival?» Lucy biegt sich nur so vor Lachen. «Besitzt du überhaupt ein Zelt?»

«Natürlich nicht!», schreie ich, vielleicht ein bisschen zu laut. «Und was noch wichtiger ist: Ich hab kein Ticket für das Glastonbury. Es ist in ein paar Wochen und immer monatelang im Voraus ausverkauft. Es gibt nicht die geringste Chance, dass ich überhaupt reinkomme, und schon gar nicht, dass irgendein Idiot mir erlaubt, ihm die Show zu versauen.»

Ich vergrabe das Gesicht in den Händen und versuche, gleichmäßig ein- und auszuatmen. Melissa sagt, das hilft, die Gedanken zu beruhigen. Nur, dass ich eigentlich hyperventiliere und Emma denkt, ich hätte eine Panikattacke.

«Schschsch», macht sie und streicht mir über den Rücken. Lucy lässt sich neben mir immer noch lachend auf den Boden fallen. Sie gibt sich nicht besonders viel Mühe, damit aufzuhören.

«Ich glaube, wir müssen das einfach in kleine Schritte aufteilen», sagt Emma. «Erstens: das Ticket. Zweitens: Du kannst mein Zelt ausleihen. Drittens: Finde irgendeinen Idioten, wie du so schön gesagt hast, der dich auf die Bühne lässt.»

«Ah, ja, natürlich, wenn du es so sagst ...», erwidere ich.

«Siehst du!» Emma strahlt.

«Das war Sarkasmus», grummele ich. «Mal ehrlich, wie soll ich das bitte schön anstellen? Es ist wahrscheinlicher, dass ich einen Hollywoodstar bei Aldi treffe, als dass ich ein Ticket bekomme. Außerdem bin ich nicht gerade die Richtige für öffentliche Auftritte, und IZZY MAG KEIN CAMPING! Außer wenn ich ein Safarizelt mit einer Badewanne kriege und einen oberkörperfreien Mann, der mir alles zeigt.»

Ich verschränke die Arme.

«Izzy, nun stell dich mal nicht so an. Du hast immer einen Wutanfall, wenn du die nächste Mutprobe bekommst, aber dann schaffst du sie doch, und das mit Leichtigkeit. Ich arbeite jetzt also einfach weiter und versuche, dich zu ignorieren», sagt Emma.

Wie gemein! Ich habe gar nicht jedes Mal einen Wutanfall … oder? Und selbst wenn, diese Challenge ist wirklich nicht wie die anderen. Hallo, Glastonbury-Tickets, zwei Wochen vor dem Festival?! Ich drehe mich beleidigt wieder zu meinem Schreibtisch um. Und dann erinnere ich mich daran, wie ich ein Ticket zum Festival ausgeschlagen habe, weil am selben Tag mein neuer Kühlschrank geliefert wurde. Ich habe das Wochenende damit verbracht, Magnete für die Kühlschranktür und Formen für herzförmige Eiswürfel zu kaufen, statt zusammen mit Jamie auf einem der bekanntesten Festivals der Welt zu feiern. Sie kam mit den wildesten Geschichten zurück, mit einem coolen Armband und einem Zopf im Haar, und ich hatte das Gefühl, etwas Tolles verpasst zu haben. Wahrscheinlich sehr berechtigt.

«Okay», seufze ich. «Ich lasse mir etwas einfallen. Aber zuerst muss ich dieses Interview fertig schreiben.»

«Na also, geht doch!», jubelt Emma.

«Nur ein Tipp für's Glasto», schaltet Lucy sich ein. «Nimm keine Pilze von dem bärtigen Hippie im Steinkreis an, okay? Ich habe anderthalb Tage verloren. Pharrell verpasst und alles.»

«Alles klar, danke, Lucy. Das hatte ich nicht vor.»

⋆ ★ ⋆

Jamie hat ihr hübsches Gesicht zu einer unschönen Grimasse verzogen. Ich würde gerne glauben, dass das nur daran liegt, dass sie an einem Freitagabend einen Mocktail trinkt, aber ich fürchte, das ist nicht der Fall.

«Also, du sagst im Grunde, dass du dich mit zwei Männern gleichzeitig triffst, Izzy. Das ist wirklich nicht in Ordnung!» Sie schüttelt missbilligend den Kopf.

«Das stimmt doch aber gar nicht! Das mit Alex war eigentlich nur so ein Wochenendding. Und als er mich gefragt hat, ob ich mit ihm zum Food-Festival gehe, hat George sich gerade benommen wie ein eingeschnappter Zweijähriger. Die Vorstellung, dass ich mich in einem Zeichenkurs ausziehen könnte, hat ihn so wütend gemacht, dass er aus meiner Wohnung gestürmt ist, bevor er überhaupt meinen Strawberry Cheesecake probieren konnte.»

«Hört sich für mich trotzdem nicht ganz korrekt an.» Jamie runzelt die Stirn. «Also, was gibt's Neues?»

«Alex und ich haben abgemacht, dass wir uns sehen, wenn er wieder in London ist. Du weißt schon, einfach mal, um zu schauen, wie es läuft. Ich mag ihn wirklich gerne! Und George ruft die ganze Zeit an, seit wir uns im Regent's Park über den Weg gelaufen sind.»

«Du hast Gonorrhö-George getroffen, während du mit Alex unterwegs warst?»

«Äh, ja. Aber sie haben sich nicht gesehen. Ich habe eine riesige Zuckerwatte gekauft und mich dahinter versteckt, als Alex und ich an Gonor… ich meine, an George vorbeimussten.»

«Das klingt ja unglaublich erwachsen», sagt Jamie. «Und es beweist, dass du weißt, dass es falsch ist, was du da machst. Wenn du denken würdest, es wäre okay, mit Alex und George was am Laufen zu haben, hättest du dich nicht hinter einer Zuckerwatte versteckt.»

Mist. Sie hat recht.

«Sei doch nicht so eine Besserwisserin», sage ich genervt. «Ich weiß, dass du recht hast, und ich möchte ja auch mit Alex reden. Aber das mache ich lieber, wenn ich ihn sehe.»

«Ich habe hundertprozentig recht.»

«Vielleicht ein KLEINES BISSCHEN», wiederhole ich.

«Ist ja auch egal», meint Jamie. «Wo wir ja jetzt wissen, dass George das Arschloch ist, von dem wir eigentlich schon immer wussten, dass er es ist: Warum gibst du ihm nicht den Laufpass und konzentrierst dich auf Alex? Der hört sich nett an.»

«Er ist nett», gebe ich zu. «Aber ich habe auch eine liebevolle, aufmerksame Seite an George gesehen, und jetzt fühlt sich mein Gehirn wie Matsch an. Du weißt doch, wie lange ich schon in ihn verknallt bin. Ich dachte immer, er hat mich kaum bemerkt, aber ganz ehrlich, Jamie, er erinnert sich an so viel! Diese kleinen Details sorgen dafür, dass ich mich wie etwas Besonderes fühle.»

«Na ja, du kannst diese Scheiße jedenfalls nicht mehr viel länger durchziehen», verkündet Jamie und beendet damit effektiv meinen romantischen Monolog. «Glaubt einer von beiden, dass ihr exklusiv seid?»

Aaaaaaahhhhh.

«Äh, nein?» Ich zögere. «Vielleicht? George hat klargemacht, dass wir nicht exklusiv sind, aber mit Alex … Oh Gott, es ist alles so ein Durcheinander. Er hat mein Feature über Captain Jack gelesen, und als er angerufen hat, um mich einzuladen, hat er gefragt, ob ich jemanden kennengelernt habe. Ich habe einfach losgeredet, dass ich die Mutprobe gar nicht machen wollte und dass ich nicht mit Captain Jack zusammen bin, aber …»

«Aber George hast du nicht erwähnt», beendet Jamie den Satz für mich.

«Ja», flüstere ich leise. «Das Einzige, was ich zu meiner Verteidigung sagen kann, ist, dass George sich zu dem Zeitpunkt wie ein Arsch verhalten hat und dass ich in dem Moment, als Alex angerufen hat, dachte, es ist aus zwischen uns.»

«Trotzdem ziemlich dünnes Eis», sagt Jamie missbilligend. «Keiner von beiden wird es besonders toll finden, wenn er vom anderen erfährt, oder?»

«Ich weiß», sage ich niedergeschlagen. «Man sagt doch immer, das ist wie mit Bussen. Man wartet und wartet, und dann kommen plötzlich zwei richtig attraktive Busse auf einmal. Oder so ähnlich.»

Jamie zuckt die Achseln. «Damit kann ich dir nicht helfen. Aber du solltest auf jeden Fall nicht allzu lang so weitermachen. Das wäre einfach nicht fair.»

Ich starre düster meinen Wassermelonen-Mocktail an.

«Wie ist deiner?», frage ich.

«Nicht besonders», sagt sie. «Würde besser schmecken, wenn es größtenteils Wodka wäre.»

«Wenigstens bist du hier», sage ich. «Du hast dich so lange vor dem Ausgehen gedrückt, und jetzt sieh dich an! Du siehst toll aus in dem Seidenjäckchen!»

«Izzy, hör auf, mich zu besänftigen», sagt sie und stellt ihr Glas auf den Tisch. «Egal, wie viele Komplimente du mir noch machst, das ändert nichts daran, dass du in letzter Zeit keine besonders gute Freundin warst.»

Whoa.

Anscheinend braucht Jamie keinen Alkohol, um zu sagen, was sie wirklich denkt. Ich nehme einen Schluck von meinem Drink und beiße mir auf die Unterlippe.

«So schlimm war es doch nicht, oder?», frage ich, obwohl ich die Antwort schon kenne.

«Doch, war es», erwidert sie und wirft ihre glatten schwarzen Haare zurück. «Du weißt ganz genau, dass ich es gerade nicht leicht habe, und wo warst du die ganze Zeit? Bei deinen Arbeitskolleginnen. Weißt du noch, als du mir versprochen hast, dir etwas für uns auszudenken, das ohne Alkohol Spaß macht? Das ist jetzt einen Monat her, und wir haben noch nichts unternommen. Ich musste sogar den Anfang machen, damit wir uns heute Abend treffen, und bisher haben wir nur über dein Liebesdrama geredet.»

«Wenn du es so sagst ...», murmele ich und senke den Blick. «Irgendwie passiert gerade alles auf einmal. Es ist total verrückt auf der Arbeit, ich komme kaum zum Abschalten, weil ich ständig bei Twitter getaggt werde, und ... na ja, die Mädels auf der Arbeit haben mein neues Ich wirklich unterstützt!»

«Was?», schreit Jamie und schlägt mit der Hand auf den Tisch. «Willst du damit sagen, dass ich dich nicht unterstütze? Ich habe dich *immer* unterstützt, von Anfang an. Wer war für dich da, als Charlie dich wie den letzten Dreck behandelt hat? Wer hat deinen endlosen Monologen über Gonorrhö-George zugehört? Wer war immer da beim

Merlot-Mittwoch und bei jeder einzelnen sozialen Aktivität, zu der man dich überzeugen konnte? ICH! Und jetzt? Jetzt ist es einmal andersherum, und ich brauche dich. Das Problem ist nur, dass du in deinem neuen Leben keine Zeit mehr für mich hast.»

Jamie weint. Jamie weint sonst nie.

«Ich brauche meine beste Freundin», schluchzt sie.

Mein schlechtes Gewissen überrollt mich wie ein Tsunami. Ich stürze zu ihrer Seite des Tisches hinüber und ziehe sie an mich, obwohl sie versucht, mich wegzuschubsen. Sie hat natürlich völlig recht. Mein ganzes Leben lang war Jamie diese perfekte Frau, der nur tolle Sachen passieren und die überall ohne die geringsten Probleme durchkommt, während ich hoffnungslos von einer Katastrophe in die nächste gestolpert bin. Sie war immer für mich da, und ich schätze, ich habe mich einfach an diese Dynamik gewöhnt. Jetzt passieren die guten Sachen endlich mir, und ich habe mich in die schlechteste beste Freundin überhaupt verwandelt.

«Es tut mir so leid.» Ich drücke ihr ein Taschentuch in die Hand und streiche ihr übers Haar.

Widerwillig nimmt sie das Taschentuch an, und nach ein paar Minuten des Schweigens sagt sie: «Du trägst tatsächlich immer noch in jeder Lebenssituation ein Taschentuch mit dir herum.»

Ich werte das als gutes Zeichen.

«Es tut mir leid, dass ich nicht für dich da war. Ich habe das nicht mit Absicht gemacht, ich war einfach abgelenkt von allem, was gerade in meinem Leben passiert, und ich dachte irgendwie, dir geht es gut, weil du Jamie bist, meine perfekte beste Freundin. Aber natürlich geht es dir nicht gut. Du machst gerade eine harte Zeit durch, und ich war nicht für dich da», stelle ich traurig fest.

«Nein, warst du nicht», stimmt Jamie zu. «Und du hast mich ausgeschlossen. Ich wäre so gerne mit dir in den Jolly Tickler gekommen. Du weißt doch, dass ich geheime Bars mag. Aber du hast nicht mal gefragt.»

«Ich habe gedacht, dass du nicht mit lauter Betrunkenen unterwegs sein willst», sage ich und setze mich wieder auf meinen eigenen Stuhl.

«Na ja, das hätte ich dann aber lieber selbst entschieden.»

Sie verschränkt die Arme vor der Brust.

«Ich war ätzend», gebe ich zu.

«Richtig ätzend!», bekräftigt sie.

«Verzeih mir. Ich sehe es gar nicht gern, wenn meine beste Freundin traurig ist», füge ich hinzu. Ich weine nun auch fast.

«Mach es … einfach von jetzt an besser», sagt sie mit einem schwachen Lächeln.

«Mach ich, versprochen.»

⋆★⋆

Seit dem Krisengespräch mit Jamie bin ich streng mit mir ins Gericht gegangen. Immer wieder erinnere ich mich an Melissas Worte. *Die Abenteuer, die wir erleben, würden rein gar nichts bedeuten, wenn da nicht die Menschen wären, die uns schon immer unterstützt haben.* So viel Weisheit! Aber die neue Izzy wird nicht in Schuldgefühlen versinken.

Sie wird die beste beste Freundin sein, die Jamie sich nur wünschen kann.

«Wart's nur ab, ich gewinne sogar noch den Preis für die weltbeste beste Freundin», erkläre ich dem Hausflur, während ich meine Wohnungstür abschließe.

«Sprichst du mit mir?»

Ich fahre herum und sehe meinen Nachbarn Nathan, der mich belustigt anstarrt. Warum muss ich diese peinlichen Sachen immer hier im Flur machen? Zum Beispiel Ikea-Möbel in die Wohnung schieben und dabei meinen Hintern präsentieren.

«Oh, hi. Ich habe eigentlich nur mit mir selbst geredet.»

Immer noch besser, dazu zu stehen.

«Ach so. Na ja, schönen Tag dir.» Er wirft sich seine Tasche über die Schulter und geht zur Treppe.

Ich glaube, das ist das erste Mal, dass er mir einen schönen Tag wünscht. Und wir wohnen seit drei Jahren direkt gegenüber voneinander. Normalerweise ignorieren er und seine Kumpels von der Musikzeitschrift mich konsequent, wenn wir uns im Flur begegnen.

Moment mal ... Da geht mir ein Licht auf!

«Nathan, warte mal», rufe ich und ~~trampele~~ hüpfe leichtfüßig die Treppe hinunter, bis ich ihn einhole.

«Was denn?», fragt er.

«Du bist doch Musikjournalist, oder?»

«Ja. Ich bin bei *Beat Goes On*.»

«Wow!» Ich pfeife durch die Zähne. Oder eher gesagt: Ich blase Luft zwischen meinen Zähnen hindurch, weil ich nicht pfeifen kann. Nicht mein coolster Moment, aber *Beat Goes On* ist eines der besten Musikmagazine da draußen.

«Hey, dann müssten wir eigentlich im selben Gebäude arbeiten», füge ich hinzu, als mir klarwird, dass unsere Magazine demselben Verlag gehören.

«Warum, wo arbeitest du denn?»

«Ich schreibe für *Pulse*.»

«Ah, Mode und so. Cool.»

Ich spüre genau, dass er das nicht wirklich cool findet. ‹Mode und so› ist für den wichtigen Musikjournalisten Nathan wahrscheinlich uninteressant. Ich rede einfach weiter.

«Komisch, dass ich dich noch nie da gesehen habe. Ich meine, klar, ziemlich viel Leute arbeiten dort, aber trotzdem. Wir sollten mal zusammen zu Mittag essen.»

«Ich ‹esse› eigentlich nicht ‹zu Mittag›», sagt er und zeichnet mit zwei Fingern die Anführungszeichen in die Luft. Aber er hat offensichtlich bemerkt, dass er mich nicht so leicht loswird. Wir laufen nämlich gerade zusammen zur U-Bahn.

«Macht ja nichts.» Ich nicke und weigere mich, das als Rückschlag aufzufassen. «Das ist wahrscheinlich ziemlich weit hergeholt, aber ich schreibe dieses Feature, für das ich jeden Monat eine neue Challenge annehmen muss, und jemand hat sich ausgedacht, dass ich auf dem Glastonbury Festival auftreten soll. Das ist natürlich nicht so leicht. Es fängt schon damit an, dass ich kein Ticket habe … Und meine Chefin hat mir klargemacht, dass ich mich auf dünnem Eis befinde … Das ist, wie wenn man so tut, als würde man mit einem Piraten flirten, aber eigentlich macht man das gar nicht, und dann lügt man in seinem Feature, weißt du?»

«In dieser Situation habe ich mich definitiv noch nie befunden.» Nathan schüttelt den Kopf.

«Ist ja auch egal, das habe ich jedenfalls gemacht, und wenn ich noch ein Feature versaue, bin ich raus. Und das darf nicht passieren, weil ich meinen Job wirklich liebe und endlich die Anerkennung bekomme, die ich verdient habe. Ich kann mich nicht mal mehr daran erinnern, wann ich zuletzt für das ganze Büro Kaffee holen musste. Kannst du dir das vorstellen?»

Nathan sieht aus, als wäre er gerne ganz weit weg von mir. Er zupft an seinem schwarzen T-Shirt herum, und seine Knie schauen aus den Löchern seiner Jeans, als würden auch sie nach einem Ausweg suchen.

«Also, um das zusammenzufassen, du hoffst, dass ich dir mit einem Ticket helfen kann. Zwei Wochen vor einem ausverkauften Festival.» Er schaut mich an.

«Ja, genau!» Ich nicke begeistert.

«Zwei Wochen vor dem Festival, wenn selbst Pressetickets schwerer zu bekommen sind als Goldstaub.»

«Äh, ja.» Ich nicke noch ein bisschen mehr.

«Mal sehen, was sich machen lässt.» Er zuckt die Achseln.

Ich bin so dankbar, dass ich den Rest unserer U-Bahn-Fahrt damit zubringe, ihm Komplimente für sein schwarzes Outfit zu machen.

⋆★⋆

Aufgrund der Tatsache, dass die Tweets so zahlreich eintrudeln wie lange nicht mehr und Tallulah mich heute

Morgen fast angelächelt hat, glaube ich, dass das Interview mit Melissa gut angekommen ist. Sie hat den Link dazu in ihrem Blog geteilt, und die Online-Redakteurin kam gerade zu mir, um mir zu sagen, dass es der meistbesuchte Artikel des Morgens ist.

Juhuuu!

Normalerweise würde ich jetzt mit einem Muffin und einem riesigen Milchkaffee feiern, aber ich bin so sehr von Melissa inspiriert, dass ich losziehe, um mir einen grünen Saft zu kaufen. Ich werde garantiert nicht anfangen, Mandelmilch selber herzustellen, aber eventuell werde ich meine Nahrungsmittelauswahl ein wenig überdenken. Es gibt einen Sushiladen direkt um die Ecke, und Lachs ist anscheinend super fürs Gehirn. Vielleicht kann ich dann bald zumindest ein paar Fragen bei *University Challenge* richtig beantworten. (Nicht, dass ich solche Quizshows schaue, dazu bin ich viel zu cool. Natürlich.)

An: Izzy@Pulse
Von: Nathan@Beat Goes On
Betreff: Das Unmögliche möglich machen

Hi, hier ist Nathan.
Fortuna muss es wirklich gut mit dir meinen. Unser Chefredakteur hat mich gerade in sein Büro zitiert, um mir zu sagen, dass er ein Interview mit einem der größten Rockstars des Planeten klargemacht hat. Es ist in Amerika, am selben Wochenende wie Glastonbury, also wird sein Ticket frei. Mir fallen spontan ungefähr 643 Freunde ein, die mir dafür die Hand abbeißen würden, aber weil du mich

gerade erst gefragt hast und es sich anhört, als wäre es wirklich wichtig für deinen Job, sage ich es dir als Erstes. Gib mir Bescheid, so schnell es geht.

Hektisch vor Aufregung klicke ich auf Antworten.

An: Nathan@Beat Goes On
Von: Izzy@Pulse
Betreff: Das Unmögliche möglich machen

NATHAN!!! DAS IST JA UNGLAUBLICH! DU BIST MEIN HELD!!!
Ich würde ja ein paar Einhorn-Emojis hinzufügen, aber das gibt mein E-Mail-Programm leider nicht her.
Ja, bitte, ich hätte das Ticket gerne. Vielen, vielen Dank.
Ist der Campingplatz dabei, oder muss man den einzeln reservieren? Sorry, ich bin völlig unwissend, was Festivals angeht.
Ich schulde dir einen Drink.
x

An: Izzy@Pulse
Von: Nathan@Beat Goes On
Betreff: Das Unmögliche möglich machen

Mein Chef war mit Begleitung eingeladen, von einer der großen Musikproduktionsfirmen, also haben sie richtig gute Tickets. VIP-Camping und so. Du warst offensichtlich noch nie bei einem Festival, deshalb erkläre ich dir mal, dass der normale Campingplatz nicht besonders toll ist. Damit meine

ich Plumpsklos und eine richtig lange Schlange, damit man sich zwei Sekunden lang waschen kann. Wenn man Glück hat. Ich habe zwar schon ein normales Campingticket, aber wenn es eine Chance auf eine VIP-Unterkunft gibt, will ich rein. Das bedeutet, ich nehme eins von seinen Tickets und du das andere, und wir teilen uns eine Jurte.
Und danke für das Angebot, aber ich trinke keinen Alkohol.

Ich möchte mir nicht vorstellen, wie diese Plumpsklos aussehen.

Dafür hört sich Luxuscamping auf dem Glastonbury Festival himmlisch an. Das letzte Mal, dass ich richtig zelten war, war, als mein Dad mit Olivia und mir nach Sherwood Forest gefahren ist. Er hat den Campingkocher vergessen, und wir haben dann kalte Bohnen aus der Dose gegessen und wurden von Brennnesseln angegriffen, wenn wir aufs Klo mussten. Ein Traum war das nicht gerade. Andererseits könnte es ein bisschen unangenehm werden, das Zelt mit Nathan zu teilen. Wenn er richtig nett ist, ist er kurz angebunden, und ich habe nicht besonders viel Lust auf ein Wochenende, bei dem ich mich permanent seltsam und uncool fühle. Allerdings hätte ich nie gedacht, dass ich jemals eine zweite Chance bekommen würde, das Glastonbury Festival zu erleben, so, wie ich mich beim letzten Mal angestellt habe. Ich könnte wieder ablehnen ... Aber wenn Tallulah es mitbekommen würde, wäre ich erledigt. Außerdem ist das hier vielleicht die Gelegenheit, andere Leute eifersüchtig zu machen, statt das ganze Wochenende in meiner Wohnung zu sitzen und das Gefühl zu haben, dass ich etwas verpasse.

Ich suche ‹VIP Camping Glastonbury› bei Google und finde alles, was ich wissen muss. Heiße Duschen, ein Wellnessbereich, ein Friseur. Ein VIP-Speisezimmer. Es gibt sogar einen Pool!

An: Nathan@Beat Goes On
Von: Izzy@Pulse
Betreff: Das Unmögliche möglich machen

Bin dabei! Ein paar Dinge, die du wissen solltest … Ich schlafe immer auf der linken Seite des Bettes. Ich werde anstandshalber einen Schlafanzug tragen und erwarte dasselbe von dir, und bitte sag Bescheid, falls du schnarchst, damit ich meine Ohrenstöpsel einpacken kann.
Und … könnte meine beste Freundin Jamie vielleicht dein altes Ticket haben? Ihr geht es gerade nicht so gut, und das würde sie aufmuntern.
x

An: Izzy@Pulse
Von: Nathan@Beat Goes On
Betreff: Das Unmögliche möglich machen

Gute Frau, wie viele Gefallen soll ich Ihnen denn noch tun?
Ja, Jamie kann mein altes Ticket haben.
PS: Du klingst tatsächlich so, als könnte man mit dir Spaß haben. Ich schnarche nicht. Du etwa?

Wie unhöflich! Ich ignoriere die letzte E-Mail und mache mich an die Arbeit.

★★★

Jamie kommt mit einem riesigen, leeren Rucksack über der Schulter in meine Wohnung und wirft ihn auf den Boden.

«Ich kann nicht fassen, dass du ein VIP-Ticket für Glastonbury ergattert hast», verkündet sie, ohne vorher hallo zu sagen.

«Ich weiß!» Ich strahle sie selbstzufrieden an. «Und weißt du, was ich noch habe?»

«Eine sexuell übertragbare Krankheit zur Strafe dafür, dass du es mit zwei Männern gleichzeitig treibst?»

«Ich treibe es NICHT mit zwei Männern gleichzeitig», entgegne ich beleidigt. «Du weißt ganz genau, dass ich mit keinem von beiden ... Du weißt schon. Ich habe dir auch ein Ticket besorgt! Wir fahren zusammen zum Glastonbury!»

Ich hüpfe auf und ab und warte darauf, dass sie dasselbe tut.

«Oh Iz, bitte sag mir, dass du nicht dafür bezahlt hast?» Jamie verzieht das Gesicht.

«Nein. Über meinen Nachbarn habe ich es umsonst gekriegt. Warum?»

«Es ist so lieb von dir, das anzubieten, und ich würde das Wochenende wirklich gerne mit dir verbringen. Ich weiß nur nicht, ob ich gerade in der richtigen Stimmung für ein Festival bin.» Sie blickt düster drein.

«Aber Jamie, wir könnten so viel Spaß haben! Ich kann auch nichts trinken, und wir können zusammen Abenteuer erleben, und unser Essen bezahlt *Pulse*! Was meinst du?»

«Ich weiß das wirklich zu schätzen.» Sie lächelt traurig. «Aber ich bin einfach noch nicht bereit für ein nüchternes Festival.»

«Okay, klar. Tut mir leid, Jamie. Das war wirklich nicht besonders rücksichtsvoll von mir.» Ich bin richtig enttäuscht, dass mein Plan, die beste Freundin der Welt zu sein, so nach hinten losgeht.

«Gar nicht», gibt sie zurück. «Es war total lieb von dir. Tut mir leid, dass ich dich so enttäusche.»

«Als ob du mich jemals enttäuschen könntest», sage ich und ziehe sie an mich. «Also, erzähl, wie geht es dir?»

Ich habe mich in letzter Zeit oft bei ihr gemeldet und habe das Gefühl, dass sich die Dinge zwischen uns langsam wieder entspannen, aber ich weiß auch, dass es noch dauern wird, bis sie mir komplett verzeihen kann.

«Ganz gut.» Sie nickt. «Ich gewöhne mich allmählich an den Gedanken, keinen Alkohol zu trinken. Zuerst dachte ich, ich verzichte einfach eine Zeitlang und hoffe, dass meine Leber sich erholt. Aber es hat so viele Vorteile. Ich bin schlanker, gesünder, und ich wache wirklich gerne ohne Kater auf. Vielleicht ist das hier mein neues Ich?»

«Das freut mich zu hören.» Ich drücke sie noch ein bisschen fester an mich. «Danke, dass du mir den ausleihst.» Ich winke in Richtung des Rucksacks.

«Kein Problem. Also, was musst du einpacken?»

Ich deute auf den Kleiderhaufen in einer Ecke meines Wohnzimmers. Lucy hat mir auf der Arbeit eine Riesentüte voller «Festival-Essentials» gegeben, und ich habe mich noch nicht getraut, sie anzuschauen.

«Der ist ja süß», sagt Jamie und hält einen winzigen

Triangel-Bikini hoch. Er ist mit schimmernden Meerjungfrauenschuppen bedruckt.

«Ernsthaft? Wann soll ich denn bitte Zeit haben, mich zu sonnen?»

«Du musst auf alles vorbereitet sein», sagt Jamie altklug. «Es gibt dort keinen Schatten, wenn es also richtig heiß ist, brauchst du Sonnencreme und einen Bikini. Oh, und guck mal hier!»

«Ein hautenger Neon-Catsuit? Nein.»

«Legen wir ihn mal auf den Vielleicht-Haufen. Die Handtasche hier mit den Quasten ist cool. Und guck mal, Hot Pants mit Pailletten!» Sie ist begeistert. Ich frage mich, ob man auf dem Glastonbury Festival wirklich in einem Catsuit und Hot Pants rumlaufen kann.

⋆★⋆

Komischerweise hat Olivia sich sogar dafür entschuldigt, dass sie mir Priscilla nicht für Glastonbury ausleiht.

«Oh, du weißt ja, ich würde, wenn ich nur könnte, aber Glastonbury?» Sie verzog angewidert ihre süße, kleine Knopfnase. «Denk doch nur an den Matsch! Du hast sie doch gerade erst in der perfekten Farbe lackieren lassen. Ich könnte ihr wirklich nicht erlauben, sich auf einem matschigen Feld voller Hippies aufzuhalten. Tut mir leid, Iz!»

Ich glaube, das war das erste Mal, dass sich meine Schwester bei mir für etwas entschuldigt hat. Abgesehen von dem Vorfall, bei dem sie mir mit Absicht einen Tennisball ins Gesicht geworfen hat und ich danach wochenlang eine Augenklappe tragen musste. Sobald Mum sich weggedreht hatte, grinste sie und nannte mich Einäugige Izzy, also bin ich nicht sicher, ob das als Entschuldigung zählt.

Ich lehne mich in meinem Sitz zurück und sehe zu, wie die Welt draußen vorbeifliegt.

«Es ist so sonnig», strahle ich. «Hast du den Wetterbericht fürs Wochenende gesehen?

«Glastonbury ist normalerweise richtig nass. Du hast doch Gummistiefel dabei, oder?», fragt Nathan.

«Gummistiefel, dicke Socken, Meerjungfrauenbikinis ... Ich bin sogar in einen Outdoor-Laden gegangen und habe mir eine Regenjacke gekauft», antworte ich. «Ich hatte keine Ahnung, dass diese Sachen so teuer sind. Also, die hat mehr gekostet, als ich für einen richtig schönen Mantel ausgeben würde.»

Nathan schweigt. Die Hände fest ums Lenkrad geschlossen, richtet er die Augen starr geradeaus.

«Noch mal danke, dass du uns das Auto besorgt hast», fahre ich fort. Ich hasse es, wenn es zu lange still ist. «Meine Schwester hat sich geweigert, mir ihrs zu leihen, als ich ihr gesagt habe, wo ich damit hinwill.»

«Kein Problem. Ist von einer unserer PR-Agenturen. Ich habe ihnen gesagt, dass wir kein Product-Placement machen, aber das schien ihnen egal zu sein.» Er zuckt die Achseln.

Ich streiche mit der Hand über das mattschwarze Armaturenbrett des schicken BMWs.

«Kostenlose Festivaltickets, VIP-Glamping, ein schnelles Auto ... Du hast ein Leben, Nathan!»

«Ja, na ja, du dieses Wochenende aber auch. Also, jetzt

schnall mal diesen äh … Meerjungfrauenbikini um, wir sind gleich da.»

⋆★⋆

EIN TRÄGER bringt unser Gepäck zum VIP-Camping #Glastonbury #VIP #Pulse #DareIzzy

Chillen mit einem Glas Champagner nach unserer Ankunft beim #Glastonbury #Sekt #Pulse #DareIzzy

Oh, du findest diesen Pool also groß? Erstmal abkühlen! #blessed #Glastonbury #Pulse #DareIzzy

Wir sind erst seit zehn Minuten da, und ich habe schon so viele selbstzufriedene Tweets, Instagram-Posts und Snaps rausgeschickt, dass mein Handy sicher gleich den Geist aufgibt. Jetzt bin endlich einmal ich es, die andere eifersüchtig machen kann, und das werde ich bis ins Letzte auskosten. Ich lasse Nathan alleine sein Presseticket klarmachen und ziehe los, um unser Zelt zu suchen. Man hat uns richtige Schlüssel gegeben, was ich als gutes Zeichen auffasse, und ich frage einen hilfreich aussehenden Mann nach dem Weg.

«Ah, ihr seid in einem der Zirkuswagen. Den Weg zwischen den Jurten entlang, dann stehen sie auf der rechten Seite.»

«Danke!» Ich winke ihm nach und frage mich, wie zum Teufel so ein Zirkuswagen wohl aussieht. Ich finde es bald heraus.

Im Prinzip ist es eine Tonne auf Rädern, wie die Planwagen in Westernfilmen. Nur dass der hier in allen Farben des Regenbogens bemalt wurde, mit wunderschönen Blumen-

und Herzchenmustern und einem leuchtend blauen … äh, Dach? Ich steige vorsichtig die Stufen zur Tür hinauf und schließe sie auf.

«Darf doch nicht wahr sein!», kreische ich. Im Innern ist der Wagen noch viel schöner als von außen. Es gibt ein Sofa und einen Schrank auf der rechten Seite, links ist ein kleines Kochfeld und ein Kühlschrank. Ganz hinten befinden sich zwei Schlafkojen, mit dem gemütlichsten Bettzeug, das ich je gesehen habe.

Der Zirkuswagen, in dem ich mit @nathanmusic beim #Glastonbury #Festival wohnen werde! #VIP #Glamping #Pulse #DareIzzy

Und damit ist mein Akku endgültig leer.

«Was zur Hölle ist denn das hier?» Nathan schaut sich angewidert in unserer Unterkunft um. Er nimmt eines der Flamingokissen in die Hand und wirft es auf den Boden.

«Nicht gerade Rock 'n' Roll», verkündet er und zeigt auf eine Osterglocke, die in einem Marmeladenglas auf der Fensterbank steht.

Ich gebe mir die größte Mühe, einen mitfühlenden Gesichtsausdruck aufzusetzen, aber Nathan sieht wirklich zu komisch aus, wie er da mit seinem Band-T-Shirt und seinem ungekämmten Haar mitten in diesem Paradies aus Chintz steht.

«Du versuchst, nicht zu lachen, oder?» Er scheint alles andere als zufrieden zu sein.

«Sorry», pruste ich. «Wenigstens erspart uns das die Sache mit dem Doppelbett. Schau mal, Kojen.»

«Gerade als ich dachte, das hier könnte gar nicht mehr cooler werden. Also, genug jetzt, wir müssen da raus und

Spaß haben. Heute Abend ist richtig viel los, und ich will, dass du das echte Glastonbury erlebst.»

«Oder … beim Wellnessbereich kann man schon buchen, wir könnten uns erstmal eine Rückenmassage gönnen? Und ich wollte mir gerne die Haare flechten lassen.»

«Zieh etwas Warmes über diesen … Catsuit. Hol dir ein paar Drinks, und dann nichts wie raus hier», sagt er und ignoriert damit einfach meinen Hinweis auf den Wellnessbereich. Er mustert belustigt mein Outfit. Stimmt genau! Ich trage jetzt aus freien Stücken einen Onesie.

«Aber …», protestiere ich.

«Oh, schau mal, der Kühlschrank ist voll ausgestattet.» Nathan öffnet den Minikühlschrank und zeigt mir den Getränkevorrat.

«Ooooh, super!» Ich bin echt leicht abzulenken.

Ich schütte also eine ganze Flasche Moët in eine leere Wasserflasche um, Nathan schnappt sich vier Dosen Red Bull, und wir wagen uns in den Abend hinaus.

⋆★⋆

Es stellt sich heraus, dass das Glastonbury Festival groß ist. Wir sind nun den ganzen Abend lang von einem Ort zum anderen gelaufen, aber Nathan sagt, dass wir noch nicht mal die Hälfte des Geländes gesehen haben. Wir sind gerade auf dem Weg zu etwas, das ‹The Park› heißt, obwohl ich ja gar nicht so gut mit Achterbahnen zurechtkomme.

«Ich glaube, nach einer halben Flasche Sekt schaffe ich nicht mal eine Rutsche», hickse ich.

«Wovon redest du?», fragt er.

«Wir gehen doch zu einem Park.»

«Nein, ‹The Park›», antwortet er. «Voilà.»

Wir stolpern zum Gipfel eines Hügels hinauf, und er legt die Hände auf meine Schultern und dreht mich um. Das Festivalgelände erstreckt sich unter uns, weiße Lichtkugeln markieren die Wege, so weit das Auge reicht. Im Sonnenuntergang leuchtet alles rosa, die großen Hauptbühnen, Tausende von winzigen Zelten und der Wald aus bunten Flaggen, die im lauen Sommerwind tanzen.

«DAS IST JA WAHNSINN!», rufe ich.

«Ja», sagt ein Mann und setzt sich neben mich. «Hier, nimm dir eins davon.»

Er streckt die Hand aus und gibt mir ein kleines, weißes Bonbon mit einem Smiley darauf.

«Vielen Dank, das ist aber nett!» Ich drehe mich zu Nathan um. Aber er schnappt sich das Bonbon und gibt es meinem neuen Freund zurück.

«Das war eine Pille, Izzy. Du weißt schon? Drogen?»

«Wirklich?», frage ich und beäuge den Mann misstrauisch. Aber er scheint die Pille selbst geschluckt zu haben, denn er lacht sich gerade über das Gras kaputt.

«Wow», flüstere ich.

«Hat dir deine Mum nicht beigebracht, keine Süßigkeiten von Fremden anzunehmen, als du … keine Ahnung, vier warst?»

«Doch, hat sie», antworte ich beschämt. «Sorry, Mum. Andererseits: Wie cool bin ich denn? Mir wurden gerade auf dem Glastonbury Festival Drogen angeboten!»

«Ja … und du dachtest, es sind Süßigkeiten. Drogen sind nicht cool.» Nathans Gesicht hat sich verdunkelt, und er schaut mich so streng an, dass ich spüre, wie meine Unterlippe zu zittern beginnt.

«Ich weiß. Tut mir leid.»

«Pass einfach auf dich auf, okay? Hier laufen alle möglichen Leute rum, und ich möchte nicht, dass dir etwas passiert, wenn ich dabei bin.»

Zur Antwort meldet sich lautstark mein Schluckauf zurück.

Nathan verdreht die Augen.

«Du hasst mich, weil ich betrunken bin», jammere ich, als wir den Hügel wieder hinuntersteigen. «Ich bin betrunken und nervig, und du bist total nüchtern und so. Warum trinkst du keinen Alkohol, Nathan?»

Er geht jetzt schneller, sodass ich praktisch neben ihm herjogge. Das ist in Gummistiefeln und mit einem Bauch voll Champagner gar nicht so einfach, noch dazu, weil gerade eine Idee in mir zu keimen beginnt. Der coole Nathan ist nicht der einzige schöne Abstinenzler in meinem Leben.

Ich streiche mir gedankenverloren mit Daumen und Zeigefinger übers Kinn, als plötzlich, völlig aus dem Nichts, der Himmel seine Schleusen öffnet. Nathan bugsiert mich unter das Vordach eines Essensstandes, und ich krame in meiner Tasche nach meiner Regenjacke.

«Korallenrosa.» Er grinst.

«Ja, wie schon gesagt, die war echt teuer, da wollte ich wenigstens eine schöne Farbe», sage ich beleidigt und wische mir den Regen aus den Augen. Das war's dann wohl mit meinem Festival-Eyeliner. Dabei glitzert er sogar!

«Wo wir schon mal hier sind, können wir genauso gut

gleich zu Abend essen», schlägt er vor. «Was hältst du von Pastete?»

«Na ja, ich habe mir die Karte von unserem Campingplatz angeschaut, und da gibt es Gourmet-Brioche-Burger. Das hört sich doch gut an.»

«Unser Campingplatz ist ungefähr vierzig Minuten von hier entfernt. Zu Fuß. Im Regen.»

«Pastete klingt super.»

★ ★ ★

Es ist mitten in der Nacht, und ich trage eine Sonnenbrille. Ich hoffe, dass ich nicht allzu bescheuert aussehe, aber es ist die einzige Möglichkeit, mir den Regen aus den Augen zu halten. Außerdem verdeckt sie den Glitzer, der sich mittlerweile über mein gesamtes Gesicht verteilt hat. Meine Gummistiefel stecken tief in einem Fluss aus Matsch, und ich habe einen Klecks Kartoffelpüree in den Haaren. Und ich glaube nicht, dass ich zufriedener sein könnte.

Ein paar von Nathans Leuten haben sich zu uns gesellt, und wir hören einer Band zu, von der ich noch nie gehört habe. Nathan und seine coolen Freunde – zwei von den Mädels sehen genau wie Alexa Chung aus – tauschen sich über «die Macht des Riffs» aus. Ich zermartere mir das Gehirn auf der Suche nach einem klugen Beitrag.

«Habt ihr diese Katze auf YouTube gesehen …»

NEIN, ISOBEL!

Glücklicherweise sorgen das laute Getöse von der Bühne und der Wolkenbruch dafür, dass die Mädels mich nicht hören. Auf Nathan trifft das offensichtlich nicht zu.

«Katzen auf YouTube? Gefällt dir die Band nicht?»

«Nein. Ja. Aaahhh. Ich meine, nein, ich habe nicht von Katzen auf YouTube geredet», sage ich verächtlich. «Du hörst anscheinend schlecht, und du hast nicht mal die Ausrede, dass du betrunken bist! Und ja, ich finde die Band richtig toll! Die Refrains sind so eingängig, und der Sänger hat eine geniale Stimme! Ich kann sogar schon mitsingen, obwohl ich sie vorher gar nicht kannte!»

«Super.» Nathan grinst. Wasser tropft von der Kapuze seines unglaublich lässigen schwarzen Regenmantels. «Hast du darüber nachgedacht, wie du es dieses Wochenende auf eine Bühne schaffst?»

«Neeeeiiiin», winsele ich. «Ich habe allen Headlinern geschrieben, bevor wir gefahren sind, aber sie haben mich entweder ignoriert oder nein gesagt.»

«Ich kann nicht behaupten, dass mich das überrascht», sagt er. «Du könntest es im Comedy-Zelt versuchen. Einen Witz erzählen oder so was.»

«Machst du Witze? Ich bin die unwitzigste Person überhaupt. Ich kenne noch nicht mal die üblichen Schenkelklopfer.»

«Ich finde dich witzig.» Er zuckt die Achseln. «So im Sinne von … Slapstick. Ist dir zum Beispiel bewusst, dass du Kartoffelbrei in den Haaren hast?»

Ich kann nicht glauben, dass ich mal ein bisschen in diesen Kerl verknallt war. Aber recht hat er schon. Ich kann nicht das ganze Wochenende Sekt trinken und Pastete essen, oder? Ich muss eine Mutprobe bestehen. Ich bin Izzy die Große. Ich bin #DareIzzy. Ich bin … völlig champagnerlos.

⋆★⋆

Es ist eine allgemein anerkannte Tatsache, dass ich eine tolle Tänzerin bin. Diese ganzen heißen Feger mit ihren hautengen Paillettenkleidern bei *Strictly Come Dancing* können mir nicht annähernd das Wasser reichen. Meine Fähigkeiten sind noch viel unglaublicher, wenn man bedenkt, dass ich keine offizielle Ausbildung genossen habe. Ich schätze, ich bin das, was man ein unverdorbenes Naturtalent nennt. Wenn es mich packt und ich die Tanzfläche betrete, gibt es nichts Vergleichbares.

Zum Beispiel jetzt gerade. Ich habe meine Champagnerkrise Nathan gegenüber erwähnt und wollte gerade alleine zurück zum Campingplatz, aber er sagte irgendwas davon, dass ich ein Risikofaktor bin, und bestand darauf, mich höchstpersönlich zurückzubringen.

«Ich habe so ein Gerücht gehört, dass einer der besten DJs heute Abend auf unserem Campingplatz auflegt», sagt er und nimmt meine Hand, als ich einen Hügel hinunterschlittere, der ganz aus Matsch besteht.

Es stellt sich heraus, dass er recht hatte. Unser Luxuscampingplatz wird von Laserstrahlen und Knicklichtern erleuchtet, und ein winziger Mann auf einer riesigen DJ-Bühne legt sich richtig ins Zeug. Die Sofas und Liegestühle sind zur Seite geräumt worden, um eine Tanzfläche freizugeben, und hier bin ich also und schwinge meinen Hintern zu dieser grandiosen Musik. Der DJ geht nahtlos von alten Klassikern zu richtig gutem neuem Zeug über, und ich bin in genau der richtigen Stimmung. Ich schwenke die Arme durch die Luft und mache passende

Bewegungen mit den Beinen, schließe die Augen und lasse meinen Körper mit der Musik gehen. Ich öffne die Augen, um einen Schluck Sekt zu nehmen, und bemerke, dass die Leute einen Kreis um mich herum gebildet haben. Sie sind wahrscheinlich hin und weg davon, wie ich mich durch das Medium Tanz ausdrücken kann, denke ich und trinke einen Schluck aus meiner frisch aufgefüllten Wasserflasche. Aber Moment mal, eine dieser Personen scheint mich zu filmen. Jemand anderes zeigt lachend mit dem Finger auf mich. Ich werde langsamer, bis ich nur noch leicht hin und her schwanke. Verwirrt schaue ich von einem grinsenden Gesicht zum nächsten.

«Coole Moves», sagt ein Mädchen in Camouflagejacke verächtlich.

Ich spüre, wie mein Lächeln verblasst und mein Herz schwer wird. Diese Leute lachen über mich. Es ist genau wie damals in der Schule, als alle auf meiner Haarfarbe und meiner blassen Haut herumgehackt haben, nur dass ich jetzt erwachsen bin. Ich hätte es besser wissen müssen.

Ich drehe mich um und bahne mir einen Weg durch die Menge. Dann lasse ich mich niedergeschlagen auf eine Bank in einer Ecke fallen.

«Warum so traurig?», fragt ein Mann in einem roten Samtanzug mit einer Fliege um den Hals.

«Sorry, ist hier besetzt?», schniefe ich. Ich habe gar nicht gemerkt, dass auf der Bank, die ich mir ausgesucht habe, lauter auffällig gestylte Typen sitzen.

«Nein, überhaupt nicht», lächelt der freundliche Fliegenmann. Sein perfekt frisierter Schnurrbart bewegt sich auf und ab, wenn er spricht. «Alles in Ordnung?»

«Nicht wirklich», gebe ich zu. «Ich hatte so viel Spaß beim Tanzen, und dann habe ich bemerkt, dass alle um mich herumstehen und mich auslachen. Ich weiß, dass ich ein bisschen viel Sekt getrunken habe, aber ich bin nicht komplett besoffen, und es war wirklich nicht nötig, so gemein zu sein. Obwohl ich irgendwie auch selber schuld bin, weil ich mich so habe gehen lassen. Ich tanze normalerweise nur alleine zu Hause.»

Ich hole tief Luft, fest entschlossen, die Tränen zurückzuhalten, die sich mit einem dicken Kloß in meinem Hals ankündigen.

«Wir fanden dich großartig», sagt er und reicht mir ein Stofftaschentuch.

Ich nehme es dankbar an und schnäuze mir kräftig die Nase.

«Das sagst du doch nur aus Höflichkeit.» Ich schaue mir den Inhalt des Taschentuches genau an, bevor mir auffällt, dass ich nicht alleine bin.

«Nein, tue ich nicht», sagt er und schaut höflich in die andere Richtung, während ich sein Taschentuch falte. Sieht aus, als hätte er es gebügelt. «Es passiert nicht oft, dass man jemanden sieht, der sich so natürlich zur Musik bewegt wie du. Die meisten sind so sehr damit beschäftigt, sich Gedanken darüber zu machen, was die anderen denken, dass sie das gar nicht zulassen können. Vor allem hier beim VIP-Camping. Seien wir mal ehrlich, man kann sich nicht sicher sein, dass die Leute hier besonders nett sind.»

«Aber warum bin ich dann nicht wie die meisten Leute?», sage ich trotzig. «Statt die Person zu sein, über die die meisten Leute lachen.»

Plötzlich ist die alte Izzy wieder da, und sie fühlt sich klein und dumm und tut sich selber leid.

«Weil du ein ungeschliffener Diamant bist», entgegnet er und reicht mir einen Becher Wasser, um den unglaublichen Schluckauf zu bekämpfen, der sich meiner bemächtigt hat.

«Danke.» Ich nehme einen Schluck. «Ich fühle mich nicht wie ein Rohdiamant, ich fühle mich wie ein Loser.»

«Warum, weil du dich ein bisschen weit aus dem Fenster gelehnt hast? Die Leute, die dich da verurteilt haben, sind eifersüchtig auf dich, hast du dir das schon mal überlegt? Sie sind nämlich zu langweilig, um etwas Originelles zu machen.»

«Du findest mich originell?»

«Die wunderschöne Rothaarige, die sich auf die Tanzfläche wagt und tanzt, als sei ihr alles um sie herum völlig gleichgültig? Ja, ich finde dich originell», nickt mein neuer Freund.

Ich streiche mit dem Finger am Rand des weißen Plastikbechers entlang und warte darauf, dass sich mein Atem wieder beruhigt. Als Jugendliche wurde ich erst in der coolen Gruppe akzeptiert, als ich mir die Haare blond gefärbt und mich mit Selbstbräuner eingeschmiert hatte. Und seitdem habe ich mich so darauf konzentriert, andere zufriedenzustellen, dass ich mich selber ganz vergessen habe. Zum Beispiel die ganze Situation mit Charlie! Ich war bereit zu ignorieren, dass er meine Schwester mehr geliebt hat als mich, nur damit wir zusammenbleiben und so weitermachen konnten wie vorher. Aber das bin ich nicht mehr! Die neue Izzy ist eine draufgängerische Rothaarige. Ich habe noch nie so viele Entscheidungen für mich selbst getroffen wie dieses Jahr. Beispielsweise zu einem Aktzeichenkurs zu gehen, obwohl das George nicht in den Kram gepasst hat. Oder mich auf die Arbeit zu konzentrieren, auch wenn es in meinem Liebesleben besorgniserregend nach einer Dreiecksbeziehung aussieht. Klar, ich habe auch Fehler gemacht. Jamie gegenüber, zum Beispiel. Aber daran arbeite ich ja. Ich arbeite an mir. Und wenn ich aufstehen und wie eine Geistesgestörte tanzen möchte, dann werde ich das verdammt noch mal auch tun.

«Danke, Jungs», sage ich. In mir kommen gerade so viele Emotionen hoch, dass meine Stimme zittert. «Ihr wisst gar nicht, wie viel mir das bedeutet. Ich fühle mich so viel besser! Ich bin übrigens Izzy.»

«Ich bin Art, und das hier sind meine Bandkollegen Lucas und Boris», sagt er.

«Hallo.» Ich winke kurz in die Runde. «Ihr seid also eine Band? Cool.»

«Ja. Wir treten morgen Abend auf, komm doch vorbei. Wir heißen Grammaticas. Geh einfach zu Big Ted, unserem Tour-Manager, wir schreiben dich auf die Gästeliste, dann kannst du auch in den Backstagebereich.»

«Das wäre toll! Jetzt ruft mich aber erstmal mein Zirkuswagen. Danke noch mal!»

* ★ *

Ich würde lügen, wenn ich behaupten würde, dass mein Ego nach dem Vorfall gestern Abend nicht noch ein kleines bisschen verletzt wäre. Nathan hat den ganzen Tag lang Interviews, und ich hatte Angst, die VIP-Mädels von gestern Abend zu treffen, also bin ich den ganzen Tag lang auf dem Festivalgelände herumgelaufen. Ich habe eine nette Stelzenläuferin kennengelernt, drei verschiedene Ponchos anprobiert, mir ein Henna-Tattoo auf den Rücken malen lassen und sogar einen Essensstand gefunden, wo es ein Mungobohnengericht gab, das Melissa gut fände. Jetzt bin ich zurück im Base Camp und wage mich in den Wellnessbereich.

«Hey, du bist doch die, die gestern Abend getanzt hat», sagt eine Frau in Weiß.

«Ja», flüstere ich und mache mich auf einen Sturm von Beleidigungen gefasst.

«Du warst phantastisch! Hör zu, ich hab noch eine halbe Stunde vor dem nächsten Termin, soll ich dir ein Festival-Make-up machen?»

«Wirklich? Ginge das?»

«Sehr gerne. Beim Glastonbury geht es darum, seine Macken auszuleben, Liebes. Da passt du super rein.»

Soll ich das als Kompliment auffassen?

Egal, ein kostenloses Make-up würde ich nie ablehnen, also setze ich mich auf einen Klappstuhl und bewundere die ganzen Mac-Produkte.

«Ooohh, diese Wimpern!»

«Oh ja. Du kannst doch nicht ohne echte Killer-Wimpern zu einem Festival gehen. Ich finde, die hier wären perfekt!» Sie reicht mir ein neonblaues Paar.

«Bist du sicher?», frage ich nervös, gerade als Nathan auftaucht.

«Ich sehe, du bist jetzt richtig auf dem Glastonbury angekommen», sagt er spöttisch.

«Ja, bin ich wirklich! Ich hab mir sogar ein Tattoo machen lassen», gebe ich zurück.

«Bitte sag, dass es nicht echt ist.» Er verzieht das Gesicht.

Ich schüttele den Kopf, während meine neue Kosmetiker-Freundin Nathan eine Dose Glitzerstaub hinhält und die Augenbrauen hochzieht.

«Nein danke», knurrt er und tritt sicherheitshalber einen Schritt zurück. «Also, ich bin endlich mit den Interviews durch. Was möchtest du heute Abend machen?»

«Na ja, ich habe gestern Nacht ein paar Typen getroffen, die gesagt haben, sie treten heute auf. Grammaticas? Ich hab noch nicht ins Programm geschaut, also weiß ich noch nicht, wann oder wo. Hast du Lust?»

«Grammaticas?» Nathan reißt die Augen auf.

«Ja», nicke ich. «Art hat mir sein Taschentuch gegeben.»

«Ach du Scheiße.» Nathan kratzt sich am Kopf. «Sie sind gerade die heißeste Band überhaupt. Die Favoriten für den nächsten Mercury.»

Ich nicke, als wüsste ich, wovon er redet.

«Der Mercury-Musikpreis, du Null», erklärt er.

«Das ist doch gut, oder? Sie waren supernett, und ich dachte, es wäre schön hinzugehen.»

«Dir ist bewusst, dass sie dermaßen unberührbar sind, dass sie niemals Interviews geben? Wie hast du es geschafft, mit ihnen ins Gespräch zu kommen?»

«Äh, na ja, sie haben mich gestern Abend tanzen sehen, und dann waren ein paar Mädels gemein zu mir, und sie haben mich getröstet.»

«Die Mädels waren gemein zu dir?», fragt die Kosmetikerin, während sie meinen Lippenstift perfektioniert.

«Das ist doch das Letzte. Die waren einfach neidisch, weil du dich gehenlassen konntest.»

«Dasselbe hat Art auch gesagt.»

«Hört sich an, als hättest du Eindruck gemacht», meint Nathan. Er schaut auf das Festivalprogramm, das er immer dabeihat. «Sie spielen um sechs, wir sollten also los.»

⋆★⋆

Big Ted ist eigentlich ziemlich klein und ziemlich breit. Wäre er ein Hund, dann wohl eine Bulldogge. Aber trotz der Narbe, die sich blitzförmig über sein eines Auge zieht, als wäre er eine Art krimineller Harry Potter, ist er eigentlich ganz süß.

«Hi Izzy, die Jungs haben gesagt, dass du vielleicht vorbeikommst.» Er schüttelt mir die Hand, und ich habe Angst, dass er mir aus Versehen den Arm abreißt.

«Ist es okay, wenn mein Kumpel Nathan auch mitkommt?» Ich zeige mit dem Daumen auf Nathan.

«Klar, kommt mit rauf», sagt Big Ted. Wir folgen ihm durch ein Metalltor zur Rückseite der pyramidenförmigen Bühne, die aus der Nähe betrachtet furchteinflößend riesig ist. Ich spüre, wie sich mein Magen vor Nervosität zusammenzieht, dabei bin ich doch gar nicht diejenige, die gleich dem Publikum gegenübertritt.

«Gäste hängen normalerweise während des Gigs hier rum», sagt Ted und führt uns ein paar Stufen hinauf hinter die Bühne. «Im Green Room stehen massig Getränke, und ihr könnt euch nachher noch mit den Jungs unterhalten, wenn ihr wollt. Fühlt euch wie zu Hause.»

«Ich kann nicht glauben, dass wir backstage in der Pyramide sind» sagt Nathan und späht hinaus.

«Oh Mann, guck mal, wie viele Leute da schon sind», füge ich hinzu. Die Menschenmenge scheint sich meilenweit zu erstrecken.

«Na ja, es ist die größte Bühne auf dem Glastonbury, und wie gesagt, die Grammaticas sind echt in», antwortet Nathan. «Die ziehen Hipster magisch an.»

Auf der Bühne endet jetzt der Soundcheck, und die Menge fängt an zu jubeln. Ich habe so etwas noch nie gehört! Ich bekomme eine Gänsehaut und beobachte, wie einige Mädchen im Publikum auf die Schultern ihrer Freunde klettern, um besser sehen zu können.

Art, Lucas und Boris tauchen neben mir auf und sehen sogar noch schicker aus als gestern Abend. Sie tragen cremefarbene Anzüge und Fliegen mit Blumenmuster. «Viel Glück», flüstere ich, als sie tief Luft holen und die Bühne betreten. Der Jubel im Publikum explodiert. Es ist so laut, dass ich überzeugt bin, dass die Bühne gleich abhebt und losfliegt.

Und dann spielen sie. Ich bin nicht besonders gut darin, Musik zu beschreiben, aber sie klingen wie eine Mischung aus den Chemical Brothers, Hot Chip und N*E*R*D. Unglaublich cool.

Meine Füße stampfen. Meine Hüfte bewegt sich von links nach rechts. Und plötzlich feiere ich wieder meine Macken. Art hat recht: Ist doch egal, was die anderen denken. Ein kleiner Teil von mir hofft, dass Nathan nicht weinend wegrennt oder wieder zu trinken anfängt, aber ein viel größerer Teil von mir kann einfach nicht aufhören zu tanzen. Ich drehe mich zu ihm um, so gerührt von der tollen Musik, dass ich Tränen in den Augen habe, und dann sehe ich, dass er auch tanzt! Damit meine ich nicht nur unterschwelliges Wippen mit dem Fuß, wie man es von einem lässigen Musikjournalisten erwarten würde. Oh nein. Seine Hände bewegen sich durch die Luft!

Wir lachen und tanzen und grinsen uns unablässig an. Jedes Lied ist irgendwie noch besser als das davor. Und dann fängt Art an, mit dem Publikum zu sprechen.

«Wer möchte meine neue Lieblingstänzerin Izzy kennenlernen?» So klingt das, was er sagt, zumindest.

Aber das kann doch nicht sein!

Ich schüttele den Kopf, als hätte ich Wasser in den Ohren.

Und dann höre ich es.

«Iz-zy. Iz-zy. IZ-ZY!»

Da ruft nicht nur eine Person meinen Namen. Das sind ungefähr vierzigtausend Leute!

Ich erstarre. Ich schaue Nathan an.

«Warum rufen die mich alle?», frage ich.

Er nickt in Richtung Bühne. Art winkt mir, zu ihm zu kommen. AUF DIE BÜHNE. VOR EINE MENGE VON HUNDERT MILLIONEN MENSCHEN.

Oh, non non non non non.

Was macht man noch mal in solchen Momenten? Kampf oder Flucht, genau. Na ja, für mich kommt jedenfalls nur die Flucht in Frage. Ich drehe mich um und renne los, stoße aber mit Nathan zusammen.

«Auf die Bühne, jetzt!», befiehlt er. «Und zwar nicht nur, weil das dann das beste Feature aller Zeiten wird. Wann wirst du jemals wieder so eine Möglichkeit haben?»

Oh nein, bitte nicht!

«Was ist mit dem Comedy-Zelt? Ich könnte vor ein paar bekifften Hippies einen Witz erzählen?», frage ich hoffnungsvoll. Aber Art ist jetzt zum Rand der Bühne gelaufen und nimmt meine Hand. Ich gehe schüchtern neben ihm her, von den Scheinwerfern geblendet, sodass ich glücklicherweise die Menge nicht sehen kann, die immer noch meinen Namen ruft.

«IZZY! IZZY!»

Ich öffne ein Auge einen winzigen Spaltbreit, aber das reicht schon, um zu sehen, dass da Tausende von Grammaticas-Fans stehen, die jede meiner Bewegungen verfolgen. Plötzlich wird es noch lauter, die Band hat wieder zu spielen begonnen. Ich stehe immer noch wie versteinert neben Art.

«Ladys und Gentlemen, darf ich euch das coolste Mädchen vorstellen, das ich seit langem getroffen habe? Sagt hallo zu Izzy!»

«HALLO IZZY», tönt es aus der Menge.

Ach du lieber Gott. Bin ich im Fernsehen? Ich sehe riesige Bildschirme mit meinem vor Angst versteinerten Gesicht darauf. Zum Glück habe ich mir eben noch mein Make-up machen lassen – ich muss zugeben, dass diese leuchtend blauen Wimpern auf dem großen Bildschirm ziemlich gut rüberkommen. Ich winke kurz und versuche ein winziges Lächeln.

Mehr Applaus.

«Wollt ihr wissen, warum Izzy so cool ist? Weil sie tanzt, als würde niemand zusehen. Also, Ladys und Gentlemen, seid nicht schüchtern. Ich möchte, dass ihr tanzt wie Izzy. Bereit?»

Art strahlt mich an. Er erwartet doch sicher nicht, dass ich jetzt tanze? Ich kann doch kaum atmen, verdammt!

Aber nein, er hat eine Posaune hervorgeholt und spielt die mitreißendste, jazzigste Melodie, die ich je gehört habe.

Und, na ja, ich kann nichts dagegen machen. Mein Hintern schwingt, die Arme flattern. Ich mische Air Grabs mit Leg Kicks, und es fühlt sich einfach richtig an. Ich grinse so breit, dass meine Wangen weh tun, und plötzlich ist mir meine kleine Bühnenecke nicht mehr genug. Ich stampfe wie eine Schamanin um Lucas und Boris herum. Als ich einen vorsichtigen Blick in die Menge wage, sehe ich, dass die Grammaticas-Fans jetzt auch alle tanzen, so wild, dass sie eher wie ein Meer aussehen als wie einzelne Menschen.

Ich lache laut und schwanke weiter über die Bühne. Was soll's, dann benehme ich mich eben, als wäre ich ein Kind von Ronan Keating und Iggy Azalea. Ich bin die rothaarige Izzy. Ich bin Ich. Und ja, vielleicht sind meine Dance Moves ein bisschen seltsam, aber ich habe Spaß!

Ein weiterer wunderbarer Song geht zu Ende, und ich halte mir den Bauch, atemlos und bereit für die nächste Nummer.

Aber Art verbeugt sich wie ein echter Gentleman und sagt ins Mikro: «Vielen Dank, dass ihr heute hier wart. Wir hoffen, ihr hattet genauso viel Spaß wie wir.»

Dann nimmt er meine Hand, verbeugt sich mit mir zusammen und fügt hinzu: «Ein ganz besonderer Dank an die unglaubliche Izzy, dafür, dass sie alle mitgerissen hat. Bleibt verrückt, Glastonbury!»

Und damit legt er meinen Arm in seinen und führt mich von der Bühne.

⋆★⋆

Ich habe aufgehört zu zählen, wie oft ich Art umarmt habe, und ich habe Boris so oft meinen allerbesten Freund genannt, dass er, glaube ich, ein bisschen Angst vor mir hatte. Aber ich war so aufgeregt, dass ich nicht aufhören konnte zu reden, und vielleicht bin ich auch in Tränen ausgebrochen, als die Jungs in den Heli steigen und zu ihrem nächsten Gig fliegen mussten.

«Bitte geht nicht», habe ich gebettelt, während ich versuchte, Big Ted festzuhalten.

«Melde dich mal.» Art hat aus dem Fenster des Hubschraubers gewinkt. «Und danke für heute Abend, du warst genial.»

«Nein, du warst genial», habe ich zurückgerufen. Die lässigen Antworten waren mir anscheinend ausgegangen.

Jetzt laufen Nathan und ich zurück zum Campingplatz. Zumindest versuchen wir das, weil mich ständig Leute aufhalten, die mich «cooles Tanzmädchen» nennen. Ich habe mich noch nie so gut gefühlt, und ich kann es nicht erwarten, dieses Erlebnis mit meinen Freunden zu teilen.

Endlich kommen wir beim Wohnwagen an. Ich schnappe mir mein frisch aufgeladenes Handy. Es war jetzt länger als einen Tag aus, was mich vor meinem Trip in den Peak District verrückt gemacht hätte. Dort habe ich allerdings gelernt, dass ich ganz gut mal für vierundzwanzig Stunden alles abschalten kann. Ich würde es sogar bis morgen auslassen, wenn ich nicht so viel über den besten Abend meines Lebens posten müsste, wie ich nur kann.

Ich wippe ungeduldig mit dem Fuß, während ich darauf

warte, dass mein Handy hochfährt. Gleichzeitig überrede ich Nathan, mir sämtliche Fotos zu schicken, die er backstage gemacht hat. Die Tweets können warten, ich muss das alles sofort auf Instagram stellen!

Ich suche gerade den perfekten Filter für ein Bild aus, auf dem ich neben Art herumspringe, als eine Benachrichtigung von der Mailbox aufleuchtet.

«Mailbox?», frage ich. «Wer zum Teufel hinterlässt denn heutzutage noch Nachrichten auf der Mailbox?»

«Niemand», bestätigt Nathan. «Außer vielleicht Eltern.»

«Du könntest recht haben.» Ich klicke die Nachricht an und schwöre mir, sofort aufzulegen, wenn es ein weiterer Vortrag über meine Eierstöcke ist.

«Hi Izzy, hier ist Alex.» Er klingt irgendwie gestresst, aber vielleicht werde ich nach diesem Abend auf der Bühne auch einfach nur taub. «Ich wollte das hier eigentlich nicht über die Mailbox machen. Ich habe ein paarmal versucht, dich anzurufen, aber ich weiß, dass du auf dem Glastonbury bist. Na ja, Glastonbury ist genau das Problem. Du hast mir nicht gesagt, dass du mit einem anderen Typen hingehst. Ich dachte, es wäre für die Arbeit, aber ich habe deine Fotos auf Instagram gesehen. Ihr seid zusammen in einem Wohnwagen? Ich klinge nicht gerne eifersüchtig, aber offen gestanden bin ich es. Du hast mir gegenüber nie einen Nathan erwähnt, und da sind Bilder, auf denen ihr Händchen haltet und zusammen lacht. Also ... Ich weiß nicht genau, was bei dir los ist, aber irgendwie habe ich ein schlechtes Gefühl bei der Sache. Ich kann nicht anders, als zu denken, dass du nicht ehrlich zu mir bist. Also, es tut mir leid, dass ich das per Telefon sage, aber ich finde, wir sollten was auch immer zwischen uns war beenden, bevor einer von uns verletzt wird. Es tut mir wirklich leid, dass es so endet.»

Die Nachricht ist zu Ende, und ich höre sie noch mal. Und noch mal.

Dann rolle ich mich auf dem Boden des Zigeunerwagens zu einer Kugel zusammen, zerre mir die falschen Wimpern von den Lidern und zerknülle sie mit beiden Händen. Wie kann mein Leben innerhalb weniger Minuten von absolut spektakulär zu ziemlich mies umschlagen? Frustriert schleudere ich mir die Gummistiefel von den Füßen.

KAPITEL SIEBEN

★

JULI

Lerne etwas Neues

«Darf ich jetzt gucken?», frage ich und fummele ungeduldig an der Lavendelaugenmaske herum, die sorgfältig als Sichtschutz um meinen Kopf gebunden wurde.

«Auf keinen Fall!», kommt die barsche Antwort.

«Aber ich habe das hier an, seit wir von der Autobahn abgefahren sind, und das ist Stunden her, ich habe Angst, dass ich blind werde.» Ich lasse nicht locker, obwohl ich mich auch ein bisschen auf die Überraschung freue.

Ich höre, wie sich die Autotür öffnet, und plötzlich ziehen mich Männerarme vom Beifahrersitz.

«Komm einfach mit und hör auf zu jammern», sagt mein Begleiter.

Was würde Poirot in dieser Lage tun? Ich versuche, meine verbliebenen Sinne zu schärfen. Ich höre Kies unter meinen Flip-Flops knirschen. Ich rieche etwas leicht Salziges. Dann kreischt eine Möwe über uns, und in der Ferne nehme ich Wellenrauschen wahr, wir müssen also am Meer sein!

«Hast du mich ans Meer gebracht?», stammele ich. «Ich LIEBE das Meer. Sind wir am Meer? Können wir am Strand Muscheln essen?»

Im gleichen Maß wie ich begeistert bin, dass meine grauen Zellen das herausgefunden haben, bin ich verwirrt, weil mir niemand antwortet.

«Hallo? George? Bitte sag mir, dass du mich nicht an der Küste ausgesetzt hast.»

Aber eine Hand führt mich weiter, und ich bemerke, dass ich nun über einen weicheren Boden gehe. Plötzlich werde ich in einen Sessel geschubst, und man sagt mir, ich solle geduldig warten, während George uns eincheckt.

Ich bin also offensichtlich in einem Hotel. Am Meer. Mit Gorgeous George, aber das hatte ich ja schon erwähnt. Er befindet sich schon seit einer ganzen Weile im Charmanter-Gentleman-Modus. Es hat alles damit angefangen, dass er Fotos von seinem Fernseher gemacht hat, als ich beim Glastonbury auf der Bühne war, und sie mir geschickt hat, mit Herzchen-Emojis! Bei Herzchen-Emojis werde ich schwach. Dann kamen Blumen, Anrufe, liebe kleine Nachrichten.

Nachdem wir uns auf einen Drink getroffen haben und er sich bei dieser Gelegenheit in aller Form für sein Verhalten beim Abendessen entschuldigt hat, konnte ich nicht mehr widerstehen. Er hat darauf bestanden, dass ich mein Geburtstagswochenende für eine Überraschung freihalte. Ich habe mir das Hirn darüber zermartert, was er wohl geplant hat, und wenn meine detektivischen Fähigkeiten recht haben, befinden wir uns gerade auf einem Wochenendtrip zu zweit. Wie romantisch ist das denn?

Ich weiß schon, das ist jetzt alles ein bisschen verwirrend, aber nachdem Alex falsche Schlüsse über Nathan gezogen und meine gute Stimmung auf dem Glastonbury kaputt gemacht hat, ist die Seifenblase, in der ich mich befand, nachdem ich vor einer riesigen Menschenmenge auf einer Bühne getanzt habe, relativ schnell zerplatzt. Ich war so sauer auf ihn, und auch so beleidigt, dass ich beschloss, mich erstmal zu beruhigen, bevor ich ihn zurückrief. Ich habe gewartet, bis ich wieder in meiner Wohnung war und mich von Glitzer, Trockenshampoo und dem Matsch unter meinen Fingernägeln befreit hatte, bevor ich seine Nummer wählte. Sofort meldete sich die Mailbox, und ich hinterließ eine Nachricht, von der ich hoffe, dass sie sich ganz ruhig und gelassen anhörte. Darin bat ich ihn, mich zurückzurufen, damit ich ihm alles erklären konnte. Und dann ... nichts. Insgesamt habe ich fünf Nachrichten hinterlassen, und ich habe immer noch nichts von ihm gehört. FÜNF NACHRICHTEN! Jamie meint, dass er beschlossen hat, nichts mehr mit mir zu tun zu haben. Trotzdem ist es ungemein frustrierend, dass ich keine Chance bekomme, meine Sicht der Dinge darzulegen! Zum Beispiel, dass Nathan ein Kumpel ist, der mir mit den Glastonbury-Tickets aus der Patsche geholfen hat. Kumpel ist hier das entscheidende Wort. Aber nein, Alex hat einfach angenommen, dass ich nicht ehrlich bin, und entschieden, alles zu beenden, bevor es überhaupt angefangen hat. Vielleicht hat er mir damit ja auch einen Gefallen getan. Wenn er so leicht voreilige Schlüsse zieht und gleich so schlecht von mir denkt, dann ist er vielleicht nicht der tolle Kerl, für den ich ihn gehalten habe.

Trotzdem hallen Jamies warnende Worte seitdem in meinem Kopf wider. Das mit Nathan mag zwar völlig unschuldig gewesen sein, aber richtig ehrlich war ich trotzdem nicht zu Alex. Es ist nicht so, dass ich zweigleisig gefahren wäre, es ist einfach so passiert, dass eine Sache sich abgekühlt hatte, und als die andere sich dann wieder abgekühlt hat, hat sich die erste Sache … ähm … wieder aufgeheizt. Aber wenn Alex sich darüber aufregt, dass ich ein Stockbett mit meinem Nachbarn teile, dann ist es wahrscheinlich gut, dass er von der Bildfläche verschwunden ist. Es ist zwar schade, aber wenigstens kann ich mich jetzt auf George konzentrieren und habe ein deutlich besseres Gewissen.

Ich streiche mit den Händen über die Armlehnen des Sessels, in dem ich sitze. Er fühlt sich kühl und butterweich an, wie eine alte Lederjacke.

«Du siehst wie eine Nymphomanin aus, wenn du diesen Sessel streichelst», verkündet George. «Gefällt mir.»

Er zieht mich hoch, und ich hoffe, dass ich nicht rot geworden bin. Vielleicht bemerkt ja niemand die rotgesichtige Frau mit der Augenbinde, die ihrem Freund hinterherstolpert. Oder zumindest: hinter ihrem zukünftigen Freund. Man kann doch keinen Wochenendtrip unternehmen, ohne es offiziell zu machen, oder? SCHMETTERLINGE!

⋆★⋆

«Also, nehmen wir die hier mal ab.»

George dreht mich zu sich um und streicht mit den Fingern langsam meinen Rücken hinauf, bevor er endlich am Band meiner Augenbinde ankommt. Er weiß ganz genau, was er mit meinem Innenleben anstellt, und wenn ich ehrlich bin, kann ich es kaum erwarten, dass dieses Wochenende, das wir wohl größtenteils im Bett verbringen werden, richtig anfängt. Ich werde endlich das, was ich schon immer wollte, von meinem Traummann bekommen. Na, wie gefällt dir das, alte Izzy?!

Ich spüre, wie die Maske von meinem Gesicht herunterfällt, und öffne langsam die Augen. Es ist hell in dem sonnendurchströmten Zimmer. Ich muss ziemlich oft blinzeln, um mich daran zu gewöhnen, aber dann stelle ich erleichtert fest, dass diese Entführung mich doch nicht hat erblinden lassen.

Ich stehe mitten in einem äußerst luxuriösen Schlafzimmer. An einem Ende thront ein Himmelbett, und es gibt eine breite Fensterbank voller gestreifter Kissen und einen Balkon mit Liegestühlen und Meerblick. Alles ist sehr geschmackvoll in Weiß und Grau dekoriert, mit ein paar blauen und gelben Akzenten, sodass es nicht zu blass wirkt. Mustergültiger maritimer Chic.

«Also … gefällt es dir?», fragt George gespannt.

«Ob es mir gefällt? Es ist umwerfend! Wo sind wir?»

«Cornwall», antwortet er.

Ich drehe mich strahlend zu ihm um.

Er lehnt an einem gebeizten Holztisch, auf dem eine riesige Geburtstagstorte steht, und hat zwei Sektgläser in der Hand. Die Torte ist mit weißen Zuckerrosen übersät, und die flackernden Flammen von drei Kerzen tanzen darüber.

«Alles Gute zum Geburtstag, meine Schöne.» Er lächelt.

«George, das ist viel zu viel!» Ich klatsche in die Hände. «Das Hotel, die Torte … Ich weiß gar nicht, was ich sagen soll.»

«Sag nichts, lass uns einfach anstoßen. Ich hab uns zum Abendessen einen Tisch in einem Seafood-Restaurant unten am Hafen gebucht, also dachte ich, wir können uns heute Nachmittag im Hotel umsehen.»

«Das hört sich perfekt an», quietsche ich und versuche, beim Anblick des Pools in der Hotelbroschüre nicht die Nerven zu verlieren. Bleib cool, Izzy!

★★★

Vor sechs Monaten hätte mich der Gedanke, mich Gorgeous George im Bikini zu präsentieren, mit Panik erfüllt. Nicht nur wegen der zusätzlichen Pfunde, die sich dank Eis, Pastetchen und Sherry über Weihnachten auf meine Hüften geschlichen hatten. Mein wahres Problem war nicht, was ich aß oder wie viel ich wog, es lag einfach nur darin, wie ich mich selber sah. Wenn ich in einen Spiegel schaute, wanderten meine Augen sofort zu den Dingen, die mir nicht gefielen. Dass mein Bauch zu rund war oder mein ganzer Körper mit Sommersprossen übersät ist. Klar, ich habe in letzter Zeit ein bisschen abgenommen, weil ich ständig unterwegs bin, aber dass ich jetzt Größe sechsunddreißig trage, hat so gut wie nichts mit meiner neuen Selbstwahrnehmung zu tun. Ich bin selbstbewusster geworden. Mein Körper kann unglaubliche Sachen schaffen, bergsteigen zum Beispiel, und tanzen, als würde niemand zusehen! Und jetzt, in diesem schwarzen Bikini, bin ich einfach nur stolz auf mich. Ich brauche keine neun Schichten Selbstbräuner mehr, bevor ich mich traue, mich den anderen Leuten am Pool zu zeigen. Ich habe meine

Kleider in ein Schließfach gestopft und bin fröhlich nach draußen gelaufen.

George liegt schon seit einiger Zeit auf einem Liegestuhl in der Sonne.

«Willst du Sonnencreme?», frage ich. «Ich möchte nicht, dass du dir einen Sonnenbrand holst.»

«Baby, wir sind in England. Ich bekomme schon keinen Sonnenbrand.» Er grinst und starrt schamlos meine Brüste an.

Ich zucke die Achseln. «Wenn du meinst.» Den Lichtschutzfaktor 30 hatte ich schon aufgetragen, bevor ich überhaupt aus der Umkleide kam – ich sage nur #palegirlproblems. «Ich gehe schwimmen.»

Ich hocke mich an den Rand des Pools und stecke vorsichtig einen Fuß ins Wasser. Es ist heute so heiß, dass der beheizte Pool sich kalt anfühlt, und ich schnappe nach Luft, als ich ganz ins Wasser eintauche. Es dauert nicht lange, bis ich eine Bahn nach der anderen ziehe. Das glitzernde blaue Wasser reflektiert das Sonnenlicht und wärmt mein Gesicht, wenn ich zum Luftholen auftauche. Ich strecke die Arme aus, paddle kräftig mit den Beinen und genieße, wie sich das anfühlt. Ich hatte ganz vergessen, was ich für eine Wasserratte bin! Als ich völlig erschöpft aus dem Wasser steige und zurück zu den Liegestühlen gehe, tippt George auf seinem Handy herum. Er legt es weg, als er mich kommen sieht.

«Die Arbeit nimmt kein Ende», sagt er und verdreht die Augen.

«Das kenne ich. Obwohl es manchmal auch echt schön ist, das hinter sich zu lassen und zu genießen, was um einen herum passiert. Das ist mir erst bei meiner Medienpause im Peak District so richtig klargeworden ...» Ich verstumme. Alex! Schnell schiebe ich den Gedanken zur Seite.

«Oh, ich genieße auf jeden Fall, was um mich herum passiert!» Er grinst anzüglich und mustert meinen Körper.

«George!», sage ich mit gespielter Missbilligung.

«Was?», fragt er unschuldig. «Hör mal, da du es ja jetzt endlich aus dem Pool geschafft hast, haben wir glücklicherweise noch Zeit, um uns vor dem Abendessen ... frisch zu machen.» Das Funkeln in seinen Augen verrät mir, dass es ihm nicht wirklich darum geht, beim Dinner gut auszusehen.

Er steht auf und hält ein flauschiges Handtuch hoch, also streiche ich mir das Wasser aus den Haaren und lasse mich einwickeln. Seine Finger streicheln zum zweiten Mal an diesem Tag meinen Hals, bevor er mich umdreht und das Handtuch gekonnt feststeckt. Kurz berührt er mein Schlüsselbein. Ich höre, dass sein Atem sich beschleunigt hat, als er sich vorbeugt und mir sanft die Sonnenbrille abnimmt.

«Wollen wir?», fragt er.

Wir wissen beide, dass ich nicht widerstehen kann. Ich bin seit Jahren in George verliebt. Ich denke schon so lange über Momente wie diesen nach, bevor ich mich dann jedes Mal zwinge, den Gedanken fallen zu lassen, weil George sich nie in ein Mädchen wie mich verlieben würde. Und jetzt steht er da, mit seinen schokoladenbraunen Augen, und hat eindeutig Lust auf mich. Ich bin plötzlich nervös, als er meine Hand nimmt.

Endlich passiert es wirklich!

«Ich sollte wahrscheinlich erst duschen, um das Chlorwasser loszuwerden», murmele ich, als wir fast in unserem Zimmer sind.

Bestnote für diese unglaublich sexy Bemerkung, Izzy.

«Super Idee», stimmt George zu. «Ich komme mit.»

Glücklicherweise scheint George meine Aufregung nicht zu bemerken. Er ist zu sehr damit beschäftigt, ins Badezimmer zu marschieren und die Dusche aufzudrehen.

Ich lasse mein Handtuch auf den Badezimmerboden fallen, während George sich seine Badehose vom Leib reißt. Mein Herz fühlt sich an, als würde es gleich explodieren, als er mein Bikinioberteil öffnet, es abstreift und sich dann dem Höschen zuwendet. Jetzt stehe ich also völlig nackt vor einem völlig nackten Gorgeous George. Sein wohlgeformter Oberkörper schimmert noch von der Sonne, und ich strecke die Hand aus, um mit den Fingern über seine Brust zu streichen. Dann werde ich plötzlich mutig und steige rückwärts in die Dusche, während ich nach seiner Hand greife. Ich lehne mich an die Wand und kann die Augen nicht von ihm lassen.

Es fühlt sich an, als wären wir in einem Film.

Gorgeous George und ich werden jetzt gleich Liebe machen!

Unter der Dusche. In Cornwall. Bei einem romantischen Wochenendtrip. Viel heißer geht es wirklich nicht.

Ich fahre mir mit der Hand durch das nasse Haar, wie man es immer in der Shampoowerbung sieht, und ziehe George näher an mich heran, sodass wir beide unter dem warmen Wasserstrahl stehen.

«Mmmmhhh», stöhne ich und schließe erwartungsvoll die Augen.

«AAAAAAHHHHHHH!», schreit George.

«Oh ja … Moment, was?»

Ich reiße die Augen wieder auf. George hat gequält das Gesicht verzogen.

«O Gott, alles okay?», blubbere ich. Ich habe aus Versehen einen Mundvoll Wasser geschluckt.

Aber George ist aus der Dusche gehechtet und springt jetzt im Badezimmer von einem Bein aufs andere. Es sieht aus, als hätte er richtige Schmerzen. Er ist nach wie vor nackt, also hüpft alles mit ihm auf und ab, und ich weiß nicht so genau, wo ich hingucken soll.

«Fuck!», schreit er.

Na ja, ja, das war zumindest der Plan.

«Was ist denn?» Ich steige aus der Dusche und lege ihm beruhigend die Hand auf die Schulter.

Aber er verzieht das Gesicht noch mehr und weicht zurück.

«Das Wasser», japst er. «Meine Haut! Ich glaube, ich habe einen Sonnenbrand. Es brennt so verdammt!»

Ich versuche, ihn zu trösten, und fächele seinem krebsroten Rücken mit den Händen Luft zu. Eigentlich bin ich aber richtig enttäuscht, dass unsere erste sexuelle Begegnung damit endet, dass George (zusammen mit seinem besten Stück) einen Nackttanz im Badezimmer aufführt und es nicht ertragen kann, wenn ich ihn berühre.

Das ist nun wirklich nicht die erotisch aufgeladene Szene, die ich mir vorgestellt habe.

«Ich frage mal an der Rezeption, ob sie After-Sun haben», sage ich, schnappe mir mein Handtuch und trockne mich ab.

«Das wäre toll, danke. Tut mir leid, dass ich den Moment kaputt gemacht habe.» Er wirft mir einen zerknirschten Blick zu. Dann hellt sich plötzlich sein Gesicht auf, als hätte er eine Erleuchtung.

«Es gibt allerdings einen Teil von mir, der keinen Sonnenbrand hat.»

Er schaut nach unten. Sein ehemaliger Tanzpartner … freut sich jetzt wieder, mich zu sehen.

«Aber wie soll das gehen?», frage ich. «Wenn du es nicht unter der Dusche aushältst, kannst du auf keinen Fall mit mir ins Bett hüpfen.»

«Ja … aber du könntest mir einen Gefallen tun», antwortet er und zeigt auf seinen Schritt.

Ich verschränke die Arme und schaue ihn verärgert an.

«Das hättest du wohl gerne», antworte ich, bevor ich auf dem Absatz kehrtmache. So eine Frechheit!

⋆★⋆

Georges Gesicht ist ein bisschen rot.

«Wie fühlst du dich?», frage ich.

«Okay.» Er zuckt die Achseln. «Es hat weh getan, das Hemd für heute Abend anzuziehen, ich habe überall Blasen auf den Schultern und am Rücken.»

«Autsch!» Ich verziehe mitfühlend das Gesicht. «Ich hatte dir Sonnencreme angeboten.»

«Sonnencreme ist was für Weicheier», sagt er abfällig.

«Na ja, wenn du welche benutzt hättest, hättest du jetzt statt Blasen am Rücken ein postkoitales Grinsen auf dem Gesicht.»

Genau in diesem Moment kommt ein Kellner, um unsere Getränke aufzufüllen, und ich bin mir ziemlich sicher, dass ich gerade vor Peinlichkeit sterbe. Wenn der Ausblick nicht so schön wäre, wäre ich wahrscheinlich längst für eine Panikattacke aufs Klo gesprintet. Aber als ich von unserem Tisch aus auf das weite, blaugrüne Meer hinausblicke, spüre ich, wie ich mich sofort wieder entspanne. Links von mir schaukeln bunte Boote im Hafenbecken. Eine Reihe kleiner, farbenfroher Souvenirläden, Restaurants und Fish-and-Chips-Shops zieren den Hafen. Rechts von mir erstreckt sich die Küste mit ihren Cottages und Hotels.

«Stell dir vor, das hier jeden Tag zu sehen ...», sinniere ich, während ein Surfer vorbeiläuft. Sein Haar ist noch nass von einem Tag auf dem Meer.

«Cornwall ist wirklich etwas Besonderes. Aber leben wollte ich hier nicht, da würde ich London zu sehr vermissen», sagt George.

«Wirklich?», frage ich. «Glaubst du, du willst für immer in der Stadt leben?»

Ich weiß, dass das hier unser erster romantischer Wochenendtrip ist, aber ich stelle mir schon wieder die Zwillinge vor, die George und ich in ein paar Jahren haben werden. Und ich persönlich kann mir nicht vorstellen, dass unsere Kinder in London aufwachsen. Nicht, dass ich ihm das sagen würde. Eins nach dem anderen.

«Ich bin jetzt ein echter Londoner. Ich mag es, wie viel in der Stadt los ist. Das hier ist alles zu verschlafen für mich.» Er zeigt hinaus aufs Meer, und ich sehe zu, wie ein Schwarm Möwen auf den Wellen schaukelt.

«Ja, stimmt», nicke ich. «Obwohl ich nicht glaube, dass ich für immer in London bleibe. Ich würde gerne irgendwo wohnen, wo es ein bisschen friedlicher ist, wenn ich … ähm, mich niederlasse.»

George schaut mich über seine riesige Vorspeisenplatte mit gegrillten Garnelen hinweg an.

«Du denkst doch nicht etwa schon an das alles, oder?», fragt er.

«Ich habe es überhaupt nicht eilig», antworte ich vorsichtig. «Aber irgendwie haben das Geburtstage so an sich, oder? Ich bin jetzt sechsundzwanzig, da kann man darüber schon mal nachdenken.»

Ich schaue wieder aufs Meer, und mir wird klar, dass das hier meine Chance ist. Jetzt oder nie.

«Wenn wir schon dabei sind … Wo stehen wir eigentlich?», frage ich und fühle mich mutig und ängstlich gleichzeitig.

«Wie meinst du das?», fragt George mit vollem Mund.

«Na ja, wir sind zusammen im Urlaub, an meinem Geburtstag und …»

Hör auf zu labern, Iz! Sei stark!

«Und ich würde gerne wissen, ob wir offiziell zusammen sind», beende ich den Satz, so sachlich ich kann.

«Ah», sagt George. Er sieht belustigt aus. Dann fügt er endlich hinzu: «Ja, ich denke schon.»

«Super», nicke ich.

Obwohl ich einen Schluck Wein trinke und so tue, als würde ich meinen Nagellack begutachten (rotbraun, passend zu meiner gebräunten Haut vom Festival), galoppieren in meinem Kopf Einhörner über Regenbögen, während Glitzerstaub aus einer George-und-Izzy-förmigen Piñata rieselt.

Gorgeous George und ich sind zusammen! Hörst du das, alte Izzy? Ich würde gern aufspringen, mich auf seinen Schoß setzen und ihn mit Küssen übersäen, aber dann würde ihm wahrscheinlich sein bescheuerter Sonnenbrand weh tun. Stattdessen beuge ich mich vor, hoffe, dass es verführerisch aussieht, und gebe ihm einen Kuss auf die Wange, bevor ich zur Toilette stolziere. Dort führe ich dann einen kleinen Tanz vor dem Spiegel auf.

Ich komme gerade rechtzeitig zum Hauptgericht zurück, begutachte meine Spaghetti vongole und frage mich, ob George mir etwas von seinem Krebsfleischburger abgibt. Das macht man doch so in einer Beziehung, oder? Man teilt sein Essen. Ich wickele die Nudeln um meine Gabel, genieße das frische Meeresaroma und die Aussicht auf den wunderschönen Sonnenuntergang.

«Das hier ist einfach perfekt», seufze ich.

«Alles Gute zum Geburtstag», antwortet George. Der Kellner bringt uns zwei Gläser Sekt. Wir stoßen an und schauen einander tief in die Augen, während wir den ersten Schluck trinken. Der ganze Abend fühlt sich so romantisch an, vielleicht implodiere ich ja gleich hier und jetzt! Falls das passiert, bin ich mir ganz sicher, dass meine Überreste vollständig aus kleinen Herzchen bestehen würden. Ich bin ganz kribbelig vor Freude und strahle über das ganze Gesicht. Ich kann mich nicht daran erinnern, wann ich zuletzt einen derart aufregenden Geburtstag hatte.

⋆★⋆

Ich wache in einer Wolke aus frisch gewaschenen, duftenden Betttüchern auf und brauche einen Moment, bis mir wieder klar wird, wo ich bin. Dann drehe ich mich auf die Seite und entdecke einen krebsroten George, der schon wieder auf seinem Handy herumtippt.

«Nicht schon wieder die Arbeit?» Ich schlage mir die Hand auf die Stirn und steche mir dabei aus Versehen den Finger ins Auge.

«Nur ein bisschen», sagt er, legt sein Handy weg und küsst mich auf die Stirn. «Guten Morgen, Miss Mulligan.»

«Guten Morgen», antworte ich fröhlich. In meinem Kopf beende ich den Satz mit «mein eigener, ganz persönlicher, echter fester Freund». Glücklicherweise scheine ich mir abgewöhnt zu haben, diese Dinge laut auszusprechen.

«Ich habe mir erlaubt, uns Frühstück ans Bett zu bestellen», sagt George. «Und bevor du jetzt wieder so einen feministischen Anfall bekommst wie beim letzten Mal: Ich habe alles bestellt, was auf der Karte steht, es ist also bestimmt etwas für dich dabei.»

«Das ist ziemlich dekadent», sage ich und freue mich im Geheimen.

Es klopft an der Tür. Schnell krieche ich wieder unter die Decke, damit das Hotelpersonal mich nicht nackt sieht. Ich bin nie dazu gekommen herauszufinden, was Negligés sind, und der Pyjama, den ich eingepackt habe, erschien mir einfach nicht sexy genug, als wir gestern Abend nach Hause kamen.

Drei riesige Silberplatten werden ins Zimmer getragen, und schon wieder wäre ich fast aus dem Bett gesprungen, um zu sehen, was es alles gibt. Es ist mir egal, dass ich gestern Abend alle Kohlenhydrate gegessen habe, die ich finden konnte, und ich werde auch nicht so tun, als hätte ich nicht auf ein Mitternachtsfestmahl aus Geburtstagstorte bestanden. Ja, ich habe immer noch Hunger. Als das Zimmer wieder uns gehört, springe ich aus dem Bett, ziehe ein T-Shirt von George an und gehe zu dem Tisch hinüber, um die Tabletts zu begutachten.

«Oooohhhh, ein komplettes englisches Frühstück. Eggs Benedict!» Ich weiß gar nicht, wo ich anfangen soll.

«Du siehst heute Morgen besonders sexy aus», sagt George. «Mir gefällt es, wenn dein Haar so verwuschelt ist!»

Meine Hand schnellt panisch nach oben. Meine Haare sind wirklich das reinste Vogelnest! Normalerweise würde ich Stunden damit verbringen, so etwas mit dem Glätteisen zu bekämpfen. Aber George sagt, es gefällt ihm! Dieses Wochenende könnte gar nicht besser sein.

Mit unseren ersten von vielen Portionen und je einer dampfenden Tasse Kaffee setzen wir uns auf den Balkon. Ich nehme einen genießerischen Schluck und strecke die Beine aus, sodass meine Füße auf dem Geländer liegen.

«Wie geht's deinem Sonnenbrand?», frage ich, wie es sich für eine besorgte Freundin gehört.

«Oh, besser», sagt er tapfer. «Diese Creme, die du gefunden hast, hat echt geholfen.»

«Gut», strahle ich. «Also, hast du für heute etwas geplant, oder kann ich Vorschläge machen?»

«Keine Pläne, schlag vor, was du willst.»

«Wir sind immer ans Meer gefahren, als ich klein war, und eine meiner Lieblingsbeschäftigungen war, einen Becher Herzmuscheln zu kaufen, Essig darüberzugießen und sie am Strand zu essen. Es werden bestimmt irgendwo Herzmuscheln verkauft, vielleicht könnten wir das mit einem Spaziergang verbinden? Außerdem müssen wir natürlich Fish and Chips mit Erbsenpüree zum Abendessen essen, das ist fast schon ein Gesetz hier am Meer», sage ich aufgeregt.

«Okay …», entgegnet George nachdenklich und schaufelt sich Müsli in den Mund. Ich würde ihm so gerne sagen, dass es ein dummer Fehler ist, ein Hotelfrühstück mit Müsli anzufangen. Es schmeckt wie Sägemehl, und man wird viel zu schnell satt, sodass man nichts Warmes mehr essen kann. Aber da wir erst seit weniger als zwölf Stunden zusammen sind, beschließe ich, lieber nichts zu sagen.

«Spaziergang klingt gut, das mit den Herzmuscheln … ein bisschen seltsam? Aber okay. Und Fish and Chips zum Abendessen ist eine tolle Idee. Es gibt ein Restaurant in der Stadt, das für solche Sachen einen guten Ruf hat.»

Ich rümpfe die Nase. «Aber … Willst du es nicht lieber heiß aus der Tüte essen? Wir könnten uns irgendwo auf den Felsen einen schönen Platz suchen und da unser Lager aufschlagen. Eine Flasche Sekt im Supermarkt kaufen, ein Handtuch zum Sitzen mitnehmen und mit den kleinen Holzgabeln essen, während wir uns den Sonnenuntergang anschauen. Klingt das nicht perfekt?»

«Mit dir auszugehen ist wirklich billig, Isobel.» George lacht. «Schauen wir mal, wie der Tag läuft. Ich persönlich bin eher der Restauranttyp.»

Ich gehe wieder nach drinnen, um mir noch etwas zu essen zu holen. Ich habe meine zu wunderschönen Formen geschnitzten frischen Früchte schon aufgegessen, weil

Melissa einen so gesunden Start in den Tag bestimmt zu schätzen wüsste. Jetzt habe ich allerdings einen Teller voller Würstchen, dick geschnittenem Schinken, Blutwurst, Bratkartoffeln und einem Ei in der Hand. #Wellbeing kann am Montag anfangen, jetzt bin ich im #holidaymode.

«Noch eine Idee ...», verkünde ich, als ich wieder auf den Balkon komme. «Warst du schon mal surfen?»

«Nein.» George schüttelt den Kopf. «Ich bin mal mit ein paar Jungs aus dem Internat nach Newquay gefahren, weil wir es lernen wollten, aber dann waren wir die ganze Zeit total betrunken und sind irgendwelchen Mädels hinterhergelaufen oder haben geschlafen.» Die Erinnerung bringt ihn zum Lachen. «Warum?»

Ich versuche, den «Mädels hinterherlaufen»- Kommentar nicht so ernst zu nehmen. Ich bin schließlich eine Frau von Welt, und er war damals erst sechzehn.

«Ich habe eine neue Challenge für mein *Ja(hr)* bekommen», erkläre ich. «Es ist wieder nur ein Tweet, also nicht sehr ausführlich. ‹*#DareIzzy. Lerne etwas Neues*›, mehr steht da nicht. Ich habe vorgeschlagen, dass ich mit Emma und Lucy zu einem Strickkurs gehen könnte, aber sie haben mich nur ausgelacht und gesagt, ich soll aufhören, so altmodisch zu sein.»

Ich fand das ziemlich unfair. Es wäre doch eine gute Sache, stricken zu lernen. Ich könnte diese süßen kleinen Mützchen machen, die im Winter manchmal auf den Smoothie-Flaschen stecken, oder sogar eine echte Bommelmütze!

George beißt gerade in ein Bacon-Sandwich, die Soße tropft an den Seiten heraus.

«Also muss ich wahrscheinlich etwas Aufregenderes lernen. Ich habe gestern einen Surfer am Restaurant vorbeilaufen sehen und mich gefragt, ob wir vielleicht surfen lernen könnten, wo wir schon mal hier sind. An der Rezeption kann man uns bestimmt eine Surfschule empfehlen. Und der Wind sieht heute wirklich ... hart aus. Siehst du, ich rede schon wie eine richtige Surferin!»

George lacht. «Stimmt, aber ehrlich gesagt ist die Vorstellung, einen Neoprenanzug über diese Brandblasen zu ziehen, nicht gerade ansprechend. Außerdem möchte ich mich erholen. Warum buchen wir nicht was im Wellnessbereich für heute Nachmittag?»

Hmm. Was er über die Sonnenbrand-Situation sagt, mag ja stimmen, aber eine Massage reicht bestimmt nicht für einen Journalismuspreis. Als ich das letzte Mal eine Mutprobe halbherzig gemacht habe, war das, um George nicht zu verletzen, und das ging nicht besonders gut für mich aus. Ich habe so getan, als würde ich mit einem Piraten flirten, wurde fast gefeuert, weil ich das Feature versaut habe, und habe aus Frust drei Packungen Super Noodles an einem Nachmittag verschlungen. Nicht gerade meine Glanzstunde. Andererseits *muss* ich dieses Wochenende nicht surfen lernen. Ich habe noch mehr als genug Zeit, mir vor der Deadline etwas anderes zu überlegen. Ein Nachmittag im Wellnessbereich könnte auch nett sein.

Hör auf, so langweilig zu sein. Steh für dich ein!

Offenbar ist meine innere Stimme heute eher lebhaft.

«Na ja, ich würde es gerne versuchen», sage ich. «Ich weiß ja, dass dir nicht alles gefällt, was ich für mein Feature mache ...»

George schaut mich fragend an. Er wird es doch nicht schon vergessen haben?

«Weißt du noch? Als du aus meiner Wohnung gestürmt bist, nachdem ich dir von dem Zeichenkurs erzählt habe?»

«Dafür habe ich mich doch schon entschuldigt. Wie gesagt, es hat mich einfach eifersüchtig gemacht, mir vorzustellen, dass andere Männer dich nackt sehen.» Er runzelt die Stirn.

«Ich habe das nicht für irgendjemand anderen gemacht, ich habe es für mich gemacht, und ich habe mich danach verdammt gut gefühlt. Es hat meinem Selbstbewusstsein wirklich gutgetan. Du hast mein Feature doch gelesen, oder?»

«Klar», nickt George, greift nach seiner Kaffeetasse und begutachtet deren Inhalt eingehend.

Ich habe die letzten dreieinhalb Jahre damit verbracht, dieses hübsche Gesicht zu studieren, und ich könnte schwören, dass er nicht die Wahrheit sagt. Ich habe noch nie gesehen, dass er so fasziniert von einem Getränk ist. Aber warum sollte er lügen?

«Können wir das nicht einfach vergessen?», fragt er und nimmt einen letzten Schluck Kaffee, bevor er mir sein schönstes Lächeln zeigt.

Aber ich bin noch nicht fertig. Ich mag es nicht, dass meine Ideen und Gefühle so unter den Teppich gekehrt werden.

«Ich wollte nur klarstellen, wie wichtig mir dieses Feature ist.» Ich lasse nicht locker. «Und es wäre schön, wenn ich spüren würde, dass mein Freund mich unterstützt. Ich sage ja gar nicht, dass wir heute unbedingt surfen gehen müssen, aber ich möchte, dass du verstehst, dass es eine meiner Prioritäten ist. Mein Leben hat sich in den letzten paar Monaten so zum Guten verändert, das werde ich auf keinen Fall aufgeben.»

«Deine Arbeitsmoral ist bemerkenswert, Miss Mulligan.» George grinst. «Also, wie wäre es, wenn du meinen Rücken mit After-Sun einreibst?»

⋆★⋆

George ist nicht überzeugt von den Herzmuscheln in Essig. Er zieht eine Grimasse und hält seinen Becher auf Armeslänge von sich weg.

«Oh Mann!» Er schnappt nach Luft und nimmt schnell einen Schluck aus seiner Wasserflasche. «Das ist ja ekelhaft!» Er schaut angewidert zu, wie ich begeistert die kleinen Meerestiere mit einem Zahnstocher aufspieße und sie mir in den Mund schiebe. Ich würde auch noch den Essig austrinken, wenn ich nicht meinen neuen Freund beeindrucken müsste.

«Ist es nicht toll hier?», frage ich, bevor ich meine Sandalen ausziehe und barfuß am Strand entlanglaufe. Manchmal kitzelt mich die schaumige Gischt an den Zehen.

«Du bist toll», antwortet George, der mir plötzlich nachjagt. Ich breche in hysterisches Gelächter aus. Natürlich holt er mich innerhalb von Sekunden ein und dreht mich um, um mir einen zärtlichen Kuss zu geben. Die frische Meeresbrise lässt meine Haare flattern, und ich kann die salzige Luft auf seinen Lippen schmecken.

Warte nur bis heute Abend, George, denke ich. Der Sonnenbrand reicht nicht mehr als Ausrede.

⋆★⋆

Arm in Arm sind wir auf dem Weg zurück zum Hotel, als ich das Schild einer Surfschule entdecke. Ein Typ im Neoprenanzug lehnt an einer Holzhütte, ein Stapel Surfboards neben ihm.

«Warte mal, George», sage ich, bleibe stehen und schaue ihn an.

«Ja?»

«Ich würde wirklich gerne eine Surfstunde nehmen. Ich frag mal, ob der Typ da vorne etwas frei hat, okay? Ich weiß ja, dass das hier unser Wochenende ist, aber es würde nicht lang dauern, und ich habe mich bisher nie getraut, es auszuprobieren. Mein Dad hat sogar für Stunden bezahlt, als wir klein waren, für mich und Olivia, aber sie wollte nicht, dass ihre Haare nass werden, und alleine habe ich mich nicht getraut.» Ich runzele die Stirn. «Jetzt habe ich auch ein bisschen Angst, wenn ich ehrlich bin. Ich meine, es gibt Haie da draußen, oder? Aber in meinem Leben geht es nicht mehr ums Nein-Sagen.»

Ich richte mich auf und warte auf Georges Antwort.

«Okay, Shakespeare», lacht er. «Der Monolog war ja gar nicht nötig. Natürlich kannst du eine Surfstunde nehmen. Ich gehe schon mal ins Hotel und arbeite noch ein bisschen.»

«Arbeiten?», stöhne ich. «Das hier sollte doch unser Wochenende sein!»

«Du willst für ein Feature in deinem Magazin surfen lernen. Das würde ich auch Arbeit nennen.» Er winkt mir zu und macht sich auf den Weg.

⋆★⋆

Surflehrer Finn ruft mir ermutigende Worte zu, sein dunkelblondes Haar zerzaust vom Wind. Es stellte sich heraus, dass eine Gruppe in letzter Minute abgesprungen ist, sodass er Zeit für zwei Einzelstunden mit mir hatte. Ich habe immer mehr das Gefühl, dass ich ein Naturtalent bin.

«Es funktioniert», schreie ich und stehe auf dem Board auf, die Arme zum Balancieren weit ausgestreckt.

«Ja, super», ruft Finn. «Bald bist du bereit fürs Wasser.»

Ach so, ja. Wir üben jetzt seit einer halben Stunde, und ich bin immer noch am Strand. Mein Board liegt im Sand, während ich die Techniken übe, die ich im Wasser brauchen werde.

«Ja, bitte, ich will endlich mein Hang Ten üben!»

Finn ist zu höflich, um mir zu sagen, dass ich das wahrscheinlich nie lernen werde, und ich bin ihm dankbar dafür.

⋆★⋆

Ich muss zugeben, dass ich gehofft hatte, in den zwei Stunden mit Finn wirklich zu surfen. Stattdessen habe ich die meiste Zeit im flachen Wasser verbracht und paddeln gelernt. Aber als ich zurück zum Strand wate, spüre ich, dass meine Arme völlig erschöpft sind und dass ich den Neoprenanzug nur allzu gerne für heute an den Nagel hänge.

«Das hast du gut gemacht», beteuert Finn, als wir zurück zur Hütte laufen. «Noch ein paar Stunden, dann kannst du ohne Probleme auf dem Board aufstehen.»

«Danke», sage ich. «Aber ich bin nur übers Wochenende hier, und in London gibt es nicht besonders viele Wellen.»

«Dann musst du wohl wiederkommen und uns besuchen!»

Ich lächele bei dem Gedanken, während ich mich aus meinem Neoprenanzug schäle. Ich hatte heute ziemlich viel Spaß, und auch wenn ich noch nicht wirklich eine professionelle Surferin bin, habe ich auf jeden Fall ein paar coole neue Surfer-Wörter gelernt, mit denen ich vor meinen Freunden angeben kann. Außerdem werde ich Jack Johnson in Endlosschleife hören, sobald ich zu Hause bin.

⋆★⋆

Ich laufe die schmale Straße zu unserem Hotel entlang, vorbei an kleinen Steinhäuschen, und überall duftet es nach Blumen. Es ist wunderschön. Im Schatten der Bäume sieht unser Hotel aus wie ein Traum moderner Architektur. Riesige Glasflächen erstrecken sich über die Vorderseite des Gebäudes, um den Gästen den besten Meerblick zu ermöglichen.

Ich strahle die anderen Hotelbewohner an, die auf der Sonnenterrasse einen Drink genießen, und fühle mich ziemlich glamourös. Ich nehme den gewohnten Weg zu unserem Zimmer im ersten Stock. Nach dem gestrigen Desaster unter der Dusche steht heute definitiv ein Nachmittagsquickie auf dem Programm.

«Hallo, George», rufe ich verführerisch.

«Hey», antwortet er mit einem schwachen Lächeln.

«Alles in Ordnung?», frage ich. «Du bist blass.»

«Alles gut. Du siehst hübsch aus.»

Ich streiche mir mit der Hand übers Haar. Es ist salzig und zerzaust, ein echter Strandlook, diesmal wirklich vom Strand und nicht dank irgendeines Salzwassersprays aus der Drogerie. Jetzt. Ich kann nicht mehr länger warten.

Ich schlüpfe aus meinen Flip-Flops und gehe zu George hinüber, der mit einer Zeitung auf der Bettkante sitzt. Ich setze mich neben ihn, sehr vorsichtig, um seine wunde Haut zu schonen. Dann beuge ich mich vor und küsse ihn leidenschaftlich.

«Oh, hallo!», sagt er, als er meine Stimmung spürt.

«Hey», flüstere ich zurück und beginne langsam, sein Hemd aufzuknöpfen. «Ich dachte, es wird höchste Zeit, dass wir da weitermachen, wo wir gestern aufgehört haben.»

George grinst mich an und will gerade etwas sagen, als ein lautes Gurgeln irgendwo aus seiner Magengegend ertönt.

Iiih.

«Bist du sicher, dass es dir gut geht?», frage ich, während George sich den Bauch reibt und die Stirn runzelt. Dann beugt er sich vor und küsst mich wieder.

«Ich will das hier schon so lange!»

Versuch's mal mit dreieinhalb Jahren, mein Freund!

«Ich auch», antworte ich.

Aber meine Antwort wird von einem zweiten lauten Gurgeln übertönt.

«Mal ehrlich, was ist los?», frage ich und setze mich auf.

Bevor er antworten kann, krümmt George sich. Er springt auf und sprintet mit der Hand über dem Mund zur Toilette. Ich höre wildes Würgen.

Ich lasse resigniert den Kopf in den Nacken fallen.

Wieder nichts.

Endlich kommt er aus dem Bad geschlichen. Er ist entschieden grün im Gesicht.

«Die Herzmuscheln», sagt er und rollt sich auf dem Bett zusammen wie ein kleines Kind.

«Aber die habe ich auch gegessen, und mir geht es gut.»

«Ich habe eine leichte Allergie gegen Meeresfrüchte», gibt er zu. «Krabben und so was sind okay, aber diese ganzen kleinen, glibberigen Sachen vertrage ich einfach nicht. Miesmuscheln, Wellhornschnecken …»

Bevor er alles aufzählen kann, wovon ihm schlecht wird, beugt er sich vor und übergibt sich. Auf unseren Schlafzimmerteppich. Ich gebe mir die größte Mühe, meinen eigenen Würgereflex zu unterdrücken und stattdessen mitleidige Geräusche zu machen.

⋆★⋆

Das Putzpersonal war da, alle Fenster sind weit geöffnet, und George liegt jetzt mit einem großen Glas Wasser neben sich im Bett.

«Wie war's beim Surfen?», fragt er und reibt sich den Bauch.

«Hat total Spaß gemacht, aber ich habe die meiste Zeit auf dem Bauch gelegen und im Wasser geplanscht. Mir war nicht klar, dass es länger als zwei Stunden dauern würde zu lernen, wie man Kontrolle über das Board kriegt.»

«Reicht es für dein Feature?», fragt er.

Ich tätschele ihm stolz den Kopf.

«Schön, dass es dich interessiert. Vor allem, wenn du krank bist!»

George schmollt, was ihm das Aussehen eines trotzigen Vierjährigen verleiht. Nicht der beste Look für einen erwachsenen Mann, wenn ich das so sagen darf, aber ich rede einfach weiter.

«Nein, ich glaube nicht, dass es zählt. Und ich kann ja auch schlecht in London noch mehr Surfstunden nehmen. Aber das ist schon okay, es gibt ja noch andere Sachen, die ich lernen kann, wenn wir wieder zurück sind.

«Klar», nickt er. «Lass uns aufhören, über die Arbeit zu reden.»

Ich lehne mich zurück und denke über das nach, was er gerade gesagt hat. Mir ist schon bewusst, dass ich dieses Feature schreibe, weil es mein Job ist. Ich würde das alles garantiert nicht machen, wenn die Idee dazu nicht im ersten Redaktionsmeeting des Jahres aufgetaucht wäre, als alle traurig darüber waren, dass Weihnachten vorbei ist. Aber es fühlt sich nicht wie Arbeit an. Klar, in manchen Situationen war mir vor Angst ganz schlecht, zum Beispiel als ich in diesem wirklich schlimmen Outfit im Fernsehen auftreten musste. Doch die Dinge, vor denen ich die meiste Angst hatte, haben sich auch am meisten gelohnt, und ich spüre so deutlich, dass ich mich weiterentwickelt habe. Ich habe jetzt sogar einen Freund, der nebenbei auch noch mein Traummann ist (obwohl er das ganze Wochenende damit verbracht hat, einen Sonnenbrand zu haben und in den unpassendsten Momenten Herzmuscheln auszukotzen). Und all das verdanke ich meinem Job.

«Ich glaube, ich muss wieder brechen», verkündet George und greift nach dem Eimer, den ich in weiser Voraussicht neben das Bett gestellt habe.

Na ja, man kann nicht alles haben.

⋆★⋆

«Okay, ich geh dann mal los», sage ich, nachdem ich ihm eine Weile lang mit einem kühlen Waschlappen die Stirn getupft habe.

«Wie meinst du das?», fragt George verwirrt.

«Ich gehe was essen.»

«Kannst du nicht was vom Zimmerservice bestellen und bei mir bleiben?» Er schmollt schon wieder.

«George, du musst dich ausruhen», sage ich tröstend. «Und unser Zimmer riecht ziemlich eklig. Ich gehe kurz raus und esse Fish and Chips, während du ein Nickerchen machst.»

«Aber …», grummelt er.

«Du hast Wasser, und du hast die Fernbedienung. Du schaffst das schon. Und ich nehme auch mein Handy mit, falls du mich brauchst, okay?»

Ich küsse ihn auf die Stirn und ignoriere seinen nicht besonders attraktiven Dackelblick, dann schnappe ich mir meine Handtasche.

⋆★⋆

So muss das sein!

Ich lasse die Beine von dem glattgeschliffenen Felsen baumeln, sodass die Wellen meinen Zehen immer näher kommen. Dann öffne ich die Minisektflasche und gieße ihren Inhalt in den Plastikbecher, den ich mir im Laden neben dem Hotel gekauft habe. Ich nehme einen Schluck von der lauwarmen, perlenden Flüssigkeit, öffne die dampfende Papiertüte und das Schälchen mit Erbsenpüree und genieße es, wie mir der Geruch der dickgeschnittenen Pommes mit Malzessig in die Nase steigt.

Mit der kleinen Holzgabel spieße ich einen der Kartoffelschnitze auf und schiebe ihn mir in den Mund. Er ist noch viel zu heiß, und ich klappe fröhlich den Mund auf und zu, bevor ich aufgebe und den Bissen mit einem Schluck Sekt hinunterspüle.

Ich lehne mich auf dem Handtuch, das ich aus dem Hotel entwendet habe, zurück und lasse zu, dass die leichte Sommerbrise mein Baumwollkleid aufbauscht. Ich meine, klar wäre es schön, wenn George neben mir säße, aber ich muss zugeben, dass ich diesen Moment auch alleine genieße.

Ich verschlinge eine weitere Pommes, wackele mit den Füßen und spüre, wie sich Gischt auf meine Haut legt, wann immer eine größere Welle an die Küste rollt. Dann lege ich mich auf den Bauch, strecke die Beine aus und schaue hinaus in den Sonnenuntergang. Genau jetzt und hier bin ich im Paradies.

★★★

Mein pastellrosa Maxikleid ist eventuell ein bisschen zu mädchenhaft, aber an sonnigen Tagen in London muss man fast schon solche Outfits tragen. Ich habe ein paar Goldkettchen und eine Sonnenbrille als Accessoires gewählt und schreite durch die Straßen von London Bridge, bereit für den neuen Tag.

«Morgen», gähnt Emma und hält sich den Kopf.

«Oje», sage ich. «Kater?»

«Nein ... Nur die ganze Nacht in unserer neuen Wohnung Kisten ausgepackt. Ich bin völlig erledigt.»

«Du Arme», sage ich, klopfe ihr auf den Rücken und mache meinen Schreibtischventilator an. Eigentlich hat das Büro eine Klimaanlage, aber wenn man in einem riesigen Glasgebäude sitzt, erinnert es im Sommer trotz allem eher an ein Bikram-Yoga-Studio.

«Wie war dein Geburtstag?», fragt Em.

«Oh, traumhaft», strahle ich. «Das mit George und mir ist jetzt offiziell!»

Diesen Satz zu sagen, macht mich immer noch ganz kribbelig, und *vielleicht* habe ich ihn ja auch ein bisschen geübt, seit George mich gestern Abend zu Hause abgesetzt hat. Im Bad zum Beispiel, beim Onlineshopping und eventuell sogar aus Versehen an der Supermarktkasse. Peinlich.

«Wirklich?», fragt meine Kollegin. «Das ist ja toll, Izzy. Ich freue mich richtig für dich. Dann bist du wohl über die Alex-Geschichte hinweg?»

«Auf jeden Fall», stimme ich zu. «Er hat mir nicht mal die Chance gegeben, ihm das mit Glastonbury zu erklären, und wenn ich ehrlich bin, hat mich dieses ganze George-

oder-Alex-Ding völlig verrückt gemacht. Mir geht es so viel besser, und außerdem hat George mich übers Wochenende mit nach Cornwall genommen. Es war so romantisch! Na ja, abgesehen davon, dass er sich einen Sonnenbrand geholt hat. Und eine Lebensmittelvergiftung. Ich glaube nicht, dass uns das Hotelpersonal danach besonders gut leiden konnte, aber mich hat der kurze Urlaub richtig erfrischt!»

Ich halte inne. Emma lacht mich aus.

«Was?»

«Es ist nur so schön zu hören, wie begeistert du bist. Ich weiß, dass Männer bisher ein eher schwieriges Thema für dich waren …»

«Du meinst, weil mir das Herz gebrochen wurde, ich dann drei Jahre lang in George verknallt war und es fast ruiniert hätte, indem ich mich in Alex verliebt habe? Ja, kann man so sagen.»

«Genau», nickt Emma. «Ich bin froh, dass es jetzt ein bisschen leichter wird.»

«Danke.» Ich lächele.

Wir reden gerade über ihre und Mikes neue Wohnung, als Tallulah auftaucht. Sie ist trotz der Sommerhitze von Kopf bis Fuß schwarz angezogen und verlangt einen Kaffee. Aber selbst die langweiligsten Aufträge machen mir heute nichts aus, also laufe ich federnden Schrittes zum Café.

⋆★⋆

Ich schaue gerade die Rohfassung einer neuen Sitcom an, von der ich glaube, dass sie genau das Richtige für unsere

Leserinnen sein könnte, als ein Mann vom Lieferservice an meinen Schreibtisch tritt.

«Izzy Mulligan?», fragt er. Er hat eine riesige grüne Kiste in der Hand.

«Das bin ich!»

«Eine Unterschrift hier, bitte.»

Ich tue, was er sagt, und er reicht mir das mysteriöse Paket. Es ist mit einem rosa Band zugebunden. Emma hat sich in ihrem Stuhl umgedreht, um zuzusehen, und Lucy kommt aus dem Beautybereich anmarschiert, eine Praktikantin dicht auf ihren Fersen.

«Was ist das?», fragt sie und zieht an dem Band.

«Hey, Hände weg!» Ich schlinge schützend die Arme um die Kiste. «Du kriegst jeden Tag Pakete, das hier ist meins, und ich mache es selber auf!»

Lucy stemmt die Hände in die Seiten und beugt sich vor, bis ihr Gesicht nur noch wenige Zentimeter von meinem entfernt ist. Ich blinzele. Ich bin ein solches Verhalten nicht gewöhnt. Glaubt sie, sie hat das Recht, alle Pakete bei *Pulse* zu öffnen? Oder hat sie einen Rückfall und betrauert wieder das Ende ihrer Beziehung an Weihnachten?

Aber nein, beide meiner Theorien erweisen sich als falsch.

«DU HATTEST DIESES WOCHENENDE SEX», verkündet sie. Sie ist mir so nahe, dass ich riechen kann, dass ihr Lipgloss nach Kirsche schmeckt.

«Lucy!», zische ich und lasse mich tiefer in meinen Stuhl sinken. Vielleicht schaffe ich es sogar, im Boden zu versinken. «Halt die Klappe!»

Ich weigere mich, ihr zu erklären, dass wir dem großen

Finale nie näher gekommen sind als in dem Moment, in dem George mir auf die Füße gekotzt hat.

«Hattest du doch, oder? War es mit George? War es gut? Wie groß ist sein P auf einer Skala von eins bis zehn? Ich hoffe für dich, dass es mindestens fünf ist. Ich meine, es ist der erste, den du seit Jahrzehnten gesehen hast.»

Sämtliche Kollegen im Büro tun so, als würde sie das Gespräch nicht im Geringsten interessieren, aber ich sehe, dass Fran den Kopf in meine Richtung streckt. Lucys Praktikantin starrt mich an, als hätte sie gerade jemand Berühmtes gesehen, und sogar Tallulah hat innegehalten. Sie tut so, als würde sie den Schrottstapel durchsehen. Tallulah sieht nie den Schrottstapel durch. Da liegt der ganze Kram, den uns irgendwer schickt, den wir aber nicht wollen. Obwohl ich, wenn ich ehrlich bin, da drin mal eine tolle Zwei-Personen-Fleecedecke mit Ärmeln gefunden habe. Na ja, damit man keinen kalten Arm bekommt, wenn man nach der Fernbedienung greift. Die beste Erfindung überhaupt. Wäre es zumindest, wenn ich sie nicht Olivia gegeben hätte, weil ich keinen Freund hatte, mit dem ich sie hätte teilen können, und Jamie sich kategorisch geweigert hat, sie mit mir auszuprobieren.

«Es ist NICHT Jahrzehnte her», raune ich wütend. «Und würdest du bitte aufhören, dem ganzen Büro mitzuteilen, was in meinem Sexualleben los ist?»

Jetzt ist definitiv nicht der richtige Zeitpunkt, um zuzugeben, dass eine Reihe von Katastrophen meine Sexpläne zunichtegemacht haben.

Lucy geht in die Hocke und streicht mir meinen Pony aus dem Gesicht.

«Baby, sei doch nicht so prüde! Also, wie wäre es, wenn du Tante Lucy jetzt Georges Zahl verrätst? Du weißt schon, auf der Skala?»

«Ich beurteile auf der Arbeit keine Penisgrößen», schreie ich.

Fran kichert. Tallulah hat ein fettes Grinsen auf dem Gesicht. Bitte erschießt mich, jetzt.

«Würdest du mich bitte in Ruhe dieses Paket öffnen lassen?»

«Ich will wissen, was da drin ist», sagt Lucy und setzt sich im Schneidersitz auf den Boden, während ihr Praktikanten-Minion irgendwelches Zeug in ein Notizbuch kritzelt. Ich hoffe, es hat nichts mit diesem Gespräch zu tun.

Ich würde gerne beleidigt aus dem Büro stürmen, aber ich weiß genau, dass Lucy dann mein Päckchen zu ihrem Schreibtisch schleppen würde, als wäre sie ein Eichhörnchen, das Wintervorräte sammelt.

«Gut», sage ich schnippisch und ziehe an einem der rosa Bänder. Es flattert elegant zu Boden, und die Wände der grünen Kiste fallen zur Seite. Vor mir steht die schönste Torte, die ich je gesehen habe, und ich habe in meinem Leben schon ziemlich viele Torten gesehen (und gegessen). Zwei Lagen aus fluffigem Biskuit umschließen die mittlere Lage aus frischen Himbeeren und Buttercreme. Obenauf ist noch mehr Guss, und darauf ein ganzer Berg aus Himbeeren und Heidelbeeren.

«Komm zu Mami», sagt Lucy. Ich gebe ihr einen Klaps auf die ausgestreckte Hand, als wäre ich die Lehrerin und sie ein unartiges Schulkind.

«Guck mal, da ist ein Brief», sagt Emma.

Ich öffne den goldenen Briefumschlag und ziehe die winzige Karte heraus.

> *Nachträglich herzlichen Glückwunsch zum Geburtstag, Izzy! Ich habe an einem neuen Rezept für meinen Kochkurs gearbeitet, und ich dachte, du möchtest es vielleicht gerne probieren. Sorry, dass ich dich einfach so zu meinem Versuchskaninchen erkläre! Melissa x*

«Wie lieb von ihr», sage ich, während Lucy ihre Praktikantin in die Küche schickt, um ein Messer und Teller zu holen. Ich schnappe mir mein Handy, rücke den Kuchen für eine Nahaufnahme zurecht und fotografiere wild drauflos. Dann spiele ich noch ein bisschen mit den Filtern herum, bevor ich ein Bild auf Instagram hochlade.

> Danke @glowgirl für die leckere Torte, die wir gerade im Pulse HQ bekommen haben! #DareIzzy #Pulse

«Ist Melissa die Bloggerin von *That Glow Girl*?», fragt Emma und liest sich die Karte noch mal durch.

«Ja», lächele ich. «Das ist wirklich nett von ihr. Ich habe das ganze Wochenende alles gegessen, was ich in die Finger gekriegt habe, und jetzt kann ich gleich weitermachen, und das ohne schlechtes Gewissen!»

Wir nehmen uns alle ein Riesenstück Torte und reißen die Augen auf, als der Mangozuckerguss uns beim ersten Bissen weit weg an einen tropischen Strand katapultiert.

«Oh, là, là! Mixt mir mal jemand einen Ananas-Daiquiri? Und, wie bitte? Du sagst, diese Torte ist gesund?»

«Absolut. Du müsstest Melissa mal treffen, dann würdest du sehen, dass ihre Ernährungsweise die Zukunft ist. Es heißt nicht zufällig *Glow Girl*. Sie leuchtet und strahlt wirklich», sage ich.

«Ein bisschen so wie du nach diesem Wochenende», lacht Lucy. «Also, abgesehen vom Vögeln, was habt ihr so gemacht?»

«Ich hatte eine Surfstunde. Ich wollte surfen lernen, seit ich noch ganz klein war, und ich dachte, es würde gut in mein nächstes Feature passen, aber ich hatte nur zwei Stunden Zeit und habe fast die Hälfte davon am Strand verbracht, also muss ich mir etwas anderes überlegen.»

Ich stopfe mir noch mehr Beeren in den Mund und stelle die süße Karte von Melissa neben die mit den kuschelnden Avocados auf meinen Schreibtisch.

«Was ist denn mit diesem gesunden Mädel?»

«Was soll mit ihr sein?»

«Hat sie nicht auf der Karte einen Kochkurs erwähnt? Du könntest lernen, gesund zu kochen und so. Ich wüsste gar nicht, wo ich anfangen soll, wenn ich versuchen würde, so was wie das hier zu machen!» Lucy wedelt mit der Hand in Richtung der mittlerweile fast aufgegessenen Torte.

«Ich ehrlich gesagt auch nicht», gebe ich zu. «Ich weiß, wie man mit tonnenweise Butter und Zucker einen normalen Kuchen backt, aber hier sind wahrscheinlich eher Datteln und Avocados und so drin.»

Lucy spuckt den Bissen aus, den sie gerade im Mund hat.

«Avocado?», ruft sie erschrocken.

«Ja, wahrscheinlich.» Ich zucke die Achseln.

«Wie eklig! Ich geh zu McDonald's.»

Damit verabschiedet sich der stets überaus höfliche Hurrikan namens Lucy.

«Sie hat irgendwie recht, weißt du», sagt Emma nachdenklich.

«Mann, wenn du die Torte auch nicht magst, dann hör lieber auf, sie zu essen», grummele ich. «Mir schmeckt sie nämlich richtig gut, und ich werde sonst noch alles aufessen, was ihr übrig lasst.»

«Nein, du Spinner. Die Torte ist super. Ich meine, sie hat recht mit dem Kochkurs.»

«Ach so, sorry. Meinst du wirklich? Ich dachte, ein Kochkurs ist vielleicht nicht interessant genug für die Challenge, nach dem, was du über meine Idee mit dem Stricken gesagt hast.»

«Es ist ja nicht irgendein Kochkurs», sagt Emma. «Du hast selbst gesagt, gesunde Ernährung ist die Zukunft. Schau dir doch die ganzen Kochbücher und Food-Blogs und Kochshows im Fernsehen an. Und denk doch mal an dein Interview mit Melissa. Sie hat doch gesagt, dass sie die Arroganz der Clean-Eating-Bewegung auch nicht leiden kann, und die Leserinnen waren begeistert, Iz! Sogar die seriösen Zeitungen haben darüber geschrieben. Außerdem würde ich gerne herausfinden, wie man einen Rohkostbrownie macht, der bei Mike keinen Würgereflex auslöst.»

«Ich auch. Und ich will auch mal wissen, was Markbrühe ist. Klingt nämlich richtig eklig, aber plötzlich trinken alle dieses Zeug», füge ich hinzu.

«Genau», nickt Emma. «Du würdest nicht nur viel lernen, es wäre auch ein echt interessantes Feature. Voll im Trend!»

«Du bist ein schlauer Fuchs», grinse ich und schicke gleich eine Mail an Melissa raus.

⋆★⋆

Jamies tintenschwarzes Haar ist oben auf dem Kopf zu einem lockeren Knoten geschlungen. Ich habe zugesehen, wie sie sich fertig gemacht hat, und weiß also, dass sie so gut wie keine Zeit darauf verwendet hat, und trotzdem sieht es total schick aus. Sie bindet sich ihre mintgrüne Schürze um, dann streicht sie sie über ihren ausgefransten Shorts und dem weiten T-Shirt glatt. Ich schaue an meiner eigenen grünen Schürze hinunter und wünsche mir, ich hätte nicht auch noch ein grünes Kleid angezogen. Ich sehe aus wie ein Weihnachtsbaum.

«Soll ich dir was verraten?», flüstert Jamie, während sie mir hilft, die Schürze zuzubinden.

«Was?», frage ich und sehe mich nervös in der makellosen Küche um.

«Ich freue mich wirklich auf den Kurs. Seit ich aufgehört habe zu trinken und mir bewusst geworden ist, wie sehr Wein meine Leber belastet, denke ich viel mehr darüber nach, wie ich mich ernähre. Ich lese schon länger *That Glow Girl*, aber ich habe mich noch nie getraut, die Rezepte auszuprobieren. Ich meine, was zur Hölle ist Buchweizenmehl? Alle Zutaten klingen irgendwie komisch und kosten wahrscheinlich ein Vermögen.»

«Das freut mich», grinse ich. «Ich hatte Angst, dass du es langweilig findest. Und ich weiß genau, was du meinst wegen der Zutaten. Außerdem», ich flüstere jetzt, «sind meine Küchenschränke immer noch zu sechsundneunzig Prozent mit Dosen voller Baked Beans gefüllt, obwohl sie mir, als wir uns das letzte Mal gesehen haben, ein idiotensicheres Rezept dafür gegeben hat.»

«Du hast meine Bohnen noch nicht ausprobiert?», fragt Melissa und tut so, als sei sie darüber furchtbar enttäuscht. Sie ist wie aufs Stichwort in die Küche gekommen.

«Hallo zusammen! Als Erstes: Vielen Dank, dass ihr hier seid. Heute werden wir uns anschauen, wie man klassischen Gerichten einen gesunden Schwung verleihen kann.» Melissa trägt eine hellblaue Latzhose mit einem weißen Top darunter. Ich versuche, nicht die ganze Zeit ihren tadellos geformten Bizeps anzustarren.

«Wir fangen gleich mit dem Kochen an, aber lasst mich erst noch etwas sagen. Ich habe eben ein Vorurteil gehört, das mir sehr häufig begegnet: Gesundes Essen ist teuer. Na ja, ich bin heute hier, um euch zu zeigen, dass das nicht stimmt. Dieses Kakaopulver zum Beispiel.»

Sie hält eine Tüte hoch, und alle sechs Kursteilnehmer recken die Hälse, um es besser zu sehen. «Eine Tüte hiervon reicht ewig und verleiht euren Desserts einen herrlich schokoladigen Geschmack. Kakao ist Schokolade in Rohform, bevor die ganzen Verarbeitungsschritte alles verderben, was daran gut ist. Er ist vollgepackt mit Sachen, die eure Haut zum Strahlen bringen.»

Wir sagen brav «ooohhh» und «aaahhh», während Melissa uns die Produkte zeigt, die sie immer vorrätig hat. Ich bin schockiert, als mir klarwird, dass Super Noodles nicht dazugehören.

«Also, der Sinn des heutigen Kurses ist es, euch das

nährstoffreiche Kochen näherzubringen. Wir kochen Sachen, die ihr einfach und schnell zu Hause nachmachen könnt. Ihr könnt sogar auf Vorrat kochen und den Rest einfrieren. Ich werde euch zeigen, dass ihr nicht auf Fertiggerichte zurückgreifen müsst, wenn ihr es eilig habt, aber es ist mir auch wichtig, dass ihr eines wisst. Wenn ihr mal Lust auf einen Burger mit Pommes habt: Auf geht's, das ist völlig in Ordnung. Hört auf euren Körper, esst, worauf ihr Lust habt, und denkt dran, Abwechslung ist wichtig! Erste Station: mein Green-Goddess-Smoothie. Der beste Start in den Tag überhaupt.»

Ich trete aufgeregt von einem Fuß auf den anderen und freue mich, dass es endlich losgeht. Jamie nimmt die Avocado und den Kohl, die auf ihrer Arbeitsplatte liegen, und hebt fragend die Augenbrauen.

«Frühstück?», flüstert sie.

Aber als wir das frische Gemüse mit Kokoswasser und ein bisschen Cayennepfeffer in den Mixer geben, können wir uns das schon besser vorstellen.

«Was meint ihr?», fragt Melissa in die Runde, als wir vorsichtig einen Schluck probieren.

«Mmmm, richtig lecker. Ich liebe diesen dezenten Hauch von Cayenne», sage ich begeistert und bin überrascht, weil ich klinge, als ob ich Ahnung hätte.

«Darf man bei dieser Art der Ernährung auch Kaffee trinken?», fragt Jamie.

«Du darfst essen und trinken, was immer du willst. Es geht nicht darum, dir irgendetwas zu verbieten. Es geht darum zu lernen, wie du dich am besten fühlst. Ich trinke auch ab und zu Kaffee, aber wenn ich einen etwas sanfteren Energieschub möchte, tue ich einfach einen Teelöffel Macapulver in meine Smoothies. Hier», sagt sie und öffnet ein Päckchen mit cremefarbenem Pulver. Wir riechen der Reihe nach daran.

«Riecht malzig», stelle ich fest.

«Genau. Es schmeckt so ähnlich wie Karamell und gibt euch Energie. Ist auch super für die Fruchtbarkeit.»

Ich schreibe mir «Macapulver – Fruchtbarkeit» in das Notizbuch, das Emma mir vor ein paar Monaten geschenkt hat.

«Was schreibst du da auf?», fragt Jamie und streckt sich, um meine Notiz zu sehen.

«Hey!» Ich halte die Hände über die Seite, als wären wir in der Schule und sie wollte von mir abschreiben.

«Denkst du … über Babys mit George nach?», fragt sie, wobei sie aussieht, als hätte ich sie zu Tode erschreckt.

«Nein, natürlich nicht», stammele ich. «Dafür ist es noch viel zu früh, ist doch klar.»

Jamie nickt. «Klar.»

«Es ist einfach praktisch zu wissen, wozu die Zutaten gut sind.»

«Ach so», sagt Jamie. Sie wirkt nicht gerade überzeugt. «Babys sind wirklich das Letzte, woran ich im Moment denke. Ich habe nicht mal einen Freund.»

Ich schaue meine beste Freundin an und runzele die Stirn. In den sechs Jahren, seit ich sie kennengelernt habe, hat sie sich noch nie darüber beschwert, Single zu sein. Ganz im Gegenteil, sie fand es immer toll!

«Hättest du gerne einen Freund?», frage ich.

Jamie zuckt die Achseln und schlürft den Rest ihres

Smoothies. «Vielleicht», gibt sie zu. «Jetzt, wo meine Freizeit ein bisschen ruhiger geworden ist, hätte ich dazu sogar Zeit. Ich sollte wohl mal anfangen zu daten. Obwohl ich nun, da ich nicht mehr bis frühmorgens in Bars rumhänge, lange nicht mehr so oft angesprochen werde wie früher.»

«Jamie, du bist die tollste Frau, die ich kenne. Es gibt sicher tausend Typen, die wahnsinnig gerne mit dir ausgehen würden!»

«Schau dich mal um.» Jamie nickt in Richtung der anderen Frauen im Kochkurs. «So was wie heute ist nicht gerade die beste Gelegenheit für ein Date. Aber versteh mich nicht falsch, ich finde es wunderbar, dass wir das hier zusammen machen. Diese alkoholfreien Dates sind gar nicht so schlecht, oder?»

Doch ich gebe keine Antwort, weil ich mich soeben an die Idee erinnert habe, die mir auf dem Glastonbury kam.

«Also, nur um das noch mal klarzustellen: Du würdest wirklich gerne jemanden kennenlernen?», frage ich.

«Ich denke schon.» Sie zuckt die Achseln. «Warum denn?»

«Ach, nur so. Es könnte sein, dass ich den perfekten Mann für dich gefunden habe», sage ich beiläufig.

«Wer ist es?» Jamie schaut mich misstrauisch an, während ich die Zutaten für den Chia-Pudding zurechtlege. Ich wollte schon seit Jahren wissen, was das ist! Wie ich befürchtet hatte, sieht es tatsächlich aus wie Froschlaich, aber man versichert mir, dass es super schmeckt.

«Weißt du noch, mein sexy Nachbar Nathan?», frage ich.

Jamie nickt. «Heiß.»

«Ziemlich heiß», stimme ich zu. «Und Single. Und: Er trinkt keinen Alkohol.» Ich klatsche begeistert in die Hände. «Darf ich euch verkuppeln?»

«Ist er nicht total unhöflich?», fragt sie. «Ich dachte, er hat drei Jahre lang nicht mit dir geredet.»

«Äh, irgendwie schon, ja. Aber ich habe herausgefunden, dass er eigentlich nur schüchtern ist, wenn er neue Leute kennenlernt. Ich dachte, er ist arrogant, aber er ist eigentlich echt nett. Also? Darf ich?»

Jamie runzelt die Stirn.

«Bitte?»

«Na gut», seufzt sie.

Ich habe den Verdacht, dass ich am Ende der Woche Partnervermittlung zu meinen neuen Fähigkeiten zählen kann.

⋆★⋆

Ich habe sämtliche Küchenschränke ausgeräumt, weshalb jetzt ein Turm aus Suppendosen, abgelaufenen Kräutermischungen und Baked Beans in meinem Wohnzimmer schwankt.

Ich schlüpfe in ein Paar Gummihandschuhe, klettere auf einen Stuhl und fange an, Küchenreiniger auf die Schrankoberflächen zu sprühen. Jamie und ich hatten nach Melissas Kurs so viel Energie, dass wir uns entschieden haben, sonntags unsere Küchen in Ordnung zu bringen. Heute wird nicht mit Kater und der Pizza von gestern Abend auf der Couch gesessen! Ich habe gestern Abend nicht mal was getrunken. Jamie und ich hatten so viel Spaß, dass ich noch mit zu ihr gegangen bin. George wollte sich mit mir treffen, aber wir haben uns nach dem Kurs Melissas Kochbuch gekauft und uns noch bis spät in die Nacht angesehen, was wir alles ausprobieren möchten.

Heute Morgen sind wir mit Melissas Einkaufsliste durch sämtliche Bioläden gezogen, die wir finden konnten, und dann mit tütenweise Blütenpollen und gemahlenen Mandeln nach Hause gestolpert, nur um festzustellen, dass in der Küche überhaupt kein Platz ist. Daher die Gummihandschuhe und der Dosenstapel.

Ich schrubbe und poliere, bis meine Küche wie neu aussieht. Jedenfalls so neu, wie eine uralte Küche in einer Mietwohnung eben aussehen kann. Dann fange ich an, die Lebensmittel einzuräumen. Als Melissa uns gesagt hat, dass sie keine weißen Kohlenhydrate isst, hätte ich am liebsten geheult. «Aber was ist mit Nudeln?» Sie hat geduldig gewartet, bis ich mich von diesem Schock erholt hatte, bevor sie Dinkelnudeln empfohlen (ich besitze jetzt ein Kilo) und uns dann gezeigt hat, wie man aus Zucchini Nudeln macht. Wir haben Zucchini mit Tomatensoße gekocht, und es war so lecker, dass Jamie und ich uns beide Spiralschneider per Express-Versand bestellt haben.

Ich wende meine Aufmerksamkeit dem Kühlschrank zu. Darin befinden sich momentan eine Flasche Weißwein, eine Dose Parmesan, zwei Gläser Senf (zwei?), ein halber Becher Sahne und eine verschrumpelte rote Chilischote in der Gemüseschublade. Hmmm. Normalerweise kaufe ich sonntags für die Woche ein und stopfe das Zeug dann irgendwie in den Kühlschrank. Aber nicht heute! Meine Einkäufe verlangen einen blitzsauberen Kühlschrank, also räume ich alles aus und fange an zu schrubben. Dann werfe ich einen vorsichtigen Blick ins Eisfach. Ich mache es schnell wieder zu und schaue mich in der Wohnung um.

Ich bin der einzige Mensch in diesen vier Wänden, also weiß niemand anderes, dass ich drei Packungen Eis im Gefrierfach habe. Ich könnte sie einfach drinlassen. Was sagen diese ganzen Philosophen noch mal: Wenn im Wald ein Baum fällt und niemand es sieht, macht es trotzdem Krach? Mit meinem Eis ist es genau das Gleiche. Niemand weiß, dass es da ist, also existiert es praktisch nicht. Und vielleicht brauche ich es ja noch, für einen Notfall.

Ich knabbere an meinem Daumennagel und mache das Eisfach wieder auf. Ja, sie sind noch da. Bei der Menge an Zucker und den 163 Zutaten, die ich nicht einmal aussprechen kann, kann ich mir jedenfalls sicher sein, dass dieses Eis mich nicht zum Strahlen bringen wird. Melissa hat vorgeschlagen, Bananen durchzuschneiden, sie in geschmolzenen Kakao zu tunken und als erfrischenden Snack einzufrieren. Ich seufze und starre düster meine Lieblingsleckerei an. Dann greife ich nach meinem Handy und schreibe Jamie.

Hilfe, viel zu viel Eis im Gefrierfach. Soll ich jetzt alles aufessen und erst heute Nachmittag einen Neuanfang machen?

Kannst du machen. Du kannst es aber auch wegwerfen. Weißt du noch, wie gut du dich gestern nach dem Kurs gefühlt hast?

Das wollte ich nicht unbedingt hören.

Ja, aber ich hatte vergessen, wie gerne ich Eis mag. Blödes Eis.

Mach was du willst, Iz. Melissa hat gesagt, dass es nicht darum geht, sich Sachen zu verbieten, nur darum zu lernen, womit wir unseren Körper am besten ernähren können. Ha ha, ich höre mich an wie ein Wellnessguru. Du könntest heute Abend stattdessen eins ihrer Nachtischrezepte ausprobieren.

Ich starre Jamies Nachricht an und schüttele den Kopf. Sie hat recht. In Melissas Kurs ging es darum, Dinge zu essen, die einem wirklich Energie verleihen, und ganz ehrlich, wenn ich am Ende der Woche auch nur halb so energiegeladen bin wie sie, bin ich zeitlebens überzeugt.

Ich gebe den Eisbehältern einen Abschiedskuss und packe sie in eine Plastiktüte. Dann ziehe ich Schuhe an.

Mein lieber Nachbar Nathan isst bestimmt gerne Eis. Außerdem muss ich ihn mal wieder um einen Gefallen bitten.

KAPITEL ACHT

★

AUGUST

Teile dein Wissen mit anderen

Ich weiß gar nicht, warum ich wegen heute Abend so nervös bin, aber ich bin es einfach. Ich habe sechs verschiedene Outfits anprobiert, und der unordentliche Kleiderhaufen in meinem Schlafzimmer bringt mich jetzt noch zusätzlich ins Schwitzen. Izzy mag keine Unordnung. Aber ich kann mich nicht entscheiden, was ich anziehen soll. Wenn ich doch nur einen brandneuen Schrank voller brandneuer Klamotten hätte … Moment mal, das habe ich. Beides. *Warum* also zögere ich?

Es ist einer dieser schwülen Augusttage, an denen die Wolken die Sommerhitze einzufangen scheinen und es in London fast nicht auszuhalten ist. Ich habe sogar nach der Arbeit kalt geduscht, aber selbst das hat nicht geholfen. Ich schaue auf meine Hände hinunter und versuche herauszufinden, ob sie schwitzen, weil es heiß ist, weil es hier so unordentlich ist oder weil meine Mum mich heute Morgen wieder zu einem ihrer Gespräche zitiert hat. Ich glaube, Letzteres ist der Fall. Eins muss ich ihr lassen, es war nicht so schlimm wie sonst. Sie war so begeistert von meiner «schillernden Karriere» und nennt mein monatliches Feature jetzt immer meine «Kolumne», als wäre ich ein Star. Ich habe es nicht übers Herz gebracht, ihr zu sagen, dass man heutzutage eine bekannte Journalistin oder zumindest eine Berühmtheit sein muss, um eine eigene Kolumne abzusahnen. Außerdem ist sie zu ihrem Lieblingsthema übergegangen, bevor ich auch nur die geringste Chance dazu hatte.

«Hast du einen Freund, Liebling?», hat sie gefragt. «Ich denke doch nur an deine Eierstöcke.»

Die schon wieder.

Ich bekam Panik, stammelte irgendwas davon, dass ich ein paarmal mit einem wirklich netten Mann aus war, und dann, dass ich wieder zur Arbeit musste. Ich hätte natürlich nichts lieber getan, als ihr von George zu erzählen, aber darüber haben er und ich noch nicht gesprochen. Klar, wir sind jetzt offiziell zusammen, aber ich bin mir nicht sicher, ob es noch zu früh ist, den Eltern davon zu erzählen. Das möchte ich heute Abend herausfinden. Und das ist ein weiterer Grund, warum meine Hände schwitzen.

Ich durchsuche zum x-ten Mal meinen Schrank, als mein Blick endlich an einem beigefarbenen, kurzen Jumpsuit mit vorne gekreuzten Trägern hängen bleibt.

Ich wusste doch, dass ich das Richtige finde, wenn ich nur lange genug suche! Ich habe dieses wunderschöne Teil vor Monaten gekauft, als es bis zum richtigen Wetter noch Ewigkeiten hin war, und hätte es jetzt fast vergessen. Ich nehme den Jumpsuit vorsichtig vom Bügel, schneide die Preisschilder ab und ziehe ihn an. Dann fällt mir auf, dass man meine schwarze Unterwäsche durchsieht. Ich ziehe ein hautfarbenes Ensemble an und schaue wieder in den Spiegel. Relativ weiter Ausschnitt, aber ich habe heute

Abend ja schließlich ein Date, also ist das doch in Ordnung. Ich drehe mich von links nach rechts und beobachte, wie die mittellangen Shorts zur Seite fliegen. Dann ziehe ich noch eine einfache Halskette an und fertig. Ein Date mit meinem Freund. Habe ich schon erwähnt, dass ich jetzt einen habe? Nichts Großes, nur der Typ, in den ich schon seit Ewigkeiten verliebt war.

⋆★⋆

George starrt mit gerunzelter Stirn die Karte an, als wäre sie auf Russisch geschrieben. Moment, nicht Russisch, er kann ein bisschen Russisch. Eigentlich spricht er sogar ziemlich viele Sprachen. Wenn er in meinem Lieblingsrestaurant auf Italienisch bestellt, werden mir die Knie weich.

«Was zur Hölle ist das?», fragt er jetzt.

Wirklich höflich.

«Gefällt dir die Karte nicht?», frage ich nervös.

Dieses Mal habe nämlich ich das Restaurant ausgesucht. George ist so gut darin zu entscheiden, wo wir hingehen, aber ich fand es wichtig, dass ich auch mal entscheide. Als Melissa also dieses tolle neue Restaurant erwähnt hat, das 42 heißt und in dem man gesund essen kann, beschloss ich, George dorthin mitzunehmen. Es ist ein komplett veganes Rohkostrestaurant, was sich für mich ehrlich gesagt auch nicht besonders verlockend anhört, aber offenbar ist der Koch ein Meister der Rohkost, und das 42 ist der Ort, an dem man von Foodies entdeckt wird. Die Tische hier sind so begehrt, dass Melissa für mich buchen musste!

«Nein, mir gefällt die Karte nicht», knurrt mein Begleiter. «Wo ist das Fleisch? Wo sind die Pommes, die Kartoffeln, die Kohlenhydrate? Als Nächstes willst du mir noch sagen, dass ich nicht mal ein Glas Wein trinken darf.»

«Du kannst definitiv Wein trinken», antworte ich hastig und reiche ihm die Weinkarte. Ich verschweige ihm lieber, dass der Wein ebenfalls vegan ist.

«Hi Leute, willkommen im 42. Seid ihr zum ersten Mal hier?», fragt uns ein Kellner mit dichtem Bart und Man Bun.

«Ja, genau», lächele ich.

George brummt seine Zustimmung und begutachtet die Kombi aus grauem T-Shirt und Jeans mit offensichtlicher Missbilligung.

«Super. Ich bin Dachs, und ich bin heute Abend für euch zuständig.»

Oje. George verdreht die Augen. Dachs geht in die Hocke und verwickelt uns in ein Gespräch. Meinem Freund, der in einem rosa T-Shirt, einer kurzen Hose und einem Blazer umwerfend aussieht, scheint das gar nicht zu passen.

«Das Prinzip ist ganz einfach», erklärt Dachs. «Alles auf der Karte ist roh, das heißt, es wurde nicht über zweiundvierzig Grad erhitzt. Daher der Name! Wir möchten ein echtes Fine-Dining-Erlebnis bieten, mit Lebensmitteln, die das Wohlbefinden fördern, wir verwenden also weder Fleisch noch Milchprodukte. Ich lasse euch ein bisschen Zeit, damit ihr euch die Karte anschauen könnt.»

«Dachs?» George schnaubt abfällig, als wir wieder unter uns sind.

Ich beiße mir auf die Lippe und versuche, ein Kichern zu unterdrücken.

«Ich weiß», lache ich. «Wir können auch woanders hingehen, wenn du willst. Ich hätte mir denken müssen, dass das hier nicht dein Geschmack ist.»

«Ich werd schon was finden», sagt George und wendet sich wieder der Karte zu. Nun sieht er eher belustigt aus als verärgert. «Außerdem weiß ich, dass dir dieses Ernährungszeug gerade wichtig ist.»

Ich greife auf dem Tisch nach seiner Hand.

«Das stimmt, danke», nicke ich. «Es ist schon komisch, ich habe mir seit Jahren jedes Mal im Januar vorgenommen, mich gesünder zu ernähren, aber es hat nie geklappt. In Melissas Kurs habe ich gelernt, dass man auf nichts verzichten muss. Ich habe diese Woche zweimal Zucchinipasta gegessen, und ich habe nicht mal Nudeln vermisst.» Ich schüttele den Kopf und wundere mich über mich selbst.

«M-hm», macht George. «Das ist doch gut. Du siehst auch echt super aus.»

Ich lächele schüchtern und zupfe an den Trägern meines Jumpsuits herum.

«Du musst sofort damit aufhören, sonst schnappe ich dich und schleppe dich in meine Wohnung, bevor wir überhaupt bestellt haben», sagt er. «Nicht, dass das so schlimm wäre.»

Ich fächele mir mit meiner Karte Luft zu und nehme einen Schluck veganen Rotwein. Hmm ... der schmeckt sogar wirklich!

«Wo wir schon dabei sind: Ich war immer noch nicht bei dir zu Hause. Vielleicht könnte ich ja heute mitkommen, und wir könnten zu Ende bringen, was wir in Cornwall angefangen haben?»

«Klingt verlockend.» Georges braune Augen funkeln. «Aber ich muss nachher noch was für die Arbeit fertig machen.»

Ich seufze.

«Hast du einen Sexkerker zu Hause oder so was?», frage ich. «Du fragst nie, ob ich zu dir komme.»

«Wahrscheinlich, weil ich deine kleine Bude in Brixton so gemütlich finde. Außerdem ist meine Wohnung ein Schweinestall. Also, was zum Teufel ist eine Mungobohnensprosse, und sollte sie mich davon abhalten, das Pad Thai zu bestellen?»

⋆★⋆

Nach ein paar Gläsern Rotwein hat George sich sichtlich entspannt. Jetzt oder nie! Außerdem habe ich mein megaleckeres mexikanisches Gericht in Rekordzeit aufgefuttert, während er ausnahmsweise länger braucht als ich.

«George», sage ich. Ich ziehe seinen Namen in die Länge und wickele mir dabei eine kupferrote Haarsträhne um den Finger.

«Ja.» Er schaut mich fragend an.

«Ich habe mich nur gefragt … Würdest du …»

Mist. Ich habe die Fähigkeit verloren, sinnvolle Sätze zu bilden, und meine Hände schwitzen auch schon wieder.

«Was ist denn, Mulligan?»

«Ähm … na ja. Wir treffen uns ja jetzt schon seit fast einem Monat», fange ich an.

Seit drei Wochen, sechs Tagen und zweiundfünfzig Minuten, aber das muss George so genau nicht wissen.

«Und ich dachte, es wäre vielleicht schön, mal was mit meinen Eltern zu unternehmen», sage ich.

«Ich unternehme ständig was mit deinen Eltern», sagt George und durchkämmt seine Nudeln misstrauisch mit der Gabel.

«Ich meine als Paar», erkläre ich. «Sie wissen immer noch nicht, dass wir zusammen sind, und es wäre gut, es ihnen zu sagen. Wir könnten am Wochenende nach Nottingham fahren und sie zum Essen einladen.»

George legt die Gabel weg und schenkt uns beiden Wein nach.

«Meinst du nicht, dazu ist es noch zu früh?», fragt er.

«Nicht wirklich. Wie gesagt, wir sind jetzt seit fast einem Monat offiziell zusammen, und sie wissen das noch nicht. Vor allem, weil sie dich schon so gut kennen, finde ich das schon fast ein bisschen seltsam. Ich weiß, dass du es langsam angehen lassen wolltest, aber es läuft doch super, und ich würde das gerne mit ihnen teilen. Du nicht?»

«Es ist einfach ein bisschen unpassend.»

Oh. Ist es ihm peinlich, mit mir gesehen zu werden? Er möchte es nicht öffentlich machen. Kein Wunder, dass ich noch nicht seine Freunde kennengelernt habe.

«Wirklich?»

«Ja, na ja, wegen diesem ganzen Olivia-und-Sam-Ding.»

«Was hat das denn mit ihnen zu tun?»

«Sam ist mein Bruder. Olivia ist deine Schwester. Du weißt schon, dass sie verheiratet sind, oder?»

«Du musst nicht gleich sarkastisch werden», grummele ich. «Ich weiß sehr genau, dass meine Schwester mit deinem Bruder verheiratet ist. Ich habe immer noch die Narbe am Bein, von damals, als ich von der DJ-Bühne gefallen und auf dem Sektglas gelandet bin.»

«Ha, das hatte ich ganz vergessen! Du hast das Glas fallenlassen, als dir klarwurde, dass der DJ Michael Bublé spielen wollte, und bist hingerannt, um Kanye West zu verlangen.» George lacht.

Ich schürze die Lippen. Die alte Izzy war vielleicht ziemlich besoffen, aber wer könnte es ihr übel nehmen, dass sie auf der Hochzeit ihrer Schwester ein bisschen Kanye West hören wollte?

«Ist ja auch egal. Ich weiß immer noch nicht, was Olivia und Sam mit uns zu tun haben.»

George beugt sich vor und streicht zärtlich mit der Hand über meine Wange.

Stark bleiben, Izzy!

«Deine Eltern bedeuten mir einfach viel, Iz. Ich weiß, dass Sam ihr Schwiegersohn ist, aber seit er mit Olivia zusammen ist, haben sie mich auch wie einen Teil der Familie behandelt. Sie sind so herzlich und gastfreundlich, das Gegenteil von meinen Eltern. Die konnten es gar nicht erwarten, Sam und mich aufs Internat zu schicken, sobald wir alt genug waren. Ich glaube … Ich weiß nicht.» Er schweigt. Irgendwie sieht er geknickt aus.

Er hat recht. Seine Eltern sind komplett anders als meine. Ich habe mir ziemlich oft vorgestellt, wie es wohl wäre, seine ruhige, gelassene Mutter zu haben. Mrs. McGowan würde nie auf die Idee kommen, sich nach dem Wohlbefinden meiner Eierstöcke zu erkundigen, und sie würde mit Sicherheit auch nicht auf wöchentliche Karriere-Updates bestehen. Von der anderen Seite hatte ich das allerdings noch nie betrachtet. Georges Vater ist ein ziemlich hohes Tier beim Militär, und die Erziehung hört sich auch ziemlich militärisch an, wenn ich so darüber nachdenke.

«Was denn?», hake ich nach.

«Ich will nichts überstürzen. Es ist alles noch so neu und frisch zwischen uns, und natürlich will ich, dass es funktioniert, aber was, wenn nicht? Was ist, wenn wir uns trennen, und plötzlich bin ich in eurem Haus nicht mehr erwünscht? Ich fände es echt schlimm, wenn deine Mutter mich nicht mehr zur Familie zählen würde. Sie ist so lieb, Iz. Vor ein paar Wochen hat sie mir Marmelade geschickt, mit einem Zettel, auf dem stand: ‹Selbstgemachte Himbeermarmelade. Ich weiß, das ist deine Lieblingssorte.›» Er schüttelt den Kopf. «Ich bezweifle, dass meine eigene Mutter überhaupt weiß, dass ich Marmelade mag, geschweige denn welche Sorte.»

«Oh George», sage ich und greife wieder nach seiner Hand. «Ich hatte ja keine Ahnung.»

Er zuckt die Achseln und schaut aus dem Fenster. Er weiß sichtlich nicht, wie er damit umgehen soll, dass er mir seine Gefühle so offen gestanden hat. Ich dagegen bin total happy, dass er ehrlich zu mir war. Happy und traurig, natürlich. Sehr traurig, dass er sich meiner Familie näher fühlt als seiner eigenen. Aber eben auch HAPPY! Diese tiefen, bedeutungsvollen Gespräche sind doch genau das, was richtige Paare ausmacht, oder? Das bedeutet, dass wir in unserer Beziehung vorankommen.

Ich stelle sicher, dass mein Blick immer noch mitleidig aussieht und nicht total fröhlich, und fahre fort.

«Ich weiß genau, was du meinst. Wir reden mit meinen Eltern, wenn der richtige Zeitpunkt gekommen ist. Aber ich wollte dir trotzdem sagen: Ich habe das Gefühl, dass es ziemlich gut läuft. Ich meine, du hast gerade ein veganes Rohkost-Abendessen über dich ergehen lassen, weil du wusstest, dass es mich glücklich macht. Ich hoffe, dass mit uns alles funktioniert, aber ich verstehe, warum du so denkst, und wir können gerne noch ein bisschen warten, bevor wir etwas sagen.»

Damit lehne ich mich zurück und gratuliere mir dazu, was für eine vernünftige Freundin ich doch bin – und trotzdem mutig genug, über meine Gefühle zu sprechen.

⋆★⋆

«Wie kann es sein, dass schon August ist?», will Emma wissen. Sie starrt ungläubig ihren Layout-Entwurf an. «Ich meine, wir sind jetzt bald bei deiner achten Mutprobe, Iz. Acht!»

Ich drehe mich auf meinem Stuhl herum und schaue meine Chefin an. Sie trägt heute ein neonpinkes Kleid, das ihre natürlich gebräunte Haut besonders zur Geltung bringt und dafür sorgt, dass ihr eisblondes Haar noch skandinavischer aussieht als sonst.

«Es ist komisch für mich», antworte ich. «Einerseits fliegt das Jahr nur so vorbei. Ich habe so viel Spaß, und ich hatte auch noch nie so viel zu tun. Andererseits kann ich nicht glauben, dass ich erst vor acht Monaten mit dem Ja(hr) angefangen habe. Ich habe mich seitdem total verändert.»

Emma nickt wissend. «Das brauchst du mir nicht zu sagen. Eine steile Karriere, mehr Selbstvertrauen, heißer neuer Freund, toller Body, coole Klamotten ... Du bist sozusagen eine ganz andere Person.»

«Hey!», protestiere ich. «Ich hatte schon immer coole Klamotten. Sie sind jetzt nur noch cooler.»

«Klar», sagt Emma.

«Ich sehe, dass du den Kopf schüttelst», erkläre ich ihr.

«Und deine Haut sieht so gesund aus», fährt sie fort. «Was ist dein Geheimnis?»

«Na ja, ich esse jeden Tag eine halbe Avocado, und ich schwöre, dass es meine Haut verändert hat. Ich habe so gut wie keine Pickel, und mein Concealer ist schon ganz unten im Make-up-Beutel verschwunden.»

Ich kehre an meinen Schreibtisch zurück und lade den Twitter-Feed von *Pulse*. Ich schaue ein paar Websites durch, um Themen zu finden, die unsere Leserinnen interessieren könnten. Eigentlich wäre das Sache des Online-Teams, aber irgendwie ist es zu meiner Aufgabe geworden, Twitter und Instagram auf dem neuesten Stand zu halten. Nicht, dass mir das etwas ausmachen würde. Ich sehe sehr gerne die Reaktionen.

«Willst du nicht deine nächste Challenge wissen?», fragt Emma.

«Oh, doch, bitte!» Wieder drehe ich mich auf meinem Stuhl zu ihr um. Die Hupe des Schreckens ertönt, und das gesamte Büro versammelt sich vor meinem Schreibtisch. Mir schlafen zwar immer noch vor Aufregung die Füße ein, bevor eine Challenge verkündet wird, aber ich muss sagen, dass ich irgendwie auch angefangen habe, diese

Momente im Rampenlicht zu genießen. Ich mag es, wenn sich das ganze Team um mich versammelt, wie eine große, glückliche Arbeitsfamilie.

Emma liest laut vor.

Hi Izzy,
ich wollte schon lange meine Ernährung verbessern, aber ich habe immer wieder Ausreden gefunden, bis ich von deiner letzten Mutprobe gelesen habe. Vielen Dank für dein Feature, es hat mir gezeigt, dass es gar nicht so schwer ist, wie ich dachte, ein bisschen gesünder zu leben. Ich habe mit kleinen Veränderungen angefangen, und ich fühle mich schon viel besser. Ich wollte mich nur dafür bedanken, dass du deine neuen Kochkünste mit uns geteilt hast und dass du mich zum Nachmachen inspiriert hast!
Davon zu lesen, wie du etwas Neues gelernt hast, hat dafür gesorgt, dass ich das auch wollte, und ich habe mich gefragt, ob du das für deine nächste Mutprobe nicht noch ein bisschen ausbauen könntest. Ich möchte, dass du dir etwas aussuchst, was du wirklich gut kannst – ob es Tennis ist oder einen perfekten Fischgrätenzopf flechten – und das dann mit anderen teilst. Vielleicht in einem Kurs oder einer Vorführung, wie du magst.
Viel Glück von Alexandra aus Manchester

«Oooooh.» Lucy schüttelt den Kopf und schwenkt ihren Lolli in meine Richtung. Im Ernst, wer bringt bitte einen Lolli mit zur Arbeit? «Was könntest du denn da machen, Liebes? Worin bist du denn richtig gut?»

Ich wäre jetzt tödlich beleidigt, wenn sie nicht ein kleines bisschen recht hätte. Worin bin ich gut? Ich fahre mir mit den Fingern durch die roten Haare, die jetzt regelmäßig für einen peinlichen symbolischen Betrag, von dem er sich partout nicht abbringen lässt, in Henris Salon in Knightsbridge aufgefrischt werden, und bekomme Panik.

«Ich weiß nicht», sage ich mit gerunzelter Stirn.

«Mach dich nicht lächerlich. Es gibt viel, was du gut kannst», sagt Emma ermutigend. «Warte mal ... Schreiben! Das hast du sogar zum Beruf gemacht. Du könntest Leuten beibringen, wie man Features für eine Zeitschrift schreibt. Du könntest den Lehrstuhl für Journalismus an einer Uni hier in London kontaktieren, und fragen, ob du ein Seminar geben kannst.»

«Vielleicht», sage ich nachdenklich. «Aber eigentlich schreibe ich doch erst seit diesem Jahr Features, davor hat Tallulah mir immer nur die Fernsehliste gegeben und mich ihren extra-heißen Cappuccino tragen lassen. Das reicht doch garantiert nicht aus, um Leuten schreiben beizubringen.»

«Warum denn nicht, Izzy? Vielleicht sind sogar ein paar leckere Studenten dabei, mit denen du flirten kannst.» Lucy saugt suggestiv an ihrem Lolli.

«Ich bin in einer Beziehung, Luce», erkläre ich ihr. «Ich habe nicht vor, diese Challenge zu benutzen, um mit Studenten zu flirten.»

Lucy zuckt die Achseln. «Dein Handy rastet gerade völlig aus, übrigens», fügt sie hinzu und zeigt auf mein Handy, das auf dem Schreibtisch wild vor sich hin blinkt.

Ich nehme es in die Hand und nicke.

«Ich war eben kurz im Fotostudio, weil das Fashion-

Team da unten die Fotos für die Herbstlooks schießt», erkläre ich. «Das Behind-the-Scenes-Bild, das ich gepostet habe, bekommt ultraviele Likes.»

Lucy nimmt ihr eigenes Handy und schaut auf Instagram.

«Ach du Scheiße», sagt sie. «Über siebentausend Likes für ein Bild von einem Cape und einem Paar Stiefel. Und du hast es erst vor ein paar Minuten gepostet. Ich kriege nie so viele Likes, dabei poste ich immer Bikini-Selfies. Das ist so unfair. Warum?!»

«Keine Ahnung.» Ich zucke die Achseln. «Ich versuche einfach, etwas zu fotografieren, das irgendwie artsy aussieht. Dann benutzt man die richtigen Hashtags und fertig.»

Emma klickt auf ihrem Computer herum und hält dann einen Finger hoch, um unser Geplapper zu unterbrechen.

«Wusstest du, dass *Pulse* doppelt so viele Follower auf Twitter hat wie im Januar?», fragt Lucy.

«Ja, schon», antworte ich. «Das Online-Team lädt da jeden Tag Zeug hoch, und ich füge dann noch ein paar andere Sachen hinzu, die die Leute garantiert kommentieren, süße Hundefotos zum Beispiel ... Und auf Instagram bin ich, glaube ich, die Einzige, die überhaupt irgendwas postet, außer wenn die Mädels aus dem Moderessort auf der Fashion Week sind.»

Lucy und Emma schauen sich wissend an.

«Was?», frage ich.

«Baby, du bist ein Social-Media-Pro!», verkündet Lucy großspurig. «Das sollte das Wissen sein, das du an andere weitergibst. Also, ich würde zu einem Social-Media-Workshop kommen, wenn meine Brüste dann mehr Likes auf Instagram bekämen.»

Ein Social-Media-Workshop?

«Nein.» Ich schüttele den Kopf. «Kein Mensch will dazu einen Workshop besuchen.»

«Willst du mich verarschen? Liest du nie deine Arbeitsmails? Die Firma versucht gerade, ungefähr zehn Social-Media-Positionen zu besetzen.» Emma ruft die letzte Rundmail auf.

«‹Gesucht: Social Media Director›», liest sie laut vor. «‹Anforderungen: Gute Kenntnis sämtlicher Plattformen, erwiesener Anstieg von Followern› … bla, bla. Siehst du?»

«Director?», wiederhole ich ungläubig. «Wow.»

Emma und Lucy schauen sich schon wieder an, als wäre ich schwer von Begriff.

«Ihr meint also wirklich, ich könnte Leuten etwas über Social Media beibringen?», frage ich.

«JA!», schreien sie wie aus einem Mund.

Na ja, das wäre dann wohl geklärt.

⋆ ★ ⋆

Ich habe die gesamte Woche damit verbracht, «Tipps für Lehrer» und «Wie leitet man ein Seminar» zu googeln, aber wirklich beruhigt hat mich das nicht. Unter anderem, weil sich der gemütliche Workshop, den ich mir vorgestellt hatte, plötzlich in ein riesiges Seminar mit Trillionen von Teilnehmern verwandelt hat. Und es sind auch nicht irgendwelche Leute, es sind auch noch die, mit denen ich zusammenarbeite!

Ich hatte heute Morgen ein Meeting mit einer unserer Managerinnen, Sandra. Ich verstehe ihren Job nicht wirklich, aber sie hat ein ganzes Büro im achtzehnten Stock, mit schicken Polsterstühlen und einem Glastisch, und ich glaube, es ist ihre Aufgabe, die Magazine des Verlags zu koordinieren. Sie ist «sehr daran interessiert», ein Social-Media-Seminar für alle zweiunddreißig Magazine und Webseiten anzubieten. ALLE ZWEIUNDDREISSIG!

«Das ist die Zukunft», hat sie verkündet, und den glühend heißen Americano geschlürft, den ihr Assistent ihr während unseres Meetings gebracht hat. «Eigentlich möchte ich, dass der ganze englische Zweig der Verlagsgruppe Delaney die aktuellen Media-Trends kennt. Das musst du natürlich nicht alleine machen», fügte sie hastig hinzu, als sie mein entsetztes Gesicht sah. «Aber das Seminar wäre bestimmt ein guter Anfang. Deine Erfahrung mit den Accounts von *Pulse* wird dir sicher eine große Hilfe sein, Isobel. Kann ich dich für einen einstündigen Vortrag Ende nächster Woche eintragen?»

Bevor ich antworten beziehungsweise in Tränen ausbrechen konnte, war sie schon am Telefon und gab ihrem Assistenten Anweisungen. Ich schlich mich aus dem Büro und versuchte verzweifelt, ihre Befehle zu überhören: «Sag allen Abteilungsleitungen Bescheid ... Ich möchte mindestens drei Personaler aus jedem Team ... Wir müssen den Hörsaal buchen ...» Schluck.

Aber ich kann mich jetzt nicht auf Seminare konzentrieren, denn es ist Freitagabend, und das zukünftige Glück zweier Menschen liegt in meinen Händen! Ich muss nur dafür sorgen, dass der Abend so toll wird, dass alle Dating-

Gurus ihn in Zukunft nur noch «das perfekte Date» nennen. Vielleicht wird sogar mein Name zum geflügelten Wort: *Ich hatte gestern Abend ein Date. Es war Izzy-Mulligan-gut!*

Als Erstes muss ich mich umziehen. Ich habe mein Outfit schon Tage im Voraus geplant, so in Richtung Kate Moss off duty. Ich ziehe eine schwarze Hose und einen schwarzen Rollkragenpullover an. Dann mache ich mich an meine Haare. Ich flechte sie zu einem Zopf und drehe ihn zu einem tiefen Knoten. Dann noch ein Hut mit breiter Krempe, bevor ich mein Spiegelbild betrachte.

«Ups, Sonnenbrille», sage ich, greife in meine Tasche und ziehe eine Sonnenbrille mit riesigen, runden Gläsern heraus, die ich *vielleicht* eben in der Redaktion aus dem Modeschrank geklaut habe.

«Ja, perfekt», bescheinige ich mir selbst. «Mysteriös, ladylike ... Niemand wird dich erkennen.»

Ich jubele mir selbst zu, bevor ich durch die Wohnungstür hinaus in den Hausflur trete.

⋆★⋆

Das Gute an London ist, dass sich wirklich niemand darum schert, wenn man sich seltsam benimmt. Hätte ich darauf bestanden, in der Kleinstadt, in der ich aufgewachsen bin, in einem Gebäude mit Sonnenbrille herumzulaufen, hätte das wahrscheinlich irgendwer in der Facebook-Gruppe gepostet, um mich bloßzustellen. Oder noch schlimmer: Betty aus dem Friseursalon, die einem grundsätzlich eine Pudeldauerwelle macht, ob man nun will oder nicht, würde es meiner Mutter sagen, und die würde mir dann einen

Vortrag darüber halten, dass ich nicht so divenhaft sein soll.

Keinerlei Probleme dieser Art hier in London. Im Gegenteil. Als ich meinen Hut nach hinten schiebe und über den Rand meiner Sonnenbrille spähe, damit ich tatsächlich etwas sehe, bemerke ich, dass das Pärchen neben mir genau wie Walter White aus *Breaking Bad* angezogen ist. Und zwar beide, mit Overalls und allem Drum und Dran.

Gutes altes London! Es fällt auch niemandem auf, wenn man alleine an einem Tisch in einem wunderschönen marokkanischen Restaurant sitzt und Wein trinkt. Niemand weiß, wer man ist, und den meisten ist das auch völlig egal – die perfekte Ausgangslage, um ein bisschen zu spionieren! Ich reibe mir die Hände und trinke einen Schluck Rotwein. Melissa sagt, Rotwein ist gut fürs Herz.

Ich stelle das riesige Glas, in dem sich eine winzige Menge Wein befindet, zurück auf den Tisch und lasse mich tiefer in die bunten Kissen sinken. Hier drin sieht es genau wie in einem marokkanischen Riad aus, oder zumindest wie meine Vorstellung davon. Ich war noch nie dort. Ich googele gerade «Billigflüge nach Marokko», als ich Jamie sehe, wie sie zielstrebig den Raum durchquert und direkt auf die Bar zusteuert. Ich spüre, wie die Aufregung in mir hochsteigt. Jamie sieht UMWERFEND aus. Sie ist so cool, dass sie nicht mal darüber nachdenkt, ob sie zu einem ersten Date Weiß tragen kann. Wenn ich sie wäre, hätte ich eine dunklere Farbe gewählt, weil ich ständig Getränke verschütte, selbst wenn ich völlig gelassen bin. Bei einem ersten Date … Nicht auszudenken. Aber nicht

Jamie. Ich habe ihr gegen Abend geschrieben und gefragt, wie es ihr geht, und ihre Antwort lautete:

> Alles cool! Hab gerade einen neuen Auftrag bekommen! Illustriere das Cover für die nächste Ausgabe eines neuen Magazins.

Ich meine, das sind natürlich tolle Neuigkeiten, aber sie hat das Date mit keinem Wort erwähnt! Sie geht so entspannt mit solchen Dingen um.

«Komm schon, Nathan, du bist spät dran», sage ich zu meinem mittlerweile leeren Weinglas.

Das Walter-White-Paar wirft mir einen nervösen Blick zu. Es ist anscheinend völlig normal, sich an einem Freitagabend wie ein Meth-Koch anzuziehen, aber nicht, mit sich selbst zu reden. Ich ziehe eine Augenbraue hoch und beobachte weiter meine beste Freundin.

Theoretisch könnte es schon ein bisschen komisch rüberkommen, dass ich Jamie und Nathan bei ihrem ersten Date beschatte, aber ich bin jetzt jemand, der das Glas halb voll findet, und deshalb mache ich mir keine weiteren Gedanken darüber. Ich habe einfach ein wachsames Auge auf zwei Freunde, von denen ich zufällig weiß, dass sie das süßeste Paar der Welt wären. Ich bin ziemlich stolz darauf, dass ich diese Idee hatte, und vielleicht kann ich ja auch in Zukunft als professionelle Kupplerin arbeiten! Außerdem: Was ist so schlimm daran, ein erstes Date zu beobachten? Rein gar nichts.

Endlich kommt Nathan. Ich schaue auf die Uhr. Eine Viertelstunde zu spät? Nicht der beste Start, aber er begrüßt Jamie mit einem Kuss auf die Wange, bestellt ihr einen zweiten Drink und fragt, wo sie sitzen möchte. Ihr leicht genervter Gesichtsausdruck verwandelt sich in ein Lächeln, und ich sehe zu, wie sie sich an einen Tisch setzen, der ein wenig von Zimmerpflanzen und goldenen Laternen verdeckt wird. Sie sind weit genug entfernt, um mich nicht zu bemerken, aber nah genug, dass ich ~~ihnen hinterherspionieren~~ sie im Auge behalten kann.

Das wird der perfekte Abend!

⋆★⋆

Damit ich mich nicht langweile, während Amor an der Arbeit ist, ziehe ich den Stapel Magazine, den ich aus dem Büro mitgebracht habe, aus der Tasche. Ich wäre gerne jemand, der einen dieser stylischen Modewälzer durchblättert, aber die schüchtern mich irgendwie ein. Ein Beautymagazin mit ein bisschen Klatsch und Tratsch dagegen? Das schaffe ich. Ich sehe den Stapel durch und entdecke ein Reisemagazin.

Diese marokkanische Bar sorgt irgendwie dafür, dass ich eine Reise buchen möchte. Nicht, dass ich mir das gerade leisten könnte. Und ich war dieses Jahr schon im Peak District glampen und auf einem luxuriösen Wochenendtrip in Cornwall. Aber trotzdem, wem würde es nicht gefallen, schöne Fotos von weit entfernten Orten anzuschauen und sich vorzustellen, man würde mit einem Cocktail in der Hand an einem abgelegenen Strand liegen?

Ooooh, Miami sieht toll aus! Ich könnte den gesamten Flug über Will Smiths *Welcome to Miami* singen. Jamie fände das witzig. Sie kommt natürlich auch mit. Moment, vielleicht könnten ja Nathan, Jamie, George und ich zusammen irgendwo hinfahren? Ich blättere um, um herauszufinden, welche Abenteuer noch da draußen warten, und mein Blick fällt auf einen gutaussehenden blonden Mann mit sandfarbenem Bart und unglaublich blauen Augen.

Alex.

Keine Ahnung, wie lange ich die Seite anstarre. Worte wie ‹Luxuscamping› und ‹heißester Tipp für eure England-Reise› ziehen vor meinen Augen vorbei, ohne dass ich ihre Bedeutung wahrnehme. Meine Augen wandern zwischen den eindrucksvollen Bildern von Alex' Campingplatz hin und her, und plötzlich sehe ich Alex vor mir, der nur ein Handtuch um die Hüfte gewickelt und ein überraschtes Lächeln auf dem Gesicht hat.

Oh Mann, warum tut mir denn jetzt das Herz weh? Aus irgendeinem Grund beschließe ich, den Schmerz noch zu vergrößern, indem ich das Interview und die positive Bewertung lese. Ich fühle mich außerstande weiterzublättern. Ich starre nur das Foto an und frage mich, warum ich nicht richtig atmen kann.

Dann schüttele ich mich, um wieder einen klaren Kopf zu bekommen.

Mach dich nicht lächerlich, Izzy!

Alex gehört der Vergangenheit an. Denk doch nur daran, wie er einfach angenommen hat, dass du was mit Nathan hast, als du die Bilder vom Glastonbury hochgeladen hast. Und dann hat er fünf Anrufe ignoriert und dir keine Gelegenheit gegeben, es zu erklären? Ich richte mich auf und erinnere mich daran, dass ich eine Beziehung mit George habe, dem wahren Mann meiner Träume. Der Kloß im Hals kommt wahrscheinlich einfach daher, dass ich Durst habe, weil ich meinen letzten Drink so schnell hinuntergestürzt habe. Alex war nichts weiter als eine Wochenendaffäre, mit einem kleinen Extratrip zum Food-Festival. Und auch wenn das noch so toll war, hat er voreilige Schlüsse gezogen und angenommen, dass etwas faul ist, obwohl das gar nicht so war. Na ja, vielleicht ein kleines bisschen, weil ich ihm nichts von George gesagt habe. Aber es ist ja nicht so, dass ich es nicht versucht hätte! Ich habe schließlich nicht mit Absicht im entscheidenden Moment Champagner ausgespuckt. Außerdem hatten George und ich gerade keinen Kontakt, als ich das Date mit Alex hatte. Und was ich zu meiner Verteidigung außerdem noch anfügen kann: Ich hatte ewig überhaupt keine Aufmerksamkeit von Männern, und dann interessieren sich zwei heiße Typen gleichzeitig für mich, also kann man mir wirklich nicht vorwerfen, dass mich das ein bisschen aus der Bahn geworfen hat, oder?

Ist ja auch egal, es läuft gerade so gut mit George! Er öffnet sich und zeigt seine sensible Seite. Und schon bald sagen wir es meiner Mum!

Damit klappe ich das Reisemagazin zu und verbanne die Gedanken an Alex aus meinem Kopf. Ich habe hier etwas zu tun, und ich darf nicht zulassen, dass Alex sich negativ auf meine Verkupplungskünste auswirkt.

Ich fasse mir ein Herz und schaue zu den beiden Turteltauben hinüber. Falls sie wild knutschen, kann ich mich immer noch schnell verziehen.

⋆★⋆

Das hier ist das schlimmste Date, von dem ich je das Unglück hatte, es zu beobachten. Nicht, dass ich sehr viele Dates beobachtet hätte. Jamie und Nathan haben seit einer vollen Minute nicht miteinander gesprochen. Jamie fährt mit der Hand die Muster auf der Mosaikwand neben ihr nach, und Nathan hat sein Handy in der Hand. Bei einem Date!

Ich muss etwas unternehmen. Zuerst brauche ich einen Drink. Ich winke der Bedienung und bestelle einen Espresso-Martini, der in Rekordzeit gemixt und an meinen Tisch gebracht wird, während ich mir das Hirn darüber zermartere, was ich tun könnte. Vielleicht haben sie sich auf dem falschen Fuß erwischt? Vielleicht sind sie beide schüchtern? Ich nehme einen großen Schluck von meinem Cocktail, überprüfe, ob Nathan immer noch sein Handy in der Hand hat, und schicke eine – wie ich hoffe – lockere Nachricht los.

> Hey! Wie läuft's? Habe ich erwähnt, dass Jamie gerade ein tolles neues Jobangebot bekommen hat? Sie illustriert das Cover von einem richtig coolen neuen Magazin, du solltest sie danach fragen. x

Ich schaue unter meinem Hut und über meiner Sonnenbrille hindurch, was, wenn ich ehrlich bin, gar nicht so einfach ist, und sehe, wie Nathan meine Nachricht bekommt. Er verdreht die Augen, tippt schnell eine Antwort und macht da weiter, wo er aufgehört hat.

Vielleicht. Sie ist nicht wirklich mein Typ, lautet die Antwort.

Was soll das denn? Ganz ehrlich, Nathan und ich hatten so eine schöne Zeit auf dem Glastonbury – was ist mit dem lässigen, interessanten Typen passiert, von dem ich dachte, dass er perfekt zu meiner besten Freundin passt? Sie interessieren sich beide für Musik, trinken beide keinen Alkohol, sie sehen sogar gleich aus, verdammt noch mal. Ich beobachte, wie Jamie ihre schwarze Mähne zurückwirft und Nathan sich gedankenverloren durch die dunkelbraunen Locken streicht. Beide schmollen, beide haben den gleichen Hautton, beide sind attraktiv.

Das macht einfach keinen Sinn, also beschließe ich, es anders anzugehen.

NICHT WIRKLICH DEIN TYP? Stehst du nicht auf witzige, intelligente, wunderschöne Mädchen mit interessanten Jobs? Jetzt hör auf, an deinen Haaren rumzufummeln, und mach ihr ein Kompliment, du Idiot.

Ha! Dem hab ich's gezeigt.

Und dann wird mir klar, dass ich mich gerade verraten habe. Nathan reißt die Augen auf, als er meine Nachricht liest, und schaut sich überrascht um.

Verflucht!

Ich ziehe mir den Hut tief ins Gesicht und lasse mich in die Kissen sinken. Ich hoffe, er hat mich nicht gesehen! Ich bereue gerade wirklich, dass ich mir diesen Platz ausgesucht habe. Ich sitze, so weit es nur geht, vom Eingang entfernt, das heißt, ich muss meterweit marokkanische Fliesen überqueren und dabei Zimmerbrunnen und einer überfüllten Bar ausweichen, bevor ich es hinausschaffen kann. Es ist nicht besonders hilfreich, dass ich die verrückte Lady bin, die aussieht, als sollte sie eher in Italien sein als in London. Ich stopfe hastig die Magazine in meine Tasche zurück, bevor ich mich wie ein Krebs seitwärts von meinem Tisch wegschiebe.

«Isobel, was zum Teufel machst du hier?», fragt Jamie, die mir mit in die Seiten gestemmten Händen den Weg versperrt.

«Das frage ich mich allerdings auch», sagt Nathan, der hinter ihr steht. Jetzt ist wohl nicht der richtige Zeitpunkt, um einen weiteren Grund zu erwähnen, aus dem sie perfekt zusammenpassen: Nathan ist so ziemlich der einzige Mann, der größer ist als meine langbeinige beste Freundin.

«Äh, nein, tut mir leid. Ich glaube, ihr verwechselt mich mit jemandem», antworte ich mit meinem besten italienischen Akzent.

«Soll das Südafrika sein? Du konntest noch nie Akzente nachmachen, Izzy», sagt Jamie gnadenlos. «Also, würdest du uns jetzt freundlicherweise erklären, warum du uns hinterherspionierst? Und danach würde ich außerdem gerne wissen, was du dir bei diesem Outfit gedacht hast. Sieht ziemlich seltsam aus.» Sie runzelt die Stirn und beäugt mich misstrauisch.

«Kate Moss off duty, wenn du es genau wissen willst», grummele ich.

Nathan verschränkt die Arme vor der Brust, und Jamie trommelt mit den Fingern auf meinem Tisch.

«Oh, okay.» Ich ziehe den Hut und die Sonnenbrille aus. Dann öffne ich den Knoten und lasse mein Haar auf die Schultern fallen, während ich überlege, ob ich aus der Situation herauskommen kann, ohne völlig bescheuert zu wirken. Eher unwahrscheinlich.

«Ich höre.» Jamie seufzt dramatisch.

«Na ja», gebe ich zurück. «Ich war so überzeugt davon, dass ihr perfekt zusammenpasst, dass ich einfach dabei sein wollte, wenn mein Plan funktioniert, das ist alles. Und als ich gesehen habe, dass es nicht so gut läuft, dachte ich, ich schlage dir ein paar Gesprächsthemen vor, Nathan. Ein Tipp fürs nächste Mal: Lass dein Handy in Ruhe, wenn du ein Date hast. Das ist so was von unhöflich.»

«Richtig unhöflich», stimmt Jamie zu.

«Ich hätte mein Handy ja nicht gebraucht, wenn du etwas Interessantes zu sagen gehabt hättest», entgegnet Nathan.

Jamie starrt ihn mit offenem Mund an, als hätte ihr gerade jemand gesagt, dass sie mit Peter André Drillinge bekommt.

«Nathan!» Ich koche jetzt richtig. «Jamie ist das interessanteste Mädchen auf diesem Planeten. Was zum Teufel stimmt mit dir nicht?»

«Genau», fällt Jamie schadenfroh ein. «Ich bin sehr interessant, und was stimmt mit dir nicht?»

Nathan verzieht das Gesicht.

«Wisst ihr, was? Ich brauche das hier nicht», verkündet er und tritt von einem abgeranzten Converse-Schuh auf den anderen. «Izzy, danke, dass du dir Mühe gegeben hast und so. Wenn du beim nächsten Mal auf die Spionage verzichten könntest, wäre das super.»

Er wirft meiner unzufrieden aussehenden besten Freundin einen Blick zu. «Ich bin weg.»

⋆★⋆

«Was ist nur schiefgelaufen?», frage ich Jamie im Bus auf dem Weg zu ihr. «Ich habe wirklich gedacht, dass ihr euch super versteht.»

«Super? Er hat kaum mit mir gesprochen!»

«Das verstehe ich einfach nicht. Der Nathan, den ich kenne, ist echt ein netter Kerl. Ein bisschen schüchtern am Anfang, klar. Aber er hat sich wirklich Mühe gegeben, um mir Tickets fürs Glastonbury zu besorgen, und wir hatten so viel Spaß auf dem Festival.»

«Heute Abend war er jedenfalls nicht besonders spaßig, das kann ich dir sagen. Es ist nicht so, als hätte ich nicht versucht, das Gespräch in Gang zu bringen. Weißt du noch, der Typ mit der Super-Yacht, mit dem ich auf dem Mittelmeer unterwegs war?»

«Dein Freund, der Millionär? Ja.»

«Das habe ich erwähnt und versucht, mit ihm übers Reisen ins Gespräch zu kommen. Nichts. Dann habe ich über meine Arbeit geredet und gehofft, dass er sich dann vielleicht ein bisschen öffnet. Immer noch nichts. Egal, was ich versucht habe, ich bin nur gegen die Wand gelaufen. Er ist doch Musikjournalist, oder? Na ja, ich hab sogar diese Party mit dem DJ in Monaco erwähnt und so gut wie keine

Antwort bekommen. Ich hatte gehofft, dass er mir auch irgendeine Anekdote erzählt, aber: nichts.»

Ich schiebe mich näher an Jamie heran und hoffe, dass ich keinen Dreck vom Busfenster an meinen Hut schmiere. Ich denke darüber nach, was sie gerade gesagt hat. Hat sie über Super-Yachten und Partys mit Promis gesprochen, um das Eis zu brechen? Ich glaube, ich habe eine Ahnung, warum das Date nicht so toll gelaufen ist. Jamie tendiert manchmal dazu, Leute mit ihren Storys über den Haufen zu quatschen, und ich habe den Verdacht, dass das Nathan eingeschüchtert hat.

«Komisch, weil er auf dem Glastonbury eher viel geredet hat», sage ich nachdenklich.

«Hast du das Glastonbury jetzt vielleicht mal oft genug erwähnt?», fragt Jamie und verdreht liebevoll-genervt die Augen.

«Ja, stimmt, sorry.»

Dann rede ich mir selber ins Gewissen, weil ich mich ständig für Sachen entschuldige, die mir nicht leidtun sollten. «Nein, hab ich nicht. Ich war auf dem Glastonbury, Jamie! Und ich bin live aufgetreten, mit den Grammaticas. Ich meine, ich bin fast so cool wie du!»

«Ich weiß, Iz, ich hab's im Fernsehen gesehen und mir fast in die Hose gemacht. Du hast diese Bühne gerockt.» Sie grinst und schlägt mir die Krempe meines Hutes über die Augen. «Ich mach nur Spaß.»

Ich gebe ein paar zustimmende Geräusche von mir und freue mich insgeheim über ihr Lob. Ich habe das Glastonbury gerockt! Und ja, ich werde für den Rest des Jahres darüber reden. Okay, okay. Für den Rest meines Lebens.

⋆★⋆

Ich erinnere mich daran, wie ich in einem riesigen Onesie mit #DareIzzy auf der Brust im Fernsehen auftreten musste. Das hier ist schlimmer. Viel schlimmer.

Es fängt schon damit an, dass ich eine Powerpoint-Präsentation erstellen muss. Das habe ich seit der Schulzeit nicht gemacht, und es geht nicht gut los. Ich habe keine Ahnung, wie ich den Beamer mit meinem Laptop verbinde. Ein kleines Schweißrinnsal bahnt sich fröhlich seinen Weg an meiner Wirbelsäule entlang, während ich mit den Kabeln hantiere und auf meine Tastatur einhämmere, als würde ich in letzter Minute auf eBay bieten. Das wäre übrigens auch etwas, was ich gerade deutlich lieber machen würde.

Ich richte mich auf, was das Schweißrinnsal dazu veranlasst, schneller zu fließen, und begutachte meine Umgebung mit zusammengekniffenen Augen. Ich stehe in einem richtigen Hörsaal. Stuhlreihen sind in einem Halbkreis um eine Art Bühne angeordnet, wo ich im Moment stehe und mit der Technik kämpfe. Die Stuhlreihen erstrecken sich bis zum Ende des riesigen Raums, und ich möchte nicht darüber nachdenken, wie viele Menschen hier Platz finden können.

«Fünfhundert ist das Limit», sagt der Mann in Jeans und T-Shirt, der gerade auf mich zukommt.

Na toll. Ich dachte, ich hätte mein Problem mit dem laut Denken unter Kontrolle gebracht.

«Fünfhundert?», flüstere ich. Meine Unterlippe zittert.

«Japp», nickt er. «Ich habe gehört, in dem Seminar geht

es um Social Media, also nehme ich an, dass du dich mit der Technik auskennst und keine Hilfe brauchst?»

«Ähm, na ja, ich habe schon ein klitzekleines Problem. Ich schaffe es nicht, den Laptopbildschirm auf den großen Bildschirm zu übertragen», gebe ich zu und deute auf das riesige Whiteboard hinter mir.

Der IT-Typ beißt sich auf die Lippe und beugt sich zur Steckdosenleiste des Pults hinunter.

«Da hilft es normalerweise, den Stecker einzustecken und den Beamer anzuschalten», sagt er freundlich.

«Ach so, klar», nicke ich. «Das hätte ich als Nächstes versucht.»

Ich spüre schon jetzt, wie meine Würde aus dem drückend heißen Raum davonfliegt, genau wie meine Entschlossenheit. Ich habe meine Hausaufgaben gemacht. Ich habe stundenlang in meiner Freizeit gearbeitet, damit ich sicher sein kann, dass alles funktioniert. Ich habe eine Präsentation vorbereitet, die, wie ich finde, den richtigen Ton zwischen lustig und informativ trifft, und ich habe mir sogar ein paar altmodische Karteikarten geschrieben, falls ich vergesse, was ich sagen wollte. Das war außerdem eine super Entschuldigung für einen Ausflug zum Schreibwarenladen.

Und trotzdem stehe ich jetzt hier, bereit, meinen Vortrag über Social Media zu halten, und schaffe es nicht mal, meinen eigenen Computer anzuschließen. #Fail. Ich sollte ein trauriges Selfie machen und es mit ein paar Kackhaufen-Emojis auf Instagram stellen, um zu sehen, wie viele Likes es bekommt. Nur dass das nicht zur Zielgruppe passt. Die coolen Millennials, die *Pulse* lesen, möchten starke Frauen sehen, die ihr Leben im Griff haben, und nicht irgendeine

Idiotin mit verschwitztem Rücken, die von den einfachsten IT-Problemen überfordert ist.

Ich lasse mich auf den Stuhl fallen und trinke einen großen Schluck Wasser.

«Hey! Hey, die Kavallerie ist da!», schreit Lucy, die mit Emma im Schlepptau durch eine Seitentür hereinplatzt. Ihre Stimme hallt im leeren Hörsaal wider, und ich verschütte Wasser auf mein Oberteil. Auf mein ehemals weißes, jetzt fast durchsichtiges Oberteil.

«Oh, Liebes, ich weiß ja, dass du nervös bist, aber deshalb musst du nicht gleich deine Brüste auspacken.»

«Das war keine Absicht! Es ist ganz allein deine Schuld», sage ich entsetzt.

«Keine Panik», entgegnet Lucy. Ihr ist offensichtlich nicht bewusst, welche Rolle sie in dem Debakel gespielt hat. «Emma und ich sind früher gekommen, um dich moralisch zu unterstützen. Und wir haben Kleider und Make-up mitgebracht, weil du es bist.»

«Was soll das denn heißen, weil ich es bin?», frage ich mit gerunzelter Stirn.

«Arme Izzy, du bist so süß, aber manchmal trotzdem so dumm», seufzt Lucy und nimmt dreizehn Lippenstifte aus ihrer Tasche, um dann einzeln die Farbtöne mit meinem Gesicht abzugleichen. «Natürlich kriegst du es hin, vor dem Seminar irgendetwas auf dein Outfit zu kippen. Und natürlich vergisst du heute den Lippenstift.»

Sie hält inne und schnalzt ungeduldig mit der Zunge.

«Die neue Izzy ist so was von großartig, aber manchmal hebt die alte Izzy einfach gerne ihren hübschen, kleinen Kopf und sagt hallo. Hab ich recht, Em?»

«Sie hat recht», nickt Emma.

«Aber die alte Izzy ist total uncool», protestiere ich.

«Nein, nein, nein.» Lucy legt mir den Zeigefinger auf die Lippen, um mich zum Schweigen zu bringen, als befänden wir uns in einer RomCom. «Die alte Izzy ist nicht total uncool. Die alte Izzy ist ein großer Teil von dir, und das wird sie auch immer sein. Diese neue, verbesserte Version von dir ist nur die alte Izzy mit ein bisschen Finetuning, okay? So wie wenn man … keine Ahnung, in die Werkstatt fährt und aus seinem Škoda einen Porsche machen lässt.»

«Ich bin also ein Škoda?», frage ich empört. Dieser Vergleich tut ein bisschen weh, das gebe ich zu.

«Du bist ein Porsche, Liebes! Ich sage ja nur, dass du aus denselben Teilen bestehst wie die alte Izzy, du hast sie nur total verbessert. Außerdem, wenn du eine komplett andere Person wärst, würde ich dich doch nicht so mögen. Wer sonst hat im Büro immer eine Auswahl an bunten Büroklammern da?»

«Du jedenfalls nicht», grummele ich. «Als wärst du noch nie bei dem Schrank mit den Büromaterialien gewesen.»

«Es gibt einen Schrank mit Büromaterialien?» Lucy reißt die Augen auf.

«Sollen wir uns jetzt mal konzentrieren?» Emma unterbricht uns genau im richtigen Moment. Ich war gerade dabei zu entscheiden, ob ich Lucy in ihr Einhorn boxen soll – das ist kein Euphemismus, sie trägt tatsächlich ein Einhorn-T-Shirt – oder ob ich sie dankbar umarmen möchte. So geht es mir mit Lucy öfter.

«Izzy, wie fühlst du dich?», fragt Em.

«Schon viel besser, jetzt, wo der Computer funktioniert.

Und ich habe diese Handouts ausgedruckt, die sind echt süß, oder? Ich habe vier verschiedene Schriftarten ausprobiert, bevor ich mich für die hier entschieden habe.» Ich lächele stolz.

Lucy hört auf, Outfits auszupacken, und schüttelt den Kopf.

«Gut. Du schaffst das hier, Isobel Mulligan», sagt Emma und packt mich bei den Schultern.

«Wirklich?»

«Wirklich. Also, jetzt sag es.»

«Wirklich.»

«Lauter. Sag, dass du es schaffst!»

«Ich schaffe es!», schreie ich, während Lucy mir mein weißes T-Shirt auszieht und mir ein orangefarbenes Top über den Kopf stülpt.

Jeder kann meine Brüste sehen, aber ich sehe nichts, weil ich ein orangefarbenes Top vor dem Gesicht habe. Und während meine Freundin im Einhorn-T-Shirt schreit «Ja, orange steht dir, du undankbares Etwas», höre ich, wie sich die Tür des Hörsaals öffnet und die ersten Zuschauer hereinkommen.

Der perfekte Start.

⋆★⋆

Ich gebe zu, auf meiner Oberlippe steht immer noch ein bisschen Schweiß. Aber ich bin ansonsten viel entspannter, als ich dachte. Die Präsentation lief überraschend gut, und wer hätte gedacht, dass ich so gerne den langen, weißen Zeigestock benutze? Ich frage mich ernsthaft, ob ich ihn mit nach Hause nehmen und im Alltag einsetzen könnte. *Ja, genau, dieses Brot, bitte.* *Zeigt mit dem neuen Zeigestock auf den Laib.*

«Ich denke, wir müssen die Frage-und-Antwort-Runde jetzt beenden», sagt die Managerin, die die Zeit im Auge behalten hat.

Ich schaue in den vollen Hörsaal und sehe mindestens acht Leute, die enttäuscht die Arme sinken lassen.

«Keine Sorge», sage ich selbstbewusst ins Mikrofon. «Wenn ihr noch Fragen habt, sprecht mich gerne an, wenn ihr mich das nächste Mal seht. Oder, noch besser, taggt mich einfach mit eurer Frage auf Twitter. Deshalb sind wir heute schließlich hier.»

Der Applaus setzt ein, und ich sehe, dass Lucy versucht, eine La-Ola-Welle anzustoßen.

«Danke schön. Und fürs Protokoll», ich deute auf Lucy, «ich kenne sie nicht.»

Gelächter erfüllt den Raum, und ich winke den freundlichen Gesichtern zu, die sich auf den Weg nach draußen machen.

⋆★⋆

An: Izzy@Pulse
Von: Sandra@Management
Betreff: Tolle Arbeit

Liebe Isobel,
ich wollte mich nur kurz für all die Arbeit bedanken, die du in das Social-Media-Seminar gesteckt hast. Ich war

zusammen mit Enrique, dem Verlagschef, da, und wir waren beide sehr beeindruckt. Enrique hat sogar beschlossen, sich bei Snapchat anzumelden! Er heißt CoolCucumberRic, falls du ihm folgen willst. (Ich war nicht daran beteiligt, diesen Namen auszusuchen.)
Wir haben beide ein sehr gutes Gefühl dabei, wie es bei *Pulse* im Hinblick auf Social Media läuft, und dein Vortrag inspiriert bestimmt auch die anderen Magazine. Dein Seminar war informativ, aber alles andere als trocken. Ich weiß, dass viele Statistiken langweilig finden, ich war also total begeistert, dass du Emojis dafür benutzt hast. Ich werde den lächelnden Kackhaufen jetzt immer verwenden, wenn meine Tochter später als erlaubt nach Hause kommt. Es war ein voller Erfolg – ungefähr 480 Mitarbeiterinnen und Mitarbeiter waren da –, und mein Team redet schon den ganzen Tag von nichts anderem. Ich bin mir ziemlich sicher, dass manche von ihnen den Vortrag als Vorwand benutzen, um sich in der Arbeitszeit auf Instagram umzuschauen, aber das lasse ich ihnen heute mal durchgehen.
Herzlichen Glückwunsch, und danke noch mal.
S x

Zwei Sachen: Enrique war da? Ich kriege keine Luft. Ihm gehört Delaney Publishing. Und zweitens: 480 Mitarbeiterinnen und Mitarbeiter? Wenn ich das gewusst hätte, hätte ich die Augen ganz zugelassen, statt nur zwischen zusammengekniffenen Lidern hervorzuspähen.

An: Izzy@Pulse
Von: Nathan@Beat Goes On
Betreff: Seminar, und deine Brüste

Alles klar?
Ich wollte nur sagen, dass mir das Seminar gestern sehr gut gefallen hat. Besonders, als ich reinkam und du kein Oberteil anhattest. Nein, ich mache nur Spaß. Ein bisschen, jedenfalls. Tolle Brüste.
Aber vor allem hast du einen interessanten Vortrag gehalten, und ich habe das Gefühl, wirklich etwas gelernt zu haben. Die anderen von *Beat* und ich haben uns danach zusammengesetzt, um zu besprechen, wie wir die Social-Media-Präsenz von *Beat Goes On* verbessern können. Du hast uns richtig was zum Nachdenken gegeben, und wir können es gar nicht erwarten, die Pläne in die Tat umzusetzen. Also vielen Dank. Viele von meinen Kollegen finden, dass du gut aussiehst, und es gab im Büro ziemlich viel Gerede über deinen «sexy Vorbau». Also komm vielleicht eine Weile lang nicht rauf, Musikjournalisten sind wie Tiere.
Außerdem wollte ich mich dafür entschuldigen, dass ich letzte Woche einfach so weggerannt bin. Wenn ich ehrlich bin, hat deine Freundin mir Angst gemacht. Sie ist total heiß, und sie erzählt diese ganzen aufregenden Geschichten. Ich weiß auch nicht, ich glaube, bei mir ist irgendwie eine Sicherung durchgebrannt. Ich hoffe, du bist nicht allzu sauer, und danke, dass du es versucht hast.
Nathan

An: Nathan@Beat Goes On
Von: Izzy@Pulse
Betreff: Re: Seminar, und deine Brüste

OMG Nathan, es ist so peinlich! Ich habe mich aus Versehen vor ungefähr vierzig Leuten ausgezogen. Ich kann nicht aufhören, darüber nachzudenken, wer mich vielleicht alles gesehen hat. Außerdem: IIIIIIIIIIIIIIIIIIIIIIIHHHHHHHHHH, «sexy Vorbau»? Wir sind doch nicht in den Sechzigern, mein Freund. Sag deinen Musikerfreunden, dass mein Vorbau und ich schon vergeben sind.

Ich bin froh, dass du das Seminar interessant fandst. Wie du wahrscheinlich gemerkt hast, hatte ich richtig Schiss. Aber als ich erstmal drin war, hat es wirklich Spaß gemacht. Ich weiß, dass viele das einfach nur dumm finden, aber ich konnte es nicht fassen, als ich diese Statistiken gefunden habe, die zeigen, wie sehr die Onlinepräsenz die Leserzahlen hochtreiben kann. Total verrückt! Ich bekomme schon den ganzen Tag tolles Feedback, und ich weiß wirklich zu schätzen, was du geschrieben hast. Wenn du möchtest, kann ich ja mal raufkommen und euch mit Twitter und Instagram helfen. Wobei ich dann wahrscheinlich sicherheitshalber eine Kutte trage.

Und: HAHAHAHAHAAAAAA! Glaube ja nicht, dass ich meinen genialen Plan mit dir und Jamie wegen eines einzigen schäbigen Dates fallenlasse. Ich habe soo viele Ideen für dich und Jamie, so viele Ideen!

KAPITEL NEUN

★

SEPTEMBER

Versöhne dich mit jemandem, den du liebhast

Letztes Jahr war der einzige Urlaub, den ich zustande gebracht habe, ein langes Wochenende in Brighton. Jamie und ich haben ein Airbnb gemietet, billige Fish and Chips am Kiesstrand gegessen und unser gesamtes Münzgeld an den Spielautomaten auf dem Pier verloren. Den Rest meiner freien Tage verbrachte ich entweder in London, um Geld zu sparen und gleichzeitig Zeug für meine Wohnung zu kaufen, oder zu Hause in Nottinghamshire, wo ich mit meiner Mutter über Bauernmärkte stapfte und darüber nachdachte, wie ich Gorgeous George verführen könnte.

Dieses Jahr war also ganz anders.

Ich habe nicht nur einen tollen Urlaub gehabt, George ist außerdem mein Freund. Ich habe ganz schön Glück. Vor allem jetzt gerade. Ich sitze im Jardin des Tuileries, eine Waffel mit Nutella in der einen, mein Handy im Kameramodus in der anderen Hand. Klick!

Paris in der Sonne verlangt nach waffelförmigem Genuss!
#Paris #Jardindestuileries #Pulse #DareIzzy

Unglaublich schicke französische Kinder spielen am

Teich mit kleinen Holzbooten, grau-weiße Gebäude mit runden Fenstern reihen sich in der Ferne, und perfekt frisierte Hecken bilden einen Pfad, auf dem die top gestylten Pariserinnen wandeln können.

Wo wir gerade von perfekt frisiert reden … Ich hebe die Hand, befühle meinen langen Bob und lächele. Als Henri herausbekam, dass ich nach Paris fahre, hat er darauf bestanden, dass ich *tout de suite* in den Salon komme, um Schnitt und Farbe auffrischen zu lassen. «Du kannst nicht meine Heimatstadt besuchen, ohne toll auszusehen. Das wäre eine Schande!», hat er gerufen. Deshalb habe ich jetzt diese fabelhaften Chrissy-Teigen-Wellen.

Eine stylische Frau in Paris. Juhuuuuu!

Dieser Urlaub wäre vollkommen, wenn da nicht ein klitzekleines Problemchen wäre.

⋆★⋆

«Izzy, *mon dieu*! Was machst du denn mit dieser *gaufre*?! Ich dachte, dir ist gesunde Ernährung wichtig?»

Da kommt sie auch schon.

Es ist unmöglich, sich noch mehr über diese Sätze zu ärgern, und zwar deswegen:

1. Sie werden von meiner Schwester Olivia, Prinzessin Perfekt, geäußert, die mich auf diesem Kurztrip nach Paris begleitet.
2. Ich wiederhole: Olivia ist mit mir nach Paris gefahren.
3. Sie verwendet französische Wörter, dabei ist sie definitiv keine Französin. Das weiß ich, weil wir

dieselben Gene haben und unsere Vorfahren nie weiter als bis nach Irland gekommen sind.

4. Nur Olivia kann die korrekte Vokabel für Waffel kennen. Und sie versucht, das R möglichst französisch auszusprechen, als wollte sie eine Eins in der mündlichen Prüfung.

«Man kann doch nicht nach Paris fahren, ohne Waffeln zu essen», gebe ich zurück. Ich wische mir mit dem Handrücken den Mund ab und versuche, die letzten Nutellaspuren zu beseitigen. «Außerdem sollte man sich nie etwas verbieten. Ich wollte die Waffel essen, also esse ich sie.»

«Finde ich trotzdem nicht gut.» Olivia zuckt die Achseln und setzt sich neben mich auf die Bank. Ihre tadellos manikürten Finger umschließen einen riesigen Becher mit grünem Saft. «Oh, habe ich dir überhaupt schon gesagt, dass ich mich jetzt zuckerfrei ernähre? Zusätzlich zu gluten- und laktosefrei, natürlich.»

Früher hätten mich die selbstgefälligen Kommentare meiner Schwester zum Kochen gebracht, und ich hätte vielleicht ein paar Tage später ihr Shampoo durch lila Haarfarbe ersetzt. Aber was würde das schon bringen? Außerdem, so leicht gibt sich die neue Izzy nicht geschlagen.

«Liv, diese Vorstellung, dass man irgendwelche Inhaltsstoffe aus seiner Ernährung verbannen muss, ist längst überholt, das weißt du doch, oder? Eine neue Gesundheitsbewegung nimmt gerade so richtig Fahrt auf, und da geht es darum, so abwechslungsreich wie möglich zu essen. Natürlich sollten das vor allem gesunde Sachen sein, mehr Obst und Gemüse zum Beispiel, aber letztendlich sollte man essen, was der Körper verlangt. Und jetzt gerade verlangt mein Körper eine Waffel.» Ich nehme zufrieden einen weiteren Bissen.

«Obst hast du gesagt, Izzy? Das geht doch nicht! Das Zeug steckt voller Zucker! Du willst doch keine Falten kriegen, bevor du dreißig bist, oder?»

Ich schlucke den Bissen hinunter und seufze.

«Ja, aber das sind natürliche Zuckerarten, Olivia.»

Aber meine Schwester hört mir nicht zu. Ihr Handy klingelt, und sie starrt auf den Bildschirm, als wäre der Anrufer Donald Trump.

«Wer ist es?», frage ich.

Sie drückt auf Ignorieren und lässt das Handy wieder in ihre Tasche fallen.

«Nur Sam», antwortet sie fröhlich.

«Da musst du doch rangehen, mir macht das nichts aus.»

Ich finde Olivias Mann toll. Ich werde nie verstehen, wie er es mit meiner verrückten Schwester aushält, aber er ist verdammt nett. Es fühlt sich eher an, als wäre er mein Bruder als mein Schwager. Er hat sich nicht nur jahrelang mein Gejammer über mein Liebesleben / meinen Job / meine übergriffige Mutter angehört, er hat mir auch gute Ratschläge gegeben. Wenn ich auf ihn gehört hätte, hätte ich die alte Izzy schon vor Jahren hinter mir gelassen.

«Ich rufe ihn später zurück. Bei dieser Reise geht es schließlich um uns, oder?»

Sie hat leider recht. Wir haben uns beide eine Woche freigenommen. Was bedeutet, dass ich eine ganze Woche mit meiner Schwester verbringen werde. Die, die immer perfekt ist. Die Lieblingstochter meiner Mutter. Die Frau mit dem Haus, dem Mann, der erfolgreichen Karriere, dem perfekten blonden Haar, die, der die Männer sogar dann zu Füßen liegen, wenn sie eigentlich mit einer anderen zusammen sind …

Ich schaue auf den Rest der Waffel hinunter und kämpfe gegen den Drang an, sie ihr ins Gesicht zu klatschen. Das wäre alles andere als erwachsen. Oder fair. Ich meine, Olivia kann doch auch nichts dafür, dass sie so verdammt gut in allem ist.

Sie dreht sich zu mir um. Ihr hübscher Fischgrätenzopf fällt über ihre rechte Schulter, und ihre Augen sind ein wenig feucht.

«Stimmt doch, oder?»

«Stimmt», nicke ich. «Bei diesem Urlaub geht es um uns. Also, sollen wir mal zum Hotel und einchecken? Ich kann es gar nicht erwarten. Auf der Website sah es toll aus, und ich habe es geschafft, dass die Reise als beruflich durchgeht, wir müssen uns also keine Sorgen um die Kosten machen. Das nenne ich Glück!»

«*Fantastique*», grinst Olivia. «*Allons-y*.»

Das kann ja heiter werden.

⋆★⋆

Nach einer angeregten Diskussion darüber, ob wir ein Taxi nehmen (Liv) oder am Fluss entlanglaufen sollen (ich), kommen wir zu Fuß in Saint-Germain an. Das schicke Steingebäude mit grauen Schutzdächern über den Fenstern beruhigt uns schnell wieder, und wir betreten ein

Hotelfoyer, das der Inbegriff von moderner, französischer Eleganz ist. Anthrazitfarbene Wände, cremefarbene Ledersessel und glänzende goldene Akzente begrüßen uns.

«Hör auf!» Olivia schlägt mir auf die Hand wie eine verärgerte Gouvernante, als ich die schimmernde Oberfläche des goldenen Tisches an der Rezeption befühle.

Ich stopfe die Hände in die Taschen meiner Caprihose. Ich höre, wie Olivia Luft holt, um unsere Ankunft am Check-in zu verkünden, und spüre, wie Wut in mir hochkocht. Mit Olivia fühlt sich einfach alles wie ein Wettkampf an, und ich bin fest entschlossen, dieses Mal die Führung zu übernehmen. Ich habe das Hotel gebucht, und ich werde uns auch einchecken!

«Mulligan», platze ich heraus. Der Rezeptionist sieht ein bisschen verwirrt aus. «Ich meine, hallo. Bonjour! Wir haben auf den Namen Mulligan reserviert.»

Olivia klappt den Mund zu und versucht, unbeteiligt in die Ferne zu schauen. Eins zu null für mich!

Aus dem Augenwinkel sehe ich, wie Hotelangestellte diskret unser Gepäck mitnehmen. Ich hoffe zumindest, dass es Angestellte sind. Ich bete im Stillen, dass wir nicht gerade auf die eleganteste Art ausgeraubt werden. In meinem Koffer befinden sich so viele Sachen, die ich aus dem Modeschrank geliehen habe, und ich möchte nicht in die Position geraten, erklären zu müssen, warum irgendein Krimineller in Paris jetzt mit dem neuesten Teil von & Other Stories herumläuft.

Man drückt uns Schlüssel in die Hand (echte, richtige Schlüssel, nicht irgendwelche Karten) und zeigt uns die Zimmer. Ich gebe mir Mühe, unsere zunehmend glamouröse Umgebung nicht allzu sehr anzustarren. Riesige Glastüren öffnen sich zu einem japanischen Garten hinter dem Hotel. Die Bar sieht aus, als könnte James Bond dort gut und gerne Tausende von Frauen verführen. Und dann, endlich, die breite Treppe hinauf zu den Zimmern. Mein eigenes Zimmer! Die Wände sind mattweiß, es gibt ein anthrazitfarbenes Sofa, einen gold- und bronzefarbenen Teppich, ein ausladendes Bett mit Bettzeug aus ägyptischer Baumwolle … und das Bad! Sobald ich alleine bin, ziehe ich meine Schuhe aus und stelle mich in die Badewanne.

«Aus dem Bad kann man den Eiffelturm sehen!», schreie ich in das leere, in hellen Grautönen gehaltene Badezimmer. Ich hüpfe wieder raus, streiche im Vorbeigehen über den Bademantel, der ordentlich gefaltet neben dem Waschbecken liegt, und schaue mich im Spiegel an. Klar, meine Wangen sind ein bisschen rosa von der ganzen Aufregung, aber abgesehen davon finde ich, dass ich nach der Reise gar nicht so schlecht aussehe.

Ich gehe zurück ins Schlafzimmer und sehe nach, ob mein Koffer es tatsächlich nach oben geschafft hat, dann stecke ich mir eine der Pralinen, die auf dem Schminktisch liegen, in den Mund. Also, ja, ich muss vielleicht die Woche mit meiner Schwester verbringen, die sich offenbar über Nacht in eine Französin verwandelt hat, aber lässt man das mal außer Acht, ist das Leben gerade ziemlich schön. Ich war noch nie in einem so noblen Hotel. Das heißt, ich muss jetzt nur noch eines tun.

⋆★⋆

Ich hüpfe auf dem Bett auf und ab, als Olivia hereinkommt.

«Komm da runter», befiehlt sie.

Ich reagiere nicht.

«Und?», rufe ich außer Atem. «Was meinst du? Ist das nicht das beste, schönste Hotel in der Hotelgeschichte?»

Ich mache ein paar Hampelmänner.

«Es ist sehr schön», gibt sie in ihrer typischen, leicht herablassenden Art zu. «Es erinnert mich an das, in dem wir unseren ersten Hochzeitstag verbracht haben.»

Typisch. Natürlich war Olivia schon mal in einem Hotel wie diesem.

Ich kämpfe gegen den Drang an, ihr die Zunge herauszustrecken.

«Ich habe allerdings eine Spur von Staub hinter meinem Schminktisch gefunden», sagt Olivia spitz.

Ich lasse mich aufs Bett fallen und seufze tief. Wer schreibt «Nach Staub suchen» ganz oben auf die To-do-Liste, wenn er in einem schicken neuen Hotel ankommt? Nur meine Schwester ... Oh, und die Leute bei *Mein Himmlisches Hotel*. Ich hoffe inständig, sie findet kein Schamhaar in der Nähe der Toilette. Ich werde mich nämlich kategorisch weigern, hier wegzugehen, auch wenn sie Zeter und Mordio schreit.

«Obwohl ich es natürlich sehr zu schätzen weiß, dass du mich nach Paris eingeladen hast», fügt sie hinzu, als sie meine Enttäuschung spürt.

Ich schaue sie misstrauisch an. Ein halbwegs einfühlsamer und netter Kommentar von meiner teuflischen Schwester? Was hat sie denn jetzt vor?

Zu verwirrt für eine Antwort, puste ich mir meinen Pony

aus dem Gesicht und versuche, wieder zu Atem zu kommen.

«Also, wie ist der Plan?», fragt sie.

«Ich will so viel machen», sage ich und springe vom Bett auf. Ich zähle die Ideen an meinen Fingern ab. «Der Flohmarkt in Clignancourt, Schnecken essen, Kaffee trinken in diesem Café, in dem Hemingway und Picasso immer waren – ich glaube, es heißt Les Deux Magots? Die ganzen berühmten Konditoreien ansehen, Macarons essen, der Eiffelturm ... Aber als Erstes vielleicht eine Bootstour auf der Seine? Ich weiß, dass das kitschig klingt, aber das wäre sicher ein guter Auftakt. Es ist so ein schöner Nachmittag.»

Olivia rümpft ihre perfekte Nase.

«Eine Bootstour? Aber was ist mit meinen Haaren? Was ist mit *deinen* Haaren? Ich bin immer noch so eifersüchtig, dass Henri dir die Haare frisiert!»

Ich mache den Mund auf und dann wieder zu wie ein Fisch. Olivia ... eifersüchtig auf mich? Wir sind erst seit ein paar Stunden in Paris, und schon steckt dieser Urlaub voller Überraschungen.

«Ich könnte meine zusammenbinden?», schlage ich vor. «Und deine Haare sind sowieso schon geflochten, da macht ihnen die Brise auf dem Fluss bestimmt nichts aus. Du musst auch nicht mitkommen, wenn du nicht willst, aber ich würde das wirklich gerne machen.»

«Nein, schon gut, ich komme mit», antwortet sie und hebt hastig ihre Handtasche vom Boden auf. Zwei zu null für mich.

⋆★⋆

Ich gebe mein Bestes, damit es mir nichts ausmacht, aber Olivia verbringt den ganzen Tag damit, mich entweder zu kritisieren oder meine Geschichten mit etwas Eindrucksvollerem zu übertrumpfen, das sie selbst erlebt hat. Typisch.

«Ich weiß einfach nicht, wie du das machst, Izzy», sagt sie. Eine Pilotensonnenbrille verdeckt ihre Augen, die Sonne scheint warm aufs Deck des Bootes. «Du arbeitest viel, du postet ständig auf Twitter und Instagram, sogar, wenn du nicht auf der Arbeit bist, und trotzdem ist dein Gehalt ...»

Statt den Satz zu Ende zu bringen, verzieht sie das Gesicht. Ganz ehrlich, ich könnte genauso gut mit meiner Mutter im Urlaub sein.

«Ich dagegen arbeite von neun bis fünf, habe mein eigenes Büro mit Assistentin, und mein Job erlaubt es mir, mir ein bisschen Luxus zu gönnen.» Als Beweis wedelt sie mit ihrer neuen Gucci-Tasche.

Nur mit Mühe kann ich mich davon abhalten, ihr zu erklären, dass mir die Tasche nicht gefällt. Es würde sich verbittert anhören, und Izzy ist nicht verbittert. Na ja, jedenfalls nicht sehr.

«Das ist doch super, Olivia», antworte ich und versuche, cool zu bleiben. «Du hast einen Job gefunden, der dir gefällt und für den du gut bezahlt wirst! Aber macht es dir wirklich Spaß, bei der Bank zu arbeiten? Ganz ehrlich? Du hast recht, mein Gehalt versetzt vielleicht keine Berge, aber ich habe tolle Freundinnen gefunden und gehe deshalb total gerne ins Büro, und dieses Jahr war wirklich unglaublich! Mein Leben hat sich dank meiner Arbeit komplett verändert. Ich glaube, das ist mir wichtiger, als mir jede Saison eine neue Designertasche zu kaufen.»

Nimm das, Schwesterherz!

«Wo wir schon von deinem Job reden, willst du mir nicht verraten, warum wir hier sind?» Olivia wechselt das Thema. «Ich schätze, es hat mit deinem neuen Feature zu tun?»

Verdammt. Ich wusste ja, dass ich es ihr irgendwann sagen muss, aber nun befürchte ich, dass das so richtig in die Hose gehen könnte, vor allem, weil wir uns auf einem Boot befinden. Ich sehe die Schlagzeilen schon vor mir.

Mord: Journalistin nach schwesterlichem Streit auf der Seine getötet.

«Äh, ich dachte, darüber können wir vielleicht später in Ruhe reden?»

«Warum denn nicht jetzt?» Olivia würde eigentlich die Stirn runzeln, wenn es nicht einer ihrer Neujahrsvorsätze gewesen wäre, das nicht mehr zu tun.

«Okay», seufze ich, nehme mein Handy aus der Tasche und tippe mein E-Mail-Postfach an. «Ja, bei dieser Reise geht es um mein nächstes Feature.»

Ich räuspere mich und lese laut vor.

Hey Izzy,
es war so mutig von dir, dieses Social-Networking-Seminar für all deine Kollegen zu leiten! Dein letzter Artikel hat mich so sehr inspiriert, dass ich zu meinem Chef ins Büro marschiert bin und ihm gesagt habe, dass ich eine Gehaltserhöhung verdiene. Ich wäre fast gestorben, als er zugestimmt hat! Also, vielen Dank, dass du deine

Challenges mit den Lesern von *Pulse* teilst. Ich weiß nicht, ob dir bewusst ist, wie sehr du damit nicht nur dein Leben bereicherst, sondern auch unsere!
Als ich darüber nachgedacht habe, wie man andere inspirieren kann, ist mir das hier als nächste Mutprobe eingefallen: Versöhne dich mit jemandem, den du liebhast. Wir haben doch alle irgendwelche Leichen im Keller, oder? Ich meine die Familienmitglieder oder ehemals engen Freunde, von denen wir uns irgendwie entfernt haben. Der Gedanke, dass diese Beziehungen auf der Strecke bleiben, ist ziemlich traurig. Ich habe so eine Ahnung, dass diese Challenge dir und der betreffenden Person unglaublich guttun wird.
Alles Gute!
Holly aus Leeds x

Es entsteht eine lange Pause, und ich denke schon darüber nach, Olivia anzustupsen, um festzustellen, ob sie vielleicht eingeschlafen ist.

Endlich flüstert sie ganz leise: «Ich bin die, mit der du dich versöhnen willst? Ich bin deine Leiche im Keller?»

Sie klingt gar nicht wie sonst. Über das leise Rauschen des Wassers hinweg kann ich sie kaum hören. Dann zieht sie eine Packung Papiertaschentücher aus ihrer Tasche und tupft sich die Augen.

Sie WEINT!

Dabei dachte ich immer, dass Olivia seit 2004 nur noch Krokodilstränen geweint hat.

⋆★⋆

Noch heute Morgen habe ich mir gewünscht, sie würde endlich aufhören zu reden und … na ja, sich schleunigst wieder nach England verziehen. Ihr ständiges Geplapper, und dass sie immer noch einen draufsetzen musste, und auch, dass sie sich geweigert hat, in den Eurostar zu steigen, bevor ihr ein «Gentleman» mit ihrem Gepäck half, bedeutete, dass ich schon genug von Olivia hatte, bevor wir wieder aus dem Tunnel heraus waren. Jetzt aber warte ich verzweifelt darauf, dass sie etwas sagt. Irgendwas. Stattdessen füllen sich ihre Augen jedes Mal mit Tränen, wenn ich versuche zu erklären, warum ich dachte, die Challenge könnte uns guttun. Sogar der Spaziergang entlang der Rue Saint-Honoré konnte sie nicht aufheitern, dabei stürzt Olivia sich sonst in jeden Designerladen.

Schweigend laufen wir zu unserem Hotel zurück.

«Olivia, ich …» Ich drehe mich zu meiner Schwester um, als sie die Tür zu ihrem Zimmer aufschließt. Es liegt direkt neben meinem.

«Bis morgen», sagt sie mit dem schwächsten Lächeln, das ich je gesehen habe. Olivias Lächeln ist sonst immer so strahlend! Volle Lippen, perfekte weiße Zähne … Männer bleiben wirklich auf der Straße stehen und starren sie an. Bei einem Familienurlaub im Centerpark war ein pickeliger Teenager derart von ihr begeistert, dass er sich Dad als sein zukünftiger Schwiegersohn vorgestellt hat. Olivia verdrehte nur die Augen und ließ ihn links liegen, aber selbst damals war schon klar, dass sie alle, die sie traf, von sich überzeugen konnte.

«Morgen?», japse ich. «Es ist doch noch so früh! Willst du nicht irgendwo hingehen zum Essen?»

«Ich glaube, ich bestell einfach was beim Zimmerservice», seufzt sie. Sogar ihrer Haut sieht man an, dass sie geknickt ist.

«Sollen wir zusammen essen?», frage ich und versuche, so viel Enthusiasmus zu verbreiten, wie das sonst nur Olivia schafft. «Es läuft bestimmt auch ein Film. Wir könnten uns was Romantisches ansehen und Essen bestellen. Hast du dir schon die Speisekarte angeschaut? Das war natürlich das Erste, was ich gemacht habe, als ich in mein Zimmer kam. Es gibt Ente, Fischsuppe, Muscheln, Zwiebelsuppe ... Es ist alles so französisch, Liv!»

Ich plappere, das ist mir bewusst. Ich glaube, es war mir noch nie so wichtig, einen Abend mit meiner Schwester zu verbringen.

«Danke, aber ich bin echt müde. Reisen macht mich einfach fertig. Nacht.»

Und damit schließt sie die Tür leise, aber fest, während ich noch davorstehe.

⋆★⋆

Wie läuft's mit Prinzessin Perfekt? Hast du sie schon umgebracht?

Mein Handy meldet sich mit einer Nachricht von Jamie. Sie hat versucht, ein mitfühlendes Gesicht zu machen, als ich ihr erzählt habe, dass ich eine Woche mit Olivia unterwegs sein werde, aber es gelang ihr nicht, ihre Schadenfreude komplett zu verbergen. Ich drehe mich auf den Bauch, um zu antworten, die Beine in die Luft gestreckt. Ich wackele in den unglaublich bequemen Hotelpantoffeln mit den Zehen.

Riesenfehlschlag. Gerade reden wir nicht miteinander. Ich bin in meinem Zimmer und versuche, chic zu sein.

Was bedeutet das?

Ich beschließe, das Tränen lachende Emoji hinter ihrer Nachricht zu ignorieren.

Ich schaue mir die Bilder in der französischen *Vogue* an, trage einen Bademantel und probiere roten Lippenstift aus. Nur, dass ich meinen Lippenstift vergessen habe und deswegen jetzt sämtliche Lippenpflegeprodukte teste, die ich dabeihabe. Mein ganzes Gesicht glänzt! In der französischen *Vogue* sind ziemlich viele Brüste.

Und was ist mit Olivia passiert?

Ich weiß es nicht genau. Ich habe ihr gesagt, dass wir diese Reise machen, um uns wieder näherzukommen, und seitdem sieht sie aus wie ein begossener Pudel.

Vielleicht war ihr nicht klar, dass du findest, dass ihr euch nicht so nahesteht?, schlägt Jamie vor.

Na ja, wir sind jedenfalls nicht gerade unzertrennlich, oder? Wir brunchen nicht jedes Wochenende zusammen und quatschen über unser Leben, das weiß sie doch bestimmt!

Das stimmt. Sie ist nicht gerade deine beste Freundin. Vielleicht ist auch irgendwas mit ihr los, wovon sie dir noch nichts gesagt hat? Versuch einfach, es trotzdem zu genießen, o.k.?

Wo wir von genießen sprechen, ich habe über dich und Nathan nachgedacht …

Lange Pause.

Liebes, das musst du aufgeben. Wirklich, keine Chance. NIE.

Sei doch nicht so stur! Lass mich diesen kleinen, brillanten Plan in die Tat umsetzen und freu dich darauf, dass du vor Liebe ganz schwach wirst!

Das Einzige, womit Nathan mich schwach machen kann, ist sein unglaublich langweiliges Gespräch. Das hat mich fast umgehauen.

JAMIE! Sei nicht so frech. Du musst mir einfach vertrauen.

Es klopft an der Tür, und ich tippe schneller.

Muss los, bitte fahr zu meiner Wohnung und gieß meine Kräuter, wenn du Zeit hast, o.k.? JA, ich habe Kräuter, finde dich damit ab.

Ich tippe auf Senden, renne zur Tür und reiße sie auf.

«Olivia, ich bin so froh, dass du …»

Aber es ist nicht Olivia. Es ist ein gutaussehender Franzose mit einem Tablett voller Essen.

«Zimmerservice.» Er lächelt professionell, während ich ihn verwirrt anstarre. «Sie haben den Zimmerservice bestellt, Mademoiselle Mulligan?»

Oh.

«Ja, natürlich. Kommen Sie doch bitte rein», antworte ich und werfe einen schnellen Blick an meinem Bademantel hinunter. Ich hoffe, dass man meine Brüste nicht sieht. Für die französische *Vogue* ist das vielleicht in Ordnung, aber die hier sind privat.

Außer wenn ich eine wichtige Powerpoint-Präsentation vor sämtlichen Kollegen gebe, natürlich. #peinlich.

⋆★⋆

Ich lasse mich in einen der weichen Sessel fallen und nehme die dampfend heiße Schüssel mit Fischeintopf Provençal in die Hand. Der Geruch nach Fenchel und Tomaten steigt mir in die Nase. Ein riesiger Hummer sitzt obenauf. Ich tauche meinen Löffel in die Brühe, um zu probieren.

Ich schaue aus dem Fenster auf die silbergrauen Dächer und frage mich, ob es wohl akzeptabel wäre, in der Badewanne zu essen, damit ich den Eiffelturm bewundern kann. Es fühlt sich irgendwie komisch an, dass ich mich an meinem allerersten Abend in Paris in meinem Hotel verstecke, auch wenn das hier der luxuriöseste Ort ist, an dem ich bisher gewesen bin. Ich wäre viel lieber da draußen und würde die Stadt genießen! Aber ich möchte nicht weggehen, falls Olivia doch noch vorbeikommt, und aus irgendeinem Grund fühlt es sich so an, als wäre ich für ihre schlechte Laune verantwortlich. Ich schüttele den Kopf und schlürfe einen weiteren Löffel Brühe.

Mach dich nicht lächerlich, ermahne ich mich in Gedanken selbst. Nur weil sie so seltsam gekränkt ist, seit ich die Mutprobe erwähnt habe, heißt das noch lange nicht, dass ich deswegen ein schlechtes Gewissen haben muss. Nachdem ich mein Leben lang mit der perfektesten Schwester der Welt verglichen wurde, kann man es mir wirklich nicht übel nehmen, dass ich mich nicht an sie ankuscheln wollte, damit sie mir eine Gutenachtgeschichte vorliest. Es ist nicht meine Schuld, dass die Dinge zwischen uns so sind, wie sie sind. Manchmal stehen sich Schwestern einfach nicht besonders nahe. Da muss man sich nur die Mädchen von *Sweet Valley High* anschauen, und die waren eineiige Zwillinge! Aber dass ich jetzt hier bin und versuche, etwas zu ändern, sollte Olivia doch eigentlich gut finden. Stattdessen schmollt sie.

Als ich den Eintopf aufgegessen habe, lasse ich meinen Löffel klappernd in die leere Schüssel fallen und gehe zur Balkontür hinüber. Ich öffne sie und lehne mich über das Geländer, bis ich den Eiffelturm sehen kann, der im Licht der untergehenden Sonne schimmert. Ich befinde mich mitten in einer Großstadt, aber hier oben ist es ganz ruhig und friedlich. Das Einzige, was ich höre, ist eine Gruppe Franzosen, die sich ein paar Stockwerke tiefer angeregt unterhalten.

Und, Moment mal, da ist noch etwas!

Es klingt wie ... Schluchzen?

Ich bin ganz ruhig, fast halte ich den Atem an, während ich versuche, die leisen Geräusche einzuordnen. Ich drehe mich wieder zum Eiffelturm um und bemerke, dass die Fenster des Zimmers neben meinem offen sind. Das Geräusch kommt von dort!

Olivias Zimmer.

Ich drehe mich um, schnappe mir meinen Schlüssel und laufe zu ihrer Tür.

«Olivia? Kann ich reinkommen?», frage ich und klopfe an ihre Tür.

Stille.

«Olivia? Ich weiß, dass du da drin bist. Geht es dir gut?»

Noch immer Stille, durchbrochen von einem unglaublich lauten Schnäuzen, ganz und gar nicht ladylike. Ist da etwa ein Mann bei ihr?

Ich klopfe noch lauter.

«Olivia, lass mich rein. Ich muss mit dir reden», rufe ich mit der selbstbewussten Stimme, die ich im Büro seit dreieinhalb Jahren jeden Tag von Tallulah höre.

Endlich öffnet sich die Tür einen Millimeter weit, und ich dränge mich sofort ins Zimmer. Meine Augen suchen den Raum nach Männern ab, die nicht mein Schwager sind.

«Was machst du denn?», fragt Olivia.

«Was machst du denn?», gebe ich zurück, drehe mich zu ihr um und starre sie an. «Warum hast du einen Mann bei dir? Wir wissen doch beide, dass der liebe Sam zu Hause in London ist. Wahrscheinlich wartet er verzweifelt darauf, dass du dich meldest! Hast du deswegen seinen Anruf eben ignoriert?»

«Was?» Olivia ist so verwirrt, dass sie sich ein Stirnrunzeln erlaubt. Ich bemerke außerdem, dass ihre Augen gerötet sind und ihr Zopf viel unordentlicher als vorher aussieht.

«Ich habe gehört, wie sich hier drin ein Mann geschnäuzt hat!», schreie ich. «Also?»

«Ich bin der einzige Mensch in diesem Zimmer. Das mit dem Schnäuzen war ich …» Olivia schiebt ihre Unterlippe auf dramatische Weise nach vorn. «Willst du damit sagen, dass ich mich wie ein Mann anhöre, wenn ich mir die Nase putze?»

«Äh, nein … überhaupt nicht», stammele ich.

Aber es ist schon zu spät. Olivia weint. Es ist nicht mal ein zierliches Weinen, bei dem man sich die Augen mit einem Spitzentaschentuch abtupft und wunderbar verletzlich aussieht. Oh nein. Lange, raue Schluchzer, die aus tiefstem Innern zu kommen scheinen, erschüttern ihren ganzen Körper. Überall ist Rotze, und ihre Augen sind inzwischen so rot und geschwollen, dass ich kaum noch sehen kann, wo sie hinschaut.

Oh Gott, was mache ich denn jetzt? Ich habe meine Schwester noch nie so gesehen! Nicht mal, als der Rugbyspieler aus der Klasse über uns sie fallengelassen hat, bevor er zur Uni ging, weil er «sich austoben» wollte. Liv hat die Schultern gezuckt, ihn als «kompletten Idioten» bezeichnet und ist stattdessen mit dem coolsten Typen aus ihrem eigenen Jahrgang zusammengekommen.

Aber das hier? Das ist etwas völlig anderes.

Ich lege ihr einen Arm um die Schultern und manövriere sie zur Bettkante.

«Sei nicht traurig», sage ich und tätschele ihr unbeholfen das Knie. «Es ist doch nur ein Schnäuzen, und wirklich, es war gar nicht so schlimm. Nur ein kleines bisschen laut, das ist alles. Deswegen musst du dich doch nicht so fertigmachen.»

«Ich glaube … das war … nur … die Spitze des Eisbergs», bringt sie zwischen neuerlichen Schluchzern hervor. Sie wischt sich die Nase am Ärmel ihres Bademantels ab, und ich frage mich kurz, ob jemand Fremdes ihre Gestalt angenommen hat, wie bei Harry Potter. Das alles passt so was von gar nicht zu ihr!

«Hier», sage ich, als ich aus dem Bad zurückkomme. Mir ist aufgefallen, dass sie nicht mal ihre Kosmetikfläschchen ausgepackt und in perfekt symmetrischen Reihen am Waschbecken aufgebaut hat. Ich reiche ihr ein Stück Toilettenpapier.

Jamie hat recht, es stimmt definitiv etwas nicht mit ihr.

«Was meinst du damit, nur die Spitze des Eisbergs?», frage ich und ziehe einen Hocker zum Bett, sodass ich mich zu ihr setzen kann, ohne ihr zu sehr auf die Pelle zu rücken. Außerdem ist ihr Bett von zerknüllten, feuchten Taschentüchern übersät, und Izzy möchte nicht die Rotze ihrer Schwester auf ihrem flauschigen Bademantel haben.

«Ach, es ist nichts.» Olivia zuckt die Achseln und betrachtet genauestens ihre manikürten Nägel.

«Olivia, es ist nicht nichts. Schau doch, wie traurig du bist! Du bist nie traurig. Du bist immer gut drauf!»

Oder eine blöde Kuh, füge ich nicht hinzu.

Sie hebt gequält den Blick, und zum ersten Mal sehe ich echten Schmerz in ihrem Gesicht. Ich springe instinktiv von meinem Hocker auf und schließe sie in die Arme, schnoddrige Taschentücher hin oder her. Ich kann mich wirklich nicht daran erinnern, wann meine Schwester und ich uns zum letzten Mal richtig umarmt haben, aber irgendwie geht es wie von selbst, und ich wiege sie sanft hin und her, während sie sich noch tiefer in meine Arme vergräbt. Irgendwann löst sie sich etwas von mir, um Luft zu holen.

«Ich bin eine Versagerin», schluchzt sie.

«Was?» Ich lehne mich zurück und starre sie an. Ich bin verwirrt. «Du bist keine Versagerin, schau dich doch an! Du bist so erfolgreich und siehst so gut aus! Du kannst einfach alles, verdammt noch mal.»

Wenn ich herauskriege, dass sie so eine Szene macht, weil sie ein Angebot auf Net-a-Porter verpasst hat, bringe ich sie um.

«Kann ich niiiiicht», heult sie. «Nicht das, worauf es am meisten ankommt.»

«Was meinst du denn?», frage ich sanft. Ich muss ruhig bleiben und meiner Schwester zuhören. Darum geht es schließlich bei dieser Reise.

Olivia vergräbt sich wieder in meinen Armen und murmelt irgendetwas, das ich nicht verstehe, in meinen Bademantel.

«Ich verstehe dich nicht.»

Sie hebt erneut den Kopf und holt tief Luft.

«Babys», flüstert sie.

«Wie meinst du das?», frage ich und schäle vorsichtig

die blonden Haarsträhnen ab, die an ihrem tränennassen Gesicht kleben.

Olivia seufzt tief und schaut mich misstrauisch an.

«Versprichst du, es Mum nicht zu sagen?»

«Natürlich», nicke ich. Ich würde gerade alles versprechen, wenn ich damit meiner großen Schwester helfen könnte – ein Zustand, der mir ziemlich neu ist.

«Ich werde einfach nicht schwanger, Iz», sagt sie. Noch mehr Tränen fließen aus ihren wunderschönen blauen Augen, als sie das sagt. «Sam und ich versuchen es schon seit einer Ewigkeit.»

«Oh Olivia», sage ich und drücke sie an mich. «Ich hatte ja keine Ahnung.»

«Niemand weiß es», antwortet sie. «Nur ich, Sam und der negative Schwangerschaftstest, jeden Monat. Zuerst war es noch okay, weißt du? Wir dachten, wir hören einfach auf zu verhüten und vertrauen darauf, dass es zum richtigen Zeitpunkt passiert. Aber jetzt fangen wir langsam an, uns zu fragen, ob irgendetwas nicht stimmt. Es macht mich total fertig, Iz.»

Oh. Ganz entscheidender Moment. Ich wünschte, ich wäre gefasster oder wüsste, was ich sagen soll, aber das tue ich nicht. Ich kann nicht gut mit Krisen umgehen. Wenn ich weiß, dass eine auf mich zukommt, stecke ich normalerweise den Kopf in den Sand und warte, bis der Sturm vorbei ist. Aber das geht jetzt nicht. Außerdem will die neue Izzy nicht einfach Dinge vermeiden und das Beste hoffen. Das habe ich gelernt, als ich fast meine Freundschaft zu Jamie aufs Spiel gesetzt hätte. Und jetzt braucht meine Schwester mich!

«Hey, hey», sage ich und versuche, ein paar tröstende Geräusche von mir zu geben. Ich wiege sie hin und her wie ein Baby, bis sie aufhört zu weinen. «Das wird schon.»

«Ja klar, du hast ja leicht reden», zischt sie. Plötzlich sitzt sie kerzengerade im Bett und starrt mich böse an. «Bei dir wird ja alles immer einfach so wunderbar, richtig? Du hast keine Sorgen, hüpfst mit deinem Job, der dir Spaß macht, und deinem tollen, aufregenden Leben durch die Gegend, während wir anderen uns mit der Realität befassen müssen.»

Ich weiche schockiert zurück. Von einem Moment auf den anderen ist Olivias Stimmung komplett umgeschlagen.

«Was zum Teufel soll das denn heißen?», frage ich irgendwann. «Du bist doch diejenige mit dem perfekten Leben, Olivia. Mit deinen perfekten Haaren und deinem perfekten Mann und allem.»

«Oh, bitte.» Sie schüttelt wütend den Kopf. «Für dich war alles so einfach. Du warst doch zu Hause immer das süße, kleine Mädchen, Daddys Augapfel, du konntest dir alles erlauben! Ich musste so hart für alles arbeiten, aber, oh nein, doch nicht die kleine Isobel. Du musstest nur mit den Wimpern klimpern und bekamst sofort alles, was du wolltest. Du durftest dir mit vierzehn Ohrlöcher stechen lassen!»

Sie holt Luft, und ich fasse mir automatisch ans Ohrläppchen. Dann starre ich sie fassungslos an.

Olivia denkt, *ich* hatte es leicht?

«Das ist doch ein Witz!», schreie ich zurück, als ich mich ein wenig gesammelt habe. «Es muss ja ganz furchtbar gewesen sein, das Mädchen zu sein, das in jedem Fach immer nur Einsen bekam, das beliebteste Mädchen der Schule, die natürliche Schönheit, die auch noch so unfassbar klug war. Ja, ich kann mir vorstellen, dass du es extrem schwer hattest, als wir noch klein waren. Kein Wunder, dass du jede Gelegenheit ergriffen hast, um auf mir rumzuhacken, meine Lieblings-My-Little-Ponys zu klauen und dafür zu sorgen, dass ich mich so schlecht wie möglich fühle. Du Arme.»

«Ich habe auf dir rumgehackt, weil ich eifersüchtig war», gibt sie zurück.

Aber ich bin noch nicht fertig.

«Sogar nachdem wir ausgezogen sind, wurde ich ständig mit dir verglichen und immer für nicht gut genug befunden», schreie ich. Tränen der Wut steigen mir in die Augen.

«Ja, es muss ein echter Albtraum gewesen sein, dass du dir den Job aussuchen konntest, den du wolltest, nachdem Mum mich praktisch gezwungen hat, bei der Bank anzufangen und zu heiraten.» Olivia ist vom Bett aufgesprungen.

«Hat sie nicht!» Ich würde lachen, wenn ich nicht so furchtbar sauer wäre.

«Doch, hat sie. Du hast ja keine Ahnung, wie sehr sie mich all die Jahre dazu angetrieben hat, ‹das Beste aus mir zu machen›. Ich wurde zu Ferienlehrgängen geschickt, während du in der Sonne mit deinen Freundinnen spielen durftest. Sie hat sogar gestoppt, wie lange ich für meine Hausaufgaben brauche, und dann hast du einfach meine alten Hefte genommen und von mir abgeschrieben. Mum hat immer auf mich eingeredet, dass ich heiraten soll, mir einen guten Job suchen und eine Familie gründen. Diesen

Druck kannst du dir gar nicht vorstellen. Aber du warst ja so sehr damit beschäftigt, in deiner höchstpersönlichen Izzy-Seifenblase durch die Gegend zu schweben, dass du nichts davon mitgekriegt hast.»

«Moment, wie bitte?» Ich kann das alles nicht glauben. «Mum hat dir eingeredet, Sam zu heiraten und den Job bei der Bank anzunehmen?»

«Na ja, nicht ganz. Ich wollte Sam ja auch heiraten. Natürlich. Er ist das Beste, was mir je passiert ist.»

Damit bricht Olivia wieder in Tränen aus, aber meine Gedanken rasen noch so sehr in meinem Kopf herum, dass ich keine Ahnung habe, was ich tun soll. Sie wieder in den Arm nehmen? Ihr ins Gesicht schlagen, weil sie behauptet, ich hätte es leicht gehabt?

«Ich sehe dir zu, wie du in Brixton wohnst und für dieses coole Magazin arbeitest … Ich weiß auch nicht. Vielleicht bin ich nur eifersüchtig, weil du nie Druck von der Familie bekommst.»

«Olivia, Mum redet ständig auf mich ein, wegen meinem Job, meiner Wohnung und meinen verdammten Eierstöcken. Und weißt du, was, dabei vergleicht sie mich die ganze Zeit mit dir. Du bist die perfekte Tochter, und ich bin die Versagerin.» Ich sage das, so ruhig ich kann, aber meine Stimme zittert trotzdem.

«Wirklich?», fragt Olivia.

«Ja! Wir haben jede Woche eins ihrer ‹Krisengespräche› darüber, was ich mit meinem Leben mache. Jede Woche! Also hör doch auf mit diesem Quatsch von wegen ich hätte es leicht, okay? Habe ich nicht. Ich werde immer, immer mit dir verglichen, und zwar nicht nur von Mum.»

«Was meinst du damit?» Olivia reicht mir die Gesichtscreme, und ich nehme mir dankbar etwas davon.

Oh nein. Wollte ich wirklich dieses Thema anschneiden? Ich habe einen so großen Teil meines Lebens damit verbracht, das Ganze zu verdrängen. Jetzt habe ich richtig Angst davor, was zum Vorschein kommen könnte, wenn ich es ausgrabe.

«Was denn?», fragt Olivia wieder, und ich merke, dass es kein Zurück gibt.

«Charlie», flüstere ich.

«Wer?»

«CHARLIE!», schreie ich. «Mein Exfreund. Jetzt stell dich doch nicht dumm.»

«Was hat er denn damit zu tun?»

«Oh bitte.» Ich runzele die Stirn. «Tu doch nicht so, als wüsstest du das nicht.»

«Izzy.» Olivia kniet sich hin, damit wir auf Augenhöhe sind. «Ich habe keine Ahnung, wovon du sprichst.»

«Na, dann lass mich deiner Erinnerung mal auf die Sprünge helfen. Erinnerst du dich, dass Charlie meine erste große Liebe war? Wir hatten Pläne zusammen. Es war uns egal, dass wir gerade erst Anfang zwanzig waren, wir wussten, dass wir zusammengehörten. Er wollte mir einen Antrag machen. Nur dass ich an dem Tag, an dem wir den Verlobungsring kaufen wollten, herausfand, dass Charlie das Foto einer anderen Frau mit sich herumtrug. Dein Foto.»

Ich schaue zu ihr auf und ziehe die Augenbrauen hoch. Fast wünsche ich mir, dass sie mit irgendeiner weiteren bescheuerten Ausrede kommt, damit ich sie noch ein bisschen mehr anschreien kann. Aber sie sieht aufrichtig schockiert aus. Als hätte sie tatsächlich keine Ahnung, wovon ich spreche.

«Ein Bild von mir? Wo hatte er das denn her?», fragt sie endlich. «Und warum?»

«Sag du's mir.» Ich zittere am ganzen Körper.

«Warte mal, du denkst doch nicht etwa, dass Charlie und ich ...» Sie ist zu entsetzt, um den Satz zu Ende zu bringen.

«Warum würde er denn sonst ein Foto von dir mit sich herumschleppen?», frage ich. Mein Kopf fühlt sich an, als würde er gleich explodieren.

Es ist komisch, jetzt darüber zu reden, nachdem ich das Thema so viele Jahre lang so tief wie nur möglich vergraben hatte. Die neue Izzy hat endlich verstanden, dass sie ein paar Antworten braucht. Dass sie sie verdient hat, egal wie schmerzhaft sie auch sein mögen.

«Oh, und dann war da noch diese klitzekleine Kleinigkeit, als er mir gesagt hat, dass er dich liebt», füge ich hinzu.

«WAS?», schreit Olivia. Sie ist aufgesprungen und massiert mit den Fingern ihre Schläfen. «Er hat gesagt, er liebt mich? Aber Izzy, er kannte mich doch kaum! Wir haben uns doch nur ab und zu auf Familienfeiern gesehen.»

Dann schaut sie wieder auf mich herunter, und die Erkenntnis spiegelt sich auf ihrem Gesicht wider.

«Oh mein Gott, Iz. Du denkst, ich hätte eine Affäre mit deinem Freund gehabt, oder?» Sie schüttelt ungläubig den Kopf und schlägt sich eine Hand vor den Mund.

«Ich dachte, das wäre eine mögliche Erklärung», gebe ich zu.

«Und ... Du denkst, ich bin der Grund dafür, dass du

nicht mehr mit dem Mann zusammen bist, den du heiraten wolltest?»

«Du bist der Grund», antworte ich. «Ob ihr jetzt was miteinander hattet oder nicht, er hat mir gesagt, dass er dich liebt. Du hast immer so gerne geflirtet, da habe ich angenommen …»

«Du dachtest wirklich, ich könnte dir so was antun? Du denkst, ich würde etwas mit dem Freund meiner einzigen Schwester anfangen, einfach nur … aus Boshaftigkeit?», fragt Olivia fassungslos.

Ich zögere.

«Ja», gestehe ich dann.

«Scheiße.» Sie lässt sich im Schneidersitz auf den Boden sinken. «Isobel, das hätte ich dir niemals angetan. Wenn ich gewusst hätte, dass Charlie Gefühle für mich hat, hätte ich ihm in die Eier getreten, ihm gesagt, er soll seine Sachen packen, und es dir sofort erzählt. Ich hätte doch nicht so viel Mitleid gehabt, als ihr euch getrennt habt, wenn ich damit etwas zu tun gehabt hätte!»

Es scheint mir nicht der richtige Zeitpunkt zu sein, ihr zu sagen, dass ihre Vorstellung von Trost merkwürdig ist, wenn sie darunter Sätze wie «Kopf hoch» und «Du wirst schon darüber hinwegkommen» versteht. Obwohl, eigentlich ist jetzt genau der richtige Zeitpunkt dafür. Es ist ewig her, dass wir so ehrlich zueinander waren.

«Liv, du hast mir den Kopf getätschelt und mir gesagt, ich würde schon darüber hinwegkommen. Damit konntest du nicht gerade den Nobelpreis für Mitgefühl gewinnen.»

Olivia schüttelt den Kopf, als sie sich daran erinnert.

«Na ja, okay», gibt sie zu. «Vielleicht war ich nicht besonders mitfühlend. Aber du darfst dabei nicht vergessen, dass ich nur meine kleine Schwester gesehen habe, mit ihrem einfachen Leben ohne Stress, die zufällig ein bisschen Liebeskummer hatte. Außerdem glaube ich mich zu erinnern, dass Charlie relativ langweilig war, und wenn ich ehrlich bin, fand ich, dass er nicht gut genug für dich war. Es war also für mich nicht das Ende der Welt, als das mit euch vorbei war. Iz, ich hatte ja keine Ahnung, warum ihr euch getrennt hattet. Ich hätte ihn umgebracht, wenn ich gewusst hätte, was los war, und zwar auf der Stelle. Mit bloßen Händen!»

Sie macht ein böses Gesicht und ballt die Fäuste, als wäre sie drauf und dran, in den Boxring zu steigen. Sogar nach dem ganzen Weinen sieht sie dabei noch hübsch aus.

Plötzlich muss ich anfangen zu lachen und kann gar nicht mehr aufhören. Ich bekomme schon Seitenstechen.

Olivia sieht erst überrascht aus, aber dann lässt sie auch ihr perlendes Lachen hören. Bald darauf liegen wir beide auf dem Bett, lachen immer noch hysterisch, fassen uns ab und zu an den Händen und sagen Sachen wie: «Ich kann nicht glauben, dass Mum dich auch nervt!» oder «Du warst eifersüchtig auf mich? Aber *ich* war immer eifersüchtig auf *dich*!» Und dann lachen wir noch ein bisschen mehr.

Nach einer gefühlten Ewigkeit können wir wieder normal atmen, und auch mein Schluckauf lässt langsam nach.

«Jetzt weiß ich auch, warum du mich für dieses Feature ausgesucht hast», sagt Olivia, als sie sich erholt hat. «Offenbar war es wirklich nötig, dass wir uns aussprechen.»

★★★

Ich habe geschlafen wie ein Baby. Klar, ein bisschen lag das bestimmt auch an dem tollen Bettzeug, aber ich glaube, es lag vor allem an dem Gespräch mit Olivia. Als mein Wecker um acht Uhr morgens klingelte, schlief ich immer noch tief und fest. Dann habe ich mich gestreckt, geduscht, angezogen und bin zum Frühstück hinuntergerannt, weil ich mich für neun Uhr mit Olivia verabredet hatte.

Zum ersten Mal in meinem Leben konnte ich es kaum erwarten, meine Schwester zu sehen, und ich muss sie seitdem die ganze Zeit anschauen, so, als würde ich sie gerade zum ersten Mal wahrnehmen. Was ja irgendwie auch stimmt. Ich habe die ersten sechsundzwanzig Jahre meines Lebens damit verbracht, Olivia mit Perfektion zu assoziieren und wütend auf sie zu sein. Und dabei ging es ihr die ganze Zeit mit mir genauso! Das hatte ich wirklich nicht erwartet.

Noch etwas ist mir gestern Abend klargeworden, nachdem wir die Flasche Rotwein aus Olivias Minibar geleert und über alles gelacht hatten, was uns früher so genervt hat. Wir sagten uns gute Nacht, und ich ging zufrieden in mein Zimmer, verkroch mich im Bett und fing an nachzudenken. In die weiche Decke gekuschelt, führte ich mir Olivias Leben vor Augen und fragte mich, warum ich überhaupt je eifersüchtig darauf gewesen war. Sie ist mit einem tollen Mann verheiratet, und ich bin schon so lange auf der Suche. Und ja, ich habe jetzt George, und ich bin zufrieden damit, wie es läuft. Trotzdem ist mir gestern Abend endlich klargeworden, dass ich keinen Ring am Finger brauche, um glücklich zu sein. Ganz große Neuigkeiten: Ich bin noch jung! Es mit dem Heiraten so eilig zu haben, entspricht mir überhaupt nicht mehr, und ich bin erleichtert darüber, dass es mit Charlie nicht so gekommen ist, wie wir es geplant hatten. Ich bin noch viel zu jung, um über Kinder, Darlehen und die Rente nachzudenken. Und ja, Olivia ist vielleicht erfolgreich in ihrem Job, aber es ist ziemlich offensichtlich, dass sie ihn nicht so liebt wie ich meinen. Ich bin stolz auf alles, was ich in diesem Jahr erreicht habe, und mein Bauchgefühl sagt mir, dass es auf der Arbeit nur noch besser werden kann.

Also ja, ich sehe ein, dass ich ziemlich viel Zeit damit verschwendet habe zu denken, dass Olivia es besser hat. Nach unserem Gespräch fühle ich mich, als wäre eine schwere Last von mir abgefallen und als könnte ich endlich wieder atmen. Von jetzt an schwöre ich, dankbar für das zu sein, was ich habe, und stolz auf mich zu sein.

«Du siehst heute aber fröhlich aus», sagt Olivia. Gerade haben wir ein riesiges Frühstück mit Obst, Wurst und Käse verspeist.

«Ich bin so froh, dass wir uns ausgesprochen haben», gestehe ich. Mein Magen gibt ein lautes Knurren von sich. «Und offenbar habe ich immer noch Hunger. Hat man automatisch Heißhunger auf Süßes, wenn man in Frankreich ist?», frage ich, als ich ihr durch die Tür aus dem Hotel hinaus in die Straßen von Paris folge.

Olivia belächelt meine Gefräßigkeit, sagt aber dann: «Ich freue mich auch. Wir müssen von jetzt an immer offen und ehrlich miteinander sein. Ich weiß ja, dass ich letzte Nacht ziemlich viel geheult habe, aber seltsamerweise hat es irgendwie auch Spaß gemacht.»

«Mir auch!» Ich strahle sie an. «Sich streiten, sich wieder versöhnen, sich ein bisschen betrinken. Das machen Schwestern schließlich so, oder? Na ja, der Streit muss vielleicht nicht unbedingt jedes Mal sein.»

Olivia nickt begeistert. Dann bleibt sie stehen und klatscht in die Hände.

«Wir sind da», verkündet sie.

Ich schaue mich um. Ich sehe nichts als Schaufenster voller süßer Leckereien.

«Was machen wir hier?», frage ich.

«Du hast doch gesagt, ich dürfte heute aussuchen, was wir machen, oder? Voilà, wir machen eine Tour durch alle berühmten Konditoreien, und hier bei Pierre Hermé fangen wir an.» Sie zeigt auf das Schaufenster.

«Nein!», quietsche ich begeistert. «Aber ... du isst doch keinen Zucker mehr! Ist das hier nicht die Hölle für dich?»

«Ich habe gestern Abend erkannt, dass ich in einigen Punkten viel zu perfektionistisch geworden bin, und ich glaube, das ist nicht gesund. Außerdem sind wir im Urlaub, ein bisschen Gebäck kann also nicht schaden, oder?» Sie zuckt die Achseln.

Dass Olivia etwas Großzügiges und Einfühlsames für mich tut und dass ich meine Schwester mein Leben lang falsch eingeschätzt habe, sorgt dafür, dass ich schon wieder in meiner Handtasche nach den Taschentüchern krame.

«Hör auf», befiehlt Olivia. «Denk an deine Wimperntusche. Also, wollen wir?»

Ich mache die Tür auf, und es dauert nicht lange, bis wir zusammen Macarons in allen Regenbogenfarben bewundern.

⋆★⋆

Unsere Koffer sind doppelt so schwer wie zu Beginn unserer Reise, aber das kann man uns wirklich nicht zum Vorwurf machen. Wir haben die ganze Woche lang alles genossen, was Paris zu bieten hat. Olivia ist in den Galeries Lafayette völlig ausgerastet, und ich habe ein kleines Vermögen bei Sephora gelassen. Ich war so traurig, als wir wieder fahren mussten, dass ich am Gare du Nord noch ein Notfallbaguette und ein bisschen Käse als essbares Souvenir gekauft habe. Daran liegt es wahrscheinlich, dass mein Koffer einen kaum zu ignorierenden Gestank verströmt.

«Es riecht ein bisschen gallisch hier drin», verkündet Dad und kurbelt das Autofenster hinunter. Er hat uns vom Bahnhof in Nottingham abgeholt. In England regnet es natürlich, und weil ich hinter Dad sitze, treffen mich ein paar Regentropfen im Gesicht.

«Alles okay?», flüstere ich Olivia zu, die Löcher in die Luft starrt, seit wir ins Auto gestiegen sind.

«Ich glaube schon», seufzt sie. «Nur ein bisschen nervös, wie es wird, Sam wiederzusehen.»

Ah. Über Kaffee und Kuchen bei Les Deux Magots hat sie zugegeben, dass die erfolglosen Versuche, schwanger zu werden, ihrer Beziehung zu Sam ein wenig zugesetzt haben.

Ich lege meine Hand auf ihre, als wir hinten im Auto durch die Gegend holpern, während Dad aus vollem Hals bei Meatloaf mitsingt.

«Sam liebt dich abgöttisch», sage ich. «Ihr zwei schafft das schon. Nicht, dass ich da Expertin wäre, aber könntet ihr vielleicht versuchen, euch nicht zu sehr unter Druck zu setzen?»

«Vielleicht.» Olivia nickt. «Ich war eventuell ein bisschen ... militärisch, was das Babys-Machen angeht. Ich habe Apps, die meine Fruchtbarkeit aufzeichnen, und schreie ihn immer an, wenn er einen fruchtbaren Zeitraum verpasst, weil er länger arbeiten muss.»

«Das macht euch doch bestimmt beiden keinen Spaß», antworte ich. «Du weißt schon, was ihr jetzt braucht, oder?»

Olivia schüttelt den Kopf.

«Ihr müsst einfach mal raus. Bucht Urlaub, lasst eure Handys zu Hause und genießt einfach nur, dass ihr zusammen seid. Schau doch nur, wie viel Spaß wir diese Woche hatten. Du hast Kuchen gegessen, du hast Wein getrunken, wir hatten so eine tolle Zeit! Du musst nicht immer so diszipliniert sein, es tut dir wahrscheinlich sehr gut, wenn du dir ab und zu mal etwas erlaubst.»

«Du hast recht», lächelt sie. «Ich bin auf jeden Fall viel entspannter als vorher. Ich schlage es Sam mal vor. Also ... Wann erzählst du Mum und Dad denn nun von Du-weißt-schon-wem? Ich freue mich übrigens sehr für dich!»

Oje!

Olivia und ich hatten so viel Spaß in Paris, dass wir beschlossen haben, nach der Reise noch ein paar Tage zu Hause bei unseren Eltern zu verbringen. Wir gehen heute Abend mit ihnen essen, und Sam kommt auch dazu. Ich habe meiner großen Schwester in Paris von George erzählt, und obwohl sie anfangs ziemlich überrascht war, konnte ich genau sehen, dass sie sich aufrichtig für mich freut. Ich habe also beschlossen, es endlich hinter mich zu bringen und Mum und Dad von der Beziehung zu erzählen.

«Vielleicht beim Abendessen?», sage ich nachdenklich. «Ich hatte gehofft, dass George auch kommen kann, aber er hat viel zu viel Arbeit. Ich frage mich, ob Sam es weiß?»

«Mir hat er jedenfalls nichts erzählt.»

Dads Version von *Bat Out of Hell* kommt furios zum Abschluss, als wir in die Einfahrt vor unserem Elternhaus fahren. Ich starre das Haus an, das so viele Erinnerungen an die Vergangenheit birgt. Ich weiß noch, wie ich auf den Stufen vor der Tür geweint habe, als Olivia mein Spielzeug versteckt hat, und wie ich am Abend nach dem Abitur in einen der Büsche gekotzt habe. So viel an diesem Haus steht für die alte Izzy, aber es ist trotzdem mein Zuhause. Als ich aus dem Auto steige, freue ich mich richtig auf die Zukunft.

★ ★ ★

«Das bringt das Fass doch eindeutig zum Überlaufen, wenn ihr mich fragt», sagt Mum.

Genau genommen hat niemand sie gefragt, aber sie spricht trotzdem weiter. Sie findet das, was sie erzählt, so interessant, dass sie ihre Vorspeise noch nicht angerührt hat, obwohl unsere Teller alle schon leer sind und wir jetzt angefangen haben, das Brot aus dem Körbchen zu verputzen.

«Also wirklich. Ich habe ihr doch einfach nur einen schwesterlichen Rat gegeben. Ich weiß ja, dass wir nicht wirklich Schwestern sind, aber ich kenne Eleanor jetzt schon seit so vielen Jahren, und wir stehen uns wirklich nahe. Ihr könnt euch also vorstellen, wie schockiert ich war, als sie genau das Gegenteil von dem getan hat, was ich mir gewünscht habe!» Mum blickt sich mitleidheischend um.

«Ich muss sagen, ich kann Eleanor irgendwie verstehen», gebe ich zu.

Meine Reaktion sorgt dafür, dass Olivia mich ans Schienbein tritt und Dad mich entsetzt anstarrt. Wir wissen alle, dass Mums Geschichten viel schneller vorbei sind, wenn wir einfach nur lächeln und nicken. Aber nach der Woche, die ich gerade mit Olivia verbracht habe, bin ich ganz und gar nicht in der Stimmung, ihr Honig um den Mund zu schmieren.

«Ihr habt einfach einen unterschiedlichen Geschmack, meine ich. Jede Brautmutter will doch gut aussehen und sich wohlfühlen. Ich finde, dass sich das Outfit, für das Eleanor sich entschieden hat, wirklich schön anhört, obwohl dein Vorschlag mit dem Bolero und dem passenden Haarschmuck natürlich auch … toll klingt.»

Olivia beißt sich auf die Unterlippe, weil sie versucht, nicht laut loszulachen. Dad faltet ein sehr schlaffes Flugzeug aus seiner Serviette.

«Aber sie trägt nicht mal einen Hut!» Mum schnappt nach Luft, die Augen weit aufgerissen. «Wirklich, Isobel, das geht doch nicht.»

«Mum, manchmal musst du dir einfach klarmachen, dass wir alle unterschiedlich sind», antworte ich altklug. «Wir wünschen uns alle verschiedene Dinge vom Leben. Ich bin mir sicher, dass Eleanor deinen Rat zu schätzen wusste, auch wenn sie sich letztendlich nicht für das Outfit entschieden hat, das dir am besten gefällt.»

«Ich hätte es mir ja selbst gekauft, wenn auch nur die geringste Hoffnung bestünde, dass du in halbwegs naher Zukunft heiratest», sagt Mum ganz nebenbei, als sie endlich anfängt, ihren Krabbencocktail zu essen. «Wenn du geglaubt hast, dass Gregory, der Truthahnbauer, auf dich wartet, hast du dich getäuscht. Mary meinte, er hat jetzt eine ganz liebe Freundin. Sie arbeitet im Café im Dorf und macht einen superguten Walnuss-Kaffee-Kuchen.»

Okay. Das war's. Ich weiß genau, dass Mum erzählen will, wie sie Dad mit ihrem preisgekrönten Bakewell Tart rumgekriegt hat, aber das kann ich gerade nicht ertragen.

Jetzt ist der richtige Zeitpunkt, meinen Eltern von George zu erzählen.

«Mum, ich habe da ein paar Neuigkeiten. Dich interessiert das wahrscheinlich auch, Dad», füge ich hinzu, damit mein Vater von seinem Papierflugzeug ablässt und sich wieder dem Gespräch zuwendet.

Aber Sams Ankunft unterbricht mich. Mein Schwager sieht ziemlich zerrupft aus.

«Entschuldigt, dass ich zu spät komme. Ich wurde in London aufgehalten», sagt er mit gerunzelter Stirn.

«Alles in Ordnung?», fragt Olivia. Sie steht auf und massiert ihm zärtlich den Nacken. Ich bin ganz gerührt davon, wie besorgt sie aussieht. Ich drücke unter dem Tisch die Daumen, damit die beiden sich versöhnen.

«Mir geht es gut», sagt er. Sein Lächeln wirkt gezwungen.

Wow, es muss zwischen ihnen gerade wirklich schwierig sein, normalerweise ist Sam superlocker. Sogar Mum hat bemerkt, dass etwas nicht stimmt. Sie ist noch nicht aufgesprungen, um Sam so an sich zu drücken, dass sein Gesicht ihrem vollen Busen gefährlich nahe kommt, wie sie es sonst immer tut.

«Setz dich doch», sagt Olivia, während Sam Dad die Hand schüttelt. Dad freut sich immer, Sam zu sehen. Wenn er da ist, können die beiden über die wirklich wichtigen Dinge im Leben reden, Golf zum Beispiel.

«Soll ich dir schon mal einen Drink bestellen? Das hilft dir vielleicht, dich zu entspannen.»

«Äh …», stammelt Sam mit gequältem Gesichtsausdruck und fährt sich mit der Hand durchs Haar. «Ich weiß nicht genau.»

«Okay.» Olivia setzt sich wieder hin. Wie kann es sein, dass mir noch nie aufgefallen ist, wie angespannt die Stimmung zwischen den beiden ist?

«Wir haben schon Wein bestellt», sage ich und schenke Sam ein Glas ein, bevor er sich wehren kann. Als ich es ihm reiche, sieht er aus, als würde er gleich in Tränen ausbrechen.

Was ist nur los mit ihm?

«Ich wollte euch gerade etwas Wichtiges erzählen», füge ich hinzu und lächele ihn ermutigend an.

Aber Sam nimmt das Weinglas nicht an. Er schüttelt traurig den Kopf und seufzt tief.

«Iz, ich muss was mit dir besprechen», sagt er. Sein Gesichtsausdruck ist jetzt mitleidig.

Oh nein! Er sagt mir bestimmt gleich, dass er Olivias ständige Befehle nicht mehr aushält und sie verlassen wird.

Ich springe panisch von meinem Stuhl auf und gehe mit ihm zu einer Gruppe Sessel neben einem leeren Kamin hinüber.

«Sam, sag bitte nichts, bevor du dir angehört hast, was ich zu sagen habe», befehle ich. «Versprochen?»

Er sieht zwar etwas verwirrt aus, nickt aber. Ich bemerke, dass ich immer noch mein eigenes Weinglas in der einen und das für Sam in der anderen Hand halte. Ich nehme einen Schluck aus jedem Glas und fahre fort.

«Olivia weiß, dass sie es ein bisschen übertrieben hat. Sie hat mir in Paris alles erzählt. Aber du musst das auch mal aus ihrer Sicht sehen. Sie war noch nie nicht gut in etwas, und jetzt hat sie plötzlich Schwierigkeiten. Das ist ihr noch nie passiert, deswegen setzt sie sich natürlich unter Druck. Aber, wie gesagt, sie weiß ganz genau, dass sie sich und dich zu sehr verrückt gemacht hat, und ich glaube wirklich, dass sie sich in … ähm, diesem Bereich etwas mehr entspannen wird, verstehst du, was ich meine?»

Sam starrt mich an, als hätte ich mich heute im Harajuku-Stil gekleidet.

«Du weißt schon. Babys machen», flüstere ich verschwörerisch.

«Ja, ich habe verstanden, dass es darum geht», sagt er missmutig.

«Bitte gib doch nicht deine Ehe auf, nur weil es mal schwierig wird», füge ich hinzu. Langsam bekomme ich Panik. Es kann doch nicht sein, dass ich mich gerade erst mit meiner Schwester vertragen habe, nur damit ich jetzt sehen muss, wie sie eine Scheidung durchmacht, das geht einfach nicht.

«Izzy, ich gebe meine Ehe nicht auf», sagt er endlich. «Es geht bei dem, worüber ich mit dir reden muss, gar nicht um mich und Olivia.»

«Warum siehst du dann so angespannt aus?», frage ich.

«Ich habe gehört, du bist mit meinem Bruder zusammen», sagt Sam.

Überrascht trinke ich zwei Schluck Wein und versuche, mich zu sammeln.

«Ja, genau. Ich habe Olivia in Paris davon erzählt, und sie dachte, du hast keine Ahnung. Hat er es dir etwa gesagt?»

George hat seinem Bruder von uns erzählt! Ich wiederhole: George hat seinem Bruder von uns erzählt! Das, meine Freunde, bedeutet, dass er definitiv bereit ist für den nächsten Schritt! Ich wusste, es war eine gute Idee, es meinen Eltern dieses Wochenende zu eröffnen.

«Das freut mich so!» Ich singe geradezu. «Er war ein bisschen zurückhaltend, als ich vorgeschlagen habe, es unseren Familien zu erzählen. Er wollte nichts überstürzen, aber jetzt hat er es von sich aus erzählt!»

Ich seufze zufrieden und fange an, in meiner Tasche nach meinem Handy zu wühlen. Ich will gerade ansetzen, meinem Kilometer entfernten Freund eine emotionale Nachricht zu schreiben, als Sam die Hand ausstreckt und mir das Handy wegnimmt.

«Nicht», sagt er traurig, aber bestimmt. «George hat es mir nicht erzählt. Ich habe es gestern von einem gemeinsamen Freund erfahren.»

Er nimmt mitfühlend meine Hand, und ich spüre, dass ich schneller atme. Irgendetwas stimmt hier nicht.

«Mein Kumpel war diese Woche mit George feiern»,

fährt Sam fort und tätschelt meine Hand, als wäre er mein großer Bruder. «Sie sind in einem Strip-Club gelandet, extrem betrunken, und George hat angefangen, mit seinem Liebesleben zu prahlen.»

Prahlen! Na ja, das klingt doch gut genug, damit ich das mit dem Strip-Club vergessen kann.

«Er hat dich verarscht, Iz», sagt Sam.

«Sorry, was?»

«Ich meine, er war die ganze Zeit mit dir und mit Temple zusammen. Gleichzeitig.»

Plötzlich höre ich den Lärm im Pub nicht mehr, denn meine Ohren sind von einem Summen erfüllt, von dem mir ganz schwindelig wird. George ist noch mit Temple zusammen? Das kann doch nicht sein.

«Nein, Sam, sie haben sich vor einer Ewigkeit getrennt. Vor Monaten! George hat gesagt, er hat mit ihr Schluss gemacht, ich glaube, das war im April?»

Aber Sam schüttelt den Kopf und hält meine Hand noch fester.

«Er hat dich angelogen, Izzy. Temple wohnt jetzt schon seit einer ganzen Weile bei ihm. Ich habe sie dort selbst gesehen. Glaub mir, ich hätte ihn k. o. geschlagen, wenn ich gewusst hätte, dass er nebenher was mit dir hat. Du bist für mich wie eine kleine Schwester.»

Sams Stimme bricht. Ich merke, dass er versucht, meine Reaktion einzuschätzen. Sein Gesicht wirkt unglaublich traurig. Ich drehe mich zu unserem Tisch, wo Mum, Dad und Olivia die Hälse recken, um zu sehen, was bei uns vorgeht. Ich schnappe mir die Weingläser und stolpere nach draußen. Dort stehe ich im Regen, der mich langsam bis auf die Haut durchnässt. In meinem Gehirn läuft eine Endlosschleife.

George hat dich betrogen.

George hat dich betrogen.

George hat dich betrogen.

KAPITEL ZEHN

★

OKTOBER

Sei ehrlich zu dir selbst

In den ersten paar Tagen, nachdem Sam mir verkündet hat, dass mein geliebter Freund George mit mir und dieser Australierin namens Temple zweigleisig gefahren ist, entsprach mein Verhalten zugegebenermaßen nicht gerade der neuen Izzy. Nicht, dass ich komplett zusammengebrochen wäre oder so etwas, aber ich habe schon ein paar Wochen lang in Sams und Olivias Gästezimmer Winterschlaf gehalten. Ich habe mir gedacht, wenn ich schon ~~in Selbstmitleid versinken~~ über das Leben nachdenken möchte, dann kann ich mich dabei genauso gut in das schöne Bettzeug meiner Schwester wickeln. Außerdem macht Sam ein phantastisches englisches Frühstück, und es war wirklich herzerwärmend, sein Lächeln zu sehen, als er Olivia ein Würstchen anbot und sie es tatsächlich aß.

Aber selbst Igel mit gebrochenem Herzen können nicht für immer Winterschlaf halten.

Können Igel gebrochene Herzen haben? Das muss ich nachher googeln.

Hier bin ich jetzt also, nehme mich zusammen und rede mir selbst gehörig ins Gewissen, sobald ich spüre, dass meine Unterlippe zu zittern beginnt. Ich bin eine starke, unabhängige Frau. Ich bin die neue Izzy. Ich werde nicht zulassen, dass ein ungehobelter, unglaublich gutaussehender Mann mich runterzieht. Dann war er eben mein Traummann, na und? Dann habe ich eben dreieinhalb Jahre lang an nichts anderes gedacht, als mit ihm zusammen zu sein, na und?

Oh Mann, jetzt fängt meine Unterlippe schon wieder an zu zittern, und ich beiße fest darauf, um sie zur Ruhe zu bringen. Konzentrier dich, Izzy! Was sollst du gerade eigentlich machen?

«Alles in Ordnung?» Diese plötzliche Unterbrechung meiner wild kreisenden Gedanken bringt mich völlig aus dem Konzept. Ich schaue nach links, wo eine Verkäuferin in einer grünen Tunika mich besorgt ansieht. Stimmt ja! Ich bin in einem Geschäft und kaufe ein, wie ein normaler Mensch.

«Absolut!», schreie ich.

Zu viel des Guten, Iz.

«Sie schauen schon ganze fünf Minuten dieses Maca-Pulver an.» Sie nickt in Richtung des runden Behälters in meiner Hand.

So viel zum Thema zusammenreißen.

«Ah, ja, ich wäge nur die Vor- und Nachteile ab», plappere ich und klinge dabei, als wäre ich minderbemittelt.

«Geben Sie Bescheid, wenn Sie Hilfe brauchen», sagt sie noch, bevor sie sich hastig rückwärts von der verrückten Frau entfernt.

⋆★⋆

Nach der Mittagspause lasse ich mich auf meinen Schreibtischstuhl und meine Einkaufstüte auf den Boden fallen.

Lucy eilt zu mir herüber. Sie trägt glitzernde falsche Wimpern. Sie verscheucht eine Praktikantin von ihrem Stuhl und setzt sich neben mich. Ihr Gesichtsausdruck ähnelt dem eines traurigen Welpen, und sie klimpert mit den Glitzerwimpern. Ich finde es besorgniserregend, wie sehr ich mich in den letzten Wochen daran gewöhnt habe. An diesen Gesichtsausdruck, nicht an die Wimpern. Diesen mitleidigen Blick, mit dem mich die Leute anschauen, wenn sie fragen, wie es mir geht.

Du Arme, du bedauernswerte, partnerlose Loserin. Betrogen hat er dich auch noch? Wie peinlich!

Das drücken die Blicke aus.

«Hallo, Lucy», sage ich betont optimistisch.

«Liebes.» Sie schüttelt ihren buschigen braunen Pferdeschwanz. «Oh, Liebes.» Dann umarmt sie mich. Ich bleibe steif wie ein Brett.

«Ist alles in Ordnung, Luce?», frage ich und werfe Emma über Lucys Schulter hinweg einen hilflosen Blick zu.

«Bei mir schon, aber was ist mit dir?», fragt sie und legt den Kopf schief, als wäre sie Therapeutin und ich ihre Patientin.

«Ja, danke, nur ziemlich viel zu tun.» Ich zeige auf meinen Computer. Es wäre jetzt sehr hilfreich, wenn ich ihn nach der Mittagspause wieder eingeschaltet hätte. Und wenn am Bildschirm nicht ein Zettel hinge, auf dem steht ‹Maca-Pulver kaufen und an Olivia schicken. Gut für die Fruchtbarkeit›.

«Ja, ist klar», nickt sie. «Hör zu, Emma und ich gehen

heute Abend was trinken. In Soho wird ein neues Schmucklabel gelauncht, und *Pulse* ist eingeladen. Ich habe gehört, dass die Goodie-Bags absolut phantastisch sind. Wir müssen hin. Bist du dabei?»

«Ähm, mal sehen», sage ich nachdenklich. «Ich hatte eigentlich vor, nach der Arbeit nach Hause zu fahren und einen Thai-Donnerstag zu machen. Ich sollte wirklich meine Finanzen auf den neuesten Stand bringen. Außerdem ist es eine Ewigkeit her, dass ich Massaman gegessen habe. Was ist, wenn sie vergessen haben, dass ich mehr Chili will, und ich es ihnen am Telefon erklären muss?»

An diese Möglichkeit möchte ich eigentlich gar nicht denken.

Lucy zieht scharf die Luft ein und verschränkt die Arme vor der Brust. Sie trägt eine neonpinke Bomberjacke und sieht aus, als würde sie zu einer Tanzgruppe gehören. Dann wirft sie Emma einen gequälten Blick zu.

Emma, meine absolute Lieblingskollegin, lächelt gelassen.

«Das ist doch vollkommen in Ordnung, Izzy. Wenn du dazu noch nicht bereit bist, kommst du eben ein anderes Mal mit», sagt sie.

«Danke, Em», antworte ich, erleichtert, dass sie mich vor Lucy gerettet hat. Wenn ich ehrlich bin, bin ich nämlich überhaupt nicht in der richtigen Laune zum Ausgehen. Ich würde den anderen nur die Stimmung verderben. Es ist nicht so, als würde ich mir selber leidtun, ich fühle mich nur ein bisschen ... zerbrechlich. Ich schätze, das passiert eben, wenn jemand, den man liebt, einem das Herz aus der Brust reißt, mit seinen Schuhen (Größe 45) darauf herumtrampelt und sich dann nicht einmal meldet, geschweige denn entschuldigt.

«Wie wäre es, wenn wir mal schauen, was die Challenge für diesen Monat ist?», fragt Emma und hält die Hupe des Schreckens hoch. Ein willkommener Themawechsel. «Das bringt dich vielleicht auf andere Gedanken.»

«Ja bitte», antworte ich dankbar. Um mich von meinem katastrophalen Liebesleben abzulenken, ist mir jedes Mittel recht.

Emma versammelt das gesamte Büro um sich, öffnet die E-Mail und liest vor.

Liebe Izzy,
ich weine sonst nicht so häufig, aber dein letztes Feature war so emotional, dass auch meine Augen nicht trocken geblieben sind. Genau wie du habe ich mich noch nie so richtig mit meiner Zwillingsschwester verstanden. Nachdem wir dein Feature gelesen hatten, haben wir beschlossen, zusammen übers Wochenende wegzufahren, um zu versuchen, uns wieder anzunähern. Ich bin ziemlich nervös, weil es so viele Dinge gibt, die wir seit Jahren nicht ansprechen, aber du hast mir geholfen zu verstehen, dass es am besten ist, wenn wir uns einfach ehrlich sagen, was wir fühlen.
Als ich darüber nachgedacht habe, ist mir aufgefallen, wie schwer ich es finde, ehrlich zu mir selbst zu sein. Ich weiß, dass ich oft Dinge tue, einfach nur, weil ich weiß, dass andere sie von mir erwarten. Vielleicht wäre jetzt eine gute Gelegenheit, dich mit dir selbst zu befassen. Wie fühlt Izzy sich? Was wünscht Izzy sich für die Zukunft? Womöglich

findest du heraus, dass du den falschen Weg eingeschlagen hast, weil du dachtest, das müsste so sein, oder du merkst, dass du genau dort bist, wo du hingehörst.
Viel Glück!
Annabel aus Kent x

Ich kratze mich mit meinem Kugelschreiber am Kopf und runzele die Stirn.

«Ehrlich zu mir selbst sein?», frage ich. «Ich das nicht ein bisschen ... vage?»

«Ooooh, ich weiß», sagt Lucy stolz. «Izzy, ich finde, du hast dir heute Morgen nicht genug Zeit genommen, dich fertig zu machen. Du hast dir nicht mal richtig die Haare gekämmt.»

Ich streiche mir mit den Fingern durch die Locken und versuche, mir nicht vorzustellen, wie Henri mich anschauen würde, wenn er mich jetzt sehen könnte.

«Es geht nicht darum, dass *wir* ehrlich zu ihr sind, Luce. Izzy soll ehrlich zu sich selbst sein», erklärt Emma. Sie lächelt uns beide ermutigend an, aber ich bin genauso verwirrt wie Lucy.

«Vielleicht fällt dir was ein, wenn du es am wenigsten erwartest», versucht mich Emma zu beruhigen.

«Kann sein», murmele ich, nehme einen Umschlag aus der Schreibtischschublade und schiebe das Päckchen mit Olivias Maca-Pulver hinein.

★★★

Ich schlüpfe in eine verlotterte alte Jogginghose, werfe meine Kontaktlinsen in den Müll und klappe meinen Laptop auf, während ich auf das Essen warte. Komm zu Mami, Thai-Curry!

«Du hast die Exceltabelle seit Februar nicht mehr aktualisiert», schimpfe ich mich selber aus, als sie endlich auf dem Bildschirm erscheint. Ich weiß ja, dass ich viel zu tun hatte, aber genau genommen gibt es keine Entschuldigung für eine schlampige Buchführung.

Ich schenke mir ein Glas Holunderblütensirup ein, mache mir einen Pferdeschwanz und setze meine alte Brille auf. Zeit, meine Finanzen in Ordnung zu bringen! Zehn Minuten später klingelt es, und ich drücke den Türöffner für den Mann vom Lieferservice.

«Du bist früh dran», grinse ich und warte darauf, dass er mich begrüßt wie einen verloren geglaubten Freund.

Nur dass da niemand vom Lieferservice steht. Es riecht auch nicht nach Massaman, egal, wie angestrengt ich schnuppere. Stattdessen bringen sich Lucy, Jamie und Emma vor meiner Tür in Position.

«Jamie? Was machst du denn hier? Und warum bist du bei Emma und Lucy? Und … sind das meine Ohrringe?», frage ich.

Jamie steht das schlechte Gewissen ins Gesicht geschrieben, als ihre Hand zu ihrem Ohrläppchen schießt. Sie murmelt irgendwas davon, dass ich sie ja wochenlang nicht getragen hätte, bevor sie sich an mir vorbei in die Wohnung quetscht. Lucy und Emma folgen ihr.

«Setz dich», befiehlt Jamie. Sie hat die Hände in die Hüften gestemmt.

Ich kenne diesen Gesichtsausdruck nur zu gut. Sie sieht fest entschlossen aus, ein bisschen so, als wäre sie notfalls bereit zu morden, wenn man nicht tut, was sie sagt. Es ist ratsam, auf sie zu hören, wenn sie so schaut, also lasse ich mich brav aufs Sofa fallen.

«Zwei Sachen. Nummer eins: dein Outfit. Diese Jogginghose ist potthässlich. Sie gehört zur alten Izzy, und ich habe dir im Januar gesagt, du sollst sie gefälligst verbrennen. Zieh sie aus.»

Weil ich gerade nur die Jogginghose und ein Snoopy-T-Shirt trage, nehme ich an, dass sie nicht sofort meint. Außerdem mag ich diese gemütliche alte Jogginghose. Sie ist mit Fleece gefüttert, und jetzt, wo die kalten Oktobernächte kommen, muss man doch schauen, dass man sich warm hält.

Ich schaue auf. Jamie starrt mich böse an.

«Jetzt sofort!», bellt sie.

«Aber …», protestiere ich. Doch ihr Gesichtsausdruck wird immer mörderischer. Einerseits bin ich ja froh, dass meine beste Freundin wieder ganz die Alte ist, andererseits fände ich es schön, wenn sie in ihren gruseligsten Momenten nicht gerade mich im Visier hätte.

Sie starrt unbeirrt meine Jogginghose an.

«Na schön», gebe ich zurück, stehe auf und lasse die Jogginghose zu Boden fallen. «Jetzt trage ich also eine Unterhose und ein T-Shirt, in meiner eigenen Wohnung. Zufrieden?»

«Lucy, walte deines Amtes», ordnet Jamie an.

Ich habe noch nie gesehen, dass Lucy Befehle befolgt. Von niemandem. Normalerweise ist sie immer der Boss.

Es haben schon Praktikanten nach drei Tagen aufgegeben, nur weil sie die Augen verdreht hat. Ich schwöre, dass sogar Tallulah ein bisschen Angst vor ihr hat. Aber als ich mich in der Erwartung zu ihr umdrehe, dass sie Jamie jetzt den Kopf abreißt wie in *Kill Bill*, tut sie einfach, was Jamie gesagt hat. Sie öffnet den Rollkoffer, den sie hinter sich hergezogen hat, und schüttet den Inhalt auf den Boden meines Wohnzimmers. Dann kommt sie vorsichtig auf mich zu, wie eine Zoowärterin, die sich einem unartigen Gorilla nähert, und mustert mich von oben bis unten, ohne dass sie mir zu nahe kommt. Dann murmelt sie «Wunderöl», «Nagellack» und «DIESE AUGENBRAUEN».

Ich trete von einem Fuß auf den anderen. Mir ist peinlich bewusst, dass mein Hintern raushängt, während meine drei Freundinnen über mich reden, als wäre ich gar nicht da.

«Äh, hallo? Was geht hier vor?», frage ich gereizt.

«Kommen wir also zum zweiten Punkt, den wir mit dir besprechen wollten», sagt Jamie.

«Willst du damit sagen, dass ihr nicht nur vorbeigekommen seid, um mir meine Hose auszuziehen und euch über meine Augenbrauen lustig zu machen?», grummele ich.

Lucy treten Tränen in die Augen, und sie nimmt mich in den Arm.

«Das war ja fast Sarkasmus!», ruft sie begeistert. «Ich wusste doch, du bist noch irgendwo da drin.» Sie tippt mir mit dem Zeigefinger auf die Stirn.

Ich schüttele sie ab.

«Wir sind hier, weil wir eine Intervention machen wollen», verkündet Emma.

«Es geht darum, dass du einen Rückfall zur alten Izzy hast, und da musst du wieder rauskommen», fügt Jamie hinzu.

«Was?», frage ich verwirrt. «Die alte Izzy ist längst weg!»

«Schau dich doch an», sagt Emma. «Dieses Verhalten passt so gar nicht zu deinem neuen Ich. Du hast bestimmt auch ein Selbstmitleidsbad genommen, oder?»

Wie gemein!

«Nein, wenn du es genau wissen willst, das habe ich nicht gemacht. Und … Welches Verhalten denn? Mir geht es sehr gut, vielen Dank auch», entgegne ich wütend. «Du warst doch die, die eben auf der Arbeit noch auf meiner Seite war, als ich gesagt habe, dass ich keine Lust habe auszugehen, du falsche Schlange. Außerdem bin ich der Meinung, dass alles in bester Ordnung ist. Klar, ich habe mich vielleicht ein paar Tage lang bei meiner Schwester unter der Bettdecke im Gästezimmer versteckt, nachdem ich herausgefunden hatte, dass mein Freund mich betrogen hat. Aber das ist doch ganz normal! Jetzt bin ich wieder in meiner Wohnung, ich komme wieder zur Arbeit, mein Leben geht weiter, obwohl mir das Herz gebrochen wurde.»

Meine Stimme fängt bei den letzten Worten zu zittern an, und ich muss meinen ganzen Willen zusammennehmen, um nicht loszuheulen. Stattdessen stampfe ich dramatisch mit dem Fuß auf, weil meine drei Freundinnen mich schon wieder so mitleidig ansehen.

«Du sollst doch ehrlich zu dir selbst sein», ermahnt Emma mich sanft. «Das ist jetzt drei Wochen her, und egal, was du sagst, dein Leben geht nicht wirklich weiter, oder?»

So langsam werde ich richtig wütend. Was denken sich

die drei eigentlich dabei, so in mein Zuhause einzudringen und mir zu sagen, dass ich mich zusammenreißen muss? Ich habe mich sehr wohl zusammengerissen!

«DOCH, TUT ES!», schreie ich. Ich habe die Hände zu Fäusten geballt und wünsche mir sehnlichst, ich hätte eine Hose an. Halbnackt kann man mich definitiv weniger ernst nehmen.

«Iz, du hattest eine Jogginghose an und warst gerade dabei, einen Thai-Donnerstag mit deinen Finanzen zu verbringen. Auf deinem Esstisch liegt die Speisekarte, auf dem Sofa dein Taschenrechner, und ich sehe doch die Exceltabelle auf deinem Laptop», kombiniert Jamie.

«Na und?», schreie ich. «Ich hatte immer schon Thai-Donnerstage, was ist so schlimm daran, jetzt wieder einen zu machen? Es ist ... wirklich wichtig, den Überblick über die Finanzen zu behalten.»

Aber während ich so versuche, die anderen zu überzeugen, dass ich total zufrieden mit meinem Leben bin, wird mir klar, dass das nicht stimmt. Wem mache ich hier eigentlich was vor? Ich habe drei Tage lang bei meiner Schwester Würstchen gegessen und mich vor der Realität versteckt, das hilft meinem gebrochenen Herzen nun wirklich nicht. Und jetzt? Zurück in meiner langweiligen alten Routine, als hätte es die letzten zehn Monate nie gegeben.

«Und ... und ich ... ich habe die Jogginghose doch gar nicht mehr an», füge ich verdrießlich hinzu. «Weil ihr mich gezwungen habt, sie auszuziehen, und jetzt hab ich einen kalten Hintern.»

Jamie schüttelt den Kopf. Lucy fängt an, mir energisch die Beine mit golden schimmerndem Pflegeöl einzureiben.

«Ach, Liebes», sagt Emma und kommt vorsichtig auf mich zu, falls ich wieder anfange, sie anzuschreien. «Es ist doch völlig in Ordnung, dass du traurig bist. Wie George sich verhalten hat, das war wirklich unter aller Sau. Wir möchten nur, dass du weißt, dass wir für dich da sind und dass wir nicht zulassen werden, dass du dich wieder in die alte Izzy verwandelst. Wir sind deine Wing Women, und wir passen auf dich auf.»

Sie streckt die Arme aus und wedelt mit den Händen, damit ich zu ihr komme und mich umarmen lasse. Ich schaue auf meine nackten, jetzt golden glänzenden Beine herab und dann hinüber zu der langweiligen Tabelle, mit der ich den Abend verbringen wollte. Ein (zugegebenermaßen ziemlich großer) Rückschlag, und ich bin wieder die fade alte Izzy. Ich seufze, stapfe zu Emma hinüber und sie zieht mich an sich. Jamie umarmt uns von der einen Seite, und Lucy, die immer noch auf dem Boden kauert, um mir die Beine einzureiben, macht tröstende Geräusche.

«Das wäre ja dann geklärt», grinst Jamie. «Wir gehen aus.»

«Moment mal, was?», frage ich und befreie mich aus der Umarmung. «Wir könnten es uns doch auch einfach hier gemütlich machen. Ich könnte mehr Essen bestellen, und wir schauen zusammen einen Film.»

«Ja ja, Mum», sagt Lucy verächtlich. «Hör zu, die neue Izzy wurde gerade gefragt, ob sie mit ihren Mädels ausgeht. Oder würdest du lieber mit der alten Izzy und einem Essen vom Lieferservice zu Hause bleiben?»

Ich lasse die Schultern hängen und lege den Kopf in den Nacken, um zur Decke hinaufzuschauen. Dann schaue ich aber schnell wieder nach unten, weil ich an der Decke drei Spinnennetze und einen Wasserfleck bemerkt habe.

«Alte Izzy oder neue Izzy, für wen wirst du dich entscheiden?», fragt Lucy, die sich jetzt mit einer Bürste und Haarspray an meinen Haaren zu schaffen macht.

Verdammt.

«Neue Izzy?», frage ich schüchtern.

«Das hab ich nicht gehört», sagt Lucy.

«Neue Izzy», sage ich ein bisschen mutiger.

«Wie bitte?», fragt Lucy.

Sie ist so was von penetrant!

«DIE NEUE IZZY GEHT HEUTE ABEND MIT EUCH AUS!», schreie ich.

⋆★⋆

Nach zwei Pisco Sours habe ich Schwierigkeiten, mich an meinen Namen zu erinnern, und erst recht dabei zu entscheiden, welche Version von mir ich gerade sein will. Ich schätze, das passiert eben, wenn man drei Wochen lang nichts trinkt, weil man Angst hat, dass Alkohol eine Tränenflut und eine Endlosschleife *Wie ein einziger Tag* nach sich ziehen würde.

Ich schaue mich mit zusammengekniffenen Augen am Tisch um, wo meine drei Freundinnen sich mit Tapas vollstopfen, und versuche, mich daran zu erinnern, warum ich misstrauisch sein sollte.

«Hey!», rufe ich und schlage aus Versehen mit der Hand in eine Schüssel mit gebratenen Chorizos. «Was läuft hier eigentlich?»

«Haben wir dir doch gesagt, das ist eine Intervention», sagt Emma ganz langsam.

«Nein, nicht das.» Ich schüttele den Kopf wie ein nasser Hund. «Daran kann ich mich erinnern. Ich meine: Warum seid ihr zu dritt? Meine beste Freundin Jamie hängt mit meinen Arbeitsfreundinnen Emma und Lucy rum. Izzy ist verwirrt.»

«Aha, du sprichst wieder in der dritten Person von dir, sehr schön», lacht Jamie. «Wir haben uns Sorgen um dich gemacht, Iz. Du warst so traurig. Also habe ich mich heimlich in deine iCloud eingeloggt und mir Emmas Nummer besorgt. Drei Köpfe sind besser als einer.»

«Du hast was getan?», frage ich und drehe mich so hastig auf meinem Stuhl um, dass ich aus Versehen auf den Boden falle.

«Es war nur zu deinem Besten», sagt Jamie, zieht mich an den Schultern hoch und wischt mir den Staub vom Hintern. «Außerdem hast du mich schon mal bei einem Date beobachtet, deshalb hast du jetzt kein Recht, sauer auf mich sein.»

Ich zermartere mir das Hirn auf der Suche nach einer schlagfertigen Antwort, aber als mir endlich etwas einfällt, haben die Mädels schon neue Drinks bestellt, und Lucy verlangt, dass ich mit ihr tanze.

«Komm schon, Izzy!», schreit sie und zieht mich von meinem Stuhl hoch.

«Aber dieser Schinken ist so lecker», sage ich und wedele ihr mit einer Scheibe vor dem Gesicht herum.

«Leg das sofort weg und beweg deinen Arsch hierher.» Sie starrt mich böse an. «Heute geht es nicht um leckeren spanischen Schinken. Heute geht es um die leckeren spanischen Männer, die ich da vorne beim DJ entdeckt habe! Ich habe gehört, dass Spanier sehr feurig im Bett sind, und ich habe vor, das zu testen.»

Lucy wackelt mit ihrem in Leder gekleideten Pfirsichhintern und macht sich auf den Weg ins Getümmel.

«Die Bars in Brixton sind die besten», verkündet sie und fängt an zu tanzen.

Ich wiege mich wenig enthusiastisch neben ihr.

«Schön, dass es dir gefällt. Tut mir leid, dass wir nicht in Soho bei dieser Schmuckparty sind, von der ihr eben erzählt habt.»

Lucy zuckt die Achseln. «Ist nicht schlimm. Es macht Sinn, hier wegzugehen, nachdem wir durch die halbe Stadt getingelt sind, um dich davor zu bewahren, eine komplette Loserin zu werden.»

Sie weiß genau, wie sie mich dazu bringt, mich wie etwas ganz Besonderes zu fühlen.

«Tja, danke.»

«Sehr gerne», strahlt sie. «Und du siehst wirklich toll aus. Ich wusste, dass das schulterfreie Kleid dir perfekt steht! Tante Lucy musste dich nur ein bisschen aufpäppeln, stimmt's?»

«Wenn du mit ‹aufpäppeln› den fünfzigminütigen Angriff meinst, bei dem du mich mit Make-up zugekleistert, jedes einzelne Haar von meinem Körper entfernt und mich in dieses kleine Schwarze gezwängt hast, dann ja, du hast recht.»

«Da ist sie ja, meine kleine Izzy, schon fast wieder ganz die Alte! Oder die Neue. Vielleicht die alte Neue?» Lucy schüttelt verwirrt den Kopf und beschließt dann, das Thema zu wechseln. «Also, wie wäre es, wenn wir uns diese heißen Typen da vorne näher ansehen?»

Ich protestiere, aber Lucy will das nicht hören.

«Wenn ich dieses Jahr eines gelernt habe, dann, dass das Leben immer weitergehen muss», sagt sie streng. «Ich wurde Anfang des Jahres von meinem Ex sitzengelassen, und er hat mich auch noch betrogen. Und jetzt schau mich an! Ich hatte mehr Männer als Taylor Swift, und das Leben ist super. Komm schon!»

«Okay», seufze ich. «Aber lass mich wenigstens vorher kurz aufs Klo.»

⋆★⋆

Es gibt nichts Besseres, als sich auf die Damentoilette zurückzuziehen, wenn man dem Leben mal kurz entkommen muss. Ich gebe zu, dass ich schon länger hier drin bin als unbedingt notwendig. Die Kabinentüren rechts und links von mir wurden schon zwei Mal geöffnet und wieder geschlossen, seit ich hier auf meinem Thron sitze und über das Leben nachdenke.

Zwei Mädchen, die laut miteinander reden, reißen mich aus meinen Gedanken. Ich hole tief Luft. Es wird Zeit. Wobei ich natürlich zuerst mein Make-up auffrischen muss.

In der unrealistischen Hoffnung, dass ich noch nüchtern genug bin, um Lippenstift aufzulegen, blinzele ich in den Spiegel.

«Süße, du bist schon die ganze Nacht schlecht drauf.

Kannst du mir nicht einfach sagen, was los ist? Geht es um deinen lächerlichen Freund?»

Ich weiß ja, dass ich nicht lauschen sollte, aber ich kann nichts dagegen tun. Ein sehr vornehmer Akzent kommt aus einer der Kabinen, und ich kann unter der Tür hindurch zwei Paar Beine sehen. Fasziniert von ihrem Gespräch, fange ich an, an meiner Wimperntusche zu arbeiten, obwohl Lucy es heute Nachmittag wirklich schon übertrieben hat.

«Er ist … nicht mehr mein Freund.»

«Wie meinst du das?»

«Er war mit jemand anderem zusammen.»

Autsch. Ich weiß nur zu gut, wie sich das anfühlt.

«Nein! Bist du dir sicher?», antwortet die vornehm klingende Freundin.

«Ja. Er hatte zwei Handys, und ich habe ihre Nachrichten auf dem Handy gefunden, das er vor mir geheim gehalten hat.»

«Oh nein, Liebes, das ist ja furchtbar! Was machst du jetzt?»

Schieß ihn ab, schieß ihn ab! Ich möchte das Mädchen in Gedanken dazu zwingen, das Richtige zu tun. Und dann wird mir klar, dass ich gerade laut «Schieß ihn ab!» gerufen habe.

Ich bleibe wie erstarrt vor dem Spiegel stehen, die Mascara-Bürste auf halbem Weg zu meinem Auge. In der Kabine ist es still geworden. Ich ziehe eine Grimasse.

«Hast du das gehört?», fragt das Mädchen, das nicht sitzengelassen wurde. Dann höre ich, wie sich ihre Absätze auf die Tür zubewegen und diese aufgesperrt wird. Es kommt mir vor, als liefe die ganze Szene in Zeitlupe ab.

Mir wird klar, dass es wirklich besser wäre, wenn ich nicht die verrückte Frau wäre, die auf dem Damenklo irgendwelchen Leuten, die sie noch nie gesehen hat, Ratschläge zuruft. Ich schnappe mir meine Tasche und haste zur Tür, bevor mich jemand sieht.

⋆★⋆

Lucy tanzt jetzt zwischen zwei Männern, und meine Anwesenheit ist ihr Gott sei Dank nicht mehr so wichtig. Ich entdecke Jamie und Emma an unserem Tisch und gehe so gelassen wie möglich auf sie zu. Ich hoffe, dass niemand mich als die seltsame Toilettenfrau outet. Ich setze mich neben Jamie.

«Alles okay? Du siehst ein bisschen angespannt aus», sagt Emma.

«Ja, und du warst ewig da drin. Ist alles in Ordnung … da unten?», fragt Jamie und verzieht das Gesicht.

«Ja, vielen Dank», sage ich spitz. «Ich habe die Gelegenheit genutzt, um mein Make-up aufzufrischen.»

Beide scheinen zu finden, dass das eine akzeptable Entschuldigung ist, und wenden sich wieder ihrem Gespräch über unfaire Uber-Bewertungen zu. Weil ich mir äußerst selten ein Taxi leisten kann, biete ich an, eine weitere Runde Drinks zu holen.

⋆★⋆

Als ich zur Bar ~~hinübergeschwankt~~ geschlendert bin, beuge ich mich über die Cocktailkarte. Die Worte verschwimmen mir ständig vor den Augen, und ich frage mich gerade, ob man in meinem Alter plötzlich eine Lese-Rechtschreib-Schwäche entwickeln kann, als zwei Mädchen sich neben mir an die Bar lehnen. Zwei Mädchen, die sich über einen unmöglichen Exfreund unterhalten.

Wenn ich doch nur eine Zuckerwatte hätte! Oder wenigstens meinen Kate-Moss-Look mit der großen Sonnenbrille.

«Also, was hast du gemacht, nachdem du herausgefunden hattest, dass er ein zweites Handy hat?», fragt die Freundin. Sie hat braunes Haar und perfekt gestylte Augenbrauen.

«Ich wollte ihn abends zur Rede stellen, aber komischerweise kam er genau an diesem Abend mit hängendem Kopf nach Hause und hat mir alles gestanden. Er hat gesagt, er habe sich ein paarmal mit dieser anderen Tussi getroffen, aber es habe überhaupt nichts bedeutet. Es tut ihm leid, er wird es nie wieder tun, er möchte, dass ich ihm eine Chance gebe … Du kennst das ja», antwortet die blonde Schönheit neben mir.

Ich weiß, dass ich schon wieder lausche, aber es ist einfach zu interessant! Eifersüchtig bin ich auch, weil ich das *nicht* kenne. Ich habe keinen Ton von George gehört, seit ich herausgefunden habe, was er getan hat.

Instinktiv hole ich mein Handy aus der Tasche und schaue, ob ich eine Nachricht bekommen habe. Nichts. Ich seufze tief und bestelle drei Margaritas.

«Ich weiß einfach nicht, was ich machen soll», schnieft die Blonde.

«Ich finde, du solltest mit George Schluss machen», antwortet ihre Freundin. «Dann war es eben nur ein paarmal, na und? Das ist doch keine Entschuldigung, so kann er dich einfach nicht behandeln.»

Offenbar sind also alle Georges in London Arschlöcher. Ich werde in Zukunft jeden Mann mit diesem Namen meiden.

«Aber wir sind jetzt fast ein Jahr zusammen», sagt die Blonde. Irgendwie klingt ihr Akzent so, als käme sie aus Australien …

Ich schaue zwar zu, wie der Barmann gekonnt meine Cocktails mixt, aber so richtig kann ich seine beeindruckenden Moves nicht zur Kenntnis nehmen. Stattdessen arbeiten meine grauen Zellen wie verrückt. Eine Australierin wurde von einem Mann namens George betrogen. Ich lege den Kopf zur Seite, als hätte ich Wasser im Ohr. Ich interpretiere zu viel in die Situation hinein, oder? Es gibt Millionen von Aussies in London, und außerdem bin ich super schlecht darin, Akzente zu erkennen. Wahrscheinlich ist sie gar nicht Australierin, sondern Deutsche. Und diese ganze Sache mit George … Ich meine, ich bin ziemlich betrunken. Vielleicht hat sie nur etwas Ähnliches gesagt, Greg oder Porge zum Beispiel.

«Das ist doch nur ein weiterer Grund, ihn loszuwerden.» Ihre Freundin lässt nicht locker. «Wenn er dich schon in eurem ersten Jahr betrügt, will ich wirklich nicht wissen, wie das in der Zukunft aussieht. Was glaubst du denn?»

Die Brünette hat sich plötzlich zu mir umgedreht und fragt mich nach meiner Meinung.

«Äh, wie bitte?», stammele ich und gebe dem Barmann das Geld für die Drinks.

«Tut mir leid», sagt die Brünette. «Das war ein bisschen abrupt. Meine Freundin hat gerade herausgefunden, dass ihr Freund sie betrügt, und ich glaube, wir könnten beide eine dritte Meinung gebrauchen. Außerdem hat eben eh schon irgendeine Verrückte auf dem Klo unser Gespräch belauscht, also dachte ich mir, wir können es genauso gut öffentlich machen.»

«Es gibt echt verrückte Leute», murmele ich, verdrehe die Augen und nehme einen Schluck von meinem frisch gemixten Cocktail, um einen klaren Kopf zu bekommen. «Ich habe gerade auch ein bisschen mitgehört, tut mir leid.»

«Macht doch nichts, Alice sieht vielleicht aus wie eine Prinzessin, hat aber nicht die dazugehörigen Manieren. Sie spricht immer zu laut», erklärt die blonde Schönheit. «Also, was meinst du?»

«Dieser Porge hört sich gar nicht gut an», sage ich altklug. «Ich wurde auch gerade betrogen, und mich würden keine zehn Pferde dazu bringen, zu diesem Idioten zurückzugehen. Er bekommt von mir gar nichts mehr.»

Ich schnipse bekräftigend mit den Fingern, bevor mir klarwird, was ich gerade gesagt habe. Ich hatte keine Ahnung, dass ich mich entschieden hatte, George nicht wiederzusehen. Wenn ich ehrlich bin, habe ich irgendwie davon geträumt, dass er in einer weißen Limousine zu meiner Wohnung fährt und mir mit einem riesigen Strauß Rosen in der Hand seine Liebe gesteht, so wie Richard Gere in *Pretty Woman*. Ich hätte ihm erlaubt, mich zu einem Kaffee einzuladen, bei dem er sich für sein furchtbares Verhalten entschuldigt und sich mir verzweifelt zu Füßen geworfen hätte, bis ich ihm verzeihe. Aber Träume und die Realität sind definitiv zwei Paar Schuhe, und auch wenn die neue Izzy in letzter Zeit emotional einiges durchgemacht hat, hat sie immer noch ihren Stolz.

Vielleicht ist es das, was ehrlich zu mir selbst sein bedeutet.

Die Brünette nickt wild mit dem Kopf, und die australische Blondine sieht traurig aus.

«Du Arme», sagt sie. «Betrogen zu werden ist echt das Letzte. Wie lange wart ihr denn zusammen?»

«Na ja, wir haben uns eine Weile lang immer mal wieder getroffen, aber so richtig zusammen waren wir seit Juli. Du hast gesagt, Porge und du wart schon ein ganzes Jahr zusammen?»

«Er heißt George, und ja», nickt sie, «ich war praktisch schon bei ihm eingezogen und alles. Ich habe mein ganzes Leben in den Norden von London verlegt, und jetzt habe ich das Gefühl, dass ich dort nicht mehr hinkann, falls ich ihm und dieser Schlampe über den Weg laufe. Übrigens, irgendwie kommt mir dein Gesicht bekannt vor.»

Aber mein Gehirn ist zu sehr mit dieser neuen Information beschäftigt. Norden von London? Bestimmt nur ein weiterer Zufall.

Die Australierin schnieft, und die Brünette drückt ihr beruhigend den Arm.

«Du musst dir von unserer neuen Freundin hier wirklich eine Scheibe abschneiden», sagt sie. «Das nächste Mal, wenn er dich mit irgendeiner bescheuerten Ausrede anruft, Temple, dann sagst du ihm: ‹George, von mir bekommst du gar nichts mehr.› Hab ich recht?», fragt sie und schaut mich auffordernd an.

Aber ich habe die Augen aufgerissen, und meine Hände sind so taub, dass ich mir meinen Cocktail übers Knie schütte.

TEMPLE?

«Oje, tut mir leid», sagt Alice, die offensichtlich denkt, dass ich schockiert bin, weil sie so unhöflich war, sich und ihre Freundin nicht vorzustellen. «Ich bin Alice, das hier ist Temple. Wie heißt du?»

«Temple?», stammele ich endlich. «Ich bin Izzy.»

Ich sehe in Temples Gesicht, dass auch ihr ein Licht aufgeht. Dann fängt eine Vene auf ihrer Stirn an zu pochen, und ich tue das Erste, was mir in diesem Moment einfällt. Ich mache auf dem Absatz kehrt und laufe zurück zu Jamie und Emma.

⋆★⋆

Eine Million Gedanken kreisen in meinem Kopf, und mein Gehirn fühlt sich an wie Matsch. Dass der Kaffee, den ich gerade zu trinken versuche, so heiß und so stark ist, dass ich das Gesicht verziehen muss, macht es nicht besser.

«Normalerweise nehme ich nach dem Mittagessen kein Koffein mehr zu mir», erkläre ich laut.

Temple funkelt mich über den Plastiktisch hinweg böse an. Lucy prustet vor Lachen, zieht einen Flachmann aus der Tasche und kippt irgendetwas in ihr eigenes Getränk. Jamie, die einzig Nüchterne unter uns, fungiert als Mediatorin.

«Es wird dir helfen, einen klaren Kopf zu bekommen, Izzy», sagt sie. «Also jammer nicht. Temple und Alice, vielen Dank, dass ihr bereit wart, uns hier zu treffen. Und danke an Izzy, dass du beschlossen hast, so tapfer zu sein.»

Ich starre in meine Kaffeetasse. Nachdem ich Jamie und Emma erklärt habe, dass ich gerade die Frau getroffen habe, mit der George zweigleisig gefahren ist, hatte ich einen kleinen Zusammenbruch, bei dem ich sämtliche Tapas-Reste in mich hineingeschaufelt und dann meinen Margarita in Rekordzeit hinuntergestürzt habe. Lucy muss gespürt haben, dass irgendwas los ist, und kam zu uns zurück. Sie hielt uns über jede Bewegung von Alice und Temple auf dem Laufenden, die sich immer noch an der Bar befanden und böse Blicke in meine Richtung warfen. Schließlich zwang Jamie mich, mich meinen Problemen zu stellen, und deshalb sitzen wir jetzt hier, in irgendeinem Café in Brixton, und führen ein Krisengespräch mit meiner Erzfeindin.

Temple schaut so sauer drein, wie sie nur kann. Ich beobachte sie misstrauisch und überlege, wie wahrscheinlich es ist, dass sie mich ernsthaft verletzen könnte, falls wir anfangen, uns zu schlagen. Die Länge ihrer gebräunten Gliedmaßen und die Tatsache, dass sie wie die Kapitänin eines Netballteams aussieht, sind nicht gerade ermutigend. Alice hingegen scheint das Ganze so richtig Spaß zu machen.

«Wo sind wir hier?», fragt sie, klatscht in die Hände und schaut sich begeistert um.

Wir haben eine etwas seltsame Wahl getroffen, das gebe ich zu. Aber Jamie hatte wahrscheinlich recht, als sie sagte, dass ein Café besser für die Diskussion geeignet wäre, als die Bar, in der wir ~~uns nur weiter betrinken~~ nur weiter fröhlich sein würden. Also hat sie uns alle in diesen Waschsalon geführt, in dem man auch rund um die Uhr Kaffee bekommt, und hier sitzen wir nun zusammen mit ein paar Hipstern, die beim Klang der Trockner über den Sinn des Lebens nachdenken.

«Ich finde es so toll, dass wir hier unsere Wäsche waschen könnten, während wir Cappuccino trinken», plappert Alice. «Was für eine super Idee!»

Es ist offensichtlich, dass Alice noch nie in ihrem Leben einen Waschsalon benutzen musste. Sie schaut Temple an, in der Hoffnung, dass es ihr genauso gut gefällt, begegnet aber nur ihrem steinharten Blick.

«Okay, sollen wir uns vielleicht konzentrieren?», fragt sie.

«Gute Idee. Wir haben hier offensichtlich ein kleines Problem», sagt Jamie und zeigt zuerst auf mich, dann auf Temple.

Ich nehme einen nervösen Schluck von meinem Kaffee und frage mich, ob es möglich ist, von zu viel Koffein einen Herzinfarkt zu bekommen. Ich hasse Konflikte, selbst dann, wenn ich weiß, dass ich nichts falsch gemacht habe.

«Ein kleines Problem?», sagt Temple verächtlich. «Deine liebe Freundin hier ist eine falsche Schlange, die Beziehungen zerstört!»

«Hey!», protestiere ich. «Das stimmt doch überhaupt nicht. George hat gesagt, dass er Single ist, als wir zusammengekommen sind.»

«Ach bitte. Du warst schon seit Jahren in ihn verknallt. George hat mir alles von seiner Schwägerin Isobel erzählt, bevor er letztes Jahr zur Silvesterparty gefahren ist. Ich erinnere mich noch gut daran. Er hat sich darauf gefreut,

Sam von mir zu erzählen, und hat gesagt, dass du bestimmt nicht allzu erfreut sein würdest, weil du dir immer noch Hoffnungen machst.» Temple lehnt sich auf ihrem orangefarbenen Plastikstuhl zurück und verschränkt die Arme vor der Brust.

Es tut weh, so bloßgestellt zu werden, und ich spüre, wie mir vor Wut Tränen in die Augen steigen. Ich wusste, dass George sich im Klaren darüber war, was ich für ihn empfinde, auch wenn die alte Izzy es geschafft hat, sich vorzumachen, dass sie es geheim halten konnte. Aber herauszufinden, dass er sich mit seiner tollen neuen Freundin darüber lustig gemacht hat? Das ist echt das Letzte.

Ich knalle meine Tasse auf den Tisch und wische mir den Kaffee, den ich dabei verschüttet habe, vom Arm.

«Du hast recht», sage ich. «Ich war seit Jahren in George verknallt. Sogar mehr als das. Ich habe ihn geliebt, und darüber macht man eigentlich keine Witze. Ich habe ihn drei ganze Jahre lang geliebt, und sogar nach allem, was passiert ist, liebe ich ihn immer noch ein klitzekleines bisschen. Ich bin so was von wütend und traurig, und mein Herz fühlt sich an, als würde es unter tütenweise verfaulten Gemüseresten zerquetscht werden. Aber trotz alledem, und auch trotz allem, was du sagst, kann ich meine Gefühle nicht einfach abdrehen wie einen Wasserhahn. Ich wünschte, das könnte ich, aber es geht eben nicht.»

Temple starrt mich aus ihren kühlen, blauen Augen trotzig an.

«Das ist noch lange kein Grund, etwas mit einem Mann anzufangen, der schon vergeben ist», sagt sie, wobei sie schon etwas weniger giftig klingt.

«Aber das habe ich ja auch nicht! Wirklich, Temple, das würde ich einer anderen Frau nie antun. George hat um mich geworben, George hat mich gebeten, mit ihm auszugehen», sage ich.

«Das stimmt», springt Jamie mir bei. «Er hat ihr einen riesigen Blumenstrauß geschickt, ich war dabei, als sie die Blumen bekommen hat.»

Temple schaut erst mich an, dann Jamie. «Und weiter?», sagt sie dann.

«Ich gebe zu, dass er mich bei unserem ersten Date geküsst hat, sobald er das Restaurant betreten hat, und ich habe den Kuss erwidert, vielleicht eine Zehntelsekunde lang, und das hätte ich nicht tun sollen, weil ich zu dem Zeitpunkt dachte, dass er noch mit dir zusammen ist. Es war einfach so romantisch, aber ich weiß, das ist keine Entschuldigung, und es tut mir sehr leid. Im nächsten Moment bin ich zu mir gekommen und habe nach dir gefragt, und da hat er mir erklärt, dass ihr euch getrennt habt. Er hat es genau so gesagt, und ich hatte keinen Grund, ihm nicht zu glauben.»

Temple verbirgt ihr Gesicht in den Händen, und Alice schnappt nach Luft und sagt «Nein!», «Hat er nicht!» und «Was für ein Arschloch!».

«Also, um das noch mal klarzustellen: Nachdem er jahrelang gewusst hat, dass er dich haben könnte, wenn er wollte, hat er beschlossen, mit dir auszugehen, als er mit mir zusammen war? Das macht einfach keinen Sinn», sagt Temple.

Ich bemerke, dass ich die Hand an meine Brust gelegt habe und mein zerknautschtes Herz massiere. Mit jedem

Wort, das Temple sagt, fühlt es sich mehr danach an, als würde es gleich explodieren.

«Izzy hat im letzten Jahr ihr Leben komplett geändert», schaltet Lucy sich ein. «Es hat alles im Januar angefangen, als sie das ultimative Makeover bekam. Sie trägt seitdem wieder ihre natürliche Haarfarbe und ist in einem wunderschönen Kleid, das ich für sie ausgesucht hatte, zu einer Fashion-Party gegangen. Auf dem Nachhauseweg ist sie mit George zusammengestoßen. Jeder Mann auf der Party hat sie den ganzen Abend lang angestarrt, und ich schätze, bei George war das nicht anders.»

«Ich habe immer schon gewusst, dass er ein oberflächliches Arschloch ist», fügt Jamie hinzu und lässt ihre Fingerknöchel bedrohlich knacken.

«Im Januar?», fragt Temple entgeistert. «Da waren wir schon seit ein paar Monaten zusammen. Und deshalb kamst du mir eben auch bekannt vor! Ich lese jeden Monat dein Feature in der *Pulse*!»

Nicht gerade der richtige Zeitpunkt, um darüber zu jubeln, dass mich eine Leserin erkannt hat.

«Es ist nichts passiert, das verspreche ich dir», sage ich. «Richtig lange nicht. Er hat sich manchmal gemeldet, dann hat er gesagt, ihr hättet euch getrennt, und wir haben uns ein paarmal getroffen, aber er war sehr zurückhaltend, wenn es darum ging, irgendetwas offiziell zu machen. Dann ist er völlig ausgerastet, als ich für eine Challenge bei einem Aktzeichenkurs posieren musste. Ich dachte, das war's, aber er hat sich irgendwann entschuldigt, und dann ist er über meinen Geburtstag im Juli mit mir nach Cornwall gefahren.»

Erinnerungen an Sonnenschein und ein wundervolles Wochenende tanzen vor meinen Augen, als wollten sie mich ärgern. Ich war so glücklich! Und so, so dumm.

«Dort haben wir entschieden, dass wir jetzt ein Paar sind», erkläre ich.

«Dieser Bastard! Er hat mir gesagt, er muss an dem Wochenende für die Arbeit wegfahren. Am Samstagnachmittag hat er mich kurz angerufen und über Bauchschmerzen gejammert, das war's. Und ich habe mir Hoffnungen auf eine gemeinsame Zukunft gemacht!» Temple schüttelt angewidert den Kopf.

Also, außer sich einen Sonnenbrand und eine Lebensmittelvergiftung zu holen, hat George es auch noch geschafft, mit Temple Süßholz zu raspeln, während wir in Cornwall waren. Deshalb hat er wahrscheinlich sein Handy weggelegt, sobald ich in seine Nähe kam. Und ich dachte, er ist höflich und möchte nicht abgelenkt wirken, wenn ich bei ihm bin. So viel zum Thema: «Die Arbeit hört einfach nicht auf.» Ich zittere, als die Puzzleteile sich langsam zu einem äußerst unschönen Bild zusammensetzen.

«Temple, kochst du eigentlich gerne?», frage ich.

«Total gerne», sagt sie und schaut mich an, als hätte ich den Verstand verloren.

«Dann muss es für dich ja wirklich blöd gewesen sein, als Georges Ofen nicht mehr funktioniert hat.»

«Was? Der Ofen funktioniert sehr gut. Das sollte er auch, so viel Geld, wie George dafür hingelegt hat! Auch wenn ich die Einzige bin, die ihn benutzt. Dieser faule Sack. Warum fragst du?»

Ich schaue nach unten und lege die Hände um meinen Kaffeebecher, der langsam kalt wird.

«Er hat immer irgendeine bescheuerte Ausrede erfunden, wenn ich vorgeschlagen habe, zu ihm zu gehen, und jetzt weiß ich ja, warum», antworte ich traurig.

An unserem Tisch kehrt Stille ein, während Temple und ich nachdenken. Emma bestellt noch eine Runde Kaffee, Alice und Lucy starren uns an, als wären wir Figuren in einer Seifenoper, und Jamie legt mir ermutigend den Arm um die Schultern.

Ich werfe verstohlene Blicke auf Temple und versuche, mir vorzustellen, wie sie mit George zusammengelebt hat. Ich weiß noch, wie er sie an Silvester beschrieben hat. ‹Ich bin ziemlich begeistert›, hat er gesagt. ‹Sie ist so sorglos und spontan. Wahrscheinlich, weil sie Australierin ist.› Und dann, im April, als er mich in Soho gefragt hat, ob ich mit ihm ausgehe. ‹Ich konnte dich einfach nicht vergessen. Das ist einer der Gründe, aus denen ich mit Temple Schluss gemacht habe.›

Diese Lügen! Dabei waren doch die ganze Zeit genug Indizien vorhanden. Ich wollte sie einfach nicht sehen, weil George *mich* wollte, weil George *mein* Freund war. Ich hatte so lange davon geträumt, dass wir ein Paar werden könnten, dass ich, als es endlich so weit war, den Bezug zur Realität verloren habe. Ich schließe verzweifelt die Augen, als das letzte Stück Erkenntnis mich trifft wie ein Schlag in die Magengrube.

Alex.

Ich habe meine Chance mit ihm vertan, weil ich mich von Georges Schmeicheleien habe ablenken lassen. Klar, vielleicht wäre nie mehr daraus geworden als ein paar schöne Erinnerungen, aber jetzt werde ich es nie wissen. Ich war so wütend und traurig, als Alex mich nach dem Glastonbury Festival nicht mehr zurückgerufen hat, dass ich versucht habe, ihn in meinem Gehirn unter i für ‹ignorieren› abzuspeichern. Irgendwie lustig, wo es bei meiner aktuellen Mutprobe doch schließlich darum geht, ehrlich zu mir selbst zu sein. Stattdessen habe ich Alex zur Seite geschoben und mich von Georges Märchen einwickeln lassen. Und jetzt bin ich hier.

Deprimiert nehme ich einen Schluck von meinem neuen Kaffee.

Dann sagen Temple und ich plötzlich wie aus einem Munde: «So ein Idiot!»

Wir schauen auf und beäugen uns vorsichtig.

Langsam verwandelt sich Temples düstere Miene in ein Lächeln, und ich richte mich auf, nachdem ich die ganze Zeit die Schultern habe hängen lassen.

«Dafür bist du aber keine Idiotin», sage ich irgendwann und streiche ihr kurz über den Handrücken.

«Du auch nicht», antwortet sie.

«Ist zwischen uns alles in Ordnung?», frage ich nervös.

«Ja, ich denke schon», sagt Temple. «Es tut mir leid, ich hätte dich nicht verurteilen sollen, bevor ich überhaupt wusste, was passiert ist. Er hat uns beide verarscht, Izzy.»

«Du musst dich nicht entschuldigen», antworte ich. «Auch wenn es unglaublich weh tut, bin ich froh, dass wir die Wahrheit ans Licht bringen konnten.»

«Ja, George ist der Idiot!» Lucy klatscht begeistert in die Hände. «Izzy und Temple wollen sich nicht mehr gegenseitig an die Gurgel! Also, ich persönlich finde, dass dieses Drama mit einer Umarmung enden sollte. Und danach können wir doch bestimmt endlich gehen und uns einen Döner holen? Wenn ich schon keinen heißen Spanier mit ins Bett nehmen kann, muss es wenigstens etwas Heißes zu essen sein.»

«Ein Döner, wie aufregend», jubelt Alice. «Ich wollte schon immer wissen, wie die schmecken.»

Temple und ich starren uns immer noch an, und ich bin mir nicht sicher, was ich machen soll. Wir wurden beide vom selben Mann betrogen. Die können doch nicht ernsthaft von uns erwarten, dass wir uns jetzt umarmen, oder?

«Komm schon, du verklemmte Britin», sagt Temple, steht auf und breitet die Arme aus.

⋆★⋆

Dieses Wochenende hat mich definitiv verwirrt. Der Freitag schleppte sich in einem verkaterten Nebel dahin. Emma, Lucy und ich kniffen die Augen zusammen, immer wenn die Sonne sich zeigte, und schickten die Praktikanten jede volle Stunde los, um uns heilende Säfte zu kaufen. Am Samstag ist dann etwas wirklich Seltsames passiert. Temple hat sich gemeldet! Wir hatten nach unserer Umarmung noch Nummern ausgetauscht, aber wenn ich ehrlich bin, hatte ich nicht damit gerechnet, sie je wiederzusehen. Als sie mich also anrief und fragte, ob ich ihr ein paar Schreibtipps geben könnte, warf mich das ziemlich aus der Bahn.

«Diese ganze Sache mit George hat mir gezeigt, dass ich meinem Leben selbst eine Richtung geben muss. Ich kann nicht für immer vom Geld meiner Familie leben, oder? Ich möchte anfangen zu bloggen, und falls das nicht zu komisch ist, würde ich gerne mit dir darüber sprechen», hat sie gesagt.

Also trafen wir uns am selben Nachmittag in Melissas Café. Überrascht stellte ich fest: Diejenige, die ich seit Dezember im Stillen vor mich hin hasse, ist richtig nett! Wir haben natürlich auch ein bisschen Zeit damit verbracht, George runterzumachen. Okay, relativ viel Zeit. Was haben wir gelacht, als ich erzählte, wie Georges Versuche, mich ins Bett zu bekommen, wegen eines Sonnenbrands und einer verdorbenen Herzmuschel erfolglos blieben. Dann, als wir uns mit Süßkartoffeln, Salat und ein paar weisen Worten von Melissa gestärkt hatten – *Ihr seid ohne diese negative Energie so viel besser dran!* –, wechselten wir das Thema. Und da wurde mir klar, dass ich meine bisherige Erzfeindin sogar sehr mag! Sie ist nach der Schule ein Jahr lang durch Europa gereist, und angesichts ihrer tollen Geschichten wünsche ich mir, ich würde mich das auch trauen. Ich habe genau gespürt, dass sie bei unserem Treffen auch Spaß hatte, und sie wollte alles über mein Leben bei *Pulse* wissen.

«Ich habe noch nie verstanden, wie die beiden zusammenpassen», gestand sie am Nachmittag bei veganem Schoko-Fudge. «Also, die Izzy, von der ich bei *Pulse* las, und die Izzy, von der George mir erzählt hat. In deinen Features warst du so stark und lebensfroh, aber George hat dich immer als verknalltes kleines Mädchen dargestellt.»

Zu diesem Zeitpunkt hatten wir so viele Gedanken über George ausgetauscht, dass mich das nicht besonders überraschte und auch nicht mehr verletzte. Ich wusste ja, dass sie es nicht böse meinte.

«Schon komisch», sage ich. «Ich hatte im Frühling ein Feature, für das ich mit einem Fremden flirten musste. Ich habe nie irgendwelche Details zu meinem Liebesleben verraten, also haben meine Leser und Leserinnen keine Ahnung, ob ich Single bin oder nicht. Für George war es total in Ordnung, dieses Feature zu lesen, aber er ist ausgerastet, als ich mich für die nächste Ausgabe bei einem Aktzeichenkurs ausziehen sollte. Das habe ich nie verstanden.»

«Oh, du meinst das, wo du im Jolly Tickler warst?», fragt Temple. «Ich will nicht unhöflich sein, aber das mochte ich am wenigsten. Es hat sich irgendwie klischeehaft angefühlt.»

«Weil ich da angefangen hatte, mit George auszugehen», erkläre ich. «Ich habe bei einem halbherzigen Versuch die Nummer des Barmanns bekommen und mich durch das Feature geschummelt, weil ich Angst hatte, dass ich George verlieren könnte. Dafür hat es mich dann fast meinen Job gekostet! Ich dachte, George würde unglaublich sauer sein, wenn er es liest, aber er hat gesagt, er habe es toll gefunden. Deshalb hat seine übertriebene Reaktion auf die nächste Mutprobe auch überhaupt keinen Sinn gemacht!»

Temple leckt sich die Schokolade von den Fingern und faltet dann ihre Serviette zu einem winzigen Viereck.

«Kann ich ehrlich sein, Izzy?»

«Ja, bitte.»

«Er hat deine Artikel nie gelesen. Keinen davon. Er wusste, dass ich sie lese, weil ich ein paarmal nach dir gefragt habe, aber er meinte immer, deine Arbeit sei albern und dass er sich nicht dafür interessiere.»

Ich beiße mir auf die Lippe. Natürlich.

«Gott, was für ein Arschloch!», rufe ich endlich. «Er wusste, wie wichtig mir dieses Feature ist. Ich hätte ihm das gar nicht klarer sagen können, als wir in Cornwall waren, und er hat sogar noch meine Arbeitseinstellung gelobt. Obwohl ...»

«Was?», fragt Temple.

«Ich habe ihn ganz direkt gefragt, ob er eine meiner Challenges gelesen hat, und er meinte nur ‹na klar›. Irgendwie habe ich damals schon daran gezweifelt, dass er die Wahrheit sagt. Ich bin so sauer auf mich selbst, weil ich nicht auf mein Bauchgefühl gehört habe!»

«Mach dir keine Vorwürfe», versucht Temple, mich zu trösten. Sie hat ihre blonden Locken zu einem Pferdeschwanz zusammengebunden und sieht aus, als würde sie zur australischen Volleyballnationalmannschaft gehören. Den perfekten Hintern dazu hat sie auch. «Er ist ein Charmeur, und er kann das wirklich gut. Das ist sein Ding. Er merkt sich kleine Details über dich, Sachen, von denen du denkst, dass niemand sonst sie weiß, und dann streut er sie in ein Gespräch ein, als ob es gar nichts wäre. Als wir uns zum ersten Mal gesehen haben, bei einem Flug nach Barcelona, habe ich ihm erzählt, dass ich an jedem Ort, an den ich reise, einen Anhänger für mein Armband kaufe.» Sie schüttelt ihr Handgelenk, um meine Aufmerksamkeit auf das goldene Bettelarmband zu ziehen. «Immer wenn er von einer Dienstreise zurückkam, hat er mir einen neuen Anhänger mitgebracht.» Sie seufzt. «Sogar aus Cornwall hat er mir einen geschenkt.»

Von meinem Geburtstagswochenende? Uff. Ich spüre, wie das Gewicht unserer Gedanken uns beide runterzieht.

«Egal, scheiß doch auf ihn!» Die anderen Kunden im Glow Café schauen die vorlaute Australierin nervös an. «Komm, wir ziehen los und machen irgendetwas Lustiges. Ich habe heute Abend einen Bauchtanzkurs, willst du mitkommen?»

★★★

Das Ja(hr)

#DareIzzy: Sei ehrlich zu dir selbst

Bei der Mutprobe für Oktober muss Izzy sich ihren tiefsten Gefühlen stellen. Was wird dabei passieren?

Von Izzy Mulligan

Es gab eine Million und eine Sache, die ich mit der Challenge für diesen Monat hätte anfangen können. Ich hätte mich in mein Schlafzimmer verziehen und den Inhalt meines Kleiderschranks einer kritischen Inspektion unterziehen können. «Ganz ehrlich, diese maritime Shorts mit dem hohen Bund werde ich nie tragen können.» Oder ich hätte meine Karriereperspektiven begutachten und mich fragen können, ob ich als Journalistin wirklich weiterkomme.

Aber das wäre beides nur eine Ausrede gewesen. Das weiß ich, weil sich in meinem Kopf immer wieder diese leise Stimme zu Wort meldet. Mein innerer Dialog, wenn ihr so wollt. Diese Stimme schert sich nicht im Geringsten um maritime Shorts, und, wenn ich ganz ehrlich sein soll, sie ist davon überzeugt, dass ich bei meiner Arbeit auf dem richtigen Weg bin. Dieses Feature hat mir an einem kalten, grauen Januartag schreckliche Angst eingejagt. Ich habe mich nicht getraut, nein zu sagen, und eigentlich habe ich mich noch weniger getraut, ja zu sagen. Ein Jahr voller Mutproben, über die ich nicht die geringste Kontrolle habe? Vielen Dank, aber nicht mit mir. Trotzdem ist es zur wundervollsten, aufregendsten und konstruktivsten Zeit meines Lebens geworden. Ich habe Abenteuer erlebt, ich habe kaputte Beziehungen repariert, und ich bin auch dabei, mich selbst zu reparieren. Die neue Izzy ist wild und leidenschaftlich und lebensfroh. Klar, ich werde immer auch ein bisschen Škoda bleiben, aber unsere wunderbare Beauty-Journalistin Lucy hat mir bestätigt, dass ich jetzt zu 89 Prozent Porsche bin, und das liegt ganz allein am Ja(hr).

Es gibt nur eine Sache, die ich bisher nicht mit euch geteilt habe. Ein nicht ganz unwichtiger Teil meines Lebens, den ich unter Verschluss gehalten habe. Und damit bin ich wieder bei der leisen Stimme in meinem Kopf. Sie hat entschieden, dass ich, um wirklich ehrlich zu mir selbst zu sein, auch ehrlich zu euch sein muss. Also ist das Feature dieses Monats ein Geständnis über mein Liebesleben.

Schnallt euch an … Los geht's!

Diejenigen von euch, die von Anfang an dabei sind, wissen, dass ich Anfang des Jahres Single war und das ziemlich peinlich fand. In Wirklichkeit war ich schon seit Jahren in meinen absoluten Traummann G. verliebt, ohne dass auch nur die geringste Hoffnung bestand, dass er diese Gefühle jemals erwidern würde. Dann fing ich mit dem Feature an, und alles veränderte sich. Mir wurde klar, dass mein Leben endlich weitergehen muss. Dann hatte G. eben eine wunderschöne, australische Freundin, na und? Das durfte mich nicht länger zurückhalten! Während meiner Social-Media-Pause im Peak District traf ich A. Nett, aufmerksam, unglaublich attraktiv. Es hat ihm nichts ausgemacht, dass ich ihn anfangs für einen Gigolo hielt, und er ist auch nicht abgehauen, als er herausfand, dass ich manchmal in der Badewanne mit mir selber rede. A. ist einfach ein richtig guter Typ.

Ich höre auf zu tippen und massiere mir die Nasenwurzel. Dieses ganze Geständnis-Zeug macht mich nervös, also gehe ich in die Küche, schenke mir ein Glas Rotwein ein und mache ein paar Dehnübungen, bevor ich mich wieder mit dem Laptop aufs Sofa setze.

Es fällt mir nicht leicht, mich an das Wochenende mit Alex zu erinnern. Es war toll. Ich wünschte, ich hätte die Zeichen gesehen, als ich dort war. Als er mich reden gehört hat und sich Sorgen machte, dass ich die Bedingungen meiner Challenge nicht einhalte. Ich hatte zwar nur einen kleinen Zusammenbruch mit Selbstgesprächen in der Badewanne, aber trotzdem. Seine Aufrichtigkeit war schon damals klar zu erkennen.

Ich nehme einen Schluck Malbec und erinnere mich daran, wie Alex mir erklärt hat, warum er in das Haus seiner Großmutter im Peak District gezogen ist. Ich hatte schon *immer das Gefühl, dass ich nur einer Routine folge, die Dinge tue, die irgendwelchen anderen Leuten gefallen würden, weißt du?* Damals wurde mir bewusst, dass es für mich genauso war. Ich hatte mir all diese starren Lebensziele gesetzt, und, schlimmer als bei Alex, ich war auch noch überzeugt davon, dass es mich glücklich machen würde, sie zu erreichen. Und trotz dieser Erkenntnis, trotz des wundervollen Wochenendes, habe ich zugelassen, dass George mich wieder in seinen Bann zieht. George, das weiß ich jetzt, war ein Ziel der alten Izzy. Wie kommt es nur, dass die neue Izzy dachte, es sei eine gute Idee, mit ihm auszugehen?

Wie dumm von mir. Ich zeichne Kreise auf das Touchpad meines Laptops, bis der Bildschirm zum Leben erwacht, und fange wieder an zu tippen.

Es gab nur ein einziges, winziges Problem mit A. Er wohnt im Peak District, ich in London, und seine letzte Beziehung ist an der Entfernung kaputtgegangen. Ich muss zugeben, dass ich sehr aufgeregt war, als ich nach Hause kam und einen wunderschönen Strauß weißer Rosen vor meiner Wohnungstür fand. Daran hing eine Karte von G., auf der stand, dass er mir etwas sagen müsse. Ich schäme mich dafür, dass ich so oberflächlich war. Ich habe A. als Wochenendaffäre abgehakt und angefangen, mich mit G. zu treffen. Immerhin war ich seit Jahren in ihn verliebt gewesen, und endlich hatten sich meine Träume erfüllt.

G. und ich hatten viel Spaß zusammen, und ich kam mir manchmal vor, als wäre ich das glücklichste Mädchen auf Erden, aber es gab auch Tiefpunkte. Seine Eifersucht war ein Problem, genauso wie die Stimme in meinem Kopf, die mir zuflüsterte, dass irgendetwas nicht stimmte. Ich war nicht gerade begeistert, als er wegen einer unwichtigen Sache komplett ausgerastet ist, und weil ich wusste, dass ich nichts falsch gemacht hatte, schwor ich mir, keinen Kontakt zu ihm zu haben, bis er sich entschuldigte.

Genau zu diesem Zeitpunkt meldete sich A., sagte, dass er nach London kommen würde, und bat mich um ein Date. Ich wusste, dass ich ihm von G. hätte erzählen sollen, auch wenn wir noch kein Paar waren, aber das habe ich nicht getan. Tief in meinem Innern weiß ich, dass A. ein Mann mit Integrität ist, und ich wollte ihn nicht enttäuschen. Also bin ich zu dem Date gegangen. Es war traumhaft, und ich war danach so verwirrt, dass ich keine Ahnung hatte, was ich tun sollte.

Ich dachte, dass es mir helfen würde, im Juli zum Glastonbury Festival zu fahren, aber ich hatte unrecht. Ich hatte mit meinem guten Freund Nathan unglaublich viel Spaß dort. Allerdings verstand A. die Bilder auf Instagram falsch und dachte, ich sei mit Nathan zusammen. Ich war damals so sauer auf ihn, weil er mir das zutraute, dass ich mich erstmal beruhigen musste, bevor ich ihn zurückrief. Und als ich es endlich tat? Da ging die Mailbox dran, jedes Mal. Er hat sich seitdem nicht mehr gemeldet. Rückblickend kann ich auch verstehen, warum. Ich war vielleicht nicht mit Nathan zusammen, aber ich habe sowohl G. als auch A. etwas vorgemacht. Das, meine Freunde, ist das Ergebnis eines schlechten Gewissens und etwas, das ich für den Rest meines Lebens bereuen werde.

A. war also von der Bildfläche verschwunden, und G. hatte sich in aller Form für sein lächerliches Verhalten entschuldigt. Ich fiel einmal mehr darauf herein und ließ mich wieder auf

G. ein. Er überraschte mich mit einem Wochenendausflug nach Cornwall zu meinem Geburtstag, und ich begann zu glauben, dass Märchen vielleicht doch wahr werden können. Es dauerte nicht lange, bis wir offiziell zusammen waren.

Zwei Monate später fand ich heraus, dass G. sich nie von seiner australischen Freundin getrennt hatte. Ich traf sie in einer Bar in Brixton, wo sie ihren Liebeskummer ertränkte, genau wie ich. Ich dachte, das Schlimmste daran, betrogen zu werden, sei das, was dann folgt. Endlose Nachrichten, in denen sich der Ex entschuldigt. Nur dass G. die an sie schickte, nicht an mich. Oder die unangenehmen Gespräche, in denen man entscheidet, wer welche Sachen behält. Nur dass er mich nie zu sich nach Hause eingeladen hatte und ich die Zahnbürste, die er bei mir gelassen hat, längst entsorgt habe.

Am schlimmsten ist, wie viel klüger ich im Nachhinein bin. Mir tut das Herz weh, wenn ich daran denke, wie leicht ich auf einen Mann hereingefallen bin, von dem ich dachte, dass ich ihn liebe. Und die Wahrheit ist – wenn wir schon mal dabei sind –, dass ich ihn nie wirklich geliebt habe. Die Schmetterlinge im Bauch, das Herzrasen, das gehörte alles zur alten Izzy. Zu der Izzy, die noch nicht wusste, wie man etwas aus seinem Leben macht. Die Izzy, die dachte, ihr ganzes Leben würde sich durch diese Romanze, auf die sie so lange gewartet hatte, verändern. Das war die Izzy, die dachte, sie sei in G. verliebt.

Die neue Izzy hingegen bereut so einiges, und das tut weh. Warum habe ich nicht innegehalten, um Klarheit zu bekommen? Warum habe ich nicht auf meine Freundinnen gehört, wenn sie versucht haben, mich vor ihm zu warnen? Und, autsch, warum habe ich A. einfach so gehen lassen?

Wow. Ehrlich zu sich selbst zu sein wirft wirklich viele Fragen auf. Aber so ist es, ich habe es ausgesprochen. Ich bin nicht stolz darauf, wie ich mich im letzten halben Jahr verhalten habe, aber ich werde mir auch keine Vorwürfe machen. Ich habe wohl auf die harte Tour gelernt, dass ich der leisen Stimme in meinem Kopf zuhören muss. Und wisst ihr auch, warum? Weil sie die neue Izzy ist. Und die neue Izzy ist gerade fünf Prozent mehr Porsche geworden.

Ich klicke auf Speichern und nehme meine Brille ab. Dann trinke ich einen großen Schluck Wein und lese den Artikel noch mal durch. Möchte ich das wirklich mit zweihunderttausend Lesern und Leserinnen teilen, die sich jede Woche die *Pulse* kaufen, ganz zu schweigen von allen, die den Artikel online lesen? Ich weiß, dass George es nie lesen wird und dass Alex schon lange kein Interesse mehr an mir hat, aber es fühlt sich trotzdem komisch an, mich in einem Zeitschriftenartikel derart zu öffnen.

Sei kein Feigling und schick es ab!

Oh Mann, die neue Izzy kommandiert mich schon ziemlich herum.

Ich fange eine E-Mail an, tippe meine Arbeitsadresse ein und klicke auf Senden, bevor ich es mir anders überlegen kann.

KAPITEL ELF

★

NOVEMBER

Mach dich für dich selbst stark

Ich arbeite mich unter unzähligen Quadratmetern Schal hervor, die ich mir um Hals und Gesicht gewickelt habe, öffne die Tür und betrete das Café. Es ist richtig kalt draußen, und meine Brille beschlägt sofort, als ich den warmen Raum betrete. Ich nehme sie ab und wühle in meiner Handtasche nach einem Putztuch. Meine neue Brille hat zwar mehr gekostet als die Miete, aber ich finde sie so toll, dass ich sie jetzt auch in der Öffentlichkeit trage. Bisher habe ich sogar die Kontaktlinsen immer verschwiegen, und die Vorstellung, dass jemand mich mit meiner alten Brille sieht, war schrecklich. Was wahrscheinlich nicht wenig damit zu tun hatte, dass ich in der Grundschule nicht nur Karottenkopf, sondern auch Brillenschlange genannt wurde. Sobald ich alt genug war, habe ich mir Kontaktlinsen zugelegt, und das war's. Aber seitdem hat sich viel verändert, und ich fühle mich mit meiner neuen Brille richtig selbstbewusst.

«Izzy, hier drüben!»

Ich höre ihre Stimme, aber ich sehe Jamie nicht, also gehe ich einfach los und hoffe, dass ich sie irgendwo entdecke.

Nein, tue ich nicht. Ich stoße mit einem Tisch zusammen und setze meine Brille gerade rechtzeitig wieder auf, um zu sehen, wie das Pärchen verärgert den Kaffee aufwischt, der in die Untertassen geschwappt ist.

«Tut mir wirklich leid», entschuldige ich mich, bevor ich endlich Jamie ausmache und zu ihr hinüberhaste.

«Elegant wie immer», grinst sie und nimmt selbstgefällig einen Schluck aus ihrer Tasse.

«Hallo», strahle ich, wickele mich aus meinem Schal und puste mir den zerzausten Pony aus dem Gesicht. «Ich hole mir einen Soja-Milchkaffee, willst du noch was?»

«Kaffee mit Milch, bitte, aber sollen wir die Getränke nicht besser mitnehmen? Wir haben einen ziemlich vollen Tag vor uns.»

«Super Idee», sage ich und wickele mich wieder ein. Dann ziehe ich meinen Geldbeutel aus der Tasche. «Ooh, vielleicht haben sie schon diese tollen Weihnachtsbecher!»

Ich bin schon total in Weihnachtsstimmung. Ich weiß, dass es noch einen ganzen Monat hin ist, aber Jamie und ich haben beschlossen, die Geschenke dieses Jahr früh genug zu besorgen. Ich kann meine Aufregung nicht verbergen, als ich ihr ihr Getränk reiche.

«Juhuuuu, los geht's!»

«Äh, ja, klar», antwortet sie, aber das Funkeln in ihren Augen sagt mir, dass sie sich genauso auf den Tag freut wie ich. Dabei ahnt sie nicht mal, dass ich noch viel mehr vorhabe als nur Shoppen! Wenn alles gut geht, bekommt meine beste Freundin vielleicht ein verfrühtes Weihnachtsgeschenk.

⋆★⋆

Es ist so schön, mal wieder etwas mit Jamie zu unternehmen. Dieses Jahr war nicht leicht für uns, und ich weiß, dass daran hauptsächlich ich schuld bin. Ich schaue zu, wie Jamie ein Paar bronzefarbene Schuhe in die Hand nimmt, um sie genau zu begutachten.

«Und für wen möchtest du die kaufen?», necke ich sie.

«Für … meinen Dad?»

«Du kaufst deinem Dad Frauenschuhe im Metalliclook zu Weihnachten?», frage ich.

«Na gut, ich muss sie einfach haben. Man darf sich doch auch selbst Weihnachtsgeschenke kaufen, oder?»

Ich stupse eine der Tüten an, die um Jamie herum auf dem Boden liegen.

«Bis jetzt hast du aber nur Sachen für dich selbst gekauft», sage ich zu ihr. «Wenn du so weitermachst, bist du pleite, bevor der Dezember überhaupt angefangen hat, und hast kein einziges Weihnachtsgeschenk.»

«Da hast du recht. Obwohl es mit der Arbeit gerade echt gut läuft, Iz! Ich habe so viele Weihnachtsaufträge, ich glaube, ich könnte den Januar blaumachen, und die Buchhaltung wäre immer noch mit mir zufrieden.»

Sie sieht so glücklich aus, dass ich nicht anders kann, als sie für eine Umarmung an mich zu ziehen.

«Weißt du eigentlich, dass ich sehr stolz auf dich bin?», frage ich.

«Warum das denn?»

«Oh, ich weiß auch nicht», sage ich und bewundere ein Paar Chelsea Boots. «Vielleicht, weil du dieses Jahr dein Leben komplett umkrempeln musstest und das mit Stärke, Eleganz und guter Laune gemeistert hast?»

«Ich habe gerade genau dasselbe über dich gedacht», grinst sie. Sie hat den Kragen ihres blauen Mantels hochgeschlagen und mit einem orangefarbenen Schal einen Farbakzent gesetzt. Wie immer sieht sie aus, als wäre sie gerade vom Laufsteg heruntergehüpft.

«Aber findest du das wirklich?», fragt sie und legt ihre hübsche Stirn in Falten. «Manchmal habe ich mich gar nicht gut gelaunt gefühlt.»

«Das weiß ich», sage ich leise. «Und ich habe dir nicht gerade geholfen. Ich hätte für dich da sein sollen, aber ich war so sehr mit meinen eigenen Dramen beschäftigt, dass ich das nicht bemerkt habe. Wirklich, Jamie, das werde ich mir nie verzeihen!»

«Das ist aber ein bisschen melodramatisch!» Jamie lacht. «Außerdem haben wir darüber gesprochen, und die Sache gehört der Vergangenheit an. Jetzt ist doch alles richtig gut!»

Sie hält inne und stellt die Schuhe weg.

«Sorry, das war nicht besonders taktvoll. Ich meinte, zwischen uns ist alles richtig gut. Du bist wahrscheinlich noch traurig wegen der ganzen Sache mit Gonorrhö-George.»

Ich nehme die Schuhe in die Hand und streiche mit den Fingern über das butterweiche Leder.

«Du solltest sie kaufen», sage ich. «Komischerweise habe ich ein ziemlich gutes Gefühl bei diesem neuen Kapitel meines Lebens. Als du, Emma und Lucy abends vor meiner Tür standet, ist mir klargeworden, dass ich die ganze Zeit den falschen Träumen hinterhergelaufen bin. Ich dachte, George wäre die Antwort, aber das war er nicht. Das war ein Rückfall zur alten Izzy, und ich hätte mich nie darauf einlassen sollen. Und weißt du, was? Ich glaube, er hat mir einen Gefallen getan. In diesem Jahr ist für mich vieles gut gelaufen, und ich genieße mein Leben, aber George hat mich daran erinnert, dass eben doch nicht immer alles so läuft, wie ich es gerne hätte. Ich musste nur ehrlich zu mir sein, auch wenn das weh getan hat.»

«Das kam in deinem letzten Artikel super rüber», nickt Jamie. «Hast du eigentlich von George oder Alex gehört, seit die letzte Ausgabe erschienen ist?»

Ich schüttele den Kopf.

«Nein. Temple hat mir gesagt, dass George sowieso nie gelesen hat, was ich schreibe, und ich habe nichts mehr von ihm gehört, seit ich herausgefunden habe, dass er mich betrogen hat. Sam hat ihm deswegen anscheinend richtig was erzählt. Er ist normalerweise die Gelassenheit in Person, aber Olivia hat gesagt, diesmal war er fuchsteufelswild. Er war derjenige, der George gesagt hat, dass ich weiß, was er getan hat, und angeblich ist George leichenblass geworden. Sam hat ihn immer wieder gefragt, ob er sich bei mir melden würde, um das Ganze zu erklären oder sich zu entschuldigen, aber das war offensichtlich keine Option. Sam hat ihn einen Feigling genannt und gesagt, dass es ihm peinlich ist, sein Bruder zu sein.»

Jamie pfeift durch die Zähne.

«Ich weiß! Ein kleiner Teil von mir hat irgendwie gehofft, dass er sich meldet, aber jetzt glaube ich nicht mehr daran. Und ich habe mir geschworen, ihn nicht anzurufen, weil ich finde, Schweigen ist ein klareres Signal als eine jammerige Mailboxnachricht. Und Alex hat mittlerweile bestimmt längst vergessen, wer ich bin», seufze ich.

«Und das ist in Ordnung für dich? Das mit Alex, meine ich?»

«Muss es wohl», antworte ich. «Es ist nicht so, dass ich nicht traurig wäre, wenn ich daran denke, was wir hätten haben können. Und der Gedanke, dass er jemand Neuen kennenlernen könnte, gefällt mir gar nicht. Aber ich habe mir diese Suppe eingebrockt, und ich werde sie auch auslöffeln. Weißt du, kürzlich war ich auf der Arbeit und habe über die typische Leserin von *Pulse* nachgedacht. Ich habe immer gesagt, dass sie eine freche, selbstbewusste Frau ist, die sich nimmt, was sie will, und ich fand es ein bisschen lustig, dass gerade ich für dieses Publikum schreibe. Na ja, mir ist klargeworden: Ich bin jetzt diese Frau! Die neue Izzy ist mutig. Sie arbeitet an ihren Fehlern, ist stolz auf das, was sie erreicht hat, und macht das Beste aus ihrem Leben. Was ich damit sagen will, ist, dass es okay für mich ist, Single zu sein. Genau hier gehöre ich hin.»

Jamie streckt mir die Faust hin, und ich stoße meine dagegen, dann zerre ich sie zur Kasse. Mir ist gerade aufgefallen, dass wir keine Zeit zu verlieren haben.

⋆★⋆

«Iz, warum läufst du denn so schnell?», schnauft Jamie.

«Äh, nur ein kleines Workout am Rande», lüge ich schamlos. «Schau mal, da sind wir schon!»

Ich bleibe vor Somerset House stehen und schaue an dem überwältigenden Gebäude hinauf. Es ist gerade erst vier Uhr nachmittags, aber die Sonne geht gleich unter und taucht die Szene in ein wunderschönes, goldenes

Licht. Wir treten von der Hauptstraße in den offenen Innenhof. Ein riesiger Weihnachtsbaum glitzert an einem Ende, und Pärchen gleiten Arm in Arm über die Eisfläche in der Mitte.

«Schlittschuhlaufen!», schreit Jamie und hüpft so begeistert auf und ab, dass die Geschenke (für sie selbst) fast aus ihren Tüten purzeln. «Und dieser Weihnachtsbaum! Oh, und es gibt auch was zu essen! Sollen wir uns die Buden mal anschauen, bevor wir aufs Eis gehen?»

Mist! Sie soll jetzt keine eigenen Ideen haben. Sie soll genau das tun, was ich ihr sage, damit mein brillanter Plan aufgeht.

Ich will sie gerade mit dem Lederriemen von meiner Handtasche an einen Mülleimer binden, als ich ihn entdecke. In seinem langen grauen Mantel sieht er wirklich cool aus, dazu trägt er eine passende Mütze und die unvermeidlichen schwarzen Jeans. Als er mich erkennt, kommt Nathan sofort zu uns herüber.

«Nathan! Du hier? Das ist ja eine Überraschung», plappere ich.

«Aber du hast doch gesagt …»

«ES IST EISKALT HIER!», schreie ich und ziehe Jamie ihren Schal über die Ohren, weil ich hoffe, dass sie ihn nicht gehört hat. «Na ja, ist das nicht ein toller Zufall?», frage ich selbstgefällig und schaue von meiner besten Freundin zu meinem gutaussehenden Nachbarn.

Jamie und Nathan starren sich böse an, während ich übertrieben auffällig auf mein Handy schaue.

«Gott, schon so spät?», frage ich und reiße vermeintlich überrascht die Augen auf. Ich hätte in der Schule doch

Schauspiel wählen sollen, ich bin richtig gut! Vielleicht würde ich jetzt schon bei *New Girl* mitspielen. Diese Serie schreit nur so nach einer liebenswerten, rothaarigen Britin, und ich hatte schon immer das Gefühl, dass Schmidt und ich super zusammenpassen würden …

Moment, konzentrier dich, Izzy.

«Oh nein, ich muss leider los», sage ich und tue so, als sei ich enttäuscht. «Ich hab doch dieses Meeting, beim Zahnarzt.»

Jamie verschränkt die Arme vor der Brust und sieht aus, als würde sie darüber nachdenken, mich umzubringen.

«Ein Meeting … Beim Zahnarzt. Am Samstagabend?»

«Du kennst mich doch, meine Zähne sind mir echt wichtig. Hier sind meine Tickets, ihr solltet sie nutzen und einfach ohne mich Spaß haben. Tschü-hüs!» Ich drehe mich auf dem Absatz um und renne aus dem Innenhof. Erst am Ausgang drehe ich mich um, um sicherzustellen, dass meine Freunde sich nicht immer noch schmollend den Rücken zukehren. Aber nein, sie zucken mit den Schultern und ziehen los, um sich Schlittschuhe zu holen.

JA! Mein Verkupplungsplan funktioniert.

⋆★⋆

Der Tag beginnt heute ziemlich spektakulär. Tallulah, Herausgeberin von *Pulse* und beängstigendste Person der Welt, hat mich gerade in ihr Büro zitiert, um mich mit Komplimenten zu überhäufen. Sie hat mein letztes Feature «geliebt». GELIEBT! Ich hatte immer angenommen, dass Tallulah rein gar nichts liebt. Außer vielleicht Babys zum

Weinen zu bringen und ihre stetig wachsende Liste von Exmännern, aber von nun an steht mein Artikel über die Ehrlichkeit zu mir selbst ebenfalls auf dieser Liste.

Jubelnd hüpfe ich zurück zu meinem Schreibtisch, nur um zu sehen, dass Emma die Hupe des Schreckens in der Hand hat. Aber inzwischen fühlt es sich gar nicht mehr so schrecklich an. Es macht Spaß und ist aufregend und ein kleines bisschen nervenzermürbend.

«Jetzt schon?», frage ich.

Emma nickt und zeigt auf meinen Computer, während sich das gesamte Büro um uns versammelt.

«Ich lese vor», sage ich.

Liebe Izzy,
ich finde es so mutig von dir, dass du in deinem letzten Feature die Höhen und Tiefen deines Liebeslebens mit uns geteilt hast. Ich habe deine Challenges von Anfang an verfolgt und bin begeistert davon, wie offen und ehrlich du bist. Es klingt, als hätte es dir sehr gutgetan.
Etwas ist mir allerdings aufgefallen. Du scheinst viel Schuld auf dich zu nehmen, was die ganze Sache mit G. angeht. Ich weiß schon, dass du ein bisschen verwirrt warst und nicht genau wusstest, welchen der beiden Männer du eigentlich mehr mochtest, aber du solltest dir deswegen keine Vorwürfe machen. Außerdem hat er dich betrogen, Mädchen! Das hat niemand verdient. Deshalb möchte ich, dass du dich für dich selbst starkmachst. Konfrontiere G. ganz direkt mit dem, was passiert ist, und sorg dafür, dass er versteht, dass er Frauen nicht so behandeln kann. Sei stark!
Millie aus Devon x

Nachdem ich fertig vorgelesen habe, schaue ich mich im Büro um, um die Reaktionen zu beobachten. Ich habe George bis jetzt durch stilvolles Schweigen bestraft, im Angesicht seiner Fehltritte meine Würde bewahrt.

«Tolle Challenge», verkündet Lucy.

«Ja, finde ich auch», stimmt Emma zu.

«Du könntest Bilder von seinem Penis ins Internet stellen», schlägt Tallulah vor. «So eine Art Racheporno.»

Weil ich gerade so viel Lob von ihr bekommen habe, formuliere ich meine Antwort sehr sorgfältig. «Gute Idee, aber ich denke, das ist vielleicht ein kleines bisschen illegal?» Tallulah verdreht die Augen und schreitet von dannen. Verdammt.

«Findet ihr wirklich, ich sollte ihn zur Rede stellen?», frage ich die anderen.

«Natürlich», nickt Lucy. «Er hat es verdient zu hören, wie erbärmlich er sich verhalten hat. Und du musst doch auch irgendwie damit abschließen.»

Ich kaue auf meinem Kugelschreiber herum und starre Löcher in die Luft. Ich finde, mein Herz hat in letzter Zeit schon genug abbekommen, also hatte ich gehofft, dass ich mich nicht mehr mit George beschäftigen muss. Ihn wiederzusehen wäre wirklich nicht leicht für mich. Ist es nicht besser, das Ganze unter den Teppich zu kehren?

Nein, ist es nicht.

Ich drehe den Kopf nach links und sehe eine Mini-Izzy auf meiner Schulter. Sie sieht in einer Boyfriend-Jeans, einem Blazer und einer Seidenbluse ziemlich frech und sexy aus. Ihr rotes Haar ist perfekt frisiert, und sie schaut mich mit erhobenem Zeigefinger an.

«Findest du etwa auch, dass ich George zur Rede stellen soll?», frage ich sie und hoffe, dass meine Kolleginnen nicht bemerken, dass ich mit einer imaginären Izzy im Taschenformat rede.

Tu es!

Okay, na gut, wenn die Stimme in meinem Kopf das sagt …

«Liebes, sprichst du gerade mit dir selbst?» Lucy sieht mich besorgt an. Ich drehe mich hastig auf meinem Stuhl um und versuche, möglichst professionell zu wirken, während ich den Rest meiner E-Mails durchgehe.

«Nein, natürlich nicht!»

An: Izzy@Pulse
Von: Enrique@Management
Betreff: Social-Media-Arbeit

Liebe Izzy,
ich bin sehr beeindruckt von deinem Engagement für die Social-Media-Präsenz von *Pulse*. Seit ich im August bei deinem Seminar war, habe ich mich mehrmals mit meinem Team getroffen, um zu beraten, wie Delaney Publishing eine bessere Online-Strategie entwickeln kann, und wir würden uns wünschen, dass du dabei bist.
Wir hoffen, in den nächsten Monaten weitere Fortbildungen anbieten zu können und genauere Job-Anforderungen im Social-Media-Bereich zu formulieren. Ich habe das mit Tallulah besprochen, und sie ist bereit, dich für einen Nachmittag pro Woche freizugeben, damit du in unserem Team mitarbeiten kannst. Du müsstest eventuell auch

zu einigen Konferenzen fahren, wenn du das möchtest.
Falls du Interesse hast, würde ich gerne die Details mit dir besprechen, und wir werden natürlich auch deine Bezahlung entsprechend anpassen.
Bitte setze meine persönliche Assistentin, Alison, in CC, wenn du antwortest.
Viele Grüße,
Enrique
Vorstand der Delany Publishing Verlagsgruppe

PS: Der Snapchat-Filter, der dafür sorgt, dass man aussieht, als hätte man zehn Stunden geschlafen und eine zweiwöchige Entgiftungskur hinter sich: LOVE!

Oh. Mein. Gott. Eine Gehaltserhöhung? Mehr Verantwortung? Alles Dinge, von denen ich kaum zu träumen gewagt habe, seit ich vor drei Jahren zum ersten Mal die Zentrale von *Pulse* betreten habe. Bis vor kurzem schien mir das komplett unerreichbar. Ich scrolle zurück zum Anfang der E-Mail und lese sie erneut.

«Ist nicht wahr!», schreit Lucy. Ich springe vor Schreck von meinem Stuhl auf.

«Was machst du denn hier?», frage ich und versuche, die Hände vor den Bildschirm zu halten, aber dafür ist es schon zu spät.

«Ich stehe manchmal gerne hinter dir und lese deine E-Mails.» Sie zuckt die Achseln, als sei das völlig normal. «Die von deiner Mutter sind echt schlimm. Warum redet sie ständig über deine Eierstöcke?»

«Schschsch», zische ich. Das Letzte, was ich gebrauchen

kann, ist, dass das gesamte Büro weiß, was meine Mutter für ein Kontrollfreak ist.

«Was ist los?», fragt Emma. Sie hat gesehen, wie ich mich unter Lucys Blick winde.

«Izzy hat gerade eine Mail von Enrique, unserem Vorstand, bekommen, und er hat ihr eine Gehaltserhöhung angeboten!» Lucy klatscht begeistert in die Hände.

«Im Ernst?», fragt Emma.

«Sieht ganz so aus.» Ich nicke ungläubig. «Irgendwie soll ich wohl bei der firmenweiten Social-Media-Strategie helfen.»

«Izzy, das ist ja Wahnsinn», ruft Emma. «Eine Gehaltserhöhung noch vor Weihnachten? Bei dir läuft es wirklich gut, Miss Mulligan!»

Die Aufregung, die plötzlich in mir hochblubbert, sagt mir, dass sie recht haben könnte.

⋆ ★ ⋆

Für jemanden, der das Glück hat, meine beste Freundin zu sein, sieht Jamie definitiv ziemlich wütend aus. Sie verdreht die Augen und wirft ihr pechschwarzes Haar zurück.

«Und?», frage ich ungeduldig. «Wie ist es gelaufen?»

Zugegeben, ich kenne die Antwort schon. Ich würde ja gerne sagen, dass Nathan mir freiwillig alles erzählt hat, aber das wäre gelogen, und die neue Izzy ist schließlich ehrlich und aufrichtig. Es ist nicht ganz auszuschließen, dass ich auf der Arbeit mit dem Aufzug zu ihm hochgefahren und ihn mit Fragen überhäuft habe, bis er es nicht mehr ausgehalten hat, mich in ein leeres Büro gezerrt und mir alle Infos gegeben hat, die ich wollte. Aber ich muss unbedingt noch hören, was Jamie dazu sagt.

«Toll», sagt sie widerwillig. «Ja, es ist richtig gut gelaufen. Du hattest recht, er ist wirklich gesprächig, wenn er erstmal warm wird. Ich hatte noch nicht viele Dates mit schüchternen Männern, und vielleicht habe ich ihn beim letzten Mal mit meinen Geschichten überrumpelt.»

Sie nimmt einen Schluck von ihrem Mocktail. Wir sitzen in einer Bar hoch oben im Shard und schauen hinaus auf die funkelnde Londoner Skyline. Jamie trägt ein einfaches schwarzes Seidenkleid mit tiefem Ausschnitt. Es glänzt fast so sehr wie ihr Haar.

Ich trommele verzweifelt mit den Fingern auf dem Tisch herum.

«Ja, das weiß ich», antworte ich. «Aber wie war es denn beim Eislaufen? Magst du ihn? Habt ihr euch geküsst? Ich brauche mehr Details, verdammt!»

«Ich auch», verkündet Alice begeistert und stellt ein paar Sektgläser auf unserem Tisch ab. Auch meine neue Freundin sieht unglaublich glamourös aus. Sie trägt ein bodenlanges, violettes Kleid und nudefarbene hohe Schuhe, die mich an Kate Middleton erinnern. In ihrem Haar funkelt eine edelsteinbesetzte Spange, wahrscheinlich ein Familienerbstück.

«Na gut», grummelt Jamie, und ich schwöre, sie wird ein bisschen rot. «Ich will ehrlich sein: Am liebsten wären wir nach deiner absolut peinlichen Kuppelaktion sofort unserer Wege gegangen. Aber Somerset House sah so schön aus, und du weißt ja, wie sehr ich Weihnachtsbäume liebe, also haben wir beschlossen, dass einmal

Schlittschuhlaufen nicht schaden kann. Zuerst war es ein bisschen angespannt, ich meine, unser erstes Date ist ja ziemlich in die Hose gegangen. Es hat auch nicht gerade zu unserer Entspannung beigetragen, dass wir jeden Moment damit rechnen mussten, dass du mit einem angeklebten Schnurrbart und einer Gumminase an uns vorbeischlitterst …»

Ich laufe rot an und bedeute Jamie, schnell weiterzureden, bevor ich vor Alice zugeben muss, dass ich meine beste Freundin bei ihrem letzten Date ausspioniert habe. #Sorrynotsorry

«Also, Nathan kann jedenfalls echt gut Schlittschuh laufen», sagt Jamie. «Ich war ein bisschen eingerostet, deshalb ist er immer neben mir gefahren und hat meine Hand genommen, wenn ich gestrauchelt bin.»

«Wie romantisch!» Alice klatscht aufgeregt in die Hände.

Jamie verzieht das Gesicht und spricht weiter. «Aus einer Runde wurden zwei und dann drei, und uns wurde richtig kalt, also haben wir uns einen heißen Kakao geholt, um uns aufzuwärmen, und da haben wir angefangen, uns zu unterhalten.»

Sie trinkt wieder einen Schluck, und Alice und ich starren uns an, als wäre im Kino spontan die letzte Szene ausgefallen.

«UND?», schreien wir wie aus einem Munde.

«Und … Du hattest recht, er ist echt cool. Es ist komisch, seine Geschichten sind eigentlich viel besser als meine, er packt sie nur nicht sofort aus, wenn er jemanden zum ersten Mal trifft. Wusstest du zum Beispiel, dass er einen ganzen Monat lang mit Kasabian in Amerika auf Tour war?»

«Ich wusste es», quietsche ich. «Ich glaube wirklich, dass er ein super Typ ist. Wir hatten so viel Spaß auf dem …»

«Glastonbury, ja, ja», sagt Jamie. «Wusstest du, dass Izzy diesen Sommer live auf dem Glastonbury aufgetreten ist, Alice?»

«Ja, das wusste ich», antwortet unsere höfliche neue Freundin. «Es war eins der ersten Dinge, die du mir erzählt hast.»

«Na toll, jetzt langweile ich schon alle mit meinen Geschichten vom Glastonbury. Kannst du bitte weitererzählen, Jamie?»

«Wir haben uns auch über wichtigere Dinge unterhalten», fährt Jamie fort. «Ich war auf keinem Date mehr, seit ich aufgehört habe zu trinken, und ich hatte ziemlich Schiss davor, wenn ich ehrlich bin. Mit einem Mann auszugehen, ohne einen Drink in der Hand zu haben? Nein danke! Aber mit Nathan habe ich mich echt wohlgefühlt. Wir haben darüber geredet, warum wir nichts mehr trinken, er hatte offenbar vor ein paar Jahren richtig Probleme.»

«Oh, womit denn?», fragt Alice aufgeregt, bevor sie sich zusammennimmt. «Natürlich nur, wenn du es erzählen willst.»

Jamie zuckt die Achseln. «Es ist ja nicht meine Geschichte. Er hat ziemlich viel durchgemacht, um dahin zu kommen, wo er heute ist. Drogen, Alkohol, das volle Programm.»

«Wirklich?», frage ich. «Das würde dann auch erklären, warum er so sauer wurde, als ich dachte, dass mir ein Mann auf dem Glastonbury ein Bonbon anbot, und sich herausstellte, dass es Drogen waren.»

«Das kann aber auch nur dir passieren», kichert Jamie. «Er ist jetzt komplett clean. Als er mir das alles erzählte, war es mir peinlich, wie ich vorher über mein eigenes kleines Drama geredet hatte. Ich meine, im Ernst, meine Ärztin hat mir empfohlen, weniger zu trinken, und ich dachte, mein Leben ist vorbei. So was von übertrieben. Aber was ich an Nathan sehr mochte, ist, wie geduldig er mir zugehört hat, ohne sich gleich ein Urteil zu bilden. Ich war danach ziemlich durcheinander und hibbelig.»

Meine Jamie? Hibbelig?!

«Das ist großartig!» Ich springe mit einem breiten Grinsen auf dem Gesicht auf und nehme sie in die Arme.

«Jetzt sagst du ‹Hab ich doch gesagt›, oder?», fragt Jamie, als ich sie wieder loslasse.

Ich lächele nur und gebe lieber nicht zu, dass ich genau das gerade sagen wollte.

«Ich freue mich einfach für dich. Seht ihr euch wieder?», frage ich, obwohl ich die Antwort dazu längst kenne. Nachdem ich Nathan auf der Arbeit belästigt und ihn gezwungen habe, mir jede Sekunde des Dates zu beschreiben, habe ich ihn ebenfalls dazu genötigt, mir zu verraten, dass sie sich nächste Woche wieder treffen. Und noch besser: Er hat mich gefragt, was Jamie gerne machen würde.

«Ja», sagt Jamie. «Und jetzt hör auf, so überlegen zu schauen. Wir müssen uns konzentrieren.»

Sie hat natürlich recht. Alice, Jamie und ich sind nicht nur hier, um die Bar mit unseren tollen Outfits zu verschönern. Wir haben eine Mission, und als ich nachschaue, wie spät es ist, sehe ich, dass es nur noch ein paar Sekunden dauert, bis es losgeht.

«Da ist er», flüstert Alice und stößt mir den Ellbogen in die Seite.

Ich hole tief Luft, checke ein letztes Mal das weiße Kleid, das ich mich zu tragen getraut habe (bis jetzt habe ich noch nichts verschüttet, go, Izzy!), und wende mich zur Tür.

★★★

Da steht er.

Gorgeous George.

In einem grauen Wollanzug und einem gestärkten weißen Hemd sieht er sogar noch besser aus als sonst. Er hat einen riesigen Strauß blassrosa Pfingstrosen unter dem Arm. Garantiert Temples Lieblingsblumen, dieser hinterhältige Schmeichler.

Ich halte die Luft an, während ich beobachte, wie er selbstbewusst zu einem reservierten Tisch am anderen Ende der Bar geht. Er schäkert mit der hübschen Kellnerin, als er seinen Drink bestellt. Dann schaut er auf sein Handy, bevor er es lässig wieder in die Hosentasche steckt. Er könnte gar nicht entspannter aussehen.

Ich spüre, wie sich meine Schultern verkrampfen. Wieso wirkt er eigentlich so zufrieden? Sollte er nicht krank ans Bett gefesselt sein, seit ich herausgefunden habe, was er getan hat? Oder im Hungerstreik, bis ich sage, dass ich ihm verzeihe und ihm eine zweite Chance gebe? Aber nein, George sieht genauso aus wie immer. Selbstbewusst, weil er weiß, dass das Leben es gut mit ihm meint. Obwohl mir jetzt klar ist, dass dahinter in Wahrheit nur blanke Arroganz steckt.

«Nicht heute Abend, mein Freund», flüstere ich und nehme einen kühlen Schluck Sekt, um meine Nerven zu beruhigen.

«Alles klar?» Jamie beugt sich zu mir herüber und berührt mich am Arm. «Das ist das erste Mal, dass du ihn siehst, seit du herausgefunden hast, dass er die ganze Zeit auch noch mit Temple gevögelt hat, oder?»

«Sehr elegant formuliert», antworte ich mit einem schwachen Lächeln. «Stimmt, seitdem habe ich ihn nicht gesehen. Ich glaube, mir geht es gut. Es wäre natürlich schön, wenn er nur noch ein Schatten seiner selbst wäre. So, als könnte er ohne mich weder essen noch schlafen. Aber das hier ist eigentlich noch besser. Es beweist, dass ich das Richtige getan habe, indem ich mein Leben einfach ohne ihn weitergelebt habe.»

«Richtig so», ruft Alice. «Aha, da ist sie ja!»

Temple kommt zur Tür hinein und hält ebenso selbstbewusst wie George auf den Tisch zu. Sie weiß, wo wir sitzen, und zwinkert uns unauffällig zu, bevor sie sich einen Weg hinüber zu George bahnt. Ihr blaues Kleid weht leicht hinter ihr her, und sowohl Männer als auch Frauen starren der wunderschönen Australierin nach. Ich muss meinem Herzen ins Gewissen reden, weil es so weh tut. Offenbar gefällt es George richtig gut, dass er derjenige ist, auf den sie zugeht.

Halt die Klappe, Herz! Du hast was Besseres verdient!

⋆★⋆

Wir sehen zu, wie George alle Register zieht, um Temple zurückzugewinnen. Er überreicht ihr die Pfingstrosen, von denen Alice mir erklärt hat, dass es wirklich ihre Lieblingsblumen sind. Er schaut ihr die ganze Zeit in die Augen. Er sieht sie nicht einmal missbilligend an, als sie sich ein Bier und ein Schälchen teure Chips bestellt, obwohl ich ganz genau weiß, dass ihm das gar nicht gefällt. Stattdessen setzt er gekonnt seinen Charme ein, in einer Minute steht ihm das schlechte Gewissen ins Gesicht geschrieben, in der nächsten schaut er hoffnungsvoll drein.

Nach einem Zeitraum, der mir wie eine Ewigkeit vorkommt, lehnt sich Temple auf ihrem Stuhl zurück und tut so, als würde sie sich strecken. Dabei hält sie heimlich zwei Finger hoch, unser Signal.

«Zwei Minuten», bestätigt Jamie. «Bist du bereit?»

Ich beiße mir auf die Unterlippe. Ich trinke einen Schluck Sekt. Ich denke darüber nach, ob ich es aus der Bar in den Aufzug schaffen würde, bevor mich jemand einholt. Und dann klettert die Mini-Izzy zurück auf meine Schulter und erinnert mich daran, warum ich das hier mache. Ich mache mich für mich selbst stark. Ich mache mich für Temple stark. Und wenn man auf Lucy hören will, mache ich mich für alle Frauen dieser Welt stark. Das geht nicht, wenn man sich in einem Aufzug versteckt.

«Bereit», nicke ich.

Alice und Jamie wünschen mir Glück, als ich aufstehe und meine Beine dazu zwinge, nicht nachzugeben. Zu meiner Überraschung schwanke ich selbst auf meinen hohen Absätzen kein bisschen. Und als ich mich auf den Weg zu dem Tisch mache, an dem George und Temple sitzen, bemerke ich stolz, dass ich nicht einmal zittere. Ich bin stark! Ich bin Beyoncé! Ich bin …

«Izzy ist gar nichts, wirklich rein gar nichts.»

Diesen Satz höre ich George sagen, während ich auf den Tisch zulaufe. Er streckt beide Hände aus und wartet darauf, dass Temple ihre hineinlegt.

«Ich schwöre, Baby, sie hat mir nichts bedeutet. Es war nur ein Ausrutscher, ein Unfall, ein Fehltritt meinerseits. Du weißt ja, wie viel wir uns gestritten haben, und in einem verrückten Moment habe ich dann sie getroffen. Ich würde so etwas nie wieder tun», beteuert er.

Autsch. Und: Was für ein Arschloch.

«In einem verrückten Moment?», frage ich. Plötzlich bin ich richtig wütend. Ich stelle mir einen Stuhl neben den von Temple und begrüße sie mit einem Küsschen auf jede Wange, fest entschlossen, angesichts seiner verletzenden Worte nicht die Beherrschung zu verlieren.

Temple lächelt mir zu, und wir schauen zusammen George an, dessen Gesicht jetzt einen unvorteilhaften Rotton angenommen hat.

«Was machst du denn hier?», stammelt er.

«Ein verrückter Moment?», wiederhole ich und ignoriere seine Frage. «Das klingt aber ganz anders als das, was du bei unserem Ausflug nach Cornwall gesagt hast, George. Weißt du noch, Cornwall? Als du Temple erklärt hast, du müsstest für die Arbeit wegfahren, und dann das Wochenende mit mir verbracht und mir gesagt hast, wir seien jetzt offiziell zusammen?»

George fällt die Kinnlade herunter, und er starrt Temple und mich offensichtlich verwirrt an.

«Ich …», stammelt er.

Ich lege in gespieltem Mitleid den Kopf schief und warte, bis er sich wieder im Griff hat. (Ein weiterer Beweis, dass ich eine super Schauspielerin wäre!)

«Woher kennt ihr beiden euch?», fragt er endlich.

«Ich denke ganz gerne, dass das Schicksal dafür gesorgt hat, dass sich unsere Wege kreuzen», sagt Temple und trinkt einen großen Schluck Bier bevor sie einen langgezogenen Rülpser ausstößt.

Jemand sollte diesem Mädchen eine Medaille verleihen! Als wir den Showdown mit George geplant haben, habe ich vorgeschlagen, dass wir uns besonders schön anziehen, um ihm so richtig eins auszuwischen. Ich werde nie vergessen, wie er mich angeschaut hat, als wir uns im Januar auf der Party im V&A getroffen haben, und ich wollte heute Abend dieselbe Reaktion sehen. Nur dass er diesmal wissen würde, dass er bei mir nie, nie wieder eine Chance bekommt. Und als wir all unsere Ideen gesammelt haben, hat Temple vorgeschlagen, ein paar von den Sachen einzustreuen, von denen wir wissen, dass sie George auf die Nerven gehen, einfach nur um ihn zu ärgern. Er hasst es noch mehr, wenn Frauen rülpsen, als wenn sie Bier trinken (was für ein Idiot).

Ich beiße mir auf die Unterlippe, weil ich plötzlich ein Kichern unterdrücken muss, als ich beobachte, wie mein Exfreund entsetzt zurückweicht. Aus der Nähe betrachtet, sieht George gar nicht so gut aus, wie ich zuerst dachte. Seine Augen sind gerötet und wirken müde, wahrscheinlich von langen Nächten in Strip-Clubs, und ich schwöre, dass ich gerade ein bisschen Grau in seinem schokobraunen Haar entdeckt habe. So viel dazu, Gorgeous George!

«Ich bin hier, um dir ein paar Sachen zu erklären, George», verkünde ich. «Du bist wirklich ein schlechter Mensch. Du wusstest, wie wichtig du mir bist, und du hast alles gegeben, um mich an dich zu binden, obwohl du hinter meinem Rücken immer noch mit Temple zusammen warst. Und ich will gar nicht erst davon sprechen, wie du damit meine Gefühle ins Lächerliche gezogen hast. Das ist ein super ätzendes Verhalten.»

George lehnt sich zurück und schaut zwischen mir und Temple hin und her. «Ich habe von diesen Beschwerden nichts gehört, als ich für das Hotel gezahlt habe und du alles herausgeholt hast, die Minibar, Zimmerservice ...»

«Was?», zische ich. «Ich dachte, du wärst einfach großzügig. Du warst doch derjenige, der darauf bestanden hat, ständig im Restaurant zu essen, weil dir Fish and Chips am Strand nicht gut genug war. Aber darum geht es jetzt überhaupt nicht. Es geht darum, dass du mich betrogen hast.»

«Izzy, ich glaube, du hast das alles einfach falsch verstanden. Es hat dir offensichtlich viel mehr bedeutet als mir.» Er schaut mich mitleidig an.

Dann lehnt er sich wieder zurück und sieht Temple tief in die Augen.

«Für mich waren es nur ein paar blöde Dates, die ich aus vollem Herzen bereue. Ich habe einen Fehler gemacht, und es tut mir leid.»

Ein Nebel aus blinder Wut senkt sich über mich, und ich balle die Hände zu Fäusten.

«Wie kannst du es wagen, mich so zu ignorieren?»,

schreie ich. «George, wir hatten vier Dates, bevor wir es auf unserem Wochenendtrip offiziell gemacht haben, und das war ganz allein deine Idee. Und seitdem haben wir uns noch viel öfter getroffen, du kannst das jetzt nicht einfach als ‹ein paar blöde Dates› abstempeln!»

George zieht eine Augenbraue hoch und schaut Temple an, dann dreht er sich zu mir um und setzt eine gespielt beeindruckte Miene auf. Ich weiß, ich weiß, es ist peinlich, dass ich noch weiß, wie oft genau wir uns gesehen haben, bevor es offiziell war, aber was soll ich dazu sagen? Ich war verknallt, und manchmal lässt mich die alte Izzy einfach nicht in Ruhe.

«Für mich klingt das auch nicht wie ‹ein paar Dates›», sagt Temple traurig.

Nach langem Schweigen hat George endlich eine Antwort gefunden.

«Ist ja auch egal», sagt er und macht eine abwertende Handbewegung. «Worum es jetzt geht, Temple, ist doch, dass ich nie wieder fremdgehe. Ich dachte, deswegen wären wir heute Abend hier. Ich wollte mich entschuldigen und dich um Verzeihung bitten. Lass es mich wiedergutmachen, Baby, für mich gab es immer nur dich!»

Er streckt wieder die Hand aus, und ich beobachte, wie Temple darüber nachdenkt, was sie tun soll. Sie schaut George mit leicht gerunzelter Stirn an, dann lächelt sie matt.

Oh nein!

Sie wankt doch nicht etwa in ihrem Entschluss? Sie denkt wirklich darüber nach, wieder mit diesem Arschloch zusammen zu sein! Das war nicht Teil unseres Plans. Meine Gedanken wirbeln wild durcheinander, während ich versuche, eine Möglichkeit zu finden, sie hier rauszuholen, bevor sie wieder Georges Charme zum Opfer fällt. Soll ich den Feueralarm auslösen? Vielleicht täte es auch eine heftige Ohrfeige?

Ich richte mich auf und bereite mich darauf vor, zum ersten Mal in meinem Leben einen anderen Menschen zu schlagen, als Temple den Mund öffnet.

«Ach George», sagt sie mitleidig. «Du bist wirklich ein richtiges Arschloch, oder? Nichts weiter als ein gieriger kleiner Mann, der seine Hose nicht anbehalten kann. Isobel ist eine von den Guten, und ich denke ganz gerne, dass ich das auch bin, aber du hast es dir mit uns beiden versaut. Und während wir jetzt gemeinsam in den Sonnenuntergang reiten und wenigstens wissen, dass wir wegen dieser Scheiße ein Leben lang Freundinnen sein werden, gehst du zurück in dein trauriges Leben, in dem sich nie etwas ändern wird. Du tust mir tatsächlich leid.»

Damit steht sie auf und geht zurück zu Alice und Jamie.

Ich würde lügen, wenn ich sagen würde, dass George mir leidtut. Ich habe Temples Standpauke so richtig genossen. Ich bleibe sitzen und sehe zu, wie er versucht, sich zu sammeln. Dann wendet er seine Aufmerksamkeit wieder mir zu.

«Diese Aussies, was?», sagt er mit gespielter Fröhlichkeit. «So melodramatisch. Was sagst du dazu, wollen wir uns noch einen Schlummertrunk gönnen, bevor wir zu mir fahren? Vielleicht hat unsere Beziehung ja doch eine Chance?»

Dann zwinkert er mir mit dem schiefen Lächeln zu, das

die alte Izzy umgehauen hätte. Glücklicherweise hat mein neues Ich genug von Gonorrhö-George gesehen.

«Oje», sage ich leise und lehne mich in meinem Stuhl zurück. «Wenn ich daran denke, dass ich mal in dich verliebt war! Aber eigentlich war ich das gar nicht. Ich habe das Bild von dir geliebt, das ich mir gemacht hatte. So hübsch und geschniegelt, so erfolgreich im Beruf. Ich habe wirklich geglaubt, du würdest eines Tages ein guter Lebenspartner sein!»

Ich stoße ein kurzes Lachen aus.

«Wie dumm ich doch war. Aber ich möchte mich trotzdem bedanken», fahre ich fort.

«Wirklich?» George sieht sofort fröhlicher aus, er ist sichtlich überzeugt, dass er mich wieder um den Finger gewickelt hat, und winkt in Richtung Bar, um uns neue Drinks zu bestellen.

«Ja, wirklich», sage ich. «Ich möchte dir dafür danken, dass du mir geholfen hast zu erkennen, dass ich mich selbst völlig falsch verstanden hatte. Es hat sich herausgestellt, dass ich von einer furchtbaren Beziehung in die nächste gestolpert bin, und warum? Weil ich dachte, dass ich die Stabilität einer Beziehung und die Liebe eines Mannes brauche, und deshalb auch bereit war, mir fast alles gefallen zu lassen, um sie zu bekommen. Aber weißt du, was? Ich habe gelernt, dass ich nur mich selbst brauche. Ich werde mich nie mehr mit einem Freund abgeben, der mich nicht glücklich macht, nur weil er sich für mich interessiert. Mein neues Ich hat keine Verwendung für dich. Also danke, du hast mir einen riesigen Gefallen getan.»

George blinzelt unsicher, während der Weinkellner ebenso unsicher neben uns steht und auf unsere Bestellung wartet.

Ich stehe auf, nehme mein Sektglas und überlege, ob es angemessen wäre, es George überzukippen, aber dann entscheide ich mich dafür, meine Würde zu bewahren, und stürze den restlichen Inhalt in einem Zug hinunter.

Wie gediegen.

«Oh, und eins noch», sage ich, bevor ich mich umdrehe, um zu gehen. «Meine Freundin Lucy hat mich mal gebeten, die Größe deines Penis auf einer Skala von eins bis zehn einzuordnen. Ich habe ihr nie geantwortet – es war mir zu peinlich, dass sich unser sexy Wochenendtrip in ein ziemlich schlappes Wochenende verwandelt hatte. Wenn ich jetzt daran zurückdenke, könnte ich mich gar nicht mehr freuen, dass wir nie im Bett gelandet sind. Aber weil ich gerade schon mal dabei bin, mir alles von der Seele zu reden, erzähle ich es stattdessen einfach dir. Wenn ich nach dem urteile, was ich gesehen habe, als du mit Sonnenbrand im Bad rumgehüpft bist, bist du eine Zwei. Höchstens. Und wenn du je wieder eine Frau so behandelst, wie du uns behandelt hast, dann komme ich nachts mit einer rostigen Schere zu dir und schneide diesen Mini-Penis einfach ab. Ich habe dich gewarnt.»

⋆★⋆

George den Rücken zu kehren war ein echter Triumph. Es bedeutete, dass ich endlich mit einem Kapitel meines Lebens abgeschlossen hatte, das mir rückblickend nicht besonders viel gebracht hatte, abgesehen von Drama und Unzufriedenheit.

«Auf das neue Kapitel!», schreie ich und hebe mein Glas.

«Darauf haben wir schon angestoßen», sagt Jamie, hebt aber trotzdem ihr Glas. «Drei Mal.»

«Die Kapitel sind mir egal», ruft Temple. «Auf die tollen neuen Freundschaften!»

Unser gesamter Tisch hebt die Gläser, und ich schaue mir die glücklichen Gesichter genau an. Emma und Lucy sind nach dem Showdown zu uns gestoßen, auch sie in schicken Kleidern. Wir bereiten uns gerade auf das vor, was jedes Mädchen im Abendkleid tun sollte: in einer Bar in Holborn Tischtennis spielen.

Wie immer ladylike, raffe ich mein Kleid hoch und bereite mich auf ein Match gegen Temple vor. In dem blauen Kleid sieht sie vielleicht aus wie ein Engel, aber ihr Bizeps erzählt etwas völlig anderes. Wir liefern uns laut lachend einen wilden Schlagabtausch und lachen dann noch mehr, als wir feststellen, dass wir beide schon zu betrunken sind, um kontrollieren zu können, wo die Bälle hinfliegen, geschweige denn, um sie mit unseren Schlägern zu treffen.

«Ihr seid ja so was von schlecht», sagt Lucy. «Lasst mich mal.» Sie schiebt mich aus dem Weg und winkt Jamie zu sich. Temple und ich setzen uns wieder an den Tisch, und ich ziehe sie an mich.

«Das hast du fabelhaft gemacht heute Abend», sage ich zu ihr. «Ich habe kurz gedacht, du wirst schwach, aber du hast nur darüber nachgedacht, wie du ihm den vernichtendsten Kommentar an den Kopf werfen konntest. Das war super!»

«Danke», lächelt Temple. «Ich dachte, es würde viel schwieriger werden, wenn ich ehrlich bin. Dich zu treffen hat mir gezeigt, was George für ein Idiot ist, und ich bin wirklich froh, dass wir ihm das auch gesagt haben. Worüber habt ihr noch geredet, nachdem ich weg war?»

«Ich habe mich dafür bedankt, dass er mir einen Gefallen getan hat, und ihm dann gesagt, dass er einen Mini-Penis hat», gebe ich zu.

Temple lacht laut los.

«Du hast ja so recht, Izzy», sagt sie, während sie nach Luft schnappt. «Mein Leben ist viel besser ohne *dieses Ding!*»

«Leute, wenn es für euch okay ist, gehe ich jetzt.» Jamie kommt zu uns an den Tisch. Man sieht ihr kein bisschen an, dass sie gerade Tischtennis gegen die feurige kleine Lucy gespielt hat.

«Ist alles okay?», frage ich und springe auf.

«Äh, ja, alles super.» Sie lächelt verklärt. «Es ist nur … äh, Nathan kommt mich abholen, wir dachten, wir könnten noch irgendwo hingehen für ein spätes Abendessen. Was ist mit deinem Gesicht los?»

Das riesige Grinsen, das sich darauf breitgemacht hat, würde kleinen Kindern wahrscheinlich Angst einjagen.

«Nathan ist hier?» Ich stelle mich auf die Zehenspitzen und spähe in die Menschenmenge an der Bar. Endlich entdecke ich ihn, wie er mit seinem üblichen gelangweilten Gesichtsausdruck am Eingang steht. «Also … das bedeutet dann wohl, dass euer zweites Date gut gelaufen ist?»

«Ja, stimmt», gibt Jamie zu.

«Und bedeutet das dann auch, dass ich die beste Kupplerin des Jahrhunderts bin?»

«Na ja.» Jamie versucht, mich zweifelnd anzusehen.

«Also?», insistiere ich.

«Ja, ich schätze schon.» Ihr Zögern ist definitiv nur gespielt. «Bist du sicher, dass es okay ist, wenn ich gehe? Ist bei dir alles in Ordnung?»

«Izzy Mulligan, Magazin-Journalistin und weltbeste Kupplerin. Ich sollte mir neue Visitenkarten drucken lassen.»

Jamie verschränkt die Arme und verdreht die Augen.

«Los, geh schon», sage ich gut gelaunt. «Auf geht's, habt einen romantischen Abend. Ich lasse mein Handy an, falls du mich noch heute Nacht fragen willst, ob ich deine Trauzeugin werde.»

«Jetzt spannst du wirklich den Wagen vor das Pferd, Iz», seufzt Jamie. «Und wenn du irgendetwas in der Richtung sagst, wenn Nathan in Hörweite ist, werde ich dir deine Ohrringe nie wiedergeben.»

«Du meinst die, die du gerade trägst?»

Jamie hat wenigstens den Anstand, verlegen auszusehen.

⋆★⋆

Irgendwie hat Alice es geschafft, uns alle nach dem Tischtennis in einen privaten Club einzuschleusen, und da tanze ich gerade mit zwei geschniegelten Typen namens Horatio und Archibald auf dem Tisch. Temple tanzt neben mir, und ich habe ihr schon ungefähr tausendmal gesagt, dass ich sie mehr liebe als Feuerwerk. Die Songs werden immer romantischer, und wenn ein neuer anfängt, lassen die Leute, von denen die meisten aussehen, als wären sie geradewegs aus der Schickimicki-Serie *Made in Chelsea* herausspaziert, ein begeistertes Jubeln hören.

«Das ist genau wie damals auf den Uni-Partys», schreit Temple mit heiserer Stimme und schwingt ihren Hintern zu Kylie Minogue.

«Ich habe meine gesamte Unizeit in einer Beziehung mit einem kompletten Idioten verbracht, also habe ich das Gefühl, ziemlich viel hiervon verpasst zu haben», antworte ich.

«Du hast wirklich genug Idioten gedatet, oder? Hier sind dafür heute Abend ein paar süße Jungs unterwegs!»

Ich schaue mich von meinem gefährlich hohen Aussichtspunkt aus um, und Lucy klettert zu uns auf den Tisch. Sie schiebt die beiden Prinzen einfach aus dem Weg. Temple hat recht. Hier sind heute Abend viele annehmbare Junggesellen. Aber ich schüttele den Kopf.

«Ich will einfach nur Spaß mit meinen Mädels haben», antworte ich. «Ich habe zum ersten Mal das Gefühl, dass ich keinen Kerl am Start zu haben brauche, um glücklich zu sein. Ich bin schon glücklich, genau jetzt, genau hier, so, wie ich bin.»

«Ja, Baby», jubelt Lucy und hebt ihr Sektglas. «Macht es dir was aus, wenn ich trotzdem mal abchecke, was hier so rumläuft? Da ist ein ziemlich heißer Typ im VIP-Bereich, es sieht allerdings aus, als hätte er schon jemanden dabei.»

Ich folge ihrem Blick zu dem Bereich, der mit einem roten Seil abgesperrt ist, wo ein breitschultriger, gutaussehender blonder Mann mit einer wunderschönen jungen Frau flirtet. Zwischen ihnen steht ein Weinkühler, und sie lachen gerade über irgendetwas. Lucy hat recht, das ist ein ziemlich heißer Typ.

Und außerdem ist das Alex.

Alex in einem privaten Club? Ich hätte nicht gedacht, dass das sein Ding ist. Allerdings: Was weiß ich denn schon? Das Letzte, was ich von ihm mitbekommen habe, war dieser Bericht über seinen Campingplatz in einem Reisemagazin, und davor …

Ich gehe in die Hocke, bevor meine Knie nachgeben können. Ich kann nicht glauben, dass ich gerade wirklich Alex gesehen habe. Erinnerungen an unser letztes Date schießen mir durch den Kopf, zum Beispiel der Donut-Wettkampf, und wie glücklich ich mich gefühlt habe, als ich mit ihm zusammen war. Ich denke zurück an unsere erste Begegnung in seinem Haus auf dem Land, wie wir einen Kuss miteinander geteilt haben, und noch so viel mehr. Und dann, und da wird es richtig schmerzhaft, wie er Schluss gemacht hat, weil er dachte, dass ich nicht ehrlich zu ihm war. Ich lasse traurig den Kopf hängen und starre meine Füße an. Alex verloren zu haben fühlt sich an wie der größte Fehler meines Lebens.

«Alles okay?», fragt Lucy und geht vor mir in die Hocke. «Ich weiß, der Typ sieht unglaublich gut aus, aber das ist noch lange kein Grund, so niedergeschlagen zu sein.»

«Das ist es nicht», sage ich. Ich kann einfach nicht aufhören, ihn anzusehen. Mein Herz wird von Sekunde zu Sekunde schwerer. «Das ist der, mit dem ich das Date hatte. Weißt du noch? Nach meiner Social-Media-Pause?»

«Ach du Scheiße», ruft Lucy. «Ich dachte, er wohnt im Norden?»

«Tut er auch», nicke ich, während ich ihn noch immer beobachte. Er wirkt glücklich und zufrieden neben seiner Freundin, und mein Herz klopft schmerzhaft.

«Er arbeitet ab und zu in London», füge ich hinzu.

«Was ist los?», fragt Temple und nimmt meine Hand.

Lucy erzählt ihr die ganze Geschichte, und Temple verzieht mitfühlend das Gesicht.

«Autsch. Und jetzt ist er mit jemand anderem zusammen. Geht es dir gut?»

Ich seufze lange und tief und werfe einen letzten Blick auf Alex.

«Bald wieder», antworte ich und zwinge mich zu einem kleinen Lächeln. Ich muss das Positive sehen! «Alex ist ein guter Kerl, und es ist schön, ihn so glücklich zu sehen. Irgendwie wusste ich ja, dass er mich längst hinter sich gelassen hat. Ich finde es zwar nicht besonders toll, das mit eigenen Augen zu sehen, aber irgendwann kann ich mich bestimmt für ihn freuen. Er hat es verdient, mit jemand Nettem zusammen zu sein.»

Lucy verdreht die Augen und stampft mit dem Fuß auf.

«Was soll das denn?», ruft sie über die Musik hinweg. «Hör doch auf, so ein Waschlappen zu sein, geh zu ihm und rede mit ihm. Wer weiß, vielleicht wird ihm klar, dass er mit der falschen Frau hier ist?»

Aber ich schüttele entschieden den Kopf.

«Auf keinen Fall», sage ich. «Ich habe schon genug angerichtet. Außerdem hat die neue Izzy gelernt, dass sie nicht auf irgendwelche Männer warten muss, um glücklich zu sein. Das kann ich ganz alleine. Und heute Abend bin ich wirklich überglücklich! Meine Jamie hat ein Date mit ihrem neuen Freund, und ich bin mit meinen besten Freundinnen in einer exklusiven Bar. Temple und ich haben uns heute schon von einem Mann verabschiedet, der Rest des Abends gehört also uns, Mädels!»

Beyoncé wäre stolz auf mich.

⋆★⋆

Ich stehe in der Küche bei meiner Mutter und schaue hinaus in den Garten, in dem ich meine Kindheit verbracht habe. Dann wickele ich mich fester in meinen langen Cardigan. Ich habe Jamie gefragt, ob sie mitkommen will, um zur Erholung ein Wochenende bei meinen Eltern zu verbringen, aber sie hat gespürt, dass es mir guttun würde, mal für mich zu sein. Sie hat außerdem gesagt, dass wir uns sowieso schon so oft sehen und dass sie einfach nicht die Zeit hat, zusätzlich zu der Beziehung, die sie gerade mit Nathan anfängt, auch noch eine mit mir zu haben. Nicht, dass ich mich darüber beschweren würde, sie sind das süßeste Paar aller Zeiten, und es ist wunderschön, meine beste Freundin so lebensfroh zu sehen.

«Was zum Teufel ist das denn?», fragt Mum und zeigt mit dem Finger auf die Zutaten, die ich auf der Arbeitsfläche ausgelegt habe.

«Blumenkohlreis», antworte ich. «Das ist Blumenkohl, der im Mixer zerkleinert wurde, eine tolle Alternative zu normalem Reis.»

Mum verzieht das Gesicht und bindet sich eine geblümte Schürze um.

«Und was ist das?», fragt sie, als sie zu mir an den Ofen

tritt. Sie meint die Pfanne, in der es fröhlich vor sich hin blubbert.

«Bohnen, Pilze und Paprika mit Knoblauch und Gewürzen», erkläre ich. «Ich mache uns eine Fajita-Schüssel zum Mittagessen.»

«Na ja, es riecht zumindest sehr gut», gibt sie widerwillig zu. «Wenn ich darüber nachdenke, dass ich gestern extra eine Lasagne vorbereitet habe, falls dein Essen nichts wird … Meinst du, wir sind jetzt auf der sicheren Seite? Dann würde ich sie einfrieren.»

Ich gebe mir die größte Mühe, den Kochlöffel in der Pfanne zu lassen, statt ihr damit eins auf die Nase zu geben.

«Ja, Mum, wir sind auf der sicheren Seite. Ich habe schon immer gerne gekocht, das weißt du doch, und ich dachte, es wäre schön, eins von den neuen, gesunden Rezepten zu machen, die ich gelernt habe.»

«Du hast wirklich immer gerne gekocht», antwortet Mum. «Ich weiß noch, wie Olivia und du zusammen am Tisch gesessen und mir geholfen habt, Scones und Schmetterlingstörtchen zu backen. Es war immer so schön, wenn ihr etwas zu essen zu den Kindergeburtstagen eurer Freundinnen mitbringen konntet!»

«Na ja, du hast die Kontrolle übernommen und die anderen Mums dazu gezwungen.» Mir wird viel zu spät klar, dass ich das gerade laut gesagt habe.

Aber Mum ignoriert mich entweder, oder sie ist richtig gut darin, Dinge nicht zu hören.

«Nicht, dass Olivia besonders talentiert war. Sie hat sich nicht gerne die Finger schmutzig gemacht. Ich sorge mich schon manchmal darum, was der arme Sam in diesem Haushalt zu essen bekommt.»

Oh Mann.

«Mum, heutzutage dürfen Männer auch kochen. Ich war im September eine Woche lang bei ihnen zu Besuch, und meistens hat Sam das Essen gemacht.»

«Für mich hört sich das einfach nicht richtig an», sagt Mum und rührt meine Fajita-Mischung um, eine Sekunde, nachdem ich das selbst getan habe. «Es freut mich so, dass ihr beiden euch jetzt besser versteht. Ich habe deine Kolumne über die Reise nach Paris gelesen, sie hat mich sehr berührt, Schatz.»

«Oh, ähm, danke, Mum», sage ich, überrascht von dem Kompliment.

«Ich habe den Artikel für November immer noch nicht gelesen. Ich war so beschäftigt mit dem Nähkränzchen, aber ich möchte ihn mir auf jeden Fall noch dieses Wochenende anschauen.»

Schluck. Ich hatte irgendwie verdrängt, dass meine Familie mein Liebesleben-Geständnis ja auch lesen könnte.

«Hat Olivia mit dir über ihre Familienplanung gesprochen?», fragt Mum dann. «Ich mache mir langsam Sorgen, weißt du. Ich glaube, sie versuchen es jetzt schon seit einer ganzen Weile, aber immer wenn ich danach frage, blockt sie ab.»

«Hör mal, Mum, ich weiß ja, dass du es gut meinst, wenn du uns diese Sachen fragst, aber für uns fühlt es sich an, als ob du uns unter Druck setzt. Vielleicht solltest du Olivia einfach ein bisschen Raum geben, zusätzlicher Stress ist wirklich das Letzte, was sie jetzt braucht.»

«Warum, was hat sie gesagt?» Mum stürzt sich sofort auf meine Aussage.

«Nichts Konkretes», weiche ich aus. «Sie ist mit Sam übers Wochenende weggefahren, und ich denke, dass das gut für die beiden ist. Sie haben immer so viel zu tun, weißt du? Und wahrscheinlich wäre es am besten, sie nicht während ihres Urlaubs anzurufen, um nach ihren Eierstöcken zu fragen.»

Mum schaut mich misstrauisch an. Gerade als ich denke, dass sie mich nun bestimmt ohne Abendessen ins Bett schickt, nickt sie fast unmerklich mit dem Kopf.

«Das ist ein guter Rat, Isobel», gibt sie zu. «Wo ich ja jetzt gesehen habe, dass du hier keine Hilfe brauchst, decke ich schon mal den Tisch.»

⋆★⋆

Dad macht lobende Geräusche und sagt Sachen wie «so exotisch». Sogar Mum isst genießerisch ihren Teller leer, und sie hat während des gesamten Abendessen nur eine einzige, kleine Kritik geäußert. Meine Guacamole hätte offenbar ein wenig würziger sein dürfen … Aber damit kann ich leben.

«Ich habe gute Neuigkeiten», verkünde ich.

Mum lässt ihr Besteck auf den Teller fallen und schlägt die Hände zusammen.

«Oh, Schätzchen», zwitschert sie. «Es ist endlich so weit, nicht wahr? Du hast einen Freund gefunden. Ich wusste, dass das eines Tages passiert!»

«Nein, Mum, ich habe keinen Freund», sage ich scharf.

«Und was habe ich dir gerade in der Küche zum Thema Druck gesagt? Olivia und ich sind erwachsene Frauen, und wir müssen uns nicht deinem Zeitplan anpassen. Manchmal sind deine ständigen Kommentare wirklich übergriffig. Du musst uns nicht daran erinnern, Kinder zu bekommen oder Beziehungen zu haben oder die Karriereleiter hinaufzusteigen, okay? Wir machen das alles in unserem eigenen Tempo, und darauf solltest du stolz sein.»

Dad reißt schockiert die Augen auf. Mum wischt sich eine braune Haarsträhne aus dem Gesicht. Niemand sagt ein Wort.

Habe ich mich wirklich gerade gegen meine Mutter gewehrt?

«Na ja», grummelt Mum und schüttelt den Kopf. Ich rechne damit, dass sie jetzt eine ihrer Tiraden über meine Undankbarkeit vom Stapel lässt, aber dann schaut sie mir in die Augen und strahlt mich an.

«Du hast ja so recht», sagt sie und sieht selbst genauso überrascht aus, wie ich mich fühle.

«Wirklich?», frage ich.

«Natürlich! Eure dumme, alte Mum vergisst einfach oft, dass ihr keine kleinen Mädchen mehr seid. Ihr seid starke, erfolgreiche Frauen, und ich bin sehr stolz auf euch. Es tut mir leid, wenn ich manchmal ein bisschen anstrengend bin …»

Hat sie gerade ‹ein bisschen anstrengend› gesagt?

«Ich schätze, ich möchte einfach wissen, was in euren aufregenden Leben los ist», fährt sie fort. «Schaut euch doch an, beide im wunderbaren London! Ich gebe immer vor meinen Freundinnen mit euch an.»

Ich lehne mich in meinem Stuhl zurück. Das hat mich zum Schweigen gebracht.

Dad, sichtlich erleichtert, dass Mum keine Sicherung durchgebrannt ist, schenkt uns neues Wasser ein.

«Ähm, okay, danke, Mum», murmele ich. Ich bin gerührt von allem, was sie gerade gesagt hat. Ich hatte keine Ahnung, dass sie so über mich denkt. Wenn so etwas passiert, wenn man für seine Interessen eintritt, dann werde ich das von jetzt an immer tun! Die Challenge für diesen Monat habe ich so was von gerockt.

«Also, was wolltest du uns sagen?», hakt Mum nach.

«Oh, ja, stimmt! Mir wurde eine zusätzliche Position auf der Arbeit angeboten. Ich werde immer noch bei Pulse Features schreiben, aber das Management hat gefragt, ob ich mich daran beteiligen möchte, eine Social-Media-Strategie für das ganze Unternehmen zu entwickeln. Ich habe mich mit ein paar Leuten aus dem Vorstand getroffen. Offenbar kommen ziemlich viele Überstunden auf mich zu, weil meine Chefin mich nur für einen Nachmittag alle vierzehn Tage freigibt, aber ich fühle mich wirklich geehrt, weil sie mich gefragt haben. Und mehr Geld bekomme ich auch.»

«Na, das sind ja wirklich tolle Neuigkeiten», sagt Dad und schaut stolz zu mir herüber.

«Richtig toll», sagt auch Mum und tupft sich mit ihrer Serviette die Augen.

«Danke», lächele ich. «Eine Sache wäre da noch …»

«Oh, was denn?» Mum wirkt gleich wieder gespannt.

«Ich weiß, dass ihr es noch nicht gelesen habt, aber mein letztes Feature war sozusagen ein Geständnis», starte ich meinen Erklärungsversuch. Ich kann es genauso gut gleich hinter mich bringen. «Die Aufgabe war, ehrlich zu mir selbst zu sein, und ich habe mich entschieden, mir ein paar Dinge einzugestehen, die ich dieses Jahr getan habe, auf die ich nicht besonders stolz bin. Ich war nämlich mit jemandem zusammen.»

Mums Augenbrauen schießen so schnell in die Höhe, dass ich mir Sorgen mache, dass sie ihr vom Gesicht fliegen.

«Mit George.»

«Sams Bruder George?», fragt Mum.

«Ja.»

Dad schnaubt durch die Nase und fängt an, die Teller zusammenzustellen.

«Wir wussten ja, dass du ein bisschen verknallt in ihn bist, aber wir hatten keine Ahnung, dass ihr zusammen seid», sagt Mum.

Wow, meine unglaublich unauffällige, drei Jahre andauernde Verknalltheit war wohl doch nicht so unauffällig.

«Wir waren zusammen», betone ich. «Jetzt nicht mehr. Es hat sich herausgestellt, dass er mich betrogen hat. Ich weiß nicht, ob ihr euch daran erinnert, aber an Silvester hat er erzählt, dass er mit einer Australierin namens Temple zusammen ist. Im Frühling hat er mir gesagt, dass er sich von ihr getrennt hat, und wir waren im Sommer zusammen. Bis Sam mir eröffnet hat, dass George die ganze Zeit zweigleisig gefahren ist.»

«War es das, worüber du mit Sam geredet hast, als du und Olivia aus Paris zurückgekommen seid?»

«Ja», nicke ich.

«Was für ein Idiot. Wie kann er es wagen, meine Izzy so

zu behandeln? Geht es dir gut, Schatz?» Aber ich bekomme keine Chance, ihr zu antworten, weil sie sich in Rage redet. «Das erklärt dann wohl auch, warum du beim Frühstück am nächsten Morgen so gut wie nichts von meiner selbstgemachten Marmelade gegessen hast. Das sah dir gar nicht ähnlich. Du Arme.»

Endlich macht sie eine Pause, um Luft zu holen.

«Danke, Mum, aber ganz ehrlich, er hat mir einen Gefallen getan. In diesem Jahr geht es um neue, aufregende Erlebnisse, nicht um langweilige alte. Es hat eine Weile gedauert, aber jetzt bin ich darüber hinweg.»

«Ich habe diesen Jungen noch nie gemocht», verkündet Dad.

Wir drehen uns zu ihm um, überrascht von dieser Enthüllung. Uns ist bewusst, wie selten er seine Meinung zu solchen Dingen sagt, deshalb hören wir gut zu.

«Ich habe schon immer gedacht, wie komisch es doch ist, dass er und Sam Brüder sind. Sam ist so nett und so ein guter Partner für Olivia! Bei George hatte ich von Anfang das Gefühl, dass er nur an sich denkt. Immer gut gelaunt, das schon, mit ihm konnte man gut einen trinken, aber das war's dann auch. Vertrauenswürdig fand ich ihn noch nie. Und jetzt erfahre ich auch noch, dass er meinem kleinen Mädchen weh getan hat. Soll ich nach London fahren und ihm die Meinung sagen?»

«Richard!» Mum lacht überrascht auf. «Als du das das letzte Mal gemacht hast, hatte der andere Typ danach ein blaues Auge, weißt du noch?»

Dad, der goldigste Mann der Welt, tut so, als hätte er keine Ahnung, wovon Mum spricht.

«Was?», frage ich entgeistert. «Dad hat jemandem ein blaues Auge geschlagen? Ich brauche mehr Infos, sofort.»

«Natürlich», nickt Mum. «Wir kannten uns schon seit ein paar Monaten und gingen immer öfter zusammen aus, als ein anderer Mann begann, sich für mich zu interessieren. Deinem Vater gefiel das gar nicht, er hat mir gesagt, dass er zu ihm fährt, um ihm die Meinung zu sagen, und danach hat der Typ uns in Ruhe gelassen.»

«Dieser unverschämte Eindringling.» Dad schüttelt den Kopf. «Und wir waren auch noch Freunde vom Rugbyclub.»

«Nicht mehr, nachdem du ihm eins über die Rübe gegeben hast», kichert Mum.

Ich beobachte, wie meine Eltern in Erinnerungen schwelgen, und spüre, wie eine Welle des Glücks mich überrollt. Genau so sollten Wochenenden im Winter sein. Zeit mit der Familie verbringen, mit neu erworbenen kulinarischen Fertigkeiten angeben und endlich das Gefühl haben, dass man ehrlich zu seinen Liebsten sein kann.

Nachdem ich den Tisch abgeräumt habe, ziehe ich die Pantoffeln an, die ich schon als Kind hatte – sie sehen aus wie Garfield –, und gehe wieder nach unten, wo ich mich zu meinen Eltern auf die Couch kuschele. Ich freue mich auf den Abend voller Quizsendungen und Schokolade. Und zum ersten Mal seit einer Ewigkeit bin ich in Anwesenheit meiner Mutter komplett entspannt. Ich habe endlich meinen Mut zusammengenommen und ihr gesagt, wie mich ihre ständigen Nörgeleien nerven, und dabei habe ich herausgefunden, dass sie viel stolzer auf mich ist, als ich dachte. Was für ein Tag!

KAPITEL ZWÖLF

★

DEZEMBER

Lass dich auf mich ein

«Oh, non non non non non. Das ist ja furchtbar, *chérie.*»

Und dann der letzte Schlag:

«Hast du die Haarpflegeroutine befolgt, die Henri dir empfohlen hat?», fragt Henri, der nichts lieber tut, als in der dritten Person von sich selbst zu sprechen. «Du brauchst die Frage nicht zu beantworten, ich sehe ganz genau, dass du das nicht getan hast.»

Ich rutsche peinlich berührt auf meinem goldenen Thron hin und her und versuche alles, um dem kleinen Franzosen, der mich so böse anstarrt, nicht in die Augen schauen zu müssen. Nicht besonders schwierig, wenn ich ehrlich bin, weil Henris Salon so wunderbar weihnachtlich aussieht, dass ich die Deko stundenlang betrachten könnte. In den großen Vasen, die einen Arbeitsbereich vom nächsten trennen, befinden sich jetzt riesige, weiße Amaryllis, auf den blanken Oberflächen stehen Schalen mit Orangen, und der warme Geruch nach Zimt durchströmt den Raum. Henri hat auch sein Ensemble dementsprechend angepasst, die Socken, die aus seinen Lederschuhen herausschauen, sind mit einem Schneeflockenmuster bedruckt.

«Also?», fragt er und klopft sich ungeduldig mit seiner Schere auf die Handfläche.

«Ich habe es wirklich versucht», sage ich und schaue ihm endlich ins Gesicht. «Ich verwende das sündhaft teure Shampoo und die Spülung, auf die du bestanden hast, für jede Haarwäsche!»

«Verrate Henri doch mal, wie oft du die Haarmaske verwendet hast, oder das Schutzserum, die Volumenlotion, das Finish-Spray ...» Er zählt die Produkte an seinen Fingern ab.

«Ähm, nicht so oft. Aber immer, wenn ich daran denke, tue ich was drauf», gebe ich kleinlaut zu.

«Du tust was drauf?» Henri wiederholt meine Worte mit angeekeltem Gesichtsausdruck. «*Sacré bleu*. Es ist ein Wunder, dass dein Haar noch so gut aussieht. Hast du vielleicht mehr Avocados gegessen?»

«Ja, genau!», strahle ich. Ich fühle mich wie ein Kind, das in der Schule eine schwierige Frage richtig beantwortet hat. «Ich ernähre mich seit einer Weile viel gesünder. Siehst du das meinen Haaren wirklich an?»

Ich begutachte mein Spiegelbild in dem riesigen Spiegel, während Henri um mich herumschleicht und mich eingehend inspiziert.

«Die Haut leuchtet mehr. Die Augen glänzen. Und das Haar ...»

Er fasst in meine schulterlange Mähne und lässt die Strähnen durch seine Finger gleiten.

«Das Haar ist ... nicht schlecht, wenn man bedenkt ... Aber, um Himmels willen, Isobel, du musst anfangen, Henris Produkte zu verwenden.»

Nicht schlecht, wenn man bedenkt. Das ist ein hohes Lob von einem der bekanntesten Friseure in London.

Ich sitze geduldig da, während Henri zaubert und mir kleine, rote Haarschnipsel in den Schoß fallen.

«Hey, Mulligan, hast du schon den Glühwein probiert? Er ist echt stark, aber auch ziemlich gut!»

Lucy schreit quer durch den Salon. Ich drehe mich vorsichtig zu ihr um, nachdem ich sichergestellt habe, dass Henri mir dann nicht aus Versehen das Ohrläppchen abschneidet. Sie hebt mit der einen Hand einen silbernen Kelch hoch in die Luft und streckt den Daumen der anderen nach oben. Neben ihr versucht Emma, sie zu beruhigen, und fleht sie an, sich zu benehmen. Aber Lucy hat entdeckt, dass ich ohne Drink dasitze, und ruft: «Mann, hol dir halt einen Wein. Wir gehen heute Abend aus!»

«Himmel», murmelt Henri. Ein solches Gehabe ist er in seinem vornehmen Salon in Knightsbridge wirklich nicht gewohnt. Aber einer seiner Untergebenen gehorcht sofort, huscht in ein Nebenzimmer, in dem sich die Quelle des Zimtgeruchs befindet, und kommt mit einem randvollen Becher dampfenden Glühweins zurück.

«Danke», sage ich, nehme das heiße Getränk entgegen und bewundere die Fruchtstückchen, die an der Oberfläche schwimmen.

«Das zählt doch als gesundes Abendessen, oder?» Ich zwinkere Henri zu. «Tut mir leid, sie ist einfach nur aufgeregt. Heute Abend ist unsere Weihnachtsfeier von der Arbeit, darauf freut sie sich.»

Henri nickt verständnisvoll.

«Es ist jetzt fast ein Jahr her, dass wir zu deiner natürlichen Haarfarbe zurückgekehrt sind. Du hast dich damals wie ein trotziges Kind benommen», erinnert er mich.

«Ich hatte Angst», gestehe ich ein. «Ich habe rotes Haar damit verbunden, dass sich die gemeinen Mädchen in der Schule über mich lustig gemacht haben. Ich hatte mich mit meiner natürlichen Haarfarbe nie schön gefühlt, nur unwohl, als wäre ich anders, allerdings nicht auf die gute Art. Aber jetzt liebe ich die Farbe, wirklich, Henri. Sie hat mir sehr geholfen, mein Selbstbewusstsein zurückzubekommen.»

«Bon», antwortet er mit einem strahlenden Lächeln.

Nachdem er meinen neuen Haarschnitt gekonnt geföhnt hat, verkündet Henri, dass er fertig ist. Ich werfe einen letzten Blick in den Spiegel und drehe meinen Kopf von links nach rechts. Meine Haare, deren Farbe Jacques früher am Nachmittag perfekt aufgefrischt hat, glänzen so sehr, dass sie das Licht der riesigen Kerzen reflektieren, die überall im Raum verteilt sind. Henri hat meinem Pony einen sexy Touch verliehen und die Haare auf der rechten Seite hinters Ohr gesteckt. Der gesamte Look ist leicht zerzaust, was mich ein bisschen Vamp-mäßig aussehen lässt.

«Du findest es toll?», fragt Henri. Na ja, eigentlich ist es keine Frage, sondern eine Aussage. Dieser Mann ist ein Genie.

«Ich finde es toll», stimme ich zu.

Lucy und Emma stellen sich hinter meinem Stuhl auf und machen anerkennende Geräusche, während sie meinen neuen Haarschnitt bewundern. Die beiden sehen selbst grandios aus. Emmas eisblonde Mähne ist zu einem coolen, tiefen Pferdeschwanz zusammengebunden, und ein dünnes, geflochtenes Zöpfchen schlingt sich um das Haargummi. Lucys hellbraunes Haar fällt in sanften Wellen an ihren Schultern herab, und sie sähe wie ein Engel aus, wenn sie nicht immer noch Glühwein in sich hineinkippen würde.

Wir überhäufen Henri und sein Team mit Dank und machen uns dann aufgeregt auf den Weg nach draußen. Als ich mich umdrehe, um Henri ein letztes Mal anzulächeln, könnte ich schwören, das er Emma und Lucy gerade hinter meinem Rücken zugezwinkert hat.

★★★

Unser ganzes Büro ist viel glamouröser als sonst. Emma und ich nehmen die typische Post-Friseur-Haltung ein: Wir sitzen sehr gerade da und versuchen, den Kopf möglichst wenig zu bewegen, während wir so tun, als würden wir arbeiten. Die gesamte Etage riecht nach Haarspray, und in der Beautyabteilung riskiert Lucy einen Stromausfall, indem sie Dutzende Glätteisen an einen einzigen Mehrfachstecker anschließt, damit der Rest des Teams seinen Look perfektionieren kann. Weihnachtslieder erfüllen das Büro, und eine verängstigte Praktikantin, die von Lucy dazu gezwungen wurde, einen blinkenden Weihnachtspullover zu tragen, balanciert viel zu viele Sektgläser auf einem Plastiktablett.

«Möchtest du ein Glas Sekt?», flüstert sie, ohne mich anzuschauen.

«Danke, warum eigentlich nicht?», antworte ich und sehe zu, wie sie nervös weiterhuscht, sobald Lucy um eine Ecke kommt.

«Freust du dich auf heute Abend?», fragt mich Emma.

«Ja, total», antworte ich. «Ich habe letztes Jahr alles verpasst, höchste Zeit, dass ich mal dabei bin.»

«Seien wir doch mal ehrlich, Izzy, das kannst du doch jetzt so gut. Wenn du ‹verpasst› sagst, dann meinst du eigentlich, dass du abgehauen bist, damit du deinen Thai-Donnerstag machen konntest, oder?», lächelt Emma.

«Das ist korrekt, ja. Wobei ich wirklich auch noch auf den Klempner warten musste. Das Klo war undicht. Aber du hast recht, das war keiner meiner Glanzmomente, und ich freue mich wirklich auf heute Abend. Vor allem aufs Wichteln!»

«Oooh, wen hast du gezogen?», fragt Emma verschwörerisch.

«Das verrate ich nicht, das wäre ja geschummelt!»

Em verdreht die Augen und schaut auf die Uhr.

«Sollen wir den Modeschrank plündern und uns fertig machen?», fragt sie. «Wir müssen erst in einer Stunde los, aber das Chaos wird bis dahin nur schlimmer.»

⋆ ★ ⋆

Emma trägt eine schwarze Anzughose und ein weißes Top mit ziemlich mutigem Ausschnitt. Sie wühlt gerade im Accessoire-Korb und legt potenzielle Taschen für ihr Killer-Outfit zur Seite. Auf einer goldenen Tasche steht OMG, eine andere hat die Form eines Weihnachtsbaums.

«Auf jeden Fall den Weihnachtsbaum», findet Lucy.

Emma schaut mich an, damit ich die Auswahl bestätige.

«Hmm ... ich finde ehrlich gesagt die mattschwarze Clutch schöner, die du selber mitgebracht hast», sage ich.

«Ja, ich auch. Sorry, Luce», sagt Emma.

«Aber besonders weihnachtlich ist die nicht, oder?», grummelt Lucy.

«Es fällt mir schwer, dich ernst zu nehmen. Du hast dich komplett in Lametta gewickelt und trägst eine Weihnachtsbaum-Brille», erkläre ich ihr.

«Oh, hör dich nur an», gibt Lucy zurück. «Hair by Henri, ein tolles Outfit, und schon bist du der Sarkasmus in Person!»

«Gefällt es dir wirklich?», frage ich und begutachte das Kleid, in das ich gerade geschlüpft bin, kritisch.

Es ist smaragdgrün, bodenlang und hat Cut-outs seitlich am Oberkörper. Nur ein zarter, grüner Faden, der sich an meine Rippen schmiegt und die Vorderseite mit der Rückseite verbindet, verhindert, dass zu viel Busen zu sehen ist. Der hohe Kragen ist über und über mit kleinen grünen Steinchen besetzt, die sanft glitzern, wenn Licht auf sie fällt. Das Muster setzt sich bis zum Saum des Kleides fort. Ich schaue in den Spiegel.

«Wunderschön», bestätigt Lucy. «Und es gefällt sicher auch ...»

Sie erstarrt. Ich schaue ihr Spiegelbild an, dem die Panik ins Gesicht geschrieben ist.

«Es gefällt sicher auch ... allen anderen auf der Party?», schlägt Emma vor und wirft Lucy einen komischen Blick zu.

«Genau!» Lucy atmet erleichtert auf.

«Was habt ihr beiden heute nur?», frage ich und drehe mich zu ihnen um.

«Ach, achte gar nicht auf sie. Sie hat beim Friseur mindestens fünf Glühwein getrunken. Du siehst jedenfalls toll aus.»

«Bist du sicher, dass es nicht zu viel ist?» So leicht bin ich abzulenken. «Ich weiß ja, dass es eine schicke Party für die ganze Firma ist, aber trotzdem, das hier ist ein richtiges Ballkleid.»

«Auf keinen Fall ist das zu viel. Deine grünen Augen und dein rotes Haar bringen den Stoff perfekt zur Geltung!»

«Und dein Make-up hast du auch richtig schön hingekriegt», fügt Lucy ungläubig hinzu. «Smokey Eyes passen perfekt. Ich fühle mich wie eine stolze Mutter!»

«Danke, Leute! Es ist echt heiß hier drin, also gehe ich mal an meinen Schreibtisch zurück.»

«WARTE», schreit Lucy. «Eine Sache noch.»

Sie streckt feierlich eine Hand aus, die Finger fest zur Faust geschlossen.

«Schmuck?», frage ich begeistert und versuche, ihre Finger auseinanderzuziehen.

Es ist nicht unbedingt die Art Schmuck, die ich erwartet hatte.

Ein unglaublich kitschiges Paar Weihnachtsmannohrringe inklusive blinkender Lichter und einer ‹Ho ho ho›-Taste liegen auf Lucys Handfläche.

Ich schaue sie entnervt an.

«Luce, nein.»

«Liebes, es ist Dezember. Wenn du an der Weihnachtsfeier nichts Kitschiges trägst, wann denn dann? Jetzt sei ein braves Mädchen und zieh sie an.»

Während ich die zweifelhaften Schmuckstücke an meinen Ohrläppchen befestige, fügt Lucy noch etwas zu meinem Outfit hinzu, was sie das *pièce de résistence* nennt, einen Haarreif mit Rentiergeweih.

«Ich finde diese ganzen lustigen Kostüme zur Weihnachtszeit ja auch schön, aber meinst du nicht, dass das den Effekt beeinträchtigt, den ich heute Abend mit meinem Outfit eigentlich erreichen wollte?», frage ich, drehe mich zum Spiegel um und nicke mit dem Kopf, sodass das Geweih von oben nach unten wippt.

«Natürlich tut es das», jubelt sie. «Das ist es ja gerade.»

Ich mache mich schleunigst wieder auf den Weg zu meinem Schreibtisch, bevor der weiße Bart, den sie in der Hand hat, auch noch auf meinem Gesicht endet.

★★★

Mein fast schwarzer Nagellack glänzt, während ich wichtige Sachen in meinen Laptop tippe. Oh, na gut, ich schreibe eigentlich nur eine Einkaufsliste, mit allem, was ich vor Weihnachten noch besorgen muss. Es sind jetzt nur noch zwei Wochen! Ich kann zu meiner Verteidigung anbringen, dass in diesem Büro niemand mehr ernsthaft arbeitet. Auch Tallulah ist soeben vom Friseur zurückgekommen und blafft der Redaktionsassistentin Befehle zu. Emma schaut sich im Internet die Speisekarte der edlen Location an, wo wir heute Abend feiern werden. Sie ruft mir Dinge wie «Krabbendonuts» und «Buchweizenblinis» zu. Lucy hat die Musik zu maximaler Lautstärke aufgedreht, momentan läuft ein Wham!-Medley.

Ich tanze im Sitzen auf meinem Stuhl und drehe mich im Kreis, bis mir schwindelig ist. Daran sind bestimmt auch der Becher Glühwein und das Glas Sekt schuld, die ich noch vor vier Uhr nachmittags getrunken habe. Ich warte, bis der Schwindel nachlässt, dann schaue ich mich in der Redaktion von *Pulse* um. Ich muss lächeln. Silbernes Lametta hängt in den seltsamsten Ecken an der Decke. Die Pappfigur von David Hasselhoff, die aus irgendeinem Grund in diesem Büro steht, seit ich hier angefangen habe, trägt jetzt eine Weihnachtsmütze. Der Schrottstapel ist durch festliche Leckereien ersetzt worden, von den Macarons, die Tallulah mitgebracht hat, bis hin zu Kondomen mit Weihnachtsgeschmack, die uns eine PR-Firma geschickt hat.

Letztes Jahr war ich viel zu sehr mit meinem eigenen langweiligen Zeitplan beschäftigt, um mich auf das Ganze einzulassen. Zu sehr damit beschäftigt, mich durchs Leben zu kämpfen, statt es wirklich zu leben. Klar, ich habe ein Glas Sekt getrunken und Lucy erlaubt, mich mit Lametta zu schmücken, aber als sich dann alle auf den Weg zu den Bussen gemacht haben, die sie zur Party bringen würden, habe ich mein Lametta abgenommen und bin zur U-Bahn gegangen und heimgefahren, um den ganzen Abend lang *Friends* zu schauen. Es ist schon seltsam, so auf mein altes Selbst zurückzublicken. Ich meine, es ist nicht so, dass ich total unglücklich gewesen wäre, aber ich habe garantiert nicht alles aus meinem Leben herausgeholt. Ich habe im letzten Jahr mehr über mich selbst gelernt, als in den gesamten fünfundzwanzig Jahren davor, und ich kann ganz ehrlich sagen, dass ich glücklich bin. Klar, ein bisschen Sand im Getriebe war auch dabei. Mit Alex habe ich etwas verpasst, was richtig gut hätte sein können. Stattdessen habe ich mit Gonorrhö-George meine Zeit verschwendet. Aber mit jedem Rückschlag habe ich auch etwas gelernt. Ich werde nie wieder zulassen, dass ich meine Freundschaft mit Jamie vernachlässige, und ich werde ganz sicher nicht mehr eine Beziehung mit Zufriedenheit gleichsetzen.

«Ich glaube, sie ist schon wieder in ihrer eigenen Welt.»

Es ist Tallulah, die sich da so unhöflich in meine Gedanken drängt und mich zurück in die Realität holt. Sie steht neben meinem Schreibtisch, eine Hand in die knochige Hüfte gestemmt. Sie trägt außerdem etwas, das man nur als Prinzessinnenkleid bezeichnen kann, denn es besteht aus ungefähr tausend Lagen pinken Tülls, der sich unter ihrer von einem Korsett eingezwängten Taille bauscht.

«Sorry, was?», frage ich und versuche, nicht das Kleid anzustarren. «Ich habe nur gebrainstormt. Für ...»

«Hör auf, so einen Mist zu reden, Isobel. Ich stehe hier nicht zum Spaß, weißt du. Ich muss mir die Accessoires ansehen und Schmuck aussuchen, der zu meinem Outfit passt.»

Egal was passiert, frag sie auf keinen Fall, ob sie sich für die Party als Omas Toilettenpapierhülle verkleidet hat.

«Also, geht es los, oder was?», fragt Lucy, stürzt ein weiteres Glas Sekt hinunter und schaut ungeduldig von mir zu Emma.

«Geht was los?», frage ich und bemerke plötzlich, dass sich das gesamte Büro um uns versammelt hat.

«Deine letzte Mutprobe natürlich», sagt Lucy noch ungeduldiger.

«Oh mein Gott, das war mir gar nicht bewusst! Meine allerletzte Mutprobe? Für immer?» Ich schaue Emma an, die auf ihren Computerbildschirm zeigt.

«Willst du vorlesen?», fragt sie. Sie hat bemerkt, dass ich gerade ziemlich sprachlos bin.

«Nein, ja ... Ich weiß nicht», sage ich. «Ich kann nicht fassen, dass es wirklich die letzte ist. Das hier war das beste Jahr meines Lebens, und das verdanke ich größtenteils dem Feature. Ich weiß nicht, ob ich das schon hinter mir lassen kann. Ich mag es nicht, wenn etwas Gutes zu Ende ist. Können wir im Januar wieder von vorne anfangen?»

Ich schaue Tallulah hoffnungsvoll an, aber sie begutachtet nur ihren himbeerroten Nagellack.

«Auf keinen Fall», zischt sie.

Ich gebe mir Mühe, nicht beleidigt zu sein. Ich bin schließlich eine starke, professionelle Frau, und ich kann mich im nächsten Jahr auf so viel freuen. Das Social-Media-Projekt, zum Beispiel. Aber trotzdem. Mein Feature! Mein Baby!

«Du hast das richtig gut gemacht, Isobel», fährt Tallulah fort. «Trotzdem müssen wir uns natürlich auch als Magazin weiterentwickeln. Ich bin wirklich beeindruckt von deiner Arbeit, und du wirst mit Sicherheit in Zukunft noch mehr schreiben, aber ich möchte frische Ideen von dir, sobald wir aus den Weihnachtsferien zurück sind. Bis dahin erwarte ich, dass dein letztes Feature dein bestes wird. Und vielleicht könnte Emma jetzt die Challenge vorlesen, bevor wir alle vor Langeweile tot umfallen?»

Ich antworte lieber nicht darauf. Stattdessen schaue ich Emma an, die sich räuspert.

«Bist du bereit?», fragt sie. Ihre Augen glänzen.

«Ich bin so aufgeregt», verkündet Lucy und hüpft begeistert auf und ab.

Emma schaut sie warnend an, und mein Misstrauen erwacht erneut.

«Leute, was ist hier los?», frage ich. «Ihr verhaltet euch schon den ganzen Tag seltsam.»

«Nichts», sagt Lucy. «Hör einfach Emma zu.»

Emma räuspert sich wieder.

Liebe Izzy,
ich habe dein Feature seit letztem Frühjahr mit viel Interesse gelesen. Ich schätze, das passiert einfach, wenn eine verrückte Frau auf deinem Campingplatz auftaucht und dir dein Herz stiehlt – und deine Teebeutel.

WAS?

Ich glaube, ich kriege keine Luft mehr.

«Ist das wirklich von …?», flüstere ich und flattere mit den Händen vor meinem Gesicht herum. Dafür gibt es eigentlich keinen Grund, aber ich muss mich bewegen.

«Pst, wir sind doch noch gar nicht bei dem guten Teil angekommen», weist mich Lucy zurecht.

«Warte, habt ihr die Mail etwa schon gelesen?», frage ich verwirrt.

«Halt die Klappe und hör zu!»

Emma liest weiter.

Wie du dir wahrscheinlich denken kannst, war es die Challenge vom Oktober, die mich wirklich berührt hat. Ich will ganz ehrlich sein: Über deine Gefühle für diesen G. zu lesen, fand ich nicht besonders toll, obwohl es sich anhört, als hättest du das inzwischen hinter dir gelassen.
Na ja, ich will dir nur sagen, ich hätte keine voreiligen Schlüsse wegen diesem Nathan auf dem Glastonbury ziehen sollen. Ich habe die bescheuerte Mailboxnachricht, die ich dir hinterlassen habe, sofort bereut. Ich habe kürzlich mit Emma gesprochen, die mir erklärt hat, wie alles wirklich war. Ich hätte es verstanden, wenn du mich danach komplett ignoriert hättest. Deine Nachrichten habe ich übrigens nie erhalten, denn ich habe kurz nachdem du auf dem Festival warst, eine neue Nummer bekommen, lange Geschichte, ich werde dich jetzt nicht damit langweilen. Aber weil ich schon mal dabei bin, ehrlich zu sein, und weil Weihnachten ist und alles, wollte ich mich für mein schlechtes Benehmen entschuldigen und dir sagen, dass ich wirklich zu schätzen weiß, was du in deinem Oktoberartikel geschrieben hast. Es hat mir viel bedeutet.
Also, die Sache ist die: Ich habe eine Mutprobe für dich. Und wenn ich sage ‹für dich›, dann meine ich nicht das Mädchen, das dachte, G. wäre ihr Schlüssel zum Glück. Ich meine die dynamische, lebenslustige Frau, die mir schon im März komplett den Kopf verdreht hat. Ist sie da? Hört sie mir zu?
Das *Ja(hr)* war offensichtlich eine große Herausforderung, und jetzt bitte ich dich, es mit etwas Gutem zu beenden. Ich lade dich zu einem Date mit mir ein, damit wir in Ruhe darüber reden können, was uns beiden in diesem Jahr

passiert ist, und um herauszufinden, ob wir vielleicht doch eine Chance haben. Sagst du im Dezember ja zu mir, Izzy?
Alles Gute,
A. für Alex, Yorkshire x

Ich lasse mich so schwungvoll zurückfallen, dass mein Stuhl wackelt und ich schnell wieder nach vorne springen muss, um nicht auf dem Boden zu landen. Glücklicherweise bedeutet ein Büro voller Frauen und Schwuler, dass es mir nichts ausmacht, wie viel von meinem Busen gerade seitlich aus dem Kleid herausschaut. Wenn ich doch nur dasselbe über das Rentiergeweih sagen könnte, das mir ins Gesicht gerutscht ist.

Emma schiebt es mir vorsichtig wieder auf die Stirn und hilft mir, mich zu sammeln.

«Alles klar?», fragt sie und hält mich an den Schultern fest, während Lucy versucht, meine Frisur in Ordnung zu bringen.

«Alex», flüstere ich. «Er hat sich gemeldet?»

«Ja, Liebes. Und er hat ziemlich schöne Sachen geschrieben, findest du nicht auch?»

Ich beiße mir auf die Unterlippe und starre nachdenklich ins Leere.

«Ja, er hat schöne Sachen geschrieben», gebe ich irgendwann zu. Mir ist nur allzu bewusst, dass immer noch das gesamte Büro zuschaut.

«Zum Beispiel das mit seinem Handy …», schlägt Emma vor.

«Ja», antworte ich. «Es tut gut zu wissen, dass er mich nicht absichtlich ignoriert hat. Aber wenn er eine neue

Nummer hatte, warum hat er nicht versucht, mich noch mal anzurufen?»

«Das habe ich ihn auch gefragt, als wir uns unterhalten haben», antwortet Em. «Er hatte so ein schlechtes Gewissen wegen der Art, wie er in dieser Mailboxnachricht mit dir gesprochen hat. Er dachte, du wolltest nichts mehr mit ihm zu tun haben, als er nach dem Glastonbury ein paar Tage lang nichts von dir gehört hat. Zur selben Zeit bekam er unglaublich viele Spam-Anrufe und hat bemerkt, dass seine Nummer noch auf der Website des Campingplatzes steht, die natürlich inzwischen viel häufiger besucht wird. Also hat er seine Nummer geändert und ein neues Festnetztelefon für die Arbeit angeschafft. Deshalb hat er deine Nachrichten nie bekommen. Danach war ihm das Ganze wahrscheinlich einfach nur peinlich.»

«Und es macht ihm nichts aus, dass du gleichzeitig mit ihm und mit George in die Kiste gehüpft bist. Klingt nach einem ziemlich guten Kerl», meldet sich Lucy zu Wort.

Ich kann gar nicht mehr mitzählen, wie oft Lucy mich schon blamiert hat, indem sie das gesamte Büro über mein Liebesleben informiert hat. Aber genau in diesem Moment wird mir klar, dass ich zwei Möglichkeiten habe. Möglichkeit eins: Ich kann mich unter meinem Schreibtisch verkriechen und darauf warten, dass das Kichern aufhört, so wie immer. Möglichkeit zwei: Ich kann mich für mich selbst einsetzen.

«LUCY!», schreie ich. «Warum musst du eigentlich immer die lächerlichsten Details meines kaum vorhandenen Liebeslebens mit dem ganzen Büro teilen? Sie stimmen nicht einmal. Nur fürs Protokoll, ich bin nicht gleichzeitig mit den beiden in die Kiste gehüpft. Ich habe mit keinem der beiden geschlafen, damit das mal klar ist.»

«Verklemmt», sagt Lucy verächtlich.

Ich rede weiter.

«Also, Emma, das ist ja alles schön und gut mit der ganzen Telefonsache, aber vergessen wir mal nicht den Abend, als wir in diesem Club auf dem Tisch getanzt haben und Alex mit einer wunderschönen Blondine im VIP-Bereich saß. Es war ziemlich offensichtlich, dass er über mich hinweg ist.»

«Danach habe ich ihn natürlich auch gefragt, aber möchtest du das nicht lieber von ihm selbst hören?», fragt Emma.

Ich schüttele verwirrt den Kopf. «Ganz ehrlich, ich weiß es nicht. Mir geht es gerade wirklich gut. Würde ich mich nicht schon wieder Hals über Kopf ins nächste Drama stürzen, wenn ich mich mit ihm treffe?»

«Lieber Gott», meint Lucy nachdrücklich. «Wenn das, was du gerade gesagt hast, wahr ist und du das ganze Jahr lang keinen einzigen P. gesehen hast, dann bist du es dir selbst verdammt noch mal schuldig, zu diesem Date mit Alex zu gehen. Du weißt schon, bevor deine Vagina komplett den Geist aufgibt.»

«Falls ich mich dafür entscheide, mich mit ihm zu treffen, dann definitiv nicht aus den Gründen, die du gerade erwähnt hast», erwidere ich mürrisch. «Aber vielleicht wäre es tatsächlich gut, wenn wir uns aussprechen würden. Ich war so sauer, als ich nach dem Glastonbury nichts mehr von ihm gehört habe, und ich schätze, wir haben uns noch einiges zu sagen. Außerdem hat mir der Showdown mit

George wirklich geholfen, über ihn hinwegzukommen, also ist das vielleicht der richtige Weg, die ganze Sache mit Alex nun auch zum Abschluss zu bringen.»

«Wer hat denn hier was von Abschluss gesagt?», murmelt Lucy.

«Sind wir jetzt bald mal fertig?», bellt Tallulah. «Diese ganzen Überlegungen sind doch komplett sinnlos. Ich habe längst entschieden, dass das die perfekte letzte Challenge ist. Du wirst Alex' Einladung annehmen, Isobel. Jetzt hört auf zu reden und lasst uns endlich feiern gehen. Der hübsche neue IT-Chef ist auch da, und ich muss noch die Platzkärtchen umstellen, damit ich ihn heute Abend verführen kann.»

⋆★⋆

Man kann diesen Ort nicht wirklich Zelt nennen. Es ist eher eine riesige, zeltartige Konstruktion mit einem pechschwarzen Dach, das über und über mit funkelnden Lichtern bedeckt ist. Hunderte Tische mit wunderschönem Blumenschmuck zieren die eine Seite, am anderen Ende befindet sich eine Bühne, wo alle hohen Tiere von Delaney Publishing stehen und uns für die harte Arbeit danken, die wir dieses Jahr geleistet haben. Draußen haben sich Pärchen in ihre warmen Wintermäntel gewickelt und schauen auf die Themse hinaus, oder sie ziehen sich im Vorbeigehen ihre Wollmützen tiefer über die Ohren. Drinnen ist es angenehm warm. Große, schlanke Frauen aus den Redaktionen der anderen Modezeitschriften schreiten umher. Wie viel Haut sie zeigen, ist offensichtlich genauestens abgemessen. Das Werbeteam versammelt sich sofort an der riesigen Bar, und die Musikjournalisten haben es irgendwie aus ihren Jeans heraus- und in etwas, das einem Anzug wenigstens nahekommt, hineingeschafft. Das Personal räumt gerade das Geschirr vom Nachtisch weg, damit wir Platz zum Tanzen haben. Ich beobachte, wie Emma und Lucy von unserem Tisch aufstehen und sich in die lange Schlange für den Fotografen einreihen.

Ich bahne mir meinen Weg zu den Toiletten, wo ich, neben dem Kleiderständer zusammengekauert, den vor Angst zitternden neuen IT-Chef finde. Alle paar Sekunden reißt er panisch den Kopf herum und schaut Richtung Tanzfläche, während er verzweifelt Anweisungen an das Taxiunternehmen in sein Handy flüstert. Gerade fleht er seinen Gesprächspartner an, sein Taxi früher zu schicken. «Bitte beeilen Sie sich, sie trägt ein rosa Hochzeitskleid!» Der arme Kerl.

Vor dem Spiegel in der Damentoilette lege ich neuen Lippenstift auf. Dann ziehe ich mein Handy aus der Tasche und wähle Jamies Nummer.

«Ich bin's», sage ich.

«Izzy», antwortet Jamie. «Wie ist die Party?»

«Richtig cool», sage ich. «Lucy stalkt jetzt schon den heißen Comedian, der moderiert hat, und ich habe gerade das Äquivalent meines Körpergewichts in Lachs gegessen. Nathan hat mir widerwillig den ersten Tanz versprochen, und danach kommt er zu dir. Er findet Büropartys langweilig, sogar wenn sie in einem Festzelt an der Themse stattfinden.»

«Ja, er schreibt mir schon den ganzen Abend», sagt Jamie lachend. «Also, ist alles in Ordnung?»

Ich höre ihrer Stimme an, dass sie schon Bescheid weiß. Hätte sie sich doch bloß nicht mit Emma und Lucy angefreundet!

«Du weißt von Alex' Mutprobe!», beschuldige ich sie.

«Ja, ja, weiß ich, und ich gehe davon aus, dass du deswegen anrufst.»

Wie clever von ihr.

«Was soll ich tun, Jamie?», frage ich und fahre mir mit den Fingern durch die ohnehin schon zerzauste Mähne. «Einerseits kann ich es gar nicht erwarten, ihn zu sehen. Ich möchte mich persönlich bei ihm entschuldigen, ich möchte wissen, wer diese Frau in dem Club war, und ich möchte so, so gerne seinen süßen Bart wiedersehen. Aber soll ich das wirklich alles wieder ausgraben? Und wenn ich es nicht tue, wird Tallulah mich dann umbringen?»

«Langsam, mach dir doch nicht so viel Stress auf einmal. Deine Chefin kann dich zu gar nichts zwingen, und heute Abend musst du noch gar keine Entscheidung treffen. Warum schläfst du nicht erstmal darüber?»

«Das klingt nach einem wirklich guten Rat», antworte ich, straffe meine Schultern und versuche, so selbstbewusst auszusehen, wie ich kann.

«Tja, ich bin eben einfach gut im Ratschlägegeben», sagt meine beste Freundin, die Bescheidenheit in Person. «Also, los jetzt, ab auf die Tanzfläche, und schick mir meinen Freund in einem Stück nach Hause.»

Als sie Nathan ‹ihren Freund› nennt, macht mein Herz einen fröhlichen kleinen Hüpfer.

⋆★⋆

Man muss nur einen Blick auf Nathan werfen, um zu wissen, dass dieser düster wirkende Musikjournalist eher ein Denker ist und es gar nicht mag, in der Öffentlichkeit für Aufsehen zu sorgen. Aber ein paar gute Songs in der Playlist, und schon sind wir wieder auf dem Glastonbury, meine unglaublichen Moves inklusive. Um uns hat sich ein Kreis gebildet, Lucy teilt das Ganze ziemlich sicher live auf Snapchat, und mich könnte das gar nicht weniger interessieren. Dann sind meine Tanzfähigkeiten eben … äh … interessant. Die Grammaticas finden mich cool, und das wird ausreichen, um mich für den Rest meines Lebens selbstbewusst auf der Tanzfläche zu bewegen.

Plötzlich schaut Nathan auf die Uhr und beugt sich vor, um mir etwas zu sagen.

«Ich gehe jetzt. Willst du mit rauskommen und frische Luft schnappen?»

Ich lege mir die Hand an die Stirn und bemerke, dass ich ziemlich verschwitzt bin.

«Klar», antworte ich und warte, bis er sich von den Jungs von *Beat Goes On* verabschiedet hat, die seit dem Social-Media-Seminar nichts anderes mehr tun, als mir auf die Brüste zu starren.

Die kalte Luft überrollt mich wie ein LKW, und ich bereue sofort, dass ich meinen Mantel nicht mitgenommen habe. Die Themse glitzert unter dem Sternenhimmel, und ich zerre Nathan ans Ufer, damit er sie bewundern kann, bevor er in sein Taxi steigt.

«Schau mal, wie schön», rufe ich.

Aber Nathan antwortet nicht. Stattdessen grinst er nur und entfernt sich rückwärts von mir wie ein totaler Freak.

Und plötzlich höre ich eine andere Stimme.

«Hi, Izzy», sagt ein leicht verlegener und unglaublich gutaussehender Mann.

⋆★⋆

A. für Alex lehnt an einer Straßenlaterne. Er trägt einen langen Mantel, unter dem ein schicker Anzug hervorschaut, und einen Schal um den Hals.

Ich starre ihn mit offenem Mund an, während seine leuchtenden Augen nicht von mir weichen. Es ist schon eine Weile her, dass wir uns so aus der Nähe gesehen haben, und ich habe das schreckliche Gefühl, dass meine Stirn immer noch verschwitzt ist vom Tanzen.

Moment mal … Nathan! Ich drehe mich zu meinem Freund um und stelle fest, dass er ziemlich selbstzufrieden dreinschaut. Nachdem er sich vergewissert hat, dass ich nicht panisch das Weite suche, wirft er Alex einen wissenden Blick zu und öffnet die Tür des Taxis. Mein Mund steht immer noch offen. Bevor er einsteigt und in die Nacht hineinfährt, zwinkert er mir zu.

«Große Neuigkeiten», sagt er. «Izzy ist zwar echt gut im Verkuppeln, aber sie hat gerade Konkurrenz bekommen. Ich habe gehört, Nathan ist auch nicht untalentiert.»

Jetzt sind also nur noch Alex und ich übrig. Wir stehen mitten im Dezember an einem Fluss, das Gewicht eines ganzen Jahres zwischen uns. Nervös werfe ich ihm einen Blick zu.

Er ist immer noch so attraktiv wie damals. Sein dunkelblondes Haar ist vom Wind zerzaust, und seine Schultern wirken in dem dunklen Anzug besonders breit. Aber irgendetwas hat sich verändert. Vielleicht ist er ein bisschen eleganter geworden? Sein Bart sieht nicht mehr ganz so nach Höhlenmensch aus wie damals, als wir im Peak District herumgeklettert sind, und ich glaube, er pflegt seine Haut jetzt besser.

Ich kämpfe gegen den Drang, die Hand auszustrecken und seine Wange zu streicheln, weil ich daran denke, dass er diesen neuen metrosexuellen Look wahrscheinlich der Blondine aus dem Club zu verdanken hat.

«Du siehst wunderschön aus.» Alex bricht endlich das Schweigen.

«Danke», antworte ich verlegen.

«Das Rentiergeweih gefällt mir am besten.»

Ich bringe Lucy um.

«Nur ein bisschen Weihnachtsstimmung», murmele ich und nicke mit dem Kopf, damit das Geweih richtig zur Geltung kommt. Wennschon – dennschon.

Alex lächelt.

«Meinst du, wir könnten uns unterhalten?», fragt er nach einer langen Pause.

«Ich … ich weiß nicht.»

Reiß dich zusammen, Mädchen!

Mini-Me trägt heute Abend ein rotes Ballkleid und sieht aus wie ein Silvesterknaller. Sie sitzt auf meiner Schulter und schreit mir Befehle zu. Und wir wissen ja alle, was passiert, wenn Mini-Me die Regie übernimmt. Ich räuspere mich und setze noch einmal an.

«Ja, sehr gerne.»

Ich zeige auf eine freie Bank und verschränke die Arme vor der Brust. Ich bereue aufrichtig, im Dezember ein Kleid mit Cut-outs gewählt zu haben. Ohne etwas zu sagen, zieht Alex seinen Mantel aus und legt ihn mir um die Schultern. In jedem Liebesfilm würde diese Geste mein Herz zum Explodieren bringen, aber jetzt gerade gebe ich mir alle Mühe, auf dem Boden der Tatsachen zu bleiben. Ich ermahne mich, daran zu denken, wohin das mit George geführt hat! Außerdem sollte Alex mir erstmal einiges erklären.

«Dieses Mädchen aus dem Club», sage ich. Ich muss es einfach wissen. «Ist sie deine Freundin?»

«Welches Mädchen?» Alex runzelt die Stirn.

«Sorry», sage ich, als mir klarwird, dass er ja gar nicht weiß, dass ich an dem Abend dort war. «Ich war letzten Monat mit meinen Freundinnen in Kensington feiern. Ich kann mich nicht mehr an den Namen des Clubs erinnern, aber es dürfen normalerweise nur Mitglieder rein. Er war voller Adliger, und ich habe mindestens drei Frauen gesehen, die einen Hut getragen haben, ohne Ironie.»

Alex starrt mich an, als hätte ich den Verstand verloren. Schnell rede ich weiter.

«Ich habe auf einem der Tische getanzt, als meine Freundin Lucy dich im VIP-Bereich gesehen hat, zusammen mit einer Blondine. Sie hatte keine Ahnung, wer du bist, bis ich ihr erklärt habe, dass du mein Alex bist.»

«*Dein* Alex?», fragt er. Seine Augen funkeln.

Gott sei Dank ist es hier draußen dunkel, sodass er nicht sehen kann, wie rot ich werde.

«Na ja, du weißt doch, was ich meine», sage ich schroff. «Es schien so, als wärt ihr beiden sehr vertraut miteinander.»

«Warte mal, ich glaube, ich weiß jetzt, welchen Abend du meinst. Erinnerst du dich noch an das Food-Festival im Sommer? Ich konnte uns Tickets besorgen, weil eine Freundin von mir es gemanagt hat.»

«Natürlich», antworte ich.

«Das war sie», sagt Alex. «Sie heißt Marie, und wir kennen uns schon seit der Uni. Sie überlegt, im Norden ein zweites Festival zu organisieren, und wir haben den Tag damit zugebracht zu überlegen, ob mein Campingplatz vielleicht ein geeigneter Ort dafür wäre. Alles ziemlich spannend. Und weil sie so ziemlich jeden in der Gastroszene kennt, hat sie es geschafft, uns VIP-Plätze in diesem Club zu besorgen. Obwohl ich mir hinter diesen roten Samtstricken offen gestanden ziemlich bescheuert vorkam.»

Ich muss über seine ehrliche Art lachen und bin unglaublich erleichtert, dass er nicht mit einer anderen zusammen ist. Nicht, dass ich irgendeinen Anspruch auf ihn hätte, aber trotzdem.

«Alex, da ist noch was, was ich mir von der Seele reden muss», sage ich und klappe den Kragen seines Mantels hoch, um mein Gesicht vor dem bitterkalten Winterwind zu schützen. «Als wir auf dem Festival waren … da war George auch da. Ich bin mit ihm zusammengestoßen. Deshalb habe ich mich so seltsam verhalten, als ich zurück zum Baumhaus kam. Ich hatte dir den ganzen Tag schon von ihm erzählen wollen, aber wir hatten so viel Spaß, und dann habe ich dich mit Sekt angespuckt und … na ja, letztendlich war ich einfach zu feige. Ich hatte ewig nichts mehr von ihm gehört. Ich dachte, dass es zwischen uns vorbei ist. Aber ich hätte es dir trotzdem sagen sollen, und mich quält seitdem mein schlechtes Gewissen. Als ich ihn an dem Tag gesehen habe, hat er sich bei mir entschuldigt, und dann war ich echt in der Bredouille. Du bist wieder in den Norden gefahren, und ich hatte keine Ahnung, ob oder wann ich dich wiedersehe. Und auf der Arbeit war auch so viel los, und bevor sich überhaupt irgendetwas klären konnte, war schon das Glastonbury, und dann hast du sozusagen mit mir Schluss gemacht, weil du dachtest, ich hätte was mit Nathan.»

Ich halte einen Moment inne und atme tief die eisige Luft ein.

«Ich weiß deine Ehrlichkeit zu schätzen», sagt Alex. «Aber wie ich in meiner Mail schon geschrieben habe, habe ich verstanden, dass es bei dieser ganzen Sache mit George nur um die alte Izzy ging. Niemand hat noch nie einen Fehler gemacht, oder? Und was ich jetzt von dir wissen will, ist, ob du mit mir neu anfangen möchtest.»

Der Wind wird stärker, und ich zittere am ganzen Körper. Aber das liegt nicht an der Kälte, denn ich trage ja Alex' Mantel, der genauso riecht wie er (Apfelshampoo, kräftiges Aftershave, einfach nur gut). Es liegt daran, dass ich eine sehr wichtige Kreuzung in meinem Leben erreicht habe und mich nun entscheiden muss, in welche Richtung ich weitergehe.

Ich hole tief Luft.

«Die Sache ist die, Alex, ich hatte vor kurzem eine Erkenntnis. Als das alles mit George passiert ist und ich dachte, dass du mich längst vergessen hast, ist mir endlich klargeworden, dass das, wonach ich schon so lange gesucht habe, gar nicht das ist, was ich brauche. Mir geht es gut im Moment. Ich habe einen Job, den ich liebe, tolle Freunde und eine wunderbare Familie an meiner Seite.»

Alex senkt den Blick und rückt seine Krawatte zurecht.

«Das verstehe ich», sagt er. «Ganz ehrlich, das finde ich sogar sehr gut.»

«Wirklich?», frage ich.

«Ja», nickt er. «Ich will nicht dein Märchenprinz und Retter sein, Izzy. Und ich will dich ganz sicher nicht vor deinem Leben retten. Das hast du schon selbst geschafft, und das auch noch richtig gut, nach allem, was ich höre. Was ich suche, ist eine Frau, mit der ich Pferde stehlen kann. Eine, die die Abenteuer, die mich erwarten, mit mir teilt und die ihre mit mir teilen möchte.»

Jetzt bin ich diejenige, die den Blick senkt. Ich fummele an einem Knopf an seinem Mantel herum, während ich über seine Worte nachdenke. Er hat völlig recht. Ich muss nicht gerettet werden. Ich bin die neue Izzy! Aber ein Partner zum Pferdestehlen? Jemanden, mit dem ich alles teilen kann? Das klingt gut.

Ich schaue auf, und sein Gesicht ist nur wenige Zentimeter von meinem entfernt. Sein verführerischer Duft steigt mir in die Nase, und ich bin geradezu hypnotisiert von diesen umwerfenden blauen Augen, die langsam immer näher kommen. Es ist einer dieser Jetzt-oder-nie-Momente, und plötzlich weiß ich instinktiv, dass ich das Richtige tun werde.

Ich beuge mich vor und lege die Hand an sein Gesicht.

Er lächelt, und dann küsst er mich. Der Kuss dauert lange und ist unglaublich sinnlich. Ich vergesse den kalten Wind und die Touristen, die an uns vorbeihasten, um möglichst schnell ins Warme zu kommen. Jeder meiner Sinne ist vollkommen von Alex in Anspruch genommen. Seine Lippen, die sanften Bewegungen seiner Zunge. Wie er schützend den Arm um mich legt. Hier, genau hier, ist mein Platz.

«Juhuuu!»

Alex und ich lösen uns aus der Umarmung, und obwohl sich mein Blick nicht von seinem lösen will, weiß ich, dass ein Sturm namens Lucy gleich über uns hereinbrechen wird und wir uns darauf vorbereiten sollten.

Aber es ist schon zu spät. Lucy steht neben dem Zelt und jubelt hysterisch wie eine Amerikanerin bei einem Baseballspiel. Emma versucht vergeblich, unsere lächerliche Freundin unter Kontrolle zu bringen. Oh, und die gesamte Belegschaft von *Pulse* ist ebenfalls vor das Zelt getreten, um sich anzuschauen, was hier draußen vor sich geht. Sogar Tallulah hat sich der eisigen Kälte gestellt.

«Wussten sie, dass du kommst?» Ich drehe mich misstrauisch zu Alex um.

«Ja», nickt er. «Ich habe es mit Emma ausgemacht, und sie hat Nathan zur Verstärkung dazugeholt. Sie dachte, je mehr Leute dabei sind, desto sicherer. Sie meinte, du würdest ganz gerne viel zu viel über Dinge nachdenken.»

«Frechheit!» Ich versuche, verärgert auszusehen. Dabei bin ich das kein bisschen.

«Wollen wir die Bühne verlassen?», frage ich, als mir klarwird, dass niemand aus meinem Kollegium vorhat, in nächster Zeit damit aufzuhören, uns anzustarren.

«Ich dachte schon, du fragst nie», sagt Alex und zieht eine Augenbraue hoch. «Du könntest mit in mein Hotel kommen, wenn du magst?»

Mein Herz droht zu explodieren. Ich weiß natürlich ganz genau, dass es nur eines bedeuten kann, wenn wir zu ihm ins Hotel fahren. Ich warte genau so lange, wie es ein Mindestmaß an Anstand erfordert, bevor ich einem der Taxis winke.

⋆★⋆

Das Beste am Frühstück im Bett in einem Hotel ist, dass man essen kann, was man will, ohne sich Sorgen darum zu machen, die gesamte nächste Woche lang in Croissant-Krümeln aufzuwachen.

Moment, das streiche ich wieder durch. Das war bisher das Beste daran. Aber die Stimmen sind ausgezählt, und der Izzy-Rat hat einstimmig beschlossen, dass seit neuestem das Beste am Frühstück in einem Hotelbett ist, selbiges mit dem halbnackten Gott namens Alex zu teilen. Ich rolle mich faul auf die Seite und beobachte, wie er einen Schluck Orangensaft trinkt und in seiner Zeitung blättert. Sein verschlafenes Gesicht ist unwiderstehlich, und dann ist da ja noch dieser muskulöse Oberkörper. Ich weiß fast nicht, wo ich hinschauen soll. Aber nur fast.

«Beobachten Sie mich etwa, Miss Mulligan?», fragt er und grinst.

«Aber so was von», strahle ich. «Du siehst heute Morgen ziemlich gut aus.»

«Du auch. Wobei ich ein kleines bisschen enttäuscht

bin, dass diese Weihnachtsmannohrringe die Nacht nicht überstanden haben.»

Ich lache und nehme mir Kompott und einen Löffel vom Tablett am Fußende unseres Bettes. Dann gähne ich ausgiebig.

«Langweile ich dich?», neckt mich Alex.

«Du weißt ganz genau, dass das nicht der Grund für mein Gähnen ist», antworte ich und pikse ihn mit dem Finger in die Seite. «Ich bin müde, weil wir während des Sexathons letzte Nacht nur ungefähr eine einzige Stunde Schlaf bekommen haben.»

Früher wäre es mir wahnsinnig peinlich gewesen, dass ich gerade das Wort «Sexathon» benutzt habe, vor allem am Morgen nach dem Abend davor. Ich hätte meine Zehen eingerollt und gebetet, dass Alex vielleicht einen spontanen Taubheitsanfall hatte. Aber ich habe endlich akzeptiert, dass ich manchmal einfach seltsame Dinge sage.

«Du bist schon komisch», lacht Alex. «Also, wie wär's, wenn wir mit dem Sexathon weitermachen?»

⋆★⋆

Eine Stunde später ist es definitiv Zeit aufzustehen, aber mein Körper fühlt sich an, als schwebe er auf einer Wolke, und ich bin mir nicht sicher, ob meine Beine funktionieren werden, wenn ich die Füße auf den Boden stelle.

Die vergangene Nacht und der Morgen mit Alex waren unbeschreiblich. Lebensverändernd. Wie ein Lottogewinn, eine sexuelle Offenbarung und die Ankündigung, dass *The Great British Bakeoff* wieder ins Fernsehen kommt, in einem.

Es fühlt sich an, als würde mein Herz singen, wenn ich mit Alex zusammen bin. Aber bevor jetzt irgendwer denkt, dass ich einfach leicht ins Bett zu kriegen bin, möchte ich etwas erklären. Es ist nicht so, dass wir aus dem Taxi gesprungen wären, uns in der Lobby unserer Kleider entledigt und uns aufeinandergestürzt hätten, bevor wir überhaupt wussten, wo unser Zimmer ist.

Ich bin schließlich immer noch Izzy!

Stattdessen haben wir lange in der Hotelbar gesessen. Es gab sehr viel zu sagen, und ich glaube, wir hatten beide das Gefühl, dass das die perfekte Gelegenheit war, reinen Tisch zu machen. Verständlicherweise wollte Alex sichergehen, dass ich nicht mehr an George hänge. Und je mehr ich darüber redete, desto sicherer war ich mir, dass ich wirklich komplett über George hinweg bin. Er war ein Stück meiner Vergangenheit, das sich irgendwie in die Gegenwart geschmuggelt hatte. Alex hingegen könnte Teil meiner Zukunft sein.

Genau wie an jenem Abend im März, an dem ich fragwürdige Cocktails aus Nutella gemixt habe, bei denen wir uns dann stundenlang über unsere Hoffnungen und Träume unterhalten haben, war die Verbindung zwischen uns sofort wieder da. Und offenbar bin ich nicht die Einzige, die ein ziemlich aufregendes Jahr hinter sich hat. Alex' Campingplatz ist sozusagen explodiert, und er bekommt jetzt schon Reservierungen für nächsten Herbst. Er musste Leute einstellen, um mit dem Ansturm fertigzuwerden, und er hat ein neues Safarizelt gebaut, das im Frühling eröffnet werden soll. Er hat einen Kurs gemacht, damit er seine schöne, neue Website selbst pflegen kann, und das

PR-Team, mit dem er sich im Sommer getroffen hat, hat gute Arbeit geleistet. Zum Beispiel haben sie das Interview in der Reisezeitschrift organisiert, das ich entdeckt habe, während ich Jamie und Nathan bei ihrem desaströsen ersten Date ~~ausspionierte~~ anfeuerte.

Als ich ihm das erzählt habe, hat sein ganzes Gesicht geleuchtet, weil er es so lustig fand, und ich habe fasziniert seine Lachfältchen beobachtet. Wie kommt es eigentlich, dass Kerle gut aussehen, wenn sie die ersten Falten bekommen? Das ist einfach nicht fair.

Ich schlürfte mein Mineralwasser (ich war seit dem Termin bei Henri am Trinken und wollte für das Gespräch mit Alex einen klaren Kopf haben), während er ein Glas Whisky in der Hand hatte. Plötzlich trafen sich unsere Blicke, und wir *wussten* es einfach.

«Willst du hierbleiben?», fragte er.

Mein Herz klopfte immer schneller, und die Nervosität pulsierte durch meinen ganzen Körper.

«Gerne», antwortete ich.

⋆★⋆

Ich strecke mich ein letztes Mal und greife dann nach meinem Handy. Alex streicht mit der Hand an meinem nackten Körper entlang, und es kostet mich jedes Gramm Willenskraft, mich nicht sofort wieder zu ihm umzudrehen. Es ist nämlich schon nach Mittag, und alles, was ich heute erreicht habe, ist … ähm, das habe ich ja bereits erklärt.

«Musst du zur Arbeit?», fragt er traurig.

«Eigentlich ja», antworte ich. «Aber weil Freitag ist,

ist der Großteil für nächste Woche schon gedruckt, und Emma hat mir versichert, dass sich am Tag nach der Weihnachtsfeier niemand vor mittags ins Büro schleppt. Aber ich sollte mich wahrscheinlich schon demnächst auf den Weg machen.»

Ich wage einen weiteren Blick zu ihm. Mir ist nur zu bewusst, dass ich nichts lieber tun würde, als den ganzen Tag mit ihm hier in diesem Hotel zu verbringen.

«Wann musst du los?», frage ich.

«Ich fahre heute Abend», antwortet er.

Ich seufze tief.

«Ich möchte dich wiedersehen, Izzy. Die letzte Nacht war … etwas Besonderes.»

«Ich auch. Ich will das hier nicht kaputt machen, so wie beim letzten Mal», antworte ich. Dann habe ich plötzlich eine tolle Idee.

«Hey, ich fahre definitiv an Weihnachten zurück nach Nottinghamshire. Das ist zwar immer noch eine Strecke, aber ich könnte dich im Peak District besuchen, und du könntest auch zu mir kommen! Meine Familie mag dich garantiert.»

Komischerweise fangen meine Hände nicht an zu schwitzen, wenn ich das sage, ganz anders als damals, als ich George davon überzeugen wollte, meinen Eltern von unserer Beziehung zu erzählen. Eigentlich fühlt es sich ganz natürlich an. Was ist jetzt anders? Vielleicht, dass wir uns Zeit lassen und dass ich sowieso schon superzufrieden bin? Ich bin mir sicher, dass Alex sich genauso wenig wie ich unter Druck fühlt, und ich werde ihn mit Sicherheit nicht so lange nerven, bis er zugibt, dass wir offiziell ein

Paar sind, wie bei George. Diesmal entscheide ich selbst, wann es sich richtig anfühlt. Vielleicht liegt es aber auch nur daran, dass es so einfach ist, mit Alex zusammen zu sein. Ich kann komplett ich selbst sein.

Ich schaue auf und sehe, dass sich ein strahlendes Lächeln auf seinem Gesicht ausgebreitet hat.

«Das wäre schön», sagt er.

⋆★⋆

Das smaragdgrüne Kleid fühlt sich an einem Freitagnachmittag mitten in London deutlich weniger glamourös an als gestern auf der Party. Obwohl Alex' Hotel am Leicester Square liegt und es von dort aus nur fünf Minuten zum Büro wären, beschließe ich, mit Uber zu fahren. Immerhin habe ich diesen Monat meinen ersten aufgemotzten Lohn bekommen, und wenn man sich dann kein Taxi leisten darf, um einen Spießrutenlauf zu vermeiden, hat eine Gehaltserhöhung wirklich keinen Sinn.

«Oh mein Gott, du Flittchen», krächzt Lucy, als ich versuche, schnell zum begehbaren Kleiderschrank in der Modeabteilung zu schleichen, bevor mich jemand sieht. «IZZY TRÄGT NOCH DAS KLEID VON GESTERN ABEND!», fügt sie hinzu, nur für den Fall, dass es in Edinburgh noch jemand gibt, der ihre erste Bemerkung verpasst hat.

Das ganze Büro klatscht, und ich verbeuge mich, bevor ich im Schrank verschwinde und zweckmäßigere Arbeitskleidung anziehe. Dazu ist ein Pullover mit Eisbären darauf offenbar unerlässlich.

«Hey, Emma, hey, Lucy, hey, Jamie», begrüße ich meine Freundinnen, als ich mich auf den Weg zurück zu meinem Schreibtisch mache.

Moment mal.

«Jamie? Was machst du denn hier? Und warum sitzt du auf meinem Platz?»

«Ich will auch alles erfahren, und ich wusste, dass du frühestens nach der Arbeit anrufst.» Sie zuckt die Achseln. «Ich bin seit Stunden hier, weil ... na ja, es ist halb zwei, und du bist gerade erst zur Arbeit gekommen. Also habe ich deinen Schreibtisch aufgeräumt.»

Ich werfe einen nervösen Blick in Richtung Tallulahs Büro und sehe, dass sie gerade eine indische Kopfmassage genießt, während sie ihrer Assistentin Befehle zubrüllt.

«Tallulah finde ich übrigens toll. Ich weiß gar nicht, was du mit ihr für ein Problem hast. Sie war den ganzen Morgen lang nett zu mir.»

«Weil sie versucht, dich dazu zu bringen, nächstes Jahr was für eine unserer Sonderausgaben zu machen», erklärt Emma.

Jamie deutet stolz auf die Umgebung meines Computers. Die Avocadopostkarte ist weg. Und wo zum Teufel ist meine farblich sortierte Büroklammerdose?

Stattdessen stehen Muji-Stifte in einem Keramikbecher, meine alten, abgekauten Kugelschreiber gehören offensichtlich der Vergangenheit an. Ein schicker, einfarbiger Notizblock liegt neben der Maus, und das Einzige, was den Bildschirm ziert, sind ein paar von meinen Lieblingsposts auf Instagram.

«Hast du die ausgedruckt?», frage ich.

«Ja.» Sie grinst selbstgefällig. «Lucy hat mir erzählt, dass dein Schreibtisch viel zu mädchenhaft aussieht, und ich habe beschlossen, etwas dagegen zu unternehmen. Also, wie wär's, wenn du uns endlich erzählst, was gestern Abend passiert ist?»

«Ja, aber bitte leise», zischt Lucy, die sich jetzt eine Packung Tiefkühlerbsen an den Kopf hält. «Ich hab einen fiesen Kater.»

Ich nehme mir gehorsam einen Stuhl, während meine Freundinnen gespannt näher heranrücken.

«Also … es war unglaublich», sage ich, so leise ich kann. «Wir haben über alles geredet, sodass nichts mehr zwischen uns steht.»

«Und …?», fragt Jamie ungeduldig.

«Und dann habt ihr's getrieben, oder was? Von eins bis zehn, was bekommt er?», flüstert Lucy. Noch nicht mal ihr Kater hält sie offensichtlich davon ab, unverschämt neugierig zu sein.

Ich verdrehe die Augen.

«Es war wahnsinnig gut. Elf-von-zehn-mäßig gut», informiere ich sie.

«Na, Gott sei Dank», sagt Lucy.

«Das sind ja tolle Neuigkeiten, Izzy. Ich freue mich so für dich. Wir wussten, dass alles okay sein würde, nachdem er dir erklärt, wer die Frau in dem Club war», sagt Emma.

«Also, Moment mal, heißt das, ihr seid jetzt offiziell zusammen? Du hast gerade erst gesagt, wie viel besser du ohne Mann dran bist», bemerkt Jamie.

«Ich weiß», nicke ich. «Und nein, wir sind kein Paar. Wir lassen uns Zeit und schauen, was passiert. Aber ganz im

Ernst, Jamie, das hier fühlt sich anders an. Zum ersten Mal in meinem Leben kann ich die Zukunft einfach auf mich zukommen lassen, weißt du, was ich meine?»

Sie schüttelt den Kopf.

«Ich meine, ich habe es nicht mehr so unglaublich eilig, in einer Beziehung zu sein, weil daraus dies oder das werden könnte. Ich habe ständig versucht, George dazu zu bringen, es offiziell zu machen, aber ich habe meine Lektion gelernt. Und wisst ihr, was Alex gestern Abend zu mir gesagt hat? Er meinte, er möchte nicht mein Märchenprinz sein. Gerade als ich endlich geschnallt habe, dass ich keinen Märchenprinzen brauche! Ich bin doch keine unselbständige, langweilige Tussi, die einen Mann braucht, damit ihr Leben toll ist. Dafür sorge ich schon selbst! Aber wenn es einen Mann gibt, der möchte, dass ich meine Abenteuer mit ihm teile, dann bin ich es mir selbst schuldig, das auszuprobieren. Also sehen wir uns hoffentlich irgendwann um Weihnachten, wenn ich bei meiner Familie bin.»

«Du solltest ihn definitiv zur Silvesterparty einladen», sagt Lucy.

«Aber kommt George da nicht immer hin? Das wäre ja megakomisch», sagt Emma.

«Nein, nicht mehr», antworte ich. «Als mein Dad herausgefunden hat, was George getan hat, hat er ihm sozusagen Hausverbot erteilt. Zuerst hat mir das leidgetan, weil George mir erzählt hat, dass er sich meinen Eltern viel näher fühlt als seinen eigenen. Als ich mit Sam darüber gesprochen habe, hat der geschaut, als wollte er seinen Bruder auf der Stelle erwürgen. Anscheinend versteht sich George richtig gut mit seiner Mutter, und die ganze Geschichte war nur eine weitere Ausrede, damit wir meinen Eltern nicht erzählen mussten, dass wir zusammen sind.»

«Was für ein Arschloch», sagt Jamie.

«Ich weiß», antworte ich. «Und Luce, du hast recht, das wäre wirklich die perfekte Gelegenheit, Alex einzuladen. Falls er noch nichts anderes geplant hat. Das wäre dann der erste Silvesterabend seit ... ich weiß nicht, vier Jahren, den ich nicht mit George verbringe und mich lächerlich mache, um ihm zu gefallen. Dabei habe ich immer viel zu viel Sekt getrunken, und am nächsten Tag habe ich alles bereut. Außer das mit dem Sekt natürlich. Es wäre echt schön, wenn Alex bei meinem ersten Silvester als neue Izzy dabei wäre.»

«Lade ihn jetzt gleich ein», ruft Lucy und verzieht sofort schmerzhaft das Gesicht.

«Was, jetzt?», frage ich. «Ich dachte, ich soll es locker angehen.»

«Für mich klingt es, als wäre die Phase schon abgeschlossen, Izzy. Außerdem riechst du immer noch nach Aftershave», erklärt Jamie.

Oh.

Ich nehme mein Handy aus der Clutch, die ich gestern Abend dabeihatte, und fange an zu schreiben.

Hi, ich bin's (Izzy)! Ich wollte nur sagen, dass ich gestern Abend mit dir wirklich toll fand. Und dass meine Familie immer eine Silvesterparty feiert, bei mir zu Hause in Nottinghamshire. Wenn du noch nichts anderes geplant hast, würde ich mich freuen, wenn du kommen könntest. X

Ich will gerade mein Handy wieder in die Tasche stecken, weil es bestimmt noch Stunden dauert, bis er antwortet, als mein Bildschirm wieder aufleuchtet.

Ich fand es auch sehr schön. Ich hoffe, es hat dir nicht allzu viel ausgemacht, dass ich in deine Weihnachtsfeier reingeplatzt bin. Silvester bei dir klingt gut. Wie wäre es, wenn ich Feuerwerk mitbringe? Ich weiß, dass du Feuerwerk magst. x

«Er kommt», grinse ich. «Und er bringt Feuerwerk mit!»

«Der notgeile Bastard …», kommentiert Lucy.

«Nein, Luce, ich glaube, er meint echtes Feuerwerk. Du weißt schon, Raketen und so. Er hat sich daran erinnert, wie gerne ich das mag.»

«Wirklich süß», sagt Jamie. «Ich muss los. Bis bald.»

Ich winke meiner besten Freundin nach, setze mich an meinen schicken neuen Schreibtisch und öffne mein E-Mail-Postfach.

An: Izzy@Pulse
Von: Enrique@management
Betreff: Social-Media-Konferenz

Hi Izzy,
die Kollegen von der amerikanischen Zweigstelle von Delaney Publishing haben mir von einer sehr interessanten Sache erzählt, und da habe ich gleich an dich gedacht. Sie haben ein paar ihrer besten Online-Leute ausgesucht und schicken sie zur größten Social-Media-Konferenz der Welt.

Es klang nach einer Gelegenheit, die zu gut ist, um sie zu verpassen, und nachdem ich ein bisschen getrickst habe, ist es mir gelungen, uns auch einen Platz zu sichern. Natürlich kamst du mir dabei als Erstes in den Sinn. Ich finde es wichtig, dass der englische Zweig von Delaney dort vertreten ist, und ich habe keinen Zweifel daran, dass die Person, die wir hinschicken, sehr viel über die neuesten Trends lernen wird.
Die Konferenz findet in New York statt und dauert vier Tage, und hier ist auch schon der Haken: Du müsstest am 31. Dezember hinfliegen. Ich weiß, dass das sehr kurzfristig ist, aber ich bin mir sicher, dass diese Erfahrung für dich persönlich und für deine Karriere bei *Pulse* unschätzbar wertvoll wäre. Und natürlich auch für alle, die bei deiner Rückkehr von deinem neuen Wissen profitieren würden.
Weil es nur noch ein paar Wochen hin ist und bestimmt deine Pläne für Silvester über den Haufen wirft, habe ich sofort mit unserem Reiseanbieter gesprochen, und sie haben uns einen sehr guten Deal für deine Business-Class-Flüge und Unterkunft in einem meiner persönlichen Lieblingshotels angeboten. Du wärst insgesamt sechs Tage weg. Tallulah meinte, das sei «gerade noch akzeptabel», weil du für das erste Meeting von *Pulse* im Januar zurück wärst. Sie hat auch etwas von «es ja nicht versauen» gesagt, und dass du dann besser mit ein paar «verdammt großartigen Ideen» für die Januarausgabe zurückkommen solltest, aber damit müssen wir uns jetzt gar nicht beschäftigen.
Also, was meinst du? Ich habe deine Flüge bis heute Abend

vorläufig reserviert. Ich möchte mich noch mal für das Timing entschuldigen und freue mich darauf, schon bald von dir zu hören. Ich möchte dich nicht zusätzlich unter Druck setzen, merke aber trotzdem an, dass ich sehr hoffe, dass die Konferenz vielleicht die letzte Challenge für dein *Ja(hr)* sein könnte? Sag ja zu New York!
Alles Gute,
Enrique

«Ach du Scheiße», entfährt es mir, während ich den Bildschirm anstarre.

Ich lese Enriques Mail weitere sieben Mal, bekomme dann aber das Gefühl, dass ich gleich blind werde. Dann bestehe ich darauf, dass Emma sie mir vorliest, nur für den Fall, dass ich etwas falsch verstanden habe.

Aber nein, Enrique möchte definitiv, dass ich für eine Social-Media-Konferenz nach New York fliege. Und zwar an Silvester.

Emma mustert mich mit einer Mischung aus Aufregung und Besorgnis. Aufregung, weil es um einen Erste-Klasse-Trip nach New York geht, bei dem ich unsere amerikanischen Kollegen kennenlernen kann, und weil die Mail eine ziemlich deutliche Andeutung enthält, dass mir das zu einem Karrieresprung bei *Pulse* verhelfen könnte.

Und Besorgnis, weil ich vor einer Minute Alex zu meiner ehemals desaströsen Silvesterparty eingeladen habe und er ja gesagt hat. Und weil sie vielleicht befürchtet, dass ich gleich explodiere.

«Tief einatmen», versucht sie, mich zu beruhigen. «Du musst es nicht jetzt sofort entscheiden.»

«Aber Enrique hat die Flüge nur bis heute reserviert, und ich bin gerade erst zur Arbeit gekommen, und es ist schon … Nachmittag», sprudele ich hervor. Ich bin wahrscheinlich ein bisschen high von all dem Adrenalin, das durch meine Adern braust.

«Ja, das stimmt», räumt Emma ein. «Wie wäre es, wenn wir eine Pro-und-Kontra-Liste aufstellen? Vielleicht ist es hilfreich, das Ganze schwarz auf weiß zu sehen.»

«Ich dachte, du hast mir verboten, Listen zu schreiben?», frage ich.

«Ich nehme aber mittlerweile an, dass deine schrecklichen Selbstmitleidslisten der Vergangenheit angehören», grinst sie.

Also schnappe ich mir meinen neuen Notizblock und kritzele wild drauflos.

Business-Trip an Silvester

Pro

1. *Flüge in der*
2. *Business*
3. *Class (Gratis Wein! Gutes Essen! Duschen!)*
4. *Von allen Londoner Kollegen bin ich diejenige, die ausgewählt wurde. Das ist eine Riesensache!*
5. *Tolle Gelegenheit, die mich bei meiner Arbeit im Social-Media-Bereich weiterbringen wird.*
6. *NEW YORK! Ich war noch nie da. Ich kann Hot Dogs essen / so tun, als wäre ich Carrie von SATC, nur dass ich weniger Männer anschmachten würde, weil ich ein cooles Millenial-Girl bin / Hot Dogs esse.*

Kontra

1. Tallulah erwartet, dass ich zu Hochform auflaufe, sobald ich zurück bin. Das in Kombi mit dem ersten Meeting des Jahres und dem Jetlag? Nicht besonders reizvoll.
2. Alex
3. Ich habe ihn gerade erst zu meiner Silvesterparty eingeladen, würde er es unhöflich finden, wenn ich wieder absage?
4. Möchte ich überhaupt absagen?

Silvester mit Alex

Pro

1. Alex.
2. ist
3. dabei.
4. Ich freue mich so darauf, mehr Zeit mit ihm zu haben!
5. Ich mag ihn wirklich sehr.
6. Er ist so was von heiß.
7. Es ist das erste Silvester, an dem ich die frische, neue Izzy bin und nicht mehr die peinliche alte Izzy, die nichts Besseres zu tun hatte, als völlig ungeeignete Männer anzuhimmeln und sich zu überlegen, wozu sie im nächsten Jahr alles nein sagen muss.

~~Kontra~~

Ich muss gar nicht mehr weiterschreiben. Der letzte Punkt sagt schon alles. Die alte Izzy war diejenige, die nein gesagt hat. Die neue Izzy weiß genau, dass Alex auch ein paar Tage warten wird und dass diese Gelegenheit einfach zu gut ist, um sie verstreichen zu lassen. Und ich weiß auch genau, wieso. Mein neues Ich ist gerne mutig und wagt den Sprung ins Ungewisse.

Ein Satz, von dem ich nie gedacht hätte, dass ich ihn einmal sage.

Ich lehne mich zurück und denke an all die tollen Sachen, die ich in den vergangenen 365 Tagen erreicht habe. Ich habe meinen Look aufpoliert. Ich war live im Fernsehen. In einem bedruckten Onesie. Ich habe gelernt, dass ich es überlebe, wenn mein Handy weiter als zwei Zentimeter von mir entfernt ist. Ich habe mit einem Fremden geflirtet, aber das war wohl keiner meiner Glanzmomente. Ich habe nackt für einen Zeichenkurs posiert. Ich bin beim Glastonbury Festival aufgetreten. Ich habe gelernt, wie ich wirklich leckeres, gesundes Essen zubereiten kann, und mein Instant-Nudelkonsum ist definitiv gesunken. Ich habe ein Social-Media-Seminar geleitet. Ich habe mich auf einer Reise nach Paris mit meiner Schwester versöhnt und meine Vergangenheit mit Charlie in einem ganz neuen Licht gesehen. Ich habe mich für mich selbst starkgemacht, nachdem George mich mit seiner Exfreundin betrogen hat. Und wie in der Dezember-Challenge verlangt, gebe ich Alex eine Chance.

Aber da sind nicht nur die Mutproben, die mir die Leserinnen und Leser von *Pulse* geschickt haben. Da sind auch die Dinge, die ich ganz allein erreicht habe, einfach weil ich meine Lebensfreude wiedergefunden habe. Ich habe die Beziehung zu meiner besten Freundin verbessert und sie mit einem Mann verkuppelt, mit dem sie sehr glücklich ist. Ich habe mich endlich dem Konflikt mit meiner Mutter gestellt und ihr gesagt, dass sie jegliche Gedanken bezüglich meiner Eierstöcke für sich behalten soll. Ich habe wunderbare neue Freundschaften geschlossen, mit Alice, Melissa und Temple. Ich habe in einem Ballkleid Tischtennis gespielt. Oh, und dann wäre da noch eine klitzekleine Kleinigkeit: Ich habe meinen Blick auf das Leben komplett verändert.

Plötzlich überrollt mich eine Welle der Dankbarkeit, und mir steigen Tränen in die Augen.

«Nicht weinen», fleht Em mich an. «Sonst fange ich auch an! Und so schlimm ist es gar nicht, wir finden zusammen eine Lösung.»

«Es sind nur Glückstränen», schniefe ich und nehme das Taschentuch, das sie mir hinhält. «Ich habe mich schon entschieden. Ich sage ja.»

⋆★⋆

Daran könnte ich mich wirklich gewöhnen, denke ich, als man mir schon wieder Sekt nachschenkt. Es spricht ja wohl nichts dagegen, an Silvester ein paar Gläser Sekt zu trinken, oder? Heute Abend muss gefeiert werden. Ich halte inne, bevor das Glas meine Lippen berührt, nehme mein Handy in die Hand und öffne Instagram.

Ein gutes neues Jahr wünsche ich euch! Ich feiere heute auf einer Business-Reise nach New York. Das wäre ohne all eure #DareIzzy-Zuschriften in den letzten zwölf Monaten nie passiert, und ich bin euch so dankbar dafür. Bis zum nächsten Jahr!

Ich tippe auf Teilen und öffne WhatsApp, wo ungelesene Nachrichten auf mich warten. Die erste ist von Olivia.

Kleine Schwester, hab eine tolle Zeit in New York. Ich freue mich so für dich, und ich weiß einfach, dass du diese Konferenz rockst. Wenn du wieder da bist, musst du mir alles erzählen. Sam und ich sind bei Mum, und wir vermissen dich. Sie hat eben Würstchen im Schlafrock in den Ofen geschoben und ist dann «auf einen Sprung» nach oben gegangen, um sich «fertig zu machen», wie könnte es anders sein. George ist Gott sei Dank nicht aufgetaucht. Ich würde ihn immer noch gerne bewusstlos schlagen, aber ich glaube nicht, dass man so etwas tun darf, WENN MAN SCHWANGER IST!!!! Ja, du hast richtig gelesen, Sam und ich erwarten ein Kind. Wir wissen es seit heute Morgen, und ich wollte, dass du die Erste bist, die es erfährt, aber ich bin nicht dazu gekommen, es dir zu sagen, weil Mum dich ständig gefragt hat, ob du für New York genug Unterhosen eingepackt hast. Wie du sie danach angesehen hast! Und sie hat sofort aufgehört! Unglaublich. Also, ich bin dir jedenfalls so dankbar für den Rat, den du mir damals in Paris gegeben hast. Sam und ich haben uns richtig entspannt, als wir übers Wochenende weggefahren sind, und ich habe mich zusammengerissen, nicht vierundzwanzig Stunden am Tag über Eisprünge zu sprechen. Ich habe mich ja schon selbst gelangweilt, wer weiß, wie der arme Sam sich gefühlt haben muss! Na ja, das Ganze hat jedenfalls Wunder gewirkt. Bis bald, Tante Izzy xxx

Ich stoße einen Jubelschrei aus, und die grauhaarige Frau im Sitz gegenüber hebt ihr Glas. Ich werde Tante! Was für tolle Neuigkeiten für Olivia und Sam. Ich frage mich, ob ich noch Zeit habe, «Beste-Tante-der-Welt»-T-Shirts zu googeln, bevor ich mich wieder anschnallen muss, aber dann sehe ich, dass ich zwei weitere Nachrichten habe.

Viel Glück, Izzy, Schatz! Wir sind so stolz auf dich.
Mum und Dad x

Und die letzte ist von Alex.

Go, Izzy, du schaffst das. Und frohes neues Jahr. Wer weiß, was das nächste Jahr bringt … ich würde jedenfalls gerne ein paar Abenteuer mit dir erleben. Ich freue mich schon darauf zu sehen, wie sich alles entwickelt. A x

Das Lächeln, das sich auf meinem Gesicht ausgebreitet hat, fühlt sich so riesig an, dass ich mir nicht sicher bin, ob meine Wangenknochen es unbeschadet überstehen werden. Ich ziehe meine Schuhe aus, nehme eine Zeitschrift aus dem Burberry-Rucksack, den Olivia mir zu Weihnachten geschenkt hat, und lehne mich zurück. Um diese Zeit im letzten Jahr bin ich schmollend früh ins Bett gegangen. Heute sehe ich aus dem Flugzeug das Feuerwerk über London. Von hier oben aus betrachtet erinnert es an winzige Wunderkerzen.

«Frohes neues Jahr», sage ich zu mir selbst. «Auf das nächste, und all die Jas, die es bringen wird.»

MIX
Papier aus verantwortungsvollen Quellen
FSC® C083411

Das für dieses Buch verwendete Papier ist FSC®-zertifiziert.